空同 著

沿江村・綠衣 下

本故事完全虛構而成，請勿與任何個人、地域及組織
相對應或聯繫。

綠兮衣兮，綠衣黃裏。
心之憂矣，曷維其已。
綠兮衣兮，綠衣黃裳。
心之憂矣，曷維其亡。
綠兮絲兮，女所治兮。
我思古人，俾無訧兮。
絺兮綌兮，淒其以風。
我思古人，實獲我心。

目次 │ CONTENTS

五　張秀莉　上

一

　　二零零五年五月初碩士論文答辯結束了，姬遠峰研究生畢業了，學校放了暑假，但姬遠峰不願意回去呆在家裡直到去單位報到的時間。寒假裡爸爸就問過他和楊如菡的事，問楊如菡回來了沒有，是否把工作找在了一起，你快畢業了，應該帶著楊如菡回家讓爸爸媽媽見一面了。姬遠峰很不樂意說起楊如菡，告訴爸爸媽媽楊如菡出國不久就和自己斷了關係，至今四年了，他沒有楊如菡的任何消息。爸爸也問起了黎春蒓，姬遠峰告訴爸爸黎春蒓博士快畢業了，人家和她的男朋友關係一直很好。爸爸問姬遠峰能不能在西安找到好一點的單位，即使回原來的單位也可以，姬遠峰告訴爸爸自己已經找好了單位。大四第一學期結束後的寒假爸爸就讓姬遠峰把岳欣芙帶回家，本科畢業自己換了工作到西安後爸爸就說到了楊如菡、黎春蒓，不停的催促自己結婚，現在研究生畢業了，姬遠峰知道爸爸會催的更緊，姬遠峰雖然也想早點結婚，但卻不願意聽爸爸媽媽不停的嘮叨。

　　西安離自己家不遠，姬遠峰平常周末也偶爾回家，哥哥姐姐都工作成家了，也有了小孩，沒有人陪著他說話，回去只能和爸爸媽媽說一會話，感覺冷冷清清的。姬遠峰帶著行李回了家，在家裡呆了一個禮拜的時間，他打電話給單位，他想提前去單位了解了解情況，單位人事處回覆說，過來吧，過來先在人事處幫幫忙，八月份了和應屆生一起正式報到吧。一會兒，一個電話打了過來，姬遠峰接了起來，一個年輕女性的聲音，告訴姬遠峰她是單位人事處的工作人員，問姬遠峰什麼時間到單

位，哪個車次，人事處安排她接站。姬遠峰忙說自己還沒有買車票，買好了車票再告訴她，也問需要自帶被褥之類的嗎，那個女性工作人員告訴姬遠峰單身宿舍什麼也沒有，一切自帶。姬遠峰挑了幾件能裝入行李箱的物品，其他東西他準備到了單位再買，自從高中住校以來他已經知道了出門多帶行李的麻煩，自己工作兩年的工資和上研究生以來導師每月給他的津貼讓他的經濟寬裕多了。

火車從西安火車站出發了，姬遠峰看著鐵道邊雄偉的城牆，這座城市自己是多麼的熟悉，也是自己最喜歡的一個城市。自己十八歲從家裡出來去哈爾濱上大學，至今快十年了，每次都在這個城市轉車，五年前自己從南京來到這個城市，為了工作，也為了楊如菡。他原來計劃在這裡長期待下去，現在卻要離開了，在這裡自己有了兩年工作經驗，也獲得了研究生的一紙文憑。更重要的是自己對這座城市產生了牽掛，因為這裡是楊如菡家所在的城市，自己頻繁地去一個沒有正式關係的女朋友的家裡。四年了，楊如菡在異國，但每次回國她都會主動電話聯繫自己，一起出去逛街遊玩。姬遠峰總覺得楊如菡會回到這裡，他會和她把手捧在一起，最終在這裡安家樂業。不過現在一切都變了，自己在這裡多了一個前工作單位，也多了一個母校，卻少了一份牽掛。畢業的時間就業形勢丕變，自己原來工作的電力設計院只招研究生已經不是一句口號和噱頭，而是實實在在的了，本科生已經不會成為設計院的正式職工而是勞務派遣工，身份是製圖員而不是設計師。本校的一個研究生同學還專門來咨詢過如何纔能面試進入設計院，自己如實相告，雖然這家單位不錯，但孔雀東南飛的現象很嚴重，畢業生能獨立承擔設計任務了就會跳槽去南方、甚至去國外。所以你去面試的一個重點就是給設計院一個印象，你會長期留下來，因為你的女朋友家在西安，工作也在西安，結果這個男生被錄用了，他還來感謝過自己。原來的科長也委託和自己一起進院的同事問過自己畢業了還願意回設計院嗎，回來的話當初的違約金會退給自己，當初的工作年限與助理工程師的職稱都承認，更有甚者和單位好好說說可以算成是委託培養，還能補發上研究生的三年工

資。姬遠峰還是婉謝了科長的好意，自己不會回頭去原單位了，這是自己考研究生的初衷，再者，這裡沒有自己牽掛的人了，這座城市自己也不再留戀了。

在列車上的十多個小時姬遠峰一直睡得不好，他想起兩年前自己也去過內蒙古了，那是一次愉快的旅行，上都、烏蘭布統的景色實在太壯麗了，草原的月色太淒美了，只是那時間對楊如菡充滿了思念。兩年過去了，自己又到這個自治區來工作了，和上次一樣的是自己還是一個人來，不一樣的是這次自己連楊如菡也用不著思念了。列車快到站了，姬遠峰隔著車窗往外望，一個普通的火車站，自己十八歲出來上大學和兩年的工作經歷，已經去了不下一二十個火車站了，千篇一律的樣子，只不過多了幾處草原特有蒙古包的裝飾圖案而已。

出了車站，一股冷風撲面而來，本科畢業前去蘭州看望黎春蕊時姬遠峰已經見識過了五月的草原之夜，姬遠峰知道此時草原氣溫比較低，自己特意多穿了衣服，也多帶了衣服，剛下火車，冷風還是讓他稍感寒意。他和接站的碰面了，一個很漂亮的女生，落落大方，將近一米七的身高，穿著一款淺灰色風衣，披著頭髮，圍著一條粉紅的圍巾，只是態度沒有通常做人事工作的那樣職業性的微笑。看到姬遠峰穿的比較少，說道，「你穿的有點少，草原五月份還是比較冷的。」姬遠峰衝著這個女生微笑了一下，說道，「還好，來之前知道草原冷，特意多穿了一件，可能西安熱習慣了，稍微有點少，不覺得冷。」

在車上，那個女生介紹自己，她叫張秀莉，在人事處工作，她負責接站，她把姬遠峰接回去交給後勤處就完事了，後勤處會安排宿舍之類的，後勤處她已經聯繫好了，你先休息兩天，周一早晨上班你去人事處找王大姐就行。到了單身宿舍樓，姬遠峰和宿舍管理員見了面，張秀莉和司機走了。姬遠峰拿了行李跟著宿管員張工去了宿舍，宿管員打開一間房門，說道，「你就住這間屋吧，裡面住的另一個人你不用管。」說完交給姬遠峰一把鑰匙就走了。姬遠峰不明白這句話的含義，自己新來乍到的一個學生，管同住的人什麼，他不明白但也不好意思問。

　　姬遠峰定睛仔細看，宿舍裡面只有兩張單人床，兩張桌子，但現在沒有人。一張床上鋪著骯髒的褥子，胡亂堆著一床骯髒的被子，床上沒洗的髒襪子能直立了起來，令人惡心。床鋪下和桌子下面胡亂堆放著幾件生活用品，洗臉盆裡香皂和肥皂的溶解物又沉澱下來並且乾燥後佔了半個盆底。另一張床上丟著幾件髒衣服，姬遠峰想這幾件髒衣服肯定是對床的，這張床應該是自己的，整個屋子散發著惡心的臭味。姬遠峰心想外面看起來乾淨漂亮的單身宿舍樓怎麼裡面這麼寒磣惡心，這裡面住的這位職工怎麼這麼骯髒惡心，沒有電視也沒有一本書，他靠什麼消遣。姬遠峰打開窗戶透氣，開始收拾屋子的衛生，然後又出去買了被褥水瓶等日常用品，他來的路上就注意看週圍的商場之類的了。

　　中午休息時間偶見幾位同事過來午休，但人家是過來午休的，姬遠峰不好意思打擾人家，晚飯後他看幾間宿舍敞著門，一間屋子裡兩個年輕的同事在看球賽，他走了進去搭訕，愛好體育的男生都較開朗，也容易有共同話題。他想問和自己同屋住的是什麼人，怎麼會那麼髒，但不熟悉，就說同屋子的髒，姬遠峰不好意思這樣說。兩個同事都問姬遠峰，你肯定不是子弟，是子弟的話不來住宿舍。姬遠峰已經工作了兩年，知道問這話的含義，想這兩位也肯定不是子弟，說話也不再遮遮掩掩。姬遠峰肯定了自己不是子弟，單人獨身來這裡工作的，問這個單位是不內部裙帶關係嚴重，外來人發展很難。兩位同事見姬遠峰明白這個道理，稍有點吃驚，說你好像很明白國有單位內部的情形。姬遠峰說自己上研究生之前在國企工作過兩年，稍微知道一些。兩位同事已經引為同道，說話不再遮掩，說了這種超大型國企的種種弊端，這與姬遠峰以前對國有企業的了解並無二致。臨末兩位同事問姬遠峰，你既然知道國企都這樣，為什麼第二次跳入火坑。姬遠峰也說了自己的想法，說了外企私企的弊端，外企私企看著風光，滿世界坐著飛機跑，收入也可以，但朝不保夕，不像國企實在無法時繞會讓職工下崗。外企私企若出現經營困難，或其他原因，它會毫不猶豫的合法地讓你走人，你想賴都沒法賴，自己本科的同學好幾位都這樣，頻繁的換工作以至於至今毫無積

累。咱們這樣的超大壟斷型能源央企，不僅有壟斷地位而且依賴政策保護，企業倒閉的可能性不大，工作中只要不出大的錯誤，會很穩定，正常的收入加上隱形的福利對生活來說也夠了，而且不用滿世界跑，也利於成家立業，兩位同事也深為讚同。

　　快十點了姬遠峰回了宿舍，姬遠峰心中那個與自己同住的是什麼人這個疑問卻一直沒有解開。回到宿舍，同屋的人還沒有回來，姬遠峰坐車累了，中午也沒有睡覺，回宿舍關燈早早睡了，睡意朦朧中燈開了，同屋的人回來了，他聞到了那人身上的煙味和汗臭味。姬遠峰睡意正濃，沒有啃聲，那人看姬遠峰睡覺也沒有和他說話，上了床也睡覺了，第二天早晨姬遠峰醒來時那人已經走了。此後幾天，一直如此，第二天早晨那人要麼不是已經走了，就是還在蒙頭大睡，姬遠峰更奇怪了，這個同事怎麼這麼骯髒奇怪呢。

　　這兩天姬遠峰不用去上班，他在自己的單位院子裡四處轉了轉，幾棟赭紅色的大樓，中央一泓池水，垂柳婆娑，只是樹葉綠意還沒有濃起來，環境還算優美。姬遠峰認識了各個部門所在的辦公樓、食堂、大會堂、體育館各處。姬遠峰隔著窗戶看了看體育館，雖然邊上的觀眾席不多，但是是一個標準的籃球場地，木地板，嶄新的籃球架，姬遠峰心想等正式安頓下來了，自己可以來球館打籃球了。姬遠峰喜歡打籃球，而且打的也不錯，但他以前都是在室外場地上打球，很少有機會在室內木地板上打球。

　　周一去了人事處，人事處的王大姐接待了姬遠峰，王大姐和張秀莉同一個辦公室，當著張秀莉的面說，「你提前來了，不算正式上班，所以也不用見領導了，領導也沒有安排見面，讓你提前過來打算讓你在人事處幫一段時間的忙，人事處要對全研究院的人事檔案按照檔案標準化整理一番，差人手，前段時間小張已經整理了一些，你就幫著小張一起整理整理人事檔案吧，到八月份應屆畢業生全部來了你和他們一起正

式報到就行，整理檔案有什麼要求小張會告訴你的。這段時間因為不算正式上班，沒有辦法給你支工資，你也剛畢業，來上班了以為會有工資的，估計生活費也帶的不多，人事處這三個月每月給你一千塊單位食堂的飯票吧，當然是用不完的，單位食堂是有補貼的，對職工有優惠，菜價都很便宜，你正式上班了還可以用，不知道你願不願意。」姬遠峰當然說，「願意了，已經來單位了，沒有事也閒的無聊。」姬遠峰知道王大姐所說的小張就是張秀莉。

姬遠峰跟著張秀莉去了人事處的檔案室，一個挺大的房間，房間的一頭整齊地擺放著嶄新的檔案櫃，只不過檔案櫃裡的檔案顯得有些年月了，硬紙殼的檔案盒多有變形。檔案室的一頭是一張鉅大的桌子，與其說是桌子不如說一個平臺，臺子上擺放著一些整理好、或者待整理的檔案，還有切紙刀等幾樣工具。四周放著幾具滅火器，滅火器旁貼著操作說明，門口張貼著檔案保密要求，其中一條是嚴禁未經許可任何人將檔案帶出檔案室。猩紅色絲絨窗簾將檔案室遮的有些暗，空氣也有些不流通，人進去工作了，將靠近臺子的兩個窗戶的窗簾拉開，打開窗戶和門，讓空氣對流。

檔案整理其實就是將其中完全過時沒有價值的幾份檔案資料從每份檔案中剔除，將紙殼盒子換成塑料盒，重新製作標籤貼上去，當然剔除出來的檔案需要用碎紙機銷毀，只是剔除檔案需要將原來裝訂好的檔案拆開再重新裝訂，重複性的勞動而已。姬遠峰心想這些漂亮的塑料盒還不如紙殼盒子經久耐用，古籍行當常說紙壽千年，塑料盒子沒有多少年就會老化壞掉，但他沒有說。連續幾天姬遠峰就在檔案室整理檔案，他邊整理檔案邊和張秀莉有一搭沒一搭的聊天，姬遠峰不時偷偷地瞄一眼張秀莉，因為張秀莉實在很漂亮，苗條的身材，披肩的頭髮襯著潔白無瑕的肌膚，精緻的五官鑲嵌在白裡透紅的臉蛋上。她的表情總是淡淡的，不熱情也不冷漠，有股清新的感覺。漸漸地稍微互相熟悉一點了，張秀莉也是研究生畢業，去年纔畢業，一進研究院就到人事處工作了，張秀莉主要工作就是負責每年的人員招聘接待、職工培訓、檔

案管理等等。

　　一天中午快下班的時間張秀莉的電話響了，聽得出來是她男朋友打的，叫她一起出去喫飯，張秀莉叮囑姬遠峰走的時間把窗戶窗簾和門關緊鎖好，下午上班不用準時來的，可以多休息會晚點來，沒有人管的，拎著自己的手提袋提前下班走了。聽著張秀莉走遠了，姬遠峰從窗戶上往樓下看，一個穿著整齊的年輕人在池塘邊的柳樹旁站著抽煙，一旁停著一輛小汽車，姬遠峰看著張秀莉上了汽車副駕駛位，駛出了研究院的大門，姬遠峰收拾了一下工具，將門窗關緊鎖好，去了食堂。此後姬遠峰經常見張秀莉的男朋友來接她，張秀莉總是淡淡地接完電話就出去了，沒見過她甜蜜的表情，也不見給她男朋友主動打電話，或許給她男朋友打電話是出了檔案室打的，姬遠峰不知道，姬遠峰猜想這可能是從事人事工作性質決定的吧，喜怒不形於色，並且在不是很熟悉的男同事面前更應該如此。

　　一天下午還是一如既往地整理檔案，姬遠峰忍不住說，「這些檔案盒為什麼不換成新的紙殼的盒子，而要換成塑料的呢，塑料的盒子還不如紙殼的呢，會老化的更快，紙殼雖然會變形，但保存的時間更長一些。」

　　「你說的對，但你最好不要在單位裡說這話，用什麼盒子都是領導決定的，領導聽到了不好。」張秀莉說道。

　　「哦，知道了，我只是和妳說說。」姬遠峰說道。

　　「你怎麼提前兩三個月來了呢？來了也不支工資！」張秀莉說道。

　　「我在家裡閒的無聊，除了和爸爸媽媽說點正經事外，沒有人和我聊天，無聊就提前過來了，過來也了解了解單位的情況。」姬遠峰沒有說被爸爸媽媽催婚的事，他和張秀莉還不熟悉。

　　「你是獨生子嗎？」張秀莉問道。

　　「不是，我家有四個孩子，我最小。」

　　「那怎麼沒人陪你聊天呢？」

　　「我剛纔說了，我是我家老小，哥哥姐姐都工作成家立業了，也都

有了孩子了，都忙自己的呢，所以沒人陪我聊天了。」

「你家是城市的還是農村的？剛纔聽你說你在家無事可幹，要是在農村的話快到夏季了，你哥哥姐姐都工作了，你應該在家裡幫爸爸媽媽幹農活纔對，可你家有四個孩子，城裡家庭很少有四個孩子的。」

「我家在農村，不過我爸爸是鄉政府的幹部，我上了大學後家裡就不種地了，地都承包給同村的人種了，我爸爸在城裡買了一套房，冬天爸爸媽媽就住城裡了，因為有暖氣，夏天回村子裡住，因為涼快，空氣好，我現在回家了就無事可做，也沒人陪我聊天了。」

「哦，一般咱們單位不讓提前來，這次是因為人事處恰好整理檔案需要人，你打電話就讓你過來了，過來了就是整理檔案打打雜！」

「沒事，過來就過來了，整理檔案起碼還有妳和我聊聊天，總比呆在家裡無聊的好。」姬遠峰說道。

「能借用你手機一下嗎，我的手機沒電了，我給我媽媽打個電話，省的我去辦公室找座機了。」一天下午張秀莉對姬遠峰說道。

「給妳！」姬遠峰邊說把手機遞給了張秀莉。

「你先解鎖了吧！」張秀莉說道。

「我手機沒有密碼，不用解鎖。」

張秀莉帶著吃驚的神情看了姬遠峰一眼，拿著手機出了檔案室，打完電話走了進來，說道，「你的號碼還是西安的，你還沒有辦新號嗎？」

「已經辦好了，西安的號繳的費還沒有打完，等打完了就用新號。」姬遠峰說道。

「把你的新號告訴我吧！」

「新號碼我沒有記住，等我晚上回去把卡找出來看看再告訴妳吧！」

「你的手機連密碼都沒設，丟了怎麼辦？」張秀莉問道。

「我手機只用來打電話，偶爾發發短消息，也沒有啥秘密，用不著設密碼，再者萬一丟了撿到的人如果好心還給你，不設密碼反而讓人家容易找到你。」

「那要是被小偷偷了呢，那不就發現你的秘密了嗎？」

「小偷既然偷你的手機，自然有辦法破解你的密碼，設了密碼也沒用，再說了秘密都在人心裡，我手機裡從來不保存什麼秘密的事。」姬遠峰微笑著說道。

「你的思路挺奇特的，你的捲髮在男生中也比較少見。」張秀莉微笑著說道，這是姬遠峰第一次見張秀莉微笑。

「是不羨慕我的捲髮了！上學的時間班裡女生和我說話的時間很多會說我的捲髮，男生從來不會談論，只有互相罵人的時間罵我捲毛之類的，妳想燙我這樣的一個捲髮嗎？」姬遠峰笑著說道。

張秀莉報以微笑，「我不知道燙出來好看不好看。」

「妳可以試驗一下了，給妳男朋友一個驚喜，我看妳男朋友經常來接妳，妳男朋友叫什麼名字，我看他對妳挺好的。」

「他叫張雲凱，他對我還好吧，你在哪看到的？」

「我從窗戶上看到的，他家條件看著不錯，我看他開著車來接妳。」

「他家還行吧，他爸爸是個處長。」張秀莉說道。

姬遠峰像往日一樣整理著檔案，隨著檔案的整理，姬遠峰發現了越來越多有趣的事情。他在好幾個人的檔案裡看到了毛澤東時期各種光怪陸離的個人檔案，什麼偷聽敵臺、耍流氓、男女亂搞關係之類的記載，為雞毛蒜皮的事打架鬥毆之類的記載。個人的悔過書、保證書，還有職工祖宗三代的調查材料，個人海外關係的調查材料等等不一而足。姬遠峰心想不知道這些職工是否知道自己的檔案裡還有這樣的記載，每個人的檔案自己看不到別人卻能看到，不知道國外是否有這樣類似的東西，這可能也是中國特色之一吧。自己也因為換工作考研究生辦理了兩次檔案遷移手續，要麼郵寄，要麼貼著封條自己帶到新單位。自己從南京換工作到了西安，爸爸最緊張的就是自己的檔案手續是否遷移了，可自己的檔案裡具體是些什麼東西自己卻無從知道，毛澤東已經死去這麼多年了，但專制時代的遺毒還沒有消除殆盡。單位和職工之間不就是工作關

係嗎，一紙工作合同不就是職工和單位的全部關係嗎？一個企業調查職工的祖宗三代幹什麼？難道一個職工的祖上是土匪潛意識裡這個職工也會行為不端，一個職工的祖父父親根紅苗正，這個人就一定行止端正？這和專制時代的血統論和株連有什麼區別？一個職工的親屬在海外，那潛臺詞就是這個職工的海外親屬會和國內的職工勾結刺探涉密情報。可自己也讀過一些海外華工的資料了，這些海外華人的先輩大部分僅僅是為生活所迫被當做豬仔販賣或者歷經千辛萬苦闖外洋纏到海外去的而已。如果就像口頭上說的這些材料不作為對職工陞遷考察的依據，既然不作為依據那麼調查這些材料幹什麼？如果職工的確犯罪了，這些材料應該掌握在公安局纔對啊，怎麼就隨便放在一個企業裡面呢，而且自己這樣一個還沒有正式報到的職工就能接觸的到呢。改革開放這麼多年了，對那個荒謬時代的錯誤也已經撥亂反正了，這些荒謬年代裡形成的材料更應該作為歷史研究的資料被送到檔案館博物館圖書館纔對啊，也不應該像自己現在正在做的事情那樣從檔案裡抽出來進入了碎紙機而了無痕跡了。

　　姬遠峰看著這些有名有姓詳細記載經過的耍流氓、亂搞男女關係的檔案，不由地想起自己在本科宿舍和研究生宿舍看毛片的經歷，感覺這些檔案比那些毛片還精彩，如果寫成一部色情小說肯定比那些胡編亂造的色情小說情節精彩得多。姬遠峰看著這些可笑的檔案想笑，但有張秀莉在旁邊，他不好意思說也不好意思笑，就抿著嘴偷著笑。姬遠峰也想問問張秀莉這幾個職工具體是哪個部門的，以後正式報到了認識認識。轉念一想，自己絕對不能問，一是自己和張秀莉還不熟悉。再者自己問這些職工的名字，張秀莉必然好奇會看這些人的檔案，自己會給這個和自己還不大熟悉的女同事留下什麼印象？自己一個大男人，心理這麼猥瑣八卦，那多不好。再者自己一個大男人，探聽別人的這些隱私幹什麼，這幾個職工的名字趁著自己還不認識本人趕快忘掉了纔好，萬一正式報到了和同事熟悉了忍不住說出來豈不顯得自己猥瑣而八卦，研究院內部職工之間親屬那麼多，很可能很快就會傳到本人那裡，自己惹這樣

的是非幹什麼。

　　張秀莉看到姬遠峰抿著嘴笑，問姬遠峰笑什麼。經張秀莉一問，姬遠峰意識到自己這樣的笑會讓張秀莉感覺莫名其妙，甚至誤解自己在笑她。但姬遠峰和張秀莉還不熟悉，姬遠峰不好意思說，只好把檔案遞給張秀莉，說道，「妳自己看吧！」然後尷尬地笑了一下。張秀莉看了幾眼臉就紅了，但好奇心還是讓她忍著看完了，紅著臉把檔案還給了姬遠峰。姬遠峰笑了一下，免得氣氛尷尬，說道，「以前的單位可管的真寬，啥事都管。」

　　「你說的對，好可笑，打架鬥毆還有其他亂七八糟的事應該公安局管纔對啊。」張秀莉說道。

　　「妳看這些檔案體現了什麼？」姬遠峰問道。

　　「你說這些檔案體現了什麼？」張秀莉疑惑地問道。

　　「這體現了單位不僅僅是一個企業，還是一個社會管理機構，承擔了過多的社會管理和控制功能，這和現代企業制度完全背道而馳。而且這也是國有企業效率低下的原因之一了，因為企業承擔了本不屬於企業應該承擔的過多的責任。現在政府一邊在強調要建立現代企業制度，但一方面卻強調國有企業的社會責任，西方國家也強調企業的社會責任，但人家的社會責任指的是指企業在安全環保以及遵守法律社會倫理價值這方面的責任，而在國內說國有企業的社會責任就變成了社會管理和控制的作用。如果不剝離企業的社會管理和控制功能，怎麼能建立現代企業制度，企業怎麼纔能真正地輕裝上路，從而在國際競爭中勝出呢。」

　　「你的想法可真多，能從一個個人檔案想到這麼多。」張秀莉說道。

　　「我只是隨便發發議論而已，而且是對中國的國有企業發的議論，我說的不是咱們單位。」姬遠峰說道，他還記得張秀莉說的話，不要對本單位發表什麼議論，免得領導聽到了不好，所以姬遠峰最後加了一句話。

　　此後姬遠峰再次看到類似的檔案時實在忍不住了纔偷著笑一下，張秀莉也只是會意地笑一下，再也不要過去看這些光怪陸離的檔案了。姬

遠峰對張秀莉這點印象很好，他很不喜歡八卦而又瑣屑的女生。

　　一天中午快下班了，張秀莉說，「食堂天然氣管線出故障了，今天中午我請你去外邊喫飯吧，我已經給我男朋友打過電話他中午不過來和我一起喫飯了。」

　　姬遠峰連說，「那多不好意思。」

　　張秀莉回道，「別客氣，整理檔案是我的工作，你相當於也給我幫忙呢，等你以後發工資了也可以請我，我兩需要早點走，你先出去在單位門口遠一點的地方等我，我帶你去遠一點的地方去喫，今天中午食堂不開門，同事都會在週圍喫飯，到飯點了人很多，你喜歡喫什麼？」

　　「我喜歡喫點清淡點的，不喜歡重口味的東西。」姬遠峰說道。

　　「那肉呢，草原的牛羊肉很好喫的。」張秀莉說道。

　　「肉可以喫點，不過全是肉的話有點對付不了。」姬遠峰說道。

　　「哦，那我知道該去什麼地方了，我以為男生都喜歡喫肉，看來你和我口味差不多，雖然也喫肉，但喫的不多。」

　　在飯店裡張秀莉問姬遠峰要瓶啤酒嗎，姬遠峰忙說不用了，下午還要上班呢，讓同事知道自己中午喝酒了多不好。

　　「那你平常喝酒多嗎？剛纔聽你說你也喝酒的。」張秀莉問道。

　　「我平常幾乎不喝酒，只有同學聚會少喝一點，我知道自己酒量不行，從不敢多喝，喝多了出醜丟人。」姬遠峰道。

　　「我沒有在你身上聞到煙味，也沒有見過你抽煙，你是不不抽煙？」張秀莉又問道。

　　「嗯，我不抽煙。」姬遠峰道。

　　「那你打麻將嗎？」

　　「我不會打。」

　　「那打牌總會吧！」

　　「能看懂，但從來不玩。」

　　張秀莉抬起頭睜大了眼睛看著姬遠峰，姬遠峰有點不好意思了，

「你是不覺得我很怪異？」姬遠峰說道。

「嗯，在檔案室只是覺得你長得有點像少數民族，思想有點奇特，不給手機設密碼，能從我只感覺到好笑的個人檔案中聯想到企業改革、建立現代企業制度這些高大上的話題，聽你這麼一說，感覺你行為也有點怪了，那你業餘怎麼打發時間呢？」張秀莉問道。

「我業餘喜歡打打籃球，看看書，或者獨自散散步，我喜歡安靜，不喜歡湊堆熱鬧，即使打籃球除了和別人一起分撥打著玩，也喜歡獨自一個人練習投籃。」

「你喜歡看什麼書？武俠小說還是古典名著？」張秀莉問道。

「我喜歡看歷史地理和詩詞類的書，不喜歡看武俠小說，古典名著看的也不多。」姬遠峰回答道。

「你來的時間帶什麼書了，能借我一本看看嗎？」張秀莉說道。

「我來的時間書帶多了不方便，只帶了兩本詩詞書和一套《泛槎圖》。」姬遠峰雖然也隨身帶了《圍城》到了單位，但一說到《圍城》姬遠峰總會想起岳欣芙和楊如菡，這時候他不願意再說起這本書了。

「你說的《泛槎圖》是什麼書，書名能寫下來讓我看看嗎？」

姬遠峰在手機上輸出「泛槎圖」三個字，張秀莉看了一眼，搖頭說，「第一次見這個書名，槎是什麼意思？」

「槎是木筏的意思。」

「哦，是遊記之類的書嗎？」

「是的，是帶插圖的遊記。」

「下午能帶來讓我看看嗎？」

「當然可以了。」

「你要是覺得無聊沒有書看了，給我說，我在家裡找幾本書給你看。」張秀莉說道。

「先謝謝妳了，等我沒書看了再跟妳要吧，妳喜歡看什麼書？」姬遠峰問道。

「我喜歡看雜誌和文學類的書，也喜歡看言情小說。」張秀莉說

著不好意思地笑了，姬遠峰也笑了一下。「我在人事處看過你的應聘簡歷，你研究生畢業怎麼會來我們單位，感覺你以前工作的城市和單位都比這裡好一些的。」張秀莉接著說道。

「西安比這裡好一些是真的，單位我覺得差不多，都是國企，一個是搞設計的，一個是集團公司的研究院，都是技術類的工作。我當初也沒有想來這裡，選擇咱們單位是保底的，一心想應聘國家開發銀行的，結果面試失敗了，最後我就到這裡來了。」姬遠峰說道。

「哦，你今年是不二十六歲了？」張秀莉問姬遠峰。

「不是，我二十七歲了，妳呢？妳去年纔來咱們單位，我感覺咱兩都是同齡人。」

「你說的對，我去年研究生畢業來的咱們單位，我今年二十六歲了，你怎麼會二十七歲呢？你應聘簡歷上不是一九七八年出生的嗎？」

「我是一九七八年出生的，今年不是二十七歲了嗎？」姬遠峰說道。

「你已經過了生日了？」張秀莉問道。

「還沒有，我的生日是六月二十三號，還沒有過。」

「還沒有過生日呢，怎麼就算到二十七歲了呢？」

「都是這樣算的啊，算年齡好像沒有人特意計算到生日的吧。那我明白了，妳也有可能是一九七八年生的，只是生日還沒過是吧，妳生日在幾月份？」姬遠峰微笑著說道。

「你說的對，我也是一九七八年出生的，但誰願意把自己往大算呢，我生日是五月三十一號。」張秀莉也笑著說道。

姬遠峰聽了也笑了起來，「不就差幾天就過生日了嘛，妳們女生真有意思，妳們女生的年齡是按日計算的，忘了在哪本書上看的，女生的年齡對女生自己來說就是最大的秘密，不可透露哦。」

聽了姬遠峰的話張秀莉也笑了一下，接著說道，「我看過你的簡歷，我兩同歲，但你的經歷挺豐富的，本科畢業到南京工作，換了工作到西安上班，又考上研究生，短短兩年時間中換了兩家單位，研究生畢業後來了這兒，不像我，從出生到上大學前一直在這兒，出去上了大學

和研究生又回來了，長這麼大就待過兩個地方，有時間真想出去在其他地方待一段時間體驗體驗。」

「我是挺能折騰的，不過也是自己不成熟，不知道自己到底想幹什麼，一山看著一山高，折騰來折騰去，也挺累的，剛纔聽妳說妳從出生到上大學前一直在這兒，而且妳也沒有住在單身宿舍樓，妳是子弟對吧？」姬遠峰問道。

「嗯，我是子弟，我研究生畢業後又回來了。」

「妳是定向生或者是委培生嗎？我來單位後知道咱們集團公司有不少委培生和定向生。」

「咱們集團是有很多定向生和委培生，他們的分數線比國家統考線低不少，他們畢業了必須回來，但我不是，我是自願回來工作的。」

「我到這裡後聽說高考對咱們集團公司是有傾斜的，是嗎？」姬遠峰問道。

「是的，集團公司的高考錄取線要比地方上學生低二三十分呢，你今年二十七歲了，有女朋友嗎？」張秀莉問道。

「當然有過了，都二十七歲了還沒有談過女朋友，人家會懷疑你不正常了。我本科一個室友開玩笑說，上研究生了還不談女朋友的，那肯定是喜歡男的了。」姬遠峰邊說邊笑了。

張秀莉聽了也報以微笑，「你剛纔說你有過，你意思現在分手了？你兩談了幾年？為什麼分手了呢？」張秀莉問道。

「我們從本科大四開始的，她研究生沒有考上本科畢業後回家先在家呆了一段時間，然後出國了，先是上研究生，後是讀博，我在西安上班，然後又上研究生，我兩可能聚少離多吧，我研究生三年級找工作前我兩就分開了。」姬遠峰不願意把他和楊如菌之間的感情說的詳細，只簡單地說了幾句。

「你女朋友家是哪兒的？她現在在哪個國家呢？」

「她家是西安的，她現在在美國。」

「你說你女朋友家是西安的，本科畢業後在家裡呆了一段時間，你

那時間從南京換工作到了西安，嗯……，你從南京換工作到西安是不為了追隨你那個女朋友纔換的工作？」張秀莉微笑著問道。

姬遠峰笑笑沒有回答這個問題，他不願意和張秀莉說這個話題，而且三言兩語也說不清楚，雖然和楊如菡分開已經半年時間了，提起來姬遠峰心裡還是不好受。

「她家的條件肯定不錯，能讓她出國。」張秀莉接著說道。

「她父母是大學老師，家庭環境薰陶的吧，她出國了。」

「她沒有回來，或者你出去的想法嗎？」

「她肯定不願意回來了，要不她會提出分手，我家在農村，沒有條件出去，再者我也不想出去了。」

「這麼說是你女朋友提出分手的？哦，對不起……，你兩還有聯繫嗎？」

「分手了當然不聯繫了。那妳呢，我看妳男朋友經常來找妳，對妳挺好的。」姬遠峰不願意接著說楊如菡了，轉換話題說道。

「經常來接我的不是我的第一個男朋友，我的第一個男朋友是我研究生時的同學，他一直是學生會的幹部，從本科到研究生都是，一米八多的身高，長得很帥，口才很好，經常演講。我兩在上研究生的時間纔開始在一起的，我知道他之前還有女朋友，他上了研究生後和他前女朋友分開後纔和我在一起的，當他和我在一起的時間他對我一直很好，但我兩也分分合合兩三次，每次都是因為其他女生的介入。我甚至都有放棄的想法，但他每次都痛哭流涕賭咒發誓不會再犯錯了，直到畢業找工作時他要和我一起到我們集團公司來工作，說有關係發展會快一些，我兩的關係纔穩定了下來。我原來是不願意回來工作的，我並不喜歡自己從小長大的這個環境，但他堅持要來，我就沒有再找工作。但畢業前他選調生錄用了，去了南方一個城市的市政府，他去報到後一個月就發來短信提出分手，說他愛上了另外一個女生。我不知道他去那邊發生了什麼，坐車連夜趕了過去，在他的宿舍，他連一杯水都沒有給我倒。我和他正在說話的時間那個女生來找他，一個一米五出頭、滿臉雀斑，胖

墩墩的女孩，穿著名牌衣服也遮不住那個女生的粗鄙。那個女生的頤指
氣使，我前男友在那個女生面前噤若寒蟬的樣子直讓我作嘔，相處快三
年了，我發現他原來是那麼的熟悉而又陌生。直覺告訴我是什麼原因讓
他提出了分手，我一打聽果然和我猜的一樣，那個女生是他們市委一個
主要領導的女兒，我知道我看錯了人。我很高興他提出分手，我真的很
高興他提出分手，去他那兒的那一晚上我在車上一夜沒有睡著，從他那
兒回來我一覺睡到天亮。然後高高興興地跟我爸爸媽媽說我們分手了，
我爸爸媽媽看著我高興的樣子還以為我腦子出了問題。他兩很快就結婚
了，婚後沒幾天他發短信給我說他什麼時間結得婚，媳婦脾氣暴躁。我
回覆他，你結完婚了還告訴我你結婚的日子是想讓我補送賀禮嗎？你已
經結婚了，請自重。我已經想好了，只要他再發一條短信我就換手機
號，但他再沒有發短信，我不知道他現在怎麼樣了，是不陞遷的很快，
我也根本不想知道。」

　　姬遠峰只是不願意說自己和楊如茵的事，所以換了話題，他並沒
有打探張秀莉過往感情經歷的意思，但聽了張秀莉講自己的一段感情經
歷，面對這麼一個還不是很熟悉的女同事，姬遠峰不知道該說什麼好，
只好說道，「聽了妳的事我不知道該說什麼，只能說這是妳人生中的一
段經歷了。」

　　「你是不很奇怪我跟你說這些，你隨便聽聽就行了。」張秀莉抬起
頭看著姬遠峰說道。

　　「珍惜當下吧，妳現在的男朋友對妳看著挺好的。」姬遠峰說道。

　　張秀莉沒有接著往下說。

　　下午姬遠峰把《泛槎圖》交給張秀莉，張秀莉翻開第一頁就愣住
了，「這是影印的古籍，你平常就看這樣的書？你是學理工科的嗎？」
張秀莉笑著問道。

　　姬遠峰有點不好意思了，覺得自己顯擺似的，忙說，「當然不全是
這類書了，影印的書買的還是少，這本書看起來比較費勁，沒有仔細看

過，這次帶來想著看看的。」

「好吧，有些繁體字我不認識，今晚我回家了找個字典好好研究研究。」

第二天早晨張秀莉把兩本《泛槎圖》還給了姬遠峰，笑著說，「我還是看我的雜誌和小說吧，你的書我實在享受不了，雖然插圖很漂亮，但都是繁字體，還是手寫體，也沒有標點符號，看起來太費勁了。」

姬遠峰和單身宿舍樓的同事熟悉了，也終於知道了同屋的人是幹什麼的了，是一個出租車司機，研究院一個領導的農村親戚，具體是那位領導的親戚沒人說，姬遠峰心裡很不爽。同住宿舍的同事告訴姬遠峰，這樣的人不止一個，宿舍管理很混亂，等過段時間找個機會，有結婚的同事不來住了，你換個宿舍就行，沒人管的。姬遠峰覺得這個單位空有皮囊，內部真是一團糟。雖然姬遠峰和張秀莉已經慢慢熟悉了，也說一些事情了，但姬遠峰沒有和張秀莉說自己從住宿舍的同事那兒聽到的單位的這些負面消息。姬遠峰隱隱覺得他願意把來這兒遇到的事情和感受說給張秀莉聽，張秀莉也願意認真的聽，但姬遠峰時刻提醒自己張秀莉是人事處的，自己和她說的任何話都會被她帶入工作，尤其是研究院領導親戚之類的上不了臺面的事更不應該在人事處的人面前說。

一天在檔案室裡張秀莉對姬遠峰說，「人事處王大姐說，看咱兩整天在一起整理檔案，你們都是同齡人，讓我問問你現在有女朋友嗎，她那有個女生想介紹給你認識認識，我說我都問過了，你現在沒有女朋友，不過我可以問問看你現在想談女朋友不，王大姐要給你介紹女生，你想去見見嗎？」

「妳替我謝謝王大姐吧，暫時還不想去見。」

「你年齡不小了，怎麼不去見見呢？還沒有從失戀中走出來嗎？」張秀莉笑著問道。

「不是了，我來這裡還二十天來天，人生地不熟的，還沒有正式報

到，什麼情況都不了解。再者，我對相親稍微有點看法，我在西安工作的時間有人給我介紹一個女生，我當然沒有去了，然後就介紹給大我兩歲的一個同事。我和那個同事關係很熟，我那個同事去相親了，我很好奇那女生長啥樣，我同事相親回來我就問他那女生的情況，他無意中告訴我那女生的年齡，短短十來天那女生就已經長大了兩歲，與我的同事同歲。通過這件事讓我覺得介紹相親的事情並不像想象中那麼簡單，有些會隱瞞一些情況，尤其像我這樣初來乍到，對什麼情況都不了解，所以我暫時不想去見王大姐介紹的女生。」

「你不是說你和你女朋友大四就開始了，直到找工作前你纔和你女朋友分手，怎麼你在西安上班的時間還有人給你介紹女朋友？」張秀莉疑惑地問道。

姬遠峰一聽知道張秀莉誤解了，也是自己不願意給她講清楚自己和楊如菡隱默的關係造成的，但姬遠峰還是不願意把自己和楊如菡的關係說的詳細一點，「哦，妳誤會了，我和我前女友是從大四就開始了，不過她本科畢業後不久就出國了，她從來沒有去過我的單位，我也不可能主動給同事說我有女朋友，在單位從來見不到有女生來找我，有同事想當然地以為我沒有女朋友，就介紹了剛纔說的大我兩歲的一個女生。」

「哦，原來如此，聽你這麼說，你好像不能接受比你年齡大的女生，是嗎？」張秀莉問道。

「還好吧，當然希望女朋友比自己小了。」

「你意思是接受不了？」

「不是那個意思，可以接受，不過比我大的歲數隨著我自己年齡的增大是遞減的。」

「什麼意思？」張秀莉帶著疑惑的神情問道。

「我意思是隨著自己年齡的增大，能接受的年齡差距反而減小了，比如我本科二十二歲畢業時，覺得女生大三歲也可以，女生那時間纔二十五歲，還是個女孩子。但現在我已經二十七歲了，女生大自己三歲，已經三十歲了，感覺那女的早應該是媽媽了，心理上有點接受不了。」

「哦，那你現在能接受比自己大多少呢？」

「一半歲吧，當然小兩三歲更好了，我還想老牛喫嫩草呢！」姬遠峰邊說邊笑了。

五月底周五下午快下班了，張秀莉對姬遠峰說道，「下周我就不來上班了，只有你一個人整理檔案了。」

「妳要出差了？」姬遠峰問道。

「不是，我借調到北京總部半年，六月份就要去報到，我在家裡先收拾收拾東西下個禮拜就要報到去了。」

「恭喜妳了，借調都是變相正式調動工作的一種方式，國企都是這樣的，過去可要好好表現，爭取留下來。我知道國企內調動工作很難，尤其是往總部調，需要關係很硬繞行，冒昧地問一句，妳爸爸也是什麼領導吧。」

「我爸爸是五分廠的經理。」

「那妳留下來的可能性很大，以後咱兩就不是同事了，不對，還是整個集團公司的同事，好幾十萬同事之一，咱們集團公司的同事一輩子都連名字沒有聽說過一次，還要算同事的。」姬遠峰微笑著說道。

張秀莉也報以微笑，道，「那說不準，總部不好留的，我們很有可能還是同事。」

「我們還有可能繼續是同事很可能因為妳的男朋友，這裡有妳牽掛的人。」姬遠峰笑著說道。

「檔案一時半會也整理不完，你不用每天按時來上班下班，你還沒有正式上班，可以多出去轉轉，天氣也漸漸暖和了。」

「我還是稍微用點心吧，剛來單位，顯得鬆鬆垮垮的不好。」

「你說的也對，那只能周末了多出去轉轉了，週圍的草原也逐漸綠了。」張秀莉說道。

六月初張秀莉借調去了北京，這幾天姬遠峰一個人在檔案室整理人

事檔案，只有人事處的王大姐偶爾過來看一眼就走了，姬遠峰感覺有點空蕩蕩的。姬遠峰心想，快點到八月份吧，到時間應屆生全來了就可以報到培訓了，下到處室就好了，這次提前到單位真是有點無聊。但呆在家裡面對爸爸媽媽的催婚更不好，不僅無聊還會煩的要命。姬遠峰想給張秀莉打個電話或者發個短信問問她在北京怎麼樣了，想想忍住了，沒有打電話也沒有發消息。一天晚上，姬遠峰正在宿舍看書，手機提示有短信，他看到一條短信，是張秀莉發來的。

「我已經到北京幾天了，在總部機關人生地不熟，很多都是領導，無論說話做事都小心翼翼的，感覺好壓抑，好無聊，你忙什麼呢？」

姬遠峰回覆道，「我晚上也閒的無聊，看會閒書，在機關裡面都是這樣，領導多的地方都需要謹言慎行，時間長了就慢慢習慣了。妳可以讓妳男朋友周末過去陪陪妳，陪妳玩玩，北京好玩的地方還是很多的。」

停頓了很長一會，張秀莉回覆了一條消息，「他主動要過來陪我，我沒有讓他過來，總部給我租的房子，我不想讓他過來，過來不方便。」

「哦。」姬遠峰只給張秀莉回了一個字，他覺得自己主動提及讓張秀莉的男朋友過去陪張秀莉的話真不應該說。

張秀莉去北京已經兩個禮拜了，周末早晨姬遠峰像往常一樣早早起床，來到籃球場鍛鍊身體。球場上沒有幾個人，姬遠峰一個人在球場一端練習投籃，他看到有個熟悉的身影騎著自行車到了球場邊，姬遠峰一看竟然是張秀莉。

「你怎麼會在這兒？你不是去北京了嗎！什麼時間回來的？纔兩個禮拜就回來了，想男朋友啦！」姬遠峰笑著說道。

「我昨天下午到家的，北京人生地不熟的，沒有人陪我聊天，我周末回家一趟，順便帶了一點喫的送給你。」

「喫的！謝謝，我最好喫了，是什麼好喫的？」姬遠峰笑著說道。

「一點稻香村的糕點而已，咱們這裡也有，北京的可能更正宗點，

給你帶了一盒。」

「謝謝，妳怎麼知道我在籃球場，尤其是大清早。」

「你在檔案室說的，你說你周末早晨有鍛煉的習慣，不過不是跑步，而是打籃球，我聽到了，我早晨給你打電話，沒有人接，我猜你打球時沒有帶手機，就直接到球場來了。」

「哦，對不起，晚上睡覺手機靜音了，雖然打球帶著手機，想沒有人大清早會打電話，沒有把靜音關了，害妳起個大早，妳睡起來送到我宿舍或者打個電話我去拿也行。」

「去你宿舍不方便，都是同事，給別人送點東西讓人去拿感覺多不好。」

姬遠峰聽到張秀莉說去宿舍不方便的話，知道自己剛纔說送到宿舍這句話真的多餘，只能說，「那謝謝妳了，妳下午就要回北京去了吧？在家裡也只呆了一個晚上一個早晨而已！」

「我今天呆在家裡，還有點其他事，晚上坐夜班車去北京。」

「那我可沒辦法回謝妳了，妳遠道回來，只有一天的時間，要陪妳爸爸媽媽，妳男朋友還排隊等著妳陪呢。」姬遠峰笑著說道，「晚上坐車回北京注意點安全。」

「謝謝你，姬遠峰，我走了。」

打完球姬遠峰拎著糕點回到宿舍，覺得這糕點送得唐突，自己到這裡來還不到四十天，張秀莉只是自己一個普通的同事而已，怎麼大老遠從北京給自己帶東西，還大清早送到球場來。自己兩次說到張秀莉的男朋友，她都沒有接話，以前自己和張秀莉說起她的男朋友她都很淡然。姬遠峰隱隱覺得張秀莉和她男朋友關係並不是很密切，姬遠峰感覺很為難，無法回覆張秀莉。說別送了，沒有給送禮物的人這樣說的，別人大老遠從北京專門帶回來，大清早專門找到球場送給自己，會傷了張秀莉的面子。說妳男朋友知道了會喫醋的，好像把自己與她男朋友相提並論，想來想去，姬遠峰只簡單地發了一條短信，「妳送我的糕點我喫了兩塊了，很好喫，謝謝妳！」過了幾分鐘，姬遠峰看到張秀莉回了一條

消息，只簡單的三個字，「不客氣！」

　　六月二十三日是姬遠峰的生日，姬遠峰正在檔案室裡整理檔案，快遞打電話說有郵件，姬遠峰有點納悶，最近沒有網購，誰會給自己寄東西呢，爸爸哥哥姐姐給自己寄東西都會事先打電話說，自己剛到這裡，也沒給家裡說過需要什麼東西往來寄，即使寄東西也要先打電話問自己的具體收件地址纔對啊。姬遠峰帶著疑惑下樓去接收了快遞，看到是從北京來的，寄件人是張秀莉。姬遠峰心頭一怔，沒有上樓，往偏僻的地方走了走，打開包裝，一個猴子打籃球的卡通玩偶，一張紙上寫著「生日快樂！張秀莉」。姬遠峰沒有去檔案室，拿著玩偶先回了宿舍，仔細地看了看這個可愛的打籃球的玩偶，感覺張秀莉是用心給自己挑選的生日禮物，姬遠峰把這個生日禮物放到了自己的抽屜裡。姬遠峰感覺到更不安了，他想打電話給張秀莉表示感謝，同時也說自己不安的心情。姬遠峰喜歡打電話說事情，發消息麻煩而且只是冰冷的文字，不像說話語氣也是交流的內容之一。但轉念一想，這事電話裡不好說，說收到禮物自己不安，會讓張秀莉尷尬的。姬遠峰想發一條消息給張秀莉，但轉念一想，現在發過去她肯定會回覆，張秀莉在總部機關，低頭不停地發消息也不好，自己還要去檔案室，等到晚上了再發吧。晚上在宿舍，姬遠峰給張秀莉發了一條短消息。

　　「張秀莉，妳送我的生日禮物收到了，謝謝妳。我猜我的生日也是妳和我聊天時妳記住的，收到妳的禮物我感到很不安，上次妳送我糕點的時間我想說但沒有說，這次我不能再不說了，妳男朋友知道會不好的，我不知道這樣給妳說是否合適，請妳原諒。」

　　過了好幾分鐘，姬遠峰接到了張秀莉回覆的短信，「禮物是我送的，與我男朋友沒有關係，我已經和我男朋友分開了，上次回家的時間我和他已經說清楚了。」

　　緊接著，張秀莉又發過來一條短信，「我和我男朋友分開是我的決定，與任何人沒有關係。」

　　姬遠峰看到這條短消息愣住了，他不知道如何回覆張秀莉，只好回覆到，「我不知道該說什麼，真的不知道該說什麼。」

　　「我這周要給領導整理一份材料，下周星期一領導開會要用，周末我們內部要加班先過一過，下個周末我會回來一趟，你能陪我喫一頓飯嗎？」張秀莉又發過來一條短消息。

　　「當然可以了，我請妳吧，妳送我兩次東西了，還請我喫飯了，我應該請妳了。」姬遠峰回道。

　　「你還沒有發工資，我請你吧！」

　　「還是我來請吧，這點生活費還是有的，只是麻煩妳選一個合適的地方，妳知道的我來這裡時間不久，對週圍情況不是很熟悉。」

　　「好吧，到時間再聊。」

　　「好的，再見。」

　　張秀莉下周六回來了，晚上姬遠峰和張秀莉一起在飯店喫飯，兩人都心事重重。

　　「妳去北京已經一個月了，慢慢適應了吧！」姬遠峰說道。

　　「還是那樣，我只是短期借調，不是正式調過去，總部的人也不把我當做正式員工對待，融不進去。」

　　「哦，中國人之間的人際關係很複雜，也很微妙，我沒有在外企待過，不知道老外之間怎麼樣，不過都是人，估計都差不多。」

　　「可能吧。」

　　「我知道妳最近心情不好，多回來也好，和爸爸媽媽呆在一起說說話，找同學一起玩玩也許能好點，一個人在北京悶著不好。」

　　「我爸爸媽媽都知道我和我男朋友分手的事了，但他們能做什麼呢，除了安慰安慰我，他們也做不了什麼。」張秀莉輕輕地說道。

　　「人和人相處真的很難，尤其是男女之間。」姬遠峰說道。

　　「我知道你心中有疑問，你想問我為什麼和我男朋友分手了，你不好意思問。」張秀莉說道，她接著說，「張雲凱是我高中一個班的同

學，本科不在一個學校，他本科畢業後就回來工作了。本科和研究生七年的時間我和他都沒有聯繫，只是在高中同學聚會的時間見過幾次面而已，我和我前男友分手後我兩纔開始的，也僅僅只有半年的時間。我和他交往的過程中，我能隱隱感覺到他和我前男友有神似之處。我借調去北京沒幾天，我高中的同學就打電話告訴我她見到我男朋友和其他女生在約會喫飯，彼此很親密，我上次回來就和他分手了。他知道是什麼原因，所以我兩分得很乾脆，所以我說我和我男朋友分開與任何人沒有關係。」

「我不知道妳對妳男朋友還有感情不，是不是在氣頭上分開了，在我看來這樣也好，早點看清楚分開了，免得將來更大的痛苦，我這樣說妳別介意。」

「不介意的，我和他本來關係就很淡，就像你說的早點看清楚分開反而更好一些⋯⋯」，姬遠峰看到張秀莉猶豫了一下，接著說道，「你整理檔案的時間王大姐來過檔案室嗎？」

「來過幾次，但都是轉一圈就走了。」

「她跟你說什麼了沒有？」張秀莉問道。

「她什麼也沒說，只是工作上關照一下，提醒下班走的時間鎖好門窗之類的。」

張秀莉遲疑了一下，「王大姐還給你介紹女生了嗎？」說話的同時露出了羞澀的表情。

「沒有，她知道我暫時還不想去見介紹的女生。」

「哦，過段時間正式報到了，你會不會去見別人介紹的女生？」張秀莉問道。

「可能會去吧，雖然我想自己交往女生，但我已經二十七歲了，也不小了，爸爸媽媽早都著急了，我家是西北農村的，有早婚早育的習慣。我哥哥二十三歲就結婚了，孩子今年都已經五六歲了，我兩個姐姐結婚也很早，我今年二十七歲了還光棍一個呢，我自己不著急我爸爸媽媽早都著急了。我本科畢業二十二歲的時間爸爸媽媽就已經催我結婚

了，只是我後來上了研究生又成了學生了他們纔不催了，我畢業前的寒假爸爸媽媽又開始催上了，我這次提前來單位也有躲避我爸爸媽媽催婚的意思。我如果呆在家裡到八月份來單位報到的話，需要在家裡呆將近三個月的時間，會被爸爸媽媽煩暈的，說不定還會和爸爸媽媽吵架，所以我就躲出來了。」姬遠峰說完笑了。

張秀莉聽了也笑了，「我以為就女生有被催婚的呢，原來男生也一樣，你剛來單位時說你在家閒的無聊就過來了，並沒有說被催婚。」

「我剛來還和妳不熟悉，哪好意思說催婚的事。」姬遠峰笑著說道。

張秀莉也笑了一下，「哦……，你喜歡什麼樣的女生？」張秀莉輕輕問道。

「當然喜歡漂亮的了。」姬遠峰笑著說道。「不過，首先要性格好吧，否則再好的感情也會吵沒了，不過話說回來自己性格也應該好一點，兩個人相處是相互的，不能光要求對方怎麼樣了。」

「哦……，你對集團子弟印象怎麼樣？」張秀莉問道。

「我來這邊時間不長，也沒有正式報到，宿舍樓裡也沒有子弟住，基本上沒有接觸過，不好說。」

「我就是子弟啊！」張秀莉抬頭看著姬遠峰說道。

「妳啊，妳很漂亮！」姬遠峰笑著說道。

張秀莉聽了，羞澀地一笑，「我說的是性格！」

「妳的性格挺剛烈的，從妳和妳兩任男朋友分手的事可以看得出來——哦，對不起，我又提妳男朋友了，妳剛分手，我不該提到的。」姬遠峰說道。

「沒有關係，你意思是說我很難相處了？」張秀莉看著姬遠峰說道。

「不，我不是這個意思，那不是妳的錯。」

「哦……」張秀莉哦了一聲。

「妳這次去北京纔兩個禮拜又回來一趟，來回跑挺累的，妳回來有什麼重要的事嗎？」姬遠峰問道。

「我本來想……，哦……，沒有什麼重要的事……，小峰，雖然你

還沒有下到處室裡去，但你來咱們單位已經兩個多月了，你對咱們單位的印象怎麼樣？」張秀莉問道。

姬遠峰記住了這是張秀莉第一次叫自己小峰，他猶豫了一下，說道，「如果我剛來單位妳這樣問我，我肯定說單位挺好的，因為妳在人事處工作，我不可能說實話。不過現在我兩關係好像熟悉一些了，而且妳都送我生日禮物了，我暫時不把妳當做同事了，當做一個朋友吧，也不怕妳聽了不高興，那我就說實話了，我對咱們單位挺失望的。」

「你即使說單位不好我怎麼會不高興呢，又不是說我，你說的失望是指什麼？」張秀莉看著姬遠峰說道。

「因為我說單位不好的話會牽扯到妳的身份，而且妳爸爸也是處級幹部，所以我纔說怕妳聽了不高興。」姬遠峰說道，他接著說，「以我以前的工作經歷，我知道國有單位裙帶關係都很嚴重，只是沒有想到咱們單位裙帶關係更嚴重，住單身宿舍樓的同事都這樣說，不過說單位不好的話我都是從住宿舍的同事那裡聽來的，住宿舍的都是非職工子弟，他們說的也可能有誇大的成分。」

「他們說的沒錯，我從小生活在這裡，我對這裡一切都很熟悉，這也是我當初研究生畢業不願意回來的原因。那你有跳槽離開的想法嗎？非職工子弟跳槽離開在咱們集團很普遍很普遍。」

「暫時還沒有吧，再怎麼說我還沒有下到處室裡，對真實的情況了解並不多，現在就跳槽也太輕率了些，不過聽到單位這麼多負面消息，也讓人心裡挺不舒服的，我現在還沒有正式報到，等正式報到了看看情況再說吧。」

喫飯結束了，姬遠峰把張秀莉送到了她家的小區門口，姬遠峰平時逛街經過過這個小區，這是這座能源之城的高檔小區之一，但現在是晚上，看不清什麼。看得出來張秀莉想說什麼話，她遲疑了一下，還是說了聲，「小峰，再見，回去的路上注意點安全！」轉身向小區裡走了進去，進了小區門走了幾步，張秀莉又轉過了身，她看到姬遠峰還沒有轉身離去，她又往回走了幾步，隔著柵欄說，「回去吧，小峰，晚安！」

姬遠峰回報以微笑，「再見！晚安！好夢！」張秀莉也回報以微笑，「再見！好夢！」

　　這兩天姬遠峰感覺到張秀莉和他喫飯的時間肯定有什麼話跟他說，甚至隱隱覺得張秀莉有點喜歡自己，兩個多月的時間不經意間張秀莉詢問了自己不少的情況，也告訴了自己不少她的事情，一個普通女同事不會告訴一個男同事她自己過往的感情經歷的。一起整理檔案的時間自己有時間偷著看她的時間發現張秀莉也正盯著自己看，看到自己發現了她的眼神會急忙裝作若無其事的樣子，繼續低頭整理檔案。喫飯的時間經常默默地低頭，不敢看自己，抬頭看到自己看她會把眼神躲開，說話的時間也是吞吞吐吐的。不過張秀莉是女生，她不說自己也不好意思主動問她，而且張秀莉借調去了北京，很有可能以後就在北京工作了，自己和楊如菡正是因為相隔異國最終分開了，自己也別太貿然了，重蹈覆轍了，過段時間再看吧。

　　周日喫過晚飯後，姬遠峰心緒不寧，看不進去書，他到外邊散步回來後在同事的宿舍裡看球賽，已經九點多了，手機提示有短消息，姬遠峰一看是張秀莉的短消息，消息很長，姬遠峰回到自己的宿舍仔細看。

　　「姬遠峰，請原諒我冒昧地給你發這條消息，謝謝你請我喫飯。我不知道怎麼跟你說，我兩認識纔兩個月多一點，彼此了解不多，我知道說這些話很唐突。從北京回來前我就想好了，想在周六晚上喫飯的時間和你說，但我沒有勇氣說。周六晚上回家了我想給你發這條消息，但我怕你周日約我出來直接回覆我，我沒有勇氣面對。回北京的路上想發給你，我怕在路上收到你的消息後無處躲避。我知道自己很唐突，你能接受我做你的女朋友嗎？我知道我兩接觸的時間不長，我兩可以慢慢彼此多了解一些。我並不想向你隱瞞什麼，我已經過了自己二十七歲的生日了，我們女生不能和你們男生比，男生三十歲了還算年輕，女生二十七歲已經不小了。我並不認為女生一定要嫁人纔算完整的人生，但我不想錯過自己喜歡的人了。你也可能跳槽離開這裡，我也不想拖拖拉拉耽誤

彼此很長時間而毫無結果，如果你願意的話我借調結束了就會回來，然後讓我爸爸幫忙把我調到另外一個單位，或者讓我爸爸想辦法把你調到另外一個單位，即使你跳槽離開我也願意和你一起離開這裡，我給你說過的我並不喜歡這裡的環境。如果你不願意我會讓我爸爸努力把我正式調到北京，我兩也不會再見面了，如果你跳槽離開的話我兩以後更不會再見面了。再，我和我男朋友的事真的與你無關，遇到你後我就決定和他分開了，即使沒有發生過他和其他女生約會的事我也會選擇分手的，因為我知道了我喜歡什麼樣子的人了，無論你是否願意和我在一起，我都想好了我不願意和一個我不喜歡且對我三心二意的人生活一輩子。」

　　姬遠峰看著這條消息，一時間不知道該怎麼回覆，張秀莉很漂亮，從見第一面的時間他就覺得她有股特有的氣質，她借調去了北京，自己在檔案室裡一個人整理檔案覺得空蕩蕩的。不過張秀莉當時有男朋友，自己沒敢往那方面想。這時間張秀莉單身了，不過自己和她接觸時間的確不長，了解不是很多，萬一兩人性格不合，又鬧分手，張秀莉就已經是第三次分手了，讓張秀莉多傷心。可自己好像也隱隱地喜歡上了張秀莉，張秀莉去了北京自己還會經常想起她，想發消息和她聊天，想知道她在北京過的怎麼樣，只不過當時張秀莉有男朋友自己忍住了沒發，自己該怎麼回覆她呢？

　　這時間張秀莉又發了一條消息過來，「我知道我兩接觸的時間不長，你不用為難，沒有關係的。」

　　姬遠峰忙回覆一條消息，「秀莉，妳稍等一下，我會給妳回一條正式的消息，我不想敷衍了事地回覆妳。」姬遠峰知道讓一位女生表白是多麼的為難，他不想讓張秀莉感到難堪，也想讓自己的回覆能給張秀莉更多的安慰。

　　「秀莉，從妳去車站接我到單位上班的那一刻起，我就被妳的美麗端莊，妳的落落大方所傾倒，妳去了北京我一個人在檔案室整理檔案感覺空蕩蕩的。從妳與妳前男友的事情我知道了妳的愛憎，妳的行事方式，妳是一個多麼值得去愛的美好的女生。但我知道天下美好的事物並

不一定都要屬於自己，美好的事物有自己的個性、自己的喜好。每個人都是獨立的個體，愛情是最初的兩條平行線最後如何相交的問題，不是兩個個體相互追逐的遊戲。我很樂意做妳的男朋友，但願我別讓妳失望，希望妳和我在一起我能帶給妳快樂。」姬遠峰回覆到。

「小峰，我現在只想早點借調結束，早點回去了。」張秀莉回覆到。

「秀莉，暫時還是安心在北京工作吧，機會難得，六個月很快就會結束了，到時間再作決定吧！」姬遠峰回覆道。

「我這個周末會回來一趟。」

「我去接妳吧！」

「我也很想讓你接我，不過我兩今天晚上纔開始，爸爸媽媽一點也不知道，你接我送我到我家門口而不讓你去我家，感覺不好。雖然我和我男朋友分手的事我爸爸媽媽已經知道了，但我這麼短時間突然帶你去我家也會讓我爸爸媽媽吃驚的，我想過段時間回家了當面給爸爸媽媽說咱兩的事。」

「我完全理解妳的顧慮，不過周末妳回來是我兩確定關係後妳第一次從外地回來，我無論如何都應該去接妳的，我可以送妳到妳家小區門口，然後我回我的宿舍，等過段時間我再去妳家，何況我去妳家也應該帶點禮物。」姬遠峰回覆到。

「謝謝小峰，謝謝你的理解。」

「秀莉，妳早點睡覺吧，明天周一妳還要早到辦公室，別熬夜，熬夜對身體不好。」

「好的，我洗漱後就去睡覺。」

「晚安！秀莉！今晚我睡覺會笑的。」姬遠峰回覆道，並連發兩個笑的表情。

「晚安！小峰！我也會的。」張秀莉回了一個笑一個羞澀的表情。

張秀莉從北京回來了，在出站口，姬遠峰看到張秀莉拉著小行李箱走了出來，她的頭髮扎了起來，露出了白淨的脖子，感覺樣子有點變了。這次姬遠峰不用偷著看了，他面帶微笑大膽地直視張秀莉，張秀莉

回報以羞澀的笑臉，姬遠峰感覺到了張秀莉工作面孔外一個女生的嫵媚與親近。

　　姬遠峰和張秀莉兩並排在出租車後座上，姬遠峰側身注視張秀莉的臉，皮膚那麼白皙，白裡透紅。張秀莉也側臉看姬遠峰，面帶羞澀。姬遠峰伸手去握張秀莉的手，姑娘本能的縮手，然後又輕輕地伸出了手，緊緊地握住了姬遠峰的手，頭微微地向姬遠峰的肩膀靠攏。姬遠峰感覺到張秀莉的手那麼柔軟，他感覺到了張秀莉身上淡淡的女人香。

　　張秀莉要回北京了，姬遠峰要了張秀莉幾張單人照片，其中有張照片張秀莉穿的衣服就是姬遠峰第一次見到張秀莉時她穿的衣服，姬遠峰最喜歡這張照片。張秀莉也要了姬遠峰的照片，姬遠峰挑選了自己大學和研究生時期比較好的照片各一張給了張秀莉。姬遠峰把影集裡相片的位置挪了挪，把張秀莉的照片放到了最前面。姬遠峰想起了岳欣芙送給自己的那張惟一的照片，自己一直沒有放到自己的影集裡，單獨夾在岳欣芙作為生日禮物送給自己的那個帶鎖的筆記本裡。好多東西包括影集都是托運過來的，但黎春蓴寫給自己的信件、岳欣芙送給自己的筆記本和照片都是隨身帶過來的。姬遠峰拿出了岳欣芙給自己的筆記本，看了看岳欣芙寫在日記本上的生日祝福和兩篇自己當時的日記，端詳了一會那張照片，又鎖到了櫃子裡。

　　此後每天和張秀莉短消息聊天成了姬遠峰的必修課，幾乎每天晚上都會聊到很晚，因為第二天兩人都要上班，姬遠峰還沒有正式報到可以懶散點，但張秀莉在總部機關，上班不能沒精神，實在太晚了兩人只好強行中斷聊天讓張秀莉早點休息。姬遠峰也發現短消息談戀愛的一個好處，那就是自己平常無法說出口的一些肉麻的情話可以在短消息中肆無忌憚地和張秀莉說，同樣張秀莉也會在短消息中說一些女生平時肯定說不出口的情話來。很快，手機存儲卡已經無法保存那麼多短消息了，刪掉一些後姬遠峰又心疼了，以後再想看的時間就看不到了，姬遠峰找了一個筆記本把張秀莉發給自己的短消息一條條抄了下來，然後再從手機

中刪掉騰出空間來。姬遠峰和張秀莉電話聊天時告訴張秀莉自己把她的短消息抄在了筆記本上，姬遠峰纔知道張秀莉竟然和他做著同樣的事，而且比他更早地抄寫下了姬遠峰發給張秀莉的短消息。

<h1 style="text-align:center">二</h1>

　　八月初應屆生都來報到了，姬遠峰也下到了自己的部門——電力處一科，處裡設有兩個科，每個科設有一個科長、兩個科級技術崗。姬遠峰也見到了一同進入單位的幾位同事，李進賢——一個留學歸來的研究生，能說一口流利的外語，李進賢和姬遠峰在同一個科。王高遠，一個CUBA[1]強隊的隊員，身高一米九，體重一百八十多斤，籃球打得很好，雖然是職工子弟，但家庭是普通職工。雖然王高遠和姬遠峰不在同一個處裡，但因為姬遠峰喜歡打籃球，打的也可以，他兩有更多的共同話題。姬遠峰見到了自己處的處長韋處長和書記柴書記，柴書記五十歲出頭，韋處長比柴書記年輕三四歲，看得出來因為柴書記年齡較長，在處裡發言時總是作總結發言，好像地位比韋處長高一點點。姬遠峰也見到了自己的組長呂文明，一個比自己年齡小兩個月的職工子弟，家庭是普通職工，身材高大，儀表堂堂。呂文明本科二零零零年畢業後就工作了，工作期間讀了工程碩士，一個工作很認真努力，很上進的年輕人。

　　姬遠峰給張秀莉講了自己的組長呂文明，因為都是一九七八年的生人，姬遠峰覺得呂文明和張秀莉應該是同學，過了幾天張秀莉告訴姬遠峰，呂文明和她是一個年級的同學，但初中高中不在一個班裡，大學也不在一起上，當時接觸很少。她打聽清楚了，呂文明是一個十分勢力、心眼很小的人，當初回到集團公司工作找女朋友的時間換了好幾個，為的就是找一個領導的女兒，最終結婚的媳婦是一個科長的女兒，他媳婦現在對他盯得也很緊，你和呂文明共事要多注意點。

---

[1] Chinese University Basketball Association的簡寫，即中國大學生籃球聯賽。

　　下到了自己的部門，分配了電腦，姬遠峰忙去同學錄上看看。姬遠峰提前到了單位幫忙整理檔案，手邊沒有電腦，又因為和張秀莉的事情，他沒有心思去網吧上網。姬遠峰和楊如菡分開後也沒有什麼重要的電子郵件需要接收了，網吧抽煙的人太多了，空氣太污濁了，污言穢語的人太多了，姬遠峰不樂意去網吧，他已經兩三個月沒有上同學錄了。現在有了電腦，姬遠峰想上去看看同學們都說了什麼，他在瀏覽同學們的留言，尤其是岳欣芙的留言。雖然姬遠峰已經和楊如菡相處了五年，和張秀莉已經開始了新的感情，姬遠峰知道自己再也不會走進岳欣芙的生活了，自己也不會主動和岳欣芙說一句話了，但還是忍不住看她的留言，想知道岳欣芙現在過的怎麼樣了。一會姬遠峰看到有人在同學錄上和他說話，是李木。

　　「雞雞，最近忙什麼呢？好長時間不見你上來了。」李木留言道。

　　「鴨鴨，畢業去單位報到了，前段時間還沒上班，也沒有電腦，所以就沒有上同學錄了。」姬遠峰留言回覆道。

　　「研究生畢業去哪了？和女朋友一起去的嗎？你女朋友在什麼地方，我上次出差到西安你個熊玩意死活不告訴我是誰，在哪呢，怕哥搶嗎！哥已經嫁出去了，你放心，啥時間喫喜糖啊！」

　　「我去了中國天峰能源集團公司研究院了。女朋友嘛，天要下雨娘要嫁人，不過人家不嫁給我而已，我又成單身狗一個了，哈哈。喜糖嘛，不會少了你的，不過先把份子錢準備好了，五位數起步。」

　　「分手了？真的假的？份子錢早準備好了，是六位數的，小數點由我點，哈哈。」

　　「真的已經分手了，出差過來了找我玩啊。」

　　「好吧，到時間過去安慰安慰你，可憐的兄弟，再見！」

　　「再見！記得回去開始攢私房錢給我準備份子錢，你現在抽煙估計都要向媳婦申請資金了吧！哈哈！」

　　「哈哈，媳婦一切都聽我的，祝願你找個像你剛纔說的那樣的女朋友，哈哈，再見！」

「烏鴉嘴！再見！」

姬遠峰繼續瀏覽同學們的留言，一個女生的頭像和他說話了，是岳欣芙！姬遠峰心頭一怔，本科畢業五年了，岳欣芙第一次和自己說話了，是在網路上。

「姬遠峰，研究生都畢業了，祝賀祝賀！」岳欣芙留言道。

看到岳欣芙主動和自己說話，姬遠峰甚至有點不敢相信，大學畢業已經五年了，他兩之間從來沒有說過一句話。姬遠峰用鼠標點擊了一下和自己說話的這個女生的頭像，查看了一下個人資料，確認和自己說話的的確是岳欣芙。

「岳欣芙，謝謝妳的祝賀，也包括祝賀我失戀嗎？呵呵！」姬遠峰留言回覆道。

姬遠峰等著岳欣芙回覆，一分鐘過去了，岳欣芙沒有回覆，兩分鐘過去了，岳欣芙沒有回覆，五分鐘過去了，岳欣芙沒有回覆。姬遠峰看到岳欣芙的頭像變暗了，她隱身或者下線了，姬遠峰知道岳欣芙不會回覆自己的這條留言了。

三

過了一段時間，張秀莉回家把自己和姬遠峰的事告訴了爸爸媽媽，張媽媽聽完不假思索的說了一句，「這次不知道這個小伙子怎麼樣？」

張秀莉爸爸偷偷地瞪了媽媽一眼，張媽媽知道自己說錯了話，忙說，「小伙子怎麼樣，啥時間帶回來看看吧！」

張秀莉忙說，「不著急，我兩剛開始，過段時間吧！」

爸爸說，「剛纔聽秀莉說，小伙子學校挺好的，學歷也可以，個頭雖然和秀莉比起來稍微矮了點。」

「小峰不矮，將近一米八呢！」張秀莉插話說道。

「一米八也可以，我也打聽打聽這小伙子情況吧。」爸爸接著說道。

「我感覺小峰挺好的！」張秀莉說道。

　　張媽媽又說話了，「看來秀莉真的喜歡這個小伙子了，這纔幾天就開始說小伙子好了，她可從來沒有說……」，張媽媽意識到自己又說錯話了，卡住了下半句。

　　晚上張秀莉爸爸和媽媽在床上聊天，「這次不知道秀莉和這小伙子會怎麼樣，聽秀莉講，感覺這個小伙還不錯，學校學歷都不錯，也工作過兩年社會閱歷也稍微有一些了。但這小伙子家是西北農村的，我去過那邊很多次，西北男的大男子主義比較嚴重，家是農村的家庭負擔也可能比較重。」張爸爸說道。

　　「可是秀莉就喜歡上了怎麼辦，秀莉年齡也不小了。」張媽媽說道。

　　「我好好找人打聽打聽吧，如果還可以就讓他兩快點結婚吧，秀莉的確不小了。」

　　「秀莉在北京，他兩一個禮拜也見不著一次面，兩人怎麼能更快地熟悉呢？」張媽媽說道。

　　「我看看吧，如果小伙子還可以，讓秀莉提前回來算了。」

　　「那多可惜，秀莉好不容易纔借調過去的。」

　　「是啊，借調不容易，本來想讓秀莉過去了，也讓張雲凱的爸爸使把勁把張雲凱弄過去，讓張雲凱家在北京首付買套房，咱們也資助點，讓他兩在北京安家算了。誰知道張雲凱這孩子不學好呢，也好，早點分開好了，如果結婚有了孩子還犯這毛病，秀莉後半輩子就毀了。」張爸爸說道。

　　「你就說現在怎麼辦吧，說那些過去的事幹什麼！」張媽媽說道。

　　「現在只能這樣了，我打聽這小伙子如果還可以，讓秀莉提前回來，兩人相處一段時間還可以，就在這邊快點結婚算了。把秀莉一個人弄到北京都不容易，小伙子無論如何也弄不到北京去的。這小伙子家在農村，估計家庭情況也一般，不可能在北京買房，結婚了不貼幫父母已經不錯了。咱們家也不可能給秀莉在北京買房，秀莉還有弟弟呢，如果小伙子有本事，在這裡也一樣能有發展。」

「好吧，看來只能這樣了，只是可惜了秀莉這次去北京的機會了。」

「不可惜了，結婚比工作重要了，秀莉都多大了，秀莉回來也不是沒工作。」張爸爸說道。

「秀莉回來和那小伙子在一個單位不好吧！」張媽媽說道。

「這個你不用擔心，我已經想好了，秀莉回來後就別去研究院上班了，我做做工作看能調到職工培訓學校去不，還是去幹人事的工作，培校工作也不忙，有了孩子也好照顧孩子！」張爸爸說道。

一個周末下午，張秀莉帶著姬遠峰去自己家，姬遠峰去張秀莉家之前特意去理了髮，他理的很短，幾乎看不出是捲髮了，穿的也整整齊齊。張秀莉見了笑著說，「你打扮起來還挺帥，我爸爸媽媽看了肯定會很高興！」

姬遠峰笑著說，「我又不是醜媳婦見公婆，我是帥小伙見岳丈哦！」

「我覺得你越來越自戀了，小峰！」張秀莉笑著說，「你怎麼理髮留得這麼短，你個性十足的捲髮呢？」

「妳以後再也看不到我的捲髮了哦！」姬遠峰笑著說道。

「為什麼？」張秀莉疑惑地問。

「我這次去妳家之前突然有了一個想法，以後我不會等頭髮長了再理髮了，只要稍微長一點捲得開始明顯了我就去理髮，我已經正式上班了，我不想給別人留下的第一印象是我的外貌，我想給同事領導留下一個成熟穩重的印象，所以我不想留捲髮了。」

「小峰，你說得也有道理，只是可惜了那一頭漂亮的捲髮了，早知道長到我頭上就好了。」張秀莉笑著說道。

「秀莉，我到了妳家該怎麼和妳爸爸說話呢，妳爸爸是處級幹部，妳知道我對人一直都顯得比較淡漠，別讓妳爸爸媽媽感覺我沒有禮貌。」

「小峰，沒有關係的，你只是平常說話不討好別人，並不是沒有禮貌。爸爸當領導這麼多年了，討好他的人太多了，而且你是第一次去我家，說討好的話說不定適得其反呢。再者你平常也從來沒有討好過別人，你一下子也說不出口啊。」

「哦，那我知道該怎麼和妳爸爸媽媽說話了。」

姬遠峰去過了張秀莉的家，張秀莉家的晚飯很豐盛。

晚上張秀莉爸爸和媽媽在聊天。「小峰家的情況比我想的好多了。」張爸爸說，「我原來以為他家在農村，經濟負擔會重一些，現在知道了小峰爸爸有工作，小峰兄弟姐妹四個中三個都讀書出來工作了，小峰是最小的孩子，他爸爸也在城裡買了房，看來準備在當地養老了，小峰家的經濟情況比我想的好多了。」

「嗯，我也聽到了，雖然小峰結婚他爸爸估計不會支持很多，但婚後不會補貼他爸爸媽媽，這點不錯，小峰爸爸媽媽看起來也做好了在當地養老的準備了。」張媽媽回應道。

「今天見一面，感覺小峰這小伙子人也不錯，和我委託人打聽的一樣，年齡也大了，成熟穩重，話不多但很有條理和分寸。但是不是第一次來咱們家拘束還是什麼原因，感覺態度比較淡漠，說話也不特意討好人，如果性格真的這樣也好也不好，好處不會像張雲凱那樣兩面三刀當面一套背面一套，秀莉喫這樣的虧已經兩次了，夠讓秀莉傷心的了。不好的是在國企裡這樣的性格哪個領導也不喜歡，將來發展是個大問題。」張爸爸說道。

「你說的很對，而且我也感覺到了，這個小伙子自尊心很強，我以前聽秀莉講，小峰的前女友在出國前小峰爸爸讓小峰勸那姑娘留下來當大學老師，小峰不僅沒有勸說讓那女孩留下來反而極力地鼓勵出國留學，後來兩人因此分開了。而且性格感覺也很有主見，甚至有點桀驁不馴，聽秀莉講小峰本科的時間想考研，因為家庭條件所限就沒有考，後來小峰工作的時間決定用自己的工資支付自己上研究生的費用，不用他爸爸的錢，也打算他爸爸不同意也要考了，這小伙子骨子裡有主見又不

是很聽話，這性格在國企裡也不會有什麼好處。」張媽媽說道。

「這小伙性格有這樣的缺點，但人品、學歷、外貌都不錯，而且秀莉好像十分喜歡這個小伙子，我看心早都飛到小伙子身上去了，喫飯的時間也不怕爸爸媽媽笑話，不停地給小伙子夾菜，眼睛都離不開小伙子了。秀莉年齡也不小了，既然小伙子不錯，秀莉也喜歡，就讓秀莉提前回來算了，年底可以的話結婚算了。」

「哦，還有一點，聽秀莉講小峰還有一個哥哥，他哥哥只生了一個女孩，西北農村對男孩看的很重，秀莉結婚了生男孩的壓力估計不小。」張秀莉媽媽補充道。

「這事已經管不了那麼多了，生男孩女孩誰也做不了主啊！」張秀莉爸爸說道。

四

八月底張秀莉提前結束了借調從北京回來了，總共借調了三個月，回來後就直接去培校上班了。此後姬遠峰和張秀莉兩人也不避同事了，經常互相去對方的單位等對方，一起去喫飯逛街散步。

姬遠峰也換了宿舍，他搬到了一個同事的單間裡，這個單間是單位分配給這個同事結婚用的，同事在外面買了新房，搬到新房子去住了。

一個周末的下午，姬遠峰正在宿舍看書，有人敲門，然後門被推開了，宿舍管理員張工站在門口，「你自己調的宿舍？」宿舍管理員問道。

「嗯，是的。」姬遠峰回答道。

「你是不一個人住一間宿舍？」

「嗯，是的。」

「你是不是把門鎖已經換了？」

「不是我換的，是我住進來以前的同事換的。」

「這間宿舍再安排住一個人，你給我一把鑰匙吧。」

「是單位職工嗎？」姬遠峰問道。

「你不用管。」張工說道。

「張工，我知道還有空的單人宿舍，也有一個人住一間宿舍的，能不能安排到其他宿舍裡？」

「已經安排好了，就住這個宿舍。」張工一副不容商量的口氣說道。

聽了張工的話姬遠峰有點不高興，明明還有空的宿舍為什麼非要安排到自己的宿舍裡呢，這不明擺著欺負自己是新來的職工嗎？自己在設計院已經工作過兩年了，自己纔不喫你這一套，「張工，我現在住的是一個職工結婚用的房子，我只是借住在他的房子裡，我不能讓其他人隨便進來。」姬遠峰說道。

「你到底讓不讓住進來，讓就把鑰匙給我一把。」張工不耐煩地說道。

「張工，我剛纔說過了，我只是借住在別人房間，我不能讓其他人隨便進來。」姬遠峰也一口回絕了。

「那好吧，讓領導來跟你說吧。」

宿舍管理員張工丟下這句話後轉身走了，姬遠峰出了宿舍門，他看到樓梯口堆放著一個舊行李箱和一個裝化肥用的編織袋，編織袋裡的棉被褥子之類的露了半截出來，行李旁邊蹲坐著一個人，從模樣上看像是一個進城務工人員。

不大功夫，姬遠峰的宿舍門被推開了，姬遠峰見到進來了一個人，身材矮胖，臉上有點橫肉，身後跟著宿舍管理員張工。

「你就叫姬遠峰？電力處的？」來人問道。

「嗯，我是。」姬遠峰回答道。

「你為什麼不讓別人住進來？」來人態度蠻橫地說道。

「您好，您是誰，我還不知道您是誰呢？」姬遠峰忍住脾氣說道。

「這是後勤處生活科的趙科長。」宿舍管理員張工介紹道。

「趙科長您好，我知道宿舍樓裡還有空的房間，也有一個人住一間宿舍的，您看看能不能安排到別的房間吧。我搬到這個宿舍之前和一

個出租車司機住在一起，很不方便，這次又安排不是單位職工的人住進來，不方便。」姬遠峰對趙科長說道。

「已經安排到這個房間了。」來人還是態度蠻橫地說道。

「趙科長，我剛纔給您說了，和不是單位職工的人住在一起不方便，而且我剛纔也給張工說了，我只是借住在別人的房間裡，我不能讓其他人隨便進來。」姬遠峰說道。

「已經安排住到這間宿舍了，你把換的鑰匙給張工一把就行了。」趙科長一副沒有商量餘地的口氣說道。

「趙科長，我給您說過了我只是借住在別人的房間裡，我不能同意其他人住進來呢！」姬遠峰也不高興了，他態度堅決地說道。

「那你意思就是不讓別人住進來了？」看的出來趙科長已經生氣了。

「趙科長，不是我不同意，是我借住在別人房間裡，我不能隨便讓其他人住進來。」姬遠峰也一副嚴肅的態度回答道。

「這麼說你就是不同意讓人家住進來，也不給鑰匙了？」趙科長一臉怒氣地問道。

「嗯，是的，我不能隨便讓人住進我借住的別人的房間。」姬遠峰毫不示弱，一口回絕了。

趙科長沒有再說話，他和宿舍管理員一起離開了，姬遠峰覺得事情已經過去了，這個新來的人可能會被安排到其他宿舍了。他想坐下來看書，但剛與別人爭執過兩句，他的情緒平靜不下來看書，他打開宿舍原主人留下的小電視，開始看電視。門又一次直接被推開了，姬遠峰看到宿舍管理員張工、趙科長還有一個不認識的人在門口，那個不認識的人他在單位院子裡見過，從派頭看是個領導，但姬遠峰不知道具體是什麼領導。

「這是後勤處陸處長，他來和你說說安排住宿的事情。」趙科長介紹道。

姬遠峰關掉了電視，「陸處長您好！」姬遠峰對陸處長說道。

「聽說你不讓新安排來的人住進來？」陸處長說話了。

　　「陸處長是這樣的，我來單位後單位給我安排了一間宿舍，和我同住的是一個出租車司機，不是很講衛生，有時間開夜班車半夜回來，很影響休息。後來同樓有結婚的同事搬出去住了，我就搬到了這個房間，這次如果要安排其他人員住進來，還需要我借住的原來的職工同意。」姬遠峰知道這間宿舍的同事來單位後結婚了，單位按照政策分配了這個單間作為婚後住房，單位還沒有給這個職工福利分房之前不能收回這個房間，現在雖然已經改革了，給研究生安家費了，但對以前的住房還是按照老政策執行。至於職工自己個人去外邊買了商品房搬出去住則是另外一回事情，單位還是不能收回這個單間，這就是改革過程中的遺留問題，也是單位管理的現狀。姬遠峰繼續說道，「陸處長，我現在只是借住在別人的宿舍裡，我的床位還在出租車司機那個宿舍裡，我一直想找後勤處給我調一下床位，讓我從出租車司機屋子裡搬出來，和不是單位職工的出租車司機住一起實在不方便，這次您來了，我剛好也給您說說這件事情。」

　　「你調整宿舍的事以後再說，現在你讓新安排的人住進來！」陸處長說道。

　　「陸處長，我剛纔已經給您說了，我只是借住在別人結婚用的單間裡，我不能讓別人住進來。再者陸處長，我也不知道新安排來的人是不是單位職工。還有這間宿舍裡原來職工的一些家具家電之類的東西還在，屋子空間很小，您看看能不能把來人安排到我住的原來的那個床位上去。」

　　「是不是單位職工你不用管，就安排這間宿舍了。」陸處長的口氣已經很強硬了。

　　「陸處長，我剛纔已經說了我只是借住在別人結婚用的房子裡，我不能隨便讓身份不明的人住進來，而且我已經提議讓新安排的人住到我原來的床位去了。」姬遠峰雖然口氣平和，但也一副嚴肅的態度。

　　「你看安排住進來的人來了半天了，蹲在樓梯口，你不讓人家住進來，你覺得好看嗎？」陸處長一副領導訓人的口氣對姬遠峰說道。

「陸處長，我剛纔給您說過了，這不是我的房間，我只是借住在別人房間，住進來需要原職工同意。」姬遠峰沒有絲毫鬆口的跡象。

「你憑什麼不讓別人住進來，這是單位的公房，不是你個人住房！」陸處長提高了聲調。

「陸處長，我給您說過了，這不是我的房間，我只是借住在別人房間，住進來需要原職工同意。」姬遠峰又重複了一遍，態度沒有絲毫軟化的跡象。姬遠峰心裡想，你自己住的房子也是單位公房，那你為什麼不安排新來的人住到你家裡去，反而來強迫我，真是豈有此理！

「趙科長，你看還有其他宿舍嗎，先安排住進來再說。」

丟下這句話後，陸處長怒氣沖沖地走了。

陸處長一行三人走了，姬遠峰的情緒久久不能平靜，他知道自己這次又得罪領導了。單位裡處長的架子都很大，能讓一個處長來到單身宿舍樓為一個進城務工模樣的人安排住宿，這個務工人員在研究院的親戚肯定比處長的官還大，那只能是研究院副院長、院長級別的廳級領導了。自己已經在國企工作過兩年了，早懂這些事情了，但遇事怎麼就不能忍氣吞聲低下這個頭呢？

五

一天，張秀莉對姬遠峰說，「我去你宿舍給你打掃打掃衛生吧，順便看看你的宿舍什麼樣？」

「妳要是前幾天說，我肯定不讓妳去，現在妳可以去我宿舍了。」姬遠峰說道。

「為什麼，前幾天還有什麼秘密不能讓我看嗎？」張秀莉說道。

「當然有秘密了，一個大秘密。」姬遠峰把以前同宿舍住出租車司機的事說給了張秀莉，張秀莉直說，你怎麼不早給我說呢，說了我找人幫你換個宿舍，你和一個出租車司機竟然一起住了兩三個月，而且聽你說這個司機一點也不講衛生。姬遠峰笑著說，「馬後炮，我現在已經搬

到一個單間了你纔說，住單間的同事結婚後在外面買了商品房，他搬出去住了，我很早前就和這個同事說好了，他搬走後我就搬了進來住了，不過他還留下一些舊家具舊家電之類的在裡面，你過去幫我打掃打掃衛生也好。」

衛生打掃結束了，姬遠峰看到張秀莉把自己的髒衣服挑出來放在了一邊，開始疊了起來，「秀莉，髒衣服你疊起來幹什麼？」姬遠峰對著張秀莉說道。

「我拿回家給你洗洗吧，你單身宿舍沒有洗衣機，現在水也越來越涼了。」張秀莉說道。

「那多不好意思，妳還沒過門呢，讓妳爸媽看到了還說我欺負妳。」姬遠峰笑著說道。

「不會的，我就說是我自己要著給你洗的。」張秀莉說道。

「妳給妳爸爸媽媽洗衣服嗎？」姬遠峰笑著問道。

「好像洗的不多。」

「妳爸媽見了多傷心啊，姑娘養這麼大，不給爸媽洗衣服，倒給別人洗衣服去了，哦，不對，我不是別人，我是妳未來的老公哦！妳現在就開始扮演媳婦的角色了啊！」姬遠峰笑著說道。

「看把你美的！我只是用洗衣機給你攪攪而已！」張秀莉笑著說道。

「那我就放心了，我會全部找出來讓妳洗的，妳看過《圍城》吧？」姬遠峰說道。

「看過的，時間長了，印象不是很深了。」

「我最喜歡《圍城》了，我剛考上大學去學校的路上在西安火車站買了第一本《圍城》，在本科的時間我看了好多遍，工作上研究生也看過好多遍，後來又買過一本，印象太深刻了。鮑小姐下船後蘇文紈對方鴻漸有意思，看方鴻漸的手帕髒了要了過去洗，看方鴻漸襯衣紐扣掉了要過去給釘紐扣。方鴻漸覺得這些事都是太太給先生應盡的義務，為此惶恐不已，因為他還不確定自己是否愛上了蘇文紈。蘇文紈多給方鴻漸做一件事，方鴻漸就覺得多了一份求婚的義務。妳給我洗衣服，我可是

心安理得，一點都不惶恐，因為我確信已經愛上了妳。」姬遠峰說完得意的直笑。

「以前覺得你話不多，沒發現你還挺能說的，我對這段印象不深了，回去把《圍城》找出來再看看。」張秀莉說道。

「妳是應該好好看看的，裡面對妳有用的東西還多著呢！」

「還有什麼東西對我有用呢？」張秀莉問道。

「妳看方鴻漸和孫柔嘉結婚後，發生在孫柔嘉與她公公、婆婆以及方鴻漸兩個弟媳婦之間的糾葛，我兄弟姐妹有四個，大家庭關係很複雜，也很難處理。」姬遠峰說道。

「咱兩結婚了又不會和你父母哥哥嫂子生活在一起，不會那麼複雜吧。」張秀莉說道。

「當然了，咱兩結婚後不會和那麼多人生活在一起的，但結婚、每年過年妳總要回去，就那麼幾天妳也要學會應付。」

「可我真的沒有那些經驗，讓你一說我都覺得緊張。」

「其實妳不用緊張了，有我在，我從小在我家長大，我知道怎麼應付這些事，妳回去了多幹活，少啃聲，不知道該怎麼做的時間妳只要看著我就行，看我的臉色行事就行了。」

「那好吧，也只能那樣了。」

過了兩天，張秀莉把洗乾淨的衣服送了過來，疊得整整齊齊，特意用包裝衣服的包裝袋裝著，姬遠峰有點感動，張秀莉是除了兩個姐姐外第一個給自己洗衣服的女生，而且細心地用包裝衣服的塑料袋裝的整整齊齊。姬遠峰甚至慶幸這麼好的女生被自己遇到了，而且她也是這麼地喜歡自己，而那兩個男生卻放棄了這麼體貼善良的姑娘，真是有眼無珠。姬遠峰甚至有點妒忌心理了，張秀莉送來洗好的衣服時自己差點開了一個過頭的玩笑，想說妳給前男友洗過衣服嗎，幸虧自己反應了過來，沒有說出口。姬遠峰為自己這樣的想法感到羞恥，他反省著自己，自己喜歡開玩笑，以後和張秀莉在一起開玩笑應該有點分寸纔對，每個人內心都有不願意碰觸的地方。

　　過了一段時間姬遠峰喜歡開玩笑的毛病又犯了，他把一條自己已經洗乾淨的褲頭夾在了幾件髒衣服裡給了張秀莉，過了三四天張秀莉把衣服送給了姬遠峰，紅著臉說，「豬頭，你怎麼把你的小衣服也拿給我洗？」

　　姬遠峰假裝不明白「什麼小衣服，妳說襪子是嗎？我襪子很多，可能夾在髒衣服裡了。」

　　張秀莉白了姬遠峰一眼，「你就裝吧！」

　　姬遠峰笑了起來，「那妳給我洗了嗎？洗完後在那晾乾的呢？在妳家陽臺上嗎？」說完笑的更屬害了。

　　張秀莉紅著臉說，「你還笑！我都沒地方給你晾，掛在我的衣櫃裡面，白天不敢開櫃門，晚上睡覺的時間開著衣櫃門給你晾的，還有點潮呢！」

　　「秀莉，妳真好，我都有點感動了！」姬遠峰嬉笑著說道，心裡卻深深地被感動了。自己和楊如菡一起回家的火車上甚至不願意讓楊如菡去扔垃圾，也不願意讓她替自己的泡麵接上開水，那不是自己的親人應該做的事情，而現在這個認識不到半年的女生卻為自己洗著衣服，甚至連自己的褲頭都不反感。即使自己的爸爸媽媽不滿意，或者張秀莉的爸爸媽媽不滿意，只要張秀莉願意，自己不會再有那麼多的顧慮，自己一定要和張秀莉在一起。

　　姬遠峰看到了張秀莉，她含情脈脈地看著自己，姬遠峰忍不住了，他伸手一把抱住了張秀莉，把張秀莉的身體緊緊地貼在了自己的胸前，姑娘羞澀地把頭扭到了姬遠峰的肩膀上，姬遠峰雙手扶著她的臉，姑娘羞澀地閉上了眼睛，姬遠峰深深地吻了下去……

　　「你相信一見鍾情嗎？」一次姬遠峰問張秀莉。

　　「不相信，我覺得不靠譜。」張秀莉道。

　　「我相信，我覺得我對妳就是一見鍾情。」姬遠峰笑著說道。

「我纔不相信呢，我兩一起整理檔案二十多天也沒見你對我有啥暗示，還一見鍾情呢，你現在哄我開心呢吧！」張秀莉也笑著說道。

「真的，我第一次在火車站見妳，就感覺眼前一亮，我對其他女生沒有這種感覺，我覺得那就是通常所說的一見鍾情。妳說我沒有給妳暗示，妳那時間有男朋友，我哪敢啊！雖然沒有敢暗示，但偷偷地看妳還是有的。」姬遠峰微笑著說道。

「那倒是，我也注意到了，你偷偷地看我，你現在不用偷著看了。」張秀莉笑著說道。

「妳是不是對我也是一見鍾情？」姬遠峰嬉笑著問道。

「哪有！看把你自戀的不成！只不過第一次見你的時間感覺你有點特別而已。」張秀莉笑著說道。

「妳說不是一見鍾情，那為什麼咱兩認識兩個來月妳和我說了呢？」

「因為我不想拖拖拉拉。」

「那妳喜歡我哪點呢？」

「喜歡你的冷淡吧，你不像我的很多子弟同學，包括我的那位前男友，我們從小學到工作，一直在一起，他們太精明了，我明明知道他們之間互相討厭，但他們見面了會一副相見恨晚，一副知己掏心窩子話說不完的樣子，轉身就罵人家。他們會三分鍾前還跟妳說著甜言蜜語，轉身就會和另外一個女生約會。你對不喜歡的人背後雖然也會罵幾句，但你當面只是禮貌性的打招呼，從來不會獻媚討好地笑，你對領導和普通同事都是一個態度。」張秀莉說道。

「原來冷淡也討人喜歡，我就只有這一個優點嗎？」

「不，你還有一個優點，就是傻，上次你給我買了兩雙襪子，我還挺高興的呢，打開一看是短筒厚棉襪，夏天穿吧是厚棉襪，冬天穿吧，是短筒的，腳脖子涼，不過我也喜歡。」張秀莉邊說邊笑了。

「還有嗎？我想知道在妳眼裡我還有什麼優點，好讓我保持著，再看看能否再加點。」姬遠峰笑著說道。

「你吧，幽默而又不失矜持，第一次見你的時間感覺你對人很淡

漠，除了禮貌性的打招呼微笑外就不再說話了，但接觸時間長了，熟悉之後發現你平時話不多，但說起話來還挺幽默的，但說話很有分寸，雖然你喜歡開玩笑，但卻和人保持著距離。」

「我原來還有這麼多優點，我自己都不知道呢。」姬遠峰笑著說道。

「你喜歡我哪點呢？」張秀莉問道。

「因為妳漂亮吧。」姬遠峰笑著說道。

「除了漂亮呢？」

「還因為妳會給我洗衣服。」姬遠峰繼續微笑著說道。

「討厭，我只有給你洗衣服一個優點嗎！洗衣機也能洗衣服，我是一個洗衣機嗎？你前女友給你洗過衣服嗎？」張秀莉笑著說道。

「妳是一個會說話的洗衣機，我前女友當然給我洗過衣服了，我把髒衣服寄到國外她給我洗，她還給我剝水果喫呢，妳是不以後也打算給我剝水果喫啊。」姬遠峰嬉笑著說道。

「豬啊你，你現在寄給她兩件讓她給你洗洗我看看！咱兩在一起誰剝水果多，還不是我剝給你喫啊。」張秀莉笑著說道。

「現在洗我的衣服是妳的專屬權了，別人不能侵權了。」姬遠峰笑著說道。

「你就知道哄我開心。」

「我不哄妳開心，我去哄誰呢！」姬遠峰笑著說道。

「你那回覆我的消息寫的文縐縐的，看的我都有點感動。」張秀莉也笑著說道。

「哪條消息？妳在北京的時間我兩晚上經常一聊聊半夜，我回過妳不少消息的啊！妳說的是最肉麻的那條消息嗎？肉麻的消息太多了我都不知道哪條最肉麻了！」姬遠峰假裝不明白嬉笑著說道。

「討厭，你說哪條消息！」張秀莉笑著說道。

「誰讓妳先整的那麼感人至深呢，我不整點帶文采的怎麼能把妳騙到手呢！」說完姬遠峰得意的哈哈大笑。

「哎，小峰，你剛纔說了你第一次見到我時眼前一亮，也偷偷地看

我，後來我單身了，如果我沒有跟你表白你會跟我表白嗎？」張秀莉問道。

「不會，我纔不會呢！」姬遠峰道。

「你真的不會？你就不怕錯過你喜歡的人嗎？」張秀莉一副半信半疑的表情問道。

「我說的是我不會去表白，但並沒有說我不會有任何表示，我會試探著和妳接觸，看妳是否排斥我，是否願意和我接觸，我只有等到兩個人互相有了明確的好感和暗示後纔會表白。如果沒有事先的接觸和鋪墊，即使妳對我也有好感，出於女生的矜持十有八九也會被拒絕。我都快三十歲了，纔不會那麼傻乎乎的貿然去表白，碰一鼻子灰。」姬遠峰回答道。

「那我要是故作矜持一開始不願意和你接觸，你會像其他男生那樣放下身段來追求我嗎？」

「不會，我絕對不會，這不是我的行事風格。」

「那你不去努力去爭取，如果真的錯過了不覺得可惜嗎？」

「我當然會覺得可惜了，但我真的不會放下身段用各種方式去追求任何一個女生。」

「為什麼呢？」

「秀莉，西方人說愛情價更高，若為自由故可以什麼什麼的，在我的觀念中，愛情固然價很高，但為了我個人的自尊，我即使忍痛割愛也不會去放下身段去追求。這不僅是個人自尊的問題，也是為將來婚後生活考慮的，因為在我的心目中，愛情從來就是兩情相悅，互相吸引和靠攏的過程。就像我給妳回覆說的，愛情不是兩個個體互相追逐的遊戲，一方對另外一方過分的追求使得兩個人的關係從一開始就處於不平等的地位。這種不平等在婚後不可能長期維持下去，要改過來必然發生矛盾，強烈的反差甚至會導致婚姻破裂。我媽媽也常常給我說一句俗語，這個世界上三條腿的雞找不到，但兩條腿的人多的是，不要在這種事上尋死尋活的。正因為我有這樣的認識，我寧願忍痛割愛也不會放低姿態

去追求任何一個女生。秀莉，當時妳單身了，我如果試著和妳接觸，妳
會有女生通常的矜持嗎？」姬遠峰說道。

「要是上學的時間我肯定會有，但咱兩那時間我不會故作矜持了，
即使有也會很輕微很短暫，因為我當時暗中喜歡你了，我年齡也不小
了，不想再玩小女生的小把戲了。」張秀莉說著不好意思地笑了。

「秀莉，我覺得咱兩是天作之合，上天冥冥中註定的。」姬遠峰笑
著說，他接著說，「如果咱兩在學校遇到的話，說不定因為我的性格，
或者妳的一次故作矜持，我兩也會錯過的。秀莉，我有時間晚上躺在自
己的床上都有點懷疑我兩現在的關係是否是真的了。」

張秀莉疑惑地看著姬遠峰，問道，「小峰，你這句話是什麼意思？」

「秀莉，我第一次見妳的時間只覺得妳漂亮，而且對人有點冷淡。
和妳一起整理檔案的時間我看到妳的男朋友開車來接妳，我知道了妳的
那個男朋友家庭條件應該很好，後來妳也證實了他爸爸是處長。那次天
然氣故障我兩一起出去喫飯，妳說道妳的第一個男朋友在大學裡是學生
會的幹部，身高一米八多，而且人也很帥，能說會道。我兩都上過大
學，知道大學裡學生會幹部都是學生中的佼佼者，許多都是為將來從政
作著準備，我有時間會不自覺地拿自己和妳以前的兩個男朋友作比較。
雖然我不矮，但我的個頭沒有妳第一個男朋友高，我對自己的外貌從來
不自卑，但我從來也沒有特意修飾過。我從農村出來，上學的時間沒有
錢買品牌服飾，後來在西安和這兒工作但我還是沒有買過品牌服飾，我
試著穿過一次，感覺品牌服飾在我身上特彆扭，那不是我應該穿的衣
服，所以我至今沒有一件品牌服飾來裝飾自己。論為人處世我肯定不如
學生會的幹部那樣老於世故八面玲瓏。我和妳的第二個男朋友相比，我
是從農村來的，在集團裡沒有任何基礎，可以說光桿司令一個，咱兩即
使結婚到時間也只可能買一個小房子來住，車就不用想了。而妳第二個
男朋友是開著車來接送妳的，他的爸爸也是處長，而且妳知道的咱們集
團公司裙帶關係那麼嚴重，他將來陞遷會很順利，我覺得自身條件無論
在哪一方面都不如妳以前的兩個男朋友。從妳自身來說，妳爸爸是處

長，妳是研究生學歷，也很漂亮，妳完全有條件找到一個與妳家門當戶對，與妳自身條件更匹配的男朋友，所以我有時間都懷疑我兩現在的關係是否是真的了。」姬遠峰一改往日輕鬆戲謔的態度，態度嚴肅地一口氣說出了一大段話來。

聽著姬遠峰的話張秀莉越來越嚴肅了，「小峰，你別這樣說行嗎，我的第一個男朋友是比較帥，也能說會道，但我不是追星族，我想要的是對我感情專一的男朋友而不是朝三暮四見異思遷的明星，即使他將來做了很大的官，但我不想成為他的一件隨時被拋棄的衣服。對我的第二個男朋友，我有工作，我能獨立地生活，我要的還是對我感情專一的男朋友而不是一隻不可靠的飯碗。他家能買得起大房子，但我不想和一個同床異夢的人住在一個沒有愛的大房子裡，我寧願同愛我的人一起住在自己的小房子裡，那個小房子會比空洞的大房子給我更多的溫暖和踏實。小峰，以後不要提起那兩個男生好不，我不願意提起他兩。」張秀莉說完緊緊地咬住了嘴唇。

「對不起，秀莉，我不該提起他兩，我會記住這一點的，秀莉，讓我抱抱妳吧！」說著姬遠峰緊緊地抱住了張秀莉，他感受到了張秀莉身體輕輕的顫抖，姬遠峰知道那兩個男生傷害張秀莉太深了，自己以後再也不會再提起他兩了。

六

一個周五的中午張秀莉打電話給姬遠峰，說晚上她的科長叫她一起喫飯，作為她去培校工作的迎接餐會。姬遠峰本不想去，在他心目中兩人雖然現在是戀愛關係，即使將來結婚了兩人也應各自獨立從事自己的工作，兩人的同事圈也互相獨立，他不想和張秀莉的同事摻和在一起。但這是張秀莉第一次邀請他參加她同事的聚會，如果不去會讓張秀莉覺得自己不願意在她同事中亮相的感覺，雖然有點不情願，但姬遠峰還是去了。

　　下午下班了，姬遠峰和張秀莉一起去了飯店，一家甲魚館的小包間，包間不大，一張方桌。姬遠峰見到了張秀莉的同事，一個稍微謝頂微胖的中年男人，常年抽煙讓牙齒有點發黑，這是張秀莉的科長王科長。一個看起來三十多歲的女人，經常熬夜似的，皮膚粗糙發暗，只能用厚厚的脂粉掩蓋，眼圈也有點發黑，濃濃的眼影，塗著紅紅的嘴唇。雖然青春不在，但喜歡做出嫵媚的笑臉和姿勢來，王科長介紹說稱呼張姐就行了。姬遠峰納悶女人臉上嘴上塗這麼多東西不妨礙和老公接吻嗎！幸虧張秀莉很少用這類東西，以後和張秀莉開玩笑說千萬別用，用了自己都不敢在張秀莉的臉上下嘴了。姬遠峰心中納悶，聽張秀莉說她的科裡除了科長以外不止一個同事，怎麼就來了一個同事，也可能其他同事有事沒有來而已。但這個張姐好像和張秀莉一點也不熟悉，張秀莉見面了也沒有和這個女同事打個簡單的招呼，還需要王科長介紹，雖然有疑惑姬遠峰也不好意思問。

　　姬遠峰看到了王科長帶來的酒，一瓶白酒和一瓶紅酒，今天只有王科長和自己兩個男人，姬遠峰知道今天的白酒是避免不了的了，紅酒肯定是張秀莉和稱之為張姐的那個女人的了。

　　菜開始上來了，主菜如同這家餐館的名字一樣，是一個甲魚，形狀俱全，腦袋眼睛也在。姬遠峰想起來了，爸爸以前學過一段醫生，自己農村的家裡就有龜殼，那是一味中藥，這個甲魚殼的樣子和龜殼的樣子有點像，但是否是同一個東西姬遠峰不能確定。但姬遠峰沒有好意思問，怕被王科長和那個稱之為張姐的人笑話連這個東西都不認識。姬遠峰看著這道菜感覺有點惡心，瘆得慌，不敢動筷子。王科長一個勁的勸，「這是一道好菜，大補！大補！嘗一下！嘗一下！」姬遠峰只好趕緊動手夾了一點放在自己的盤子裡，他怕王科長給他夾一大塊，或者給自己夾一塊看著讓人瘆的慌的部位，但姬遠峰把甲魚肉放在盤子裡，還是沒敢喫。姬遠峰心想，如果剁碎成肉塊，自己或許還敢喫一塊，看著這個生物腦袋眼睛就不敢喫了，那圓溜溜的眼睛好像盯著自己看似的。

　　王科長說的並不是張秀莉單位的事情，說的更多的是對張秀莉父親

的了解，他那一次開會在什麼地方見過張廠長了，那一次一起喫過飯，不知道張廠長還記得他否。他那一次在什麼會議上見到張廠長講話了，水平很高之類的。還說這次的事情謝謝張廠長了。姬遠峰聽著這些話有點摸不著頭腦，慢慢地聽明白了，雖然說得不詳細，但好像是張秀莉爸爸把這個王科長一個在五分廠工作的親戚調整了工作崗位似的。王科長一再殷勤地給張秀莉和自己勸酒，好像姬遠峰自己纔是領導，王科長專門請姬遠峰和張秀莉喫飯似的，這讓姬遠峰有點不得勁。姬遠峰明白了這次喫飯其實不是什麼歡迎張秀莉去培校人事科工作的餐會，其實是一次私人酬謝飯局。

喝白酒的杯子是二兩半的，一瓶白酒倒四杯，姬遠峰已經喝下一杯白酒了，他知道自己最多只能喝兩杯，這是自己最大的量了，如果心情好，半斤白酒還不至於醉酒，如果心情不好自己已經會醉酒了。自己這段時間和張秀莉感情很好，心情很好，半斤白酒應該不會醉。姬遠峰心想自己和王科長喝完這瓶白酒一定勸王科長別要酒了，自己幸或不會醉酒。而那個稱為張姐的女人則讓姬遠峰渾身不舒服，她看年輕秀美的張秀莉的眼神仿佛充滿了妒忌，而看姬遠峰的眼神則有股怪怪的味道，和王科長說話雖然不至於嗲聲嗲氣，但眼神總覺得似乎有些曖昧。

王科長和姬遠峰每人已經兩杯白酒喝完了，王科長的臉已經發紅了，也開始頻頻抽煙了。姬遠峰心想，終於喝完白酒了，時間也已經過去一個多小時了，這場有點怪異的飯局終於看起來有結束的跡象了。這時候，稱之為張姐的女人衝著王科長說話了，「老王，今晚這麼好的菜，要不給你要杯藥酒補補，這家館子的藥酒是自己泡的，很有名。」說話的時間似笑非笑曖昧而又意味深長的眼神看著王科長。姬遠峰想起來了，自己走進飯店的第一眼就看到了在門廳兩邊的桌子上擺滿了十幾個大玻璃酒瓶，每個裡面都泡著藥酒，裡面泡著各種動物的生殖器、腎臟、整條的蛇、人參之類的，玻璃瓶手寫的標籤上標註著白酒的度數。

「好！好！來杯！來杯！給小姬也來一杯！」王科長臉上浮起一抹會意的笑，衝著那女人會意的邊說邊對視，此時服務員已經站在了桌

邊，等著確定到底要一杯還是兩杯。

「不！不！王科長！我從來不喝藥酒，您自己來一杯就可以了！」姬遠峰忙回應道，因為爸爸學過一段時間醫生，爸爸在農村家裡以前也泡過藥酒，姬遠峰知道那藥酒的味道是什麼感覺，白酒已經讓人難以下嚥了，那種動物生殖器的腥臭讓人聞著都惡心想吐。而且自己看中醫書也知道，人參是大補的藥材，健康的人並不適合食用人參等藥材。

「小姬，大補！嘗一次！給你來一小杯！」王科長說話的時間發紅的臉盯著張秀莉看，張姐盯著王科長看，張秀莉趕緊轉過了頭，姬遠峰感覺到一陣陣惡心。

「王科長，我真的不喝藥酒！真的不喝藥酒！」姬遠峰連忙說道。

「來一杯，陪我喝點，要不我一個人幹喝，你就一小杯！」王科長說道。

「我陪您喝其他的吧，王科長，我真的不喝藥酒。」姬遠峰主動提出喝其他酒陪著王科長了。

「那就喝杯紅酒吧，紅酒還有的！」稱之為張姐的女人說話了，同時又怪怪地看著姬遠峰。

「那我喝點紅酒陪王科長吧！」姬遠峰說道。

王科長的一杯藥酒下肚了，姬遠峰又喝了一杯紅酒，王科長的煙一根接著一根不斷地抽。不大的包間裡煙味、酒味、菜的味道、還有坐在姬遠峰鄰座的那個張姐身上的脂粉以及香水味陣陣侵入姬遠峰鼻子，讓姬遠峰一陣陣惡心。姬遠峰也感覺自己已經喝多了，他的腦袋開始發漲。他想起了《圍城》中方鴻漸和沈太太鄰座的情形來，多半個世紀過去了，女人的脂粉味為什麼還沒有變呢！姬遠峰並沒有注意到張姐喝了多少，但那個王科長和張姐好像並沒有一點醉意，張秀莉喝的也不多，她一點也沒有醉意。

下樓梯的時間姬遠峰明顯感覺自己的意識已經開始模糊了，他的腳對臺階的高度判斷已經不準確了，他的一隻手扶著樓梯下了樓。出了飯店門，經風一吹，姬遠峰感覺更不妙了，他悄悄地告訴張秀莉，一會把

自己送到宿舍了妳再回去吧。張姐開著車送姬遠峰和張秀莉回去，姬遠峰正好坐在張姐的身後，一陣陣脂粉與香水混合物的味道又陣陣襲來，姬遠峰的腸胃開始翻江倒海，他只想吐。到了姬遠峰宿舍樓下，張秀莉告訴王科長她要送姬遠峰上樓呆一會，讓他們先走，不用等著送她，王科長聽到這話從汽車後備箱拿出兩件禮品出來讓張秀莉帶著，說是給她爸爸的，張秀莉推辭了一下接著了，兩人看著張秀莉扶著姬遠峰上樓露出了會心輕浮的笑容。姬遠峰已經顧不了這麼多了，他只想快點上樓去衛生間，他上了樓直接去了衛生間，蹲了下來，用手摳自己的嗓子眼，哇的一口，他把今晚喫的東西全部吐了出來。嘔吐物濺到了姬遠峰的褲子上，惡臭瀰漫著衛生間，他又用手指摳了摳嗓子眼，乾嘔了幾下，已經吐不出其他東西了。姬遠峰在水龍頭上含了幾口涼水漱漱口，此時的內蒙涼水滲人。張秀莉在衛生間門口等著姬遠峰，她扶著姬遠峰回了宿舍，躺在床上姬遠峰只覺得樓頂的天花板不停的旋轉，他讓張秀莉打車回去，然後和衣迷迷糊糊地睡下了。

半夜裡姬遠峰醒了，他只感覺頭疼欲裂，口乾舌燥，只想喝水。姬遠峰想爬起來倒水喝，但感覺還是有些頭重腳輕，他看到張秀莉踡縮在自己對面的小床上，聽到姬遠峰的動靜張秀莉醒了，問姬遠峰是不想喝水了，倒了熱水遞了過來，怕燙又往杯子裡摻了點涼水，姬遠峰連著喝了兩杯溫水。張秀莉摸了摸姬遠峰的額頭，用溫水毛巾擦了擦姬遠峰的臉。姬遠峰卻睡不著了，頭疼一如剛纔，他知道張秀莉也醒著，但他卻不想說話，不知道多長時間又睡了過去。

第二天早晨姬遠峰醒來了，他發現自己吐髒的褲子和上衣放在一邊，他想起來了自己喝的太多了，已經忘記脫衣服了，可能是張秀莉從他身上脫下來的。他感覺還是頭昏腦漲，張秀莉讓他躺著別動，去外邊買了早飯回來一起喫，姬遠峰一點也不想喫，就喝了一點小米稀飯。喫完早飯張秀莉讓姬遠峰繼續躺著，臨走時叮囑姬遠峰一會把散味打開的窗戶關上，別睡著著涼了，然後帶著姬遠峰的髒衣服和王科長送個她爸爸的禮物回家了，說中午喫飯的時間再來找姬遠峰。姬遠峰記住了這是

自己來這兒的第一次醉酒，不是和同事喝酒醉的，是和張秀莉的同事喝酒喝醉了。

　　過了幾天姬遠峰問起一起喫飯的稱之為張姐的女人是誰，怎麼有點奇怪。張秀莉告訴姬遠峰，那個張姐並不是他們人事科的同事，只是培校的同事，也不是王科長的妻子，王科長的妻子去國外去陪上高中的兒子了。王科長和那個張姐也不避嫌，兩人經常在一起，到底什麼關係也說不清。姬遠峰聽了「哦」了一聲，他給張秀莉說，以後各自的同事圈自己處理吧，互相不要摻和在一起。張秀莉說她的想法一樣，只是那個王科長要謝謝自己的爸爸，爸爸不樂意去，就找到了她。這次只是因為王科長是自己的頂頭上司沒辦法繞去的，她一點也不願意參加這種飯局。她覺得自己一個女的一個人去喫飯不好，纔叫上了姬遠峰，其實她也不願意把兩個人的同事圈摻和在一起，以後這樣的事情她會讓爸爸自己去應付，要不然讓自己的弟弟去應付。

七

　　十一長假姬遠峰和張秀莉一起去姬遠峰的老家，在車上，張秀莉有點緊張，「聽你說你兄妹有四個，人好多啊，這次去你家會見到你哥哥姐姐嗎？我家只有我和我弟弟兩個，我有點緊張」。張秀莉說道。

　　「那是四個！除了我爸爸媽媽還有十個。」姬遠峰說道。

　　「怎麼會有十個呢？」

　　「我哥哥姐姐都有孩子了啊，孩子也不小了。」

　　「他們也都來見我啊！我還以為只有你爸爸媽媽見我呢！那我更緊張了，一下見這麼多生人！」

　　「讓妳見見世面，讓妳知道我家人多勢眾，免得以後在妳家那邊受妳的欺負，而且我哥哥姐姐也幫我把把關，看我是否找了一個妻管嚴回來。」姬遠峰笑著說道。

　　「討厭，誰敢欺負你啊。」張秀莉笑著說道。

　　姬遠峰和張秀莉西安轉車，不到中午就到了姬遠峰農村的老家，回到家裡姬遠峰見爸爸不在家，只有媽媽一個人。張秀莉怯怯地叫了聲「阿姨好，叔叔呢？」媽媽說道，「清早就出門了，不知道幹什麼去了」。姬遠峰心裡隱隱有點納悶，自己打電話說好了今天中午就和張秀莉到家了，爸爸也已經提前退休不上班了，平常一直不出門，今天張秀莉來了爸爸卻出門不見了人影，如果讓張秀莉覺得不重視她那感覺多不好，但有張秀莉在，姬遠峰什麼也沒有表現出來。張秀莉悄悄地對姬遠峰說，「你不是說人很多嗎，嚇我啊！」「你等會就知道了！」姬遠峰說道。不大一會功夫大姐領著兩個孩子回來了，和張秀莉打招呼。一會二姐領著自己的兒子回來了，和張秀莉打招呼。哥哥嫂子一家三口也回來了，和張秀莉打招呼，二姐和哥哥都帶了一些熟食。家裡一下子多了八個人，其中四個孩子把小院子裡吵翻了天。哥哥六歲的姑娘盯著張秀莉問媽媽這是誰，二姐開玩笑說道，「叫二媽！」小姑娘天真地叫聲二媽，張秀莉頓時漲紅了臉。嫂子忙說，「叫阿姨！」小女孩跟著張秀莉，一口一口阿姨，粘著張秀莉不散開，張秀莉也逗她玩，放鬆了下來，終於不感到侷促了。

　　姬遠峰偷偷地說，「秀莉，妳挺會哄孩子啊，妳打算給我生幾個？」

　　張秀莉沒有吭聲，白了姬遠峰一眼。

　　「秀莉，妳知道新婚之夜為什麼叫入洞房嗎？」姬遠峰又問張秀莉道。

　　「不知道。」張秀莉悄悄地說道。

　　姬遠峰指著自己家已經破敗不住人而堆放雜物的窯洞笑著說，「以前人都住窯洞裡，所以新婚之夜叫入洞房！這下明白了吧！」

　　張秀莉笑著說，「你就胡謅吧！」

　　「如果用窯洞做咱兩的洞房妳樂意嗎？」姬遠峰笑著問道。

　　「只要你樂意住窯洞，我也樂意，我還沒有住過窯洞呢！」張秀莉笑著說道。

「如果咱兩真的住到窯洞裡去了，那豈不是成了人猿泰山了，成了國家保護動物了，計劃生育就管不著咱兩了，妳打算給我生幾個寶寶。」姬遠峰笑著說道。

張秀莉白了姬遠峰一眼，「你又來了！」

「小弟，這麼漂亮的姑娘你能領得住嗎？」二姐偷偷地笑著對姬遠峰說道。

「二姐，秀莉品行很端正的。」姬遠峰回道。

「小弟，你誤會了，我是說秀莉很漂亮，好多男的都喜歡獻殷勤。」

「二姐，這點你放心，你弟弟這點本事還是有的。」

「她家條件那麼好，小弟，咱們家的研究生要成別人家的了哦。」二姐笑著說道。

「二姐你放心，咱們家的研究生不會丟，只會多一個研究生媳婦而已。」

「有志氣，小弟，只能走著看了。這麼漂亮的媳婦，你是怎麼追到手的？」二姐笑著問道。

「我兩是王八瞅綠豆，對上眼了。」姬遠峰用一句在濱工大上學時學來的歇後語搪塞了過去，姬遠峰知道張秀莉作為一個女生給自己表白是多麼的為難，姬遠峰不願意給任何人知道是張秀莉表白的自己。但姬遠峰也不願意說是自己追得張秀莉，張秀莉爸爸是領導，她家經濟條件優渥時刻是姬遠峰的一塊心病，姬遠峰不願意說自己追的張秀莉，即使在自己的家人面前。

一會快到午飯的時間爸爸有點一瘸一拐回來了，他手裡提著一個燒雞，姬遠峰都感覺有點驚訝，也有點感動。爸爸出門專門去買喫的這還是姬遠峰第一次見到，尤其是摔下車身體不靈活之後簡直是不可能的事，爸爸為了自己的女朋友專門過河去街道上買燒雞了。兩個姐姐和哥哥平常十一假期也會回來，這次他們知道姬遠峰會帶著張秀莉回來一

趟，爸爸是特意通知在這一天一起回來。雖然姐姐哥哥都會帶著喫的東
西回來，但爸爸也沒有張口讓他們順便帶一隻燒雞回來，爸爸的性格總
是這樣，從來不會向孩子要任何東西，包括一隻燒雞，一罐茶葉。

　　午飯有爸爸買的燒雞，也有姐姐哥哥帶回來的熟食，這是姬遠峰見
到自己在農村老家平常時間喫的最豐盛的一頓午飯，有了三四樣熟食，
姐姐和嫂子還炒了兩三個素菜，當然少不了主食麵條了。自己以前回來
和平常沒有任何兩樣，兩碗麵條加一點咸菜，如果是夏季，只是咸菜換
成了一盤拌黃瓜或者糖拌西紅柿而已。即使這次午飯比較豐盛了但和自
己去張秀莉家喫的飯還是相差甚遠。喫飯了，二姐首先撕下一個雞腿放
到張秀莉碗裡，張秀莉看著幾個小孩，不知所措，二姐笑著說話了，
「不先動手，等孩子開始動手了，就只能喫骨頭了。」張秀莉看了幾個
小孩幾眼最後還是把雞腿給了哥哥的小女孩。

　　晚飯後兩個姐姐還有哥哥嫂子都帶著孩子回去了，因為農村的家裡
沒有那麼多地方住。喫過晚飯後爸爸媽媽和姬遠峰、張秀莉在聊天。

　　「小張，聽小峰說妳還有一個弟弟，只比妳小兩歲？」爸爸對張秀
莉說道。

　　「嗯，是的，叔叔！」

　　「妳弟弟只比妳小兩歲也應該談對象了吧？」

　　「嗯，是的，叔叔。」

　　「談的是外地的還是本地的姑娘？」

　　「是外地的，但在我們集團公司工作，叔叔。」

　　「那妳弟弟結婚應該在本地舉行婚禮，去了女方家只舉行個答謝儀
式是吧？」爸爸問道。

　　「應該是吧，婚禮一般都在男方家舉行的，不過我弟弟的女朋友家
是外地的，他女朋友家那邊有什麼習俗我不知道。」張秀莉回答道。

　　「哦，在咱們這邊傳統習慣是在男方家舉行婚禮，不能在女方家舉
行婚禮，只有倒插門女婿纔在女方家舉行婚禮。而且以前舉行婚禮時女

方父母也不參加婚禮儀式，不過現在時代變了，女方父母也有參加婚禮儀式的了，但在女方家不舉行婚禮儀式還是沒有變。」爸爸說道。

「哦。」張秀莉回答道。

第二天早飯後爸爸對著姬遠峰說道，「小峰，你和秀莉一會坐車到城裡房子裡去住吧！」

媽媽也拿出了一串城裡房子的鑰匙給了張秀莉，說道，「秀莉，妳拿著這串鑰匙，小峰大手大腳的我怕他丟了。」

「我們回來纔一個晚上！」姬遠峰本能地說道。

「秀莉是城裡長大的孩子，一個人住一個屋子習慣了，不習慣農村的生活，土炕也不乾淨，晚上和你媽媽睡一起估計也睡不好，你帶著秀莉去城裡房子住就行，家裡也沒有什麼事情需要你幹，你白天了帶著秀莉在城裡柳湖公園各處逛逛吧。」爸爸說道。

「我們回來住的也太少了。」姬遠峰說道。

「你帶著秀莉回來主要就是一個儀式，所以我昨天下午沒有讓你兩去城裡住，住一個晚上和幾個晚上是一樣的，你和秀莉去城裡就行。你兩回單位的時間我和你媽媽如果還沒有去城裡你們直接走就行，鑰匙也帶上，以後你兩回來了我們不在城裡的話你們進去住也方便，到時間路上和秀莉多小心點，注意安全。」爸爸說道。

臨走時媽媽拿出了兩個一千圓的紅包要給張秀莉，說這是姬遠峰爸爸和自己各自的一點心意，張秀莉謙讓了兩下後收下了，說道謝謝叔叔阿姨。

在城裡的房子裡，姬遠峰張秀莉兩人依偎在一起邊看電視邊聊天，「秀莉，這次妳來我家，我有點不好意思，我家粗茶淡飯習慣了，和我去妳家情形差的太遠了，我怕妳失落甚至對我爸爸媽媽產生什麼看法。」姬遠峰對張秀莉說道。

「沒有啊，我覺得你爸爸媽媽對我挺好的，尤其你爸爸身體不靈活

還專門去買了一隻燒雞，你每次回家你爸爸都會買點好喫的嗎？」張秀莉說道。

姬遠峰一聽笑了，「我回家我爸爸還買好喫的給我，那太陽要從西邊出來了！爸爸西北大男子主義很嚴重，連廚房門都從來不進去，飯做好了都是我媽媽和我們姊妹幾個端到他跟前去。他上班回家順便買點肉，買隻燒雞我倒見過，但從家裡出門專門去買喫的我可是破天荒第一次見到，妳面子好大啊，不過我覺得爸爸也可能覺得我年齡太大了，怕妳這隻煮熟的鴨子飛了，纔這麼殷勤。」姬遠峰笑著說道。

「聽你這麼一說，還真讓我有點感動，你爸爸媽媽很重視我，但即使你爸爸買了燒雞，你家喫飯還是挺簡單的，不過你家的麵條很好喫。你剛纔說你爸爸從來不進廚房門，那你呢，不會也這樣吧。」張秀莉笑著說道。

「我當然不會了，但我只會下麵條，其他什麼菜也不會做，因為我家一日三餐除了早晨喫饅頭外，其他兩頓都是麵條。夏季的時間有新鮮蔬菜了拌一個涼菜，冬天就只有咸菜了，當做下飯菜，幾乎不做炒菜，所以我也不會炒菜，妳呢？」

「我好像還不如你，研究生畢業前幾乎沒有做過飯，也就是上班後纔開始幫媽媽一起做飯，自己還沒有獨立做過飯呢。」

「秀莉，我不喜歡去外面喫飯，我在南京上班的時間在外邊的小餐館整天喫飯喫得我都想吐，那看來咱兩將來只能餓著肚子或者頓頓喫麵條了，頓頓喫麵條妳受的了嗎？」

「當然受不了了，看來我回家真要跟媽媽好好學習做飯了，要不以後自己都要餓肚子了，以前老想著找個老公給自己做飯喫，沒想到偏偏找了個不會做飯的。」張秀莉笑著說道。

姬遠峰也笑著說，「這就叫怕什麼偏來什麼，幸好我還會做麵條，不是一竅不通了，這兩天在城裡咱兩就開始練手吧，當然了城裡好喫的地方我會帶著妳去喫的。」

「我怎麼感覺咱兩撇下你爸爸媽媽進城來住有點不合適，你爸爸媽

媽怎麼不和咱兩一起來城裡住呢？」張秀莉對姬遠峰說道。

「我一開始也覺得有點不合適，以前我自己回家爸爸從來不會讓我一個人去城裡住，我轉念一想，其實爸爸考慮的真周到，我的腦子和我爸爸相比差遠了。」

「這裡面還有很多說法嗎？」張秀莉疑惑地問道。

「秀莉，我仔細想一想，我爸爸考慮的還真周到，首先爸爸說的妳和我媽媽睡一起不習慣是真的。再者我家頓頓喫麵條，昨天的燒雞也一頓就喫完了，妳住下來爸爸和我不可能天天去買燒雞給妳喫，妳又不是黃鼠狼。」姬遠峰說完笑了，姬遠峰接著說，「妳頓頓喫麵條也受不了，也會覺得我家不重視妳。再者，以媽媽的習慣，除了伺候兒媳婦坐月子，從來不會給兒媳婦做飯，妳也看到了，我兩個姐姐，還有在城裡工作的嫂子，她們一回來都要去做飯，我媽媽連廚房都不進去了。妳雖然還沒有和我結婚，但我媽媽一個人做飯妳肯定要幫忙，妳城裡長大的，估計也不會做飯，媽媽會覺得妳笨手笨腳的，所以爸爸就把妳和我支到城裡來住了，咱兩喝西北風他和媽媽都不管了。」

「啊，還真有這麼多說法，咱兩結婚了你爸爸媽媽會過來和咱兩一起住嗎？」張秀莉問道。

「這點妳放心，爸爸能想的這麼周到，他絕對不會來將來咱們的小家住，爸爸在城裡買了房子就是準備和媽媽養老的，妳請都請不過來和咱兩一起住。妳昨天也看到了，爸爸寧願自己出門買燒雞也不願意讓姐姐哥哥順便帶一隻回來，爸爸的性格就是這樣。」

「那我就放心了，小峰，我這樣說你別不高興。」張秀莉說道。

「秀莉，沒有關係，其實我和妳的想法一樣，我會伺候爸爸媽媽，但不願意和爸爸媽媽住在一起，只是不好意思和妳說而已。」

「你爸爸媽媽給我紅包是不是認可我的意思。」

「妳說的對，這可能是我們這邊的習俗。」姬遠峰說道。

「你從小在你家長大，是不是你家的習俗你怎麼會不知道呢？」張秀莉說道。

「我真的不知道，我哥哥結婚的時間我還在學校裡沒有放假，我哥哥帶著嫂子第一次到我家我爸爸媽媽是否給過紅包我不知道。我兩個姐姐第一次去我姐夫家是否收到紅包也沒有給我說過，妳是我第一個帶回家的女生啊。」姬遠峰說道。

「你又哄我開心了！」張秀莉笑著說道。

「我沒有哄妳開心，秀莉，我以前也簡單地給妳說過我和那個出國的西安女生的那段感情，我的那段感情連手都沒有摸過，我怎麼可能就帶著到我家見我爸爸媽媽呢？」姬遠峰嚴肅地說道。

張秀莉見姬遠峰認真了，笑著說，「跟你開玩笑呢，你平時經常開玩笑，這會倒嚴肅起來了。」

姬遠峰還是認真地說，「秀莉，我平時雖然愛開玩笑，但我對待感情上心底裡是認真的，對我喜歡的女生我會認真付出，對沒有感覺的，即使對方表白，雖然我會禮貌的婉拒，但態度是堅決的，我不想傷害到別人，也不想和別人發生無謂的糾葛。」

「小峰，別這麼嚴肅了，你這樣認真的樣子我都有點不習慣，我和你接觸的過程中你的這點我早都感覺到了。」張秀莉笑著說道。

「秀莉，但妳以後和我結婚了也不要在嫂子面前說起爸爸媽媽給妳紅包的事。」姬遠峰說道。

「為什麼？」張秀莉疑惑地問道。

「我隱隱約約聽說當時媽媽對嫂子不是很滿意，主要是因為嫂子當時沒有正式工作，爸爸媽媽如果沒有達成一致意見估計當時沒有給嫂子紅包。但爸爸媽媽拗不過哥哥，最後還是結婚了，所以妳不能給嫂子說。」

「哦，我知道了，看來兩個家庭的生活差異真的很大，大家庭要處理的事情真多。」

「哦，我忘記了，給紅包不是我們這邊的習俗，應該是我爸爸媽媽怕妳這隻煮熟的鴨子飛了，所以纔給妳紅包，讓妳拿人家的手短，能把紅包分給我一個嗎。」姬遠峰笑著說道。

「去，纔不給你呢，這是你爸爸媽媽給我的。」張秀莉也笑著說道。

「秀莉，我還想起了一個細節，我今天纔發現我媽媽心思也很細。」

「你說的是哪個細節？」

「今天咱兩一起往城裡來之前媽媽不是給了咱兩城裡房子的一套鑰匙嗎，我媽媽給的是妳而不是我，家裡的鑰匙都給妳了，這意思還不明顯嗎。我以前只覺得我爸爸很聰明，考慮事情很周到，沒想到媽媽也這樣，不過說不定是我爸爸教給媽媽的。」姬遠峰笑著說道。

「嗯，就像你說的，我當時也有這種感覺，不過你自己一直沒有城裡房子的鑰匙嗎？」

「秀莉，要是妳沒有來我家之前妳問這個問題我肯定不會說實話，妳現在已經來過我家了，一切都很好，妳也快成我家的一份子了，我就給妳說了，也不怕妳笑話了。爸爸在處理我們家家人之間關係時我有時間都有點理解不了，比如媽媽幫哥哥帶孩子的時間從來都是哥哥嫂子把孩子送到把爸媽的這套房子裡，爸爸不讓媽媽去哥哥嫂子的房子裡幫著帶孩子。媽媽幫哥哥嫂子帶孩子時有哥哥房子的一套鑰匙，但哥哥的孩子今年九月份上學了，爸爸就讓媽媽把哥哥房子的鑰匙還給了哥哥。自從我哥哥家的小姑娘上學後即使媽媽閒著也讓嫂子自己去接送孩子，偶爾嫂子有事爸爸媽媽接了孩子也是帶到爸爸媽媽房子裡，再讓嫂子接回去。我也跟爸爸說過，說這樣不怕哥哥和嫂子不高興嗎，爸爸直接給我說，我媽媽幫著哥哥嫂子帶孩子是農村的習慣，孩子上學了哥哥嫂子就應該完全負責自己的孩子了，老人沒有義務繼續幫著接送，該誰的事情就由誰來做，不能沒有規矩和分寸，我覺得爸爸說的也對。城裡這套房子我在上大二的時間爸爸就買了，爸爸媽媽只有冬天的時間和幫哥哥帶帶孩子時纔到城裡面來住，其他時間還是住農村，城裡這套房子爸爸媽媽不住的時間哥哥有一套這個房子的鑰匙，有事情的時間過來看看。但只要爸爸媽媽到了城裡來住，爸爸就讓媽媽向哥哥把那一套鑰匙要了回來，不讓哥哥拿著。這套房子買了已經有七八年了，爸爸不主動給我鑰

匙，我也就明白了，即使我有時間回來去農村不方便，有時間下了火車是半夜，也曾經在城裡住過賓館，爸爸也從來沒有給我一套鑰匙的意思。我明白我回來既然是看望爸爸媽媽的，那爸爸媽媽在什麼地方我就該去那裡，不能爸爸媽媽在農村裡我回來在城裡呆著，那兩個姐姐更不用說了，所以我至今都沒有城裡這套房子的鑰匙。」

「哦，你爸爸處理家庭關係真的和別人不一樣。」

「後來我想明白了，爸爸也常說生分結長遠，親兄弟明算賬，爸爸這樣處理家庭關係，家裡的矛盾少多了。」

「看來你爸爸考慮問題真的很周到，你以前和我聊天經常會提到你爸爸，看來你爸爸對你的影響很大，但千萬別有你爸爸的大男子主義哦！」張秀莉笑著說道。

姬遠峰笑著說，「我覺得大男子主義還是稍微應該有一點的，我可不會像個上海男人那樣，要不怎麼能招惹到妳呢！」姬遠峰接著說，「哎，我想起來了，我去妳家妳爸爸媽媽怎麼沒有給我紅包呢？是不對我不滿意啊！」

「胡說吧你，小峰，我爸爸媽媽如果對你不滿意，就不會讓我早早從北京中斷借調回來上班了，也不會同意我這次來你家了！」張秀莉說道。

「假設妳爸爸媽媽對我真的不滿意，妳會怎麼辦？」

「那我跟你私奔！」張秀莉笑著說道，「那你呢，小峰，如果我爸爸媽媽不同意，或者你爸爸媽媽不同意，你會怎麼做？」

「我啊，我不會和妳私奔，奔哪去呢，好像沒有地方去，我會和他們來個非暴力抵抗行動，只要妳願意咱兩生米煮成熟飯，讓他們有了可愛的孫子和外孫，到那時間不是他們同意不同意的問題了，是他們看咱兩臉色，要不不讓他們見孫子外孫。」姬遠峰說著笑了，他又接著說，「當然了非暴力抵抗，生米煮成熟飯是真會做，不讓見孫子外孫是開玩笑了，真的和雙方父母有那樣的問題時，孩子如果成了潤滑劑能讓關係緩和更好了，更不能讓矛盾升級了，當然了，現在根本不存在這樣的問

題。」

「你說到了孩子，我看到你哥哥家的小姑娘好可愛啊，如果我兩結婚了，你想盡快要孩子嗎？」張秀莉問道。

「我早看出來妳很喜歡孩子了，妳也挺會哄孩子玩，我哥哥的小姑娘跟著妳屁股後面不撒手，妳是否都開始有做媽媽的感覺了？」姬遠峰笑著說，姬遠峰接著說，「我也很喜歡孩子，我還偷著問妳打算給我生幾個呢，不過我不想盡快要孩子，我一直有過一段二人世界的想法。我本科畢業時原打算二十四或者二十五歲結婚，找個比自己小兩三歲的媳婦，過三四年二人世界的生活，我到二十八歲要孩子，那時間媳婦二十五六，年齡都正好，也工作幾年了有一定的積蓄。不過現在情形不一樣了，妳和我今年都二十七了，咱兩明年年底結婚就二十八或者二十九歲了，最多過一年二人世界的生活吧，我想妳最晚也要在三十歲歲之前生孩子吧！」

「我也覺得是，我兩要是能早點遇到一起就好了，那我兩就能多過一段二人世界的生活了，但現在尤其是我年齡比較大了，就像你說的，我也想三十歲之前生完孩子，女的年齡太大了生孩子不好。不過生了孩子就整天圍著孩子轉了，屬於咱兩兩個人的時間就少了。」張秀莉說道。

「誰讓妳不早點投胎到我跟前呢？」姬遠峰笑著說道。

「這我能說了算嗎，你也沒有早點投胎到我跟前啊，要是前世知道還有你，我真想早點投胎到你跟前。」張秀莉說著自己也不好意思地笑了。

「秀莉，我牙都要酸沒了。」姬遠峰笑著說道。

張秀莉輕輕地打了姬遠峰一下，「討厭，小峰，還不是你誘導我說的。」

姬遠峰抓住了張秀莉打他的手，攬入懷裡，他看到張秀莉滿眼的柔情，姬遠峰忍不住了，「那現在咱兩要練習一下要孩子嗎？」姬遠峰笑著說道，其實張秀莉依偎在姬遠峰的身上一起聊天的時間，姬遠峰的內

心和身體就開始「蠢蠢欲動」了。姬遠峰很早就考慮過這個問題，他想新婚之夜再有第一次，這倒不是姬遠峰品行有多麼高潔，只是結婚後那是順理成章的事情，結婚前任何事情都有可能發生，在農村中甚至僅僅因為彩禮沒有談攏而分手。姬遠峰不願意和女朋友在婚前有第一次，如果出現什麼意外兩人最終分手了，姬遠峰覺得自己是一個懦弱的人，他不願意承擔這樣的責任和因此而引發的無休止的糾葛。而且有的女生對感情對這種事看得很重，因分手女生自殺的時有所聞，當然男的自殺的也有，他不願意承擔因此而引發的罪惡感，他覺得自己也沒有勇氣去承擔這種罪過。但看著漂亮的張秀莉充滿柔情的眼睛，還有依偎在自己身上的張秀莉身上散發出的女生溫香的氣息，沒有忍住說了出來。

張秀莉輕輕地掙脫了姬遠峰的手，「小峰，我知道你想了，但我想結婚後再開始。」張秀莉輕輕地說道。

姬遠峰知道了，雖然自己現在和張秀莉感情很好，但畢竟兩個人認識還不到半年的時間，在一起的時間僅僅只有三個多月的時間，「秀莉，我只是有點情不自禁了，其實我的想法和妳一樣，我也想結婚後纔有第一次，以後我會控制自己不往那方面想了。」姬遠峰說道。

張秀莉羞澀地點點頭，但伸開了雙手緊緊的摟住了姬遠峰，閉上了眼睛，姬遠峰吻了下去……，好長好甜蜜的一個吻，但姬遠峰不知道自己的「小老弟」是太「爭氣」了還是太「不爭氣」了，它又「情不自禁地昂首挺胸威武雄壯」起來了，姬遠峰感覺到小腹部脹痛難忍，他起身去了衛生間……

等了一會兒，姬遠峰從衛生間出來和張秀莉一起聊天了，張秀莉明白姬遠峰去衛生間幹什麼去了，「剛纔是不很難受？」張秀莉輕輕地問道。

「嗯，是的，小腹部很脹。」姬遠峰回答道。

張秀莉緊緊地看了姬遠峰幾眼，緊緊地摟住了姬遠峰，吻了姬遠峰。

「我看到你爸爸媽媽明顯更喜歡男孩，也不顧你哥哥和你嫂子的臉色，看到你二姐的男孩眼睛都笑地瞇成縫了，你呢，小峰，你喜歡男孩

還是女孩？」張秀莉說道。

「秀莉，這點我毫不隱瞞，如果政策允許生兩個孩子，我當然希望是一個男孩一個女孩，我男孩女孩都很喜歡。但現在政策只讓生一個，那男孩最好了，我爸爸媽媽老思想很嚴重，我哥哥現在只有一個女孩，爸爸媽媽把傳宗接代的任務都放在我身上了。如果妳生個男孩，既滿足了我的心願，也滿足了我爸爸媽媽的心願，大家都高興。但秀莉妳也別有心理壓力，我都上了這麼多年學了，生男孩女孩又不是妳一個人能決定的，這點道理我還能不懂嗎！不過妳如果生了男孩，妳和嫂子妳們妯娌之間的關係會很微妙，但妳放心，我和爸爸會處理好的，從爸爸讓咱兩這次早早離開農村老家妳就知道爸爸有多聰明了，我也不是很笨，這點妳放心。」

「那你爸爸媽媽有沒有讓你哥哥嫂子偷著生二胎的想法？」張秀莉問道。

「早都有了，不過妳也看到了，哥哥嫂子至今只有一個女孩，爸爸媽媽雖然很想讓哥哥嫂子偷著生二胎，也給了不少口頭許諾的條件，生了二胎他們幫著帶，還會給五六萬塊錢，但至今還是一個小女孩。爸爸在外面工作一輩子了，知道哥哥嫂子兩個人工作的重要，不能因為再要一個男孩而丟了工作。但這邊偷著生二胎的很普遍，這點又是爸爸的藉口。唉，秀莉，妳和我討論這麼多生孩子的事，看來妳真的已經開始為生孩子作考慮了，可咱兩還沒有結婚呢，妳這纔第一次來我家。」姬遠峰笑著說道。

張秀莉不好意思了，笑著說，「討厭，小峰，和你說說而已，還不是你起的頭。」張秀莉接著說，「你爸爸說一定要在男方家舉行婚禮，不能在女方家舉行婚禮，還說倒插門女婿之類的，是什麼意思，我覺得你爸爸說的每句話都有一定的含義。」

「秀莉，妳說的對，爸爸話不多，但每句話都是有目的纔說的，也不輕易把話說破，而且他還會從別人的話中輕易地抓住漏洞。我早就習慣爸爸說話的方式了，每次和爸爸說話都要小心翼翼，生怕被抓住漏

洞。爸爸說的是妳弟弟的事情，其實是說給我，還有妳聽的，而且說道
的倒插門女婿這句話的意思還多著呢！」

「你爸爸有什麼意思呢？」張秀莉問道。

「我們這邊農村裡家族觀念傳宗接代的觀念還很嚴重，男的娶媳婦
一定要在男方家舉行婚禮，女方家即使舉行再盛大的儀式也只能叫答謝
儀式，不能叫婚禮。我們這邊只有家庭十分貧困無力娶妻的男的纔會入
贅到女方家，在女方家舉行婚禮，叫倒插門女婿。入贅的男的生的男孩
子一定要跟著女方姓，即跟著姥爺姓，這個男的有後代但不是自己的姓
氏，在我們這邊這對一個男的自尊心是很大的打擊，讓他在整個社會上
抬不起頭來，倒插門女婿一般連自己家族的紅白喜事都不願意參加，雖
然時代已經變了，但這種觀念在農村中還是很深厚的。在女方家舉行婚
禮意味著倒插門這層意思，所以我爸爸纔給妳說這些話，也是說給我聽
的。」

「哦，看來你們這邊老思想真的很嚴重，你爸爸說話也很講究，你
不會也有這種觀念吧？」張秀莉說道。

姬遠峰笑而不語。

「小峰，你不說話只笑我就知道你是什麼想法了，以前咱兩聊天我
就發現你經常會說到你爸爸，感覺你爸爸對你的影響很深，這次我來
你家更是證實了這一點，你說話也有點像你爸爸，經常有些話說得很
籠統很委婉，需要仔細想一下纔能知道其中的意思，對自己不同意的
觀點，並不直接反駁，要麼笑而不語，要麼就打岔不說了。我又有弟
弟，將來咱兩的孩子又不會跟著我姓，你有什麼不好意思說的。」張
秀莉笑著說道。

聽了張秀麗的話姬遠峰笑了起來，「這麼短的時間妳就把我認識
的這麼深刻了，我都上過這麼多年學了，思想還能和農村一樣？不過傳
統思想還是有一點點的，如果咱兩只有一個孩子，妳家只有妳一個或者
妳家只有女孩，那咱兩的孩子一子開兩門是可以的，如果咱兩有兩個孩
子，那麼女孩跟著妳姓，男孩還是跟著我姓了，所以我有時候想要是夫

妻兩個人是同姓的就更好了，那就不存在這個問題了，不過就像妳說的，妳有弟弟，咱兩也不用考慮這個問題了。」姬遠峰笑著說道。「還有，秀莉，妳昨天注意到了沒有，昨天我家回來了那麼多人，但我兩個姐夫都沒有來。」

「小峰，你說的是，我也有這樣的疑問，來你家之前你說除了你爸爸媽媽還有十個人，昨天我就注意到了你兩個姐夫沒有來，沒來也好，見你兩個姐夫我會更不自在的。」張秀莉笑著說道。

「秀莉，這還是和我家這邊的習慣有關，在我們這邊女婿與岳父家的關係比較疏遠，農村的家庭女婿來岳父家幹農活什麼的都可以，但岳父家的事情一般很少參與，如果參與的話岳父家的兒子都會不高興的。我爸爸也經常教導我和我哥哥說作為女婿去丈人家多動手少動嘴，多幹活少說話，所以我兩個姐夫昨天就沒有來我家。」

「哦，看來你們這邊的傳統習慣真的很濃厚。」張秀莉說道。

當天晚上，姬遠峰和張秀莉第一次睡在了一張床上，姬遠峰第一次撫摸了張秀莉脂玉般的肌膚、她柔軟豐滿的乳房，也親吻了張秀莉的乳房，姬遠峰第一次知道女生的乳頭也會像男生的「小老弟」一樣充盈臌脹起來。姬遠峰那不聽話的「小老弟」又「情不自禁地昂首挺胸威武雄壯」起來了，姬遠峰起身了，張秀莉感覺到姬遠峰要下床去了，她睜開了眼睛，輕輕地問道，「小峰，你又要去衛生間？」「嗯！」姬遠峰點頭輕聲說道，張秀莉伸出了手，輕輕地拉住了姬遠峰的手，羞澀地點了點頭，姬遠峰沒有去衛生間……

姬遠峰和張秀莉又穿上了睡衣，也清理了衛生，姬遠峰卻發現張秀莉背對著自己坐在床上，雙手抱膝，頭抵在膝蓋上，沉默無語，她的情緒很低落。姬遠峰明白這是張秀莉在還沒有到新婚之夜把她給了自己，她沒有守住自己最初的想法，她內心的矛盾與自責纏讓她這樣。姬遠峰雖然也沒有守住最初的想法，但卻沒有了矛盾和自責。張秀莉是這麼美好的一個女生，自己現在已經深深地愛上了她，雙方父母都見過了，一

切都很好，自己會和張秀莉結婚的，自己一直以來因為擔心分手而對這種事疑慮重重現在是沒有影的事。姬遠峰輕輕地把張秀莉攬入懷裡，兩人相擁而眠渡過了一個晚上。

八

姬遠峰和張秀莉十一長假從姬遠峰家回來上班後不久，姬遠峰的單位就組織了秋季籃球比賽。姬遠峰所在的電力處雖然是整個研究院不小的處室，也是比較重要的處室，但籃球實力一直很弱，處室裡全是文弱書生。柴書記以前已經在戶外碰到過姬遠峰打籃球了，他知道姬遠峰籃球打得不錯。電力處和機關分到了一個組，每組四支隊伍，前兩名出線。柴書記信心滿滿地說，「這次咱們盡力爭取吧，說不定能小組第二出線呢！」姬遠峰問了組長呂文明同組其他三個對手的實力，呂文明說，「機關實力最弱，這次咱們隊有了你，除了機關其他三個隊伍實力彼此相當吧！」姬遠峰心想既然機關實力最弱，其餘兩個隊只要能贏一場就能出線，機會還是有的。

處裡的籃球隊成立了，領隊就是自己處的黨委書記柴書記，處裡還請了一個中學的體育老師當教練指導，每來一次訓練一下午給二百圓。處裡也為參加籃球比賽的隊員買了球衣、品牌球鞋，給不參加比賽的同事按照比賽隊員裝備的花費發了購物卡，姬遠峰感覺單位的福利還不錯，一次簡單的單位籃球比賽單位給每個職工花費了兩千圓左右。籃球館只安排了一次練球熟悉場地的時間，其他時間都在外面的室外場地訓練。姬遠峰納悶單位的職工活動中心是一個標準的籃球場地，但安排打籃球的時間很少，更多的都是打羽毛球，打完羽毛球後球網也不挪開。過了一段時間姬遠峰明白了，因為單位裡領導年齡都稍微大一些了，領導喜歡打羽毛球。

訓練的時間教練看到了姬遠峰的投籃練習，只誇姬遠峰球打得的確不錯，中距離跳投很穩定，打野籃球的這招最好用了，三分球打野籃球

的沒幾個會投的，到了籃下會不斷的犯規，所以中距離跳投很有用。姬遠峰被教練安排成了場上隊長，教練安排他上場後持球組織進攻或者自己和隊友打一個掩護直接中距離跳投就可以了，姬遠峰也摩拳擦掌躍躍欲試。

　　比賽安排在周末和下午下班後進行，第一天晚上的比賽張秀莉也跟著過來看——她對籃球根本不感興趣，她只是過來看姬遠峰的。張秀莉剛調離這個單位，和人事處的同事還很熟悉。姬遠峰遠遠地看著張秀莉和以前的同事打招呼說笑，他現在對自己漂亮溫柔的女朋友有種看不夠的感覺。

　　第一場比賽終於開始了，對手就是機關隊，姬遠峰首先在場地裡看到了兩個裁判，一胖一瘦，都是短短的板寸髮型，穿著正式的裁判服，聽說還是持證的裁判。邊上是正式的記分牌，坐著兩名計分員，當然是單位的同事，姬遠峰感覺真不錯，看起來還挺正規的比賽。比賽前的熱身開始了，姬遠峰拿腳蹭了蹭地板，地板很好，不滑，他以前來打球的時間發現地板稍微有點滑，看來地板也已經處理過了，比賽用球是正式的CBA[2]用球，姬遠峰使勁拍了拍球，球感很好。

　　柴書記做著比賽前的講話，「都是單位同事，比賽友誼第一，動作別太大了，別傷著同事！」比賽正式開始了，機關隊的隊員上場了，姬遠峰看了看，只有一個年輕一點的小伙子，不知道打的怎麼樣。其餘四個隊員都是長期坐辦公室的處長、科長，有喜歡打羽毛球的，姬遠峰在球館里見到過他們很多次在打羽毛球，但明顯已經不是打籃球的年齡了。

　　前三節正常進行，自己的球隊一直領先在十分以上。第四節開始了，電力處還領先十分。姬遠峰前三節只有三次犯規，只剩下一節了，自己剩餘犯規次數夠用了，姬遠峰心想著。「吱」，裁判吹姬遠峰持球走步了，交換球權。「吱」，裁判吹姬遠峰兩次運球，交換球權。

2　China Basketball Association的簡寫，即中國男子籃球職業聯賽。

「吱」，裁判吹姬遠峰防守犯規了，對方球權。「吱」，裁判吹姬遠峰防守對方投籃打手犯規，對方上罰球線，發球兩次。姬遠峰懵了，怎麼會這樣？持球走步、兩次運球，這麼低級的錯誤自己也會連續出現？打手犯規？自己根本沒有碰著對手，這裁判什麼意思？自己只剩下一次犯規機會了，很快就會被罰下了。「吱」，自己隊的領隊即柴書記要了暫停。

「姬遠峰你打了三節了，下來休息一下！」柴書記發話了，請來的教練在一邊看著，並沒有說話。

「書記，我不累，對方咬的很緊！」姬遠峰道。

「下來吧，讓王科長上去玩玩！」柴書記說道。

「哦！」

訓練時沒有見過練球，也沒有作熱身準備的王科長上去了，他已經四十多了，看的出來，他只是在作折返跑鍛鍊身體。球隊沒了持球組織進攻的人，沒有了得分手，姬遠峰看著自己的球隊群龍無首，看著比分一點點被蠶食，最後被反超。姬遠峰站在場邊給隊友加油，他不停地看柴書記和教練，但柴書記和教練根本沒有把他換上去的意思。「吱」，裁判雙臂在胸前做交叉擺動，比賽結束了，電力處輸了。韋處長、柴書記熱情地和對手在握手致意，一團高興與和氣。韋處長、柴書記鼓勵著隊員，「很好！很好！打的不錯！」張秀莉遠遠地看著姬遠峰站在場邊聽柴書記講話，姬遠峰明白了，「哦，自己現在的單位籃球比賽和校園比賽不一樣，和自己曾經的電力設計院的籃球比賽也不一樣。」

第二場比賽開始了，對手是另外一個處室，對方的實力明顯在機關隊之上。自己球隊領隊柴書記做著比賽前的講話，「打起精神來，認真打，輸球不能輸精神，要讓領導和觀眾看到咱們電力處的精神風貌！」比賽的強度很大，經過第一場比賽，對手已經知道姬遠峰是電力處的主要組織者和得分手，安排專人對姬遠峰全場領防。三節比賽過去了，姬遠峰沒有休息一分鐘，他已經感覺很累了。第四節比賽開始三分鐘了，

姬遠峰累的有點喘不上氣來，投籃穩定性急劇下降，他不停地看場邊的柴書記和教練，但柴書記和教練沒有絲毫讓他休息的意思。姬遠峰跑到場邊跟柴書記說，「書記，太累了，讓我休息兩分鍾再上吧！」書記拍著姬遠峰的肩膀說，「小伙子，堅持堅持！比賽很快結束了！」姬遠峰的雙腿像灌滿了鉛塊一樣沉重，失誤頻頻，柴書記和教練在場邊大喊「姬遠峰，集中注意力！堅持一下！」但姬遠峰知道自己實在太累了，整場球沒有休息一分鍾，自己不是不專注，是實在太累了。「吱」，裁判雙臂在胸前做交叉擺動，比賽結束了，電力處輸了。姬遠峰又累又沮喪地坐在了場邊的椅子上，張秀莉給他遞了一瓶水，拿手給他扇涼。柴書記、韋處長和對手在客氣的握手致意，互相說著向對方學習的話。柴書記向隊員發話了，「可惜了！可惜了！只差幾分，要是小姬後面不失誤就好了！」姬遠峰聽著好像在變相的批評自己一樣，臉色越來越不好看，張秀莉看著姬遠峰的臉。

自己的隊連輸兩場，已經不能出線了，只剩最後一場無關緊要的比賽了，自己隊這次單位組織的籃球比賽也結束了，機關隊最終順利出線了。姬遠峰心想以後要還是這樣，到時間自己找個藉口不參加就行了，打個籃球玩玩也這樣，真無趣！

打完比賽過了一周，周五下班的時間姬遠峰辦公室電話響了，柴書記叫他去他辦公室一下。

「明天早晨九點你穿好球衣到籃球館等著！」柴書記說話了。

「明天有比賽嗎？好像沒有通知！」姬遠峰說道。

「沒有比賽，明天早晨機關處室的領導打球鍛煉身體，你過來陪陪。」柴書記說道。

「明天是星球六！」姬遠峰說道。

「嗯，我知道，明天我也來，打完球了陪著領導一起喫個飯！」柴書記說道。

「哦，好的！」

　　下班了，張秀莉已經在姬遠峰的宿舍樓外邊等著姬遠峰，他兩一起去喫飯，今天是周五晚上，他兩一起去飯館喫飯，然後一起去逛逛。

　　「原來說好的明天咱兩出去玩去不成了！」姬遠峰說道。

　　「怎麼了？」張秀莉問道。

　　「我們柴書記讓我明天早晨陪著機關處室領導打籃球！」

　　「你沒說不去吧！」張秀莉說道。

　　「我說不去了還會說咱兩明天玩不成的話嗎？」姬遠峰說道。

　　「哦，那就好！」

　　「一會兒我給書記打個電話找個藉口不去了！」姬遠峰說道。

　　「怎麼了？千萬別！」張秀莉說道。

　　「柴書記說話也太不客氣了！把我叫到他辦公室直接下通知一樣的告訴我明早去就行，也不問問我周末有沒有事，好像安排工作一樣，況且咱兩明早本來計劃出去玩的。」姬遠峰說道。

　　「單位領導都這樣，你已經答應了，千萬別不去，得罪了領導可不是小事。」

　　「周末是我私人時間，領導憑什麼支配別人私人時間？」姬遠峰有點不高興地說道。

　　「好了，小峰，別生氣了，明早我過來陪著你去吧，好吧！」

　　周六早晨，姬遠峰提前來到球館，他看到場館早早地已經開了門，工會的兩個同事正在清理場地上羽毛球網子。一會另外一個處室包括王高遠三個陪著打球的年輕同事也來了，那個處室的書記也來了。姬遠峰他們四個來陪著領導打球同事和工會的兩位同事把場地清理乾淨，把窗戶全部打開通風。八點四十分左右，一輛輛車來了，姬遠峰數了數總共來了十個領導，四個處長和六個科長，其中一位孫處長姬遠峰認識，姬遠峰在入職培訓的時間和這位處長說過幾句話，孫處長還特意問過姬遠峰叫什麼名字，其他三位在單位院子和辦公樓見過面，但不知道是什麼處處長。姬遠峰看出來了，四個處長都是專職司機開公車送過來的，六位科長也有三位是司機送過來的，只有三位科長是自己駕車過來的。來

的領導沒有一個穿著球衣，但都帶著一個大包，他們或自己背著大包進
了換衣間，或司機背著包送到了換衣間，他們換好衣服後從換衣間出來
了，有的領導煙癮很大，在上場打球前還要抽支煙。

　　他們四個陪著領導打球的年輕人各兩人分到了領導的隊伍中，姬遠
峰明白自己只是陪著領導來打球的，他幾乎從不出手投籃，把每一次投
籃機會都讓給領導，對方領導投籃的時間裝模作樣防守一下。只有對方
那兩個陪同打球的球員姬遠峰纔會認真防守一下，同來的三個同事都明
白這個道理，做著同樣的事。姬遠峰陪著機關處室的領導在打籃球，漂
亮的張秀莉亭亭玉立，一個人孤零零地在場邊看著姬遠峰，中間休息的
時間姬遠峰來到張秀莉身邊。

　　「秀莉，妳回去吧！」姬遠峰低聲對張秀莉說道。

　　「怎麼了？小峰！」張秀莉也低聲說道。

　　「我怕自己陪著領導打球，不小心還會把自己將來的媳婦給賠上，
真是陪了籃球又賠了媳婦。妳不看那打球的幾個處室領導色瞇瞇的眼睛
一直看妳嗎！連球都不好好打！何況妳以前還在我們單位上過一年班，
這些領導也真好意思！」

　　「嗯，我也看到了，感覺好彆扭！我現在就回去，你別生氣，好好
陪著打會球，就當自己鍛煉身體了。哦，我看到領導都開著車過來的，
都帶著換著穿的衣服，剛纔你們柴書記說了，一會打完球領導會在球館
里的洗澡間洗澡，洗完澡去喫飯，你沒有帶換的衣服，我去你宿舍把你
換的衣服拿過來，你到時間洗澡了也陪著領導去喫飯吧。這是讓領導認
識你的好機會，好多人想來都沒有機會，你要好好謝謝你們柴書記。」

　　「哦，打個籃球還有這麼深的學問，我知道了。」姬遠峰說道。

　　姬遠峰明白了，這不是一場業餘活動，這是一場難得的職場社交，
自己該改變自己的看法了，好好陪著領導打球喫飯，給自己的進步打一
個基礎。打完球後姬遠峰看到張秀莉已經把自己要換的衣服和皮鞋拿過
來放在了球場邊，姬遠峰洗澡換完衣服出了球館，張秀莉在館外等著
他，她把姬遠峰換下來的球衣球鞋帶了回去，姬遠峰坐柴書記的車一起

去喫飯。

　　張秀莉回到家裡，爸爸問張秀莉，「小峰陪著打球，去喫飯了嗎？」張秀莉回答道，「去了。」

　　來到了飯店門口，姬遠峰有點吃驚，這是自己逛街經常經過的一家四星級酒店悅賓酒店，自己來這兒快半年了還沒有進去過，這次業餘打個籃球竟然能到這樣高檔的酒店用餐了。門口年輕漂亮的男女迎賓員身著合身的禮服迎接著客人，這些迎賓員好像認識這些領導似的，態度恭敬地鞠躬歡迎。這些領導或昂首闊步、或閒庭信步互相謙讓著進入了酒店，一位年輕漂亮的女服務員前面帶路引導客人進入高樓層的一個包間，在電梯口，在包間門口，都有兩位亭亭玉立的女服務員雙手抱在小腹部向客人鞠躬致敬。

　　姬遠峰跟在這些領導身後，面對著這些畢恭畢敬的迎賓和服務員，他產生了一種幻覺，仿佛自己也是一個處長了，形象頓時也高大了許多似的。走在這些領導的身後，他沒有看到另外一個處陪同打球的三個年輕同事，只有那個處的書記一個人來了，姬遠峰意識到那三名同事都不會來了，因為只有年輕人提前到了等領導，不會有領導都到了等年輕人來的情況，開車的幾個司機都去停車了，還沒有跟進來。姬遠峰忽然擔心起來了，這次打球的十個領導，一個處長打球到一半接了一個電話就走了，六個科長全在，加上自己處的柴書記和另外一個陪同打球的處的書記總共十一個領導。而且都是處長科長這樣的領導，只有自己一個是進入單位還不到半年的年輕人，一個圓桌標準是十個人，可能會增加一把椅子領導們一起喫飯，自己可能要和工人身份的幾個司機一起去喫飯了。早知道這樣自己就不應該來喫飯，來單位快半年了，姬遠峰已經深刻地意識到了自己的身份是幹部，而不是給領導開車的工人。在單位裡幹部工人的身份時時刻刻都能得到體現，自己在人事處幫忙的時間就已經知道了人事處由不同的科室負責幹部和工人的人事工作，幹部與工人的人事檔案也分得清清楚楚，甚至連檔案盒的檔次也用的不一樣。工人

會更早地退休，好像從事偏體力勞動的工人身體素質比坐辦公室的幹部身體素質更差一樣。就連請假單都區分為幹部和工人，幸好單位食堂沒有分幹部食堂和工人食堂。姬遠峰只擔心進入包間後如果再發現座位不夠，自己再從包間出去和司機一起喫飯，他會無地自容的。

　　進入包間，姬遠峰顧不得環顧四周，他只想看到包間裡的桌子是否夠大，是否有自己的座位，他看到了一個十五人的紅木大圓桌在包間的一端，他的心放了下來。姬遠峰開始環顧這個包間的環境，包間十分寬敞，甚至可以說金碧輝煌。包間分作兩個區域，有十五個座位的圓桌是用餐區，另一半是休息區，中間用紅木屏風隔開，屏風上有中國傳統的梅蘭竹菊四君子的國畫。休息區地上鋪著大紅色厚厚的地毯，上面有花卉圖案，姬遠峰甚至懷疑這是不是著名的波斯地毯了。一排真皮沙發整齊地排列在一側的墻邊，沙發之間是紅木茶几，沙發後面的墻上掛著中國傳統花開富貴國畫一幅，或許出自名家之手，但署名是草書，姬遠峰有點認不全。一個鉅大的魚缸放在進門靠墻的一側，幾尾漂亮的金魚悠閒地在水草間遊蕩。沙發對面的墻壁上是一面鉅大的電視，幾乎佔了半個墻壁，但電視的聲音很小很柔和，幾乎不會影響到客人之間的談話。休息區的頂上是一個漂亮的幾何形狀的吊燈。

　　安排入座了，五位處長當然少不了一番謙讓，姬遠峰只關心自己該坐哪個座位，他實在不知道自己該坐到哪兒，但有柴書記照應他，給姬遠峰指了一下座位，他坐了下來。姬遠峰仔細觀察這個用餐區，十五人的電動圓桌是紅木的，椅子也是紅木的，姬遠峰入座的時間稍微挪動一下就感覺到了那椅子很沉。桌子上已經擺好了十三幅餐具，每個人面前都有大小兩個潔白的瓷盤，十分精美。姬遠峰心想著名的雍正年窯瓷器是否就是這樣，等自己什麼時間有機會能參觀瓷器博物館了一定要仔細看看，是否現代工藝提高了許多，現代瓷器比那些大名鼎鼎的古代名窯瓷器精細許多，現在很熱的古代名窯瓷器是否僅僅是好古的中國人的投資客的炒作而已。紅木筷子一端用白銀包裹，白銀上面有祥雲圖案，筷子放在一個小小的瓷的筷托上。銀制的湯勺，潔白的餐巾折疊成花形放

在餐盤裡上。每人面前擺放著一隻玻璃茶杯，茶杯裡已經放入了茶葉，但看不出是什麼品種，姬遠峰感覺這茶杯是這裡惟一顯得不夠儒雅的用具。雖然玻璃杯泡茶很好看，但燙手燙嘴，茶香也不濃，姬遠峰喜歡用瓷杯喝茶。還有兩隻高腳杯，一隻是用來喝紅酒和啤酒的，一隻是用來喝白酒的。餐桌的正中是一束鉅大的各色鮮花，但看不出來那是真花還是人造的塑料花。圓桌的頂上鉅大的水晶吊燈呈倒錐狀，由許多小燈組成，吊頂週圍一圈也有燈管，發出柔和溫暖的光線，雖然是正中午但水晶體全開著，發出的晶晶光線一點也不刺眼。十五個座位的圓桌最後只有十二個人，顯得稍微有點稀疏，好像人與人之間的距離也拉大了一樣。紅木的餐邊櫃上擺放著紅酒白酒啤酒，還有果汁，紅酒的品牌姬遠峰沒有見過，英文的字母也看不大清楚，白酒是五糧液。就餐區的角落站著兩個雙手交叉抱在小腹的女服務員，衛生間門口也站著一個女服務員，都很漂亮，姬遠峰心想自己的女朋友張秀莉已經很漂亮了，看起來漂亮的女生還不少，而且大多數都去做服務員了，以後和張秀莉開個玩笑說妳這麼漂亮怎麼沒有去做服務員呢，也說一句秀莉妮別因為自己很漂亮就對我飛揚跋扈，飯店的服務員都很漂亮的。姬遠峰納悶一個漂亮的女服務員站在衛生間門口幹什麼，後來用餐的時間明白了，那是替客人開衛生間門的，每當一個客人從衛生間出來後服務員會遞上一塊熱毛巾讓客人擦手，然後進入衛生間再次給馬桶，沖水清理一下衛生。

一個服務員開始往每個客人的茶杯裡注入開水，另一個服務員則用鑷子夾著加熱了的濕毛巾一個個遞到客人的手裡，雖然打完球時間不久，而且都洗過澡了，但各位處長和科長都用熱毛巾擦手擦臉，姬遠峰也學著他們擦手擦臉，然後放在餐桌上，一會兒服務員又用鑷子將毛巾一條條夾走。如此周到體貼的服務讓姬遠峰感覺自己的身份一下子高貴了起來。姬遠峰心想是否日本妻子對丈夫的服侍也就這樣了。張秀莉爸爸也是處長，張秀莉這樣的場面肯定見過不少，有機會了開玩笑也讓張秀莉給自己把毛巾弄熱了自己擦臉擦手。

看到這個場面姬遠峰明白了，怪不得打球的時間有兩科長就是換

了衣服而已，上場也就是三五分鍾就下來了，看了出來他們平時沒有鍛鍊的習慣，體力完全跟不上，也完全不會打球，連籃球的基本規則也不懂。哦，他們只是陪著自己處的領導而已，姬遠峰意識到自己昨天還不樂意來陪著打球是多麼的幼稚。

　　自己處的柴書記作了開場白，「今天真是貴人滿堂啊，平常各位很少能聚在一起，今天打球一下來了四位處長書記，六位科長，雖然走了一位李處，咱們這位李處長還在，現在還有四位處長書記，六位科長，難得一聚，難得一聚，好好高興一下，大家多交流交流，增進感情！」聽到柴書記的講話，姬遠峰明白了，這次打球後的午餐是自己的處做東，所以那個處的三個年輕同事沒有資格參加，只有那個處室的書記在。自己一個新人和這麼多的領導一起喫飯喝酒，能認識這麼多的領導，自己真應該好好感謝柴書記纔對，以後工作上上要多聽柴書記和其他領導的話，不能再像上次那樣為了宿舍和處長發生衝突，幸好這次打球後勤處的陸處長沒有來，否則多尷尬。

　　柴書記把姬遠峰給各位處長和科長做了介紹，「這個籃球打得不錯的年輕人叫姬遠峰，是我們處裡今年新來的研究生，交通大學的高材生，青年才俊，前途無量啊！」姬遠峰連忙站了起來，向不同的方向的領導鞠躬致敬，各個領導有點一下頭的，有微微笑一下的，有的只是看抬頭看一眼算是打個招呼，那矜持的神態猶如女神一般。和姬遠峰以前說過話的孫處長好像根本不認識他似的，只是看了姬遠峰一眼。姬遠峰本想和孫處長說入職培訓時聽您講話了，還和你說過話，早認識您了。看到孫處長根本不認識自己的樣子，或許孫處長公事繁忙，問過自己的名字後很快忘記了。姬遠峰知道現在和孫處長說話是多麼的多餘，他鞠完躬坐了下來。姬遠峰心裡納悶，不是剛纔打球的時間已經介紹過了嗎，早晨陪著他們已經打了兩個多小時籃球了，怎麼這些領導這麼快對自己一點都不認識了呢。哦，自己只是一個入職半年的學生，雖然和領導們坐在一個桌子上，享受著同樣的服務，自己不是領導，自己只是一個沒有任何領導認識的小兵，姬遠峰從剛纔的虛幻感覺中回到了現實。

　　開始上菜了，菜品由男服務生送到包間的餐邊櫃上，再由包間內漂亮的女服務員送上餐桌。先上的是小米海參粥，服務員每上一道菜報一下菜名，海參用黑色稍顯粗糙的小砂鍋盛著，蓋著蓋子，一人一份。姬遠峰以前只聽過海參是名貴菜品，但沒有喫過，他看到了一個紡錘狀的物體，黑乎乎的，滿身長著刺。姬遠峰用筷子去夾，發現有點滑溜，幸虧他筷子用的很熟練，還是送到了嘴裡。姬遠峰咬下了一大口，發現如塑料棒一樣韌性十足，有點嚼不爛的感覺，但他不好意思吐掉，只好強忍著嚥了下去。姬遠峰第一次喫海參的經歷並不美好，也沒有覺得海參有多美味，只是聽說這個菜品很補身體，很有營養，可自己年紀輕輕的，好像並不需要亂補。接著每人又上了蒜蓉粉絲鮑魚，每人兩隻，姬遠峰知道這個菜並不貴，經常用大盤子盛著，但在高檔酒店分開盛給每個人，好像這菜品也高檔了許多。也許這次喫的鮑魚是名貴品種，只是姬遠峰不認識而已，這兩道菜喫完後服務員會把盛菜的容器端走。接著又上了十幾道菜品，其中小羊排是姬遠峰最感興趣的，但他看著份量並不是很多，姬遠峰沒有敢喫，等轉了一圈後第二圈的時間他喫了一小塊。

　　姬遠峰只害怕喝酒，他知道自己只是一個小兵，如果領導讓他喝酒他無法拒絕，只能醉著回去了。這個單位喝酒次數太多了，可以找任何理由喝一次酒，處裡迎新喝過一次了，每個項目匯報結束要喝酒，來了客人要喝酒，張秀莉的科長感謝張秀莉爸爸也喝酒，這次打一次籃球也喝酒，為什麼有這麼多的酒局呢？而且這次張秀莉不在身邊，沒有一個熟人，如果醉得厲害了自己都不知道如何回到宿舍，在這樣的場合自己也不適合提前退場。但讓姬遠峰放心的是這次的飯局互相之間並不像上次甲魚館那樣頻頻勸酒，除了幾個科長喝白酒外，其他人都在喝紅酒，姬遠峰也跟著喝紅酒，每次有領導提議喝酒的時間大家纔喝一小口。大家的注意力都在幾位處長身上，沒有人和姬遠峰說話，也沒有人給姬遠峰勸酒，姬遠峰只是跟著大家的節奏集體喝酒而已。

　　「王處長，兒子回來了嗎？」柴書記向王處長說話了，看得出來，

王處長在這五位處級幹部中地位最高，他坐的也是正位。

「已經回來了。」王處長道。

「在哪高就啊？」柴書記道。

「在總部上班了。」王處長道。

「恭喜恭喜，有對象了吧！王處啥時間抱孫子啊！」柴書記道。

「對象有了，愁啊！」王處長道。

「愁什麼啊？」李處長說話了。

「房子啊！北京的房子伺候不起啊！」王處長道。

「王處謙虛了！把青島的房子少兩套不就行了！」孫處長說話了。

「兩套也不夠啊，還得搭上咱們這的一套！」王處長道。

「王處，多了也沒用，你老兩口也不能分開住，不就是給兒子孫子準備的嘛！」柴書記道。

「王處，別心疼了，北京買了房也還不是在你名下嘛！」最後一位處長張處長也說話了。

「那是，辛苦來的錢不能打水漂啊，等有了孫子了再過戶到兒子名下吧！」王處長道。

「我來提兩個酒，第一個，祝賀咱們王處公子學成歸國，繼續在咱們天峰集團工作，王處的事業後繼有人，也為咱們國家繼續做貢獻，來來來，舉一個！」柴書記說話了。

大家舉杯。

「這第二個酒，預祝王處早日升格當爺爺，喜抱胖孫子，來，舉一個！」柴書記又提一個酒。

大家舉杯，又喝了一口。

姬遠峰看出來了，即使說話，在這個場合六位科長也沒有一個人插話，都等著處長說完纔可以說話。

「謝謝！謝謝！謝謝今天做東的柴書記，謝謝李處、孫處、張處，還有在座的各位科長，我借柴書記的酒謝謝各位，我也提一個，李處、孫處、張處，還有柴書記，也祝你們的孩子早日取得綠卡或者回國報效

祖國，祝在座的各位科長辦手續的，還有將來辦手續的，各位的孩子也順順利利留學成材，謝謝，我先乾為敬。」王處長講話了。

群聲附和，「謝謝王處！謝謝王處！」

「王科，孩子的手續辦得怎麼樣了？」王處長抬眼向一位科長看了一眼，手裡還剝著花生，悠悠地說道。

「王處，辦的差不多了，那邊房子已經租好了。」那位王科長身體前傾，畢恭畢敬的答道。

「什麼時間走啊？」王處長兩隻手繼續剝著花生皮，一邊淡淡地說道，說話的時間眼皮從手中的花生上移開看了一眼王科長。

「打算過完春節就走，提前過去熟悉熟悉環境。」王科長回答道。

包間裡沒有喧鬧聲，只有不時提議喝酒聲和矜持的聊天聲。雖然開著空調和排氣扇，但煙味卻很濃，因為好幾個領導的煙癮極大，宴會一直進行著。領導之間說的更多的都是研究院、甚至整個天峰集團公司將來可能的人事變動，那些提到的領導的名字和職位對入職還不到半年的姬遠峰來說一個也不認識，姬遠峰只是靜靜地聽著。

出了酒店門，姬遠峰看到五位處長的車已經在酒店一側一字排開等著呢，五輛車魚貫而入，恭送五位處長離去。接著是三位科長的司機開車也將自己的科長接走，其餘科長去停車位也開車走了。姬遠峰看了一眼手錶，已經下午兩點半了，這頓飯足足喫了兩個小時。在整個喫飯過程中自己和五位處長六位科長一句話也沒有說，不知道這十一位領導下次碰到他還認識否，有了和孫處長說話的經歷，姬遠峰已經不抱多大希望了。在喫飯過程中姬遠峰只和替他收餐盤的服務員說了兩次「謝謝」，現在姬遠峰要回去休息一會，晚上他還要和張秀莉一起去看電影。

九

　　內蒙的天氣已經比較冷了，暖氣已經供上了，張秀莉也穿上了薄羽絨服，周末張秀莉像往常一樣把洗好的衣服送到了姬遠峰的宿舍，這次她還帶了一個大的服裝袋，一看就是一件衣服。

　　「小峰，天氣已經冷了，我給你買了一件羽絨服。」張秀莉對姬遠峰說道。

　　「謝謝妳，秀莉，我衣服有的，不過妳買的我肯定喜歡。」姬遠峰一邊看著張秀莉從服裝帶中拿出來衣服一邊說。

　　「你穿上試試吧，大小不合適或者樣式你不喜歡就去換一件。」張秀莉說道。

　　「大小挺合適的，顏色樣式我也喜歡。」姬遠峰一邊整理著衣服一邊說，「妳怎麼不叫上我一起去試著買衣服，妳不怕買了不合適，還要換，不嫌麻煩嗎？」

　　「我想給你個小驚喜，而且我給你洗了那麼多衣服了還不知道你衣服的尺碼嗎！」張秀莉說道。

　　「我怎麼謝謝妳呢！」姬遠峰說著色瞇瞇的看著張秀莉，「媳婦──張秀莉去過姬遠峰家之後姬遠峰就改口叫張秀莉媳婦了──我只能用嘴謝謝妳了。」說著又抱住了張秀莉，姑娘不再羞澀，閉上了眼睛……

　　姬遠峰想著，自己也應該給張秀莉送件禮物了，而且想給她個驚喜，也顯得自己用心的一件禮物。送什麼呢，送衣服，太普通了，而且自己從來沒有買過女式衣服，對女式衣服的號碼沒有任何概念，一起去買，那還能有驚喜嗎。想來想去姬遠峰有了主意，他拿出來了張秀莉送給自己的照片，姬遠峰也挑選了自己本科和研究生的照片各一張。姬遠峰去了一家照相館，挑選了兩套松木原色的相框，每套相框都由兩個相

框組成，中間用銅合頁連接著，可以像書本一樣合上。姬遠峰讓照相館把自己第一次見到張秀莉時她穿的衣服的那張照片和自己本科的照片做到了一個相框裡，把自己研究生時的照片和張秀莉本科時期的照片做到了一個相框裡。雖然姬遠峰覺得五寸的相框有點小，但他手邊只有張秀莉五寸的照片，只能這樣了。

當張秀莉下一次把洗好的衣服送到姬遠峰宿舍時，姬遠峰把放著自己研究生和張秀莉本科照片的相框送給了張秀莉，張秀莉高興的樣子像個孩子一樣，拿起相框仔細地看，慢慢地眼睛裡有了淚光。

「別哭！秀莉！妳這樣我會受不了的！」姬遠峰笑著說道。

張秀莉擦了一下眼睛，笑了起來，「我纔沒有哭呢！不過你送我的這件禮物好特別也好有意義！」

「我是用心給妳送的哦！」姬遠峰笑著說，「我也有一套，妳就不用送我了！」姬遠峰說著拿出了另外一套。

「你怎麼把咱兩不同時期的照片放在了一起？看起來成熟度有點不一樣啊！」張秀莉說道。

姬遠峰笑著說，「我是故意這樣放的，兩個相框都是老牛喫嫩草。」姬遠峰接著說，「如果妳不喜歡，也可以把照片拿出來換一下，都可以的。」

「小峰，暫時不用了，都很好，你打算把哪個相框送給我。」

「我想把有第一次見妳的那張照片的相框留給我自己，我很喜歡妳那張照片，即使咱兩結婚了，那張照片也是我的個人物品，我想一個人佔有。」

張秀莉的眼睛濕潤了，姬遠峰緊緊地抱住了張秀莉……

快到元旦了，張秀莉跟姬遠峰說道，「小峰，我跟你商量個事情，不知道你什麼意見……」

「秀莉，妳說就行，這麼吞吞吐吐的幹嘛！」

「我爸爸意思想讓咱兩春節前後就結婚，他說咱兩年齡都不小了，

尤其是我過了年都二十八歲了，應該結婚了。」

「妳呢，秀莉，妳什麼意見？」姬遠峰問道。

「我覺得爸爸說的有道理，咱兩年齡都不小了，結了婚咱兩也就可以住到一起了。」

「嗯，秀莉，我也想咱兩能住到一起，只是我覺得……」

「你是不覺得太快了點！」張秀莉說道。

「嗯，是的，秀莉，咱兩什麼都沒準備呢！」姬遠峰說道。

「你是說咱兩認識時間太短嗎？」張秀莉問道。

「不是，秀莉，我不是這個意思，妳別瞎想，以我家的習慣，如果咱兩的關係還沒有穩定下來，或者說沒有結婚的打算我就不會把妳帶到我家裡去見我爸爸媽媽的，見過了彼此的父母，咱兩的事情就算定下來了，剩下的就是走程序了，我說的沒有準備好是沒有準備好結婚的各種東西，尤其是房子。」姬遠峰說道。

「這個你別擔心，我爸爸早就想好了，他說我家有一套房子空著呢，都已經裝修好了，咱兩結婚用那套房，只需要買幾件家具家電就可以了，等咱兩買了房子再搬過去就行。」

「秀莉，這完全不行！」

「為什麼？」張秀莉問道。

「十一假期咱兩回我家的時間，我爸爸就跟我說過咱兩結婚的事了，說結婚後一定要住在自己的房子裡，不能住到岳父母的房子裡，說咱兩準備買房子的時間提前和他說，雖然他錢不多，但會幫一點。」

「小峰，我知道你爸爸也買了城裡的房子沒有幾年，貸款纔還清也就一兩年，你家只有你爸爸一個人有工資，西北鄉政府工資也不高，你爸爸媽媽生活還要開銷，也沒有多少錢，我覺得咱兩結婚還是少向你爸爸張口，免得你爸爸為難。而且我爸爸也想到了，怕你不同意住到我家的房子裡，我爸爸說了咱兩可以盡自己的錢買房子，不夠的我爸爸資助咱兩一點。」

「秀莉，這個也不行！」

「為什麼，這個也不行，那你和你爸爸是什麼意思？」姬遠峰聽出了張秀莉的不悅。

「秀莉，我就把話全部跟妳說了吧，其實上次十一長假回家時我爸爸就跟我說到了咱兩結婚的事情，只是我沒有想到今年就結婚，我以為會到明年春節。爸爸特意叮囑我兩件事，一個就是房子，爸爸說結婚後一定要住在自己房子裡，我爸爸也問了咱們這個地方的房價，咱們這邊的小房子不貴，兩室一廳的房子也就十四五萬，說咱兩碩士研究生的安家費每人五萬，就十萬了，稍微再添點就可以了買一套了，有什麼條件過什麼日子，不要用妳爸爸的錢買大房子。我爸爸還說了，等咱兩結婚了日子就要獨立過，他的錢也不會隨便給咱兩，他現在對哥哥也不輕易給錢，偶爾給一點也是打著給哥哥孩子的名義，更不要說用妳爸爸的錢了。另一個事就是結婚儀式必須在我老家舉行，上次咱兩回我家我爸爸表面上跟妳說話，其實也是說給我聽的，妳也知道了我家那邊把在男方家舉行婚禮看的很重，我估計妳回家也給妳爸爸媽媽說了。」

「是的，小峰，在你老家舉行婚禮的事我給我爸爸媽媽都說了，他們沒有意見。那房子呢，剛纔你說的是你爸爸的意見，你的意見呢，小峰？」

「我完全同意我爸爸的意見，更甚者，我覺得咱兩結婚的房子都不應該用妳的安家費，結婚就應該由男方買房。我估計咱兩結婚我爸爸怎麼也會給個三四萬，因為我哥哥結婚我爸爸就給了三四萬塊錢，加上我的安家費那樣就有八萬塊錢了，我再向我以前的同事借點，就夠買一套小房子了。結婚後花妳的錢過日子，我的工資也就一兩年還清借款了，其實還是把妳的安家費給花了，我還佔便宜了呢。」姬遠峰說著笑了，他接著說，「妳知道我是農村的，小時候窯洞都住過，我住小房子無所謂，只是讓妳住小房子我覺得委屈了妳。」

「我的安家費肯定用來給咱兩買房子啊，我還想當女主人呢，你單獨買房子難道要登記在你一個人名下！等領證了或者生孩子了纔加我名字嗎！」張秀莉笑著說道。

　　「啊，妳還有這想法，那趕快拿妳的安家費用來買房子吧，房子就登記在妳名下，我還怕煮熟的鴨子飛了呢！」姬遠峰說著笑了，「秀莉，妳對買小房子有什麼想法嗎？」

　　「我住小房子無所謂，只要有個房子就行，我會用點心收拾的乾乾淨淨整整齊齊的，只怕我爸爸不同意。其實我爸爸沒有跟我說，我媽媽私下給我說了一件事，我媽媽說我弟弟也已經有女朋友了，我弟弟只比我小兩歲，至多一兩年也就結婚了，等我弟弟結婚了再想給我錢就不好給了，怕我弟弟和我弟媳婦不高興，所以這次我爸爸媽媽想把給我的錢全給我，添著給咱兩買房子。」

　　「妳爸爸還有這想法，我倒沒有想到，我家那邊老人都是把錢留給自己養老和兒子，沒有想著給女兒錢的，妳這樣說我倒一時沒有辦法說服妳爸爸讓咱兩買小房子了。」姬遠峰說道。

　　「小峰，我有個主意，反正我爸爸媽媽說了，如果添錢給咱兩買了房子了他們給我的嫁妝就不陪汽車了，我跟我爸爸說我想要輛汽車，讓他把給咱兩添錢買房子的錢給我買輛汽車，這樣一來房子，還有汽車的事都解決了。」

　　「秀莉，還是妳聰明，不過好像我佔妳爸爸便宜似的。」姬遠峰笑著說道。

　　「哪有，反正我爸爸樂意給我一筆錢，只是這筆錢買大房子還是買車由我做主了而已。」張秀莉笑著說道。

　　「那太好了，妳回去跟妳爸爸說的時間說的堅決一點，也好聽一點，我教妳怎麼說，妳說妳自己想要輛車，咱兩結婚後很快就會生孩子養孩子，一時半會買不起車，咱兩買車就遙遙無期了。再者妳跟妳爸爸說，陪嫁一輛車，到時間別人看到了妳爸爸媽媽也有面子，而婚禮在我老家舉行，這邊答謝喜宴的客人也不會去咱兩的婚房，客人也不會知道咱兩住的是小房子，妳爸爸媽媽聽了肯定高興，估計就會同意了。」

　　「小峰，我怎麼覺得咱兩在合伙算計我爸爸似的。」張秀莉笑著說道。

「哪有，秀莉，咱兩在合伙讓妳爸爸長面子呢！」姬遠峰也笑著說，「秀莉，妳回去了盡快跟妳爸爸媽媽說，等妳爸爸媽媽同意了我跟家裡說，好讓我爸爸或者我哥哥過來提親。」

「還要提親啊，你爸爸身體不好，來也不方便，我爸爸說電話提親也可以。」張秀莉說道。

「哪那行，我是明媒正娶妳，又不是帶著妳私奔。」姬遠峰笑著說道。「秀莉，還有一件重要的事情咱兩還沒有商量呢。」

「什麼事？」張秀莉問道。

「咱兩怎麼照婚紗照呢，我一直對照相很著迷，上大學的時間看了不少的攝影畫報，平常逛街看到影樓外面大幅的婚紗照也覺得很漂亮，我原來想結婚前好好照一套婚紗照的，而且是戶外的，現在已經天寒地凍的了，沒法去戶外照婚紗照了。」

「你不說我差點都忘了呢，婚紗照一定要照的，就像你說的我也想照戶外的，咱兩現在可以在室內照一套，等明年夏天了再去照一套戶外的不就行了嗎。」張秀莉說道。

「秀莉，我不想照兩次婚紗照，咱兩結一次婚照兩次婚紗照在我潛意識中不好，再者照兩次也浪費錢，既然妳也喜歡戶外婚紗照，那咱兩明年夏天去戶外補照一套行不，想要戶內的到時間了一起照幾張吧，就照一次不僅省事也省錢一點。」

「也可以啊，你想好去什麼地方照戶外婚紗照了嗎？」

「我想去烏蘭布統，想去公主湖邊，想去將軍泡子邊照相，當然還有白樺坪了。」張秀莉家在內蒙，她早去過烏蘭布統旅遊過了，姬遠峰和張秀莉在一起的時間也給張秀莉說過自己去烏蘭布統旅遊的經歷，但姬遠峰沒有說他在草原上對楊如菡的思念之情。

「你和我的想法不謀而合了，我也想到了烏蘭布統，尤其是白樺坪，穿著紅色婚紗既吉祥喜慶照出來的效果肯定很好。」張秀莉說道。

「到時候咱兩要不順道在彙宗寺外面也照兩張，寺廟裡面喇嘛肯定不讓進去照的。」姬遠峰笑著說道。

「啊，小峰，你怎麼有這樣的想法，到寺廟外面去照婚紗照！」張秀莉吃驚地看著姬遠峰說道。

「我開玩笑的！」姬遠峰笑著說道。

張秀莉回家跟爸爸媽媽說了買房的事情，張爸爸張媽媽也同意了，張秀莉爸爸再一次說電話提親也可以，姬遠峰告訴張秀莉，他也跟自己爸爸說了，姬遠峰爸爸身體不好這次不來了，已經讓哥哥請好假代替他來提親了，提親彩禮一切按照傳統禮儀來就行。

張秀莉和姬遠峰開始張羅著看房子買房子了，已經決定買房子了，兩人先去領了結婚證，有了結婚證就可以向單位申請一次把每人五萬的碩士安家費領出來，否則需要按照合同年限分五年發下來。姬遠峰和張秀莉兩人領了結婚證，去飯店喫了一頓飯作為慶祝。

姬遠峰去了人事處的張科長那兒，填寫了一次領取全部安家費的申請表，但張科長對姬遠峰到底領四萬還是五萬做不了主，因為文件上只是籠統地說重點大學研究生是五萬，張科長讓姬遠峰去找人事處安處長，並且給了姬遠峰安處長的辦公室電話。

姬遠峰想著怎麼去向安處長說這件事呢，入職培訓的時間自己曾經見到過安處長，他當時在主席臺上講話來著，自己在人事處幫忙整理檔案的時間在走廊裡也碰到過幾次，也禮貌性的打過招呼問過好，安處長只是點點頭而已，自己也知道安處長的辦公室。姬遠峰來單位已經半年了，尤其是自己在人事處幫忙整理檔案的三個月讓他對這個單位的機關作風有了切身的體會。經常能在虛掩著門的辦公室裡看到領導陪著客人在喝功夫茶，那會消耗很長時間，從辦公室裡也能傳出來輕輕的談笑聲。而其他等待辦事的單位職工或者其他客人只能在辦公室門外徘徊等待，有時間會等待很長很長時間。當裡面喝茶的客人出來時可以看到領導一副微笑送行的面孔，但領導的臉色猶如孩子的笑臉一樣會在瞬間做出變化，送完客人後立刻能態度冷淡地讓門外等待的其他客人或者單位職工進去說工作上的事情。進入辦公室後領導並不會先說話，而是先要

安穩地坐在自己寬大舒服的椅子上，身體向後靠在椅背上纔和職工說話。更有甚者連職工看一眼都不會看，身體向前拿起辦公桌的煙點燃，身體再靠到靠背上後纔讓職工說話。說話匯報工作的職工只能站著，姬遠峰感覺這樣的領導連起碼的禮貌都沒有，但他們就是領導，這讓姬遠峰很難理解，姬遠峰自己就有這樣的切身體會。雖然姬遠峰知道安處長的辦公室，但張科長給了自己安處長的電話，那意思就是讓自己打電話，而不是去他的辦公室了，再者姬遠峰也不願意去領導的辦公室，他怕再一次在領導辦公室門口的徘徊與等待。姬遠峰在辦公室裡打通了安處長的電話。

「安處長您好！」姬遠峰在電話裡說道。

「你好，有什麼事？」電話裡傳來安處長的聲音。

「安處長，我是今年分配來的一名應屆畢業生，我已經領結婚證了……」。

姬遠峰的話被打斷了，「說簡單點，你是不是想一次把安家費全領出來？」

「是的，安處長。」

「拿著材料找張科長就行。」

「我已經找過張科長了，張科長說他對我領五萬還是四萬拿不準，讓我問您，給了我您的電話。」

「那就領四萬吧。」

「安處長，我看文件上說重點大學碩士研究生是五萬，一般大學碩士是四萬，我想問您……」

姬遠峰的話又一次被打斷了，「領四萬就行了。」

「我看文件上說重點大學是五萬。」姬遠峰說道。

「文件上沒有說哪些大學是重點大學，領四萬就行了。」

「安處長，張科長也說文件上沒有指明哪些大學是重點大學纔讓我問您的，我覺得我的大學交通大學應該算是重點大學，交通大學是九八五高校。」

「文件上沒有列出那些學校是重點大學，交通大學算不算文件上說的重點大學我不知道，不要再說了。」

「那文件上重點大學指的是哪些大學呢，安處長？」姬遠峰問道。

「我仒是給你說了嗎，我不知道！」姬遠峰從電話裡聽出了安處長的不耐煩。

「那安處長我該問誰呢，誰知道呢？」姬遠峰問道。

「你什麼意思，你想去問誰？你想去問誰？想問總部人事機關嗎？」姬遠峰從電話裡明顯聽出了安處長生氣了，他的聲音大了許多。

「安處長，您別生氣，我以為還有領導能解釋清楚，我沒有問總部的意思，您別誤會。」姬遠峰連忙解釋兼賠禮道歉。

「我已經給你說了兩遍了，文件上沒有列出哪些大學是重點大學，你糾纏什麼，還想給總部機關告狀是嗎？」安處長在電話裡說話的聲音大的連姬遠峰對桌的同事都能聽得到，同事停下了手中的活抬頭看著姬遠峰，姬遠峰只覺得自己的臉上火辣辣的。

「沒有，安處長，我沒有這個意思。」姬遠峰急忙解釋道。

「沒有這個意思你問什麼呢，你說誰能解釋清楚？讓他過來跟我解釋解釋看看。」安處長的聲音稍微小了一點。

「安處長，我，哦……」姬遠峰不知道該怎麼說話了。

「你叫什麼名字？哪個處的？」安處長在電話裡大聲問道。

姬遠峰被激怒了，這話是什麼意思，威脅嗎？難道問你一下有錯嗎？姬遠峰看到對桌的同事正看著他，他的臉像有一盆碳火灼燙著一般，姬遠峰猶豫了一下，「我叫姬遠峰，電力處的！」姬遠峰對著電話說道。

「呃……，知道了！」姬遠峰從電話裡聽出來對方有點驚愕。

安處長掛斷了電話。

聽到姬遠峰在電話裡說出了處室和自己的名字，對桌的同事驚訝地睜大了眼睛，也知道是怎麼回事情了，尷尬的同事站了起來出了辦公室。

電話掛了，姬遠峰的情緒久久不能平靜，他知道這次又得罪了一個領導，而且還是主管人事的處長。而且自己這桀驁不馴不服軟的性格也讓對桌的同事知道了，說不定明天自己處的柴書記和韋處長都知道自己是這樣的性格了。唉，自己為什麼總是這樣，打籃球喫飯的時間已經暗下決心要聽領導的話，不能再得罪領導了，為什麼一遇到事情總是控制不了自己呢！短短半年時間已經得罪兩位處長了，第一次得罪的處長背後一定還有副院長院長這樣級別的領導，這次又是主管人事的處長，自己以後在單位還怎麼發展呢？

姬遠峰跟張秀莉說自己只能領四萬安家費了，張秀莉不解地問，「為什麼？我的學校只是二一一大學，你的是九八五大學，我的學校比你差多了，還領了五萬呢！」

「我們單位人事處說了，文件上沒有指明哪些大學是重點大學，所以只能給四萬，而且咱兩現在不在一個單位，各個單位在政策執行上有差異，這也正常。」

「都是執行集團公司的政策，怎麼會這樣，即使文件上沒有指明哪些大學是重點大學，如果你們單位只認北京大學和清華大學是重點大學也就算了，除了這兩所大學，再怎麼算你的學校也是重點大學啊。我去你們單位人事處問問，我在你們單位人事處待過一段時間，人都熟，或者我找人去你們人事處問問。」張秀莉說道。

「秀莉，別問了，這次妳真的不要摻和進來了，我已經簽字辦完手續了，我不想什麼事情都由妳替我出頭，妳給我留點面子吧！再者，秀莉，以後工作上的事情咱兩在一起可以互相說說，給對方出謀劃策都可以，但不要直接替對方出面，既然咱兩都工作了，我不想在工作上有人替我出面，那讓我有自己承擔不了這份工作的感覺。」姬遠峰的確不想讓張秀莉參與到自己工作中去，而且這次他不讓張秀莉去自己單位問安家費的事，不是不想要那一萬塊錢，他結婚需要錢。但姬遠峰的確覺得自己辦不了的事情由還沒有舉行婚禮的未婚妻出面，他會覺得自己很無

能，而且他也怕張秀莉去了後知道自己和安處長爭吵的事。

「你這麼說我就不去了，只是太氣人了，咱們集團太欺負像你這樣的外來人了，對家屬子弟肯定不會這樣。」

「已經這樣了，算了吧！」姬遠峰說道。

姬遠峰和張秀莉最終買了一套兩居室的小房子，房子已經裝修好了，因為時間太倉促自己裝修已經來不及了，他兩只能稍微多花點錢買已經裝修好的房子。

農曆春節前姬遠峰和張秀莉在姬遠峰老家舉行了婚禮，張秀莉的爸爸媽媽和弟弟來到甘肅參加了婚禮。姬遠峰第一次見到了爸爸媽媽經歷了當地風俗的洗禮，兩個姐姐結婚時爸爸媽媽還嚴格遵守著當地的風俗沒有去男方家參加婚禮，哥哥結婚時姬遠峰還在上學沒有放假，姬遠峰沒有見到當時的情形。這次爸爸被同輩人及幾個侄兒打扮成了七品芝麻官的模樣，穿著唱戲的服裝，戴著七品芝麻官的小官帽，臉蛋被口紅塗的看不到了面色，嘴唇也被厚厚的口紅遮蓋，鼻腰塗成了黑色，眉心鼻頭點上紅點，嘴唇畫出的三綹白色鬍鬚讓人忍俊不禁，一貫嚴肅不苟言笑的爸爸笑得滿臉的皺紋彷彿也在歡笑。媽媽則被裝扮成了皇后，鳳冠霞帔，面部被畫的如同爸爸一樣，所不同者是鼻腰畫成了白色，畫成的綹綹黑色鬍鬚亦讓人忍俊不禁，媽媽也笑得像花一樣開心。

飯店婚禮完畢了，客人已經陸續送走了，張秀莉的爸爸媽媽弟弟也回了賓館。只有幾個堂兄弟跟著來洞房裡嬉鬧了一會，姬遠峰自小在農村長大，知道農村洞房鬧得十分粗俗，他擔心堂兄弟鬧得過分張秀莉接受不了。姬遠峰已經想好了，一會對堂兄弟中的老大說說張秀莉是外地來的，不習慣這裡的風俗，讓他給各位堂兄弟說說別鬧得過分。但姬遠峰發現自己的擔心是多餘的，姬遠峰十五歲就上高中至今十二年了，和堂兄弟接觸很少，互相很生疏，堂兄弟們來不是來鬧洞房的，反而是一種禮節，覺得沒有人來洞房反而是婚禮少了一個儀式的感覺。每個人只是讓新娘點了一支煙，堂兄弟故意抖手讓煙點不著，張秀莉已經漲紅了

臉，兄弟們見狀更不好意思對這個外地來的說普通話研究生學歷的新娘子開玩笑了，說會戲謔的話就散開了，姬遠峰懸著的心終於放下了。

夜漸漸深了，整個房間的燈都熄了，只有姬遠峰和張秀莉新房中的一盞包著紅綢子的小瓦數的燈泡亮著，那是新式的長明燈，按照家鄉的風俗，它會徹夜亮著。姬遠峰側身躺在被窩裡，看著身邊張秀莉漂亮的臉被長明燈照的紅彤彤的，幸福充盈著張秀莉的臉，一雙閃閃發亮的眼睛在柔和的紅光中柔情似水，姬遠峰想起了一首描寫新婚之夜的古詩。

相攜夜月更花朝，此鄉溫柔每不消。

絲絲朱鳥窗中語，時有紅潮氾頰羞。

姬遠峰覺得這一切彷彿是一場夢，自己十七歲的那一年情竇初開愛上那個軍工廠女生，到今年已經整整十年了，沒有想到最終會和一個認識不到一年的女生結婚，而自己現在已經對這個女生愛得徹入心扉了。張秀莉見姬遠峰不說話，含情脈脈地看著她，輕輕地問，「小峰，你在想什麼呢？」姬遠峰雙手捧住張秀莉的臉，吻了一下，「我在回想咱兩最初見面的那一刻呢，真的夢幻，在車站見妳的那一刻只覺得妳很漂亮，沒想到短短的幾個月妳竟然成了我的新娘，仿佛一場夢一樣，妳覺得呢？」姬遠峰說道。「我也覺得是，見你第一面的時間只覺得你身上有種獨特的感覺，和你整理檔案沒幾天我就發現我喜歡和你呆在一起，我本可以去辦公室忙其他的事，但我喜歡和你呆在一起，所以我一直呆在檔案室和你整理檔案，幸好你沒有去見王大姐給你介紹的女生，現在我兩在一起了。」張秀莉說道。「那我知道了，回到單位我第一個該感謝的人就是王大姐了。」姬遠峰說道。

第二天早晨姬遠峰醒了，張秀莉還在熟睡，姬遠峰靜靜地看著張秀莉的臉，幾根散亂的頭髮遮在臉上，臉上的笑容和幸福還在。姬遠峰有點感動，自己付出在張秀莉身上的最少，但卻是這個姑娘讓自己的愛情結出了甜蜜的果實。自己十七歲的時間愛上那個軍工廠女生，沒有說過一句話，最終只收到了她的一封信，卻是深深地被輕視感與淡淡的苦澀。岳欣芙自己苦苦等待了三年，近在咫尺天天見面卻難以觸及，愁緒

讓自己難以入眠，寫下了不少關於她的文字。自己到了西安後原以為和楊如菡會再續前緣，而且自己也感覺會最終走到一起，否則自己絕對不會在爸爸媽媽面前承認當時兩人在談戀愛，但兩人相隔異國，四年的時間除了思念就是孤獨。中間還有那個萍水相逢的姑娘趙娟，那個說不打擾自己考研的癡情的設計院同事。這個性格剛烈而對自己柔情似水的姑娘要陪伴自己的後半生了，自己應該對她好一點，讓她能幸福地過一生，因為是這個女生讓自己體會到了人生的幸福。

十

　　婚禮結束了，姬遠峰和張秀莉一起回內蒙去，他兩在西安稍微多呆幾天，張秀莉想順道去西安周邊那些著名的文物古跡如兵馬俑去遊覽一圈。這些地方姬遠峰在西安工作和上研究生期間自己或者陪同學哥哥姐姐家人已經去過很多次了，他還是很高興和張秀莉一起遊覽，姬遠峰本來就對文物很感興趣，而且也已經遊覽好多次了，他現在可以做張秀莉的導遊了，有張秀莉在身邊，姬遠峰感覺空氣都是甜蜜的。

　　晚上，在賓館裡姬遠峰的手機響了，他看到了一個西安的座機號碼，但不是楊如菡家的座機，楊如菡家的座機號姬遠峰還沒有忘記，他接了起來，聽筒裡傳來一個熟悉的聲音，「小峰，是我，楊如菡。」

　　姬遠峰一愣，本能地問道，「妳怎麼知道我的新手機號的？」

　　「我從同學那兒找到的，你工作找哪了？」楊如菡問道。

　　「我去了中國天峰能源集團公司研究院，單位在內蒙。」

　　「你是不過年回家了？什麼時間回單位？回單位的時間在西安能一起喫個飯嗎？我過年也回來了。」楊如菡在電話裡說道。

　　「是的，我過年回家了，我現在正在西安，不過我和媳婦一起旅遊，不方便去喫飯了，謝謝妳，楊如菡。」姬遠峰說道。

　　「你結婚了？真的嗎？這麼快！」姬遠峰從楊如菡的語氣中聽出了她的驚訝。

「是的，我春節前已經結婚了，我和媳婦正在度蜜月，在西安週圍旅遊，過幾天就回單位去。」姬遠峰說道。

「你真的結婚了？小峰！我知道你愛開玩笑的。」楊如菡還是吃驚地問道。

「這種事情我還能開玩笑嗎？我真的結婚了，楊如菡。」姬遠峰認真嚴肅地說道。

「哦，那好吧，你們忙吧！」姬遠峰聽出了電話那頭平淡的語氣。

電話掛了，姬遠峰怔住了，分開已經一年了，楊如菡從同學那兒找到自己的電話，僅僅是為了一起喫一次飯？

「誰打的電話？問你的單位，你還說我兩結婚的事呢。」張秀莉問道。

「楊如菡，就是我以前給妳說過的我那個出國留學的前女友。」姬遠峰說道。

「你不是說你兩再沒有聯繫了嗎？」張秀莉抬起頭帶著疑惑的神情問道。

「是的，分手後我們再也沒有聯繫了，我也奇怪她為什麼突然打電話給我，妳也聽到了，剛纔我還問她從那找到我的手機號，她也問我工作找到哪了呢。」

「她找你有什麼事嗎？」張秀莉問道。

「她問我是否過年回老家了，路過西安的時間能一起喫個飯嗎，她也回來著呢。」

「你想去嗎？」張秀莉問道。

「妳剛纔聽到了，我已經給她說了，咱兩正在度蜜月，不方便去了。」

這時候電話又響了，還是那個座機號碼。

「小峰，剛纔你說你已經結婚了，和媳婦都在西安，我請你兩口子明天中午喫飯吧，作為你結婚的祝賀吧！」楊如菡說道。

「謝謝妳，楊如菡，不用了！」姬遠峰說道。

「小峰，別客氣，我們同學這麼多年了，你剛結婚，我既然已經知道了，而且你和你媳婦恰好也在西安，應該請客祝賀一下的，你再推辭我都過意不去了。」

「那好吧，我問問我媳婦再說吧，看她是否願意去了，如果我媳婦不去的話我也不方便去了，剛纔我媳婦問我誰打的電話，我已經告訴我媳婦妳是誰了。」

姬遠峰告訴了張秀莉楊如菡邀請他兩一起去喫飯，作為他兩結婚的祝賀，自己沒答應也沒有拒絕，想問問張秀莉的意見，如果妳願意去咱兩就一起去，如果妳不願意就算了。這勾起了張秀莉的好奇之心，她想知道楊如菡是個什麼樣的女生，能和姬遠峰保持隱默的關係五年之久而兩人卻誰也不說破，她想去認識認識楊如菡。張秀莉知道自己長得不賴，也剛結婚，心情很好，氣色也很好，但想到要去見姬遠峰的前女友了，她還是精心打扮了自己一番。

姬遠峰見到了楊如菡，和前年五一假期她回國相見時並沒有什麼明顯的變化，但楊如菡今年已經二十九歲了，少女的氣息漸少，本就文靜沉默的性格又增添了幾分。楊如菡看到了姬遠峰，工作多半年了，或許是新婚之喜，身體比以前稍微胖了一些，面色也紅潤了許多，使得面部的棱角沒有以前突出的分明了。楊如菡也看到了張秀莉，一個漂亮端莊的女生，身材高挑，新婚的喜悅還掛在臉上，氣色很好，不時看姬遠峰的眼神中滿是柔情與溫存，楊如菡心中隱隱地有點妒忌。

「謝謝妳，如菡——楊如菡」，姬遠峰忙改口，他已經習慣了叫如菡，「回國了還記得我，請我和我媳婦喫飯，妳這次回來呆的時間長嗎？」姬遠峰問道。

「別客氣，姬遠峰，你剛結婚，也恰好在西安，我請你兩口子喫飯應該的，我和我妹妹一起回來的，我和妹妹課業正忙，待不了多長時間，待幾天就一起返回去。」楊如菡說道。

「妳爸爸媽媽身體還好吧！」姬遠峰說道。

「都還好，謝謝你，你爸爸媽媽身體呢？」楊如菡問道。

「也都還好。」姬遠峰道。

說完這兩句話姬遠峰和楊如菡都陷入了沉默。

「聽小峰說他和妳是本科同學，妳本科畢業就出國了，我和小峰都在國內上的研究生，國外上研究生與國內什麼不同嗎？」張秀莉覺得氣氛有些尷尬，她和楊如菡說話了。

「國外更強調自主與創新吧，導師會讓學生自己選擇感興趣的課題，選定了課題就需要自己動手查找資料，自己推進研究和論文寫作，與國內更注重理論學習有點不同，從國內出去需要適應適應。」楊如菡說道。

「妳博士畢業了還有回國的打算嗎？」張秀莉問道。

「我很可能不回來了，我已經慢慢習慣國外的生活了。」楊如菡回答道。

「那妳剛出去留學的時間有回來的想法嗎？」

「那時間還不確定，剛出去，也不大適應，有時間還是想回來，妳剛纔說妳研究生也在國內讀的，妳和小峰——姬遠峰——在一個單位嗎？一起進的單位嗎？」楊如菡問道。

「我和小峰原來在一個單位，我比小峰早一年進的單位，小峰工作兩年後讀的研究生，他比我晚一年進的單位，我兩確定戀愛關係後我就調到另外一個單位了，現在我兩在我們集團公司內兩個不同的單位裡。」張秀莉回答道。

「妳比小峰——姬遠峰——小一歲？」楊如菡問道。

「不，我兩同歲。」張秀莉回答道。

「哦，妳老家是什麼地方的？」楊如菡問道。

「我家就是內蒙的，我是子弟。」

「哦！」

「妳結婚了嗎？聽小峰說妳比他還大一歲，我和小峰今年都二十八歲了，我爸爸媽媽和小峰爸爸媽媽都催著我兩結婚，要不我兩認識不到一年就這麼匆忙結婚了。」張秀莉問道。

「我還沒有男朋友。」楊如菡說道。

「哦！」

張秀莉好奇，他想知道姬遠峰此時的心情怎麼樣，他心裡想的是什麼，她頻繁地看姬遠峰，姬遠峰平淡的如一潭止水，很少說話，默默地喫菜，不時看一眼自己，也看一眼楊如菡。楊如菡心情複雜，她也頻繁地掃幾眼姬遠峰，但姬遠峰新婚妻子在旁邊，她不好意思看的時間太久，姬遠峰面如止水，她看不出姬遠峰心裡想的是什麼。

在回賓館的路上，姬遠峰沉默了許多，一言不發，靜靜地看著窗外，視線轉入車內時緊緊地握著張秀莉的手，張秀莉也不吭聲，把頭輕輕地枕在姬遠峰的肩膀上，抬眼看一眼姬遠峰。姬遠峰用另一隻手輕輕地拍張秀莉肩膀兩下，兩人一起默默地坐車回到賓館。

「小峰，喫飯的時間我看楊如菡一直看你，我覺得她有什麼話要跟你說。」張秀莉說道。

「胡說，我和她早結束了，咱兩都結婚了，妳說這些幹什麼！」姬遠峰說道。

「你下午買個禮物給她送過去吧，作為她請我兩喫飯的回禮吧！」張秀莉看著姬遠峰說道。

「妳什麼意思？」姬遠峰看著張秀莉疑惑地問道。

「小峰，我沒有其他意思，喫飯的時間我看出來了，你一直低頭喫菜，很少說話，楊如菡不時看看你，也看看我，你和她說的話還沒有我和她說的話多。我不知道你兩分手的具體細節，但從楊如菡還打電話給你，今天一起喫飯的情形我看出來了你兩分手時並沒有像很多人那樣的鬧得很不愉快，你兩之間說話還是很客氣的，否則她也不會時隔一年又打電話聯繫你，我也看出來了她有話對你說，你也有話對她說。你們曾經在一起過，雖然聚少離多，也分開了，她這次打電話也是不知道你已經結婚了，如果她知道你已經結婚了很有可能就不會打這個電話了。我也聽出來了這是你兩分手後第一次互相聯繫，她肯定有什麼話跟你說。我兩已經結婚了，喫飯時她也說了畢業後很可能不會回來了，你兩以後

見面的機會很少了，她結婚你肯定參加不了，她甚至也不會給你說她結婚的消息。你買個禮物給她送過去，作為她請咱兩喫飯的回禮，也可以算作她將來結婚的一份禮物吧，你和她說說話，她也就知道了你兩彼此的現狀了，心中都就釋然了，我真的沒有其他的意思。」張秀莉說道。

「那我兩一起送過去吧。」姬遠峰說道。

「不了，你一個人去就行。」

「那買什麼禮物呢？」

「你看著辦吧，如果你想和楊如菡一起喫飯也行，你和她喫完晚飯再回來，如果你想回來和我一起喫飯也行，到時間你打電話給我，我在賓館等你。」張秀莉說道。

「我晚飯回來和妳一起喫。」姬遠峰說道。

給楊如菡買點什麼禮物呢，姬遠峰本能地想起了楊如菡出國時還戴著一塊舊錶，但現在已經不適合送錶了，他給楊如菡買了一個錢夾和一條皮帶，他打電話到了楊如菡爸爸家裡，約了楊如菡出來。

「謝謝你，小峰——姬遠峰，為什麼給我送禮物？」當姬遠峰把禮物遞給時楊如菡說道。

「我媳婦說這是妳請我兩喫飯的回禮，因為妳以後結婚我肯定參加不了，甚至妳也不會給我說。」姬遠峰說道。

「謝謝你和你媳婦，你媳婦真的很聰明。」楊如菡微笑著說道。

「謝謝妳誇獎，她不是很笨。」

「沒想到你真這麼快就結婚了！」

「我沒想一直光棍著，我今年已經二十八歲了，不小了，也到結婚的年齡了！」姬遠峰說道。

「喫飯的時間看得出來你媳婦很幸福的樣子，氣色很好。」楊如菡微笑著說道。

「我感覺也很好，我媳婦對我也很好。」

「你媳婦挺漂亮的！」

「我長得很賴嗎？我找的不是花瓶！」姬遠峰淡淡地說道。

「看得出來你媳婦很愛你！看你的時間眼睛裡全是溫柔。」楊如菡繼續微笑著說道。

「這都能看得出來？我也很愛她！」

「喫飯時我看她一直不停地看你，看不夠的樣子。」楊如菡笑著說道。

「她可能覺得菜不好喫，我秀色可餐吧！」姬遠峰淡淡地說道。

「肯定是她追得你吧！」楊如涵微笑著說道。

「這妳又看出來了！她家條件好，當然是我追的我媳婦！」姬遠峰淡淡地說道。

「不可能，你不是那種人，以你的性格，你不會因為她的家庭而追求她，而且你從不輕易表露自己的感情，不會半年多的時間就結婚了。」楊如菡說道。

「幸虧還有人收留我！」

「喫飯時你媳婦只說她是子弟，具體沒說，她爸爸是做什麼工作的？」楊如菡問道。

「是我們集團公司五分廠的經理。」

「真的假的？」

「我騙妳幹什麼！」

「那恭喜你，前途一片光明啊！」楊如菡微笑著說道。

「我找的是媳婦，不是工作。」姬遠峰淡淡地說道。

聽了姬遠峰的話楊如菡不再說話了，姬遠峰也不說話，兩人陷入了沉默……

「小峰，對不起。」沉默了一會，楊如菡說話了。「我知道你還生我的氣，所以纔這樣，其實我心裡也不好受，我至今還是一個人，並不是我認識了其他男生纔說分開，我只是想留在美國，而你從來沒有說要出去。」

「當初的決定是妳做的，我只是被動的接受而已，妳知道我出不去纔這樣說嗎？」姬遠峰淡淡地說道。

「我妹妹已經決定留在美國了，我也想留在那兒。」楊如菡有點囁嚅地說道。

「事情已經過去了，我們現在不是都挺好的嗎，妳留在了美國，我也結婚了。」

「我多送你走走吧！」楊如菡說道。

兩人沉默地前行，走過了一個公交站，兩人都沒有停下來，繼續往前走，兩人走到了下一個公交站，默默地站在那裡。車來了，姬遠峰輕輕地拍了兩下楊如菡的肩膀，說道，「我走了，回去吧！」轉身上了公交車。姬遠峰透過車窗向外看，只能看到楊如菡的背影，她並沒有向車裡面看，一隻手拎著姬遠峰送她的禮物，一隻手抬起來擦拭著眼睛，肩膀在輕輕地抽動。姬遠峰知道楊如菡哭了，他此刻心中的怨氣已經消失的無影無蹤，他對自己剛纔的話後悔了，想下車去安慰楊如菡一下。車啟動了，姬遠峰看著楊如菡在公交站的身影越來越小，終於被遮擋看不見了。

一一

姬遠峰和張秀莉旅遊結束回到了內蒙，過年回老家結婚前姬遠峰早早地買了春聯，貼到了自己的小房子上，他想讓自己的小房子喜慶一點，門上貼著大大的喜字，窗戶上貼著漂亮的窗花，房間裡暖氣也很熱。張秀莉對自己的小房子也很上心，每天都拖地，將地板擦的乾乾淨淨。一張大床上鋪著厚厚的褥子，床頭櫃上景泰藍的檯燈古色古香。熱情高漲的張秀莉整天在電腦上研究怎麼做飯，但看得出來她做飯的水平的確不怎麼高，有時間做飯到一半會給自己媽媽打電話問怎麼做下去，做得飯也是好喫一頓難喫一頓。張秀莉和姬遠峰一起包餃子，張秀莉笑話姬遠峰包的餃子餡太少，像小老鼠一樣。姬遠峰和張秀莉都很開心，姬遠峰感覺自己的小家很溫馨。

「秀莉，妳看我屁股上是不長了個小痘痘？怎麼這麼癢呢！」姬遠峰對張秀莉說道。「沒有啊！」張秀莉邊看邊說道。姬遠峰笑了起來，「啪」的一聲，張秀莉給了姬遠峰屁股一巴掌，「你又來逗我玩！」姬遠峰笑的更厲害了，他轉身一把把張秀莉攬入了懷裡，色瞇瞇地笑著說，「讓妳看我的屁股，妳還不知道我什麼意思嗎……」

上班不久，張秀莉爸爸要為張秀莉新婚之喜舉行答謝喜宴，張秀莉爸爸是處長，交際廣泛，張秀莉也是她家第一個婚禮，她爸爸媽媽想好好熱鬧一番，但答謝宴會全部交由婚慶公司操辦，張秀莉爸爸媽媽不讓姬遠峰和張秀莉插手，他兩只需要到時間聽安排就行了。答謝喜宴定在周六，周五下午下班了，張秀莉開車到姬遠峰單位接上姬遠峰一起到酒店現場看一眼去，張秀莉爸爸給張秀莉陪嫁的車已經提車了，但姬遠峰還不會開車，而且這輛車的女性氣息太濃了，張秀莉催著姬遠峰快點去考駕照，年前姬遠峰以太忙準備結婚為託辭沒有去，現在以天氣太冷為托詞也沒有去學駕照，車由張秀莉一直開車上下班。

答謝喜宴就在姬遠峰陪領導打籃球後去喫飯的四星級酒店悅賓酒店，大廳裡面佈置的已經差不多了，四行圓桌，一行十個，總共四十張圓桌，上面鋪著雪白的桌布，白酒啤酒飲料高高低低放在桌子的中央。場地中央有一個長長的木頭搭成的走廊通向主席臺，上面鋪著紅地毯，兩端拱門用假花裝飾，主席臺還沒有佈置完成，幾個婚慶公司的員工正在忙前忙後。看著對姬遠峰來說有點奢侈的答謝宴會現場，姬遠峰心中隱隱有點不舒服。姬遠峰是家中最小的孩子，也是家族中學歷最高的，也是爸爸操辦的四個孩子婚禮的最後一個，爸爸在單位工作了一輩子，想把他操辦的最後一個婚禮辦得熱熱鬧鬧，風風光光，盡了爸爸最大的努力，婚禮在當地最好的酒店舉行，但和這裡相比，是那麼的寒酸。姬遠峰向婚慶公司要了第二天的儀式程序，他看到整個儀式和正式結婚沒有什麼區別，繁瑣而複雜。其中有自己改口稱張秀莉父母為爸爸媽媽，張秀莉父母給紅包的環節，姬遠峰心中有點不高興了，在自己老家舉行

的婚禮張秀莉父母已經參加了，自己和張秀莉當時已經改口了，當時雙方父母都已經給過紅包了，怎麼答謝宴會還有這個環節，但姬遠峰不想在這喜慶的日子惹張秀莉不高興，沒有吭聲。

第二天早晨，婚慶公司車輛早早來把張秀莉接走化妝去了，姬遠峰在家裡呆到十點往答謝宴會現場趕過去，姬遠峰在酒店門口看到了「恭賀新郎姬遠峰新娘張秀莉新婚誌囍」的拱形充氣門，他更不舒服了。姬遠峰忍了忍，還是給張秀莉打了電話，「秀莉，妳化妝完了嗎？到酒店了嗎？」

「我已經在酒店了，怎麼了，小峰？」張秀莉回道。

「妳看到酒店門口的充氣拱形門了嗎？」

「看到了，怎麼了？小峰？」

「今天不是答謝宴會嗎？拱形門上怎麼還是新婚誌喜的字樣呢？又舉行一次婚禮嗎？」姬遠峰說道。

「小峰，今早我過來的時間也注意到了，婚慶公司可能習慣性地用了這樣的字眼，但現在換下來一是來不及了，再者現在親戚朋友開始陸續來了，換那些字場面太難看了，小峰，別不高興了好嗎？」張秀莉說道。

「秀莉，現在換的確不好看，就這樣吧！那妳今天是穿婚紗還是禮服？主持人稱今天的儀式是結婚儀式還是答謝喜宴？」

「小峰，我今天全程穿紅色禮服吧，不穿婚紗了，我現在過去就問問婚慶公司主持人，是結婚儀式還是答謝儀式，如果是結婚儀式就全部改過來。」

「咱兩結婚的時間妳爸爸媽媽也參加了，當時也改口了，紅包都給過了，怎麼這次又要改口一次？」姬遠峰原來並不想提改口的事，但現在忍不住還是說了出來。

「小峰，儀式程序我爸爸媽媽已經看過了，臨時取消不好，你就再改一次口吧，別生氣了好嗎？」

「哦，好的，秀莉！」

　　答謝喜宴結束後不久的一個周六下午，快到晚飯的時間了，姬遠峰見到張秀莉還沒有做飯的意思，「新媳婦，今天沒有見妳不高興啊，怎麼要給咱兩罷灶嗎？要不要勞我大駕，接著下點麵條喫啊？」姬遠峰笑著對張秀莉說道。

　　「你還是別下麵條了吧，你只會下麵條，再喫咱兩都快成麵條了。」張秀莉笑著說道。

　　「麵條多好，妳們女的不都希望自己像麵條一樣苗條嗎！」

　　「今天爸爸請咱兩去喫飯，所以咱兩誰也不用做飯了，快到點了，一會咱兩就去喫飯去。」張秀莉說道。

　　「又去妳爸爸家喫飯啊！秀莉，我不是給妳說過很多次了嗎，咱兩結婚了最好在自己家裡喫飯，去妳媽媽家喫飯一是麻煩妳媽媽，二是我不喜歡去別人家喫飯，那我還是在家下麵條喫吧，妳去妳媽媽家喫飯吧，就說我和同事出去喫飯去了，不在家。」

　　「小峰，今天不是去我媽媽家喫飯，以後沒有什麼事情咱兩也不會去我媽媽家蹭飯喫了，今天是爸爸約了你們單位後勤處的陸處長和趙科長一起喫個飯，咱兩作陪去。」

　　「妳爸爸交際拉著咱兩幹什麼啊？」姬遠峰聽到是約了這兩個人，已經明白了十有八九是讓自己給這兩個人，尤其是給陸處長為宿舍的事情道歉去，但張秀莉沒有說道歉二字，他也不挑明。

　　「小峰，你就別再繼續隱瞞了，你和你們單位領導衝突的事情爸爸和我早都知道了，只是那時候咱兩還沒有結婚，爸爸不好意思替你出面邀請你得罪的那幾個領導，現在咱兩的結婚喜宴也已經舉辦過了，你得罪的三個領導當時都已經宴請過了，爸爸決定趁著結婚喜宴剛結束把這三個領導再私下宴請一次，當做賠禮道歉了，時間長了就沒有這個時機了。」張秀莉說道。

　　「秀莉，既然妳爸爸和妳都知道我和領導衝突的事情了，那當然也就知道衝突的原因了，我覺得自己一點過錯也沒有，為什麼要給他們賠

禮道歉去，沒有過錯的一方還去賠禮道歉，這不是反了嗎？再者去不去賠禮道歉是我自己的事情，怎麼妳爸爸和我一句商量的話都沒有就定下來了呢！而且結婚前我就和妳說過很多次了，咱兩的工作各自承擔，互不摻和，妳沒有摻和到我的工作中，怎麼妳爸爸反而摻和進來了呢！」姬遠峰有點不高興地說道。

「小峰，我也覺得那兩件事上你沒有錯，但在國企就這樣，權力大於王法，一切都要聽領導的，領導可以態度惡劣，也可以不講理。但普通幹部職工在任何時候都不能不聽領導的話，即使領導的話是錯的，但不聽領導的話就不行。輕者把你晾在一邊，重者給你不停地穿小鞋，讓你根本待不下去，這是國企的實際情況，為了今後你的發展，你就低一次頭吧。至於爸爸沒有和你商量的事，這次怪我，爸爸跟我說了，我原來以為你還會謝謝我爸爸替你出面邀請人家呢，想給你一點小驚喜，誰能想到你不但不領我爸爸的人情反而有點埋怨我爸爸呢！」張秀莉說道。

「哦，秀莉，妳爸爸的人情這次我領了，但妳以後委婉地告訴妳爸爸媽媽，別摻和到我的工作中好不好，就像上次為安家費的事我給妳說的一樣，我的工作我自己負責，別人摻和進來我不但不感激反而讓我覺得沒有能力自己處理工作中的人際關係似的。」

「那走吧，快到時間了！咱兩開車去接上爸爸，爸爸今晚要陪著兩個客人喝酒，他不開車了。」張秀莉說道。

「好吧，這次妳爸爸已經約好人家了，我和妳一起去，但下次如果再有這樣的事情我我自己處理吧，妳多帶點錢吧，妳爸爸已經替咱兩出面邀請客人了，就不能讓妳爸爸破費了！」姬遠峰說道。

「費用的事不用咱兩管，爸爸出面請客，不就簽個字的事嗎，你就別操心了！」張秀莉說道。

「哦！」

張秀莉開車和姬遠峰去接張秀莉爸爸，不僅接上了張秀莉的爸爸，張秀莉的爸爸還從家裡還帶上了三份禮品，三個人早早到了悅賓酒店，

他們在訂好的包間內等著兩位客人。到點了，陸處長和趙科長也到了。看到陸處長和趙科長，姬遠峰有點尷尬地問聲好，陸處長和趙科長若無其事的衝著姬遠峰笑了笑。

菜已經上齊了，酒也已經倒滿了，只有張秀莉沒有倒酒，她是女的，而且一會要開車。張秀莉的爸爸舉起了酒杯，「陸處長咱兩是老熟人了，經常一起出差開會，我就不見外了，趙科長雖然生一點，但秀莉也在研究院工作過一段時間，都知道的，既然都不是外人，我就直說了吧，秀莉對象和兩位爭吵的事情我早就知道了，很早就想宴請二位的，只是當時秀莉還沒有結婚，沒有這樣的機會，現在秀莉已經結婚了，今晚我請二位喫個飯，讓秀莉和小峰給兩位敬個酒，小孩剛參加工作，好多事情不懂，請二位多包涵包涵。」

「啊，宿舍的事情，小事情，我早都忘記了！」陸處長說話了，說話的同時看了姬遠峰一眼。

「陸處長都忘記了，我還能記得嗎！」趙科長也說話了，說話的同時也看了姬遠峰一眼。

「我先幹為敬！」張秀莉爸爸說完喝了一大口酒杯中的酒，陸處長和趙科長也都喝了一口。

張秀莉爸爸向姬遠峰和張秀莉方向看，姬遠峰和張秀莉明白該怎麼做了。姬遠峰和張秀莉拿起早早準備好的放在餐邊櫃上的一個小酒杯和酒，姬遠峰拿著小酒杯，張秀莉倒滿酒，姬遠峰雙手遞到陸處長跟前，陸處長站了起來，姬遠峰說道，「陸處長，我剛參加工作，不懂事，給您道歉，請您多包涵，我給您敬酒！」陸處長接過了酒，「剛參加工作，可以理解，可以理解，小伙不錯，也有張經理這樣的岳父，前途一片光明！」說著把小酒杯的酒一飲而盡，「謝謝，謝謝，陸處長！」姬遠峰說道，接著張秀莉也給陸處長敬酒一杯。同樣地也給趙科長敬酒兩杯。

「陸處長，宿舍的事情，我知道那個住宿的人肯定是研究院一位領導的親戚，但研究院領導當時沒有出面，咱兩誰也不好意思把這事說

破，陸處長，這事還得麻煩您，您給研究院的這位領導說說，請多包涵，我今天來的時間給您二位帶了點東西，也多帶了一份，麻煩您轉交給研究院的這位領導，如果研究院的領導樂意的話我一個人再請這位領導喫個飯，到時間麻煩您作陪，這件事還要麻煩您呢！」張秀莉爸爸說道。

「這事好說，張經理，咱兩都是幾十年的老朋友了，東西和話我一定帶到，老哥你等我消息就行，不過老哥你也知道，很有可能就是把東西和話帶到而已，喫飯估計不會了。」陸處長說道。

「謝謝陸處長！我再喝一個！」張秀莉爸爸說完又舉起了酒杯和陸處長碰杯喝酒。

「小姬，我和你喝一個！」張秀莉爸爸和陸處長在喝酒，趙科長主動端起酒杯要和姬遠峰喝一杯，姬遠峰有點受寵若驚的感覺了，自己今晚是道歉來的，給趙科長敬完賠禮道歉的酒後還沒有主動和趙科長喝酒呢，趙科長反而主動了。姬遠峰有點不好意思了，忙端起了酒杯，用一隻手把趙科長的酒杯托起來高於自己的酒杯，「趙科長，不好意思，應該我先給您敬酒的！」說著兩人一起各自喝了一口。

「張經理，我早知道您的女兒在研究院人事處上班呢，後來您的女兒調到培訓學校去了，我還納悶怎麼來上班一年多一點就調走了呢，後來明白了。當時就想找個機會認識認識您，這次終於有機會了，很高興，我給您敬個酒！」趙科長對著張秀莉爸爸說道並端起了酒杯。

「謝謝趙科長，今晚就算認識了，秀莉雖然調走了，小峰還在研究院上班，以後還要麻煩您多照應照應！」張秀莉爸爸對趙科長說道。

「那是，那是，今晚都認識了，以後互相有個照應那是應該的！真可謂不打不成交，那次以後我多留意小姬了，小伙不錯！不錯！」趙科長跟張秀莉爸爸說道，同時看了姬遠峰一眼。

「趙科長過獎了，小孩剛工作，不懂事不懂事，要學習的還很多！」張秀莉爸爸說道，說完一起喝酒。

張秀莉爸爸又向姬遠峰的方向看，姬遠峰端起自己的酒杯，又分別

給陸處長和趙科長敬了酒。

「小峰、秀莉，你兩去大廳等會，我和你陸叔叔，還有趙科長說會話！」張秀莉爸爸對姬遠峰和張秀莉說道，姬遠峰和張秀莉站了起來，和陸處長和趙科長打了招呼後去了大廳沙發上等著宴請結束。

「趙科長真有意思，本來是我今晚給他道歉的，好像反過來了，反而主動和我喝酒，又給妳爸爸敬酒！當初和我吵架滿臉橫肉氣勢洶洶的樣子一點也沒有了，原來橫肉也會笑，這人真圓滑！」姬遠峰笑著對張秀莉說道。

「誰不是這樣呢！在國企都這樣，要不趙科長能從領導的一個司機，連正式職工都不是，最後能混到後勤處的科長呢，而且後勤處油水最多了。只有你在國企都工作過兩年了，還像個愣頭青一樣，直接和人幹上了，而且還連續幹了兩次，明天晚上咱兩還要繼續這樣的事，給安處長賠禮道歉呢！」張秀莉說道。

姬遠峰本來就不想來道歉，對張秀莉爸爸自作主張也不高興，姬遠峰剛纔還勉強和張秀莉開玩笑說話，沒有想到張秀莉竟然這麼說自己，聽了張秀莉的話姬遠峰更不高興了，他衝著張秀莉冷冷地說道，「好吧，我是愣頭青，妳聰明行了吧！以後這種事別再替我做主，再做主我可不會再來了，我可把話說到前頭了！」說完也不理會張秀莉，眼神直楞楞地向前看。

張秀莉看了姬遠峰幾眼，她本來還想和姬遠峰爭辯幾句，看到姬遠峰的樣子，她知道如果再反駁下去的話，他兩有可能在酒店大廳裡吵起來，張秀莉又看了幾眼姬遠峰，也不吭聲了，兩人默默地坐著等著宴請的結束。其實張秀莉擔心在酒店大廳吵起來是多餘的，姬遠峰和任何女生，和自己的任何親人都不會在大庭廣眾之下發生爭吵，他有可能一言不發地離開這種場合也不會在大庭廣眾之下與自己的親人發生爭吵。

宴請結束了，張秀莉爸爸、陸處長和趙科長出來了，趙科長手裡拎著張秀莉爸爸帶過來的三份禮物，姬遠峰和張秀莉遠遠地就站了起來，迎了過去，不高興的姬遠峰擠出了一絲笑容送兩位領導回去，雖然趙科

長喝酒了，但還是開車拉著陸處長走了。

「雖然小峰今晚去道歉了，小峰當面沒有表現出來，但看得出來小峰內心實際上是不情願去的，只是因為我纏去了的。我以前也託人打聽過小峰的情況，都說挺好的一個小伙子，工作認真，為人處世也不錯，對人都很有禮貌。而且上研究生之前也在國企上過兩年班了，應該對國企了解比較多了，但不知道為什麼光得罪人，而且得罪的還都是領導，這纏來上班短短不到一年的時間就得罪了兩位處長，還有研究院的一位廳級領導。以前只覺得小峰有點桀驁不馴，有主見，這樣的脾氣在國企怎麼行呢？」回到家裡張秀莉爸爸對張秀莉媽媽說道。

第二天晚上，姬遠峰和張秀莉又陪著張秀莉爸爸給研究院人事處的安處長道了歉。

一二

姬遠峰和張秀莉結婚半年了，這段時間姬遠峰和同學電話、QQ聯繫頻繁。

「結婚纏半年時間，我看你最近有些悶悶不樂，心事重重的樣子，最近和你的同學聯繫也很頻繁，你有什麼事情嗎？」張秀莉問姬遠峰。

「我沒有悶悶不樂，結婚半年了，我不可能像剛結婚時那樣樂的整天笑哈哈吧！」姬遠峰笑著回道。

「我看你和同學聯繫很頻繁，你有什麼事嗎？」張秀莉問道。

「沒有什麼事，只是聯繫聯繫而已！」

「怎麼會沒有事情呢？你平常和同學聯繫的不多，聯繫突然變多了，而且看到我來了，立馬把QQ聊天窗口關閉了，你還說你沒有事情？」

「妳是不懷疑我和楊如菡聯繫？她在西安請我兩喫飯都是用的當地的電話，我沒有她美國的電話。再者我當時和她聊天用的是MSN，妳現

在什麼時間見過我用MSN了，而且她在美國，我能長上翅膀飛過去嗎！妳不要疑神疑鬼好不！」姬遠峰說道。

「小峰，你別這麼敏感好不，我沒有懷疑你和楊如菡聯繫，我只是看你最近悶悶不樂，和同學聯繫變多了，你有什麼事嗎？」張秀莉接著問道。

「沒有什麼事。」

「小峰，我猜你是不是想跳槽了，你剛來單位，連續和單位領導發生衝突，雖然我爸爸拉著你去賠禮道歉了，但我知道你心裡並不樂意去，你覺得自己在單位沒有前途，而且我知道你來這個單位也不是你的初衷。」張秀莉說道。

「秀莉，咱兩已經結婚了，也在這邊買房子了，妳年齡也大了，再過半年咱兩都準備要孩子了，跳槽對我來說已經不現實了，我只是和同學聊聊工作而已！」姬遠峰說道。

「小峰，你就直接說吧，你有看好的單位嗎？其實那次食堂天然氣壞了我兩一起出去喫飯，我從北京回來那次一起喫飯，我就知道了你並不想來這個單位，對現在的單位挺失望的，你當時就沒有否認有跳槽的想法。後來你和單位領導連續兩次發生衝突，我猜你肯定有跳槽的想法了，只不過那時間咱兩在一起，你沒有跳槽走，現在我兩結婚了，就像你剛纔說的，你的顧慮很多，但你並沒有放棄跳槽的想法。」

「秀莉，就像妳說的，現在我不是單身一個人了，跳槽已經不現實了，我只是和同學聊聊而已！」

「小峰，那你有看好的單位嗎？其實從我決定和你在一起的時間我就想好了，我會跟著你走，而且我也給你說過，我不喜歡這裡，只要你找到好的工作，我就跟著你過去。」張秀莉說道。

「那孩子呢？我兩已經決定再過半年就要孩子了，我跳槽了，妳有了孩子怎麼辦？跳槽去的地方肯定是南方，妳如果跟著我，我跳槽去的那邊一時半會也沒有房子，孩子出生在出租屋裡嗎？如果妳暫時不跟我過去，妳懷孕的時間我都不在妳身邊陪著妳，不僅我心裡過意不去，妳

爸爸媽媽我爸爸媽媽知道了會把我罵死的。」姬遠峰說道。

「小峰，這麼說你其實已經有看好的單位了？孩子的事情我已經想好了，如果你真的準備跳槽了，咱兩現在就要上孩子，你跳槽過去上班，我在這邊生下孩子，等孩子斷奶了，我把孩子放在我媽媽那兒養著，我再過去找工作，等工作找好了，房子也買了再把孩子接過去。」

「我不想讓妳一個人在這邊懷孕生孩子，也不想把孩子放在妳爸爸媽媽那兒養著，孩子是咱兩自己的，應該由咱兩養。」姬遠峰說道。

「小峰，這只是權宜之計，你現在不是本科畢業二十二歲的時間了，也不是單身一個人了，當時你可以選擇跳槽，也可以選擇考研究生，現在是兩個人了，很快也會有孩子了，我知道你一直不甘心呆在這裡。趁著現在還沒有孩子，你試一下吧，如果跳槽的單位好，就像我剛纔說的那樣，最後我也跟著你過去，如果不成功，你也就甘心了，你有看好的單位嗎？」張秀莉說道。

「我和我一個在南方核電公司的本科同學張傑聯繫的比較多，他在那裡面工作，剛好他們單位招人，他覺得我的各方面條件都很合適，也有他的推薦，他覺得我如果願意去的話被錄用的可能性很大。」

「核電廠？有輻射吧！」張秀莉說道。

「我如果過去話只是做設計工作，不是核電廠運行，設計時核電廠還沒有建成，也沒有裝入核燃料，不會接觸核輻射的，這點妳放心。」

「那收入呢？」

「剛過去保底一年有十四五萬吧！」

「你想去面試嗎？小峰。」

「我再考慮考慮吧！」

姬遠峰坐火車到了深圳，他去南方核電公司設計部面試。京九鐵路線縱貫了整個中國南北，姬遠峰從寒冷的內陸溫帶大陸性氣候區的蒙古高原來到了沿海亞熱帶的深圳，一路上氣候物相變換，景色很好，但姬遠峰卻沒有心情欣賞。核電公司距離深圳還有六七十公里的路程，公交

車沿著海岸線行駛，公路兩旁植被茂盛，平靜如鏡的海面，遠處的海面上停泊著大型貨輪，公交車如同穿行在一副畫面之中。不時能看到岸邊的沙灘上有游泳戲水的男男女女，嬉笑玩鬧的孩子，但姬遠峰卻沒有心情欣賞這幅美景。姬遠峰知道以自己的工作經歷和研究生學歷，還有自己同學的推薦，他有信心面試會通過，姬遠峰覺得這次面試後自己所擔心的那些事情立馬會變成現實一樣，他的心情很沉重。

張傑在核電廠公交站接到了姬遠峰，姬遠峰還清晰地記著自己和張傑大四第一學期開學前去卜魁的一家發電廠生產實習的情形。他兩一起去喫羊腿喝酒，結果那晚上姬遠峰拉肚子好幾次。而姬遠峰對這次喫飯記憶猶新是因為那次喫飯在岳欣芙的家鄉，那時間他心裡全是岳欣芙。本科畢業已經六年了，姬遠峰和張傑又一次見面了，老同學見面分外高興。進核電廠生活區的時間姬遠峰看到了幾個身著特勤字樣的保安在門口檢查證件，姬遠峰心想核電廠的安全管理的確嚴格。張傑給保安看了證件，帶著姬遠峰進了生活區，但並沒有登記，此後姬遠峰溜達的時間保安也沒有查看證件。核電廠人事部已經給姬遠峰安排好了賓館，晚上張傑和姬遠峰一起去喫飯，說了一些面試的注意事項，張傑說領導幾天前已經安排他出差了，他為了等姬遠峰特意晚走了兩天，明天他就出差走了，無法陪姬遠峰了。姬遠峰很感激張傑，張傑為自己聯繫工作，推薦了自己，又為了接自己特意晚幾天出差。

第二天是周五，早晨空腹抽血體檢，下午面試。姬遠峰見到了一起參加面試的其他三位應聘者，也見到了負責接待面試的張hr[3]——一個入職時間只有三四年很年輕幹練的女生，自己來之前和這個張hr電話聯繫了很多次——其實姬遠峰並不喜歡在漢語中夾雜英語，但在這裡都這麼叫，他也就入鄉隨俗了。姬遠峰知道這次面試會進行體檢，自己也準備要孩子了，進行了詳細的身體檢查，來面試的時間帶了自己的體檢報告。姬遠峰問能否用自己前不久做的體檢報告代替，張hr說不可以，單

---

[3]　Human resource的縮寫，即人力資源管理，又稱人事。

位對體檢很重視。姬遠峰反而對此很有好感，自己現在的單位入職就沒有體檢，直到第二年纔進行了職工年度體檢，這裡管理規範嚴格多了。張hr是內蒙人，可能姬遠峰來自內蒙的原因吧，姬遠峰和這個張hr聊的很投機，還聊了姬遠峰對內蒙的一些印象，張hr對深圳的印象。但當姬遠峰向她打探核電公司在他的職位上擬招聘幾個人等信息時，張hr卻笑著守口如瓶，兩人也只好會意地笑笑。

下午的面試很順利，一個業務主任，姓吳，一個人事主任是面試官，那個張hr並沒有在旁邊，業務方面的內容在姬遠峰發給核電公司的簡歷中已經有了，問題主要集中在姬遠峰現在的家庭，即是否能從原單位辭職，姬遠峰的妻子是否也能過來這些問題上，姬遠峰在來的路上早都想好了怎麼回答。

面試結束了，張hr把姬遠峰叫到了另外一個辦公室，遞給了姬遠峰的體檢報告，說道，「姬先生，你的面試很成功，吳主任對你的印象尤其好，但你的體檢有點小問題，你的心臟有輕微的雜音，你前段時間體檢沒有查出來嗎？」姬遠峰聽到自己心臟有雜音很吃驚，自己身體一直很好，也體檢了很多次，從來沒有雜音，如果有雜音自己也不敢這麼多年了一直打籃球，而且前不久準備要孩子進行的體檢也沒有任何問題。姬遠峰也意識到了自己帶來的體檢報告反而有點畫蛇添足了，他甚至懷疑是否檢查的儀器出了問題，「張女士，我的身體一直很好，從來沒有檢查到有心臟雜音，我也一直打籃球，有雜音的話我也不敢打籃球了啊，是否儀器有故障。」張hr說，「其他三個人都沒有檢查出心臟有雜音。」姬遠峰說道，「那我願意在這邊的醫院再體檢一次。」張hr說道，「核電公司和你想的一樣，已經決定安排你再做一次心臟檢查，但現在快下班了，已經做不了了，周末也不能做，你需要等到下周一纔能做，當然了你可以在人事部給你安排的賓館裡住著，食宿費用都由核電公司承擔。」姬遠峰答應了。

張傑已經出差走了，晚飯後姬遠峰在核電廠生活區的小廣場上轉悠，他看到兩個可愛的金髮碧眼兩三歲的小寶寶，他們的父母在身邊，

但說的不是英語，姬遠峰知道這個核電廠用的是法國技術，他猜這幾個外國人包括可愛的小寶寶應該都是法國人。看著可愛的小寶寶，姬遠峰想到自己很快也會有小寶寶了，但如果自己周一體檢沒有問題來這邊工作的話，張秀莉懷孕了自己卻不在她身邊，生了小寶寶也不能在自己的身邊，多麼可惜的事啊！

　　姬遠峰往廠區走了走，高大的芭蕉樹郁郁蔥蔥，雖然還不是最熱的時間，但姬遠峰的襯衣還是濕透了，姬遠峰想起了在南京的恐怖經歷。生活區和廠區有鐵柵欄分開，廠區管理嚴格，姬遠峰知道進不去也不打算進去看看，他隔著鐵柵欄往核電廠廠區看。姬遠峰生產實習去了火力發電廠，在西安的電力設計院也是從事相應的工作，他對火力發電廠並不陌生，雖然核電廠是第一次來，但核電廠的變電站部分與普通高壓變電站區別不大。核電廠的核心核島封閉在一個穹頂的水泥體內，從外面看不到多少東西。高大的電力鐵塔掛載著同塔雙回四分裂導線從核電廠周邊的小山上跨越而過，姬遠峰知道這座核電站的電能大部分輸送到了香港，但通過什麼方式輸送過去的呢？是海底電纜嗎？姬遠峰不知道。核電廠靠臨著平靜蔚藍的海面，石塊堆積成的圍堰內停泊著一艘警用水上摩托艇。蔚藍的天空，蔚藍的海面，蔥綠連綿的小山，建築物白色居多的核電站靜靜地躺在海邊的臂彎裡，也是一副漂亮的畫面。

　　晚上，姬遠峰躺在賓館的床上，他思索著，自己要參加周一的身體復查嗎，從核電廠安排他身體復查他知道了，只要身體復查沒問題自己肯定會被錄用，但自己真的要跳槽過來嗎？在家裡的那些顧慮又縈繞在姬遠峰的心頭，來這裡買不起房子，沒有戶口，張秀莉需要重新找工作。孩子要放在張秀莉爸爸媽媽家養著，這次跳槽和設想把孩子放在張秀莉爸爸媽媽家養著絕對不能讓爸爸知道，但絕對又瞞不了多長時間，爸爸肯定會知道的。爸爸知道了不僅會打電話把自己罵得狗血淋頭，而且他們肯定會從老家來到內蒙，強行把孩子帶回老家去養。那樣張秀莉和自己爸爸媽媽，自己爸爸媽媽與張秀莉父母會徹底鬧翻，三個家庭都會種下深深的裂痕。自己和張秀莉很早就計劃好了，結婚了等年底開始

準備要孩子，兩個人過一年的二人世界。現在要跳槽了，生孩子的計劃提前了，決定在姬遠峰正式辭職之前就懷上孩子，來面試前連續幾晚上床幃之事讓姬遠峰覺得有點疲勞，也了無魚水之歡的樂趣了。自從談戀愛以來，姬遠峰已經感覺到了，即使爸爸媽媽對自己的孩子有多好，但夫妻之間的安慰與關心是任何其他親情也代替不了的。張秀莉喜歡和自己呆在一起，自己也喜歡和張秀莉呆在一起，如果自己跳槽了，張秀莉懷孕了自己卻不在她身邊。

第二天早晨，姬遠峰起床後給張hr發了一條長長的短消息。

「周末休息的時間給您發消息說工作的事打擾您了，經過慎重考慮，我不打算周一去復查身體了，決定放棄這次入職貴公司的機會了。我知道我這次帶來的體檢報告有點畫蛇添足，我甚至有周一復查完心臟再回內蒙的想法，向貴公司證明我在自己的身體上沒有撒謊。再者，我同學在貴公司工作，我來面試前已經了解到貴公司管理嚴格，肯定會體檢，我不會愚蠢到拿份假的體檢報告來這裡，而且這樣會給推薦我來這裡面試的同學造成不好的影響。但想想既然決定不來貴公司工作了，還是不做周一的心臟復查了，萬一心臟真的在這兩次體檢之間出現了雜音，那時間我真是有口莫辯了。我決定放棄這次機會還是因為家庭，面試前我就知道這是貴公司會主要問的問題，我已經想好了如何回答。但實際上我剛結婚，媳婦還沒有懷孕，我跳槽意味著媳婦要麼孤身一人在內蒙懷孕生孩子帶孩子，如果跟我過來到這裡，我兩沒有房子，孩子要出生在出租屋裡，媳婦也沒有工作，我兩一無所有。我媳婦需要重新找工作，我兩要買房子，戶口關係也很難辦理，經過慎重考慮，我決定放棄這次機會了。您可以通知和我一起面試的其他人補這個缺，給貴公司造成的麻煩抱歉。我回去後會再做一次心臟檢查，不是為了工作也不是為了向貴公司證明我沒有撒謊，只是為自己的身體健康著想。再，這次來面試和妳聊天很投機，妳的老家和我現在工作地雖然不在內蒙的同一個城市，妳放假回內蒙了如果有機會來我所在的城市可以電話我，我和我媳婦歡迎妳來我家做客。」

　　張hr的電話打過來了，「姬工，您已經做好最後的決定不來核電公司了嗎？」

　　「是的，我已經決定了。」

　　「好可惜啊，這次面試擬定錄用兩人，這裡人事部門主要聽業務部門的意見，只要吳主任點頭你入職沒有任何問題，像昨天我給你說的吳主任對你很滿意，要不不會讓你復查身體，也不打算錄用體檢沒有問題的其他兩個面試者。我本科畢業來核電公司工作三四年了，感覺核電公司真的不錯，運行規範，待遇也不錯。」

　　「張女士，真的不好意思，自己來面試了卻又反悔了，真的不好意思。」

　　「沒有關係了，應屆生也有違約離職的，何況你是跳槽，家庭等顧慮本來就多，而且也沒有入職，這是我工作中的正常現象，你不用太過意不去。」張hr說道。

　　「謝謝妳的理解，雖然只是面試接觸了妳一兩天，但對妳的印象很好，妳回內蒙探親如果有機會來我所在的城市電話聯繫我，我和我媳婦歡迎妳來我家做客。」

　　「謝謝！你如果以後到深圳出差也可以聯繫我，祝你回程一路順利！」

　　「謝謝！」

　　姬遠峰給文光——自己研究生的同學兼室友兼籃球球友，家是西安的——打了一個電話，文光研究生畢業就來深圳工作了，姬遠峰打算去文光那順道轉一圈。姬遠峰問文光租的房子在什麼地方，他去文光附近找一家賓館住宿。文光告訴了姬遠峰他的地址，並且告訴姬遠峰不用找賓館，和他合租房子的同學剛搬走，姬遠峰住在他租住的房子裡就行，即使同住的同學沒有搬走和他伴一起就行。

　　姬遠峰從核電廠出發要去深圳了，他在公交站等公交車的時間多看了這座核電站幾眼。這座中國第一座引進外國技術建設的商業核電站，

在中學歷史政治課本上作為改革開放的標誌之一就頻頻聽到了它的名字，在自己上大學被分到電力系統專業後在專業課的教材上更是頻頻看到這座核電廠的大名了，當時對這座核電廠充滿了神秘和憧憬，自己從來沒有想到過自己會有能力來這裡工作，現在自己有了這樣的能力，而且人家也願意錄用自己了，但自己還是放棄了。

姬遠峰坐車到了文光租住的房子裡。下午，姬遠峰去了樓下的一個大型超市，他想給張秀莉帶一些當地的特產，晚上要和文光一起喫飯，明天一大早就要去機場，沒有時間買東西了。在超市裡姬遠峰買了一些特產後看到了榴蓮，他不喜歡喫這種有強烈味道的東西，也不會挑選，但張秀莉愛喫，內蒙當地也有賣，不但貴而且長途運輸過來的並不新鮮。姬遠峰讓服務員挑了一個，他有點擔心飛機上不讓帶，自己這次回單位是第一次坐飛機，他也拿不準飛機上讓不讓帶，姬遠峰讓服務員用報紙塑料袋包裹了好幾層。

「你是怎麼過來的，坐飛機還是坐火車，打算怎麼回去，買票了沒有？」姬遠峰和文光在一起喫晚飯，文光問姬遠峰道。

「我來的時間是坐火車過來的，回去打算坐飛機，不想請假時間太長，一是假不好請，再者時間太長了怕引起單位的懷疑，回去的飛機票已經買好了。」

「核電公司給你報銷來回路費嗎？」

「核電公司這點挺好，報銷來回火車硬臥車票，我面試時把來程的火車票給了核電公司人事部，人事部的工作人員直接計算著把來回的路費以現金給了我，只是叮囑我回去後把回程的飛機票郵寄過來，辦事效率比我所在的國企好多了。」

「你過來感覺熱不熱？」

「熱，不熱纔怪呢，我以前在南京待過一個多月的時間，有心理準備也有心理陰影，一來感覺又回到了南京似的。」

「現在還沒有到七月份，不到最熱的季節，我去年七月份來公司報到熱的差點中暑了。」文光說道。

「我感同身受，南京七月份都那麼熱，深圳估計只能更熱了。」

「你有女朋友了沒有？我記得你找工作前好像和女朋友分手了。不過你那個女朋友挺神秘的，你只說過她出國留學了，三年時間你也不願意多說，你說她回國了經常找你一起玩，但也從來沒有見過來學校找你，我開玩笑說給你介紹個美女你卻一直說自己有女朋友，臨畢業了又說分開了，看來又是勞燕分飛了。」文光笑著說道。

「我現在何止是女朋友了，我已經結婚了，來面試前已開始播種了呢，說不定回家後媳婦就不讓我上床了。」姬遠峰笑著說道。

「真的假的？這麼快結婚了。」文光有點驚訝地說道。

「真的，我春節結的婚，來了一場速戰速決！」

「你結婚也不給我說一聲，替我著想給我省份子錢呢！」文光笑著說道。

「我婚禮在老家舉行的，你又過不來，我沒有跟任何大學和研究生同學說，我覺得婚禮這種事同學來熱鬧熱鬧比隨一份禮好的多。畢業了天南海北的，各自結婚互相都參加不了，人都見不著互相送一份禮感覺沒意思，所以我結婚大學和研究生的同學一個也沒有告訴。」

「你說的也有道理，看來我結婚也不用給你說了，你結婚買房子了嗎？」

「買了，買了一個很小的兩居室，用我和我媳婦的安家費買的，我的單位研究生一個人有四五萬的安家費。」

「還有安家費，壟斷央企就是好啊！房子都買了，那汽車呢？」文光問道。

「沒有！」姬遠峰不願意說自己媳婦是處級幹部的女兒，也不願意說張秀莉陪嫁了汽車。

「房子已經有了，那晾衣桿呢？」文光笑著說道。

姬遠峰一愣，「廢話，當然有了！」姬遠峰不知道文光什麼意思。

「幾個？」

「一個！」

「一個不夠用，我送你一根吧！」文光笑著說道。

「你大爺的，我結婚你不送我點money[4]，送我根晾衣桿幹什麼？」姬遠峰笑著疑惑地說道。

「敲你啊，你睡覺呼嚕山響，你媳婦不用晾衣桿敲你她能睡著嗎！」文光笑著說道。

姬遠峰恍然大悟，他想起來了，自己自從在設計院熬夜複習考研之後開始打呼嚕了，研究生宿舍住三個人，自己一個人住一面，文光和另外一個室友住另外一面，自己晚上睡覺很早，呼嚕響起來了影響他兩睡覺，他兩就在兩個人的床之間放著宿舍的晾衣桿，自己呼嚕太響他兩就用晾衣桿敲自己的床頭，「怪不得我現在這麼笨呢，你兩當時敲到腦袋上了還是床頭上了？當不了大官你兩賠啊！我媳婦那像你兩個豬隊友，她那捨得敲我，她覺得我的呼嚕就像音樂一樣美妙，沒有我的呼嚕她還睡不著呢。」姬遠峰笑著說道。

「不敲到你腦袋上估計你研究生都畢業不了，你應該感謝我兩纔對。」文光笑著說道。「看把你美得，看來新婚的甜蜜還在哦，你媳婦多大了，也是外地人？願意跟著你一起過來？」

「我媳婦和我同歲，她是子弟，但願意跟我過來。」姬遠峰說道。

「你媳婦是子弟，她父母都在那邊，房子也買了，真的願意跟你過來？即使願意跟你過來內心也很勉強吧，再者你和你媳婦今年都二十八歲了，你媳婦不著急要孩子啊！你兩過來打算租房子啊？再者過來後你媳婦先生孩子還是先找工作，這邊可不像你的那國企，上著班可以生孩子，這邊好多女的除非在政府部門都是辭了職纔能生孩子。還有你兩口子現在過來算跳槽，不是應屆生就業，深圳戶口能解決嗎？」

「你說的對，這些都是問題，我也很猶豫。」姬遠峰說道。

---

[4]　金錢。

「你去了核電廠還想生娃不！」文光以為姬遠峰去核電公司搞生產運行。

「核電集團有三個主要部門，運行、設計和工程公司，運行部門是搞核電廠運行的，能接觸到核輻射，設計部門搞工程設計的，工程公司是搞施工的，我要去的是設計部門，接觸不到核輻射，不會影響生娃的。」姬遠峰說道。

「核電廠距離深圳還有六七十公里，你過來也只能周末回家一趟，放著小日子不過，搞個小的兩地分居，何苦呢！」

「我聽說設計部門要遷到深圳市區，聽說辦公樓已經建好了。」

「核電公司答應你多少薪資？」

「核電公司答應我過來剛開始年收入十四萬吧，聽說能多爭取一點，但也多不了多少。」

「在深圳這樣的收入也不算高，深圳高收入的多的去了，而且深圳開銷更大，一套房子壓死你，你在內蒙的單位收入怎麼樣，忙不忙？」

「在內蒙收入當然沒有核電公司高了，但我和我媳婦兩個人都在集團內工作，當地房價也不高，兩個人的收入在當地應付生活還是沒有問題的。在國企當然沒有你忙了，忙還叫國企嗎！你呢，在深圳收入肯定高，但我看你比較忙，今天在你租的房子裡我看你就帶著筆記本在幹活，周末了電話也響了個不停。」

「忙，忙的要死的節奏，老姬——姬遠峰工作了兩年上的研究生，比大多數研究生同學大一歲，而且工作了兩年顯得更成熟，研究生同學都不叫他小峰，而叫老姬了——做人要厚道點，你這麼說什麼意思，顯擺是嘛！我忙的要死是為了生活，你房子媳婦工作都有了，不趕快生個娃享受天倫之樂，已經有了生活不享受反而過來找罪受，犯賤是嗎！我是家中獨子，我來深圳也就是體驗體驗，我纔沒有在深圳長期待下去的打算，等掙點錢，積累點技術和資本，我就打算回西安創業去。」

「你這嚴重打擊我來這邊的積極性啊，從上研究生開始就憧憬南方的花花世界了，聽你這樣說真是打擊我換工作的想法啊！」姬遠峰笑著

說道。

「研究生畢業的時間為什麼不往南方找工作，現在成家立業了又想往這邊跳？」

「當時可能冥冥中註定媳婦在那等我呢吧！」姬遠峰笑著說道。

「那你還是冥冥中註定在那呆著吧！你憧憬南方的花花世界，你媳婦怎麼辦，不打算要了！」文光也笑著說道。

姬遠峰也笑著說，「媳婦那能不要了，剛結婚，熱乎勁還沒有過去呢！」姬遠峰接著說，「如果真的不來了，這次來深圳真是白跑一趟了。」

「你就權當來深圳旅遊了唄，來看望我一次唄！」文光笑著說道。

「你給我把回程飛機票報銷了吧！」姬遠峰也笑著說道。

「核電公司不是已經給你路費了嗎？貪得無厭！」文光笑著說道。

「你呢，你在深圳沒有談女朋友嗎？我知道你研究生三年一直喜歡咱們班一個杭州的女生，你表白失敗後我看你兩關係還是很好，那個女生畢業回了杭州，你也沒有去杭州，估計也沒戲了吧！還有聯繫嗎？」姬遠峰說道。

「她回杭州高校當老師去了，我兩還好，彼此有聯繫，她已經有男朋友了，年底會結婚。我在深圳沒有談女朋友的打算，我正在相親，過年回西安相了一個，現在正在談著呢，感覺還不錯，到時間回了西安也方便在一起，我可能兩三年內合同到期了就回西安了。」文光笑著說道。

「哦，看來你真的有回西安創業的打算，連媳婦都找好放在西安了，光光——因為上研究生的時間文光一直單身，名字裡也有個光字，姬遠峰習慣叫文光為光光——別惦記杭州那女生了，人家已經有男朋友了，我覺得西安女生很好，我要是留在西安肯定也找一個西安當地的女生。再，杭州那女生那麼能喫，光買蘋果就是一筆不小的開支，我覺得那女生有俄羅斯女性的潛力，結婚後你就後悔了，所以光光你就別惦記著了。」姬遠峰笑著說道。文光給姬遠峰講過那個杭州女生的趣事，那

個女生是典型的蘇杭美女，苗條而又可愛，但卻挺能喫，有次她媽媽買了一家三口的早飯，那女生以為爸爸媽媽已經吃過了，結果一個人喫掉了全家三口人的早餐。那女生也特愛喫蘋果，一天能喫掉四五個八九兩重的大蘋果，姬遠峰也見過自己的這個同班女同學在校園裡邊走邊喫蘋果，所以皮膚像熟透的蘋果一樣白裡透紅。

「能喫我也樂意，我還給她買不起幾個蘋果嗎！」文光笑著說道。

「哎，光光，如果你再失戀了誰陪你喝酒去。」文光向那個杭州女生表白失敗後姬遠峰陪著他借酒澆愁來著。

「你個烏鴉嘴，能不能說點好聽的，到時間我去內蒙找你去，把酒準備好了等我。」文光笑著說道。

「我陪你喝酒解愁還讓我準備酒，自己帶酒過來！」姬遠峰也笑著說道。

姬遠峰帶著行李去了飛機場，經過安檢的時間安檢員攔下了姬遠峰，姬遠峰知道十有八九就是那個榴蓮，果然如此，安檢員問行李箱中是否有一個榴蓮。姬遠峰說有。安檢員說飛機上不讓帶。姬遠峰說包裹的很嚴實，不會散發氣味的。安檢員微笑著搖了搖頭，姬遠峰知道的確不讓帶，他把包裹嚴實的榴蓮拿了出來和一堆檢查出的違禁品放在一起，張秀莉喫不到自己從幾千公里之外帶的榴蓮了。

飛機落地了，姬遠峰從機場出來了，一場細雨將萌發的草原洗的嫩綠，路邊的楊樹也開始泛青了，一切顯的那麼清冷與安靜，與深圳的繁囂與酷熱形同兩重天。機場大巴在冷清的高速路上駛過，與深圳川流不息的車流亦是兩重天。姬遠峰對自己說，自己這顆躁動不安的心安靜下來吧！這裡雖然是內陸，沒有深圳的繁囂與繁華。自己工作的這個所謂的央企根本沒有現代企業制度，還是計劃經濟的產物，存在著嚴重的官僚主義與裙帶關係，甚至還存在著軍隊思想政治教員這樣的官僚職位，這樣的企業永遠也不可能建立現代企業制度。但它已經提供了自己遮蔽風雨的小屋，也能提供自己一日三餐所需的溫飽之資。而且這裡還有一

個人在倚閭而望著自己，自己敲門時有一張溫暖的笑臉在迎接著自己，門內有一杯熱水能舒緩自己一天的疲勞。自己這次回來後會安心地在這個地方待下來，與愛自己的妻子生一個孩子，自己喜歡孩子，張秀莉更喜歡孩子，她的年齡已經不小了，她對生孩子已經迫不及待了。不管自己的工作將來會是什麼樣子，自己再也不會蠢蠢欲動，再次跳槽了，自己只是一個農村出來的孩子，自己原來的理想僅僅是考上中專後成為一名鄉政府幹部，現在已經成為了一名著名央企的企業幹部了，也已經成了城裡人了，應該知足了。自己已經感覺到了累，也不想讓自小生活優渥的張秀莉也跟著自己漂泊而居無定所。更不想讓自己的孩子出生在出租屋裡，更不想因為自己的一次跳槽讓三個家庭矛盾叢生甚至反目成仇。

　　姬遠峰特意又去查了心臟，沒有任何問題，他可以放心地打籃球了，他猜想核電公司體檢心臟出了雜音很有可能是自己舟車勞頓和情緒不佳以及南方酷熱的氣候造成的。

一三

　　二零零七年的元旦快到了，今天下午處裡面召開了職工大會，柴書記發話了，「下班前把衛生徹底打掃一下，明天上班的時間也別遲到了，大家都穿好工裝，領導要來年終慰問了，有錄像的，大家都嚴肅點也輕鬆點。再者，明天領導過來只是慰問，不是年度考核會，職工對處裡有什麼意見不要在慰問會上向領導提出，要顧全大局。再者集團公司有規定，對單位領導的考核優秀率達不到百分之百是要扣獎金的，職工一條意見，對領導的一票不優秀投票整個單位的獎金就要扣掉百分之五，兩票就是百分之十，優秀率低於百分之八十就百分之五十的獎金沒有了。那可都是錢啊，同志們不要和自己的獎金過不去啊。對領導有什麼不滿意的地方歡迎會後找處裡領導來溝通，但不要在這次慰問會上隨便亂說話。」姬遠峰心想，前幾天的研究院對處裡進行年度考核之前柴

書記不是也同樣這樣要求職工的嗎，天底下怎麼還有這麼奇葩的考核辦法，真是千古奇譚，該提出意見的場合年度考核會上不讓提，現在慰問也不讓提，那什麼時間該提呢？私下找領導說對領導的不滿意，哪個職工腦子不正常纔會這樣做吧！

第二天早晨上班後姬遠峰發現單位門口的衛生保潔員已經做了徹底的打掃，會議室的門已經敞開了，打掃的乾乾淨淨，會議桌上擺好了水果乾果之類的，一副年終聯歡會的熱鬧喜慶氣氛。八點四十分左右韋處長開始招呼大家穿好工服下樓迎接領導慰問了，姬遠峰下了樓，他看到了研究院負責宣傳報道的同事肩扛攝像機已經來到了樓下，研究院攝影的同事、處裡攝影的同事兩個人已經提著照相機在找最佳攝影位置呢。姬遠峰只眼饞那兩個人手裡的高檔數碼照相機，韋處長和攝像、照相的同事正在招呼大家站好位置，不能擋著領導，也要把職工歡迎的場面錄入鏡頭。但姬遠峰沒有看到柴書記，姬遠峰納悶昨天職工大會柴書記不是講話迎接院領導來慰問嗎，怎麼今天他卻不在了。

九點一刻，姬遠峰看到慰問的研究院朱正清院長從行政樓過來了，不僅僅是研究院院長一個人，而是一群人，研究院工會主席也來了，院長辦公室主任也來了，和自己曾經發生衝突自己也道歉過的人事處安處長也來了。還有陪著同來的三個同事姬遠峰並不認識，估計也是處長科長吧，自己處的柴書記也一起來了。姬遠峰明白了，原來柴書記早晨過去請院長了，一輛商務車跟在這群領導的後面。

掌聲響起來了，研究院院長、柴書記、韋處長，還有陪同的所有人員都喜笑顏開，像節慶一樣喜慶。院長正和張遠——自己處裡一個老同志，八面玲瓏的一個老同志，姬遠峰來處裡來兩年了，沒有聽到他說過一句抱怨單位的話——握著手。院長和張遠握著的手遲遲沒有鬆開，姬遠峰第一次見到了這麼長時間的一次握手，只聽到兩個高檔相機快門聲咔嚓咔嚓響個不停，直到錄像和攝影同事說已經好了，這次握手終於結束了。商務車車門打開了，用透明塑料箱裝好的慰問品正從院長的手裡往張遠手裡遞過去，好漫長的一次遞送，兩個高檔數碼相機的快門聲又

一次響起，攝影的同事說好了，這次手遞手的慰問品遞送慢鏡頭終於結束了。姬遠峰明白了，哦，原來自己集團公司電視臺和宣傳圖版上的慰問鏡頭和照片都是這樣來的。

「今天很高興來電力處慰問處裡的各位處領導幹部職工，謝謝電力處各位領導幹部職工一年裡的辛勤工作，電力處今年取得的成績是有目共睹的……」朱正清院長正在講話，掌聲不時響起。

姬遠峰和自己組長呂文明在竊竊私語，「我來單位兩年了，這是第一次有領導來年終慰問，前兩年怎麼沒有見到呢？」姬遠峰說道。

「領導慰問都是輪流到各個處裡去的，那能年年來咱們處慰問，其他處難道不會有意見！」呂文明回答道。

「哦，我看拉了一車的慰問品，好像很多似的，是不是人人有份？我原來以為慰問都是像電視上那樣只給貧困戶的，看起來咱們單位都是貧困戶了！」姬遠峰開玩笑道。

「單位慰問都這樣，慰問品給誰不給誰呢，結果就是人人有份了。」呂文明說道。

「這些慰問品的錢是從哪出的？我看有些慰問品一點也不實用，要是發成錢就好了。」姬遠峰說道。

「費用都是工會出的，工會費用裡有專門的資金。」呂文明說道。

「哦，我看這些慰問品都是從工會庫房拉過來的，只有短短不到一百米的距離，搬上車搬下車，搞這形式幹什麼，還不如讓職工直接過去領了方便。」姬遠峰說道。

「這水應該是我去倒的，真會巴結領導！」姬遠峰忽然聽到呂文明說出了這麼一句話，姬遠峰不明白呂文明的話是什麼意思，他抬頭一看，李進賢正在給研究院院長等一眾領導的杯子裡添熱水。聽了呂文明的這句話，姬遠峰詫異地愣住了，他不知道如何接呂文明的話了，他知道這時間也不能轉頭看呂文明，他沉默以對。過了一會，他裝作不經意地轉頭看了呂文明一眼，只看見他聚精會神地盯著研究院的院長在看，若有所思的樣子。

　　二零零八年年底快到了，研究院要舉行科級幹部競聘，自己科空出了一科級技術崗的職位，自己處科級技術崗競聘的評委是研究院院長、書記、三位副院長，自己處的處長和書記，還有人事處的處長書記，總共九位評委，其他處競聘時只把本處的處長和書記替換進評委就行了。姬遠峰盤算著潛在的競爭者，自己科有呂文明、李進賢和自己相當。呂文明雖然只是一個工程碩士，也只是普通職工的子弟，但他的岳父是一個科長，可能會有一些關係，而且他參加工作已經八年了，當組長也三年了，表現一直很優秀，巴結逢迎領導可謂無微不至，去年元旦倒水的事情姬遠峰還記憶猶新。李進賢是留學生，非職工子弟，學歷也是碩士，能說會道，為人處世極其圓滑，這三年的工作表現可以看出來，他和韋處長的關係更近一些。自己雖然年齡和呂文明一樣大，學歷也是正規的碩士，但來這裡工作只有三年，論資歷比不過呂文明，論圓滑比不過李進賢，而且只有三年的工作時間，資歷太淺了。姬遠峰知道這次如果參加競聘，肯定沒有機會，只是在院長一眾領導面前露一次臉而已，當然也可以參加其他處的科級幹部的競聘，但競聘成功的可能性更小，他決定不參加競聘了。

　　下午，呂文明到姬遠峰的辦公室說話了，「老姬，科級技術崗的競聘材料準備好了嗎？」

　　「小呂，你好好準備吧，你希望最大了。」姬遠峰並沒有回答呂文明的問題，順帶著恭維了呂文明一下。姬遠峰對呂文明稱呼自己為老姬心裡隱隱有點不快感，自己和呂文明同歲但比他大幾個月，因為自己以前在電力設計院的時間已經是助理工程師了，姬遠峰來單位第二年就正式評上工程師了，自己表現也很成熟穩重，柴書記和韋處長現在大多數情況下都已經稱呼自己為姬工了，只有柴書記偶爾稱呼自己為小姬。姬遠峰覺得呂文明不稱他為姬哥，也不稱他為姬工，隱隱有種把自己壓在他下面的感覺，姬遠峰在單位內部也從來不稱呂文明為呂組長或者呂工，只稱之為小呂，只有在有外單位的人自己介紹呂文明時說這是

我們呂組長，說話過程中又稱之為小呂。姬遠峰知道呂文明對自己這樣稱呼他，尤其是在外單位人面前叫他小呂心裡不高興，但姬遠峰假裝不知道。

「老姬，你這次參加競聘嗎？」呂文明這次直接問了。

「小呂，我就不攪你的好事了，你好好準備吧！」姬遠峰回答道。

「真的嗎？老姬，你岳父知道你不參加競聘嗎？」呂文明有點意味深長地笑著說道。

「我競聘不競聘關我岳父什麼事！」聽到呂文明提到自己岳父，姬遠峰很不高興，他冷冷地說道。

呂文明露出了意味深長的微笑，「你剛工作，你和小李以後有的是機會。」姬遠峰知道呂文明所說的小李就是李進賢。

雖然姬遠峰不參加這次科級幹部競聘了，但姬遠峰還是去了競聘現場，而且研究院也鼓勵年輕同事去現場聽科級幹部競聘，處裡也要求年輕人去競聘現場，看看這些競聘的優秀同事怎麼工作的，取得了那些成績。在現場，姬遠峰看到那一屆和自己一起進單位的十五個同事中的大多數人，但參加競聘的只有羅強和李進賢兩個人。姬遠峰知道羅強是職工子弟，但和自己不是一個處，姬遠峰也沒有打聽過他的什麼直系親屬是什麼領導。但姬遠峰想起了一件事，有次在研究院領導面前作青年知識分子風采展示後朱院長叫住了羅強，「小羅，把你的展示材料好好改一下，下午送到我辦公室來！」朱院長可能連自己的名字都不知道，而卻親切地稱呼羅強為小羅了，羅強那份青年知識分子展示材料並沒有什麼過人之處，姬遠峰知道了羅強的親屬肯定是個什麼大的領導。姬遠峰也看到了自己科一位年齡較大的同事張工，他也參加自己科科級技術崗的競聘，姬遠峰沒有想到張工也會來參加競聘。

李進賢的展示結束了，提問環節也結束了，他展示的重點在突出他的留學背景，也展示他對國際前沿技術的追蹤上。姬遠峰知道這是李進賢的特長，也是自己的短板，以後要加強自己這方面的知識和能力，但研究院業務主要集中在集團公司內部，連國內其他地方都不去，追蹤國

際上的前沿技術有用嗎？

呂文明的競聘展示結束了，評委正在提問，「呂工，你是一九七八年出生的？二零零零年來研究院參加工作的？學歷是研究生？」人事處安處長在提問。

「嗯，是的，安處長。」呂文明回答道。

「那你二十二歲就研究生畢業了？」安處長又問道。

「哦，嗯……，安處長，我是工程碩士，二十二歲是本科畢業來參加工作了，工作期間不脫產讀了工程碩士，我已經工作八年了。」

「哦，我看你簡歷上填寫的是工學碩士，填錯了吧！」

「哦，我不小心填錯了，應該是工程碩士。」

「以後注意點，這些關鍵信息不應該填錯。」安處長說道。

「哦，謝謝安處長提醒。」姬遠峰看到呂文明沒有絲毫慌亂的回答了這個問題，他真替呂文明的鎮定感到吃驚。

姬遠峰下班回家喫過晚飯了，「你們單位是不組織科級幹部崗位競聘了？」張秀莉問姬遠峰。

「嗯，是的，妳怎麼知道的。」

「我那麼多同學在你們單位我還能不知道！」張秀莉說道。

「哦！」

「你為什麼不參加競聘？」張秀莉問道。

「我剛工作三年，根本沒有可能性，去參加競聘只會讓領導覺得我急於求成，所以沒有參加。」

「那你為什麼不和我商量一下？」張秀莉說道。

「咱兩結婚前就說好了工作是各自的，互相不摻和的！」

「這叫摻和嗎？這次你的機會是不大，但主要不是在領導面前亮相嗎，讓領導認識你，表明你上進的態度嗎！」

「在領導面前亮相，表明上進的態度平常匯報項目，展示風采之類的活動我都參加了，不在這一次，而且以我自己三年的工作資歷只會讓

領導覺得我不自量力，急於求成，會給領導留下不好的印象，會弄巧成拙的，我們那一批進單位的十五個同事只有兩個參加了競聘。」

「算你說的有理吧，你總會找出一堆理由來，我說不過你，但總是亮相的機會。」張秀莉說道。

「哦，我知道了。」

競聘結果開始公示了，姬遠峰稍感吃驚的是自己科科級技術崗公示的是張工，不讓他吃驚的是羅強也在他所在處的科級技術崗上，這反而給了姬遠峰一種錯覺，難道研究院真的重視青年知識分子，羅強僅僅參加工作三年就競聘上了科級技術崗，這說明自己只要努力，只要公平競爭機會還是有的。

姬遠峰聽到了呂文明的抱怨聲，「媽的，什麼玩意，要不是張工年齡大了，錯過這次就沒有機會了，還能輪到他！都他媽假的，競聘完還沒公示呢，書記就找我談話了，說什麼張工年齡大了，你以後有的是機會之類的，真他媽有意思，我都工作八年了，也當了三年組長了，張工除了老實，聽領導的話，有親屬是領導外，什麼也不行。」

一四

一天晚飯後姬遠峰和張秀莉在聊天。

「我們單位組織技術比賽了！」張秀莉說道。

「每個單位都會組織技術比賽，這有什麼稀罕的？」姬遠峰說道。

「我的意思是我們單位的技術比賽太假了！太假了！」

「不是太假了，是搞平衡了吧！我知道單位組織比賽經常會搞平衡，讓各個基層單位都能拿到名次，所以有些選手即使比賽成績很好也會被平衡掉，而且這些被平衡掉的選手往往都是沒有後臺和背景的人，很打擊參賽選手的積極性。」姬遠峰說道。

「就像你說的，不僅僅是平衡了，而且假的無以復加了！」張秀莉強調道。

「那妳說說怎麼個平衡法，怎麼個假法吧！」

「這次我們單位組織技術比賽，比賽分書面部分和現場操作兩部分，找專家出好試題後就由我保管，考完閱卷結束後試卷也由我保管。考試前不停地有參賽隊的領導來找我要看試題，我哪能給他們看，他們都不找王科長，直接找分管副校長，副校長一個電話打到王科長那兒，然後就讓看了，到比賽前幾天幾乎所有參賽隊都知道試題了，那還比賽個什麼勁啊！」

「雖然比賽沒有任何意義，但是比賽結果對單位對個人都很有用啊！」姬遠峰說道。

「你說這樣的比賽結果有什麼用吧！」

「妳不看每個單位都有一個榮譽室，裡面從衛生先進、計劃生育先進、精神文明先進、保密工作先進、節能增效先進到各類比賽名次，各種獎牌獎杯多的都數不過來，這些都是單位的成績啊，也是領導晉陞的資本，不組織這些比賽哪來這麼多證書和獎杯呢。從個人來說，不管是評優秀、晉職稱還是提拔當領導哪個人不是抱著一大堆榮譽證書，而且這些榮譽證書都是必須的。有些職工工作沒幾年榮譽證書幾十本，好像上班後他的工作就是參加各類比賽似的，一年就能得到好幾個證書，不組織比賽個人哪來這麼多榮譽證書呢？」

「可比賽的名次早在比賽前就已經確定了，這比賽還有組織的必要嗎？」

「怎麼說沒有必要呢，比賽這個形式還是必須要搞的，總不能不舉行比賽就把獎杯證書直接發給單位和個人吧，而且不搞比賽怎麼能申請經費呢，怎麼能把錢以評委費等各種名義發到領導手裡呢？」

「除了你說的，這次技術比賽還發生了一件事情，讓我對比賽名次事先已經內定了有了更深刻的認識。」張秀莉說道。

「什麼事妳說吧！」

「這次比賽後第三名的一個女選手來我們科了，她很謙虛認真地問王科長，能不能私下讓她看看第一名的試卷，讓她知道自己什麼地方

做的不夠好，和第一名的差距在什麼地方，她好回去提高和改進。我們王科長看了那女的一眼，說按規定試卷什麼人都不能看，但他從我那兒要了第一名和第三名兩個人的試卷，沒有給那女的看，王科長自己看了看兩個人的試卷，認真地說了一些這個女的和第一名的差距，那女的謝了王科長後走了。那女的出了辦公室門還不遠，我們王科長就說了一句，「真他媽的得了便宜還賣乖，不是她老公是科長她還能得第三名，都不會讓她來參賽，誰不知道她的第三名是他老公要來的，真他媽的得了便宜還賣乖。」我對這個女的認真學習勁頭還是很佩服，等那女的走了我找出了前三名的試卷都看了看，發現第三名的試卷是三份試卷中最好的，我們王科長在那兒純粹和那女的睜著眼睛說瞎話，糊弄那女的呢。」張秀莉說道。

「那妳說什麼了？」

「我還能說什麼，我都不知道和我們王科長說什麼了，只是嗯嗯地回應了一下。」

「我也是，剛開始還挺詫異這種事的，現在知道了這種技術比賽真的不漏題、不搞平衡、不事先內定名次那纔讓人奇怪呢！」姬遠峰說道。

過了幾天，張秀莉下午情緒低落地回來了。

「怎麼了，悶悶不樂地回來了，誰又惹妳了？」姬遠峰問道。

「誰也沒有惹我，是我把事情辦砸了。」張秀莉說道。

「什麼事辦砸了？」

「還是技術比賽的事。」

「妳們單位技術比賽不是早就結束了嗎？又搞一次？」姬遠峰說道。

「還是上次技術比賽的事情。」

「妳說具體點吧，咱兩這麼妳一句我一句的，半天我都不知道是什麼事。」姬遠峰說道。

「上次技術比賽結束後，我們王科長讓我給兩位領導各送兩千塊錢過去……」

　　「領導不是一般都做評委，費用不是當時都給了嗎，怎麼又給呢？」姬遠峰忍不住插話問道。

　　「這兩個領導當時出差沒有做評委，但技術比賽的費用需要他兩簽字纔能申請下來，所以技術比賽結束後我們王科長讓我給這兩位領導送錢去。我就去了這兩個領導的辦公室，他兩在一個大的辦公室的兩頭，我各拿了兩千現金，給第一位領導說了謝謝您對本次技術比賽的支持，把錢給了他，那位領導就接著了，然後把錢放到了自己抽屜裡。給另一位領導送的時間他堅決不要，讓我很難堪，我只好從領導的辦公室出來了，結果已經收了錢的那位領導又從辦公室撞了出來，要把錢退給我，讓我更難堪，我還想推辭，但在走廊裡怕有人經過，我只好立馬把錢接回來了，這事辦得真讓我無地自容。」

　　「秀莉，妳是怎麼送錢的，沒有用信封把錢裝起來嗎？」姬遠峰問道。

　　「沒有，我是拿著現金，出於禮貌，雙手遞給領導的。」

　　「秀莉，哪有妳這樣給領導送錢的呢！怪不得領導不收了，妳工作三四年了連這點經驗都沒有！給領導送錢一般都用信封裝起來，避開人說的含蓄一點，就像妳這次說的，謝謝領導您對技術比賽的支持，順手把信封壓在領導看的文件或者資料下面，怎麼能拿著現金直接遞到領導手裡呢，第二位領導或許是接受不了妳這種送錢方式纔不收。再者，好多領導之間都是面和心不和，第一位已經收了錢的領導看到第二位領導不收，他怕出事，也就把已經收了的錢退給了妳，妳這事情真的辦得不咋地啊，秀莉。」姬遠峰說道。

　　「你說的也是，我們王科長也是這麼說的，我這是第一次給領導送錢，我們王科長事前也不告訴我具體怎麼個送法，結果辦砸了。」張秀莉有點懊惱地說道。

　　「那王科長還說妳啥了，沒有批評妳嗎？」姬遠峰問道。

　　「我們王科長可能顧及我爸爸的面子吧，沒有批評我，還笑著說，妳這姑娘還是學生氣沒脫乾淨，社會上的事情經歷太少了，把錢給他

吧，過幾天他找個機會送過去。」

「那也好吧，妳這次辦砸了說不定也是好事，王科長看妳傻乎乎的樣子，以後就不讓妳再辦給領導送錢的事了，妳也免了這種爛事了。」姬遠峰安慰張秀莉道。

「你說的也是，不過事情辦砸了，領導以後還能放心讓我辦事嗎！不辦事怎麼上陞呢！」

「那只能多學習學習了。」姬遠峰說道。

一五

二零零九年九月的一天晚上，姬遠峰像往常一樣去同學錄上看看。姬遠峰上大學的時間說話就不多，本科畢業九年了，輾轉工作上研究生，心氣已經磨平了不少，工作上也沒有取得什麼成績，他在同學錄上說話很少。姬遠峰只想看看同學們的動態，他更關注岳欣芙的動態，本科畢業九年了，也只有在姬遠峰研究生畢業剛來單位的時間岳欣芙在同學錄上祝賀姬遠峰研究生畢業了，此後再也沒有說過一句話。姬遠峰也沒有岳欣芙的任何聯繫方式，想知道她現在的狀態只能通過同學錄了。

姬遠峰知道岳欣芙去了一所有名的九八五大學當了老師，從岳欣芙在同學錄上曬出的照片可知岳欣芙的工作如同她上學時一樣出色。被所在大學評為了「學生最喜愛的十佳老師」，表彰大會上既有合影，也有單人照，岳欣芙捧著一大束鮮花，她笑得也如同花一樣燦爛，對比自己的默默無聞，姬遠峰隱隱有點心酸。他像其他同學一樣給岳欣芙獲獎的照片後面回覆了一個讚揚的表情。

「姬遠峰，最近忙什麼呢？還記得老同學嗎？」姬遠峰看到一個女生的頭像在和自己說話，姬遠峰一怔，這不是岳欣芙嗎，時隔四年後岳欣芙又一次和自己說話了。

「一天瞎忙，毫無頭緒。岳欣芙，我哪敢忘記妳呢！否則要面壁思過去了！呵呵！」姬遠峰留言回覆道。

姬遠峰等著岳欣芙回覆，一分鐘過去了，岳欣芙沒有回覆，兩分鐘過去了，岳欣芙沒有回覆，五分鐘過去了，岳欣芙沒有回覆。姬遠峰看到岳欣芙的頭像變暗了，她隱身或者下線了，姬遠峰知道岳欣芙不會回覆他的這條消息了。

姬遠峰有點懊悔了，上次岳欣芙祝賀自己研究生畢業，自己就已經說過一次不冷不熱的話了，岳欣芙沒有回覆。四年過去了，這次又是岳欣芙主動說話了，雖然是在網路上，自己為什麼還要說這種陰陽怪氣的話呢。自己的朋友李木曾經說過自己的思路往往與別人不一樣，有點奇特，說出一些別人意想不到的話來，但也不能這樣啊！姬遠峰知道自己心頭的結至今沒有解開，纔說出這樣的話，但九年過去了，自己也與楊如菡經歷了另一段感情，現在已經成家立業了，自己的孩子也整天跟著自己叫爸爸了，自己該大度一點了，他想補救一下。同學錄上留言同學都能看見，不能說的太多，姬遠峰想給岳欣芙打個電話，但他沒有岳欣芙的電話號碼。姬遠峰向安可琪要了岳欣芙的電話，今天晚上已經晚了，她也可能有孩子了，需要照顧孩子，明天白天再打吧。

九年的時間過去了，姬遠峰既沒有見過岳欣芙一面，也沒有當面說過一句話，她的聲音是否已經變了，當姬遠峰拿著手機給岳欣芙撥電話時他心中有點惴惴不安。自己昨天晚上第二次說了不冷不熱的話，岳欣芙沒有回覆，以岳欣芙的自尊與自愛，她也可能有點生氣了，在電話裡也會對自己不冷不熱，即使不冷不熱自己也要態度誠懇地和她說幾句話，緩和這麼多年來的關係，甚至讓雙方放下心中的心結，以後出差有機會的話去見見她，看她過的怎麼樣，是否已經變樣子了，她的身體健康怎麼樣了，勸勸她注意自己的身體健康。姬遠峰心裡已經做好了思想準備，他撥通了岳欣芙的電話。

「你找誰？」電話裡傳來一個男生的聲音。

姬遠峰一愣，問道，「你是岳欣芙的老公嗎？這是岳欣芙的電話嗎？」

「是的，她忙著呢！」

電話掛了。

姬遠峰拿著手機怔住了，怎麼會這樣！她忙著呢，說明岳欣芙就在接電話的人的身邊，怎麼連問岳欣芙是否接電話的一句話也沒有就掛斷了呢，即使夫妻兩正在吵嘴也不應該讓外人聽出來啊。這個態度如此冷漠的男的是否就是在濱工大體育考試時自己向李木確認過的岳欣芙的那個男朋友？姬遠峰自從濱工大畢業後就拒絕打聽岳欣芙的另一半的任何信息，他並不知道和岳欣芙最後結婚的就是哪個男生，就像自己一樣，自己並沒有和楊如菡走到一起，而是和張秀莉結婚了，姬遠峰心中充滿了疑惑。

姬遠峰等著岳欣芙回電話，一分鐘過去了，岳欣芙沒有回電話，五分鐘過去了，岳欣芙沒有回電話，或許岳欣芙正像她老公說的，她當時正忙著呢，自己的孩子現在兩歲多一點，岳欣芙和自己同歲，說不定她的孩子也是這麼大，她需要照顧孩子。姬遠峰把手機帶在身上，把音量調大，注意聽著點，或許岳欣芙過一會就會回電話了，但直到晚上睡覺的時間岳欣芙也沒有回電話。或許岳欣芙明天會回自己的電話，但岳欣芙第二天沒有回姬遠峰的電話，姬遠峰知道岳欣芙不會回自己的電話了。

二零一零年七月，姬遠峰得到了一次隨團公費旅遊的機會，當然了正式的說法是職工療養，論年齡姬遠峰在科裡並不大，論資歷也不算老，但工作表現優秀，所以得到了這次公費療養的機會。這次療養的目的地是內蒙古最東邊的呼倫貝爾大草原及滿洲里口岸、東北三省的哈爾濱、瀋陽故宮、吉林偽滿洲國皇宮、張學良少帥府、吉林長白山等地。

在瀋陽故宮，姬遠峰特意去看了珍藏《四庫全書》的文溯閣。在偽滿洲國皇宮，姬遠峰想起了自己看過的一本小書《溥儀在伯力收容所》。伯力，這座曾經中國的城市，俄羅斯以一個匪徒的名字命名為哈巴羅夫斯克。溥儀被囚禁在自己祖籍的故土上，但這片土地的主人已經不是溥儀族份所屬的滿族中國人，而是俄羅斯人了，何其諷刺也。溥儀

是偽滿洲國的皇帝，但這個所謂的國家的真正的主人卻是日本人。這就是我們的民族和國家，一個懦弱的民族，一個不能保衛自己賴以生存的國土的民族，但卻酣於內戰與專制的國家。將避免了中國歷史上改朝換代生靈塗炭的內戰，並且在特定的世界大勢下中國隨時為列強瓜分之禍的一紙優待清室協議視為廁紙，驅使溥儀投敵叛國為敵所用。這樣無信用無道德的行為，我們的歷史教科書卻大肆讚揚那個反復無常的軍閥的無恥行為正義行動。在中國人的思維中政治永遠就是武力鎮壓與專制統治，在這個號稱禮儀之邦的國家內上層統治分子卻從不知信用道德與法律為何物而癡迷於武力與血腥，這就是中國的政治傳統。

當遊覽雄奇壯美的長白山時，當看到那一練從天而降的飛瀑時姬遠峰心底裡感歎祖國的大好河山真是太壯美了，自己以後有機會一定要到祖國各地看看去，自己對旅遊真是癡迷。在長白山姬遠峰也看到許多賓館都有韓文標識，路牌也有韓文標識，姬遠峰也看到了為數眾多的韓國人，有韓國老太太甚至跪在長白山下痛哭流涕。姬遠峰知道整個朝鮮民族對長白山也有特殊的感情，長白山朝鮮民族稱之白頭山，視為朝鮮民族的發祥地，且印刷在了朝鮮貨幣之上，遲早是中國和統一後的朝鮮半島之間的轇轕所在，只是現在因為朝鮮半島的分治而暫時潛伏在水面之下。但朝鮮的歷史文化何曾與中國分離過？箕子入朝載之文獻，朝鮮半島以傳統漢字書寫的古籍可謂汗牛充棟充斥著韓國的圖書館。現代民族主義猖獗，每個國家皆在編造其民族悠久的獨立之源，謬而可笑甚矣。目睹雄奇壯美的長白山姬遠峰想起了著名流人吳兆騫的著名詩篇《長白山賦》與《長白山》詩，《長白山》詩曰。

> 長白雄東北，嵯峨俯塞州。
>
> 迴臨滄海曙，獨峙大荒秋。
>
> 白雪橫千峰，青天瀉二流。
>
> 登封如可作，應待翠華遊。

在滿洲里口岸旅遊區，當看到壯麗的國門建築，對比俄羅斯國門的矮小，再看到一代代不斷內移的國門紀念物。姬遠峰有點感慨，恢復民

族自信與建立國民驕傲的是恢復舊日疆域，將本屬於自己的國土從敵人手裡奪回來，將自己民族遭受的屈辱加之於敵人之身，而不是僅僅在遠離昔日國境線的內地建造一座宏偉的國門而已。

看到滿載原油通過中俄兩座國門的俄羅斯貨運列車，姬遠峰想到了讓國家備受屈辱的中東鐵路，自己本科時多少次徘徊其上的松花江鐵路大橋也是中東鐵路的一部分。因為中俄兩國鐵路的軌距不同，這列俄羅斯列車會在滿洲里口岸一個區域換上中國鐵路的標準軌距的車皮，但姬遠峰沒有看到這看似普通卻有深刻意義的操作。因為曾經的俄羅斯寬軌鐵軌橫穿縱貫於滿族的故鄉東北全境，並已經延伸到了中國的心臟北京北邊不遠的旅順，俄寇還沿著鐵路線駐箚有所謂的護路隊的軍隊。還有歷史教科書上遮遮掩掩的俄羅斯借義和團暴動之機將東北全境佔領，黑龍江將軍壽山在岳欣芙的家鄉自殺殉國的歷史史實。我們的歷史教育總是對真實的歷史遮遮掩掩，敵友不分，忠實地執行著歷史為政治服務的宗旨，國民於自己國家的歷史尚且顛倒黑白，遑論正確的愛國了。

雖然哈爾濱是這次療養的一站，但濱工大並不是參觀點，姬遠峰特地請假半天去了一趟自己的母校，他將校園轉了個遍。在女生宿舍旁姬遠峰想起了大學四年的點點滴滴，想起了這座校園中走入自己感情世界的兩個女生——岳欣芙和楊如茵，不知道她們現在過得怎麼樣了。但自己手邊沒有電腦，姬遠峰也不願意去網吧，旅遊結束回家了再在網上查查看吧。

旅遊結束了，姬遠峰回到了家裡，他像往常一樣在電腦程序中輸入岳欣芙這三個字，除了以前見過的她的新聞外，姬遠峰驀地看到了一篇紀念岳欣芙的文章。姬遠峰迫不及待地讀完了這篇文章，他驚呆了——岳欣芙已經離開了這個世界。姬遠峰不願意相信這是真的，他又仔細地讀了兩遍這篇網路紀念文，試圖找出其中的破綻，但姬遠峰沒有找到破綻，而是更加確切的信息——岳欣芙所在的那所有名的大學的名字，岳欣芙工作的學院與辦公樓，她教的科目——無一不是相符的。這不是真的！這一定是一個無聊至極的人無聊至極的網路惡作劇！姬遠峰要向岳

欣芙的好朋友安可琪打個電話，證實這僅僅是一個假消息！這絕對不是真的！姬遠峰從家裡出來，他躲開張秀莉要給安可琪打個電話，證實岳欣芙離世絕對是個假消息。

「安可琪妳好！」姬遠峰給安可琪打電話道。

「姬遠峰你好！你是無事不登三寶殿，你和我平常通電話很少，這次怎麼想起來給我打電話了？」安可琪笑著問道。

「我想問妳件事。」

「什麼事，你說吧，我如果知道肯定告訴你。」

「岳欣芙已經走了，是真的嗎？」

電話那頭沉默了，過了一會，電話那頭傳來安可琪的聲音，「是真的，姬遠峰你怎麼知道的？誰告訴你的？」

「我從網上看到的，網上有篇紀念岳欣芙的網路文章，是真的嗎？」

電話那頭沉默了，「安可琪，妳還在聽電話嗎？」姬遠峰問道。

「姬遠峰，我還在聽電話。」安可琪回道。

「是真的嗎？」姬遠峰又一次問道。

「是真的，她走了已經快一年了。」姬遠峰聽出了電話那頭沉痛的語氣。

姬遠峰的心如同刀割一般的痛，他沉默了，他不願意相信這一切是真的。「喂，姬遠峰，你怎麼不說話了？你還在聽電話嗎？怎麼半天不說話？」話筒裡傳來安可琪的聲音。

「安可琪，我還在聽電話，我只是聽說欣芙已經走了，有點接受不了，所以半天沒有說話。」姬遠峰調整了一下自己的情緒，他還不想讓安可琪知道自己和岳欣芙之間的關係，也不想流露出超越同學關係的悲痛。「可琪，我真的不能相信這是真的，這是真的嗎？」

「姬遠峰，是真的，我第一次聽到這個消息也無法接受，但是是真的。」

「哦，真的讓人無法接受，看來那篇網路文章是真的了，她走了已經快一年了我纔知道……，可琪，妳知道有多長時間了？」

「欣芙出事後不久我就知道了。」

「可琪，那妳怎麼沒有給我說一聲，我直到現在纔從網路上知道。」

「這種事情不想張揚，除了我們宿舍女生和書記周凱以外，我沒有向任何同學說起過。」姬遠峰知道安可琪對自己和岳欣芙的事情一點也不知道。

「欣芙是什麼原因走了的？那篇網路文章中並沒有說怎麼走的，是得病了嗎？她還那麼年輕！」

「抑鬱症，產後抑鬱症。」

聽到抑鬱症三個字，姬遠峰明白了，她對岳欣芙離開這個世界不奇怪了，因為自己一個男生差點也沒有挺過抑鬱症這一關。「怎麼會這樣！怎麼會這樣！她這麼年輕，怎麼會得抑鬱症！」姬遠峰好像在跟安可琪說話，又好像在自言自語。

「你知道的，姬遠峰，欣芙身體一直不大好，本科畢業的時間體育考試補考纔通過，你來濱工大準備考研究生的時間咱兩還說起過欣芙的身體，她學習太用功了，太缺少鍛煉了，工作以後她的壓力太大了。」

「安可琪，我本科畢業後就再也沒有和欣芙聯繫過，也沒有從妳們女生那兒打聽過欣芙的任何消息，對她保送研究生後的信息一點也不知道，我能多問妳幾句嗎？」

「可以，當然可以了，都是同學。」

「欣芙研究生畢業後好像沒有直接讀博士，以研究生的學歷去了那個大學當的老師是嗎？因為她在同學錄上說話的時間已經去當老師了，如果她上了博士的話正常情況下那個時間她博士應該還沒有畢業，但她工作的大學是一所有名的九八五大學，一般情況下只會招聘博士，所以我有點不敢確認岳欣芙是以什麼學歷去那所大學當的老師。」

「姬遠峰你說的對，欣芙研究生畢業後就應聘了那個大學的老師，就像你說的，那個大學很好，一般只招聘博士生，但欣芙太優秀了，成績太好了，讀研究生期間已經發表好幾篇高質量的論文，那個大學也知道以欣芙的成績與能力，她去當了老師遲早也會讀博的，那個大學也不

想錯過欣芙這麼優秀的研究生，就要了欣芙。」

「那欣芙的博士讀出來了嗎？從她去當老師到走這段時間已經好幾年了，按照四年讀博時間她應該讀出來了。」

「欣芙去當老師過了一兩年就開始讀博了，但直到去世也沒有讀出來。」

「她博士沒有讀出來？以欣芙的勤奮好學，她應該很早博士就畢業了纔對！」姬遠峰說道。

「正常情況下應該早畢業了，但欣芙太好強了，她雖然讀著博，但工作不僅一點也沒有放鬆，而且更加拼命，不僅給本科生授課，也指導畢業生的畢業設計，參與了一本教材的編寫，也參加青年教師授課競賽，又申報了學校教學改革課題，不斷地進行科研工作，發表了好多篇論文，還錄製了幾十集的遠程授課視頻，她的工作強度太大了。而且她太好強，太認真，任何一項工作都要做到最好，結果她沒有時間和精力進行博士生的科研和論文，她上的博士又是很有名的大學，沒有在核心期刊或者國際期刊發表論文就畢業不了，直到她走了博士也沒有畢業。」

「我知道欣芙身體從本科畢業時就不大好了，工作那麼累，她的博士不能稍微緩一緩嗎？何必那麼拼命？」

「欣芙要是能這樣想就好了，我和她一個宿舍四年，我太知道她的性格了，她太好強了，任何事情都要做到最好，她太想工作做到最好，博士早日畢業，所以纔那麼拼命。」

「既然身體已經承受不了那麼重的負荷了，她那麼拼命到底為了什麼？」

「還不是早日評上副教授，她工作的那所大學那麼有名，評個副教授博士都是必須的，何況以岳欣芙的性格，她怎麼會滿足一個副教授的職稱呢，所以欣芙纔那麼拼命。」

「可琪，妳剛纔說欣芙是產後抑鬱症，她生孩子之前一點征兆都沒有嗎？」

「早就有了，她生孩子之前就已經有抑鬱症了。」

「那欣芙沒有用過藥物治療嗎？服用安眠藥有一定效果的。」姬遠峰想起來自己抑鬱的時間曾經喫過一段時間的安眠藥，一種很小的白色藥片，每天晚上睡覺前服用一粒，醫生怕開多了不安全，每次只給開七天的藥量，即使自己一次全部服用也不會產生嚴重後果。雖然服用安眠藥後的睡眠和正常睡眠效果完全不一樣，但只要晚上能多睡一兩個小時，那種心理暗示和安慰可能遠大於藥物的治療作用。

「欣芙也用過藥物治療，但是否服用安眠藥我不知道。」

「既然已經有抑鬱症了，身體也不大好，那欣芙沒有把身體調理好一點再要孩子嗎？」

「欣芙也是這樣想的，不過她年齡很大了，要孩子的時間已經三十歲了，她調理了一段時間覺得身體還可以就要了孩子。但隨著孩子月份的增大，她的身體和精神狀態越來越差了，但欣芙堅持把孩子生了下來，生下孩子後抑鬱症更嚴重了。但欣芙不願意放棄母乳餵養孩子，因為母乳餵養孩子不能服用藥物，結果就走了⋯⋯」姬遠峰聽到了電話那頭輕輕的啜泣聲。

「唉⋯⋯，可琪，妳也別太難過了，人已經走了，唉⋯⋯，要是我多和她聯繫一點，我也去她那兒出過差，當時要是過去看看她就好了，如果知道她的狀態不好，多開導開導她就好了。」

「姬遠峰你說的對，我也很後悔畢業後和她聯繫的太少了，畢業後工作各忙各的，欣芙出事的時間我孩子還很小，我忙自己孩子了，那段時間和她聯繫少了一點，誰能想到就出事了呢！」

晚上，張秀莉哄孩子睡覺去了，姬遠峰把自己鎖在了書房裡，坐到了自己的書桌前，他看到了自己製作的放置張秀莉照片的相框還靜靜地擺放在書桌上。姬遠峰從抽屜裡拿出了大一時岳欣芙送給自己的生日禮物——那個帶鎖的筆記本，姬遠峰翻到了第一頁。

　　贈：姬遠峰

世界上最快樂的事莫過於為理想而奮鬥！

祝：學業有成

С днем рождения!

生日快樂

一個朋友

這是岳欣芙在筆記本的扉頁上寫給自己的生日祝福，姬遠峰的眼睛濕潤了，他翻到了最後一頁，看到了自己記下的岳欣芙的家庭地址，她父親的名字以及岳欣芙的生日，岳欣芙告訴自己她爸爸的名字是怕她收不到自己寫給她的信件，但自己沒有給岳欣芙寫過一封信。這裡生日一欄只記下了岳欣芙一個人的生日，姬遠峰還清楚地記著他當時寫下這些信息的心情，自己雖然至今還記著黎春蕊的生日，但當時不願意把黎春蕊的生日記在岳欣芙送的筆記本上，他只想讓岳欣芙一個人的生日出現在這個筆記本上。姬遠峰看著岳欣芙給他的那張惟一的照片，她笑的那麼燦爛，姬遠峰的眼淚止不住了……

咚咚的敲門聲驚醒了姬遠峰，姬遠峰知道張秀莉把孩子已經哄睡著了，他急忙擦了一把眼淚，把筆記本塞進了抽屜裡，去開了門。

「你在書房裡鎖門幹什麼？你從來不鎖門的！」張秀莉站在書房門口說道。

姬遠峰沒有啃聲，因為他連撒謊也找不到一個理由。

「你好像哭了？」

「沒有！」姬遠峰否認道。

「那你鎖門幹什麼？」

姬遠峰沒有啃聲，他還是沒有找出一條理由來。

「你到底怎麼了？你今天下午回來就情緒不對，不和人說話，也不陪孩子玩，晚上鎖上門還在哭，你爸爸媽媽出什麼事情了嗎？」

「我爸爸媽媽好著呢，妳嘴別那麼不吉利好不好？」

「好著呢你鎖上門哭什麼？咱兩結婚好幾年了你什麼時間哭過？你肯定有什麼事！」

「我沒事，我好著呢，妳別煩人行不行，不問行不行？」姬遠峰邊說邊去穿外套和鞋，他要出去走一走。

「小峰，你別出門了，你喫過晚飯後已經出去過一趟了，這麼晚了，你情緒也不對，你又出門幹什麼去？」張秀莉擋在了門口。

「我出門散步妳也管？」

「那你說了你有什麼事情了我看情況再讓你出門。」

「那我不出門了，但妳也別問我了行不行？我要把自己任何事情都要告訴妳嗎？」姬遠峰衝著張秀莉發火道。

「那好吧，你不願意說算了，你總是把心事藏在心裡不和我說，但你不能出門。」

「我給妳說我對社會的看法妳總是說要看到積極的一面，我想和妳說說我看書的感受妳認真聽過一次嗎？」姬遠峰反問並轉移話題道。

「這個社會就這樣，社會的陰暗面你能改變的了嗎？你總看到社會的陰暗面對你有好處嗎？你看的書我不感興趣，我也整天忙孩子忙家務忙工作我沒空聽你那些大道理，對你的那些稀奇古怪的想法我沒你那樣的認識也不讚同。」張秀莉說道。

姬遠峰脫掉了外套和鞋子，他回到了書房，坐在電腦前機械木然地玩著足球遊戲。他感覺到了刻骨的痛，自己的痛向誰訴說呢？張秀莉在追問著自己，自己卻不能告訴她，自己的痛該向誰訴說呢？

「今晚你不能自己一個人在書房睡──自從孩子稍微大點後張秀莉就和孩子睡在大臥室，姬遠峰就一個人在書房睡覺了，姬遠峰從抑鬱症中挺過來後睡眠一直不大好，他睡覺需要安靜──你過來和我和孩子一起睡。」張秀莉邊說邊把書房單人床上姬遠峰的被子抱到大臥室去了。

時間晚了，姬遠峰去到大臥室和張秀莉一起睡覺去，「小峰，今天你到底怎麼了，能告訴我嗎？」張秀莉問道。

「我不想說，妳再問我就去書房睡覺了！」姬遠峰說道。

「那好吧，睡覺吧，我不問了，咱兩也別把孩子吵醒了。」張秀莉說道。

　　張秀莉已經睡著了，輕輕地打著呼嚕，她白天上班，一下班又做飯又帶孩子，太累了，姬遠峰又有點後悔對張秀莉態度不好了。姬遠峰怎麼也睡不著，他回憶著岳欣芙的點滴，本科畢業十年了，自己幾乎和她沒有聯繫過，自己知道岳欣芙的信息太少了，惟一的一次電話聯繫被他丈夫掛斷了。姬遠峰想起來了，今天和安可琪的電話自己還沒有問岳欣芙的家庭生活，掛斷自己打給岳欣芙電話的男生是否就是本科畢業前岳欣芙的那個男朋友。自己手中的這張照片是岳欣芙大一時間的照片，也不太清晰，時間太久遠了，岳欣芙可能已經變樣子了，姬遠峰想再擁有一張岳欣芙的照片。

　　第二天姬遠峰來到了一個公園的僻靜處，「安可琪妳好，昨天我打電話問妳岳欣芙的事，我忘記問妳欣芙的家庭生活了，我知道欣芙本科畢業前有個男生追求她，她的丈夫就是那個男生嗎？」第二天姬遠峰又打了電話給安可琪。

　　「嗯，是的，欣芙老公就是那個男生。」安可琪回覆道。

　　「我猜那個男生是不和我們是同一屆的學生，二零零一年十一假期我回濱工大準備考研時和妳說起來，妳當時說妳有時候和欣芙一起玩，還一起喫飯，我猜那個男生當時應該沒有上研究生，要不然欣芙會有那個男生陪著喫飯一起玩的，不知道我猜的是否正確。」

　　「姬遠峰你猜的沒錯，欣芙老公和我們是同一屆的同學，是另外一個學院的，如果是咱們學院的你肯定認識，那個男生當時沒有上研究生，本科畢業就工作了，工作之後是否讀了研究生我不知道。」

　　「那個男生對信芙好嗎？怎麼沒有阻止欣芙發生那種事呢？」

　　「欣芙太自尊了，她從來不給別人講自己的家庭生活，我和她通電話的時間她倒說過工作以及上博士生的壓力和煩惱，但每次都避而不談自己的家庭和老公，結婚後她老公對她好不好我也不知道。」

　　「安可琪，在濱工大的時間她的老公對欣芙好嗎？」姬遠峰還是不死心，他太想知道岳欣芙最後日子的點滴了。

「在學校時她的男朋友對欣芙很好，可以說百依百順。」

「哦……，安可琪，太思念欣芙了！」

「我也一樣，我們宿舍女生都一樣，都很思念欣芙。」

「可琪，妳那肯定有欣芙的照片，我這兒一張也沒有，妳能找一張照片寄給我，同學一場，我想要一張欣芙的照片作個紀念。」

「哦……，我找找看吧，本科的照片我不知道放到哪了，時間很久了，也可能留在哈爾濱老家了，我找找看吧。」姬遠峰聽出來了，安可琪並不願意給自己一張岳欣芙的照片，她感覺到自己打擾到了已經在另一個世界的岳欣芙了。

姬遠峰頹然地坐在了公園裡的石凳上，他感到了刻骨的痛，自己的痛向誰訴說呢？自己的妻子張秀莉昨晚再三追問，但自己不能告訴她。自己似乎可以告訴安可琪這樣的同學，但自己也不願意告訴，自己的痛該向誰訴說呢？

一六

二零一零年快到年底了，組長呂文明邀請姬遠峰和李進賢一起去喝酒，姬遠峰知道是什麼事，年底有科級幹部競聘，呂文明是想打探自己和李進賢的打算了。

「聽說年底科級幹部崗位調整咱們處共有三個職位，其中兩個在咱們科裡。」呂文明說道。

「咱們科怎麼會有兩個科級幹部職位呢？我聽說科長會陞為副處長，只有一個科級幹部啊！」姬遠峰說道。

「張工會被調走，上次就不該他上去，上去了什麼也幹不了，這次會被調整到後勤清閒的崗位上去，上次上去本來就是過渡一下好混個科級幹部退休的。」呂文明說道。

「小李，你有什麼想法？」呂文明問李進賢，李進賢比呂文明和姬遠峰都小一歲，呂文明一直稱呼李進賢為小李。但姬遠峰一般稱李進賢

為進賢，姬遠峰和李進賢雖然暗中互相較勁，但因為都是研究生，一同進的單位，相互之間還是有比較多的共同話題，而且李進賢處事圓滑，姬遠峰並不討厭李進賢。

「呂哥，我還能有什麼想法，主要看呂哥、姬哥你兩了，呂哥你給小弟指點指點唄！」李進賢笑著說道。

「你這麼能幹，還需要我指點嗎！」呂文明笑著說道。

「呂哥，我覺得你這次的機會最大了，不但咱們科的科長職位你最有希望，而且另外一個科的科長職位你也有機會，他們科實在沒有競爭力的人選。」李進賢說道。

「要是領導這麼想就好了，不過我扒拉了一下，的確像你說的，咱們處兩個科有競爭力的人選的確不多。」呂文明說道。

「老姬，我覺得你這次接替張工的機會最大。」呂文明對姬遠峰說道。

「小呂，你真會開玩笑，進賢呢，進賢可是海歸，怎麼也輪不到我。」姬遠峰說道。

「呂哥，姬哥，你兩就拿我開涮吧，小弟我只能跟著看兩位大哥喫剩下的殘羹冷炙了。」李進賢笑著說道。

「小呂，我說句實話，我覺得你最適合的崗位是科長，無論是咱們科的科長還是咱們處另外一個科的科長職位。小呂我說句你不樂意聽的話，你雖然現在是工程碩士，但競聘科級技術崗的人選都是碩士，進賢還是海歸碩士，雖然你業務能力很強，但現在比較看重學歷這個東西。而且小呂，你的特長是喝酒和工作協調，你當組長五年了，各方面關係理的都很順，管理工作做得很好，我要是你我這次肯定競聘科長崗位。至於咱們科的科級技術崗，說句不謙虛的話，我覺得主要在我和進賢之間競爭，不過進賢是海歸碩士，而且進賢在為人處世方面比我強，我覺得進賢的機會比我人一些，我只能盼著進賢早點更進一步，把他佔過的這個窩挪給我就好了。」姬遠峰說道。

「老姬你說的有道理，老姬你和小李都是碩士，工作纔五年，這

次就有這麼好的機會，不管你兩誰上去，以後機會肯定還有，我工作十年了纔有這次機會。」呂文明說道，可能酒已經喝多了，臉泛紅光。「來，喝一個！」呂文明接著說道，三個人一起舉杯飲酒。

「姬哥，你還真謙虛，科級技術崗把我放在你前面了，真抬舉我了，我和姬哥比起來差遠了，來，我敬姬哥一個。」李進賢說道。

「咱們和老姬一起喝吧！」呂文明插話道，三個人又一起舉杯喝酒。

「小呂、進賢，我知道當了科級幹部收入肯定比普通幹部多不少，要不不會人人都搶破頭去爭科級幹部的崗位，但收入明面上並不多多少啊，一年也就十多萬。如果淨搞些灰色收入一不是正大光明的事，二來也不是長久之計啊，不知道科級幹部怎麼撈錢呢？」姬遠峰說道。

「老姬，你真不知道還是假不知道，領導幹部撈錢的門道多的去了，除了明面上的，什麼承包兌現、風險抵押金、安全生產獎勵、綜合治理獎金，亂七八糟的加起來收入多得去了。比如風險抵押金，一個科級幹部交五萬，沒有出安全事故年終連本帶獎返十萬，無緣無故就掙五萬。咱們單位搞研究寫報告的，又不是下井作業，去現場至多拍幾張照片，有什麼風險，這五萬和撿錢有什麼區別。為什麼不讓普通幹部交風險抵押金呢，一年一個科級幹部怎麼也不弄他個三四十萬，處級幹部撈的那就更多了。這些都是研究院正式可見的收入，其他灰色收入那就誰也說不清了。」呂文明說道。

「你說的是科級行政幹部吧，科級技術崗位好像沒有這麼多吧！」姬遠峰說道。

「科級技術崗也少不了多少，只是科級技術崗沒有權力罷了，灰色收入少一些。」呂文明說道。

「來，咱哥三走一個！這酒半天也不下了。」呂文明舉著酒杯說道，姬遠峰幾個人又喝了一口，這時二兩半的酒杯第二杯快喝完了。姬遠峰已經感覺頭有點漲了，他心想，今天只有兩個同事，沒有領導，勸酒自己好拒絕，不會喝多的，一定要多堅持堅持，這是探呂文明、李進賢這兩位競爭對手話的好機會，自己怎麼也不能先退場了。

　　「就像小呂說的，當了科級幹部不僅收入高上去了，而且也有面子，走路身板都是直的了，在我看來如果橫過來佔的路面都寬了！」姬遠峰開玩笑道。

　　「那不成螃蟹了嗎！」呂文明接過姬遠峰的話頭說道，說完自己先哈哈大笑，姬遠峰和李進賢附和地也在笑。「何止是有面子，裡子也有了，面子裡子都有了！比如今晚這頓飯吧，如果我是科長，結賬的時間還用的著掏錢嗎，自己往椅子上一靠，服務員把賬單拿過來，恭恭敬敬地把筆遞過來，簽個字不就行了，還用的著吭嘰吭嘰從兜裡掏自己錢嗎！這不是面子嗎！簽字喫飯誰會簽自己的錢，那一次不是公款，這是裡子！如果外地的同學過來了，那纔叫有面子呢！」呂文明繼續說道。

　　「呂哥說的有道理，有道理，為了弟兄們早日喫飯能簽字，咱兄弟三個走一個！」李進賢恭維著呂文明並舉著酒杯提議道。

　　「走一個，咱兄弟三個為了早日簽字喫飯走一個！這次要深一點，不能一小口了！」姬遠峰附和道，呂文明、姬遠峰和李進賢一起舉杯喝酒。

　　「科長這次肯定是呂哥的了，我和姬哥誰去科級技術崗還都不一個樣，姬哥不但是名校研究生，還有一個好丈人，我只能等下次機會了。」李進賢笑著說道，呂文明聽了李進賢的話也會意地笑了。姬遠峰聽出來了，李進賢在套自己的話呢，姬遠峰聽到李進賢說道自己的岳父，心裡有些不高興，但在呂文明面前不好表現出來，他也不想接岳父的話題，怕說個沒完沒了。

　　「進賢，謝謝你的吉言。」姬遠峰說道，姬遠峰以自己名校研究生的身份，還有比李進賢多兩年設計院工作的經歷，他也不想在李進賢面前甘拜下風。「我覺得進賢你這次競聘要講究一點策略，咱們科的科長職位肯定是小呂的了，咱兩只能競爭科級技術崗和另外一個科的科長職位了，我知道自己斤兩，我的為人處世太欠缺了，幹活還稍微可以，我只能競聘科級技術崗了。但以進賢你的業務能力和交際行政能力，我覺得你幹另外一個科的科長也綽綽有餘，他們科實在沒人，我知道你肯

定會競聘咱們科的科級技術崗，這樣咱兩擠一條獨木橋，有可能兩敗俱傷，你要是也競聘另外一個科的科長的話，到時間有可能領導調劑調劑，咱們三個人這次就一起全上去了，小呂當咱們科的科長，你幹另外一個科的科長，我幹幹咱們科的科級技術崗，你兩都是行政科長，我是個技術崗，你兩喫幹飯，我喝點湯。」姬遠峰說道。

聽了姬遠峰的話，李進賢還沒有說話呢，呂文明高興了，嘴巴咧的笑成了一朵花，「還是老姬老謀深算，小李，你一定要聽老姬的話，報名時一定也要報咱們處另一個科的科長職位，來，來，走一個！」呂文明舉著酒杯，三個人舉起酒杯又喝一口。

「姬哥，還是你屬害，小弟甘拜下風。」李進賢舉著酒杯恭維著姬遠峰，要和姬遠峰一起喝酒，但還是不吐露自己會競聘什麼崗位。姬遠峰心想，李進賢這小子城府還真深，一點自己的打算也不吐露，你那點小心思我還不明白，肯定逃不出我剛纔說的那樣，行政崗和技術崗都會報名競聘，只不過科長崗是報名自己科還是另外一個科還沒有定下來而已。自己雖然業務上比李進賢強一點，但和領導拉關係交際上的確比不過李進賢，他怕李進賢將全部精力集中到科級技術崗上，和自己競爭的太激烈。自己已經決定專攻科級技術崗了，給領導一個非此不可的氣勢，而且行政崗位的科長權力和好處比科級技術崗大多了，如果李進賢將精力更多地放在了科長崗位上，自己競爭的壓力就更小一點了，姬遠峰在心裡打著自己的小算盤。

「呂哥、姬哥，咱哥三在這喝點小酒，合計的挺好，但就怕半路殺出個程咬金啊，以前都說外賊好防，家賊難防，這年頭都成了家賊好防，程咬金難防了啊！上次不就是半路跳出個程咬金，壞了呂哥的好事。」李進賢說道。

呂文明聽了這話，剛纔還笑成一朵花的臉色忽地變了，把酒杯往桌子上一頓，剩下的酒撒出來大半。「媽的，再他媽跳出來個程咬金老子不幹了！媽的，全他媽的程咬金！別人都是他媽的程咬金，老子什麼時間纔能當程咬金呢！」姬遠峰看到呂文明突然就生氣了。

　　「小呂，別激動！別激動！進賢說的是假設而已，程咬金佔你的職位已經一次了，還能有第二次嗎！那他媽地也太不地道了！」姬遠峰繼續刺激著呂文明，李進賢在看著姬遠峰，姬遠峰知道李進賢在看戲呢，心裡暗罵，李進賢這小子纔真是個人才，把話頭挑起來後竟然在看戲，以後對這小子要多防著點。

　　「老姬、小李，我今天把話撂在這兒，這次如果還他媽的真有程咬金，老子真就不幹了，老子出去在那他媽的混不了個一官半職，在這伺候領導都已經十年了，還他媽的混不成個科長，我真他媽的瞎了眼了！」呂文明說道。姬遠峰心想，這呂文明不知道是書讀得少了點，還是城府本來就淺，這麼快就被點炸了，比起李進賢差遠了。自己今晚一晚上了也沒有套出李進賢半句話來，呂文明不僅覺得科長職位就是他的了，還把這樣的狠話說了出來，這世道程咬金可真不少，如果真有個一差二錯，也不給自己留點退路，也不怕自己和李進賢把這話漏出去。上次張工成了科級技術崗，有段時間呂文明對韋處長就有點負氣，覺得張工是韋處長的人，韋處長已經對他有點不滿意了，後來是不是他岳父指點了還怎麼了，又好好幹活，巴結領導了，這小子看來成不了大器。

　　姬遠峰知道不能再刺激呂文明了，再刺激還不知道他會怎麼樣了，他看到呂文明剛纔把酒杯裡的酒頓出來不少，姬遠峰對著服務員說道，「給我們呂工把酒倒上吧！」姬遠峰早看到呂文明剛纔把酒灑出了大半，但他不願意給呂文明倒酒。

　　服務員拿著酒瓶過來了，但先給靠近門口的姬遠峰和李進賢倒酒，給姬遠峰倒了半杯了還沒有停住的意思，姬遠峰知道自己已經喝了半斤了，已經到量了，再喝會挺不住的，呂文明和李進賢都有一斤的酒量，自己喝酒根本抵不住這兩位。姬遠峰趕忙攔住，「行了，行了，半杯就行！」服務員停住了，呂文明眼睛直直地盯著服務員，姬遠峰明白了，呂文明對服務員沒有首先給他倒酒有點不高興了。

　　「倒滿！倒滿！那有喝半杯的道理！」這次呂文明和李進賢同時說話了。

「半杯就行！半杯就行！我就這量，你兩誰還不知道！我那能和你兩個行政人才比！」姬遠峰護住酒杯說道。

「姬哥，別謙虛了，咱哥三難得聚一次，就別謙虛了！」李進賢邊說邊把姬遠峰的酒杯搶了過去，讓服務員倒滿了酒，服務員又給靠近自己的李進賢倒滿了酒，最後給呂文明倒滿了酒杯。給李進賢倒酒時呂文明一直盯著這個年輕的女服務員，姬遠峰知道呂文明對這個服務員更不滿了。

「酒倒滿了，咱兄弟三個再喝一口！」李進賢說道，三人又喝酒一口。姬遠峰開始感覺腦袋漲的厲害了，他心想壞事了，今晚自己這不爭氣的酒量又要壞自己的計劃了。

「哎，服務員，水杯裡早就沒水了，妳也不添滿！」呂文明對著服務員說道，姬遠峰知道呂文明開始給服務員找茬了。

「我來倒，我來！」李進賢站起來拿起了桌子上的茶壺。

「小李，你坐下，讓服務員倒！」呂文明說話了，服務員為難地站在那兒。

「還是我來倒吧，客人已經說話了！」服務員又從李進賢手裡接過了茶壺。

「讓妳倒茶，妳就倒這樣的茶水，這茶涼了妳不知道！」呂文明抿了一小口茶水後，指著茶杯對著服務員說道。

「對不起，我給您換一杯吧！」服務員漲紅了臉說道。

「不換一杯，還要讓我繼續喝嗎？這還用說嗎？」呂文明衝著服務員怒道。

「對不起，對不起，我現在就給您換熱水！」滿臉通紅的服務員從呂文明面前拿走了水杯，她把涼茶倒入了一個空杯子裡，添加了暖瓶裡的開水送給了呂文明，呂文明一直盯著服務員在操作。

「妳什麼意思？給我倒白開水！我茶水沒掏錢是嗎？妳懂不懂規矩？妳這服務員怎麼當的！去去去，去叫妳們老闆過來，妳這服務員怎麼回事情！」呂文明揮著手向那個年輕的女服務員說道，呂文明的聲音

整個小包間已經裝不下了。

門開了，一個當班的服務員領班進來了，「小李，怎麼回事情？」領班問道。

滿眼淚花的服務員站在一邊不啃聲，「妳問問妳們的服務員，懂不懂規矩，給客人倒涼茶，讓換熱茶竟然給我倒杯白開水，我茶水沒掏錢是嗎？」呂文明衝著服務員領班嚷道。

「對不起，對不起，小李妳出去吧，這裡我來吧！我重新給您沏壺熱茶。」滿眼淚花的服務員轉身出了包間，領班提著茶壺也出了包間去沏茶了。

「呂哥，別生氣，犯不著，犯不著，兄弟出來喫飯的，小姑娘不懂事，咱兄弟喝一個，喝一個！」李進賢說道。

「對，對，小呂，別生氣了，咱兄弟喝酒！」姬遠峰有點後悔了，自己只想刺激刺激呂文明，沒想到呂文明把氣撒到了服務員身上。他們三人又喝酒一口，姬遠峰感覺自己快頂不住了，有吐的感覺。

「你兩先聊著，我去趟衛生間！」姬遠峰邊說邊出了包間，拐過轉角，他看到剛纔那個服務員正對著牆壁躲開她的同事在抹眼淚，姬遠峰有點過意不去了，都是自己惹得呂文明，要不然呂文明不會發火。

「小姑娘，別哭了，我同事喝多了，他喝多了就那樣！」姬遠峰對服務員說道，同時把手裡的面巾紙遞給服務員，那個服務員抬頭看了一眼姬遠峰，搖了搖頭。

「拿去吧！」姬遠峰說著再一次把面巾紙遞了過去，服務員看了一眼，還是搖了搖頭。

「拿著吧！」姬遠峰的手一直伸著沒有收回來，他又說道，那個服務員接住了，姬遠峰轉身去了衛生間。

在衛生間吐了一大口外，姬遠峰感覺胃裡好受多了，回到包廂，姬遠峰感覺頭漲得更厲害了。

「不行了！不行了！我不行了！我陪不住二位了，剛纔在衛生間吐了，我要撤了，再不撤我回不了家了！」姬遠峰對呂文明和李進賢說

道，他知道自己又喝多了，自己就半斤的量，今晚喝了快三杯了，自己能支持著回到家就不錯了。

「都回家吧！老姬我看真喝得有點多了！」呂文明說道，呂文明和李進賢都知道姬遠峰的酒量。

出了酒店門，冷風一吹，姬遠峰感覺更不妙了，「小呂、進賢，我不管你們了，我要走了，我真的頂不住了！」姬遠峰一邊說話一邊招手攔下了一輛出租車，上了車。

「姬哥，要我送你嗎？還行不？」李進賢手扒著車門問道。

「不用，不用，我還行，你快回家吧！」姬遠峰說道。「師傅，快走吧！」姬遠峰催促著出租車司機。

出租車到小區門口停下了，姬遠峰又想吐了，而且快忍不住了，「師傅，你這車門怎麼打開？」姬遠峰黑暗中摸了好幾把但沒有摸到開門的扳手。

「扳手被扳斷了，你等等，我給你開車門。」師傅說道。

「師傅，快點！快點！我忍不住了，我要吐了！」姬遠峰說道。

「忍著點！忍著點！別吐我車上！媽的！怎麼安全帶釦解不開呢！」司機師傅在手忙腳亂地解安全帶的釦。

「快點，師傅！」姬遠峰說完已經忍不住了，他一低頭吐在了後排腳底下，嘔吐物沾到了姬遠峰的腿上，惡臭瀰漫在車廂內。

「哎哎，你就不能忍一下嗎！看！看！都吐車上了，這麼冷的天，我怎麼洗車，怎麼跑生意呢！」司機師傅抱怨道。

「不好意思，不好意思，你的車門扳手也壞了，我一時半會也打不開車門，給你錢吧，你去洗洗車，補償一點你跑活的錢吧！」姬遠峰掏出一百圓錢給了司機師傅，他頭疼的厲害，步履也有點不穩了，姬遠峰急忙往家裡走去。

研究院年底科級幹部崗位競聘方案公佈了，自己科裡就如同呂文明說的的確是空出了兩個科級崗位，一個科長一個科級技術崗，處裡另外

一個科空出一個科長職位來，一個人可以報兩個職位，最後由研究院領導班子綜合考慮競聘結果集體研究決定，評委沒有業務處的領導，全部是研究院領導和機關處室的幾個處長。

　　姬遠峰心裡盤算著，這次自己報名什麼崗位呢，怎麼做競聘材料呢，主要競爭對手是誰呢？自己性格特點決定了科長職位可能性微乎其微，而且呂文明當組長五年了，雖然呂文明技術能力一般，但相比較而言自己沒有基層管理經驗，那就專攻科級技術崗，只報自己科科級技術崗就行了，給領導一個志在必得的氣勢。呂文明志大才疏，肯定要去競聘科長，其實呂文明行政能力並不比李進賢強，呂文明的第一學歷只是個普通高校的本科，自己和李進賢來研究院工作五年以來業務上已經遠超過呂文明了，呂文明即使競聘科級技術崗也沒有任何優勢，即使他報名競聘科級技術崗自己也有優勢。自己競聘科級技術崗的主要競爭對手是李進賢，這小子處事圓滑，城府深心眼活，至今也沒有吐露競聘什麼崗位，但李進賢肯定會採用雙保險，科長和科級技術崗都會報名競聘。而且這小子極會宣傳，他留學的國外大學其實是一個極普通的大學，在當地完全排不上號，但他利用國內崇洋媚外的心態，每次都會大作文章。自己這次競聘材料上要給這小子一點顏色，怎麼做纔能不露痕跡地打壓一下李進賢的留學經歷呢？對了，自己的研究院一如所有國有企業一樣，保守而思想落後，業務不要說國外了，其實在集團外開展的幾乎沒有，這次競聘材料自己主要要突出研究院工作扎根集團內部，服務集團發展大戰略這一點上面來，這是實際的工作。也突出自己在電力設計院兩年設計工作的經歷，把自己參與五百千伏高壓直流輸電和七百五十千伏超高壓交流輸電項目的經歷誇大一點，突出自己也有參與過國家大型重點項目的經歷。再重點突出自己的外語能力不弱，英語過了六級，經常跟蹤國際上前沿技術的發展趨勢，再把自己以前寫報告時間偶爾作為參考文獻的英文文獻全文下載下來，作為匯報材料的一部分，唬唬這些研究院的領導，順勢把李進賢的優勢抵消掉。姬遠峰用心地做好自己匯報的幻燈片材料，他對自己的競聘思路和材料都比較滿意，心裡盤算

著，這次如果不出意外的話，科級技術崗的把握還是比較大的。

競聘現場先後匯報順序抽籤公佈了，果然如姬遠峰所料，呂文明報名了本處的兩個科長職位，李進賢報名了自己科的科級技術崗和另外一個科的科長職位。但姬遠峰最擔心的事情發生了，他看到研究院另外一個處一個工作十年的本科生也參與競聘自己科的科級技術崗，這個本科生的匯報次序很靠後。那個本科生與姬遠峰交集很少，姬遠峰只知道是個子弟，一起在研究院作項目展示時知道這個小伙子的能力平平，口齒也不太利索。但姬遠峰已經來單位工作五年了，他知道這些其貌不揚，往往在競聘現場意想不到地冒出來的子弟就是程咬金。李進賢也看到了，他湊到姬遠峰跟前，「那小子什麼親屬是什麼領導，一個本科生來外處競聘科級技術崗！」李進賢問姬遠峰。姬遠峰搖搖頭，「我和你一樣的疑問。」姬遠峰回道。「媽的，看來又是一個程咬金。」李進賢悄悄地罵了一句。一股不祥的預感襲上姬遠峰的心頭，姬遠峰有點後悔沒有也報自己處另一個科科長的職位了，或者和自己專業相近的其他處的科級技術崗了，自己可能會被一棵樹吊死的，「媽的，程咬金真她媽的多！」姬遠峰心裡暗暗罵道。

姬遠峰的匯報結束了，姬遠峰對自己的匯報還比較滿意，評委在提問，「你就是姬遠峰？二零零五年來研究院工作的？」一位姬遠峰從未打過交道的寇副院長提問了，說完露出微微一笑，笑容隨即消失了，坐在他身旁的人事處安處長低頭和寇副院長在交耳。

「是的，寇院長！我是二零零五年來研究院工作的，不過我在上研究生之前在一家電力設計院工作過兩年。」姬遠峰補充多說了一句，他感覺寇副院長的提問是不覺得自己工作年限比較短，所以加了這麼一句。那個寇副院長雖然是笑了一下，姬遠峰卻感到了一絲冷氣，姬遠峰思索著，和自己發生過衝突的安處長和寇副院長在說什麼？自己一直不知道因為宿舍而發生衝突的那位民工背後的人物是誰，是不是就是這位寇副院長，他在競聘現場為什麼衝著和他從無交集的自己微微一笑？剛纔安處長在和寇副院長交耳在說什麼？在說自己的岳父是誰嗎？難道是

要重點關照自己嗎？姬遠峰心裡七上八下，不停地犯著嘀咕。

「你是交通大學畢業的研究生？以前在電力設計院工作過兩年？」寇副院長問道。

「是的，寇院長！」

「咱們集團一號發電廠就是你以前工作的電力設計院設計的，你知道嗎？你參與了嗎？」寇副院長繼續問道。

「咱們集團一號發電廠是我以前工作的設計院設計的我知道，但我在變電部門，從事變電所的設計，一號發電廠的設計我沒有參與。」姬遠峰回答完畢後覺得和自己現在主要從事的發電廠評估的業務有點區別，「發電廠的電氣部分和高壓變電所其實是一樣的，我的專業是電力系統，對整個發電廠都熟悉。」姬遠峰急忙補充了一句。

姬遠峰的匯報結束了，他等著看競聘自己科科級技術崗的那個本科生的匯報，姬遠峰發現這個本科生匯報的內容和電力處的工作有點不搭邊。姬遠峰心想這個本科生本來就不是自己處的，只是相關，也可以理解，只是匯報的水平太差了，和以前見到的一樣，思路不清，磕磕絆絆地匯報結束了。但姬遠峰知道越是這樣的人越是自己的攔路虎，他心想，除非出現奇跡，自己被領導綜合考量後調整到其他處相關的科級技術崗上，但這樣的可能性並不大，看來這次費盡心機和心思的競聘十有八九是失敗了。

「媽的，程咬金真他媽的多！」回到家裡姬遠峰對張秀莉憤憤地罵道。

「小峰，別灰心，等等看你們研究院會不會把你調到其他處的科級技術崗上，你競爭不過那個本科生。」張秀莉說道。

「妳怎麼什麼都知道？我還沒有說那個本科生呢！」姬遠峰疑惑地看著張秀莉說道。

「我在你們單位人事處工作過，你們單位也有我那麼多子弟同學，我當然什麼都知道了。」

「妳既然知道有那個本科生，那妳為什麼不提前告訴我，讓我也好有個兩手準備，妳這也太不像話了吧！」姬遠峰生氣地對著張秀莉說道。

「小峰，你先別生氣，聽我把話說完，那個本科生是臨時插隊，我要是提前知道了我還能不給你說嗎！」

「妳說的臨時插隊是怎麼回事情？」姬遠峰問道。

「那個本科生本來是競聘他們處的職位的，往你們單位人事處報名的時間也是報的他們處的職位，臨抽籤時研究院領導覺得他的那個處人太多了，就臨時調到你們處了，那時間你們單位報名也早結束了，告訴你也沒有用了，就沒有告訴你。」張秀莉回道。

「怪不得那小子匯報次序那麼靠後，看來抽籤次序也是假的了！」姬遠峰說道。

「應該是吧！不會有那麼巧的事吧！好讓那個本科生有時間改匯報材料吧！」

「媽的，都他媽的一群王八蛋！」姬遠峰罵了一句。「那個本科生是什麼來頭？」姬遠峰問張秀莉。

「他叔叔是集團公司一個局的領導。」

「又他媽的一個王八蛋！在中國王八蛋盡生程咬金了！」姬遠峰又罵了一句。

「小峰，別生氣了，在咱們集團公司就這樣，你這還是第一次，有的人還不止一次呢，你還年輕，以後有的是機會！」張秀莉安慰著姬遠峰。

「一次已經夠讓人生氣的了，還想有第二次！」姬遠峰終於理解了呂文明為什麼生那麼大的氣了。

競聘結果還沒有公示呢，姬遠峰想向呂文明、李進賢打探打探消息，他兩交際廣人脈廣，但看到他兩神秘兮兮的樣子，姬遠峰打消了這個念頭，競聘結果公示之前他兩不會告訴自己任何消息的。一天早晨，

柴書記打電話把姬遠峰叫到了他的辦公室。

「小姬，坐！」柴書記客氣道，姬遠峰坐了下來。

「小姬，那天競聘匯報表現不錯。」柴書記說道，姬遠峰明白了，這次競聘連調整到其他處科級技術崗上的希望也破滅了，今天柴書記給自己做思想工作來了，如果調整到其他處的科級技術崗上會直接等公示結果，不會提前談話了。

「謝謝柴書記，這也是我來研究院工作五年來書記您提攜幫助的結果。」姬遠峰說道。

柴書記微微笑了一下，「小姬，你這次競聘雖然表現不錯，但你知道，既然是競聘就有成功和不成功兩種可能，你應該有這個心理準備吧！」

「書記，您說的對，我都工作七年了，來咱們單位也五年了，看其他同事參加競聘也好幾次了，這個道理還是懂的，談戀愛也很少有一次成功的！」姬遠峰故做輕鬆地說道。

柴書記聽了笑了起來，「那我就放心了，我還擔心你有點想不通呢，剛纔和呂文明談話他情緒就挺激動。」姬遠峰聽了心中稍微舒服了一點，看來呂文明這次也失敗了。不過呂文明失敗了，那誰會是自己科的科長呢，李進賢沒有報名競聘自己科科長的職位，那會是誰呢？這時間姬遠峰只想知道李進賢這次競聘是否成功了，無論是成為另外一個科的科長還是自己科的科級技術崗，都讓自己不舒服。但那個本科生肯定佔了自己科的科級技術崗，李進賢如果成功了只能是自己處另外一個科的科長職位。李進賢這小子城府太深了，暗中活動能力太強了，當時他報名競聘另外一個科的科長看來是有深意的，那個科有競爭力的人太少了，姬遠峰有點後悔當初鼓動李進賢競聘那個科長職位而自己沒有競聘那個職位了。姬遠峰知道自己競聘失敗了，呂文明也失敗了，他只想李進賢也失敗了，姬遠峰覺得自己的心理真的很卑鄙，自己上學的時間只是盡自己的能力努力學習就是了，對學習好的同學從來不妒忌，怎麼上班了心態一下子就變了呢？

「柴書記，聽您這麼說那誰會是我們處的兩個科的科長呢？」姬遠峰試探著問柴書記，其實他只想知道李進賢是否成功了。

「這個不能說，公示結果出來就知道了。」柴書記笑著說道。

「柴書記，我猜我競聘的科級技術崗最後應該是那個本科生吧！」

柴書記點點頭，「小姬，我知道你對這次競聘結果肯定有看法，但國企有國企自身的特色，就像咱們研究院，領導在人事上考慮的因素很多，不僅僅要考慮業務能力，也要考慮到其他因素，尤其是上下級之間的關係，在國企上級領導的支持是很重要的。」柴書記說道。

「柴書記，這個我明白。」

「小姬，別灰心，你還年輕，機會還會有的，這不就有一個機會了。研究院很快有一個交通專業工程碩士的培養計劃，到時間你報名吧，你是正規碩士，我怕你到時間不報名，方案還沒有出來，我只能給你說這麼多，出去千萬不要跟同事說，方案還沒有出來呢！」柴書記說道。

「謝謝您，柴書記！」

姬遠峰從柴書記辦公室走了出來，他心裡在想，自己已經是正規的工學碩士研究生了，柴書記提醒自己報名一個交通專業的工程碩士是什麼意思呢，難道會為自己量身打造一個陞遷的機會？自己有這麼大的面子嗎？難道這就是《圍城》裡寫的給拉磨的驢面前拴一個胡蘿蔔的把戲嗎？鼓動自己幹活而已。研究院裡有好多這樣的同事，年紀輕輕的能力也有，只要沒有提拔的希望了就整天混日子了，不好好幹活。姬遠峰心裡還惦記著柴書記是否也和李進賢談話了，自己也別去李進賢那兒打探消息去了，李進賢這小子城府太深了，可能什麼也打探不出來，反而讓他從自己嘴裡套出點什麼東西去。

競聘結果公示了，姬遠峰、呂文明、李進賢三個人競聘都失敗了，自己科的科長是一位外單位調來的高科長——一個酒鬼，聽說在原來單位工作捅了婁子，換個單位繼續來當科長了。那個本科生成了自己科的

科級技術崗，自己處另外一個科的科長在他們科內部產生。

中午喫過午飯，李進賢把姬遠峰叫到了他的辦公室，他的辦公室另外一個同事中午回家了。

「姬哥，我已經遞交辭職申請了，呂文明也遞交辭職申請了。」李進賢開門見山說道。

「真的？你兩同時辭職！你倆商量好的嗎？怪不得呂文明這幾天一副大爺樣，連柴書記韋處長也愛理不理的樣子，原來這樣。」姬遠峰說道。

「我會和他商量！」李進賢露出一副鄙夷的表情。「真不知道深淺，現在就牛起來了，也不怕辭職手續不好辦！」李進賢繼續說道。

「公示前柴書記找我談話的時間說到他已經跟呂文明談過話了，我知道呂文明也失敗了，但柴書記沒有說跟你談話，我還以為你成功了呢，等著喝酒祝賀你呢！」姬遠峰說道。

「姬哥都沒有戲還能輪到我！」李進賢又打起了太極。

「現在競聘全是假的，那個本科生關係太厲害了，咱兩的碩士生，你的留學生在關係面前真是一文不值。」姬遠峰說道。

「誰說不是呢！姬哥，你怎麼也沒有拼過那個本科生呢？你岳父沒有給你使勁？」李進賢說道。

「我岳父只是個處長，誰讓本科生那小子親戚是局長呢，還是官不夠大啊！你競聘前沒有找找關係？」雖然李進賢說道了自己的岳父，姬遠峰心裡不高興，但他不想打斷這個話題，免得李進賢什麼話也不說了。

「不找關係怎麼可能呢！我看姬哥你一心競聘科級技術崗，我就專心競聘另外一個科的科長去了，報名的時間順帶報上咱們科的科級技術崗，事先也找關係了，但你知道的，我又不是子弟，拐來拐去的，關係還是不夠硬，結果啥也沒撈著。」姬遠峰明白了，不管什麼競聘事先都要找關係。自己雖然沒有找關係，但岳父不知道對自己什麼地方不滿意，可能答謝喜宴儀式上沒有讓張秀莉穿婚紗，答謝喜宴上改口環節自

己不高興的情緒被發覺了。也可能自己平常不去岳父家讓他不高興了，看起來岳父這次在自己的競聘上並沒有出力，好讓自己知道他的份量。否則阻止那小子調到自己處裡來競聘，自己這次競聘不就成功了。不過這樣也好，爸爸都對自己的工作都不干涉了，自己寧願競聘失敗也不會讓岳父插手自己的工作，免得自己一個女婿成了兒子似的聽他擺佈，兒子還敢頂撞老子，女婿成了兒子連頂撞的權利都沒有了，自己纔不願意受人擺佈呢。

「進賢，你比我還小，這幾年工作積累也不少了，尤其是和領導關係的相處上更是有積累，辭職了多可惜，說不定下次就有機會了呢。」姬遠峰說道。

「姬哥，我已經競聘兩次了，那次不是失敗在關係上了，第一次和呂文明競聘科級技術崗就找人了，其實呂文明一點機會都沒有，他老丈人也只是個科級幹部，競聘科級幹部找不到處級、局級領導相當於沒有找，誰想到被張工搶去了。我是看清楚了，在咱們單位除了關係啥也不好使，我不想耽誤下去了。」聽了李進賢的話姬遠峰越發感歎李進賢的城府與心機了，原來這小子第一次競聘就有自己的小算盤，憑藉著他的留學經歷和研究生學歷把科裡的科級技術崗拿到手，自己太笨了，自己當時只覺得在研究院只工作了三年，資歷太淺了，其實自己加上研究院的兩年工作時間，自己已經工作五年了，而且還是研究生學歷，比起呂文明已經不差什麼了，自己當時為什麼就沒有想到這一點呢。姬遠峰也暗自慶幸李進賢第一次競聘沒有成功，否則自己多後悔沒有參加那次的競聘了。

「這競聘一公示你就辭職，那說明你以前肯定有聯繫的差不多的單位了！以你的性格你不會新工作沒有著落之前就遞交辭職申請的。」姬遠峰說道。

李進賢笑了一下，「還是姬哥聰明，我平時工作的時間就和其他單位就有聯繫，否則不會貿然辭職的。」姬遠峰明白了，李進賢這小子平常就心猿意馬，給自己留著後路，這次競聘失敗了只是堅定了他辭職的

決心，不過自己和他也一樣，也曾偷偷地應聘過南方核電公司，彼此彼此而已。

「那你媳婦和家呢？」姬遠峰知道李進賢的妻子也在集團內工作，家也在當地，他想知道李進賢是否舉家辭職。

「媳婦還不能動，還有孩子呢，兩個人同時換工作風險太大了。」李進賢說道。

「哦，你覺得辭職手續好辦嗎？」姬遠峰問道。

「我已經找過人了，也送了禮了，應該能辦出來，不過人家也告訴我了，像我這樣的非子弟，即使送了禮，也找對人了，也要到明年底藉著清理人事關係給我辦出來，咱們集團好多非職工子弟辭職單位就是不給辦手續，只好什麼也不要了裸辭。」

「什麼世道，辭職也要找關係送禮！我都有點羨慕你了，多牛叉，此地不留爺，自有留爺處，也跟單位牛叉一把！」姬遠峰說道。

「姬哥，別開玩笑了，我哪能和你比呢，你有老丈人罩著，陞遷是遲早的事，我是迫不得已纔出此下策啊，誰願意撇家捨業把工作五六年積累下的關係人脈扔了辭職呢！」李進賢說道。

一七

姬遠峰惦記著的交通專業工程碩士的培養方案出來了，奇怪的是這是單獨下達的僅有一個指標的方案，與通常一次三四名左右的方案不一樣，且報名條件苛刻，要求第一學歷是九八五高校的本科或者碩士研究生，工作年限須滿五年。學校是一所著名的九八五大學，學校在直轄市。姬遠峰掐著指頭算了算，全研究院符合條件的也不多。姬遠峰也打聽出來了，原來研究院計劃開展交通項目的工作，會在一個處裡成立一個新的科室，科長這樣的行政幹部研究院多的是，但缺少交通專業的幹部充當技術負責人。研究院以前從來沒有開展過交通業務，不要說名牌高校的交通專業的碩士研究生，就連本科生也沒有，所以纔臨時下達了

一個交通專業的工程碩士名額。姬遠峰覺得自己不是子弟，經過剛過去的競聘經歷，他覺得自己希望不大，但柴書記已經暗示過自己了，他還是報名了，讓他感到意外的是這個惟一的名額竟然給了他。姬遠峰心想，為什麼會把惟一的一個名額給自己呢，研究院子弟本科生多的是，大家都盯著呢！難道是出於穩定隊伍的考慮？自己科因為這次競聘一下子走了兩個業務骨幹，自己再辭職一是名聲不好，二是缺少幹活的主力了？可能是吧。這個名額是為即將新設立的交通科量身打造的，只要上了這個工程碩士，那麼新成立的交通科的科級技術崗肯定就是這個人的了，先試運行一段時間，有了經驗了再正式開展工作，到時間這個工程碩士也讀出來了，可以名正言順地申請相關資質。

不用想那麼多了，看來這是自己的一個機會，姬遠峰又一次看到了科級技術崗好像在向他招手，競聘失敗的洩氣勁被沖散了，他開始認真複習備考了。時間緊迫，姬遠峰不得已只能熬夜了，學習對姬遠峰從來不是什麼困難事，他輕鬆地通過了全國統考。今天他去這所著名的九八五高校面試，校園環境優美，一個漂亮的湖泊裡叢叢蘆葦在微風中搖曳，有魚兒不時躍出水面，漣漪從湖中散開，湖邊的林蔭道上三三兩兩的學生情侶或漫步或在長椅上倚偎著交耳傾訴著情話。

姬遠峰去見了自己的導師，一個著名的交通專業的教授博導，交通專業的一門主要專業教材就是由他編著。導師和藹可親，問了一下姬遠峰已經是研究生了為什麼還要來上工程碩士，姬遠峰只說是單位安排的。導師讓他的一名研究生帶著姬遠峰去參觀了設立在這個大學的交通專業的國家重點實驗室。沒有了和領導相處的謹小慎微與察言觀色，沒有了與同事相處的爾虞我詐與勾心鬥角，姬遠峰仿佛又回到了學生時代，他的心情不錯。

姬遠峰現在去面試，面試他的是研究生院李院長。姬遠峰有點納悶，怎麼這次的面試安排次序有點顛倒了呢，自己已經去學院註冊了，也見過導師面了，都已經定下來了怎麼還要去面試呢。姬遠峰以為和導師見面就是面試，見導師時導師告訴姬遠峰研究生院院長還要面試，這

不就是走形式了嗎？自己研究生畢業五年了，難道大學也變得越來越形式主義了？姬遠峰去了一棟古色古香的辦公大樓，在一間寬敞明亮的辦公室裡研究生院李院長面試了姬遠峰。

「你叫姬遠峰？來自天峰能源集團公司研究院？」李院長問道。

「是的，李院長。」

「我看你已經是交通大學的工學碩士了，專業是電力系統自動化，怎麼又來上一個和自己專業毫不相關的工程碩士呢？」李院長說道。

「這是單位的安排，具體情況我也不太清楚。」姬遠峰回答道。

「朱正清是你們研究院的院長是嗎？」李院長突然問了一個和面試毫無關係的問題。

「是的，他是我們研究院的院長！」姬遠峰回答道。

「你們研究院是個什麼級別的單位？」姬遠峰聽出來了，研究生院李院長對自己的單位更感興趣。

「我們研究院是一個副廳級單位，但院長是正廳級幹部。」姬遠峰回答道。

「你們朱院長是我的大學同學。」李院長說道。

「哦！」

「工作了複習考試比較辛苦吧！」李院長說道。

「是的，李院長，由於不脫產，要幹工作，也有了孩子，孩子還小，工作家庭都比較拖累，複習是比較辛苦一點。」姬遠峰回答道。

「你們朱院長也是客氣，他打個招呼不就行了，還用的著複習考試嗎，直接過來上不就行了。」李院長說道。

「哦！」姬遠峰聽了楞了一下，他不知道如何回應研究生院院長的話，加上設計院的兩年，自己已經工作七年了，這個社會總是讓自己認不清呢！工程碩士是只需要給一個學院院長打個招呼就能上的嗎？自己可是捨棄陪伴孩子媳婦的時間認認真真複習參加國家考試纔來上的，而且這是一所全國著名的九八五高校。聽了這句話，姬遠峰感覺這個工程碩士原來輕賤的如鴻毛一樣。

　　二零一一年秋季開學了，姬遠峰去學校報到，他去讀自己辛苦考上的那個工程碩士去。姬遠峰事先已經和學校聯繫好了，這次的學習不脫產，到學校後集中授課一個月，這符合姬遠峰的心意，他不想脫產，一是如果脫產學習兩年的話，影響收入，他更擔心在脫產期間即將新設的交通專業的科級技術崗被人搶了先，再者長期脫產在學校學習，他也想自己的孩子和張秀莉。

　　令姬遠峰感到意外的是，學校告知以前答應的宿舍因為擴招學生，不能為工程碩士提供了，需要自己租房子或者住賓館。再者，交通專業的工程碩士太少了，專業課只能跟著本科生或者研究生上。公共基礎課則集中授課，考慮到大多數工程碩士是不脫產學習，平常沒有時間，集中授課時間只能集中在節假日。姬遠峰很惱火，怎麼說好的一切都變了呢？沒有宿舍自己只能租房子或住賓館，直轄市的房租和賓館費用並不低，這個費用研究院肯定不給報銷。公共基礎課授課時間改在了節假日更令姬遠峰反感，姬遠峰對自己的個人時間看的很重，節假日他要陪孩子出門玩，他還要看自己的書。姬遠峰抱著一絲希望去找研究院教學秘書，問能否用自己工學碩士的公共課成績代替這次工程碩士的公共課，教學秘書直接否決了，告訴姬遠峰從無先例。姬遠峰想如果利用自己研究院朱院長的私人關係去找面試自己的研究生院李院長的話說不定可以，工作八年的經歷告訴姬遠峰在中國許多事情都可以變通，只要領導一句話就可以了。但自己來研究院工作六年了，和研究院的朱院長也沒有說過幾句話，自己不可能請求朱院長幫忙，即使自己岳父是研究院院長自己也不會請他幫忙的。姬遠峰去找了自己的導師，導師爽快地答應了專業課他可以給學院上課的老師打個招呼，自學就可以，按時把作業提交了，來考試通過就可以了，但公共基礎課是其他學院開設的，他無能為力。

　　姬遠峰只好去學校旁邊住到了賓館裡，上了十天集中授課的公共基礎課，課程安排的很緊張很緊湊，從早晨一直上到晚上，上的內容太

多了，上一整天課後姬遠峰感覺到頭昏腦漲。姬遠峰發現自己竟然不愛學習了，回到賓館一點做作業的興趣也沒有，他乾脆不做了。晚上下課後張秀莉會給自己打個電話或者姬遠峰給張秀莉打個電話，讓孩子在電話裡和姬遠峰說幾句話，這讓姬遠峰更想自己的孩子了。沒有心思做作業的姬遠峰去了校園裡，想繞著湖散散步，但學生情侶太多了，在幽幽的路燈下在長椅上纏綿傾訴，孤身一人的姬遠峰覺得自己打擾了這些情侶、破壞了這裡曖昧甜馨的氣氛，他更應該去操場上散步，操場上也有一起跑步的學生情侶。回到賓館，姬遠峰知道這麼晚了張秀莉已經陪著孩子睡覺了，他不能打電話，姬遠峰無聊地看閒書直到睡覺。

　　上了十天公共基礎課後姬遠峰回到了單位，二十天後十一假期到了，姬遠峰又返回了學校，繼續住賓館，繼續去上課，這次又要集中上課十天時間。七天長假學生回家的旅遊的很多，校園裡冷清了許多，老師們三三兩兩的一家三口出門旅遊的情形令姬遠峰更加想念自己的孩子和張秀莉了。如果自己不來上工程碩士，或許趁著這個假期會帶著孩子和張秀莉回家看望一下自己的父母，姬遠峰過年一般不回爸爸媽媽家，一是春運火車票不好買，二是天寒地凍孩子路上受罪，三是自己家族太大，春節回家應酬太多了，姬遠峰有點躲的意思。姬遠峰平常都是夏季或者十一假期回家看望爸爸媽媽，但現在不能了，自己這個假期也不能帶著孩子出門玩了。姬遠峰知道自己已經是正規的工學碩士了，如果不是為了那個期許中的交通科的科級技術崗，自己纔不會報名來上這個給研究生院院長打個招呼就能來上的交通專業的工程碩士呢。

　　二零一一年年底到了，研究院又進行了科級幹部崗位調整，姬遠峰一直關心的新設的交通科的科長和科級技術崗都到崗了，但沒有經過競聘，科級技術崗竟然是一個工作八年的本科生，專業也毫不相干。姬遠峰知道這肯定又是一個領導的兒子或者親戚，果然和姬遠峰想的一樣，他是一個處長的兒子。為了防備被別人搶先，姬遠峰特意選擇了不脫產學習，結果還是有人搶先了，搶這個職位的人除了他父親是個處長以

外，姬遠峰看不出來比自己有任何優勢在哪裡，但這個本科生爸爸的處長職位與這個科級技術崗有任何關係嗎？自己是正規工學碩士，也正在讀交通專業的工程碩士，自己也工作八年了，資歷也有了。這令姬遠峰十分洩氣，也十分氣惱，姬遠峰心想柴書記或許會找自己做做思想工作或者安慰自己一下。但姬遠峰發現自己把自己看得太過重要了，這個職位沒有經過競聘，自己不是競聘者之一，也沒有任何人以任何方式明示或者暗示這個職位就是自己的，當然不會有任何人會給自己做思想工作或者安慰自己了。姬遠峰決定了，自己再也不會去那個全國著名的九八五高校了，雖然自己對那個全國重點交通實驗室還是有點興趣，但也不會去了。自己也不會和任何領導說起工程碩士這件事，直到領導找自己談話時自己再和領導說說這件事，自己會說自己已經是正式的工學碩士了，自己上工程碩士對個人和單位提高整體學歷水平沒有任何用處，而且好像單位對交通專業也用不上，自己那就別浪費單位的錢和自己的時間繼續去上這個工程碩士了。

姬遠峰也堅信了岳父對自己有不滿意的地方，這已經是第二次在自己的工作上不作為了，或許岳父等著自己去他面前低一次頭，請他幫忙照應自己的工作，自己纔不會給他低頭，從而欠岳父一個人情，也免得岳父摻和到自己的工作上，自己纔不願意成為寄人籬下的食客。

<h1 style="text-align:center">一八</h1>

二零一一年年底了，今天為數碼相機姬遠峰被呂文明刺激了，他決定盡快為自己購置一套數碼單反相機，自己會找個時機看張秀莉高興的時間說自己又要花錢買相機了。姬遠峰幾年前就對攝影感興趣了，去年他打算為自己購置一套數碼照相機和鏡頭，他給張秀莉說了要花兩萬塊錢買套數碼單反相機。但姬遠峰對小時候見過的膠片相機念念不忘，研究來研究去沒有忍住把兩萬塊錢全買了國產的進口的老式的膠片相機十來個，結果兩萬塊錢全花了。姬遠峰不好意思給張秀莉說還要花錢再買

數碼相機，他想自己組裡的數碼單反相機平時也閒著，他有次去過現場後就放在了自己辦公室裡，有同事去現場隨時拿去用就行，周末自己帶回家四處出去練練手。今天呂文明來到了姬遠峰的辦公室。

「老姬，組裡的數碼相機在你這兒嗎？」呂文明問道。

「在我這兒。」姬遠峰回道。

「你最近去現場嗎？」呂文明問道。

「不去。」

「那把數碼相機給我吧，放我那兒吧！」呂文明說道。

「小呂，你要去現場？」姬遠峰問道，呂文明和李進賢已經於去年年底提交辭職申請了，但單位一直拖著不給辦理手續，他兩也不好好上班，單位也不給安排活，他兩幾乎一年都沒有去過現場了。而且姬遠峰私下已經探聽出來了，他兩都找過關係今年年底都會辦理好辭職手續，更不會去現場了。

「你不用暫時放我這兒吧，我這段時間想學習攝影，周末拿出去練練手。」姬遠峰說道。

聽了姬遠峰的這句話，呂文明露出了微微的笑容，姬遠峰有點納悶，這有什麼好笑的！「老姬，數碼相機快門是有壽命的，大概二十萬次左右，你練手耗費相機快門次數的哦，一個周末得用好幾百次快門吧！」呂文明對姬遠峰說道。

聽了呂文明這句話姬遠峰纔意識到原來自己佔單位便宜了，自己當時用單位單反數碼相機練習攝影的確沒有想到這是佔單位便宜，自己一直公私分的很清楚，一點單位便宜都不願意佔。單位有專門的送水公司送桶裝礦泉水到辦公室當做飲用水，好多同事包括呂文明都要了水帶回家飲用，簽字時多簽一個字而已，自己從來沒有帶過一次。自己喜歡買書，但沒有一次藉著買資料的順風車給自己買過一本書，自己一直抱著公私分明的想法，沒想到不經意間竟然佔了單位的便宜。聽了呂文明的話，姬遠峰有點好笑了，一直公開佔單位便宜的呂文明竟然嫌自己用了單位數碼相機的快門，他笑著說，「小呂，剛好這個周末我有事不用

了，你拿去吧！」邊說邊從辦公桌櫃子裡拿了相機出來。

看到姬遠峰的笑，呂文明似乎反應了過來，忙說，「你學習攝影呢，放你這兒吧，我暫時也不用。」

「不用了，你拿去吧，我這個周末有事，而且我也在數碼相機店訂貨了，這一兩天就到貨了。」姬遠峰撒謊道。

呂文明有點尷尬地拿著相機走了。

星期六，看著張秀莉挺高興，姬遠峰對張秀莉說道，「媳婦，我最近要花兩萬塊錢。」

「你想買什麼，又準備購置大部頭的書嗎？」張秀莉問道。

「不，我這次不買書！媳婦！」姬遠峰笑著說道。

「你就直說你準備買什麼東西吧，一聲一個媳婦，每次花錢的時間你嘴巴就變甜了！」張秀莉笑著說道。

「媳婦，我想買個單反數碼相機。」姬遠峰嬉笑著說道。

「你不是已經花了兩萬塊買相機了嗎？」張秀莉說道。

「妳都知道的還裝著不知道，上次那兩萬塊我都買膠片相機了。」姬遠峰笑著說道。

「你的錢在你手裡，每次都是花的剩下了纔交給我存起來，我同不同意你都要花，問我幹什麼？」

「我是花剩下了纔交給妳保管的，但每次大額花錢都不是給妳要說的嘛，這是對妳的尊重啊！」姬遠峰笑著說道。

「哦，那你買就是了，不過我這次要囉嗦你兩句。」

「媳婦，我洗耳恭聽！」

「你說你買數碼相機要用兩萬塊錢，你就用了，結果你沒有買數碼相機，買回來一堆膠片相機，你說你買膠片相機，買一個兩個玩玩就行了，那玩意早就淘汰了，買個膠捲也要去網上買，洗個膠捲也要到網上去，來回郵費都比膠捲貴，你一下子買了十多個，兩萬塊一下子全花光了。買回來了也不愛惜，孩子拖著一個在地上玩，還讓我媽看到了，問

咱們家怎麼來那麼多古董相機。你還順帶著買了十個望遠鏡，怕我說你藏在一個紙箱子裡。」

「妳媽看到了就看到了，她管咱們家事幹嘛！孩子拖著玩的那是壞的，不能用了。」

「壞的不能用了你買回來幹什麼？」

「不是上當受騙了嘛！」姬遠峰笑著說道。

「你不是一直自詡聰明，自命不凡的要命，還能被騙了！」張秀莉笑著說道。

「馬失前蹄偶爾一次而已，諸葛亮還喫過敗仗呢！」

「那望遠鏡呢，你上了個外國網站一下子買回來十個，又怎麼說呢？」張秀莉笑著問道。

「妳怎麼知道我買了十個望遠鏡的？」姬遠峰笑著問道。

「你給孩子顯擺，讓孩子看遠處的東西的時間孩子知道了，有天你不在家孩子嚷著要玩望遠鏡，我說咱們家沒有望遠鏡，孩子說爸爸有，領著我去了你的書房，在一個紙箱子裡面竟然發現了十個望遠鏡。」

姬遠峰聽了笑了起來，「這個熊孩子，把我出賣了！」

「如果不是孩子找望遠鏡玩，我還不知道呢！」

「那是德國產的世界有名的蔡司望遠鏡，中國軍隊用的軍用望遠鏡就是仿的蔡司望遠鏡，我可是從國外買的原裝的老物件，有收藏價值的，我撿到漏了，現在新出的可貴了，而且望遠鏡沒有一個壞的，妳啥時間見孩子拖著我的望遠鏡玩了？」姬遠峰笑著說道。

「我說的是十個，你兩隻眼睛能看十個望遠鏡嗎？」

「不是還有妳的兩隻眼睛，孩子的兩隻眼睛呢嘛！」

「別打岔，我說你一下子買十個古董望遠鏡幹什麼？」

「不是沒有忍住嘛，不就是一次嘛！」

「不就是一次嗎！古董相機一下買十多個，就一次！望遠鏡一下又買十個，又就一次！你還想要多少個一次！」

「不想有也不敢有下一個再一次了！媳婦！」姬遠峰嬉笑著說道。

「還有，那次看到你買的望遠鏡，我對隔壁的小箱子也好奇，打開一看裡面竟然是幾塊包裹的嚴嚴實實的奇石，我知道值錢的玉石你買不起，你買的肯定是假的，你也別怕我說你了，你也別藏著了，還是拿出來擺在你書桌上吧，你已經買了我還能說什麼。」張秀莉說道。

聽了張秀莉的話姬遠峰笑了起來，「媳婦，還是你賢惠，那是我去巴林右旗旅遊的時間買的幾塊石頭，就像你說的，名貴的雞血石我買不起，我就買了幾塊便宜的伴生的凍石而已，就像你說的，不值錢的，但不是什麼假的石頭，我這點鑒別能力還是有的，早知道媳婦你這麼賢惠我就擺到書桌上了，省得我每次想欣賞一下都偷偷摸摸地像做賊一樣。」姬遠峰笑著說道。

「但你這幾塊石頭肯定也沒少花錢，如果真的不值錢你早就擺到書桌上了，也不怕我說了，是不是？」張秀莉得意地笑著說道。

「好吧，媳婦，這次算妳把我騙了！」姬遠峰笑著說道。

「我不是不讓你花錢，而且你花錢也是只給我說一下就花了，我也從來沒有攔擋過，但你買點有用的東西也行啊，玩玩的東西買一兩個玩玩就行了，一下子買了那麼多用不著的老東西幹什麼！」

「哦，媳婦，我知道了。」

「你光知道了有什麼用，你就會嘴上說知道了。」

「哦，媳婦，我知道了。」

「討厭，就會說我知道了。」

「哦，媳婦，我知道了。」

「討厭，洗碗去，中午喫飯的碗你還沒有洗呢！」

「哦，媳婦，我知道了。」

「你別走，我話還沒有說完呢！」

「哦，媳婦，請指示，我繼續洗耳恭聽！」姬遠峰笑著說道。

「你以後能少買點書嗎？你的書房已經都放不下了，佔了陽臺，佔了餐邊櫃，連孩子的書櫃都被你佔了一半了。」

「哦，媳婦，這可不好辦！」

「怎麼不好辦，你已經買了那麼多書了，夠你看的了，還買你打算放哪兒吧？」

「媳婦，買書就像妳們女人買衣服，那有說夠穿了就不買了的道理呢？妳也是看到喜歡的衣服就會買，沒有等到衣服全穿爛了纔買吧！」

「小峰，你又來了，你的歪理邪說總是那麼多！」

「這怎麼是歪理邪說呢！妳每次說不過我的時間總會說我說的是歪理邪說。」姬遠峰笑著說道。

「那你打算放到哪兒吧，家裡已經沒有地方放了。」

「不是還有孩子的臥室，咱兩睡覺的臥室，客廳嗎？」

「你還想把書放在這幾個地方，不行，絕對不行，這幾個地方你絕對不能佔！」張秀莉語氣肯定地說道。

「為什麼？」

「你的書只能放在你的書房裡，絕對不允許在書房以外的地方放！你佔了孩子書櫃和餐邊櫃已經佔了就算了，但不能繼續佔其他地方了。」張秀莉說道。

「為什麼？」

「孩子已經四歲了，很快上小學了，孩子要學習，要睡覺，你經常熬夜看書很晚，你去孩子屋子裡拿書還讓孩子睡覺不！孩子上學了還要放孩子的書櫃，孩子的臥室你絕對不允許佔。你的書也不能放在客廳裡，你不是不願意讓人知道你買這麼多書嗎，你放在客廳裡來個人就能看到，而且別人還會翻你的書，說不定還會借你的書。」

最後這句話說到了姬遠峰的心坎上，姬遠峰的確不願意讓別人知道自己買了一書房的書，而且還是與工作毫無關係的各類書，姬遠峰即使對自己的爸爸媽媽哥哥姐姐也沒有說過買書的事。而且他很不喜歡別人翻看他的書，更不願意把自己任何一本書借給別人。「那我只能往咱兩睡覺的大臥室放了」。姬遠峰說道。

「不可能，你敢放到我臥室看我不給你扔了！」張秀莉說道。

「妳敢！妳為什麼扔我書？」姬遠峰說道。

「因為我看見你那麼多書我就煩，堆的到處都是，你的書房放不下，你佔了陽臺，佔了餐邊櫃，還佔了孩子半個書櫃，我每次去陽臺晾個衣服都必須先用洗衣機甩乾了纔能晾，怕弄濕你的書，你佔了家中那麼多地方已經夠煩的了，現在還想佔我的臥室！」

「大臥室還有我的一半呢，為什麼不讓放呢？」

「不讓放，就是不讓放，看到你的書出了你的書房弄得家裡那麼亂我就煩！」

「妳炒股炒成了空氣，看不見了當然不煩了！」姬遠峰笑著說道。

「我……」張秀莉一時語結，「你試著放到我臥室看我敢不敢扔回你書房裡去！」

「那我還是算了吧，媳婦的權威我可不敢侵犯！」姬遠峰嬉笑著說道，他繼續說，「媳婦，我不就買了幾本書，你整天嚷嚷什麼！」

「幾本書！你買書把一輛車買沒了吧？」

「妳炒股把一百輛車炒沒了！」姬遠峰說道。

「哪有一百輛車，至多也就一輛車！」張秀莉說道。

「我說的是自行車！」

「那也沒有影響到騎車鍛煉，你缺錢買自行車了嗎！我說什麼了嗎！」

「那妳炒股賠的連內褲都沒了我說什麼了！」姬遠峰嬉笑著說道。

「你想說什麼？」

「我想說沒那個腦子就別炒股，妳看炒股賺錢的不是貪官就是奸商，妳要是賺了錢那纔奇怪呢！」

「我的同事也有炒股賺錢的！」

「妳的同事炒股的有多少個，賺錢的有幾個，絕大多數還不是陪太子讀書，白忙活了，不是白忙活了，還倒賠進去了。幸虧炒股不是舊社會賭博，可以把媳婦作籌碼，否則絕大部分人把媳婦都炒沒了。幸好我不再炒股了，否則我可能連妳都賠沒了，我可捨不得。」姬遠峰嬉笑著說道。

「那也有賺錢的！」

「賺錢的腦子都不正常，腦子正常的人都在中國股市賺不了錢！」

「我看賺錢的同事腦子挺正常的！」

「我沒有接觸過，正常不正常我不知道，妳覺得正常的人那肯定不正常！」

「為什麼？」

「因為妳腦子不聰明，你們同病相憐！老天是公平的，你人長得好看了點，所以腦子不聰明！」姬遠峰笑著說道。

「你腦子聰明炒股也賠了！你不是自詡很聰明嗎，怎麼也賠了！」張秀莉也笑著說道。

「妳說對了，在中國炒股賠了的都是腦子正常的人，所以我賠了，我比妳聰明一點之處就是，我炒股賠了一次，被蛇咬了一次我就跑了，不像妳被咬的還上癮了，一百輛車都咬沒了還不知道跑！」

「你還說對我炒股不說什麼呢，剛纔你說什麼了。」

「妳不說我買書我什麼時間說過妳炒股的事情了！」

「你就知道胡花錢！」

「我怎麼胡花錢了？」

「那就拿你買數碼相機說吧，你花了兩萬，你數碼相機沒買回來，你買了一堆膠片相機，錢花沒了又花錢去買數碼相機！」

「就那一次，何況我還有東西在那兒，那像妳炒股炒成了空氣，啥也看不見！」

「你那古董一樣的相機能幹啥吧！」

「能照相啊，既是古董，還能照相，是能用的古董，我不是用膠片相機給妳和孩子照相了嗎！」

「哼！」張秀莉鼻子哼了一聲，「我用手機都照了，還用的著你那古董相機，照個相還要人擺姿勢站好一會兒！」

「那是藝術和懷舊，妳就一俗人！」姬遠峰笑著說道。

「我就一俗人，你有本事你多賺點錢回來啊！」張秀莉笑著說道。

「家裡缺喫了還是缺穿了！還是妳缺買衣服的錢了！」

「誰還嫌錢多啊！」

「錢夠用了還賺那麼多錢幹什麼？」

「什麼叫夠用了，那你看怎麼花了，你買輛勞斯萊斯試試！」

「女的坐勞斯萊斯不是富婆就是公主，妳不是富婆，也不是公主，所以我就不用買了！」

「那你把我當公主啊！」

「媳婦，公主的身份是怎麼來的妳知道嗎？皇帝的女兒纔叫公主，妳不是公主不能賴我，要賴只能賴妳爸爸不是皇帝，如果妳爸爸是皇帝，我娶了妳還能沾點光，成為一個駙馬爺呢！」姬遠峰笑著說道。

「我要是公主了還能看上你！」張秀莉笑著說道。

「妳看上我又什麼不好，妳要是當了公主，說不定看上的是個陳世美呢！」這話一出口，姬遠峰有點後悔了，他怕挑起張秀莉的傷心事。

「你不是駙馬爺，我看你比駙馬爺還舒服！」

看到張秀莉不理自己這個茬，姬遠峰放心了，他可以和張秀莉繼續鬥嘴了。「妳不是過的也很舒服嗎！妳有什麼不舒服的地方嗎？」

「我結婚前在家裡很少幹活，和你結婚後都快成老媽子了，整天幹活！」

「所以我說老天是公平的嘛！我上大學前在農村中有幹不完的活，現在輪到妳了，妳不幹活不知道幹活的辛苦，妳幹過了纔知道我以前的辛苦。妳幹的這點家務，一年還比不上我一天在田地裡麥場上幹的活，好好幹吧，多幹點能減肥！」

「我又不胖，用不著減肥！」

「妳是沒有楊貴妃胖，不過瘦點更好看！」

「我不想瘦點了，我整天給你爺倆做飯，你做過飯沒有！」

「媳婦，冤枉啊，妳不能冤枉我，我做過的！」姬遠峰故意做出一副委屈的表情。

張秀莉鼻子「哼」了一聲，「你一年能做幾次飯？一個手的指頭都

數的過來！」

「只要做過一次就算做過了，零次和一次區別可大了！」

「有什麼區別？」

「有質的區別，就像結婚一樣，沒結過婚的和結過一次婚的一樣的區別！」

張秀莉被姬遠峰的話氣的有點笑了，「就你狡辯，那能比嗎？」

「當然能比了，我比的不對嗎！」

「那我今天就舒服一把，我今天不給你做飯了！」

「妳啥時間給我做過飯？」

張秀莉睜大了眼睛，「你哪頓沒有喫我做的飯！」

「那是妳給自己和孩子做飯捎帶著給我做了點，妳啥時間專門給我一個人做過飯！」

「那你有本事你別喫啊！」

「我不喫妳又說我嫌棄妳做飯不好喫，我只好喫點了！我肯定妳做飯的水平妳心裡有多美我是知道的！」

「我做飯水平不需要你肯定，你今天可以不喫，我今天不需要你的肯定了！」

「不喫我餓的慌！」

「餓的慌去外邊喫去！」

「外面的沒有妳做的好喫！」

「今天我不做飯，要喫你自己去做！」

「好吧，我去做，我不會小氣的，我還會給妳也一起做上，不過不好喫別怪我！」姬遠峰嬉笑著說道。

「你還是到一邊去，我去做！」

「為什麼不讓我做了？」

「你做的那麼難喫，孩子不喫，我還要做第二遍！」

「我早就知道妳會做的，費這麼多口舌，浪費感情，要我給妳打下手嗎？」姬遠峰一直嬉笑著說道。

「不用，礙手礙腳，有你多餘！」

「我就知道妳不要我幫忙，所以我纔問妳要我幫忙嗎，要不我纔不問呢！」姬遠峰嬉笑著說道。

「討厭，到一邊去！」

「好的，我現在就到一邊去，還是媳婦心疼我！」姬遠峰嬉笑著說道。

「別走，洗碗去，你以為我忘記了嗎，你碗還沒洗呢！」

李進賢和呂文明辭職手續辦完了，李進賢打電話給姬遠峰說他訂了一桌飯，約了幾個關係較好的同事一起喫個飯，邀請姬遠峰一起參加，姬遠峰猶豫了一下找了個藉口沒有去，他不想和已經辭職的同事走的太近。單位裡給領導打小報告的同事不少，自己業餘和誰去打球和誰去喫飯領導第二天總會知道，姬遠峰雖然能猜到是誰在打小報告，但他沒有證據也不願意揭穿。

過了幾天，姬遠峰要去現場，他向設備保管員要來了組裡的數碼相機，他發現單反數碼相機的廣角鏡頭竟然被人替換了，鏡頭參數完全一樣，外形也幾乎一樣，只是由廠家原裝鏡頭換成了二線廠家的鏡頭。科裡喜歡攝影的同事很少，好像沒有人發現。姬遠峰懷疑是呂文明換的，但他不敢確定，因為相機最後是移交到設備保管員手裡的，已經經過另外一個同事手了，姬遠峰也不願意聲張這事，萬一是其他同事換的呢，自己一聲張豈不又得罪同事了。

一九

二零一二年春節姬遠峰帶著張秀莉和孩子回了老家過年，姬遠峰研究生畢業已經七年了，工作上還沒有任何長進。哥哥技校畢業後在單位混的風生水起，從工人轉成了幹部，也提幹了，這讓姬遠峰很是自慚形穢。自己的家族很大，堂兄弟很多，而自己是堂兄弟中學歷最高的，也

是學校最好的，每個堂兄弟都把自己另眼相看，以為自己工作上也很長進，實際上卻不是這樣，姬遠峰怕和堂兄弟們一起喫飯喝酒，也怕兄弟們問起自己工作上的事情，和爸爸哥哥也不說工作上的事。但怕什麼就來什麼，春節過完了，姬遠峰收拾好東西第二天準備返程了，哥哥說話了，「老弟，你研究生畢業已經七年了，一畢業就結婚了，春節回家次數也少，咱哥倆好長時間沒有單獨聚聚了，你明天就要回單位去了，回家也陪著爸爸媽媽好幾天了，今晚你到哥家去，讓你嫂子炒幾個菜，咱兄弟兩喝一點，弟妹陪著孩子睡覺就不去了吧！」姬遠峰只好跟著哥哥到了哥哥家，哥哥媳婦已經做好了菜等著姬遠峰兄弟兩。

「老弟，你研究生畢業已經七八年了，加上設計院的兩年，你工作已經快十個年頭了，應該到上陸的時候了，怎麼一直沒有聽到你的動靜呢？這年頭講究幹部年輕化，再拖拉幾年就沒有機會了。」哥哥說話了。

「是爸爸讓你問我的吧？」姬遠峰笑著問道。

「我也想知道啊！」哥哥笑著說道。

「哥哥，我們單位不像你們鐵路部門技校畢業的工人多，我們單位都是大學畢業生，人才太多了。」姬遠峰說道。

「你們單位不可能全是博士生吧！」哥哥說道。

「那怎麼可能，博士生很少幾個。」

「那不就得了，除了清華大學北京大學比你的學校好，還有哪個大學比你的大學好，清華大學北京大學的畢業生我知道很多都去國外了，你們單位可能都沒有，你在你們單位不算最好的學校畢業的高學歷的學生嗎？」

「哥哥，那只能說我是好學校裡的差學生了。」姬遠峰笑著說道。

「老弟，別打哈哈了，哥跟你說正經事呢！」哥哥說道。

「哦！」

「你從來不主動說單位的事，哥以前也沒有問過你們單位具體情況是什麼，我說的是幹部提拔方面的事。」哥哥說道。

「哥，我們單位是特大型央企，還保持著獨立於當地的獨立王國的態勢，收入等各方面還算可以，也是幾十年的老企業了，職工子弟大學畢業後都願意回來，所以單位裡面職工子弟比例非常高，關係錯綜複雜，在幹部提拔方面裙帶關係很嚴重，非職工子弟的機會很少。」

「你不是有你老丈人嗎！你和你老丈人關係不好？」哥哥問道。

「我沒有惹過我老丈人。」

「什麼叫沒有惹過你老丈人？你去了你老丈人家都和你丈人怎麼說話？」

「我也只是問候一下我的岳父。」

「你和你丈人不說工作上的事？」哥哥問道。

「不說，很少說，我一般不和我岳父說工作上的事情。」

「你老丈人和你說工作上的事情嗎？」

「說。」

「你怎麼回覆的？」

「我要麼不吭聲，要麼說讓我想想。」

「你對你老丈人要禮貌點！」哥哥說道。

「我沒有不禮貌，只是我不願意和他說我工作上的事，或者不同意他的說法，我不好意思當面反駁，要麼不吭聲要麼說我再想想，時間長了我岳父知道我不願意和他說工作上的事情，他也就不和我說了。」

「你平常去你丈人家次數多嗎？」

「不多，除了逢年過節以外很少去。」

「為什麼不去呢！」

「沒有什麼事去幹什麼呢？」

「沒有事情就不去啊！人都是感情的動物，都喜歡被人奉承，你平常都不去你老丈人家，你老丈人覺得你都不搭理他，人家能覺得你尊重他嗎？」哥哥說道。

「我是故意不去他家的。」

「為什麼？」

「我怕去多了，走的關係太近了，他什麼事情都管，干涉我的工作，干涉我的家庭。哥你知道的，我一個人在那邊上班，他們那邊本來關係就錯綜複雜，干涉太多了，我覺得自己連自己家的主都做不了了。」姬遠峰說道。

「老弟，你這就不對了，什麼叫干涉你的工作，你老丈人管管你的工作，還能不替你著想，讓你陞遷的更快一點，你這想法就不對。」

「哦！」

「你老丈人喜歡什麼？」

「喜歡喝茶，也喜歡下象棋，不過水平不怎麼樣，估計和我差不多！」姬遠峰笑著說道。

「那不就得了，老弟，這次回去了，平常沒事周末也多往你丈人家去坐坐，你岳父不是喜歡喝茶嗎，你就買點好茶，你丈人不是喜歡下棋嗎，你買副好一點的象棋，你不是給我和爸爸都買過紅木象棋嗎，也給你丈人買一副，多陪著他下下棋，聊聊天，多說說工作上的事情，讓你老丈人心裡舒坦點，我覺得你的工作肯定就會有起色，你丈人怎麼也是個處級幹部，在咱們這小地方也是個縣級幹部呢，這點權力還是有的。」哥哥說道。

「我岳父是處級幹部，不缺我那點茶葉和一副象棋。」姬遠峰說道。

「你這話說的，你丈人當然不缺你這點東西了，人家要的是你對他的尊重，別再固執了。」

「哦，我回去考慮考慮。」

「老弟，別跟哥打哈哈了，你雖然是研究生，哥是個技校生，但哥在社會上混的時間比你長，也看這個社會比你看得透，別太固執了，聽我的話沒錯。」哥哥說道。

「哦，好的，哥。」

「你和你們單位領導關係怎麼樣？」哥哥又問道。

「正常吧！」

「你對你老丈人都那樣，我估計你對你的領導也不怎麼樣！」

「我挺尊重我們領導的，畢竟人家是領導，這點我還是懂的。」

「你平常連你老丈人都不去，我估計逢年過節你也很少去你的領導家吧，我看你回老家也從來沒有說過給領導帶點特產之類的。」

「嗯，我從來沒有去過領導家，不過領導的紅白喜事隨禮之類的事情我都隨的。」

「隨禮那是同事之間正常的人際交往，逢年過節你為什麼不去領導家走動走動，送點禮呢？去你丈人家是怕你丈人干涉你的家庭，領導又不會干涉你的家庭，為什麼不去呢？」哥哥問道。

「我下不了那個氣。」

「老弟，書讀多了吧，怎麼都有點迂腐了呢，什麼叫下不了那個氣呢！這年頭不巴結領導，不送禮能提拔嗎，怪不得工作快十年了你一點動靜也沒有呢！」哥哥笑著說道。

「哦。」

「老弟，這年頭為了陞遷好多人啥事都幹得出來，不要以為自己是研究生，領導都是大學生，甚至是中專技校生，抹不開面子。那是因為那個時代造成的，那個時代沒有那麼多大學可以上，有現在這麼多大學，也擴招的話領導也是研究生之類的學歷了，現在當領導的也都是人才，起碼在混社會，人際交往方面都是有一手的，不要把自己看得太金貴了，姿態放低點，多給領導跑跑腿，伺候伺候領導，你又不笨，工作也能拿得出手，我相信兄弟你很快就會提拔的。」

「伺候領導，我下不了那個氣，我是單位正式職工，又不是領導的勤務員，專門伺候領導的。」姬遠峰說道。

「老弟，你怎麼還不開竅呢！」哥哥笑著說，「什麼叫伺候領導，生活起居上那叫伺候，我說的伺候就是在工作上多長點心眼，順著領導的意思多做事，多說讓領導高興的話，不管是真話還是假話，讓領導高興就是好話，不過也別說的太假了讓領導聽了出來，不過以老弟你的智商我估計你不會說的太假讓領導聽了出來。再說了，除了土匪頭子靠打打殺殺當上老大的，皇帝的兒子一生下來就金貴，能當皇帝以外，其他

人哪有一生下來就能當領導的，還不是伺候領導，靠領導的賞識提拔一步一步上去的。你看中國多少省部級領導還不是給中央領導當秘書最後當上省部級領導幹部的。多往領導跟前湊一湊，讓領導認識你，賞識你，那纔能提拔起來啊。老弟，你覺得現在伺候領導低人一等，你讀書比我多，韓信知道吧，做大事的人，要能忍受胯下之辱，你現在低一段時間頭，你上去了別人不就在你胯下了嗎！」哥哥說道。

「哥，你說皇帝的兒子生下來就能當皇帝不假，可現在，尤其在我們集團內部，領導的子女只要回集團工作很快就會被提拔起來，而且領導的子女回來工作的又很多，哥，你怎麼解釋這個現象呢？」

「老弟，你剛纔不是已經說了嗎，領導的子女提拔的快，是因為人家老爹是領導啊，既然老弟咱們老爹不是領導，你又不會投胎回去再把你生在領導家裡面去，那你就靠你丈人，靠自己，多往領導跟前湊湊，爭取機會啊。」哥哥笑著說道。

「哦。」

「老弟，你媳婦在家裡怎麼樣，我看你媳婦回到老家表現挺賢惠挺聰明的。」哥哥笑著說道。

「張秀莉挺好的。」

「你家錢誰管，你的工資獎金上交嗎？」哥哥笑著問道。

「哥，是不你的工資獎金都上交給嫂子了，怪不得你今晚都不在外邊請我喫點好的呢！」姬遠峰笑著說道。「我和我媳婦的工資誰也不管誰，分工負責，我負責養車還房貸，她負責家庭開支，我把花剩餘的錢交給她她存起來，平常我花錢張秀莉從來不管，我花大筆開銷的時間會給她說一聲。張秀莉的確挺賢惠的，我每次回家給媽媽一點錢，她不但不干涉，而且還老提醒我，說別忘了給媽媽錢，也別給的太少了，我們家兩個人上班呢，也只有一個孩子，能多給點就過給點。我看哥你現在也開始做飯了，我在家裡做飯都很少，也就是洗洗碗，張秀莉也挺勤快的。」

「你媳婦花錢大手大腳嗎？她家條件好，不像咱們家裡從農村出來

的。」哥哥說道。

「還好了，剛結婚花錢是有點大手大腳，等有了孩子了，家裡事情都由他做主了，她就知道柴米油鹽貴了，不用我管，她自己就算計過日子了。」姬遠峰笑著說道。

「你這做法不錯，咱們家農村出來的，小時候家裡經濟條件不好，花錢可能比較仔細，你媳婦城裡長大的，不要為錢鬧矛盾。」

「嗯，哥，你的想法和我一樣，咱們家小時候在農村裡條件不好，看爸爸媽媽經常為一點錢爭吵，我早想通了，只要媳婦不管我花錢，她怎麼花錢我不管，反正最後都花到自己家裡了，管那些事幹什麼，費心還不討好。」姬遠峰說道。

「老弟，你剛纔說家裡事情都由媳婦做主了，這可不行，大事情還要男人做主的，光女人做主了，男人在家裡還有地位嗎！而且女人好多也是頭髮長見識短，咱們農村不是有句俗話，叫娃娃幹活淘死氣，女人當家驢耕地嗎，家裡大事情還要你做主的。」

「哥哥，這個我知道，我說家裡事情張秀莉做主是家庭生活她做主，當然大事情，比如買房孩子選幼兒園學校這些事情，我兩商量著來，實際上是她聽我的，因為她和我講起道理來她說不過我。」姬遠峰笑著說道。

「哦，那我就放心了。老弟，你聽我說，這是個笑貧不笑娼的時代，只有當領導掙到錢纔算真本事，纔有人看得起你。你還記得我那個初中同學王全嗎，初中畢業幹什麼去了？走街串巷收豬呢，屠宰後賺點錢，為病死豬沒少被政府處罰，也為缺斤短兩和村婦沒少吵架。現在呢，開了屠宰場，壟斷了當地的生豬屠宰市場，人家現在啥身份？企業家、政協代表、慈善家，電視上見到的次數比平常見到的次數還多。去年我們初中聚會，人家帶了兩個退伍當兵的，你知道幹啥的嗎？一個是專門開車的，一個是專門替他喝酒的。媽的，那派頭，比他媽的國家領導人還牛，喫飯時一高興把聚會時喫飯的費用全包了。散場時你知道人家幹了什麼，讓司機從樓下車裡拎上來幾十袋禮品，一人一袋，搞得我

們像叫花子專門去喫飯似的，氣的我差點把禮品給扔了。」

「哥，人家給你禮品你還嫌棄！你不要拿回家給我也行。人家這次帶了兩個退伍當兵的人來參加同學聚會，如果去談生意，我猜還會帶兩個女的去。」姬遠峰笑著說道。

「老弟，你是咱們家，也是咱們整個家族大學最好的，學歷最高的，聽我話，回到單位和你丈人，和領導關係搞好一點，嘴巴甜一點，腿也勤快點，哥相信你很快會被提拔的，別一根筋，死犟行不？你再一根筋，腦袋不開竅，不是時代和社會淘汰你，那就是你是自我淘汰了。」

「哦，哥，我知道了。」

二〇

二零一三年七月份，草原景色正好的時候，處裡傳開了一個消息，國家能源司的閆司長要來研究院視察工作。姬遠峰有點納悶，研究院是個副廳級單位，集團公司領導來視察工作也有過好幾次了，那可是副部級的幹部，這次來個司長為什麼都傳開了呢。姬遠峰一想明白了，集團公司領導雖然是副部級幹部，但是是一家人，而能源司司長卻是中央政府部委的幹部，身份截然不同。姬遠峰覺得這件事與自己根本沒有關係，自己該幹什麼還是照樣幹什麼，這麼高層的領導來，即使科長都沒有機會去陪著，與自己有什麼關係呢。

周一早晨一上班，高科長打電話到了姬遠峰的辦公室，「姬工，你現在到韋處長的辦公室一趟，我也去。」

姬遠峰敲門進了韋處長的辦公室，他看到高科長已經在座了。「姬工，坐！」韋處長說道，姬遠峰坐了下來。

「下個禮拜國家能源司的閆司長要來集團公司視察工作，你聽說了嗎？」韋處長問道。

「我聽說了。」

「這次視察工作與已往不同，你聽說了嗎？」

「這個我沒有聽說過。」

「姬工，是這樣的，這次說是國家能源司來集團公司來視察工作，其實是一次觀摩交流，也不是只有國家能源司領導來，而是國家能源司組織了一次觀摩學習性質的交流會議，能源司出於對民族工作的重視，由閆司長親自帶隊，帶領著兄弟自治區發改委一位主管能源的副主任，還有一位處長來咱們集團公司學習觀摩。已往領導來視察工作與普通幹部職工沒有多大關係，都是領導出面作匯報，但這次來有一項內容是學習觀摩，除了領導出面作匯報外，還需要聽取一個報告編寫過程的整個工作流程的匯報。這是這次觀摩學習的一項重要內容，不僅有國家能源司的領導，而且還有兄弟自治區發改委的領導，咱們自治區發改委的領導，市裡面的領導，重要性我就不多說了，集團公司很重視這件事，已經專門發了通知了，研究院就更不用說了，這項匯報工作最後落到咱們處裡了，經過處裡再三考慮，最後決定讓你做這次匯報，我知道這個任務不輕，但也是在領導面前露臉的好機會，你好好準備一下吧！」

「韋處長，這麼多領導，又有國家能源司的，還有自治區及兄弟自治區的領導，我可以嗎？」姬遠峰說道。

「姬工，你就別擔心了，處裡是經過再三考慮纔讓你承擔這次匯報任務的，對你還是有信心的，你以前在研究院，在集團公司總部匯報的次數也不少了，聽匯報的也有廳局級的領導，這次這些領導也是廳局級的，你不用緊張，處裡領導知道你臨場匯報的能力，纔挑選的你。這個禮拜你啥事也不用幹，只要做好匯報材料就行，周五處裡面先過一下，周末你加加班，下周一研究院領導要聽你一次匯報預演，然後根據研究院領導的意見修改。周四閆司長一行來開觀摩會，匯報在天峰賓館，時間定在周四下午三點，匯報時間掌握在半個小時左右。」

「匯報的內容是什麼呢？」姬遠峰問道。

「姬工，你不用想的太複雜，就是平常工作寫一個報告的完整過程，從接手項目，到標準檢索，同類項目調研，現場檢查，編寫報告，

報告審核，一直到上會整個流程而已，也不用寫一個新項目，寫一個新項目也來不及，就把以前做的比較好的項目重新整理整理就行了，多放一些照片，需要補拍照片這兩天就抓緊去拍。」

「哦，好的！」

「高科長，你再派個去年剛分來的大學生給姬工打打下手。」韋處長對著高科長說道。

出了韋處長的辦公室，姬遠峰對用哪個項目的匯報材料改一改作這次匯報已經心中有數了。姬遠峰選擇了一個現場最好，報告最後提出問題最少的一個報告做匯報，他知道這種觀摩會，沒有哪個領導願意聽到一堆問題。天峰能源集團公司，研究院也沒有一個領導願意把問題暴露在政府部門、兄弟自治區、本自治區以及市裡領導的面前。

經過一個多禮拜的忙碌，處裡和研究院兩次匯報預演，姬遠峰的匯報材料終於完成了。周四早晨上班後，姬遠峰穿著乾淨整潔的工裝和韋處長高科長來到了天峰賓館，匯報下午進行，一早晨時間夠準備了。姬遠峰看到韋處長並沒有穿工裝，而高科長穿著工裝，姬遠峰心想自己還是比較細心的，雖然領導沒有提示自己穿工裝，自己還是穿了工裝，即使可以不穿工裝，但穿著工裝還是會表明自己的身份，無論在會場還是拍照片上電視都是企業形象的展示，領導看在眼裡會高興的。會議室在一獨棟的二層小樓裡，樓下已經掛好了歡迎考察觀摩的橫幅。會議室並不大，匯報的位置和領導的位置面對面，匯報的一面只有兩排座位，靠近投影屏幕的地方擺放著匯報用筆記本電腦，投影儀從安裝在天花板上，寬大的長條會議桌中間擺放著一排漂亮的盆花，對面第一排是聽匯報的領導的座位，後面總共有五排座位。姬遠峰明白了，這種會議並不需要太大的會議室。

臺簽已經擺好了，總共有七位領導的臺簽，國家能源司閆開遠司長。兄弟自治區發改委副主任，姬遠峰對這位副主任的名字印象很深刻，他的名字意為「持白蓮花者」，還有兄弟自治區發改委的一位處

長。自治區發改委主任夏侯。市發改委主任朱燾。集團公司電力部部長魏文澤。天峰能源集團公司研究院院長朱正清。這七位領導的臺簽國家能源司閆司長居中，兄弟自治區發改委副主任和處長分居閆司長兩側，其餘四位領導各排在兩側。每個臺簽旁邊放著一個暖水瓶和一個已經放入茶葉的潔白的瓷杯，自己匯報席的裝備也一樣，整個會議室寬敞整潔明亮，但不奢華。姬遠峰合計了一下，這七個人中除了兄弟自治區發改委的那位處長和市發改委主任是處級幹部以外，其餘五位都是司廳級幹部。

自治區電視臺、集團公司電視臺的攝像機已經擺好了機位，攝像師正在調試機器。當地一家報紙，集團公司日報的攝影記者也已經到現場了，選擇者拍攝的角度，賓館工作人員也忙著進進出出。

集團公司一位侯處長是這次會議的組織者，他在現場安排著一切，姬遠峰試好了幻燈片，他的任務只有一個，那就是幻燈片匯報，其他任何事情都不用他操心。看到這麼多領導，尤其是集團公司外的領導，雖然姬遠峰匯報項目很多次了，他還是感到了一些緊張。姬遠峰看到了擺放在匯報席邊上的兩份材料，一份是集團公司電力部一位處長的匯報材料，另外一份纔是自己匯報的材料，每份都只有薄薄的十幾頁，不到二十頁，用銅版紙彩色打印裝訂，十分精美，在七位領導臺簽前也擺放著這兩份材料。看到這份電力部處長的匯報材料，姬遠峰緊張的情緒放鬆了下來，他知道在自己匯報前還有領導的一份匯報，自己不是獨角戲。以自己那麼多次的匯報經驗，有了前面領導的匯報，整個會議的氣氛不會有會議剛開始的緊張感。

中午，姬遠峰和韋處長、高科長一起在天豐賓館喫了工作餐，喫過午飯，他們趕到了會議室等待會議的召開。不大一會兒，二三十名身著工裝的幹部陸續進入會議室，在領導那排隔開一排的座位上坐了下來，不一會兒已經坐滿了三排，每個人面前擺放著筆記本。姬遠峰知道這些人好多都是科長、科級技術崗的幹部，真正的普通幹部幾乎沒有，他們今天都是來做群眾演員的，自己科的高科長也在其中，姬遠峰也明白今

早見到高科長為什麼穿工裝了。又一會兒，姬遠峰看到自己的岳父和三兩個人身著便裝一起也走了進來，坐在了臺簽後的一排，不大功夫，這一排也坐滿了十個人。雖然姬遠峰只認識其中的三個人——自己處的韋處長、岳父、還有一號電廠的張廠長，姬遠峰明白了，這一排就坐的全是處級幹部，處級幹部不用穿工裝。岳父和他身邊的一個人在說話，岳父用手指了姬遠峰一下，姬遠峰知道岳父把自己與他的關係告訴了那個人。姬遠峰知道在這種場合，除非岳父與自己主動說話，自己不應該與岳父說話，這不是顯示私人關係的場合。

　　兩點四十分，負責會議組織的侯處長開始招呼大家下樓迎接領導去，姬遠峰參加了無數次會議了，以前都是在會議室裡等著領導到來，這還是第一次去會議室外去迎接領導。穿工裝的三十個人並沒有下樓迎接，而是匯報人和處級幹部卜到樓下去迎接領導。姬遠峰和處級幹部像迎賓一樣分列樓門兩側，兩點五十分左右，終於看到了一行七人的領導從另外一棟樓走了過來。七個領導點頭微笑，歡迎的處長們個個喜笑顏開，歡迎聲不絕於耳，有和七個領導熟識的伸手握一下，然後尾隨著七個領導魚貫而入。姬遠峰發現今天整個早晨只開一扇，另外一扇有插銷插著的門此時也打開了。姬遠峰想起來了，中國以前的官場走正門還是側門都是有講究的，現在雖然沒有了正門側門之分，但開兩扇門與一扇門也是身份的體現。進入會場，那些著工裝的群眾演員齊刷刷的站著在迎接。

　　集團公司電力部部長魏文澤致歡迎詞，并主持整個會議並介紹與會各位。

　　「今天，天峰集團公司迎接來了一批尊貴的客人，那就是國家能源司閆開遠司長。」這時候魏部長率先停止講話鼓起了掌，閆司長從椅子上站了起來微微鞠躬點頭示意，繼之掌聲雷動，掌聲也瞬間停止。此後介紹每位領導均復如是。「兄弟自治區發改委「持白蓮花者」副主任及他的同事處長，自治區發改委夏侯主任，市發改委朱熹主任以及天峰研

究院朱正清院長，歡迎各位尊貴的客人的到來。請閆司長、「持白蓮花者」副主任、夏侯主任及所有的領導和客人對集團公司的工作提出寶貴的意見，下面請國家能源司閆司長講話。」

國家能源司閆司長開始講話了。

「今天，很高興來到天峰能源集團公司，更讓我高興的是能夠帶領并陪同兄弟自治區發改委副主任「持白蓮花者」同志一行來到天峰能源集團公司觀摩學習，還要謝謝自治區發改委夏侯主任的熱情陪同，謝謝天峰能源集團公司的熱情接待。天峰能源集團公司是中央直屬的特大型能源企業，對保障國家能源安全與國民經濟持續發展有著舉足輕重的作用，天峰能源集團公司在安全環保生產方面的成績是有目共睹的。昨天去了一號發電廠現場，對天峰能源集團公司發電廠現場清潔整齊，操作規範留下了深刻的印象，今天聽兩位同志的匯報，下面請匯報開始吧！」

集團公司電力部處長正在匯報，姬遠峰仔細地看了看對面的七位領導，這些領導大概都在五十歲以上。閆司長白淨的面皮，只是再白淨的面皮也遮蓋不住層層皺紋與鬆弛的皮膚，鉅大的眼袋像兩隻鬆鬆垮垮的皮囊掛在臉上，稀稀拉拉的鬍鬚剃的十分乾淨，好像沒有長鬍子一樣，頭頂中央的頭髮已經全部掉了，將邊上的長長的頭髮扯上去遮蓋頂部，這就是所謂的「地中海」髮型吧，可能是脂溢性脫髮的緣故，分泌出的油脂透過遮蓋的稀疏頭髮在會議室燈光的照射下閃閃發亮，透著油膩的感覺。「持白蓮花者」有著一副典型的種族特徵，一頭濃密的黑色捲髮，雖然五十歲以上了，但其中夾雜的銀灰色頭髮並不多，黑裡透紅的面龐透著健康的色澤，「持白蓮花者」濃密的頭髮與閆司長的「地中海」髮型形成了有點滑稽的對比。

對面的七位領導時而翻看著放在桌面上的印製精美的匯報材料，時而抬頭看一眼屏幕上的投影幻燈片。集團公司電力部處長的匯報結束了，姬遠峰的匯報也結束了，姬遠峰特意看了一眼電腦時間，自己十天緊張準備的工作二十五分鐘匯報結束了。姬遠峰對自己的匯報很滿意，

這份匯報材料內容豐富，排版精美，照片也很好看。自己的匯報條理清晰，看得出來聽匯報的領導和那些群眾演員都被吸引住了，七個聽匯報的領導全程幾乎沒有再翻看手頭上的匯報材料，而是一直在看投影的屏幕。剛纔和自己岳父交耳的那個處級幹部在匯報過程中向岳父伸出大拇指表示讚賞。那三十個科級幹部中也有人向鄰座的點頭表示讚賞，姬遠峰有點洋洋得意了。

「下面請閆司長給我們的工作提出寶貴的意見！」天峰集團公司電力部魏部長請閆司長講話了。

「昨天去了一號發電廠現場，對天峰能源集團公司發電廠現場清潔整齊，操作規範留下了深刻的印象，剛纔聽了天峰能源集團公司電力部及天峰研究院兩位同志的匯報和展示後，知道天峰能源集團公司取得這樣的成績是有原因的。這是管理部門的嚴格管理與科研技術部門的技術支撐相結合的成果，希望天峰能源集團公司再接再厲，為保障國家能源供應安全，促進國民經濟持續發展做出更大的貢獻！」掌聲就像有人發號命令一樣瞬間響起了，持續一會後同時停止了，此後每位領導的講話後掌聲如是。姬遠峰覺得閆司長的講話就像事先準備好的發言稿一樣，或者對閆司長來說這已經輕車熟路了，並不需要發言稿，這段講話雖然空洞無任何實質內容，但也嚴絲合縫，滴水不漏，閆司長的講話水平還是很高的。

「下面請兄弟自治區發改委「持白蓮花者」副主任講話。」集團公司電力部部長魏文澤請「持白蓮花者」講話了。

「首先要謝謝閆司長，閆司長在百忙之中帶領我和我的同事來到著名的天峰能源集團公司來觀摩學習，也要謝謝夏主任的陪同，謝謝天峰能源集團公司電力部魏部長的熱情接待，謝謝所有為這次觀摩學習工作的各位同志。這次我和我的同事來到著名的央企天峰能源集團公司觀摩學習是一次難得的機會，在這裡我看到了現場管理與操作的嚴格與規範，留下了深刻的印象。今天又聽了兩位同志的匯報，也是留下了深刻的印象，今後希望天峰能源集團公司能和我們自治區的國有能源企業加

強交流，為我們自治區國有企業提供更多的學習機會，以提高兄弟自治區國有能源企業安全環保生產水平。最後再次感謝閆司長、夏主任、魏部長，謝謝所有為這次這次觀摩學習工作的同志，謝謝！」「持白蓮花者」副主任講話結束站起來鞠了一個躬。掌聲瞬間響起來了，「持白蓮花者」是少數民族，雖然帶著明顯地方口音，但他的普通話還是很標準的，講話內容一如閆司長一樣空洞與毫無內容，但也嚴絲合縫滴水不漏。

「下面請自治區發改委夏主任提出寶貴意見！」集團公司電力部部長魏文澤請自治區發改委夏侯主任講話了。

「天峰能源集團公司是著名的央企，以前作為地方政府部門的自治區發改委與天峰能源集團公司工作交流不是很多，這次藉著閆司長帶領兄弟自治區發改委領導同志一行觀摩交流的機會，讓我對天峰能源集團公司有了進一步的認識。天峰能源集團公司也是自治區最大的能源企業之一，天峰能源集團公司的安全環保生產對自治區而言非常重要，今後請閆司長多組織類似的參觀交流活動，促進央企與地方政府的交流與溝通，也希望天峰能源集團公司繼續保持安全環保生產的良好勢頭，為自治區的安全環保生產做出更大的貢獻！」自治區發改委夏侯主任的講話結束了，掌聲照例響起來了，又停止了。

「剛纔國家能源司閆司長、兄弟自治區發改委「持白蓮花者」副主任」、自治區發改委夏主任都對我們天峰能源集團公司近年來的工作給與了充分的肯定，也提出了許多寶貴的意見，今後天峰能源集團公司會將各位領導所提的寶貴意見落實到工作之中，進一步切實提高天峰能源集團公司能源生產的安全環保水平，這也是為了讓我們的主管部門國家能源司的各位領導放心，讓企業所在地的政府和人民放心。最後還要謝謝閆司長、「持白蓮花者」副主任、夏主任，謝謝你們對我們工作的指導很肯定，今天的會議到此結束。」集團公司電力部魏文澤部長做了最後的總結發言。

與會的七位有臺簽的領導，十位領導後排就坐的處級幹部，還有三

十位做群眾演員的科級幹部們沒有就匯報提出一個技術問題，兩個匯報就結束了。姬遠峰心裡納悶，昨天的現場觀摩和今天的會議交流，領導當然需要參與，但實際幹活的普通幹部職工不是更需要這樣的機會嗎？真正現場操作和寫報告的都是普通幹部和職工，怎麼一個普通幹部和職工都沒有呢？

匯報與領導講話都結束了，用時一個半小時左右。聽了這三位領導肯定的講話，姬遠峰的心情反而平靜了下來，類似這樣的講話在每次匯報後總會聽到，只不過講這些話的人換了職位更高一點的三個人而已。不知道集團公司電力部的那位處長匯報材料準備了多長時間，經過了多少道程序把關，自己的匯報材料連周末前後準備總共花了十天時間，經過了處裡、研究院兩次審核，纔來到這裡做的這次匯報。匯報總共二十五分鍾結束了，領導前後總共講了二十分鍾左右電視新聞上翻版的話就結束了，這就是自己十多天加班加點工作最後的結果，姬遠峰甚至有點苦笑了。

整個會議沒有了平常會議此起彼伏的電話聲、低頭交耳聲、來回走動聲，除了匯報的聲音、領導講話的聲音以外，只能聽到攝像機工作的聲音和相機快門的翻轉聲。

做匯報的電力部處長和姬遠峰被工作人員帶到了處級幹部的那一排的一端，七個領導挨著和這十二個人握手，照相機的快門不停地在翻轉，兩架攝像機也對準了這個握手的場面，每個人都在點頭微笑，有熟識的人纔輕輕說一句話。

輪到閆司長和姬遠峰握手了，姬遠峰微微鞠躬，微笑著小聲說，「閆司長您好！」閆司長的嘴角動了一下，但卻沒有擠出可能想要擠出的一絲微笑來。姬遠峰握住了閆司長的手，閆司長的手指頭甚至連彎曲都沒有，姬遠峰知道自己該用什麼力度和這位大人物握手了，他的手成環狀輕輕地碰觸了一下閆司長四根直伸著的手指頭，迅速地移開，照相機的快門聲在姬遠峰的耳邊不停的響起。姬遠峰感覺到了，這是一個比自己媳婦張秀莉的手還柔軟的手，好像是一片剔除了骨頭的軟肉一般，

姬遠峰甚至懷疑自己握住的是不是一個男人的手。姬遠峰想起了《圍城》中方鴻漸和孫柔嘉結婚後與蘇文紈見面時孫柔嘉與蘇文紈握手告別時的情形，那是兩個女人之間，也是情敵之間的握手。但自己和閆司長是年齡相差二十歲左右的兩個男人，也並非情敵，不知道這個握手怎麼握出了情敵的感覺。自己沒有和歐洲貴夫人行吻手禮的經歷，不知道是什麼心理感觸，或許一個低賤的下人給自己尊貴的主人行吻手禮時就是這樣的感覺吧。

姬遠峰突然感覺到了一種被侮辱的感覺，原來自己十多天的工作價值在這位領導的眼中並不值得他的手指彎曲一下。姬遠峰也明白了剛纔那幾位領導對自己匯報肯定的講話對他們而言只不過是例行的敷衍而已。對這些大人物而言估計出了這個會議室連是否參加過這次會議都回想不起來了。姬遠峰從剛纔匯報成功的沾沾自喜的幻境中回到了現實。

最後的合影也結束了，兩臺攝像機關機了，照相機也關機收入了攝影包，現場像一場演出結束了一樣，氣氛忽然輕鬆了下來，談笑聲、電話聲此起彼伏，十幾個處級幹部又爭先恐後地和閆司長、發改委夏侯主任及集團公司電力部魏文澤部長第二次握手。姬遠峰知道了，這的確是一場演出，自己參演的一場戲，現在大家包括自己都恢復了正常人的狀態，大家都不再是演員了，但姬遠峰卻一點也高興不起來了，也沒有其他處級幹部的興奮勁頭。

七位有臺簽的領導在漂亮的服務員的帶領下去了休息室休息，姬遠峰和剩下的十餘位處級幹部留在了會議室臨時休息，他們等待晚餐時刻的到來。而三十名身著工作服的科級幹部退場了，不知道他們去哪了，或者回家了，或者在另外一個餐廳就餐去了。

晚餐開始了，姬遠峰看到這是一個鉅大的大廳，即使有二十人的大圓桌擺放在中央也顯得十分空曠，鋪著花開富貴大紅色地毯的大廳顯得富麗堂皇。所有的就餐人已經落座了，七位有臺簽的領導，十位處長，

還有組織會議的侯處長，作匯報的電力部的那位處長，還有姬遠峰自己，恰好二十人。但服務員不少，送菜生不會進入大廳，有漂亮的服務員在大廳門口把菜端入大廳，再由其他服務員將菜上到桌子上，也有服務員專門倒酒的倒茶的。還有服務員雙手抱腹僅僅靠墙站著，有客人示意過來會快速地來到客人身邊，看客人有什麼吩咐。

　　每人一份的海參已經上過了，集團公司電力部魏文澤部長的歡迎詞也結束了，大家共同舉杯歡迎閆司長、歡迎「持白蓮花者」及其同事、歡迎夏侯主任的飲酒也結束了，閆司長正在發表高談闊論。

　　「什麼國際著名公司，能源鉅頭，什麼話語權，在我這兒通通不好使，我就是話語權，在我的一畝三分地還由得了你外國人撒野，我雖然不能隨便讓你停產停工，但有的是辦法，我就讓你的評估報告不通過，我就不簽這個字，你有脾氣？還不是把你收拾的服服帖帖！」閆司長雖然說出了如此大義凜然的話來，但語氣卻是那麼的舒緩柔和，姬遠峰覺得這或許就是武俠小說中蓋世高手殺人於無形的氣場吧！閆司長的發言結束了，現場一片讚歎聲和附和之聲，姬遠峰看到「持白蓮花者」附和而又矜持的微笑。

　　「幹得好，閆司長，老外就是不能慣著！」有人在附和著。

　　「還是閆司長厲害，在中國能源領域不聽您的，還聽誰的！」還有人在附和著。

　　「閆司長，什麼大鬼小鬼，在您面前都不是鬼，您就是閻王爺，還怕什麼鬼不成，鬼都在您面前都得跪著！」姬遠峰忽然聽到了這麼一段清晰的說話聲。大家都轉頭向說話的人看去，姬遠峰看到了，說這句話的是被自己一直忽略的小人物市發改委主任朱燾，只見他滿臉花一樣的笑比拜堂成親時還笑的燦爛。姬遠峰也看到了閆司長聽到這段話後鬆弛的面皮上浮現出的矜持而又得意的笑容，用手把周邊的長長的頭髮再往自己的地中海裡攏了攏。聽到市發改委主任朱燾的這番精闢形象的見解，姬遠峰想起了一則古代笑話。

　　一秀才數盡，去見閻王，閻王偶放一屁，秀才即獻屁頌一篇曰，高

聳金臀，弘宣寶氣，依稀乎絲竹之音，仿弗乎麝蘭之味，臣立下風，不勝馨香之至。閻王大喜，增壽十年，即時放回陽間。

原來幾百年前的笑話現今社會卻在活生生地在上演，姬遠峰也有由衷地讚歎古人觀察之細緻入微，也讚歎中國古代文言文描寫事物之生動傳神與維妙維肖，當今的白話文真是難望項背。

大家共同舉杯的時刻已經結束了，現在進入了自由活動的時間，大家爭先在給閆司長、「持白蓮花者」及其同事、夏侯主任、魏文澤部長敬酒，碰杯聲、談笑聲不絕於耳。姬遠峰發現自己處於一個尷尬的境地，姬遠峰回頭看自己的兩邊的處長，要麼已經起身給領導敬酒去了，要麼正在和身邊的處長在低聲聊天，不時有輕輕的談笑聲傳入姬遠峰的耳朵。這裡有他認識的四個人並且以前說過話，研究院院長朱正清、自己處的韋處長、一號發電廠張廠長，還有岳父，他們要麼正在和領導喝酒，要麼正在舉著酒杯等著和領導喝酒，即使回到了自己的座位上，也沒有一個人的眼光向自己的方向看過來。姬遠峰覺得自己就像《圍城》中描寫的那樣，仿佛稀薄的如同空氣一樣不存在了，要不是服務員偶爾過來給自己茶杯添熱水或者收拾一下餐盤，姬遠峰甚至覺得自己都不存在於這個場所了。

姬遠峰也突然意識到了自己身上的這套工裝在這裡是多麼的不合時宜，在這個場合裡除了自己沒有一個人身著工裝，今天早晨自己還有點得意的工裝現在時刻提醒著自己的身份，自己僅僅是一名普通幹部而不是不用身著工裝的處級以上領導幹部。姬遠峰甚至想把工裝脫下來，但夏季的工裝只是個短袖襯衣，脫掉了工裝就成光膀子了，姬遠峰只好穿在身上。姬遠峰也明白了自己只是個寫報告作匯報的普通幹部，這種中高級領導幹部喫飯喝酒的地方本不是自己該來的地方，但自己卻鬼使神差陰差陽錯地來到了這個地方，讓自己渾身不自在。

姬遠峰看著現場，他知道自己該起身給領導敬酒去了，但給誰去敬酒呢？閆司長嗎？他是這裡身份最高的領導，應該首先給他敬酒，但給閆司長敬酒的領導排著隊呢，自己任何時候過去都有插隊敬酒的嫌疑。

給其他領導敬酒吧，沒有給閆司長敬酒之前就給其他領導敬酒，好像尊卑次序顛倒了。給自己認識的三位領導敬酒吧，或許在這個場合，認識自己的三位領導並不想自己過去給他們敬酒。今晚和他們喝酒聊天的最低都是處長，自己去敬酒會拉低他們的身份的。當然也不能給自己的岳父敬酒了，在會議現場岳父沒有和自己說一句話，如果現在過去敬酒揭開了自己和岳父之間的關係，在現場當做一個話題說起來，什麼「父子兵」，「老子英雄兒好漢」之類的，不僅會搶了酒局上主角的戲碼，而且會讓所有的人都覺得自己是靠岳父纔來匯報的，並且自己並不是岳父的兒子，自己絕對不能過去給岳父敬酒。

　　姬遠峰看到市發改委主任朱燾正在給自治區發改委夏侯主任敬酒，有了閆王的高論後姬遠峰更加注意這個會議室內自己沒有太多在意的小人物了。敬酒已經結束了，市發改委主任朱燾的酒杯放在桌子上，他雙手握著夏侯主任的一隻手，身體呈四十五度鞠躬狀，俯身側耳在夏侯主任的懷裡，聽著夏侯主任在給他交耳說著什麼。由於隔開的遠，姬遠峰並不能聽到他們二人之間的對話，只見市發改委主任頻頻點頭如搗蒜狀。姬遠峰想起了《圍城》中的那句經典之語，「上帝會懊悔沒在人身上添一條會搖的狗尾巴，因此減低了不知多少表情效果。」市發改委主任俯身蹲縮的身軀，微微后蹶的屁股，真和犬類有幾許神似，只是差了上帝忘記給增加的一條尾巴了。

　　會議室和岳父指點著自己說話的那位處級幹部走了過來，姬遠峰以為他要和別的領導去喝酒，這個處級幹部在姬遠峰的身邊停了下來，姬遠峰以為他要和自己身邊的處級幹部喝酒，他沒有敢舉起酒杯，那個處級幹部俯身把酒杯舉到了姬遠峰的跟前，姬遠峰確信他是和自己來喝酒的，姬遠峰趕忙站了起來，他一隻手舉杯，一隻手托住對方的酒杯底部，讓對方的酒杯杯沿高過自己的酒杯，有點不好意思地說道，「領導，不好意思，我應該過去給您敬酒的！」這位處級幹部露出了微笑，「今天匯報不錯！」這位處級幹部說道，碰杯喝酒，那位處級幹部伸出了手，姬遠峰趕忙伸手和他握手，這次碰杯喝酒結束了。這是今天晚上

　　第一個也是最後一個主動過來和姬遠峰喝酒的，姬遠峰明白，其實這個
處級幹部並不是因為自己纔和自己喝酒，而是因為岳父纔和自己過來喝
酒的。姬遠峰也明白了這位處級幹部的微笑的含義，不僅是對自己匯報
的讚許，更多的是他明白自己和岳父關係的一個會意的笑，但這個笑卻
一點不讓姬遠峰感覺到開心，反而是一種自己做了虧心事被人發覺後無
地自容的感覺。

　　姬遠峰看到岳父正在給集團公司電力部部長魏文澤敬酒，魏部長從
椅子上站了起來，岳父謙恭地站在旁邊，魏部長只是輕輕地抿了一口，
岳父的杯子已經空了。敬酒已經結束了，魏部長一隻手還端著酒杯，岳
父將空酒杯放在桌子上，雙手握住魏部長的另一隻手，謙卑地笑著不知
低聲說著什麼。看著明年就將退休的岳父滿頭的灰白頭髮滿臉的皺紋謙
恭甚至有些卑微的笑臉，姬遠峰突然感覺到一絲愧疚，自己自從和張秀
莉認識以來，就一直對自己的岳父抱著戒心，怕他干涉自己的工作，擔
心他干涉自己的家庭，和岳父保持著若即若離疏遠的關係，岳父對自己
也一直不冷不熱。岳父是一個處級單位數千職工的一把手，在單位裡肯
定不會是這樣的謙恭態度，甚至跋扈也不一定。但在這個場合，面對小
自己好幾歲的領導，僅僅因為他的官職比他更高，他謙恭地笑著，卑微
地半彎著腰用雙手和對方握手，這還是在自己女婿面前，若自己不在
場，不知道他會是什麼神態，或許這已經是岳父的人格特徵了，這就是
自己的妻子張秀莉的爸爸，自己的岳父。

　　岳父給領導敬酒後回到了自己的座位上，他頻頻地看姬遠峰，姬
遠峰知道了自己不應該紋絲不動地靜坐一個晚上，他該站起來去給某個
領導敬一杯酒。排隊給閆司長敬酒的人太多了，姬遠峰走到了「持白蓮
花者」身邊，將「持白蓮花者」的酒杯端起來遞到了他的手裡，說了聲
「歡迎您來我們公司指導工作，我給您敬杯酒！」「持白蓮花者」者站
了起來，點頭微笑，姬遠峰用一隻手托起對方酒杯的底部，讓對方的酒
杯高過自己的酒杯，兩人碰杯，酒杯在「持白蓮花者」嘴唇邊碰了一

下，「持白蓮花者」是否喝了一點姬遠峰不知道，但姬遠峰實實在在地喝了一口。「持白蓮花者」伸手握手，示意敬酒結束了，姬遠峰把「持白蓮花者」的椅子扶了一下，說聲「您請坐！」「持白蓮花者」坐了下來，他雙手合十，做了一個他們民族常用的禮貌動作，姬遠峰趕忙以同樣的動作回禮。

姬遠峰來到了研究院朱院長的身邊，將朱院長的酒杯端起遞到手裡，說了聲「朱院長，我給您敬杯酒！」朱院長站了起來，點頭微笑，姬遠峰還是托高對方的酒杯，碰杯，酒杯在朱院長的嘴唇邊碰了一下，說了聲「匯報不錯！」朱院長的手輕輕地拍了姬遠峰的肩膀兩下，姬遠峰明白這既是對自己匯報工作的讚揚，但更多的含義是你給我的敬酒結束了，不要繼續說話，回到自己的座位上去，他還要和其他領導喝酒聊天。

姬遠峰經過了自己處的韋處長身邊，他和韋處長碰了杯，韋處長沒有出聲，只是點頭微笑，姬遠峰明白韋處長連一句「匯報不錯」這樣的話也不說的意思，那就是姬遠峰快回到自己的座位上去，他還要給其他領導敬酒。姬遠峰也過去給主動過來和自己喝酒的處級幹部敬了酒，但他還是不知道這個處級幹部的姓名，在哪個單位工作。姬遠峰經過了岳父的身邊，他看到岳父將目光移到了別的地方，姬遠峰猶豫了一下，沒有給岳父敬酒。姬遠峰回到了自己的座位上，他開始有點後悔去給領導敬酒了，「持白蓮花者」因為是初次見面，他的舉動可以理解，而朱院長韋處長急於結束自己敬酒的舉動讓姬遠峰心裡很不舒服。和自己工作接觸最多，一起喫飯喝酒幾次的一號發電廠張廠長今晚並不認識姬遠峰，姬遠峰也沒有過去給敬一杯酒。

晚餐結束了，姬遠峰趁著領導們還在握手寒暄，他快速地離開了餐廳，他不想繼續呆在這個自己本不該去讓自己無所適從的地方了，他去停車場找到單位的車輛，司機正在車上等著韋處長和自己。

周末晚上，張秀莉很興奮。「小峰，你平常不看電視，今晚一定要

看電視！喫過飯不要出去散步了，看完電視再去散步吧！」張秀莉興奮地對姬遠峰說道。

「電視有什麼好看的！我多少年都不看了！」姬遠峰淡淡地說道。

「你上電視了啊，我聽爸爸說上周四國家能源司司長來集團的新聞今晚會播放，裡面肯定有你的鏡頭！」張秀莉還是很興奮。

「我上電視了妳這麼興奮幹什麼，又不是妳上電視了！」姬遠峰還是淡淡地回應道。

「小峰，別這麼無趣好不好，多高興的一件事，我工作這麼多年了還沒有上過電視呢！」

「哦！」

「周四你開會，我爸爸也去了，爸爸說你匯報不錯！」張秀莉說道。

「哦，謝謝岳父大人誇獎。」

「討厭！油嘴滑舌的！」張秀莉笑著說道。

電視上正播放著天峰能源集團公司新聞。

「現在是天峰新聞時間，七月十四日星期日，兄弟民族自治區發改委副主任「持白蓮花者」一行在國家能源司閆開遠司長的帶隊和陪同下來天峰能源集團公司考察觀摩交流。考察觀摩團一行在集團公司電力部部長魏文澤、自治區發改委夏侯主任及市發改委相關負責同志的陪同下考察了集團公司一號發電廠現場，聽取了集團公司電力部的工作匯報，觀摩了天峰能源集團公司研究院對於電力項目評估報告編制的整個流程。考察觀摩團一行聽取匯報和觀摩後，閆開遠司長對集團公司近年來在保證電力供應的同時在安全環保方面取得成績予以充分肯定，希望集團公司繼續保持安全環保生產的良好勢頭，為國家能源安全以及社會經濟發展做出更大的貢獻。兄弟自治區發改委副主任「持白蓮花者」表示，此次考察觀摩給自己留下了深刻印象，對天峰能源集團公司嚴格的管理、規範的現場生產操作印象深刻，表示以後要多到內地學習交流，為兄弟自治區能源電力行業的發展取經，以早日提高兄弟自治區能源電力行業的安全環保水平。考察觀摩交流會後，閆開遠司長及兄弟自治區

發改委副主任「持白蓮花者」、自治區發改委夏侯主任同現場交流匯報的幹部職工親切合影交流，勉勵天峰能源集團公司幹部職工再接再厲，為天峰能源集團公司，為國家能源供應安全與環保做出更大的貢獻。幹部職工紛紛表示……」

「小峰，快看，閆司長和你握手呢！」張秀莉興奮地說道。

「那司長的手柔軟的和妳的手一樣！」姬遠峰回應道。

張秀莉瞪了姬遠峰一眼，「拿一個老男人的手和我比，惡心！」

「他要是個女人我就握住不放了！」姬遠峰說道。

「小峰，你更惡心了！」張秀莉笑著說道。

「如果閆司長是歐洲貴夫人的話，說不定我還會吻他的手背一下，但我肯定會把口水流到他手背上。」

「小峰，你還能更惡心點嗎！你今晚怎麼這麼無趣呢！」張秀莉說這句話的時間不再笑了。

「這個電視新聞一點也不精彩，最精彩的戲碼在飯桌上，妳看著孩子做會作業，我的新聞也完了，我出去散步去了！」說完姬遠峰換上鞋子出門走了。

二一

星期一的早晨，姬遠峰被韋處長叫到了辦公室，「姬工，上周四的匯報表現不錯，你周末看集團公司電視臺的新聞節目了嗎？」韋處長問道。

「看了！」姬遠峰回答道。

「看到你的鏡頭了嗎？」韋處長笑著問道。

「看到了，我還看到韋處長您的鏡頭了，不過一閃就過去了！」姬遠峰笑著回答道。

韋處長笑了一下。

「韋處長，來的領導周末去草原上玩了嗎？」姬遠峰問道。

　　韋處長只是微笑了一下，沒有回答這個問題，「姬工，也給你一次遊玩的機會，為上周四的匯報你前後也整整忙活了將近兩個禮拜的時間，也給你放兩天假。」韋處長笑著說道。

　　姬遠峰沒有喘聲，他帶著疑惑的表情看著韋處長。

　　「周四聽匯報的閆司長的兒子在國外留學，放暑假也回來了，想來草原玩，但這次有兄弟自治區的領導，不好意思一起過來，閆司長的兒子明天就會到這邊，你後天早晨帶上司機去賓館接上閆司長的兒子，陪著在烏蘭布統一帶玩兩天吧。你去過那兒，熟悉那兒，我知道你平常喜歡看書，歷史知識多一些，烏蘭布統是古戰場，你做個兼職導遊都完全合格。你去的時間多帶點錢，我已經給財務說過了，你帶上一萬圓，該花的就花，那些費用也沒辦法報銷，你回來列個明細交到財務那裡，讓財務處理掉就行了。」韋處長說道。

　　「好的，韋處長。」

　　「這是閆司長兒子的電話，你後天早晨直接去賓館接上他就行，明天你不用管，有人負責接待，周三早晨走的時間給你們科高科長說一聲你幹嗎去了就行。」說著韋處長把閆司長兒子的電話給了姬遠峰。

　　「好的，韋處長。」

　　星期三的早晨姬遠峰一上班就帶著司機到了賓館去接閆司長的兒子，現在是七月份，中午的時間草原上還是很熱的，他怕閆司長的兒子出發的早，自己去遲了。姬遠峰到了賓館，他看錶已經八點二十了，他覺得自己可能來得有點晚了。姬遠峰心想韋處長給了自己閆司長兒子的電話，但沒有說是否把自己的電話給了閆司長的兒子。自己早晨來接人可能來晚了，姬遠峰急忙給閆司長的兒子打了電話，電話顯示開機狀態，但卻沒有人接聽，姬遠峰心想可能去喫早飯忘記帶手機了。過了十分鐘姬遠峰打了第二次電話，但還是沒人接聽，姬遠峰放心下來了，自己打過兩個電話了，自己禮貌在先了，不用管那麼多了，姬遠峰在大廳沙發上和司機坐下來只好等著。九點一刻了，閆司長的兒子還沒有下樓

也沒有回電話，姬遠峰第三次打了電話，這次終於接聽了，電話裡傳來一個庸懶的聲音，「誰啊，這麼早打電話，還讓人睡不睡覺了！」

姬遠峰聽出來閆司長的兒子還沒有起床呢，「不好意思，我是來接您去烏蘭布統的，打擾了，不好意思，我在一樓大廳等您吧！」姬遠峰急忙說道。

「等會吧，我一會下來！」

九點半了，閆司長的兒子還沒有下來，司機有點不耐煩了，「閆司長的兒子怎麼回事，不是說好去玩的嗎，這個點了還不出門，一會到中午了，還能玩嗎！」司機有點不耐煩地說道。

「等等吧，權當給自己放假了，我不用在單位幹活，你在這兒呆著也算出車了！」姬遠峰安慰司機道。

「來了一個小時了，也不下來，我在賓館院子裡遛彎去了，那小子下來了打電話給我。」不耐煩的司機出了賓館大廳散步去了。

十點了，姬遠峰看到一個穿著緊身破洞牛仔褲、半筒皮靴、背著筆記本電腦包的小伙子從電梯裡出來了，那個小伙子拿出了手機邊打電話邊四下張望，姬遠峰的電話響了，他拿出手機一看，是閆司長的兒子的電話，姬遠峰猜這個小伙子就是閆司長的兒子，他迎了過去。姬遠峰聞到了這個小伙子身上濃濃的香水味，他看清了這個小伙子的裝束，長長的頭髮扎了個辮子翹在腦袋頂上，尖部還挑染成了黃色，每隻耳朵上三個耳洞，其中兩個戴著耳釘。

「你是閆司長的兒子吧？」姬遠峰已經不願意稱這個小伙子為您了，姬遠峰猶豫了一下，還是伸出了手。

「嗯，是的，你是派來接我的吧！來的也太早了吧！」閆司長的兒子回應道。

聽了這句話，姬遠峰有點後悔自己主動握手的舉動了，閆司長和自己握手的情形還沒有一個禮拜呢，姬遠峰想起來就覺得屈辱。他看到了閆司長兒子的手，纖細嫩白的手腕上纏繞了好幾圈紅色小珠子的手串，手指上戴著一個翡翠戒指，小拇指長長的指甲足有一厘米長，直讓姬遠

峰覺得惡心。看到這雙手，姬遠峰徹底後悔自己伸手了，「需要我幫你拿一下你的包嗎？」姬遠峰急中生智。

「不用，我自己一會還要玩。」閆司長的兒子說道。

姬遠峰急忙收回了自己的手，閆司長兒子的手也收了回去，姬遠峰暗自慶幸，幸虧自己反映快，終於不用握這次手了。

閆司長的兒子上車了，他一言不發，拿出了筆記本電腦，戴上耳機，開始玩遊戲了，好像姬遠峰和司機不存在似的。

「有車載wifi⁵嗎？」閆司長的兒子摘下了耳機並問道。

「沒有。」司機回答道。

「真落後，美國早有了，看來只能玩單機遊戲了。」閆司長的兒子說道。

聽了閆司長兒子的話，司機和坐在副駕駛位上的姬遠峰同時回頭看了一眼閆司長的兒子，他低著頭玩著遊戲，沒有注意到別人在看他。姬遠峰也明白了，閆司長的兒子昨晚也肯定是玩遊戲睡得太晚了，所以今早起床這麼晚。

「小閆，今天我們可能出門稍微晚了點，一會中午就熱了，不能遊玩了。」姬遠峰說道。

「不晚，我經常這個點出門的。Fuck⁶！媽的，敢打我！幹死你！」閆司長的兒子自顧自的玩著遊戲，自言自語道。

姬遠峰知道這後半句肯定是對著遊戲罵的，姬遠峰和司機又回頭看了一眼，閆司長的兒子還在專心玩他的遊戲，沒有注意到別人看他。

「小閆，今天去烏蘭布統遊玩你有初步的路線和計劃嗎？」姬遠峰問道。

姬遠峰沒有聽到閆司長兒子的回答，等了幾秒鍾閆司長的兒子還沒有回應，姬遠峰回頭看了一眼，閆司長的兒子已經帶上耳機，他沒有聽到姬遠峰的問話。姬遠峰看到司機已經不回頭看了，他抬頭從後視鏡看

5　Wireless Fidelity的縮寫形式，無線通信技術。
6　口頭語，操。

了閆司長的兒子一眼，姬遠峰給司機說道，「直接往烏蘭布統開吧，到了再說吧！」

中午停車休息喫飯，「烏蘭布統是烏蘭木通嗎？」閆司長的兒子終於主動和姬遠峰說話了。

「小閆，你說的烏蘭木通是什麼地方我沒有聽說過，我知道有個地方叫烏蘭固木，是今天外蒙古境內的一個地名，挺有名的一個地方，但沒有聽說過烏蘭木通這個地方。」姬遠峰回答道。

「烏蘭木通就是《康熙王朝》中大阿哥大戰噶爾丹的地方。」閆司長的兒子說道。

「那你所說的烏蘭木通可能就是今天咱們要去的烏蘭布統了，但我沒有看過《康熙王朝》，不敢肯定，但烏蘭布統曾發生過清朝與噶爾丹之間的激戰卻是真的。」姬遠峰說道。

「噶爾丹在烏蘭布統給藍齊兒修建的宮殿還在嗎？」閆司長的兒子問道。

「藍齊兒是誰，我沒有聽說過，蒙古民族習慣於住蒙古包，元朝時期大汗到了夏季也習慣到草原上住在蒙古包裡狩獵，你說的噶爾丹在烏蘭布統修建宮殿可能是蒙古包式宮殿的訛傳吧！」姬遠峰說道。

「你怎麼什麼都不知道呢！藍齊兒是康熙的公主，嫁給了噶爾丹。」閆司長兒子說道。

一直喫飯默不作聲的司機抬頭看了一眼閆司長兒子，繼續喫他的飯。

「康熙的女兒嫁給了噶爾丹，不可能，史書上沒有這樣的記載。」姬遠峰說道。

「怎麼不可能呢？《康熙王朝》裡就這樣演的！」閆司長的兒子說道。

「電視劇會有許多虛構的成分，那可能是虛構的，噶爾丹我知道是個真實的歷史人物，噶爾丹是蒙古準噶爾部的貴族，早年在西藏學經當喇嘛，準噶爾蒙古發生內訌後回到準噶爾部成為準噶爾部的可汗。清朝

皇帝公主及宗室公主嫁給蒙古王公是清朝的一項國策，宗室皇女嫁給蒙古王公的很多，而且嫁給哪個蒙古王公都是有名有姓的，康熙皇帝沒有藍齊兒這麼一個公主的記載，也沒有將女兒嫁給噶爾丹的記載，而且噶爾丹一直和清朝在作戰，康熙皇帝怎麼會把自己的女兒嫁給噶爾丹呢，應該是電視劇中虛構的吧！」姬遠峰說道。

「你說的不對，《康熙王朝》中藍齊兒還給噶爾丹生了一個兒子叫阿密達呢！」閆司長的兒子反駁道。

喫飯的司機又抬頭看了一眼閆司長的兒子。

「噶爾丹是蒙古族歷史上很著名的一個人物，他的子女都是有歷史記載的，噶爾丹有三個妃子，生了兩個兒子，但《蒙古世系》一書中只記載了一個兒子，這個兒子在去西藏的途中被哈密回族，即現在所稱的維吾爾族擒獲送給了清朝。另外一個兒子的身份則撲朔迷離，網路上說二兒子在噶爾丹去世後投降清朝時半途病死了。但藏文史料《如意寶樹史》記載噶爾丹有一個兒子在西藏的哲蚌寺為僧，稱為郭莽喇嘛，噶爾丹第二個兒子的身份還真是個謎。噶爾丹還有兩個女兒，一個嫁給了青海蒙古貴族，噶爾丹兵敗去世後康熙帝以青海蒙古與噶爾丹通婚及通使為藉口，極力施壓青海蒙古，迫使青海蒙古接受了清朝的統治。另外一個女兒在噶爾丹兵敗去世後，其手下大臣護送本欲一起投降清朝，但被噶爾丹的侄子策旺阿拉布坦奪去，康熙皇帝極力向策旺阿拉布坦施壓，此時策旺阿拉布坦勢力還不強，迫不得已將此女送到了清廷。這也是日後策旺阿拉布坦羽翼豐滿後和清朝開戰的一個藉口，說康熙施壓讓他把一個手無寸鐵的婦女送到了清朝，使他受到了侮辱，讓他在蒙古民族內部抬不起頭。不過送到清朝的噶爾丹的一子一女，清廷本著一貫優撫蒙古的政策，都受到了優待，所以我剛纔說藍齊兒是虛構的，她生兒子的情節肯定也是虛構的了。」姬遠峰說道。

「藍齊兒怎麼會是虛構的人物呢？沒有這個人怎麼會在電視劇裡演呢？」閆司長的兒子好像在自言自語，又好像在問姬遠峰，姬遠峰沒有再吭聲。

喫飯的司機又抬頭看了閆司長兒子一眼。

「小閆，你去美國幾年了？我一直呆在國內，沒有去過國外，對國外的情形挺好奇的，能問你一些美國的見聞嗎？」姬遠峰問道。

「你問就行，我一上高中就到了美國，現在已經七年了，對美國很熟悉。」

「你去美國七年了，大學已經畢業了吧！」司機插話問道。

「我今年上大二。」閆司長的兒子回答道，他絲毫沒有覺察到司機師傅看他的異樣的眼神。

「你看過托克維爾的《論美國的民主》嗎？」姬遠峰問道。

「托克維爾是誰？美國的民主還需要看書嗎？《論美國的民主》是一本書嗎？」

「托克維爾是法國的一個學者，《論美國的民主》是他寫的一本書。」姬遠峰說道。

「哦，沒有聽說過這個學者，也沒有看過這本書，法國人寫的書是法文的吧，你能看得懂？」閆司長的兒子說道。

「哦，我看的是商務印書館出版的中文譯本。」

「法國人寫美國的民主，靠譜嗎？」

「我對美國的情況知道的很少，都是通過新聞媒體了解一點點，具體是什麼情形不了解，纔問你的。」

「美國的情形和新聞媒體報道的差不多！」閆司長的兒子說道。

「你看過《西印度毀滅述略》嗎？」姬遠峰問道。

「你說的是一部科幻電影嗎？」閆司長的兒子問道。

「不是，是一本書。」

「是誰寫的？」

「一個傳教士，一個叫巴托洛梅・德拉斯・卡薩斯的西班牙神父寫的。」

「我對宗教書不感興趣，沒有看過。」

「哦，你在美國學得是什麼專業？」姬遠峰問道。

「我學習的是西方政治學。」

司機師傅一直靜靜地聽著，看著眼前的這個小伙子，一言不發。

一行三人來到了公主湖，「公主湖是因為藍齊兒起名的嗎？」閆司長的兒子問道。

「剛纔咱兩說道噶爾丹給藍齊兒在烏蘭布統修建宮殿時我已經說了藍齊兒是虛構的人物，公主湖這個名字當然不可能與一個虛構的公主有關係了。」姬遠峰回答道，心裡卻想，閆司長的兒子難道有強迫症，在自己不能提出任何有價值的反駁意見的情況下怎麼在同一個問題上糾纏不休呢。

「你說的也不一定對。」閆司長的兒子又說話了。

「小閆，你說的對，我可能說的也不正確，清朝和蒙古貴族通婚是一項基本國策，清朝宗室女子嫁給蒙古貴族的有好幾百個，公主湖這個名字和藍齊兒沒有關係，和其他清朝公主有關係也不一定。離這兒不遠的喀喇沁旗的郡王噶爾藏娶了康熙皇帝的五女兒和碩端靜公主，後來這個公主被噶爾藏因故打死了，可能這個公主是因為不守婦道纔被打死的，所以康熙皇帝不好發作，後來找了個藉口把噶爾藏削爵下獄了，噶爾藏最後也死在了監獄裡面。」姬遠峰說道。

「真有這事？你虛構的吧！」閆司長的兒子說道。

「這個不是虛構的，我又不是給你說《康熙王朝》這部電視劇呢！」姬遠峰說道。

他們一行三人來到了將軍泡子。

「將軍泡子是因為年羹堯起的名嗎？」閆司長的兒子問道。

「你是不看過《雍正王朝》，記住了年羹堯這個名字？」姬遠峰笑著問道。

「當然是了，你不會連《雍正王朝》都沒有看過吧！你怎麼什麼電視劇都不看呢！」閆司長的兒子說道。

「將軍泡子這個名字與年羹堯沒有任何關係，你可能把《雍正王朝》中的人物和《康熙王朝》中的人物記混了，清軍與噶爾丹在烏蘭布統激戰的時年羹堯還是一個不出名的小人物，更不是統領兵馬的將軍，年羹堯稱為大將軍是雍正年間的事情，而且年羹堯在任大將軍時主要在甘肅青海陝西作戰，並沒有到過蒙古地區。」姬遠峰說道。

「哦，那肯定是大阿哥了，大阿哥在烏蘭布統與噶爾丹打仗來著。」閆司長的兒子說道。

「應該不是因為大阿哥纔起這個名字的，大阿哥參與了烏蘭布統之戰是真的，但烏蘭布統之戰清軍的真正統帥是康熙的哥哥福全和弟弟福寧，大阿哥只是個副將軍，並非真正的統帥，而且在戰鬥發生之前因為與其伯父即福全意見不和被召了回去，大阿哥在烏蘭布統並沒有參加戰鬥。」姬遠峰說道。

「你說的不對，電視劇裡面演了大阿哥打敗了噶爾丹的！」

「我沒有看過《康熙王朝》，不知道電視劇裡是怎麼演的。」

「電視劇裡演了，大阿哥被噶爾丹俘虜，後來被藍齊兒救了，最後噶爾丹戰敗了的時間大阿哥因為被俘的屈辱堅持殺死了噶爾丹，割下了腦袋回去請功的！」閆司長的兒子說道。

「你確定電視劇裡就是這麼演的？烏蘭布統之戰噶爾丹雖然戰敗逃走了，但並非決定性的一戰，噶爾丹主力被殲滅是在幾年後的昭莫多之戰，那次戰鬥之後，窮困潦倒的噶爾丹最後去世了。」姬遠峰說道。

「哦，我想起來了，大阿哥是在烏蘭布統之戰中被噶爾丹俘虜了，被藍齊兒救了，後來在昭莫多之戰中大阿哥為報被俘之仇，殺死了噶爾丹。」閆司長的兒子說道。

「這電視劇也太能胡編亂造了吧！這編的也太離譜了吧！」姬遠峰說道，「噶爾丹在昭莫多戰敗之後逃到了科布多以西的地方，按照清朝官方的《清實錄》和《平定準噶爾紀略》記載，噶爾丹是仰藥自殺的，時間是康熙三十六年閏三月初三日，即使這個記載也是假的，噶爾丹真正去世的日期是康熙三十六年三月初三日，官方史書把日期推後了一個

月，為的是和康熙出征的日期吻合起來，彰顯康熙皇帝的豐功偉績，這在近年來公佈的當時前線將領的奏摺裡明確地記載是三月初三日，不是閏三月初三日。大阿哥參與了這次遠征是真的，但根本就沒有見到噶爾丹的面，也沒有參與昭莫多之戰，說大阿哥殺死了噶爾丹真正的無稽之談了。」姬遠峰說道。

「你說的不對，你剛纔也說了，康熙親征了，大阿哥也一起去了的。」閆司長的兒子說道。

「去了并不一定就參與了戰鬥，並且殺死了噶爾丹啊，你平常看歷史書嗎？」姬遠峰對這個年輕人的話有點不高興了。

「不看，歷史電視劇不都是根據歷史演的嗎？」閆司長的兒子說道。

「哦！」姬遠峰不願意繼續搭理這個年輕人了。

「你說不是大阿哥殺死了噶爾丹，那誰殺死了噶爾丹呢？」閆司長的兒子問道。

「昭莫多之戰清軍統帥是費揚古，噶爾丹在昭莫多之戰中也沒有戰死，不是被人殺死的，是逃跑之後死亡的，怎麼死的至今眾說紛紜，剛纔我說了清朝官方史書《清實錄》和《平定準噶爾紀略》記載是仰藥而死，即喝藥自殺了，真正病死的還是喝藥自殺的，至今沒有定論，但並不是清軍殺死的這點是肯定的。」

「那將軍泡子肯定是你剛纔說的烏蘭布統之戰清軍統帥——叫什麼名字來著？纔起這個名字的吧？」閆司長的兒子說道。

「是福全和常寧，福全是康熙皇帝的哥哥，常寧是康熙皇帝的弟弟！」

「那這個地名肯定是與福全或者是常寧有關了！」

「不是，不是福全和常寧，我猜應該是佟國綱。」

「佟國綱是誰？」

「是康熙的舅舅。」

「康熙的舅舅不是隆科多嗎？」閆司長的兒子說道。

「你可能又把《康熙王朝》和《雍正王朝》中的人物弄混淆了，隆

科多是雍正皇帝的舅舅，不是康熙皇帝的舅舅，不過佟國綱與隆科多也有一定的親屬關係，佟國綱是隆科多的伯父。」

「你剛纔沒有說佟國綱參加烏蘭布統之戰，為什麼會是他呢？」

「我剛纔說烏蘭布統之戰的清軍統帥是福全和常寧，佟國綱因為不是統帥，所以沒有說到他，但佟國綱是高級將領，並且最後戰死在這裡，他的墓也在這裡，所以我說將軍泡子這個名字很可能和佟國綱有關係。」姬遠峰說道。

「昭莫多之戰噶爾丹死後康熙見到藍齊兒是真的嗎？」閆司長的兒子又回到了藍齊兒這個話題上，好像非要證明藍齊兒這個人物存在似的。

姬遠峰不願意繼續搭理這個年輕人了，這個年輕人好像有強迫症，自己開始就已經說了藍旗兒是虛構的人物，在公主湖又一次說道藍旗兒，現在再一次說道藍齊兒，既然是一個虛構的人物，那這個人物在電視劇的情節是假的還用的著問嗎！「不可能的事，康熙當時在寧夏，目的是藉戰勝噶爾丹的兵威統一青海蒙古，根本不在昭莫多戰場，怎麼會見面呢？」姬遠峰淡淡地說道。

「你剛纔說佟國綱不是大阿哥在昭莫多殺死的，那他最後在哪死的？」閆司長的兒子問道。

「噶爾丹在昭莫多戰敗之後，逃跑到了科布多以西阿爾泰山內，狩獵充飢，最後在這個地方去世的。」姬遠峰說道。

「科布多？噶爾丹還上課？」閆司長的兒子說道。

姬遠峰聽了閆司長的兒子說「科布多」三個字，以為他說的是喀爾喀境內的科布多這個城市呢，聽了後半句，姬遠峰明白了，閆司長的兒子把「科布多」聽成了「課不多」了，他十分反感這個年輕人了，沒有聽明白也不應該問這麼一句前言不搭後語的話啊。

「皇帝也有是侍講呢，皇帝也要學習的，噶爾丹課程和皇帝一樣，可能也很多。」姬遠峰不高興了，應付這個年輕人道。

「哦！」

　　姬遠峰再也不想和這個小伙子說一句話了，他只想安安靜靜地用自己的單反相機照相了，烏蘭布統的景色太美麗了，如果沒有身邊的這個小伙子，這裡的景色會更美。

　　姬遠峰陪著閆司長的兒子旅遊回來了，韋處長問姬遠峰，「閆司長的兒子怎麼樣？」

　　「一個有意思的小伙子。」姬遠峰笑著回答道。

　　姬遠峰回到了家裡，「小峰，大忙人陪著領導的公子哥遊玩回來了！閆司長的兒子怎麼樣？」張秀莉笑著問姬遠峰。

　　「一坨屎一樣的官二代而已！」姬遠峰回答道。

二二

　　二零一四年三月份的一天，早晨姬遠峰早早到了單位，他正在追求進步，所以從不遲到早退，而且還會到單位很早，將自己辦公室和樓道的衛生打掃乾淨。單位裡還沒有幾個同事，剛進辦公樓姬遠峰就感覺到了一絲異樣的氣氛。姬遠峰迎面碰到了正在下樓的柴書記，姬遠峰問聲「柴書記，早晨好！」但柴書記並沒有說話，只是點了一下頭，逕直下了樓，一邊撥打著手機。上了樓，姬遠峰看到韋處長和高科長還有另外一個科長都在一個辦公室的門口守著，氣氛凝重，韋處長和兩個科長在低聲說話。一會兩個科長分散開來往樓外走，其中高科長叫上了姬遠峰，讓姬遠峰跟著高科長下了樓，姬遠峰問道，「發生了什麼事？」高科長告訴姬遠峰，「趙工在辦公室上吊了，現在下樓到研究院院子裡的路口，把上班的同事都攔住，讓同事暫時到其他地方呆一會，不要來辦公室來圍觀，一會警察就到了。」

　　不一會，研究院工會主席，還有人事處安處長帶著兩個科長急匆匆地向姬遠峰的辦公樓走了過去。又一會兒兩輛警車閃著警燈但並沒有拉響警笛駛到了姬遠峰辦公樓下，幾個警察上了樓，其中一個警察提著

工具箱，姬遠峰猜那個提著工具箱的警察應該是法醫，樓門口留下了一個警察，但整棟樓並沒有拉警戒線。一會兒一輛一二零救護車來到了樓下。有同事過來替換姬遠峰，說柴書記讓姬遠峰到辦公樓去，姬遠峰到了樓下，但門口的警察不讓姬遠峰進入樓內。這時間姬遠峰的電話響了，是柴書記的電話，「姬遠峰，你上樓幫著把屍體往救護車上搬一下。」

「警察不讓我上樓。」姬遠峰脫口說道，他知道趙工已經死了，搶救不過來了，柴書記讓自己幫忙抬屍體。姬遠峰的腦袋飛速轉動，如何拒絕幫忙抬屍體，自己雖然已經三十多歲了，但從來沒有接觸過屍體。又因為自己是家中最小的孩子，爸爸媽媽對這類事十分忌諱，自己家族中的喪事自己也從來沒有參與過抬棺材，更不要說抬屍體了。姬遠峰自己對碰觸屍體也十分抵觸，何況是非正常死亡的屍體，但他實在想不出好的藉口拒絕。

「你讓樓門口警察接電話，我也把電話給他們隊長。」柴書記又說話了。

「柴書記，我是家中最小的孩子，我父母十分避諱這種事，我還從來沒有接觸過屍體，我有點心理抵觸。」姬遠峰只好實話實說。

「知道了。」柴書記掛斷了電話。

不一會，姬遠峰看到兩個醫護人員和兩個同事抬著黑色的屍袋下了樓，抬到了救護車上。工會主席、人事處處長、柴書記、韋處長以及警察都出來了，上車的上車，步行的步行，都走了。

過了四五天趙工的追悼會正在殯儀館舉行，同事們排著隊魚貫而入。趙工的七八個親屬在殯儀館的另一邊站成一排，姬遠峰看到了一個滿面淚容的中年婦女和一個十歲左右的孩子也在其中，那應該是趙工的妻子和孩子。趙工的屍體裝殮在一個簡單的棺材中，敞著口，雖然屍體經過了美容，但十分腫大淤青的臉再多的妝容也遮蓋不住。柴書記做了簡短的致祭詞。

「趙工是一個好職工，他在工作上兢兢業業，取得了很好的成績。

他是一個好丈夫，也是一個好爸爸，他熱愛工作，熱愛家庭，愛自己的孩子。我們為他的英年早逝，為我們失去這麼一個優秀的同事，妻子失去親愛的丈夫，孩子失去慈愛的爸爸而痛心，願他在天堂安息！」

這時候，趙工親屬中有婦女已經哭出了聲，那個滿面淚容的婦女已經支撐不住欲倒，其他親屬連忙攙扶住。

前來致祭的職工排著隊緩緩從遺體前經過，在遺體前鞠躬，然後從趙工的親屬前走過。與趙工家屬相識的互相握手安慰傷心的親屬，趙工的親屬鞠躬致謝來客，然後從另一個出口出去。看著趙工腫大淤青的臉，姬遠峰想起了在趙工自殺的前一天自己和趙工還在辦公室閒聊。趙工長自己好幾歲，並不是自己的知心朋友，但還挺能聊到一起。趙工也愛喝幾口小酒，自己結婚答謝喜宴上他來了，喝了點酒後滿面紅光著祝福自己新婚大喜。自己孩子出生後他和其他幾個同事也來自己家裡來祝賀了，張秀莉做了幾道菜一起在家喫飯，他又喝了一點酒，看著自己的孩子喜愛之情溢於言表。他出去旅遊時給同事帶了折扇，也送了自己一把，上面是蘇東坡的《赤壁賦》，自己和孩子夏天經常還拿著玩耍。但趙工現在已經離開了這個世界，而且是非正常死亡。這時三五個女致祭的女同事已經哭出了聲，姬遠峰被感染了，他覺得自己鼻子酸酸的，他趕緊快走幾步，出了追悼會大廳。

回到辦公室，姬遠峰情緒低落而壓抑，自己和趙工的辦公室是斜對門，現在那個辦公室的門緊鎖。整個辦公樓氣氛壓抑，沒有同事走動，也沒有同事大聲說話，大家的辦公室都關著門，靜悄悄的走廊裡一個同事走路的腳步聲是那麼地沉重壓抑，姬遠峰出了辦公室，下了樓，他到單位外的馬路上去走走。

幾天後姬遠峰和柴書記，以及三個科級幹部一起在飯店喫飯。柴書記說話了，「這次幸虧是我，在和家屬談判的會議室韋處長說了半天也不得要領，我就抓住一點，趙工是從醫院檢查回來想不開纔自殺的，檢查報告還在辦公室，趙工沒有留下遺書，沒有對單位有任何不滿，他的

家屬纏無話可說，最後同意了單位給出的條件，答應不再追究這事。」

　　姬遠峰聽出了來，柴書記在表自己處理這次趙工自殺事情上的功勞呢，姬遠峰也大致聽出了趙工自殺的原因了。姬遠峰心裡想，柴書記為什麼沒有想到那個支離破碎的家庭，安慰那兩位失去兒子的悲傷的老人，失去丈夫的悲傷的妻子，而是急於撇清和單位的關係呢？還有那個不諳世事的孩子真可憐。看來，領導和普通職工考慮事情的角度永遠不一樣。姬遠峰也聽出了柴書記對韋處長的看不起，今天來的這三兩個科級幹部都是平常和柴書記關係走得近的同事。平時柴書記和韋處長互相一團和氣，自己只能隱約覺得他們二人之間的關係並非表面顯示的那樣融洽，今天柴書記的話表明他們二人的關係的確不像表面那樣的和諧，自己平時和柴書記走得太近了，這對自己的前途並不有利。

　　「柴書記，還是您見多識廣！」有科級幹部在附和道。

　　「柴書記，就像您說的，這次真的幸虧是您，要不家屬還不知道要提出什麼要求呢！」另外一個科級幹部也附和道。

　　「柴書記，還是您遇事不慌。」姬遠峰也附和道，他想起了自己拒絕了柴書記讓他幫忙抬屍體的事情，但願柴書記不要說起來，而且以柴書記的老於世故，他肯定也不會說，果然柴書記沒有提起這件事。同時姬遠峰看到那三個科級幹部也看著他，他知道自己不能恭維柴書記太多，從而搶了幾位科級幹部恭維柴書記的戲碼，這並不是自己多說話的場合。

二三

　　趙工自殺後一個月，即二零一四年四月份，柴書記到退休年齡了，這天早晨，柴書記打電話把姬遠峰叫到了他的辦公室。

　　「柴書記，您找我有事？」姬遠峰說道。

　　「姬工，坐！」柴書記客氣道，姬遠峰坐了下來。

　　「姬工，你的工程碩士已經三年了，我知道你沒有讀出來，是

嗎？」柴書記說道。

「嗯，是的，柴書記。」這是第一次有領導跟姬遠峰說起他讀工程碩士的事情，快三年了，姬遠峰甚至連當初放棄讀工程碩士時想跟領導說的話也懶得說了。

「沒讀出來就沒讀出來，你是正規碩士，除非有特殊安排，對你來說實際上也沒有什麼用處，今天不說這個，你上工程碩士時借的處裡的三萬圓學費都交到學校了嗎？」柴書記問道。

「沒有全部交到學校，柴書記，我交了第一學年的一萬五千圓，還有一萬五千圓在我手裡，發票和剩餘的錢都在我辦公室抽屜裡鎖著呢。」姬遠峰上工程碩士的時間沒有向研究院預借學費，因為當初的培養方案很籠統，只是說工程碩士讀出來了向研究院報銷，但沒有說這筆費用先由自己墊支還是可以向研究院借款。姬遠峰知道這種模棱兩可的方案自己去向研究院借學費不知道又要費多少周折，需要看多少臉色，他沒有向研究院借款，而是向處裡借的款，當時是柴書記簽的字。

「是不已經超期了？你還打算繼續讀嗎？」柴書記問道。

「柴書記，我不打算讀了，而且也超期了。」

「那你把交了的一萬五千圓發票還有剩下的錢都還到處裡吧！」

「哦，好的，柴書記，我一會就交到處裡去。」

「哦，姬工，給你說件事，這兩天如果有審計部門的人找你問起這三萬塊錢的事，你實話實說就可以，不用遮遮掩掩。」

「柴書記，這三萬塊錢不是有正常借款手續嗎，怎麼還會被審計部門的人盯上呢？」姬遠峰有點疑惑地問道。

柴書記稍微猶豫了一下，說道，「姬工，這三萬塊錢借款手續沒有任何問題，所以我纔讓你實話實說，只是當時的工程碩士培養方案上說的不明不白，我這次退休，有人想在退休審計上做點文章，而且看起來還是有備而來，對單位情況了解的很清楚，非要查出來點什麼不可，已經問過我兩次這筆錢的事情了，我原想借款手續都在，應該沒有什麼問題，但審計部門揪住不放，我就讓你把發票還有剩餘的錢先還回來。」

「柴書記，如果審計部門的人問我為什麼還有一萬五千圓怎麼沒有交到學校我該怎麼說？」

「姬工，你就說上了工程碩士後單位忙，沒有時間去上課，暫時沒有交而已。」

「柴書記，既然審計部門已經盯上了，要不要我準備一萬五千塊錢，把已經交到學校的一萬五千圓補上，我不想給書記您添麻煩。」姬遠峰說道。

「姬工，這個倒可不必，當初的方案中說的就很籠統，你現在也只是工程碩士第三年，你就說延期畢業就行了，拖著就行，國企都這樣，又不是什麼原則性問題，拖拖就過去了。」

「謝謝您，柴書記，沒想到我一個工程碩士沒有讀出來還給您添了這麼個麻煩。」姬遠峰說道。

「姬工，添麻煩沒有的事，按照慣例這根本就不是什麼問題，只是這次被人盯上了而已。」

「柴書記，我感覺還是給您添麻煩了。」

「這是小事，沒有關係了。小姬，我也馬上退休了，跟你說幾句話，說的不對的地方也別往心裡去。」柴書記看著姬遠峰的臉說道。

「書記，您說就行，您是我快十年的領導了，對我照顧有加，您一般也不會給別的職工說的。」姬遠峰說道。

柴書記微微一笑，「小姬，你來咱們單位上班也快十年了，我對你也比較了解了，你人比較正直，我沒有聽到過你批評單位的聲音，但你私下批評社會上一些腐敗、不合理現象的話我偶爾聽到過。其實單位和社會是相通的，你的這些話容易讓領導覺得你是在影射單位和領導，領導聽到了對你不好。再，我沒有見到你去過其他領導家裡，反正你來單位快十年了，你沒有來過我家裡一次。」柴書記說到這兒笑了一下，「其實，逢年過節去領導家裡走動走動，和領導聯絡聯絡感情是有必要的，對個人成長有好處。」柴書記說道。

「謝謝柴書記您提醒，我以後工作上會注意一些，不輕易亂說話

了。」姬遠峰說道。

「再，小姬，你人很聰明，也很有主見，業務能力也沒得說。我知道你也喜歡買書看書，可能看書多了些，對這個社會有點理想化，尤其和領導關係方面。領導都是普通人，在這方面你還需要多向有些幹部學習學習，平常和領導多接觸接觸，沒有事也可以到領導辦公室去坐坐，和領導說說話聊聊天，不一定非是工作上的事情，其他事情也可以聊聊。另外，業餘時間也可以多陪領導打打球，一起玩玩，領導就比較熟悉你了，比如和你一起來單位的那個CUBA的高材生王高遠，我看他現在就很少打籃球，下班了或者周末經常陪著領導打乒乓球和羽毛球。小姬，你籃球打的不錯，不知道你乒乓球和羽毛球打得怎麼樣？有機會了多陪領導打打球，讓研究院的領導多了解了解你，如果你一開始不好意思過來玩，我帶著你去幾次，熟悉了，領導就會主動叫你了。」

「謝謝柴書記您指點，我對打乒乓球和羽毛球一竅不通。」

姬遠峰出了柴書記的辦公室，他心裡對柴書記很感激，雖然柴書記在有些事情上，比如處理趙工自殺上姬遠峰覺得有些不近人情。但柴書記對自己照顧有加，報考工程碩士的事情就是他提醒自己報名的，否則自己真的不會報名，一是自己已經是工學碩士了，工程碩士對提高自己學歷沒有用，二是專業相差太遠了，再者只有一個名額，研究院很容易以自己已經是碩士了否決掉。就像今天柴書記給自己說的，多去領導辦公室坐坐，多和領導聊聊天，以前柴書記也給自己說過，自己也去過領導的辦公室，只是自己進去後領導遞給自己一支煙，自己說不抽煙，就已經和領導間的距離拉大了似的，自己只好找點工作上的事情說兩句出了領導的辦公室，今天柴書記又給自己說了，說明去領導辦公室坐坐看似很小的事情其實也是很重要的一件事，只是自己怎麼也做不到呢。

姬遠峰沒有想到，審計部門找他了解情況比柴書記預料的還快，當天下午，審計部門的人就找姬遠峰談話了，問那三萬塊借款的事情。去之前姬遠峰從抽屜裡帶上了當年研究院的工程碩士培養方案，自己參加工程碩士全國統考的准考證、成績單，錄取通知書複印件等資料。姬遠

峰拿出了這些材料，談話的人看了看這些材料，沒有說任何話。

　　晚上下班喫過晚飯，姬遠峰對張秀莉說，「秀莉，妳給我一萬五千塊錢吧，我手邊現在沒有錢了，我可能會用的著。」

　　「你要錢幹什麼，為什麼還是可能用的著？」張秀莉問道。

　　「我工程碩士的學費在審計部門出了點問題，我暫時準備著點，也不一定會用。」姬遠峰說道。

　　「你上工程碩士兩年的學費不是三萬塊錢嗎，怎麼只要一萬五呢？」張秀莉疑惑地問道。

　　「另外一萬五千塊錢沒有問題。」

　　「同是學費，怎麼會一半有問題一半沒有問題呢？而且既然是學費，怎麼還會有問題呢？」張秀莉問道。

　　「當時學費我向我們處借了三萬圓，說等讀出來了報銷來著，後來我只交給學校一萬五⋯⋯」

　　「你意思你只交了一萬五，剩下的一萬五你花了？」張秀莉打斷了姬遠峰的話。「你花錢我從來沒有管過，你沒錢了向我要就行了，你怎麼能把學費給花了呢？是不又買書了？」張秀莉不滿地說道。

　　「妳聽我說，別打斷我的話，我話還沒有說完呢！我只給學校交了一萬五，剩下的錢我沒有花，這次我們柴書記退休，好像有人對柴書記不滿，審計部門的人揪住這三萬塊錢不放，我把一萬五的發票和剩下的一萬五都還給了處裡，我怕已經交給學校的一萬五千塊錢給柴書記惹麻煩，纔向妳要的，也不一定用的著，只是做好準備而已。」

　　「你這麼說，交了學費的一萬五千塊錢給你準備著沒有問題，但剩下的一萬五千塊錢呢，你為什麼不交學費，這都第三年了，你怎麼連第二學午的學費都沒有交呢？」張秀莉不滿地說道。

　　「我不打算讀了交學費幹什麼！」姬遠峰說道。

　　「什麼？你不打算讀了！」張秀莉睜大了眼睛驚訝地盯著姬遠峰說道。

「嗯，我早就不打算讀了！」

「你什麼時間不打算讀了？你為什麼不和我商量一下？」張秀莉提高了聲調說道。

「二零一一年十一假期我去學校上完課回來就沒有打算繼續讀了。」

「那我明白了，你是不是因為你們單位交通科的科級技術崗安排了一個本科生你就不讀了。」

「嗯，是的！」

「你為什麼不和我商量一下？」張秀莉有點生氣地說道。

「我工作上的事情不要你干涉！」姬遠峰冷冷地回應道。

「什麼叫不要我干涉，咱兩還是一家人嗎，你工作上的事情不和我爸爸說也就算了，連我都不說了，一聲不吭地就把好不容易爭取到的機會說放棄就放棄了呢！」張秀莉生氣地說道。

「我是正兒八經的碩士，要個爛工程碩士有什麼用？提高我的學歷嗎？」姬遠峰也提高了聲調。

「對提高你的學歷當然沒有用了，雖然暫時用不上，你就肯定將來用不上？」

「我交通大學電力系統專業的工學碩士快十年了都沒有用得上，一個爛工程碩士會用的上？我要不要再去上個婦產科的工程碩士出來，我覺得研究院還差這麼一個婦產科工程碩士。」

「什麼婦產科，姬遠峰，你別胡說八道行不？」張秀莉聲調更高了。

「我沒有胡說八道，我說的是實情，我如果讀了婦產科，給某些人的小三做了流產手術，保護了這些人的隱私，說不定我都成處長了呢！」

「姬遠峰，你管人家那些亂七八糟的事情幹什麼？你惡心不？管好自己的事纔對！」

「我覺得那不是亂七八糟的事，我又沒做那種事，我惡心什麼？我說的是實話，我覺得我幫某些人做這類事還能更快地提拔呢！」

「姬遠峰，別跟我胡攪蠻纏，你不讀工程碩士不跟我爸爸說就算了，為什麼連我都不說一聲，說放棄就放棄了呢？」

「張秀莉，妳別閉口妳爸爸張口妳爸爸的行不！我想往南方核電公司跳槽的事沒有向我爸爸說過，我讀工程碩士的事情也沒有向我爸爸說過，妳張口閉口妳爸爸，我什麼事情都要向你爸爸匯報不成？那讓妳爸爸過來乾脆給咱們家當家做主算了！」姬遠峰聲調也很高。

「好，好！」張秀莉臉色漲的通紅，「你不願意給我爸爸說就算了，你為什麼不跟我說一聲？」

「妳現在不是已經知道了嗎？」姬遠峰冷冷地說道。

聽了姬遠峰這句不講理的話，張秀莉更生氣了，「我現在知道了有什麼用？工程碩士你就能讀出來？」

「讀不出來了，學籍已經被學校註銷掉了。」姬遠峰這句話是編的，他並不知道學校是否已經把自己的學籍註銷掉了，他故意這樣說，免得張秀莉還抱著一點延期畢業的幻想。

「你，你……」張秀莉氣的有點語結，「你知道你這個工程碩士有多珍貴嗎！你們研究院像你電力系統專業的研究生多的是，可交通專業的學生連個本科生都沒有，你是工學碩士，再讀一個交通專業的工程碩士，你不知道你讀出來有多大的優勢嗎！」

「我看不出來有什麼優勢，我只知道在我們研究院研究生學歷沒有本科生有用，與交通八竿子打不著的專業比在讀交通專業的碩士研究生更有用。」

「姬遠峰，你今晚不要和我胡攪蠻纏行不？」張秀莉生氣地說道。

「我怎麼胡攪蠻纏了？我說的不對嗎？」姬遠峰反問道。

「好，好，姬遠峰，算你說的對，你怎麼就不想想那個本科生在那個職位能幹幾年呢，人家既然能無緣無故地上去，就說明人家背後有很強的活動能力，他工作纔十年，三十歲出頭，他會幹到六十歲退休嗎？他沒幾年陞遷了或者挪窩了，你工程碩士讀出來了那個職位不就是你的了嗎？」

「妳能肯定人家不幹了那碗剩飯就會讓我喫？妳是研究院領導還是集團公司領導？」姬遠峰一臉不屑的表情看著張秀莉說道。

「你今晚不想跟我說話是不是，一副這樣的態度，你覺得合適嗎？」張秀莉衝著姬遠峰嚷道。

「我什麼態度？妳覺得不合適別跟我說話就行了，我沒有求著妳和我說話，我向妳要點錢妳囉嗦了這麼多！」

「好，好，你不願意跟我說話，我還懶得和你說話呢，離我遠點，我看著你就煩！」

「我後天就出差，離妳遠遠的，免得妳看著煩！」姬遠峰穿上外套和鞋，他出門散步去了，他的情緒很差，不僅因為和張秀莉吵架了，而且又勾起了那個本科生佔了本以為是自己職位的交通科級技術崗的不快。

　　第二天下班了，姬遠峰由於和張秀莉吵架了，他在單位食堂喫了晚飯，在辦公室裡待到快睡覺時纔回到家。姬遠峰看到張秀莉把自己出差要帶的衣服疊的整整齊齊，放在自己書房的床上，一起放著的還有一套床單和被罩。姬遠峰每次出差張秀莉都讓姬遠峰帶著一套床單和被罩，她嫌賓館的床鋪不衛生。姬遠峰開始還說別帶了，但後來也不說了，只是帶上不用而已。看到張秀莉給自己準備的出差用品姬遠峰對昨晚的吵架又後悔了，自己在工作上的不如意又不是張秀莉造成的，她只是抱怨了自己幾句沒有把工程碩士讀出來而已，張秀莉除了上班，還要盡心盡力地操持家務，照顧孩子，自己對她的態度太不好了，張秀莉又不是自己的出氣筒。

「秀莉，我出差了妳帶著孩子去妳媽那蹭幾頓飯吧，就不用天天做飯了，我在家妳頓頓做飯已經做煩了。」姬遠峰對張秀莉說道。

「我知道，你這次出差幾天？什麼時間回來？」張秀莉問道。

「來回四天吧！」姬遠峰回道。

「路上小心點，到了賓館住下來了給我打個電話。」張秀莉叮囑道。

「哦，知道了。」姬遠峰回應道。

姬遠峰覺得很對不住自己工程碩士的導師，雖然那個著名的九八五高校給姬遠峰沒有留下什麼好印象，比如學生宿舍上的出爾反爾，課程安排上的不合理，面試上的顛倒次序，尤其是給一個學院院長打個招呼就能上工程碩士等等。但自己的導師卻是一個好導師，為人和藹可親，沒有一絲名教授的架子，對工作認真負責。不僅讓他的學生督促自己按時提交自學的專業課的作業，而且親自督促自己，不僅發來他上課的教案，而且也向學院裡其他專業課的老師要了課程的幻燈片發了過來等等。自己放棄了工程碩士，不僅讓導師的培養計劃沒有完成，也沒有給導師打個電話說一句自己不打算讀了。

處裡為柴書記退休的歡送會已經開過了，姬遠峰留心著和柴書記關係比較好的幾個科級幹部是否會給柴書記舉行一個私人的歡送聚餐，但姬遠峰沒有聽到有這樣的一次聚餐，或許這幾個與柴書記關係比較好的科級幹部現在已經迅速轉向了在職的領導。或許有這樣的聚餐，只是沒有人叫姬遠峰而已，這個給自己當了整整九年領導的柴書記就這樣退休了。柴書記退休了，來了宋書記，但年齡很大了，再有四五年就退休了，這是他的最後一班崗。

二四

二零一四年六月份的一天姬遠峰要去一號發電廠一趟，他去一號發電廠的堆灰場拍幾張照片，發電廠其他部位的照片都有，而以前拍的灰場的照片這次報告無法用，他也要去發電廠的檔案室複印一下這個發電廠的可行性研究報告。姬遠峰聯繫了發電廠的安全環保科，事關發電廠環保形象，發電廠領導很重視，安排安全環保科一位張副科長陪同姬遠峰去拍照，然後去複印資料。

　　下午上班後單位司機開車把姬遠峰送到發電廠門口，接上了發電廠安全環保科的張副科長，他們一同去拍照，然後返回複印資料。車已經進入灰場的道路了，姬遠峰有點奇怪，怎麼不見平常運輸灰渣的重型卡車，而且整條道路也經過了清掃，也看得出來灑水車也剛灑過水以消除灰塵，去灰場的道路顯得冷清而又乾淨，這與往日的情形迥然不同。再往前走了兩公里，姬遠峰看到了幾百米外的兩輛警車和一輛電視臺的車停在路邊，張副科長也看到了警車和電視臺車輛，他恍然大悟地說道，「哎，我忘了一件事，今天下午集團公司一位副經理來灰場做檢查，上個禮拜就發通知了，你看警察和電視臺的人都來了，咱們不一定能進去了。走吧，到跟前看看吧，看讓進去嗎。」到了警車跟前，果然被攔了下來。

　　「張科長，你來幹什麼？」一位警察來到了姬遠峰的車前，他從車窗裡看到了張副科長，這樣說道，看得出來這位警察認識這位副科長。

　　「哦，李隊長，你今天帶隊執勤啊，我陪研究院的領導去拍幾張照片。」張副科長對那位警察說道。

　　「你們快嗎？灰場已經封閉了，今天有領導來視察工作。」那位李隊長說道。

　　「我們只拍幾張照片，很快就出來了。」張副科長說道。

　　「最多二十分鐘我們就出來了。」姬遠峰說道。

　　「那你們快點吧，剛纔接到通知領導再有四十分鐘就到了。」那位李隊長邊說邊給另外幾位警察擺擺手，示意讓姬遠峰的車過去。

　　「幸虧我認識這位李隊長，而且也說你是研究院的領導，否則今天下午還真有可能不讓進來了。」車往裡面走了幾百米後張副科長對姬遠峰說道。

　　「謝謝張科長，還是熟人好辦事。」姬遠峰回應道。

　　拍完照片往發電廠走，姬遠峰遠遠的看到了發電廠門口有許多人影，走到跟前，姬遠峰看到了發電廠的電動門已經關閉，人員進出的小門也關閉了，二三十個身著特勤字樣保安服的保安在發電廠保衛科幾名

身著便衣的工作人員的帶領下在電動門後面一字排開，一副如臨大敵的樣子。在發電廠門口的臺階上坐著一男一女兩位頭髮花白的老人，面容淒苦，一個看起來三十出頭的年輕婦女也面容淒苦，懷裡抱著一個三四歲左右的小男孩，也蹲坐在臺階上。那孩子十分可愛，虎頭虎腦的樣子，圓圓的大眼睛四處好奇的張望，兩個發電廠的工作人員正和蹲坐著的兩位老人說話。姬遠峰納悶，剛纔來接張副科長的時間還沒有這些人呢。

　　和兩位老人說話的發電廠工作人員看到張副科長擺手打了一個招呼，張副科長隔著電動門和發電廠保衛科的人在說話，一會過來跟姬遠峰說，「那三位大人帶著個小孩來鬧事，車不讓進了，咱們步行進去吧。」姬遠峰下車跟著張副科長來到小門前，小門開了僅容一個人進入的一條縫，三四個保安出了小門把那條縫也堵得嚴嚴實實，等張副科長和姬遠峰一進去小門隨即關閉了。

　　檔案室的工作人員一頁一頁地在複印發電廠的可行性研究報告，「您剛纔說三位大人帶著個小孩來鬧事是怎麼回事？今天不是有集團公司領導來發電廠視察環保工作嗎，這樣的人怎麼不請走呢？」姬遠峰問張副科長道。

　　「集團公司的領導只是去灰場看一下，不來發電廠，發電廠領導去天峰賓館作匯報，否則這幾個人肯定被請走了，這三個帶著小孩鬧事的人是發電廠廠長辦公室一位年輕科員的父母和妻子。」張副科長說道。

　　「發生了什麼事？為什麼來鬧事？」姬遠峰問道。

　　「什麼事？那位廠長辦公室的年輕科員陪著領導去應酬，結果喝酒喝多了，酒精中毒，沒有搶救過來。這種事沒法報工傷，工傷程序也多，也怕露了出去。一般都是這樣處理的，答應給家屬一百萬賠償款，這比工傷賠償多多了，也答應了給兩位老人養老送終，妻子也調整到輕鬆一點的崗位上，也不會裁員下崗。孩子所有的教育費用也由單位出，畢業了願意回來也安排工作。如果按照工傷賠償，賠款比這少多了，因為單位這些賠償款之類的條件實在很優厚，一般家屬都會答應，這次家

屬也答應了。可能兩位老人不放心，怕單位不守信用，想寫到紙面上，已經來找過幾次了，條件不變，只是要寫到紙面上就行。你想這種事怎麼可能落到紙面上，老人怕單位不守信用，單位還怕家屬把這事捅出去呢，單位再怎麼也不可能在這事上不守信用啊，今天又來了，可能就這事吧。」

「那死了的年輕科員是職工子弟嗎？」姬遠峰來單位已經快十年了，他也養成了習慣，對任何一位職工首先要明確的是不是子弟，這可是一個很重要的身份。

「是職工子弟，不過父母都是普通職工，小伙子是很精幹的一個小伙子，要不也不會進廠長辦公室，原來以為下一批科級幹部很有可能就有他，前途一片光明，可惜了。」

「哦，好可惜啊。」姬遠峰回應道。

資料複印完了，姬遠峰想回單位去，但張副科長一定要留下姬遠峰一起喫晚飯，就在發電廠招待所，「今天早晨已經找領導簽好字了，招待所已經準備好菜了，這是發電廠領導安排的，你走了可就算我沒有完成領導交代的工作。」張副科長說道。姬遠峰只好留了下來一起喫晚飯，姬遠峰猜都能猜到為什麼要留下他一起喫飯了。「唉，工作上為什麼這麼多飯局呢，而且每次喫飯總要喝酒呢！」姬遠峰在心底暗暗叫苦。在飯桌上，張副科長向姬遠峰打聽照片和可研報告用來寫什麼報告，如果是用來申請資金的，那就如實甚至稍微誇大一點發電廠存在著設施老化等安全環保方面的隱患，現在只能靠加強管理確保安全了，隱患亟需資金治理。如果只是出於宣傳用，那當然什麼都是好的了，請多美言幾句，一點問題都不能暴露了。姬遠峰告訴張副科長，「這個報告只是用來宣傳的，您放心，寫的肯定比看到的要好的多，哪個領導不願意聽好話呢！」說完姬遠峰和張副科長都會意地笑了。還好，這次晚飯加上司機只有三個人，姬遠峰只喝了兩瓶啤酒，飯後姬遠峰讓司機把他直接送回了家。

晚上，姬遠峰在書房裡翻看著今天複印的兩本發電廠的可行性研

究報告。這個發電廠建成很早了，可研報告不是電腦打印而是手工排版的。姬遠峰很早就知道這個發電廠就是自己在西安工作的那個設計院設計的，自己競聘科級技術崗的時間那個寇副院長還問起過這個問題。看到這份稍顯簡陋原始的報告，姬遠峰感覺到了一絲親切感，那上面簽字的總工自己在設計院工作的時間都認識。由於當時姬遠峰是變電部門，所以姬遠峰并沒有和這幾個發電部門總工說過話，但這幾個總工有的甚至有全國設計大師的榮譽稱號，是當時設計院的有名人物，姬遠峰雖然與這幾位總工沒有說過話，但都認識他們。自己離開設計院已經十二年了，這些總工應該已經退休了，現在的總工肯定不是這批人了，新出的發電廠、變電所的設計文件上總工簽名也應該換人了。十二年了，自己和設計院當時的同事聯繫的很少，估計一起進設計院的同事也都成主設人，甚至成總工了吧，而自己還是一名普通職工，工作是這麼的不順心，一個科級幹部的期望也縹緲不可求。如果當初自己不考研，或者研究生畢業回到設計院，自己現在會怎麼樣，最起碼也是主設人了吧，甚至是總工了吧，甚至是國內高壓直流輸電和超高壓交流輸電方面的專家了吧。姬遠峰回想起了在設計院工作的片段，第一次見到自己設計的圖紙曬成藍圖，自己第一次去工地當設計代表，第一次見到簽有自己的名字圖紙拿在施工人員的手中比對著現場，那時間的工作讓自己有了一絲成就和自豪感。工地上自己晚飯後聽著音樂散步，心中思念著楊如菡，生活單純而又美好。現在呢，工作上沒有一絲成就和喜悅的感覺，沒完沒了的酒局，縹緲不可求的一個科級幹部。唉，自己當初考研究生，來這個著名的央企研究院是否錯了呢？還有自己當初兩次放棄南方核電公司的工作邀請是更大的錯誤呢？

　　夜深了，張秀莉催促他睡覺了，姬遠峰洗漱後去姑娘的臥室看了一眼，看她是否把被子蹬了。躺在床上，姬遠峰有點睡不著，發電廠門口兩位老人，還有那個年輕婦女懷裡可愛的男孩不停地在他的腦海中出現。老人斑白的兩鬢和自己父母的兩鬢多麼相似，自己的父母辛勞了一輩子，但現在四個子女都成家立業了，雖然都有煩心事，但從來不會給

爸爸媽媽說，他們正在安享晚年，可這兩位老人卻正經歷著喪子之痛。爸爸媽媽甚至哥哥姐姐和自己一直想讓自己有一個男孩，可自己只有一個可愛的姑娘，那麼可愛懵懂的一個小男孩，清澈明亮的眼睛還不懂人世間的點滴，父親的懷抱，父親充滿愛意的眼神再也不會落到他的身上了。還有那位年輕的婦女，她或許會再婚，但在中國的環境裡帶著女孩再婚容易，帶著男孩的婦女再婚往往要難一些。她是否會像現實中一些帶著自己孩子的婦女一樣，為了孩子寧願守寡一輩子，但這樣單親家庭的孩子往往會出現性格方面的缺陷，母親也會出現過度依賴子女或者控制子女的問題。自己沒有見過那個酒精中毒死去的年輕人，這樣的人在這個集團公司中太常見了，他們精明、他們勢利、他們樂於逢迎、他們會見風使舵，為了追求一官半職而人格喪失，在現實中並不討人喜歡。但這樣的一個人卻是一個孩子的父親，一個妻子的丈夫，也是兩位老人的兒子。一旦離去了，孩子沒有了爸爸，妻子沒有了丈夫，老人沒有了兒子，只剩下兩個支離破碎的家庭和悲痛欲絕的親人。姬遠峰甚至不知道對這樣的人以這種方式死去該同情還是責難他咎由自取，你可以拒絕酒局而安於平淡，沒有人會強迫你去喝酒最終發生悲劇。但自己與這個年輕人有任何區別嗎，沒有，當領導第一次叫自己陪客人喝酒時自己不假思索地選擇了和這個年輕人同樣的道路，甚至害怕把自己排除在外。自己和這個年輕人或許惟一不同之處就是這個結局了，或許這個結局離自己也不遠了。

姬遠峰的胃又隱隱作痛起來了，他知道這又是今晚和陪著自己看灰場的那位副科長喝了兩瓶啤酒引起的。來這個集團公司工作已經九年了，自己每年少者四五次多者七八次左右的醉酒，那喝酒的次數更是多的記不清了，讓自己的胃疼的越來越厲害了，疼的次數也越來越頻繁了。每次喝酒後都會疼，甚至喫東西稍微不注意也會疼起來，這幾年各種健胃丸養胃丸喫了不知多少了，張秀莉買了熱水袋給自己熱敷，也把麥麩、青鹽炒熱了給自己熱敷，但都不大管用。自己的體重也從結婚一年後的一百七十斤下降到一百三十餘斤，雖然自己不會為體重超標擔心

了，反而開始擔心體重繼續下降了。單位好多女同事都羨慕自己的身材，問自己減肥的訣竅，但只有自己知道為什麼體重急劇下降，頻繁的胃疼讓自己食不甘味，自己頻繁地應付各種飯局鍛煉的時間也少多了，而且自己也不願意放棄看書的習慣，經常看書到深夜，姬遠峰感覺自己的身體素質越來越差了，而自己還不到不惑之年。

姬遠峰想起了前幾天和王高遠在小學門口的聊天，孩子上了小學後只要沒有酒局一般都是姬遠峰去接送，張秀莉下班就回家做飯了，那天他去接孩子的時間碰到了王高遠。

「高遠，咱們那一屆一起來咱們單位的十五個同事有幾個辭職了？有些人很長時間沒有見到了，我連名字都忘記了。」姬遠峰問道。

「老姬，你應該問留下來的還有幾個？」王高遠回答道。

「為什麼這麼說？」姬遠峰問道。

「因為留下來的少啊，我說的是非職工子弟，子弟一般回來了辭職走的不多，咱們那一屆來的七個子弟都還在集團的，哦，不對，有一個走了的，不過是提拔成科級幹部後又辭職走了，真牛逼。」王高遠說道。

「哦，你說的提拔成科級幹部又辭職的我知道，是羅強，很有名啊，工作三年就提拔成了科級幹部，但很快別人羨慕還沒有結束呢又辭職了，早這樣還不把科級幹部的職位留著呢。」姬遠峰也說道。

「誰說不是呢！」

「那非職工子弟呢？走了幾個？我記憶中好像留下來的不多，也沒有被提拔的。」

「對，八個非職工子弟辭職走了五個，剩下的三個也沒有被提拔，其中包括你，不過你是半個職工子弟，我把你算到非職工子弟了。」王高遠笑著說道。

「高遠，你算的對，我是間接關係，算不上正宗職工子弟。」姬遠峰笑著說道。「七個職工子弟我記憶中好像已經提拔了五個了，只有你和吳浩沒有被提拔，你是職工子弟，怎麼到現在還沒有弄個科級幹部當

當呢？」

「誰說不是呢，我們七個職工子弟提拔了五個，那五個被提拔了的哪個他老爹不是處級幹部就是他舅舅叔叔是處級幹部局級幹部，像我和吳浩這種家庭是普通職工的，是職工子弟也白搭，沒有關係啊！」

「高遠，像你這種CUBA的高材生，都九年了還沒有提拔，沒有想辭職走嗎？你還想繼續為科級幹部努力嗎？」

「我早就想辭職走了，可我是家中獨子，不可能辭職走啊，既然留下來了，我只好繼續為科級幹部努力了，不努力日子也照樣過去了。」

「你說的對，高遠，我看你怎麼很少去球館打籃球呢？我們幾個打籃球的一起打球的時間還經常說起你，就差你這個球星了，你業餘都忙啥呢？」

「還能忙啥？還是打球，不過不是打籃球，而是打乒乓球和羽毛球。」

「你啥時間改行了？為啥改行啊？你還會打乒乓球和羽毛球？打的怎麼樣？你三棲動物啊！」姬遠峰開玩笑道。

「我當然不願意改行了，我這麼大個頭，這麼大體重，彎著腰打乒乓球，頻繁扭動身體打羽毛球對膝蓋損傷多大啊，不過為了陪領導打球也沒有辦法，領導年齡都比較大了，喜歡打籃球的畢竟是少數，我乒乓球和羽毛球水平當然比籃球差遠了，不過陪領導還是綽綽有餘的。」

「哦，原來如此，你都改行陪領導打球了，也都工作九年了，還沒有弄上科級幹部，你還是改回來吧，咱們一起打籃球吧，再不打，過幾年年齡大了想打也打不動了。」姬遠峰笑著說道。

「都陪著領導打球這麼多年了，改回來不就前功盡棄了嗎，不過也是，幹什麼都比不上關係啊，有關係的話，我也應該早提拔了，但沒有關係也不陪著領導一起玩，那就等於自斷前程啊！你看咱們單位那個誰誰，一點都不運動的人，胖的整天氣喘吁吁的——王高遠和姬遠峰互相露出會意的笑——他們處長喜歡爬山，他花了近萬圓買了成套的裝備，幾乎每個周末開車拉著他們處長到處去爬山，估計把內蒙的山的爬遍了

吧。不過收穫也滿滿啊，體重降下來了，身體也健康了，他們處長退休前力推他把他提拔成了科級幹部，又健身又當科長，這小子真是一舉兩得啊。」

「我要是陪著領導打球能健身或者當科長得到其中一個好處也行啊！」姬遠峰說道。

「老姬，你也快點改行吧，研究院領導喜歡打籃球的畢竟少數啊，你年齡也不小了，再不加緊點就沒有機會了，你老丈人還是處長，你要是錯過機會了多可惜！」王高遠說道。

「我還想有點自己的業餘愛好，也想有時間多陪陪孩子，喫飯喝酒已經佔用我很多業餘時間了，再改行打乒乓球羽毛球我一點業餘時間和愛好也沒有了，再者我乒乓球和羽毛球打的很爛啊！」姬遠峰說道，

「老姬，你開玩笑呢吧！這年頭想提拔還想有自己的業務愛好和時間！癡人說夢呢吧！領導的愛好就是咱們的愛好啊！咱們的業餘時間就是伺候領導的時間啊！就這樣沒有關係還提拔不了，你還想有自己的業餘愛好和時間，酒喝多了燒壞腦子了吧！」王高遠也開玩笑道。

姬遠峰思索著，自己還要繼續追求這個科級幹部的目標嗎？正像王高遠說的，留給自己的時間已經不多了，自己今年已經三十六歲了，只有三四年的時間了。現在講究幹部年輕化，過了四十提拔的機會不是絕對沒有，但極其渺茫。自己在來上班的頭一年得罪過兩個處長和可能一位院長級別的領導外，此後一直小心謹慎，再沒有明顯得罪過什麼領導，自己再奮鬥三四年，或許能得到提拔，以自己的性格和交際能力，最多只是一個科級技術幹部而不是行政幹部。即使當了科級幹部有什麼好處呢？如果不搞點灰色收入，按照賬面上的工資獎金和去外企的同學相比還是差很多。當了科級技術幹部又能做什麼呢？或許會有普通職工送自己一點禮品，好像也不會，權力都在行政幹部手中，沒有職工會給技術幹部送禮，自己沒有給人送過禮，也不會接受別人送的禮。去外邊飯店喫飯可以簽字，只有行政幹部纔可以，技術幹部還是簽不了字，而

且自己一點也不喜歡去外邊喫飯。去喝更多的酒，讓自己的胃疼的更厲害，好像沒有人願意糟踏自己的身體。最壞的情況就像今天在發電廠門口看到的那樣酒精中毒死去，但自己孩子還只有七八歲的，自己的父母還健在，難道為了一個科級幹部真的值得付出這麼大的代價嗎？輕一點的就是吐在家裡讓屋子裡瀰漫著惡臭，連七八歲的女兒都嫌棄自己髒。讓自己的業餘時間更少，陪張秀莉陪孩子的時間更少，整天去迎接各路領導，陪著他們去檢查、去喫飯、去喝酒、去洗澡、去搓腳，他們笑自己也笑，他們嚴肅自己也嚴肅。讓自己沒有一點時間去鍛煉身體，沒有一點時間看看書、玩玩攝影，但自己挺喜歡鍛煉身體，也喜歡看書玩攝影。就像自己放棄工程碩士時和張秀莉吵架時張秀莉說的，自己其實好像已經鬆懈了。上次交通專業的工程碩士沒有讀出來，交通科的那個科級技術崗被別人佔去，自己好像已經喪失了一次機會，但自己的那個交通專業的工程碩士讀出來就一定會被提拔到那個崗位嗎？好像也不一定，因為提拔到那個崗位上的那個本科生的專業與交通專業沒有一點關係。如果真的想提拔自己去那個崗位，自己是名校的研究生而且還在讀交通專業。自己當時已經有八年的工作經歷了，業務能力絕對比那個本科生強，但還是沒有提拔自己，看來自己能否被提拔成科級幹部與自己是否把交通專業的工程碩士讀出來並沒有必然聯繫，而且自己本身就是名牌大學的工學碩士啊！

　　在四十歲之前的三四年時間中自己再努力努力有提拔的可能性嗎？自己對自己的業務能力沒有一點的懷疑，但前後兩個國企已經工作十多年了，自己已經知道在國企被提拔除了業務能力外更重要的是成為領導的心腹私人，除了工作上能拿得起以外，工作時間之外也要和領導打成一片。這點不僅自己懂得，哥哥給自己說過，柴書記也說過兩次，但自己就是一直做不到。自己工作以來表現成熟穩重，業務能力也可以，所以處長書記科長都客氣正式地稱自己為姬工，不像有些同齡職工領導還稱之為小張小李、指使著乾點私事，這表面上的客氣尊重正是不是心腹私人的表現。在單位裡除了有工作要請示或匯報自己從不會去領導辦公

室坐下來和領導抽煙閒聊，而且自己也不會為了和領導閒聊而去抽煙損害自己的健康。甚至在元旦的茶話會後放鬆的半天時間內，領導和職工打撲克玩玩，自己也保持著上學的習慣一次也不玩。除了領導叫上陪客人喝酒以外，自己從不願意在工作時間之外和領導有所接觸，自己撒謊不會打乒乓球婉拒了柴書記帶著自己向研究院領導引薦的好意。自己來研究院工作快十年了也從來沒有想過像王高遠那樣不打籃球了而陪著領導打打乒乓球羽毛球之類的。有次出差韋處長叫自己和他一起去看一場演出，自己嫌表演低俗找藉口沒有去，雖然自己極力地掩飾著但已經覺察到韋處長的不高興和難堪了。還有，開會的時間看到會務人員不在的時間自己也給領導倒過水，但自己從來沒有像呂文明那樣下作地認為倒水也是結識和巴結領導，想到呂文明的那句話自己就覺得惡心，自己會成為呂文明那樣的人處心積慮地去謀得一個科級幹部的職位嗎？絕對不會。

　　岳欣芙曾經說過世界上最快樂的事莫過於為理想而奮鬥，自己現在的理想的確就是一個科級技術崗，自己是否能從科級幹部這個理想上得到心理上的快樂和滿足感？能否得到成就感？自己一點也不覺得快樂和滿足，更沒有什麼成就感而言。自己是否真正喜歡那個職位？自己是否還要繼續去追求呢？如果下一次領導叫著去陪客人喫飯時自己說因為胃病，醫生讓自己滴酒不沾了，只要拒絕了領導安排的飯局，那就意味著自己追求進步的道路已經終止了，自己是否要說出這一句話呢？姬遠峰在思索著。

　　胃疼加之這理不清的思緒讓姬遠峰輾轉難眠，張秀莉睡了一覺醒了過來，「這麼晚了你怎麼還沒有睡著？想什麼呢？」張秀莉睡眼惺忪地問道。

　　「可能晚飯喝了兩瓶啤酒的原因，胃又疼起來了，腦子也很亂，有點睡不著，我去書房用暖水袋暖暖胃，玩會電腦在我書房睡了。」姬遠峰邊說邊把自己的被子捲起來往書房抱。

　　「暖暖胃，玩會早點睡啊，明天還上班呢！」張秀莉說完又睡去了。

　　姬遠峰去了自己的書房，他並沒有開電腦，而是把書房裡小床上的電熱毯開到高溫，趴在床上暖自己的胃，他懶得去灌熱水袋。姬遠峰趴在床上，還在想自己要不要給領導說自己以後滴酒不沾了，從而終止自己追求進步的腳步呢？研究院有不少追求進步的同事只有到了四十歲發現沒有提拔的機會後纔開始混日子，不再認真工作了，自己今年纔三十六歲，就要提前放棄努力嗎？姬遠峰迷迷糊糊地睡了一會，天亮了，張秀莉已經做好了早飯，姬遠峰起床喫了早飯，然後去上班。在單位裡他一直在想著同一個問題，那就是要不要下一次有酒局的時間藉機給領導說自己滴酒不沾了……

二五

　　第二天晚上姬遠峰沒有回大臥室和張秀莉一起睡，張秀莉生完孩子後一直自己帶著姑娘一起睡，姬遠峰自己一個人在書房睡覺，直到孩子和張秀莉分床睡到自己小臥室了，姬遠峰又和張秀莉一起睡覺了。姬遠峰想自己一個人單獨睡一段時間，他要決定是否給領導說自己戒酒了，從而斷絕自己的上進之路。看似簡單的一句話姬遠峰卻明白意味著什麼，那會讓自己工作將近十年的努力毀於一旦。自己十八年學習的目的就是為了出人頭地，只要自己願意，自己學習上從沒有甘於人後。工作上雖然至今沒有被提拔，但在單位沒有什麼工作領導交到自己手裡會讓領導不放心，面對司局級的領導毫不怯場，態度不卑不亢而條理清晰。自己對自己的工作能力就像當學生時代對自己的學習能力一樣從來沒有懷疑過，自己是否真的要放棄追求那個標緲的科級幹部嗎？

　　領導再一次叫姬遠峰陪客人喫飯的時間姬遠峰終於說出了思索了很久的這句話，「韋處長，前段時間我胃疼的厲害，去醫院檢查了一下，醫生告誡我，你體重下降的這麼厲害，如果還想把胃留下來，就別再沾酒了，我以後不敢再沾酒了，不好意思，韋處長。」姬遠峰記住了這一天的日子，二零一四年七月初二日，這一天自己放棄了努力。

　　看似簡單的一句話，姬遠峰卻感覺到了人生最黑暗的時刻。姬遠峰第一次感覺到了人失去希望的感受，自從姬遠峰懂事以來還從來沒有過，他不知道如何去形容，或許抽掉了房梁的房屋就像現在的自己一樣。甚至在姬遠峰兩次失戀的時間也沒有這麼痛苦，失戀了，無論多麼痛苦，但總會有下一段感情等著自己，以自己的善良與人格，姬遠峰相信總會有一個善良的姑娘與自己相愛。但這次卻不一樣，姬遠峰覺得人生的道路已經走到了盡頭。姬遠峰不是沒有想到再次跳槽，但工作快十年了，他知道跳槽并沒有什麼好處。姬遠峰也深刻地認清了自己性格中的缺點，以自己內心的孤獨和不擅交際，跳槽去另外一個單位無非重複現在的經歷而已。自己沒有去南方核電公司後就決定不再跳槽了，並且自己這十年的工作經歷並無可以拿得出手的技術與人脈資源。走在大街上，晴朗的天空是灰暗的，蔥綠的樹木是枯萎的，忙忙碌碌匆匆而過的人群在姬遠峰的眼中這不過是一群奔向自己墳墓的爬蟲而已，他不知道活著的意義何在。

　　單位裡姬遠峰雖然極不願意和同事說話，但還要強作笑顏，與領導同事周旋。回到家裡，姬遠峰不願意和張秀莉說話，也不敢和張秀莉說話，張秀莉對他的噓寒問暖，對他的溫柔體貼讓姬遠峰覺得虧欠張秀莉更多。姬遠峰甚至開始厭惡張秀莉對自己的噓寒問暖和溫柔體貼，覺得張秀莉的一絲一毫的體貼都隱含著讓自己更上進的意思。姬遠峰也怕自己無名的怒火不知道什麼時間會噴薄到張秀莉身上，而張秀莉一點錯都沒有，那會讓他更加自責。姬遠峰不願意陪著孩子玩，看到孩子，只覺得這個可愛的孩子不應該來到這個家庭，自己將不再是一個合格的爸爸，自己帶不給孩子快樂，也不能讓孩子在同學面前以自己的爸爸為榮、為傲。

　　自己出生在西北的一個農村家庭，也是一個中國最基層的小公務員家庭裡，不僅自己的家庭、自己的家族、自己的村莊，即使自己家鄉所在的省份也是根深蒂固地認為只有當了領導幹部纔算是一個成功的人，一個有出息的人，那纔叫出人頭地，尤其對男人更是如此。爸爸是鄉政

府的一名普通幹部，他的很看好的鄉長預期隨著他的殘疾戛然而止。哥哥技校畢業後在單位混得風生水起，從工人轉為了幹部，也成了一個小領導。二姐夫成為科級幹部已經很多年了，也參加了省委黨校的學習，很快會被提拔成副處級幹部了。自己家族裡有中專畢業的堂兄做到正縣級幹部的。而自己是家族中學校最好，學歷最高的大學生，哥哥從不避諱這點，希望自己在職業上就像學習那麼成功一樣成為家族中最出人頭地的人。媽媽在自己小學升初中考了全鄉第一名的時間逢人就誇自己，即使現在自己回家了遇到別人就說這是她的小兒子，在外地工作呢，自豪之感溢於言表。聰明的爸爸雖然從來不正面在自己跟前說提幹的事情，怕傷到自己的自尊心，也從不會誇自己的孩子一句話，但哥哥的話何嘗不是爸爸的想法。爸爸和哥哥惟一不同的是爸爸早年身體殘疾了，他知道身體健康的重要性，偶爾說到工作他總是叮囑自己無論做什麼，身體健康是第一位的。

張秀莉出生在一個國有企業領導幹部的家庭裡，成長在國企裡，工作在國企裡，在國企這個大染缸裡耳濡目染，現實教會了她在國企裡什麼叫成功，什麼叫出人頭地，那就是當領導幹部。張秀莉無疑是愛自己的，而且愛得那麼深沉專一，自己從小在農村裡什麼農活都幹，結婚時生活能力比張秀莉強多了，但和張秀莉結婚後自己過著飯來張口衣來伸手的日子。每次換衣服都是把髒衣服放到髒衣服桶裡面就行了，從談戀愛時張秀莉就替自己洗衣服了，直到現在一直這樣。張秀莉從來不控制自己的工資和獎金，甚至都不問具體數字，家庭支出各自分工負責。她對自己的父母也很好，自己每次回家給媽媽一點錢她從不干涉，甚至還提醒自己別忘了給爸爸買點東西，給媽媽一點錢。這和自己單位其他同事的妻子簡直是雲壤之別，和自己關係好的一個同事有一次請自己喝酒，同事說到自己的母親病重了，他想給自己的母親幾千塊錢，但他媳婦不同意，為此還吵了起來。姬遠峰很納悶，說道既然平常就知道你媳婦不同意，你偷偷給你媽媽不就行了嗎，何必征求媳婦同意呢，徒增家庭矛盾而已。同事說他的工資卡被媳婦的手機綁定了短消息，他的任何

一筆支出都在媳婦的掌控之中。同事還說道現在男的十有八九都這樣或者工資卡在媳婦手裡或者工資卡綁定在媳婦的手機上，媳婦每月只給點零花錢。這讓姬遠峰很吃驚，現代社會不是講究男女平等嗎，怎麼竟然發展到了這一步了。結賬後沒有幾分鐘同事媳婦的電話就打過來了，問姬遠峰的同事剛纔幹什麼了，又花了一百多，而張秀莉對自己花錢從不干涉。家庭生活中張秀莉對自己也很謙讓，當自己家換了大房子，裝修時張秀莉喜歡淺色調，而自己喜歡深色調，張秀莉就讓自己的書房自己做主，結果房子裝修成了兩個色調，連地板都是不同的顏色。裝修後家裡已經沒有多少錢了，張秀莉知道自己喜歡紅木家具，她主動讓自己給自己的書房買了一套便宜的紅木書櫃書桌等家具，而她自己用的還是從小房子搬過來的舊家具。張秀莉對自己對自己的父母的確很好，自己也經常當著她的面開玩笑說她是古代賢妻良母玩穿越來到了現在這個時代和社會。她對自己於家庭的惟一要求就是多陪陪孩子和她自己，事無鉅細都是她操心。工作上無條件的支持自己，她是處長的女兒，也是研究生，為了自己放棄了總部工作的機會，為了自己放棄了掛職鍛煉提拔的機會照顧孩子操持家務。張秀莉雖然當面不說，但她的弟弟也已經提拔成了科級幹部，自己不知道她那個學生會幹部的前男友仕途如何，但攀龍附鳳的他或許早已飛黃騰達了，她的另一個前男友張雲凱早已經成為科級幹部好幾年了，很快會成為副處級幹部了，在張秀莉的心目中自己無疑要比他弟弟、比張雲凱更為優秀。

而隨著自己的這一句話，一切都煙消雲散了，自己十八年的努力學習，包括熬夜複習考研讓自己形同枯槁，自己十來年的努力工作，一切都如過眼雲煙，自己是那麼地心有不甘。自己再也不會成為令女兒驕傲的爸爸了，自己再也不會成為令張秀莉驕傲的丈夫了，自己再也不會成為令爸爸媽媽驕傲的兒子了。本科畢業快十五年了，研究生畢業馬上十年了，留校的幾名同學早已博士畢業，成為副教授了，自己的室友文光開辦的公司一副欣欣向榮的景象，去南方公司做研發的同學也不差。自己現在在同學錄上幾乎一言不發，本科畢業十五年、研究生畢業十年的

時間可能會有同學聚會，自己還一無是處，有臉面去參加聚會嗎？這樣
的念頭，這樣的思緒充盈著姬遠峰的大腦，每時每刻都不能讓他釋懷。
在單位裡姬遠峰無心工作，他在單位外的大街上無休止地散步。回到家
裡喫過晚飯姬遠峰就把自己關在書房內，機械地敲擊著電腦鍵盤玩足球
遊戲，他甚至不願意看自己心愛的歷史地理書籍，任由灰塵污染著它們
而不管，也不願意陪著孩子玩。天黑了，姬遠峰去大街上無休止地散
步，覺得只有黑夜纔能將自己空虛的靈魂遮蓋，而且黑夜裡沒有人會看
穿自己那空虛的靈魂。散步回來，隨手翻開枕頭邊的一本詩詞書，看到
的總是這樣的詩句。

　　白首掩荊扉，茅齋隱翠微。
　　出門向山去，採藥與僧歸。
　　鄰里皆學稼，家人初飽薇。
　　何年脫世網，到此息塵機。

　　四十年來兩鬢新，勞勞碌碌逐風塵。
　　向來一事真堪怪，對鏡愁看鏡裡人。
　　庸庸四十尚如斯，便到百年亦可知。
　　莫說夕陽無限好，夕陽雖好不多時。

　　半生煩惱幾時休，隨處津梁總倦遊。
　　已到懸崖難撒手，早知彼岸合回頭。
　　空中舍利原非相，象外摩尼詎易求。
　　八部天龍歸豎指，只愁無力能泥牛。
　　曾聞天外有人區，今到伽藍訪淨居。
　　妙取煙雲成供養，遞參薪火悟乘除。
　　眾生須識三界苦，外道難觀八勝虛。
　　倘有蒲團堪借坐，聲聞常願聽鍾魚。
　　姬遠峰知道他已經不能像陶潛一樣去過「採菊東籬下，悠然見南

山」的生活了，自己的三畝薄田隨著自己的身份成為企業幹部已經被村組織收回而分給了其他村民。自己回農村老屋只能暫時居住，即使對老屋翻修也是非法的了。而且張秀莉不會回去，張秀莉也不會讓孩子跟著自己回到農村老家去，即使孩子回去除非她的學習像自己一樣優秀——自己是自己那個初中那一屆畢業生中惟一上了第一中學高中部的學生——纔可能從農民成為現在的自己——一個企業幹部。自己願意去僻壞了此殘生，而孩子不該無辜牽涉於此。

　　看來就像這些詩詞寫的那樣，皈依佛門與青燈古佛相伴纔是自己的歸途了。本科時因岳欣芙而煩惱時自己曾在日記裡寫下「我是否該向佛家經典學學呢，那裡邊一定很精彩」的句子，看來是時間去向奧妙無窮的佛教經典尋求解脫了，讓埋藏在自己心田中宗教的種子發芽吧。自己是否應該像詩中所寫那樣，借一方蒲團，在晨鐘暮鼓中聽聽鍾魚之聲而消除半生的煩惱，到達人生的彼岸呢？自己是否就像詩中所寫的那樣，也去訪一座伽藍，最好是一座荒無人煙的廢寺，心已寂滅至此，何須有人相伴呢？對了，明天恰好周六，給張秀莉說出去散散心，去善因寺一趟吧，這座曾經佛殿巍峨、香火鼎盛的皇家寺廟，《大清一統志》（嘉慶）載該寺立有御製碑，現在已經荒敗無人問津了，那裡纔可能是自己最好的歸宿。也順道去一趟離善因寺不遠的彙宗寺吧，那座寺院裡也有御製碑，現在該寺得以修復，也有喇嘛居住，自己可以向喇嘛上師求得怎樣斷除自己的業障。自己以前陪著閆司長的兒子去過這兩座寺廟，那次本來想藉機進去看看，但閆司長的兒子對寺廟不感興趣，沒有進去，自己在外面只是照了幾張照片而已。

　　姬遠峰開車在草原的公路上行駛，一路上風景漂亮極了，水洗了似的藍天上鑲嵌著朵朵白雲，牛羊在悠閒地囓草，兩匹駿馬在遠離馬群的地方耳鬢廝磨，好像在談情說愛一樣，也有馬匹在尥蹶子打架。騎著摩托車的牧民擦著車身疾馳而過，帶著草香的草原之風從敞開的車窗吹入，把姬遠峰鬱結在心頭的佛教仿彿吹散了一樣，自己雖然與擦身而過的牧民不相識，但牧民那粗糙而樸實的笑臉是那麼地可愛，姬遠峰的心

情不那麼鬱結了，姬遠峰想起了一首詞。

> 浮雲散盡天如拭，空氣清新，
>
> 水汽清新，洗我胸中五斗塵。
>
> 無邊野趣輸村邑，草色怡人，
>
> 樹色怡人，灤水東西欲卜鄰。

姬遠峰想起了大四那年五一假期的時間自己經過草原去蘭州看望黎春蒓，臨時停車在草原上，月亮是那麼淒美，研究生一年級暑假的時間自己去了烏蘭布統，優美壯觀的景色還歷歷在目。那兩次對楊如菡充滿了糾結與思念，自己和楊如菡分開已經九年了，現在自己有了一個賢惠體貼的妻子，也有了一個可愛的女兒，溫暖的家時時刻刻慰藉著自己這顆孤寂躁動不安的心。自己一直癡迷於旅遊，但除了工作出差以外，自己真正孤身一人旅遊的機會並不多，天南海北走走好像比枯坐在一座廢寺裡好吧？就像這次枯坐書房讓自己鬱結不已，偶爾的出門草原的風卻豁然開闊了自己的心胸，自己是否還要去那兩座寺廟嗎？姬遠峰有點猶豫了，但既然已經出門了，那就去看看吧。自己讀《蒙古及蒙古人》這本書，知道寺廟裡的御製碑已經被毀，甚至連拓片也沒有保存下來，但自己只是在外面看過幾眼，進去看看也無妨。

已經快到彙宗寺了，姬遠峰又看到了寺院外邊大街上那兩座古色古香的牌坊，牌坊曾是中原大地上最常見之物，但現在在內地城市已經不多見了，尤其是新建城區更是難得一見，而這個草原城市卻完好地保存著兩座牌坊。一個上面題字「胥登善域」，另一個上面題字「慈雲廣被」，兩方題字仿佛提示著芸芸眾生這裡已經是佛門古剎了，但牌坊下的大街上無一喇嘛，反而是紅男綠女熙熙攘攘，車來車往川流不息。

寺前有新修的素照壁一堵，除了兩端的獸吻鎮脊獸外無任何雕飾。寺前廣場上有一座新修的漢白玉質的多倫諾爾會盟紀念碑，紀念碑主體為圓鼎狀，下方有兩層四方形的碑座。下層碑座四面雕刻祥雲圖案，上層底座一面漢蒙兩體文字，曰「多倫諾爾會盟」，漢文為傳統繁體漢字，對面陰刻漢蒙文為多倫諾爾會盟之簡介，漢字則為改革後之簡體

字，一碑繁簡混雜，不倫不類，幸虧沒有再增加外蒙古現在使用的西里爾式蒙古文。另一面雕刻會盟之景象，清聖祖及文武大臣、喇嘛、蒙古貴族畢具，栩栩如生。另一面則雕刻彙宗寺與寺前街衢之景象，商肆林立，蒙古包輻輳，牛車駝隊馬匹穿街而過，一副草原生活景象。所刻彙宗寺裡藏式佛塔高聳，然姬遠峰隨後遊覽該寺，此塔則遍索未見，不知是塔被毀了還是此雕刻有誤也。寺旁即為大活佛之佛倉，雖經整修，但歷史之遺跡仍很明顯，建築物被毀後的青石柱座地基仍隨處可見。

　　彙宗寺山門青瓦覆頂，而非皇家寺院常見之琉璃筒瓦，不知當日即如此還是今日復建時之偷工減料也。山門上額題「彙宗寺」三字，然無蒙古字，此與雍和宮滿漢蒙藏四體文字匾額不同，姬遠峰甚至懷疑此山門之題字亦為今人修葺此寺之物而非古跡。此寺雖為喇嘛廟，然建築純為漢式，鍾樓鼓樓大雄寶殿等漢式寺廟應有者畢具，若非轉經筒、漢式佛殿頂部矮小的藏式金塔與空中飄舞的經幡幾讓人疑此寺為和尚廟而非喇嘛寺。

　　主殿為二層歇山式建築，佛像金碧輝煌，佛像前喇嘛念經之坐墊純黃，矮几則為朱紅色，藏式圍幔包裹著粗大的立柱。殿內無繚繞之酥油燈與高香之煙塵，乾淨而整潔，可能是現代寺廟因應火災之要求不再燃香吧。此時非誦經之時，殿內空無一喇嘛。殿內一側臺階上僅有兩盞酥油燈，非藏式之金燈而為蓮瓣之瓷座，熒熒燈光在稍顯幽暗之大殿內仿佛是通往天國之佛光。姬遠峰盯著兩盞酥油燈站立了一會兒，在這幽暗的大殿內、莊嚴的佛像與熒熒燈光前姬遠峰慢慢地他陷入了冥想，腦袋一片空白，仿佛自己的靈魂也脫離了身體升入了虛空之中。

　　姬遠峰被兩聲咳嗽聲從冥想中驚醒了過來，他看到一位年長的喇嘛正看著自己，姬遠峰這時候已經恢復了意識，他趕忙衝著那位年長的喇嘛微微一笑，雙手合十行禮，然後後退幾步，急忙轉身出了佛殿。姬遠峰著急向那位年長的喇嘛告辭是因為他怕那個喇嘛和自己講話，或許那個喇嘛已經盯著他看了許久，知道自己在那兩盞酥油燈前冥思了許久，或許他會問自己怎麼了，姬遠峰不想對一位年長的喇嘛撒謊，所以他趕

忙辭別了那位喇嘛。

姬遠峰終於在主殿後一座稍小的佛殿前發現了自己想要看的御製碑，一漢文碑一蒙古文碑，但此兩碑顯然是現代人之作品，白色的碑刻石質低劣，形制矮小，與承德避暑山莊佑寧寺所見之御碑相去甚遠。兩座碑碑座碑額雖均雕有盤龍，然雕刻粗糙呆板，蒙古碑文尚清晰，而漢文碑已漶漫不清。《蒙古及蒙古人》一書內載有彙宗寺內一美麗石坊之照片，然無御製碑此重要文物之照片，不知此現代碑之形制是否與原碑相符，否則則此現代碑真可謂一無是處。《蒙古及蒙古人》錄有御碑之蒙古文碑文，姬遠峰不知道此現代碑蒙古文是否據此書錄之抑或譯自漢文，國人對於祖先之遺產甚不珍視，不知是自己不懂民族語文還是什麼原因，姬遠峰於書店甚少見到少數民族語文遺存文物之書籍。

寺內僅三五遊人，空曠而冷清，一個小喇嘛清掃著院子裡的衛生。在寺院一側門門洞裡有一喇嘛與一俗人在閒聊，姬遠峰湊到跟前，聽到兩人用漢語對話，姬遠峰聽出二人談論著這座寺院曾經的主人章嘉呼圖克圖的歷史，而非私人話題，他向兩人請示可否聽其二人之談話，喇嘛點頭首肯。姬遠峰靜靜地聽那喇嘛和俗人對話完畢，那個俗人問道，「你是來拜佛的嗎？」「不是，我是來旅遊的。」姬遠峰撒謊道。姬遠峰對請求喇嘛斷除自己的業障猶豫了，也猶豫自己是否要像那個俗人一樣恭恭敬敬地面對每一位喇嘛了，他向喇嘛雙手合十行禮告辭，退後幾步轉身出了彙宗寺。

姬遠峰開車到了離此很近的善因寺，《蒙古及蒙古人》一書內有善因寺全景照一張，史書亦載此寺規模宏大，然今日荒敗太甚了。原有之圍墻倒塌過半，殘存之圍墻露出鉅大的青磚，倒塌的圍墻則由現代機磚砌墻以代之。山門保存尚好，頂覆琉璃筒瓦，琉璃獸吻鎮脊獸形態逼真，額題「御筆敕建善因寺」，亦無蒙古文題額，其中「御筆」二字甚小，夾在其餘五字之上額間。此寺題額與彙宗寺題額字體均皆似為清世宗之筆跡，但彙宗寺為清聖祖敕建，善因寺為清世宗敕建，二寺之寺名是否均為清世宗之筆跡只能待之文物專家之考證了。透過圍墻可見雖鐘

樓鼓樓已破敗不堪，然均皆琉璃筒瓦覆頂，琉璃鎮脊獸亦甚為精美，遙
可見昔日皇家寺院之氣魄，不若復修之彙宗寺全為青瓦覆頂，荒敗之古
寺如古詩之描寫。

> 頹垣迷舊址，禾黍正離離。
> 有鵲巢荒樹，無僧供晚炊。
> 草深埋碣路，松曲掛鍾枝。
> 惆悵立門前，興衰自可悲。

> 世祖祠堂帶夕曛，碧苔年久暗碑文。
> 薊門此日瞻遺像，起輦何人識故墳。
> 棹楔半存蒙古字，陰廊尚繪伯顏軍。
> 可憐老樹無花發，白晝鴉鳴到夜分。

　　姬遠峰繞寺兩圈亦未見可入之門，殘存的寺院圍墻高大不可翻越，
新修的機磚圍墻雖矮但上面遍插碎玻璃以防人翻越。姬遠峰看到圍墻上
有一個人可以進入的方洞，他爬了進去，卻尷尬地發現竟然是一戶人
家，一個男人站在房門前正看著他。姬遠峰急忙解釋說自己以為可以從
這個洞進到寺廟裡去，那男的將信將疑地問道你進入廢寺幹什麼，姬遠
峰只好撒謊說自己是來探險的，門外還停著自己的車，不信您跟我出去
看看就知道了。那人和姬遠峰一起從大門出來，看到了姬遠峰的車纔相
信了，說這座寺廟荒廢已久了，他家住的地方以前就是寺廟的一部分，
所以他家的圍墻和寺廟圍墻一樣。姬遠峰心中疑惑，那個方洞既可進入
你家院落，為什麼不堵上呢？但他沒有和那個男人說。姬遠峰又繞著這
座廢寺轉了兩圈，看了看殘存的建築頂部的琉璃筒瓦。姬遠峰趴在圍墻
上也看了看寺內，荒草萋萋高可沒膝，他沒有爬墻進去，也不知道御製
碑尚存否。此時間天色已晚，姬遠峰趕不回家了，他在城裡找家賓館住
了下來。

　　第二天回家的路上，姬遠峰一直惦記著這兩座寺廟中的御製碑，
他不知道昨天在彙宗寺看到的那一蒙古文、一漢文形制矮小，雕琢粗糙

的石碑是否與原碑相符，那蒙古文碑文是譯自漢文抑或為原文，或錄自《蒙古及蒙古人》一書，回家了找出《口北三廳志》與《中國文物地圖集》內蒙古分冊，查查古籍舊刊與今日權威的文物書籍中是否還記載著這兩寺四塊御製碑的線索。

　　回家的路上景色一如來時那麼美好，姬遠峰的心情也好多了，他心裡暗自思忖著，早知道出門旅行這麼美好，探究一方古碑也這麼有樂趣，自己真應該早點出門一趟，而不是憋在自己的書房裡整天瞎琢磨。

　　一進家門，姬遠峰被張秀莉堵在了書房裡，「你跑去寺廟裡面幹什麼——昨天中午張秀莉打電話叫姬遠峰回家喫飯時姬遠峰告訴她自己去寺廟了——你怎麼對寺廟這麼感興趣？結婚前拍婚紗照的時間你就提議去寺廟外面拍，我不同意，你散心怎麼散到寺廟裡去了？晚上都不回家了？」張秀莉問道。

　　「我開車溜達，離那兩座寺廟不遠了，想到那兩個寺廟裡有御製碑，想去看看，拍兩張照片，順道就去了，結果時間太晚了，當天沒有回來。」姬遠峰半真話半撒謊說道。

　　「你想看的石碑看到了嗎？」

　　「彙宗寺的碑被毀後有新建的，我看到了，善因寺被毀的太厲害了，整個一廢寺，無法進入，沒有看到。」

　　「小峰，你最近是不有什麼心事，整天也不和人說話，也不陪孩子玩，讓你到大臥室和我一起睡你也不過來。」張秀莉說道。

　　「秀莉，妳別瞎尋思了，我最近睡眠不好，精神不太好，所以想出去散散心。」姬遠峰繼續撒謊道。

　　「你肯定有什麼心事，要不怎麼能睡不好呢？」

　　「我抑鬱症後睡眠一直不大好，妳又不是不知道，妳就別瞎尋思了。」姬遠峰說道。

　　「小峰，我看你床頭上放著《佛學小辭典》、《聖經》、《古蘭經》、《菩提道次第廣論》、《菩提樹下》、《穆聖傳》，怎麼全是宗教書呢！你最近怎麼只看宗教書呢？別看宗教書太多啊！小心著迷，我

覺得你最近精神萎靡是不宗教書看多了！」張秀莉指著姬遠峰床頭上的
這些書說道。

「秀莉，沒有的事，《佛學小辭典》只是本辭典，又不是勸人信教
的。我看《聖經》、《古蘭經》只是想了解基督徒和伊斯蘭教徒的精神
世界，我如果信某個宗教怎麼會同時看《聖經》和《古蘭經》呢，我沒
有信宗教，妳就別瞎尋思了。」

「你還是少看點宗教書吧，晚上還是到大臥室和我一起睡吧！」張
秀莉說道。

「不了，秀莉，我想一個人睡一段時間，安靜安靜，妳要是嫌沒人
陪妳睡就讓孩子和妳一起睡吧。妳別堵住我和我說話行不，我開了好幾
個小時的車，到家連口水還沒喝呢！」

「那你喝水吧，累了躺一會，我給你做麵條去，我和孩子已經喫過
米飯了，喫完飯陪著孩子玩會吧！」張秀莉說道。

「妳和孩子喫米飯，給我留點米飯就行。」姬遠峰說道。

「你不是喜歡喫麵條嘛！」

「哦。」

二六

姬遠峰昨天並沒有見到誦經的喇嘛，晚上他躺在自己書房的床上，
思索著，自己還要出家嗎？那幽暗的殿堂，那深邃而慈愛審視著芸芸眾
生的佛像好像在召喚著自己。昨天水洗潔淨的天空，新鮮活潑的自然也
在召喚著自己。自己好像更喜歡廣闊的天空而不是幽暗的佛堂，自己好
像更喜歡帶著草香的草原之風而不是佛堂前繚繞的香煙，昨天對兩座寺
院御碑的探究好像比那喃喃的誦經聲更有吸引力。如果自己不用宗教充
盈自己空虛的靈魂，那還有什麼能來填充自己空虛的靈魂呢？姬遠峰轉
頭看到了自己的書櫃和書櫃前一摞一摞的書，自己一直喜歡看書，這些
年來也斷斷續續買了一些書，為買書還和張秀莉鬥過嘴。三個書櫃已經

裝不下了，自己的床底下、陽臺上，甚至書桌上、書桌下都是，甚至佔了孩子書櫃的一半。但自己一直混跡於酒場，用心看過的卻不多，張秀莉也衝自己嚷嚷，不看買那麼多書幹什麼。

姬遠峰在思索著，自己要不要信宗教？自己以前沒有信仰過宗教，不知道宗教對個人意味著什麼。但自己這幾年對蒙藏二族歷史感興趣，也讀了一些蒙藏二族歷史的書，對蒙藏二族歷史來說，藏傳佛教是繞不開的中心主題，自己也稍微知道了宗教對一個民族發展歷程的鉅大作用了。宗教是改變一個民族發展軌跡的最直接最有效的方式之一，當讀到強大的吐蕃王朝武功時曾經令自己有點震驚了。吐蕃王朝的武功真可謂威振亞洲大地，東擊大唐直至佔其都城，北越昆侖祁連諸鉅嶺，西域河西關隴俱為其有，南越喜馬拉雅雪山臣尼泊爾、擊印度，立鐵柱於恆河邊。此後藏人篤佛，早已令其武功不揚，柏楊甚至在《中國人史綱》中批評藏人篤佛致失自衛之本能。藏人如此，昔日橫掃歐亞大陸的蒙古族亦如此。

自己近年讀書，亦知宗教於撕裂社會中的鉅大破壞作用也。中國為傳統之世俗社會，明朝末年，基督教耶穌教隨著地理大發現而隨之東漸，康熙雍正乾隆嘉慶四朝屢禁之，未曾引外人之干涉。及至清朝末年國力衰微，洋教藉侵略勢力而紛紛登堂入室，未受教育之民眾亦無知被惑，因細故教徒民眾互相殘殺，遂至教案迭起，侵略勢力亦藉為侵略之絕好藉口。臺灣中央研究院近代史研究所曾編纂出版七輯二十一鉅冊《教務教案檔》，洋洋灑灑數千萬言，大陸地區亦編纂出版六冊《清末教案》。天津教案之善後，晚清重臣曾国藩亦為國人厚訾，此皆為國家於外教處置失當之明證也。

姬遠峰想起了那次去北京大學閒逛的經歷，從北京大學回賓館的途中，公交車一如既往地堵在了路上，座位上一個女生手中拿著一本《舊約》，她看到姬遠峰不停地看自己手中的那本書，便問姬遠峰是否也信基督教，姬遠峰否認了，那女生不再與自己交一言。姬遠峰當時就納悶，古人常言話不投機半句多，這位女生僅僅憑信仰不同而不他人交

通，在信仰多元化的地區何以與不同信仰者相處？自己從小生活在漢回雜居的地區，從不拒絕與回民同學交往，這女生何以憑一言而拒人千里之外也。姬遠峰也想起了那個沒有讀出來的工程碩士，有次自己去學校正趕上畢業離校的時間，跳蚤市場熱鬧非凡，畢業生的攤位一個挨著一個出售自己的各種物品。學生攤主們湊在一起打牌的、說話的好不熱鬧，而在離開這些攤位十多米的地方有兩個孤零零的攤位，不多的物品擺放的整整齊齊，兩個孤零零的女生一言不發正襟危坐在自己的攤位邊，專心致志地看手中的《舊約》。不知是這兩個女生排斥眾人還是眾人排斥這兩個女生，偶爾一兩個學生在攤位前看一眼靜悄悄地就離開了。不知道為什麼，現實生活中信奉基督教耶穌教者與不信教的人群格格不入。這個世界本是兩面的，甚至是多面的，有信教就有不信教的，自己這樣一個不信教者可以和信教的交往，為何信教者往往自視甚高而斥不信教者為異類呢！

　　對自己個人而言，無論信仰何種宗教，目的何在？信奉之何益之有？修身養性也？非也，個人道德行為之養成除去宗教外也有其他途徑，自己是一個中國人，自己民族的儒家經典於漢族人所建立的道德觀，雖然弊病不少，但總的來說卻是很好的一個世俗道德體系而非宗教道德體系。這個儒家體系維繫中國社會幾千年的倫理綱常，自己欲改進自己道德與修養盡可兼蓄並包而非圍於某一宗教之一隅。自己只是一個普通人，自己的靈魂與道德從來沒有高尚過，上學時妒忌猥瑣之意尚少。工作之後為了與同事爭那一丁點的蠅頭小利而妒忌橫生，為一個標緲的科級幹部崗位而相互勾心鬥角心機頻施，為巴結一個個領導而負曲忍辱獻媚討好。自己最有可能信奉者實喇嘛教，喇嘛豈皆道德高尚者？喇嘛為一宗教職業者，猶如常人為某一職業者，善者有之，為惡者亦有之。元代喇嘛之為惡者書之歷歷在目，即自己的家鄉亦不能免，自己披一襲僧衣即為道德行為養成之標誌耶？

　　　泰定二年，西臺御史李昌言，嘗經平涼府、靜、會、定西等州，見西番僧佩金字圓符，絡繹道途，馳騎累百，傳舍至不能

容，則假館民舍，因迫逐男子，姦污女婦。奉元一路，自正月至七月往返者百八十五次，用馬至八百四十餘匹，較之諸王、行省之使，十多六七，驛戶無所控訴，臺察莫得誰何，且國家之制圓符，本為邊防警報之虞，僧人何事而輒佩之，乞更正僧人給驛法，且令臺憲得以糾察。

現在農村中打著信奉耶穌來路不明的教派氾濫，這些信教的村民不參加村民的紅白喜喪事，不去上廟進香，甚至婚配也只選擇信教的村民，原先尚稱和睦淳樸的村子因這樣的宗教而撕裂為兩派，爭競常生。自己回家看望爸爸媽媽時媽媽給自己說過有好幾個村婦勸說媽媽信這種宗教，甚至提著禮品鼓動媽媽信教，自己勸媽媽千萬別信。自己從不擔心爸爸信奉這些來路不明的宗教，以爸爸的暴脾氣和工作經歷，也沒有人敢來給爸爸說，自己擔心的是媽媽被這些村婦蠱惑。自己還提醒爸爸，讓爸爸盯著點這些信教的村婦與媽媽的交往，別讓媽媽陷了進去。而自己卻為是否信奉宗教、甚至出家為僧而糾結了一個月之久，何其可笑耶！姬遠峰想起了兩首詩。

古寺枕山麓，地僻人蹤稀。

風急墮簷瓦，月寒浸門扉。

征夫深夜來，支床息饑疲。

炊薪借佛火，遮戶移靈旗。

一燈照深龕，澹澹宵焰微。

枯僧瘦如臘，塵漬百衲衣。

面壁偶轉側，塊獨聞嚘欷。

將非入定禪，疑是未解屍。

悮來穴窗見，慄然粟生肌。

感歎不成寐，空槽馬長嘶。

老年嫠婦剃為尼，教是紅黃亦不知。

赤足襴衫行躞蹀，傍人門戶候晨炊。

　　姬遠峰沒有見過古詩描述的那樣的枯僧，也沒有見過傍門候炊之
老婦，但他想起了《熱振寺佛事儀軌大全》一書上一位年老得道高僧的
照片。飽經風霜的面頰佈滿刀刻般深深的皺紋，鉅大的雙耳，深陷如鍾
的雙眼，全白的鬍鬚，身著絳紫色袈裟，端坐禪榻，面前擺放著藏式佛
經。這會是將來的自己嗎？——成為一位得道的高僧。不會，藏傳佛教
之博大與奧妙深邃非自己所可窺探一二，自己沒有藏人篤佛之毅力，漢
人入藏學法取得成功者至今寥寥無幾。自己從上大學開始就認定不願意
做一個學究，昔日於一學究且不欲為，今日迷戀於此者豈欲步枯僧孀婦
之後塵耶？自己豈欲為此無知無識紅黃不分傍門候炊之老婦耶？自己不
會成為得道的高僧，而只會成為詩裡描寫的一枯僧。

　　自己到底喜歡讀歷史地理書籍呢還是宗教書籍呢？自己曾嘗試著去
讀宗喀巴大師的《菩提道次第廣論》，或許自己佛學基礎知識為零的緣
故吧，怎麼也讀不下去，而對歷史地理書籍無論那本總能或多或少讀下
去。對於經典的歷史著作，總有購買到手的欲望，也會挑燈夜讀。

　　自己雖然不樂於與人辯論，懶得與人說一些空泛無聊的話，也沒有
興趣聽別人重複電視上的話語。但內心還是十分喜歡敏捷的思維和雄辯
的才能，自己上了大學參加的第一項活動就是辯論賽，只是後來覺得膚
淺纔不參加這類活動了。工作以後不願意給同事領導留下誇誇其談的印
象，也是顧慮到言多有失，再者也考慮到說話的場合，凡是有領導的地
方說話都是接著領導的話頭向下說，那些場合不是顯示自己歷史地理知
識的場所。故雖然看的書越來越多，但在單位從不願意說歷史地理方面
的話題。但每當讀到精彩的辯論常常擊節讚歎不已，自己清楚地記得兩
段那個強大的吐蕃王朝的赫赫人物機智敏捷的思維與縱論天下大勢的宏
偉才能，昔時藏人武功赫赫自不待言，其聰明雄辯機智亦可觀也。

　　　　吐蕃論相噶爾欽陵、贊婆與唐之大臣王孝傑尚書二人相互比
　　試、辯論、諷刺之言談。

　　　　唐之統軍元帥王孝傑尚書越境率旅前來，時青海道將軍噶爾
　　欽陵、贊婆與之對壘迎逆之。王孝傑尚書發來書翰，並贈以粟米

一袋、蔓菁籽一袋。書信中言，「吐蕃之軍旅如虎成群，如耗牛列隊，所計之數吾亦相當，諺云量顱縫帽，量足縫靴，吐蕃能聚集之大軍，吾亦有相等之數今在焉，細喉嚨能容納，大肚子會裝不下嗎？天降霹靂，轟擊岩石，岩石再大豈能相比？」

噶爾欽陵作答云，「口頭比試毋言數之多寡！小鳥雖眾為一鷹隼之食物，游魚雖多為一水獺之食物，麋鹿鹿角雖多，豈能取勝，牛角雖短卻能取勝，松樹生長百年，一斧足以伐倒，江河縱然寬闊，一択之牛皮小舟即可渡過，青稞稻米長滿大壩之上，入於一盤水磴之中成粉，星斗佈滿天空，一輪紅日之光使之黯然失色，山谷川口一星火焰，足以燒光高山深谷之所有果木樹林，一股泉水源頭爆發山洪，足以能沖走所有山上壩上的果木樹林，滿地土塊之中，若使一石滾動，請觀此一石破碎？或是土塊破碎？請觀在一大壩之上，一揹乾草與束草之蓆片同放，草先朽乎？竹子先腐乎？請觀一銅缸之中放進一瓢鹽，是水有味乎？鹽有味乎？雷裡霹靂之光舌甚少，天下四境所傳之聲甚大。你們之軍旅實如湖上之蠅群，為數雖多，不便於指揮，與夫山頭雲煙相似，對於人無足輕重也。吾之軍丁豈不是有如一把鐮刀割刈眾草乎？耗牛雖大，以一箭之微，射之難道不能致死乎？」

王孝傑尚書對答曰，「一卵之微，以大山之重壓之，能勝任乎？一火之微，以大海之波滅之，豈有不滅之理乎？」

噶爾欽陵又答之，「山之巔為岩，岩之上為樹，樹之梢頭為巢，巢之內有卵，山如不坍，岩則不垮，岩不垮則樹不斷，樹不斷則巢不覆，巢不覆則卵不碎也，山能碎卵者，莫非此類者乎？大火燃於山上，河水流於谷中，山腰亦不能至。吐蕃悉補野氏如天上之日頭，唐主如月亮一般，雖同為君主則相似，然於天下，其光耀所及則相去甚遠，大小之類言辭不必較量也。大海之中有鯨魚在游，天降霹靂，殺鯨魚於水中。雷電二者一旦降臨，雖堅過岩石亦將粉碎也。吐蕃之神聖贊普與蒼天二者共同籠罩之下，

大無過於末計芒，他深藏於九層地表之下，擒而殺之。由此觀之，大小與夫多寡之得失優劣無有比試之必要也。」

後，唐之元帥王孝傑尚書越境前來，吐蕃元帥論欽陵以戰謀驅唐人如驅宰耗牛，雙方列陣交戰，痛擊唐軍多人，於屍骸中朝天倒立一具，以表明殺十萬眾之標誌。

至萬歲通天初，又寇涼州，執都督許欽明。欽陵兄弟皆有才略，欽陵多居中，諸弟分領方面，諸蕃憚之。二年吐蕃大論欽陵遣使請和，武太后遣前梓州通泉縣尉郭元振往，至野狐河與陵遇。

陵曰，「大國久不許陵和，陵久不遣蕃使，以久無報命，故去秋有甘涼之抄，斯實陵罪，今欲和好，能無懼乎？」

振乃謂曰，「論先考東贊，以宏才大略，服事先朝，結好通親，荷榮承寵，本期傳之永代，垂於無窮。論不慕守舊恩，中致猜阻，無故自絕，日尋干戈，屢犯我河湟，頻擾我邊鄙。且父通之，子絕之，豈為孝乎？父事之，子叛之，豈為忠乎？然論之英聲，籍甚遐外，各自為主，奚為懼乎？」

陵曰，「如所來言，陵無憂矣，今天恩既許和好，其兩國戍守，咸請罷置，以便萬姓，各守本境，靡有交爭，豈不休哉。然以西十姓突厥，四鎮諸國，或時附蕃，或時歸漢，斯皆類多翻覆，乞聖恩含弘，拔去鎮守，分離屬國，各建侯王，使其國居，人自為守，既不款漢，又不屬蕃，豈不人免憂虞，荒陬幸甚！」

振曰，「十姓、四鎮，本將鎮靜戎落，以撫寧西土，通諸大邦，非有他求，論今奚疑而有憂虞乎？」

論曰，「使人此詞，誠為實論，然緣邊守將多好功名，見利而動，罕守誠信，此蕃國之所為深憂也。」

振曰，「十姓諸部，與論種類不同，山川亦異，爰覽古昔，各自區分，復為我編人，積有年歲，今論欲一言而分離數部，得

非昧弱苟利乎？」

陵曰，「使人豈不疑陵貪冒無厭，謬陳利害，窺竊諸部，以為漢邊患耶！陵雖識不逮遠，請為使人明之。陵若愛漢土地，貪漢財幣，則青海、湟川，實逼漢邊，其去中州，蓋三四千里，必有窺羨，何不爭利於此中。而突厥諸部，懸在萬里之外，磧漠廣莽，殊異中國，安有爭地於萬里外，而能為漢邊患哉？捨近務遠，計豈然也。但中州人士深謀多計，天下諸國皆為漢併，雖大海之外穹塞之表，靡不磨滅矣。今吐蕃塊然獨在者，非漢不貪其土地，不愛其臣僕，實陵兄弟小心謹密，得保守之耳。而十姓中五咄六諸部落僻近安西，是與吐蕃頗為遼遠，俟斤諸部密近蕃境，其所限者唯界一磧，騎士騰突，旬月即可以蹂踐蕃庭，為吐蕃之鉅蠹者，唯斯一隅。且烏海黃河關源阻深，風土疫癘，縱有謀夫猛將，亦不能為蕃患矣，故陵無敢謬求。西邊沙路，坦達夷漫，故縱羸兵庸將，亦易以為蕃患，故陵有此請，實非欲侵漁諸部，以生心於漢邊。陵若實有謀漢之懷，有伺隙之意，則甘涼右地，暨於積石，此道綿細，幾二千里，其廣者不過二三百里，狹者纔百里，陵若遣兵，或出張掖，或出玉門，使大國春不遑種，秋無所獲，五六歲中或可斷漢右界矣，又何為棄所易而窺所難乎，此足明陵心矣。往者高宗以劉審禮有青海之役，乃使黃仁素、賈守義來和，陵之上下將士咸無猜忌，故邊守不戒嚴，和事曾未畢，則為好功名人崔知辨從五俟斤路，乘我閑隙，瘡痍我眾，驅掠牛羊，蓋以萬計，自此陵之國人大危栗和事矣，今之此求，但懼好功名者之吞噬，冀此為翰屏以虞之，實非有他懷焉。」

振曰，「茲事漫汗體大，非末吏所能明，論當發使奉章以聞，取裁於聖主。」陵乃命郎宗乞思若為使。

振曰，「今遣使之後，國不可更犯漢邊，且蕃使前後入朝不時遣者，良以使去之後，兵仍犯漢，故朝廷躊躇，曰是紿我也，

以為偵諜，不以為使人，遂遷延無報，今若踵前陵塞，是故陷所去人使，孰謂請和也。」

陵俛首踧踖久之曰，「陵與國人咸憾崔知辯之前事，故嘗有此舉，以虞好功者之來侵，比實以選練騎士三萬，分路出師，使人既有此言，今既於和事非便，安可相違。」

即罷兵散卒，遂指天為信，斯具之表矣。

振與思若至，時朝廷以四鎮十姓事，欲罷則有所顧，欲拒則有所難，沉吟久之，莫之能決。振為役夏奉戎，竭內事外，非計之得，乃獻疏曰，「臣聞利或生害，害亦生利，國家奄有天下，囿囿八荒，而萬機百揆之中，最難消息者，唯吐蕃與默啜耳。今吐蕃請和，默啜受命，是將大利於中國也，若圖之不審，則害亦隨之。如防害有方，則利亦隨之，今欽陵所論，唯分裂十姓地界，抽去四鎮兵防，此是欽陵切論者，若以為可允，則當分明斷決之，若以為不可允，則當設冊以羈縻之，終不可直拒絕以阻其意，使興邊患也。臣竊料此事關隴動靜之機，豈可輕舉措哉，使彼既和未絕，則其惡亦不得頓生，請借人事為比，設如人家遭盜，一則攻其內室，一則寇其外落，主人必不先於外寇而憂在內室矣，何則？以內患近而外患遠也，今國之外患者，十姓四鎮是。內患者，甘、涼、瓜、肅是，復關隴之人，事屯田，向三十年，臣料其力用久竭弊矣，脫一朝甘、涼有不虞，此中豈堪廣調發耶？臣實病之，不知朝廷以為何如。夫善為國者，當先料內以敵外，不貪外以害內，今議事者捨近患而靡恤，務遠患而是貪，臣愚焉，罔識厥策，必以四鎮殷重，事不可依，何不言事以答之。如欽陵云，四鎮諸部與蕃界接，懼漢侵竊，故有是請，此則吐蕃所要者。然青海、吐蕃密近蘭（金城郡）、鄯（今西平郡），北為漢患，實在茲輩，斯亦國家之所要者。今宜報陵云，國家非恡四鎮，本置此以扼蕃國之尾，分蕃國之力，使不得並兵東侵。今若頓委之於蕃，恐蕃力強，易為東擾。必實無東侵意，

則宜還漢吐渾諸部及青海故地，即俟斤部落當以與蕃，如此足塞
陵口而和事未全絕也。如後小有乖，則曲在彼。兼西邊諸國，款
附歲久，論其情義，豈可與吐蕃同日而言，今未知其利害，未審
其情實，遽有分裂，亦恐傷諸國之意，非制馭之長算也。待籌損
益，知其利便，續以有報，如此則亦和未為絕，更使彼蕃懸情上
國，是亦誘撫之方，伏願省擇，使無遺算，以惠百姓也。」

　　姬遠峰想通了，自己癡迷於宗教只是想充盈自己空虛的靈魂，但
學術也可以充實自己空虛的靈魂，既然學術可以充實自己的靈魂那又何
必拋妻棄女去披一襲僧衣耶？於己可斷夫妻之情，父女之愛，但自己的
妻子與孩子卻沒有自己相同的心境，自己的做法只是自私利己而已。佛
教於己作為佛學則可，作為宗教奉之則不可，自己並不想信奉宗教，只
是逃避現實而已，那就逃入學術中去吧，讓故紙堆與文字來代替酒精來
麻醉自己吧，這樣還可避免帶給妻子和孩子無窮盡的痛苦。自己已經戒
酒了，酒精不會用來麻醉自己了，自己也受過高等教育，而且自從上大
學以來爸爸就多次告誡過不要沾毒品的邊，自己的理智還不至於沾染毒
品，用毒品來麻醉自己，那就讓故紙堆來麻醉自己吧。姬遠峰也想起了
三個人，李叔同、歐陽無畏與邢肅芝，無一例外，自己知道這三個人都
是因為他們的學術貢獻，而不是他們時僧時俗的身份變換，也不是藏人
認為的特務間諜的身份，抑且他們本人或高貴或卑賤的品行與行為。那
就不要嚮往迷戀那一身僧衣了，自己真的空虛無聊，那就看看自己買的
那些書吧，如果願意編纂幾本書也可以，不要整天沉溺於宗教之中了。

　　姬遠峰想到了岳欣芙，在岳欣芙的事情上，自己倔強地沒有聽從黎
春蓴的意見，沒有聽從自己內心的感受，不僅犯錯了，而且釀成了自己
這輩子最大的遺憾。這次在出家為僧的事情上還是聽從自己內心的感受
吧！不要再強求自己了！捨棄宗教而鑽進故紙堆中去吧！姬遠峰也想起
了最近看到的能引起共鳴的陶淵明的一首詩《影答形》。

　　存生不可言，衛生每苦拙。

　　誠願遊崑華，邈然茲道絕。

> 與子相遇來，未嘗異悲悅。
>
> 憩蔭若暫乖，止日終不別。
>
> 此同既難常，黯爾俱時滅。
>
> 身沒名亦盡，念之五情熱。
>
> 立善有遺愛，胡為不自竭。
>
> 酒云能消憂，方此詎不劣。

自己無陶淵明憂國憂民之情懷，亦無其吟詩作賦之才氣，自己也無三畝薄田以躬耕自食，那就在這骯髒的濁世中，在這骯髒的城市中做一個卑微的逃遁者，苟且在這個世界上吧，實在苦悶的時間出門旅遊一趟也可以。姬遠峰把《古蘭經》、《新約》、《穆聖傳》等幾本宗教書籍裝入了一個小紙箱，從自己的書房搬到了陽臺上，他抱著被子去大臥室和張秀莉一起睡覺去。

「你抱著被子過來幹啥？怎麼不自己一個人睡了！」張秀莉說道。

「想妳了！」姬遠峰嬉笑著說道。

「誰信呢！隔著一堵墻你會想我！我的床又不是賓館，想來就來想不來就不來，叫了你兩次你都不過來！」

姬遠峰聽出了張秀莉心中的不滿，嬉笑著說，「我本來怕睡不著影響妳睡覺，想一個人睡段時間，結果發現沒有媳婦的體溫我更睡不好，只好又來找妳了。」

張秀莉翻了一個白眼，把自己的被子往一邊挪了挪，讓出了床的一邊，「快去洗漱吧！前段時間沒有睡好，早點睡吧！」

二七

二零一四年九月姬遠峰又一次來到了自己集團公司的北京總部，這次他和韋處長、高科長還有一個年輕的同事來作項目匯報，應該來的自己科負責技術的科級技術崗的本科生還在單位提高業務能力呢。北京總部是幾棟被玻璃圍裹著的高大的現代建築，毫無美感，姬遠峰一直納

悶，玻璃幕牆既已被稱之為視覺污染，說明其毫無美感，但現代建築這類醜陋之物卻越來越多，這只能證明現代國人躭於炫耀而美醜不分矣。姬遠峰已經來過很多次了，絕大部分都是來匯報項目，但這次的心情卻與以往不同。以前總覺得這是自己單位的總部機關，這幾棟沒有美感的大樓還是自己單位的婆家，是自己單位的一部分，張秀莉也曾在這裡借調了三個月的時間，但現在自己已經對單位沒有了歸屬感，沒有了親近之感。

　　門衛管理還是一如既往地嚴格，拿著蓋著公章的會議通知也不讓進入，需要打電話和接待部門聯繫，聯繫好之後纔讓進入。姬遠峰一直納悶，如果沒有事情除了收破爛的誰會無聊地進入一個單位的辦公大樓之內幹什麼，即使收破爛的進入大樓也有事幹——收破爛，但幾乎所有的單位門衛管理都是如此，尤其北京的單位更是如此。

　　姬遠峰見到了總部機關的張處長——聽他這次匯報的領導，姬遠峰還見到了姜小明，一個小自己四歲的小伙子，本科畢業，和自己以前在一個處室三年時間，他爸爸是一個處長，三年前調到了另外一個單位，在三十歲的年齡提拔成了科長，當上科長已經兩年了，現在在總部張處長手下掛職。姬遠峰知道掛職結束後三四年內會成為副處級幹部的後備人選，姬遠峰心中隱隱有些妒忌，但很快明白了，姜小明現在已經從科級幹部往副處長的階梯上攀爬，自己還是一個普通幹部，也放棄了上進之路，自己這妒忌心也差得有點太離譜了。但這個小伙子很有禮貌，也喜歡打籃球，在一個單位的時間經常一起打籃球，工作上許多不懂的問題經常請教自己，稱自己為姬哥，關係還不錯。姜小明問候過韋處長後客氣地和姬遠峰說道，「姬哥，來匯報項目了！最近還打球嗎，我來北京兩三個月了，一次籃球也沒有打過了。」

　　姬遠峰知道姜小明這話本是禮貌客氣之語，心中卻有一絲不快掠過，自己今天要向自己的小兄弟匯報項目了。姬遠峰沒有回答匯報項目的話題，和姜小明開玩笑道，「你是不要掛職一年？周末了經常回家不？想媳婦孩子不？」

　　姜小明笑笑也沒有回答這個問題，悄悄地說，「姬哥，不知道今晚領導有飯局不，如果沒有的話我和姬哥出去一起喫飯去。」

　　「我猜十有八九你和我的領導今晚都有飯局，咱兩都要陪領導。」說完，兩人會意地互相笑了一下。

　　匯報結束了，姬遠峰和同事在總部食堂喫了自助餐午飯，飯菜品種很豐富。所有人都喫得有點多，從單位帶來的車堵在了從賓館來總部的路上，韋處長、高科長、姬遠峰和年輕的同事四個人一起繞著總部大樓轉圈。總部機關的許多人也都午飯後在繞圈走，其中有許多和張秀莉年紀相仿的女性，三三兩兩輕聲細語地邊走邊交談，看似悠閒。姬遠峰想到自己已經放棄了努力，自己這輩子永遠沒有出頭之日了，他隱隱感覺有些對不起張秀莉，如果張秀莉不和自己在一起，她或許像這些女人一樣工作在總部機關裡——這個令整個集團公司幾十萬員工羨慕的一個工作地點——很有可能也是一個副處級幹部了，因為在北京總部沒有科級幹部設置，要麼是普通員工，稍微好一點的就是副處級幹部了，而張秀莉也是一名比較優秀的女性。張秀莉會像這些女性一樣悠閒地散步，張秀莉和自己在一起太辛苦了，家務絕大部分都由她操持，自己操心越來越少了，她的工作性質出差順道玩一圈的機會都很少，而且自從有了孩子也難以脫身了。但轉念一想，這些看似悠閒的女人其實並不輕鬆，每天上下班或許就從像沙丁魚罐頭一樣的在地鐵裡被塞進推出，她們中駕車上班的並不多，因為北京總部為數甚少的停車位都是公車和更大的領導的，在辦公室裡就像張秀莉借調到總部機關時發給自己的短信一樣需要察言觀色謹小慎微，回到家裡照樣需要操持家務，照顧孩子，她們的生活也不會輕鬆愜意。或許這是姬遠峰給自己找的安慰張秀莉辛苦的藉口罷了。

　　在賓館午睡起來後沒有事情的姬遠峰打車去中國藏學研究中心逛逛，看有什麼書可買。姬遠峰每次出差到各個地方只要有時間他都會抽空去書店看看，中國藏學研究中心這個地方姬遠峰已經來過幾次了，他又看到了那個有著藏族裝飾風格的不高的大樓。藏學書店面積不大，只

有一個年齡不大的中年婦女在電腦上忙碌著，書店內也只有一個藏族小伙在挑選書籍，看起來和女店員互相認識，兩人之間偶爾用漢語說幾句話，但那個藏族小伙子卻經常以「呀呀」作為回答結束語。不一會兒進來一個高個的藏族小伙子，應該是藏學研究中心的工作人員，借用中年婦女的推車用，也和挑選書籍的藏族小伙用藏語交流，姬遠峰一點也聽不懂。

店內書籍分為藏文書籍和漢文書籍，偶有英文書籍，也有影印的滿文蒙古文的史料。姬遠峰知道少數民族語文書籍的史料價值更大，但除非同書有漢譯文，因為看不懂姬遠峰一般並不買少數民族語文影印的史料。若這類滿文藏文蒙古文史料還沒有翻譯成漢文，或者以前看到過介紹史料價值很高，姬遠峰也買一點。姬遠峰挑選了幾本漢文書籍，和以前買書的情形一樣一點折扣也沒有，但姬遠峰對那個女店員卻印象很好，這是姬遠峰見過的公營單位中少見的態度溫和有禮貌的服務人員之一，或許是她浸染在藏傳佛教文化之中的原因吧。

從藏學書店出來天色還早，姬遠峰步行回賓館，雖然距離六七公里有點遠，但姬遠峰已經習慣了獨自長距離散步，這對他並不是問題。走了大約一個小時左右，姬遠峰看到了雍和宮的標識，他想起了自己出差的時間曾經進去遊玩過一次。雍和宮裡面有著名的清高宗的《御製喇嘛說》碑文，真實地闡述了清朝皇帝優崇藏傳佛教的真正初衷。當時正在舉辦一個六世班禪入覲清高宗的文物展覽，姬遠峰看到了許多珍貴的藏傳佛教文物，其中有宗喀巴和六世班禪的銅像，也有傳統藏文木刻板片——就像漢文雕版印刷一樣，那是藏文化傳承的主要方式之一。姬遠峰還記得雍和宮內一尊鉅大的白檀木彌勒大佛殿的外牆上掛著吉尼斯世界紀錄的標誌，真令人可笑，講究無為、在信徒心目中聖神的佛教也需要俗世之認證乎！宗教也不免俗也要爭個世界第一嗎！不知道是人心世俗了還是宗教世俗化了！姬遠峰本想進去看看，上次去的時間恰好是冬季，出寺時天色將晚，夕照古寺，梵唄聲聲，鴉噪枯樹，景色還是很美的，轉念一想，自己剛從宗教的漩渦中出來，這會也關門了，還是不去了。

　　在路上年輕同事的電話過來了，說韋處長今晚七點請總部張處長和姜小明科長喫飯，快點回來吧！姬遠峰「哦」了一聲，說道，「知道了。」他想到自己已經滴酒不沾了，陪著領導喫飯乾坐著在那兒很尷尬，而且姜小明也會來，自己要畢恭畢敬地稱自己的小兄弟為姜科長並以茶代酒給他敬酒了，姬遠峰不樂意，今天曾經的小兄弟聽自己的匯報已經讓姬遠峰不舒服了。姬遠峰給韋處長打去了電話，「韋處長，我現在已經滴酒不沾了，晚上喫飯我能不參加嗎？如果不需要的話我想去找同學玩玩，如果需要陪著領導的話我現在趕回賓館。」韋處長爽快地答應了姬遠峰，「你不用著急回來陪領導喫飯了，去找同學玩吧！」姬遠峰聽了韋處長的話心裡反而有點失落。姬遠峰不知道請客的地方是不就在自己住宿的賓館裡，他怕趕回賓館恰好碰到，那樣也尷尬，看來只好去找同學玩去了。姬遠峰和大學的同學周凱聯繫，但周凱正在國外出差，他只好沿著馬路多走一會，七點半左右估計飯局已經開始了再回到了賓館。

　　在賓館房間裡姬遠峰翻開剛買的幾本書，卻靜不下心來看書。韋處長、高科長和自己年輕的同事正陪著總部的張處長和姜小明科長把酒言歡，這是工作極其重要的內容之一──結交各路領導、交流感情、拉近關係，也不動聲色地偶爾替自己的領導喝酒，給自己的領導留下好印象，這一切都是提拔幹部的必不可少的工作之一。自己已經放棄努力了，和自己同來的年輕好幾歲的同事卻正在進行著這樣的工作，這麼一位踏實肯幹，工作能力很強的同事，但沒有直系親屬在集團內當領導，不知道他現在這麼努力會不會被提拔，如果提拔了自己又會不會心理不平衡了，自己會不會後悔自己這麼早放棄追求進步了，今天見到姜小明自己已經心理不平衡了。姬遠峰也想到了剛聯繫未果的周凱，周凱是自己同宿舍的室友，也是系裡的黨委書記，是他鼓動自己給岳欣芙送出了自己給女生的第一個生日禮物，自己還去他家玩過一次。大學四年的時間周凱和自己一樣不怎麼認真學習，在學校裡也沒有考上研究生，但本科一畢業他醒悟了，很努力，他的努力已經有了效果，一口氣在另一所

有名的九八五大學讀完了博士，在一家著名的央企裡已經成為一個初級領導了，還在繼續努力地工作中，長期出差駐在國外，自己卻放棄了努力，是自己真的不努力呢還是自己真的不適合這個社會、這份工作呢？

咚咚的敲門聲很響，姬遠峰心想誰這麼沒禮貌，敲門這麼大的動靜。他去開了門，陪著領導喝酒的年輕同事一頭扎了進來，「姬哥，我招架不住了，我要去洗手間！」年輕同事話還沒有說完就已經趴在馬桶上哇哇不停地嘔吐了起來，惡臭夾雜著酒味飄到了屋子裡面，姬遠峰忙去把窗戶打開散味。嘔吐結束同事趴在床上開始睡覺，不一會他又爬了起來，這次他沒有走到衛生間，而是抱著垃圾桶在吐，惡臭瀰漫在屋內，吐了一會再也吐不出來任何東西了，估計胃裡空空如也了，他趴在床上呼呼睡著了，姬遠峰慶幸自己的同事喝醉了不胡鬧而是安安靜靜地睡覺了，他打電話到前臺讓服務員來房間把垃圾桶收拾掉，那個味道太大了。

看著醉酒熟睡的年輕同事，姬遠峰心想，這個和自己一樣沒有直系親屬在集團當領導的同事不知道再過幾年會不會和自己一樣的心境，放棄了努力，起碼今天晚上自己的心理平衡了。如果自己沒有說滴酒不沾了，今晚趴在馬桶上吐的肯定還有自己，而且自己不會像這個同事一樣醉酒後熟睡，胃疼會讓自己徹夜難眠。轉念一想，自己已經決定不再努力了，滴酒不沾了，以後遇到這種酒局就別再想那麼多了，何必自尋煩惱，回家了沉下心來抓緊把自己初步計劃好的幾本書編寫完成出版吧。

二八

從北京出差回到家裡，面對著書房一屋子的書，姬遠峰發愁了。自己以前只是信馬由韁地隨便涉獵，龐雜而不深入，既然決定編書並希望出版，而且以學術著作的形式出版，沒有深度與學術價值是完全不行的。姬遠峰雖然沒有歷史地理方面的學術訓練，但他上研究生的時間也經過了一些理工科的學術訓練，知道選題的重要性。所選題目本身的價值決定了書籍的學術價值，而所選題目是否自己擅長則決定了書籍能否

成功完成，二者缺一不可。自己不可匆遽著手，自己專業非此，於史地著述亦甚陌生，盲目著手很有可能中途而輟，又打擊自己的自信心。而自己熟悉什麼呢？自己到底該選擇什麼題目呢？

自己工作後想系統地讀中國歷史，以擺脫教科書教條式的說教，讀了錢穆的《國史大綱》、呂思勉的《白話本國史》與柏楊的《中國人史綱》。後興趣漸漸移至中國近代史與蒙藏二族歷史上，讀了郭廷以的《近代中國史綱》、蔣廷黻的《中國近代史》、唐德剛的《晚清七十年》。郭廷以《近代中國史綱》與蔣廷黻的《中國近代史》皆為嚴肅之史學名著，唐德剛《晚清七十年》則語言生動有趣，於歷史思考間有啟迪，但論據也顯粗疏不謹。斷斷續續在讀徐中約的《The Rise of Modern China[7]》，徐中約的英文原著姬遠峰讀起來十分吃力，至今也沒有讀完，即使沒有購買到這本書的香港繁體字版本，自己在書店裡翻看了幾眼大陸地區的簡體本，姬遠峰知道刪改的太厲害了，他沒有購買，也不想讀這種刪改的面目全非的版本。這些名著從十數萬字到百萬字不等，一半年就讀完了。

讀完這些名著後姬遠峰看著這些書後附錄的參考書目，他充滿了好奇，原來這麼宏富沁人心脾啟迪思考的史學名著是建築在這些材料之上的，這些材料自己接觸的太少了，自己能否也通過讀史料而得出如此令人激動的思考與論述呢？姬遠峰開始購買史料，讀史料了，購買了《三通》《籌辦夷務始末》《籌辦夷務始末補遺》《清季外交史料》等書，大批量地購置了臺灣中央研究院近代史研究所出版的《中國近代史資料彙編》，臺灣中央研究院歷史語言研究所整理的明清內閣檔案《明清史料》，只要是出名且大部頭的史料他都傾力購買。

當看到臺灣成文出版社的《中國方志叢書》三期兩千餘種六千餘冊，文海出版社的《中國近代史史料叢刊》三編二百九十五輯三千三百三十五冊書時，姬遠峰終於理解了隔行如隔山這句話的含義了。自己喜

---

[7]　書名直譯應為《現代中國的升起》，但該書牛津英文原版內扉頁又以漢字題書名《中國近代史》，故該書漢名應以《中國近代史》為確。

歡史地，但卻是一個真正的門外漢，試圖不分畛域地購置史料是多麼地不切實際與異想天開了，此後只是有選擇地購置近代史及蒙藏二族方面的史料了。

而通過讀史料姬遠峰發現了一片新天地，自己雖然只是一個史地業餘愛好者，但也能發現一些名著中的論述偏駁甚至錯誤之處。當自己對藏族歷史感興趣之時曾將《清季外交史料》中關涉西藏的奏摺一一讀過一遍，也讀了吳豐培先生編纂的《清代藏事奏牘》。回想起以前讀過的郭廷以先生的名著《近代中國史綱》，其於西藏史實錯誤之處亦復不少。若論述光緒十四年英寇侵藏則曰。

「中英《煙臺條約》，允英派員入藏，為藏人所拒，齟齬遂起。中英《緬甸條約》將前款作罷，日後酌察情形，再議西藏與印度商約，但日久未成。屬於西藏的錫金（哲孟雄），早為英人所控制。英人停止入藏後，一八八七年，藏兵進入錫金。」

郭廷以先生所謂藏兵進入錫金則與史實相乖，藏兵設卡哨之地名隆吐，此地實為藏地，因廓爾喀即今尼泊爾侵削哲孟雄，哲孟雄領土日蹙，西藏借隆吐周圍之土地於哲孟雄以為其牧場，其地之租賦照納於西藏地方政府，達賴轄下之藏民照舊牧放牲口於其地，且西藏地方政府每年有青稞茶葉以幫貼哲孟雄者之舉。並且哲孟雄本為西藏屬部，否則西藏地方政府為何租借其之土地於哲部，且年給青稞茶葉以幫貼哲部部長之生活耶？藏兵即使進入哲部保護其之屬部免受侵略又有何不可？

光緒二十九年英寇入侵西藏，十三世達賴喇嘛外逃至庫倫，拉薩被佔，英寇迫西藏地方政府與之訂《拉薩條約》，清廷電令駐藏大臣有泰拒絕簽約而使此約成為廢紙一片。後中英兩國於印度談判，英寇絞盡腦汁欲迫清廷承認於西藏只保有所謂宗主權，此為清廷談判代表曾留學哈佛大學具有西方政治知識之唐紹儀及其接替談判者張蔭棠峻拒，不惜談判破裂而冒戰端再起之威脅，談判遷延再三，終致在印度之談判破裂。此後中英兩國在北京繼續談判，清廷代表唐紹儀堅執不允將所謂宗主權字樣寫入條約之中，最終達成之條約《中英續訂藏印條約》所謂宗主權

之字樣未出現於條約之中。此後英國俄國二寇達成私約《英俄協定西藏條款》五款及附約一款，二寇心照不宣地將「中國為西藏上國」即西人所謂宗主權字樣寫入條約，且將關涉中國西藏而無清廷代表參加之條約錄送清廷，為清廷所拒絕。

　　非但留學美國的唐紹儀洞悉英寇之狡謀，即受中國傳統教育的清廷官僚曾紀澤時亦洞悉英寇之狡謀，論及西藏時明言西藏為屬地，非屬國，清廷於西藏者為主權，其文曰。

　　　　竊思西洋各大國，近者專以侵奪中華屬國為事，而以非真屬國為詞。蓋中國之於屬國，不問其國內之政，不問其境外之交，本與西洋各國之待屬國迥然不同。西藏與蒙古同乃中國之屬地，非屬國也，然我之管轄西藏，較之西洋之約束屬國者猶為寬焉，西洋於該處亦只稱中華屬國而已，視內地省分固為有間。我不於此時總攬大權，明示天下，則將來稱屬地為屬國者，將復稱屬國為非真屬國，又有侵奪之虞矣。茲幸英人不萌侵奪之念，但以通商為請，在我似宜慨然允之，且欣然助之經營商務，商務真旺，則軍務難興，此天下之通理也。我之主權既著，邊界益明，關權日饒，屏籬永固，興利也而除害之道在焉。

　　後十三世達賴喇嘛入覲清德宗與慈禧太后，清廷加封其名號，亦明言清廷於西藏為主國，非宗主國，重國家之主權，其文曰。

　　　　皇帝敕諭達賴喇嘛，朕維錫之恩禮，九經凤重懷柔，屬在方輿，五服咸殷拱向。聿彰黃教，特沛丹綸。爾達賴喇嘛道衍西方，忱傾北闕，獻琛自遠，奉萬系之皇圖，祝嘏維虔，效三呼於靈嶽，是以降敕，加封爾為誠順贊化西天大善自在佛。爾其永持戒律，益闡宗風，懷信義於中朝，遵典章於主國，輯和番俗，慎固邊陲，用副嘉名，允應洪覬，欽哉，特敕。

　　而郭廷以於其名著《近代中國史綱》論及此一段史實則謂。

　　　　「一九〇六年四月二十七日，訂《藏印續約》，拉薩條約作為附約，英允不占藏地，不干藏政，中國亦不准他國佔領藏地或

　　干涉藏政。此約對中國雖仍有不利之處，但中國在西藏的宗主權
　　已得英國的承認。一九〇七年，查辦藏事大臣張蔭棠抵拉薩，重
　　建中國威權，說藏人以天演公理，勿蹈印度、哲孟雄（錫金）滅
　　亡覆轍，西藏當局大為感動。關於西藏的對英賠款，由張具名交
　　付，對於英人的違約行為，嚴行取締。是年八月，英俄協議，互
　　認中國在藏的宗主權。」

　　郭廷以先生之論述似亦認清廷於西藏者為宗主權，則錯謬實甚，在
印度談判清廷代表為唐紹儀，於印度之談判正因為唐紹儀峻拒所謂宗主
權而致談判破裂，後於北京談判清廷談判代表仍為唐紹儀，則唐紹儀豈
可允認中國於西藏為宗主權耶？且遍檢該條約，有所謂宗主權字樣耶？
郭廷以先生論述英國承認中國在西藏之宗主權，匪特與史實相悖謬，且
英寇以戰爭而不能得之，國家之學人豈可一語而承認之！且郭廷以先生
於此條約之理解實甚不智，在弱肉強食之國際社會，居廟堂者當以政治
智慧合縱連橫與發展國家之實力以衛其國土與主權，豈可以不平等條約
犧牲國家之利益而換取外人於自己固有權利之承認耶？若列寇群起而效
之，國何以為國？郭廷以先生之教育本於國內完成，並非學成於國外，
何以思考民族問題竟踵襲西人之後拾其牙惠不識敵之狡謀而大謬若此。
姬遠峰理解郭廷以認為清廷於西藏為宗主權乃為沿襲中國政治傳統西藏
為清廷藩部之觀念，即此認識於清帝國亦錯誤矣。清王朝政權為漁獵民
族滿族結盟蒙古族而建立之政權，「滿蒙同盟」為清帝國之國策，作為
同盟者的蒙古地區，蒙古人所崇奉宗教聖地拉薩所在的西藏地區在清朝
帝室心理上遠較漢地十八行省為重。內地十八行省清廷所擁有者為主
權，清廷豈可認心理認同更重要的蒙古西藏地區為宗主權耶！清帝滿人
耶？漢人耶？何以漢人學者要麼囿於傳統無主從之分，要麼拾西人牙惠
為其愚弄而渾然不知，中國學人何於獨立思考欠缺如斯耶！

　　更有可笑者中國學者竟將清朝皇帝的老家東北地區亦列為藩部，於
《皇朝藩屬輿地叢書》中竟列入《吉林外記》《黑龍江外記》《寧古塔
紀略》諸書，真可笑至極。而英寇所謂宗主權乃清廷於朝鮮、琉球等藩

屬國之權力，英寇此論調實暗含西藏類於朝鮮為屬國之狡謀。郭廷以先生或未讀到此史料，或未詳慎考慮，未識西方政客學者之狡謀，竟將此二者混淆了。在姬遠峰看來，即朝鮮琉球安南本為清廷屬國，清廷納其貢獻而享宗主國之光榮，自有保其屬國免受侵略之義務，只因清廷國力衰弱自身難保而於其屬國被侵夷無可奈何。此後各屬國各殖民地獨立自主之勢不可逆，但清廷之屬國獨立自主與否應以其人民之意願為從違，清廷所應為者為適應時代之潮流而調整與其屬國之關係，清廷及後續之政權豈可任西人夷滅其屬國，豈容他人酣睡於臥榻之側嚙床及膚耶！享盛名如郭廷以者其於西藏史實之論述錯誤甚矣。

　　姬遠峰明白了，史學名著給讀者的更多的是對歷史的思考，啟迪讀者以歷史的角度思考當下，找出現實問題的歷史內因並試圖找出解決問題之道。但這個高層次的思考是建立在史料的基礎上的，史學名著並不能代替史料，史料之價值並不因史學名著的存在而減弱。甚至通過史學名著更能思考史料的價值，從事歷史研究僅僅讀史學名著是遠遠不夠的，進行歷史研究史料永遠是第一位的，傅斯年不是有名言「上窮碧落下黃泉，動手動腳找東西」嗎。自己非專業歷史從業者，動手就算了，那已有的史料也該讀讀了，這更加堅定了姬遠峰讀史料、購買珍稀史料的想法，只不過不再貪多貪全了，而是挑選自己感興趣的某一領域的史料了。

　　雖然中國近代史享盛名如郭廷以、蔣廷黻、徐中約者紕漏亦有，但瑕不掩瑜，有此諸位學人於中國近代史的傑出工作。通史中近代史有錢穆、柏楊諸先生之著作，自己只能膜拜而已。姬遠峰知道自己沒有受到史學的任何訓練，一點基本功也沒有，以自己的知識與基礎，只能於某一史實進行論文的寫作，但自己暫時並無寫論文的打算，宏觀著述中國近代史無疑蚍蜉撼樹自不量力，看來自己原來設想的從事中國近代史的寫作根本不切實際。

　　自己於史地又擅長什麼呢？自己該選擇什麼題目呢？姬遠峰思索著，自己好像對中國古代交通史、蒙藏二族歷史讀書較多，而且這方面

的研究當下較弱。中國傳統學人素輕民族語言之學習，自己崇拜的學人
吳豐培先生整理藏學史料尤夥，但其不通藏語文，其整理點校的古籍中
於西藏人名地名錯誤者亦復不少。著名學人王鍾翰先生西藏之論文亦錯
誤時見。當代中國學人又奉西方之學術為圭臬，評稱職不問學科輒要求
去西方作訪問學者，而不問是否於研究的民族地區田野調查經歷若何，
民族語言之程度若何。而西人從事中國民族地區研究者千方百計克服萬
難以學中國的民族語言並深入實地以做田野調查，國人為學反其道而行
之，國內學人之著述多拾西方人之牙惠而已，真可笑至極。當代學人以
著書立說為宗，亦輕史料之整理，此亦當下中國學術環境所致，著書立
說可評稱職掙大錢，而整理史料、點校古籍視為平常而不可用於評職稱
掙大錢。政府大張旗鼓欲踵歷代修史之傳統從事清史之纂修，然卻發現
大陸政府建政已半個多世紀了，修清史所需史料整理工作還未進行，國
家清史編纂委員會亟亟從事之而出版一系列史料。

　　姬遠峰還清楚記得自己對藏族歷史感興趣的起因，二零零八年北
京奧運會火炬於海外傳遞時遇到流亡海外藏人的衝擊干擾。自己不滿足
於官方媒體上籠統的說辭，想在網路上找到點答案，但大陸官方於媒體
監管極其嚴格，網路上要麼與官方說辭一致，要麼皆為充斥著情緒的攻
擊之語，姬遠峰不能找到令自己滿意的答案。姬遠峰雖然不知道現實問
題的解決方案是什麼，但他知道現實問題的起因在什麼地方，那就在歷
史裡，他開始注意搜集藏族歷史資料。他注意到了清朝統治西藏的歷史
末期史料較之前期史料豐富許多，尤其清末英俄二寇侵略西藏、西藏與
清廷漸致離心離德之著述與歷史資料充斥市面，如《清季外交史料》中
就有大量涉藏奏摺史料，吳豐培先生整理的《清代藏事奏牘》，四川省
民族研究所所編《清末川滇邊務檔案史料》，中國第二歷史檔案館所編
《西藏亞東關檔案選編》，中國第一歷史檔案館所編《光緒朝硃批奏
摺》亦有清朝晚期藏族歷史之專輯。清朝中期統治西藏時期大事件若清
廷與廓爾兩次戰爭有《欽定巴勒布紀略》與《欽定廓爾喀紀略》傳世，
今印度境內錫克人侵略西藏，將藏屬拉達克攘奪而去有駐藏大臣孟保之

《西藏奏疏》。清高宗平定四川金川藏族之叛亂亦有《平定金川方略》
及《平定兩金川方略》等官纂方略傳世。

　　然清朝前期西藏之歷史即清廷如何統一西藏則蒙昧不清，《清聖
祖實錄》記載幾可忽略，《平定準噶爾方略》亦甚簡略。即官纂《清史
稿》，私人纂述《皇朝藩部要略》中西藏部分皆類於《二十四史》之傳
記，而非詳盡之史料。清廷有官纂方略之傳統，官方纂修方略不下二十
餘種。清聖祖統一臺灣、清聖祖驅逐沙俄保有黑龍江以北之領土、清聖
祖統一喀爾喀蒙古、清聖祖統一西藏、清高宗統一新疆在姬遠峰看來可
謂清朝遺惠中國後世萬代之偉業。統一臺灣有《平定海寇方略》，驅逐
沙俄有《平定羅剎方略》，統一喀爾喀蒙古有《平定朔漠方略》，統一
新疆有《平定準噶爾方略》，雖諸書詳略有別，但均為有用之史料。統
一西藏之歷史功績與清聖祖統一喀爾喀蒙古同，清世宗亦言平定西藏為
聖祖晚年最大功勞，何以獨於統一西藏無方略傳世，僅於《平定準噶爾
方略》中寥寥數頁。後姬遠峰讀《清代人物傳略》中允禵傳時恍然大
悟，知統一西藏時清軍之統帥為清聖祖第十四子胤禎，亦名允禵，即清
宮戲中常見之十四阿哥，聖祖晚年盛傳傳位之子也。作為清世宗最強勁
的政敵，世宗即位後允禵即被囚禁，為防止允禵握有聖祖傳位於其之任
何證據，允禵之一切奏摺、私人信件及清聖祖於此次軍事行動之敕書諭
旨均被清世宗收繳殆盡。清廷官纂書籍於允禵之功績抹殺殆盡，因此之
故，清朝統一西藏之史實纔致蒙昧不清。

　　自此姬遠峰即留心允禵之奏摺，終於覓得吳豐培先生整理之《撫
遠大將軍允禵奏稿》，其內容皆為允禵作為清軍統帥驅逐準噶爾蒙古，
納西藏於清廷治下之滿文奏摺譯漢稿。自己當時如獲至寶，挑燈夜讀，
結果甚為失望，如此珍貴之史料，民國初年政局不穩，人才凋敝，蒙藏
院總裁貢桑諾爾布組織人力翻譯。翻譯之粗糙可謂至極，人名翻譯至為
雜亂，與歷史人物人名不相符者十之八九，地名翻譯歧誤亦多，且文意
不通者亦夥。現今《康熙朝滿文硃批奏摺全譯》亦出版，其中亦有允禵
奏摺一百餘篇，此書奏摺之翻譯出自眾手，人名地名不相統一者亦有，

錯誤亦有，甚或將康熙朝奏摺竄入雍正朝奏摺之中者。姬遠峰知道自己
準備編寫的第一本書是什麼了，將此二書中允禵奏稿合併，汰其重複，
詳加校訂註解，於清廷統一西藏史實可清，亦可為與清世宗爭皇位重要
人物允禵的奏稿全備，此書之價值甚高。書名姬遠峰已經想好了，就叫
《胤禛（允禵）西征奏稿全本》。第二本書則將《康熙朝漢文硃批奏摺
彙編》與《康熙朝滿文硃批奏摺全譯》中關涉統一西藏而非允禵奏摺彙
編一書，於書中人物地名亦加校註，雖全為原始奏摺之合輯，但仿紀略
名之《平定西藏紀略》，此書合之《胤禛（允禵）西征奏稿全本》，則
清聖祖統一西藏之史料粗備於此。

　　自己讀《撫遠大將軍允禵奏稿》時曾參酌《清代職官年表》、《清
史列傳》、《清史稿》、《平定準噶爾方略》、《欽定八旗通志》將其
中滿漢高級官員之姓名稍加核對。用《欽定西域同文志》、《欽定外藩
蒙古回部王公表傳》、《蒙古世系》將奏摺中蒙古族高級官員人名亦作
核對。所餘者清軍中低級官員之姓名未加校註，但自己知道可於《甘肅
通志》、《陝西通志》及《山西通志》加以核對。且自己以前亦專門研
究過清時期西藏地理，於西藏地理稍熟稔，姬遠峰對允禵奏摺之校註有
信心完成。

　　自己自從大學時間就喜歡讀遊記，近年更是來讀了不少關涉西藏
的遊記，自己讀吳豐培先生輯編的《川藏遊蹤彙編》，一直覺得還有重
要的遊記未曾收入，深以為憾。如周希武之《寧海紀行》，嚴耕望先生
積四十餘年功所著之名著《唐代交通圖考》，其於河湟交通路線既已撰
就，十餘年後及見此書，亟取之以修其完稿，且節錄之附於篇末。以
《唐代交通圖考》攷證之精詳，而推崇此書之備至，於此可見其學術價
值之一斑，而《川藏遊蹤彙編》未輯入。又如川藏之交通路線，清廷設
有自川至藏之驛站，此路雖驛道，然實崎嶇逼仄，且有甚為高峻險阻之
二雪山，即瓦合山與魯工拉大雪山，此二雪山綿長高陡險阻為途中最，
行人斃命於此者甚夥，即今日川藏公路亦繞越之，《川藏遊蹤彙編》一
書輯入此路線之遊記多篇。但四川入藏之道非僅驛站一道，南道即驛

道，另有一道曰北路或曰草地道，此道自打箭爐即今四川康定縣與入藏
之驛道分，穿行章谷、朱窩、甘孜、德格諸土司地而至察木多即今西藏
昌都縣。自察木多後又與驛道分，經類烏齊、三十九族、拉里以至於
藏。此道就交通條件而言之，此路之交通實勝於驛道，此道穿行於三十
九族之草原，無高大雪山之阻隔，且水草皆便，馱牛馬匹無水草缺乏之
虞，故有清一代此道實為貿易之道，西藏赴川之貿易商隊皆取道於此，
四川運藏之茶亦經此道入藏。清末黃德潤赴藏調查交通，亦言之若自川
修築鐵道至藏，此道實可取之路線也。而此道之缺點即地處高寒，均為
牧區，牧民遷徙無定，設站不易，故有清一代擇險仄難行之南道為驛道
而非此道。此道雖常為商道，亦有用兵之歷史，清季末年駐藏大臣聯豫
與十三世達賴交惡，奏調川軍入藏，入藏之川軍慮驛道為藏軍梗阻，故
取斯道入藏。而此道之遊記《川藏遊蹤彙編》未輯入一篇，自己曾讀到
《周福生赴藏行程摘記》，為極罕見川藏交通北線之遊記。其餘所見未
曾輯入《川藏遊蹤彙編》一書中涉藏珍貴之遊記亦有多篇，那就把自己
讀過的一些罕見的這些遊記彙編一書，題名《西藏紀行》，這是姬遠峰
計劃中的第三本，也是可能相對容易完成的書。既然《川藏遊蹤彙編》
一書可以出版，現在已經絕版，二手書市場價甚昂，則此書出版之價值
可無疑義了。

　　姬遠峰對自己擬定的第四本也已經有了大致的計劃，那就是撰寫
一本清代驛站交通的書。自己從大學時間開始讀古代遊記，但每苦古代
遊記所載地名不能與今地相對應，當時還不知道如何查找對應。工作以
後在西安的電力設計院和現在的單位均有出差機會，自己上學從西北到
了東北，工作以後西至新疆，南下海南，東至海，北至呼倫貝爾，可以
說祖國大地的東西南北四至均及之，更加體會到祖國疆域的遼闊與自己
地理知識的匱乏，開始有意識的購置歷史地理以及交通類書籍。購買了
《元和郡縣圖志》、《太平寰宇記》、《大清一統志》（嘉慶）、《水
道提綱》、《西域水道記》、《欽定皇輿西域圖志》、譚其驤先生主持
編纂的《中國歷史地圖集》、朱道清先生編著的《中國水系大辭典》等

書籍。《中國歷史地圖集》為國內歷史地理之鉅著，但為政治因素影響者顯而易見，將在今日版圖之外的數個部落統統作為獨立國家畫在清廷版圖之外，殊與史實不符，而該地圖集亦令人遺憾者則為交通之蒙昧不清，嚴格地說該地圖集更多的是政區圖，並無交通路線之內容。更遺憾者釋文至今僅出東北卷，致此權威之地圖集無文字材料之支撐，並不符合現代學術規範。非時間無以悠久，非空間無以廣闊，祖先為國家開基擴土，而於交通則蒙昧不清，中國古代有完善的驛站交通系統，可惜史料零落，考證為艱，嚴耕望費時四十年始撰就其名著《唐代交通圖考》。一條唐蕃古道至今難解，政府專門組織考察隊從事之，亦出《唐蕃古道考察記》《唐蕃古道志》等書，姬遠峰讀之覺得並不能令人滿意。明代驛站交通有《明代驛站考》一書面世。而中國疆域至為遼闊亦最後一個君主專制帝國清帝國有完善的驛站交通系統，但至今尚未見清王朝驛站交通系統專著面世。自己偶然間在《小方壺齋輿地叢鈔》一書中見到一份完整的清帝國驛站資料，而且自己在讀《欽定皇輿西域圖志》《欽定新疆識略》《新疆圖志》等書時見到過新疆地區完整的驛站資料，《西寧府新志》有西寧至藏完整的驛站資料，《衛藏通志》《衛藏圖識》《雅州府志》有四川至藏完整的驛站資料。姬遠峰覺得其他地區的驛站交通史料在當地的方志中肯定也有，自己多方搜尋應該能把清時期的驛站交通整理完備。且自己在讀《使琉球記》《荷戈紀程》等書時亦曾參照地圖，遊記所載內地省份驛站與現在地圖上地名大致尚可對應，那麼第四本書就撰述一本清帝國的驛站交通系統的書吧。書名姬遠峰已經想好了，叫做《清代驛站考釋》。楊正泰教授撰《明代驛站攷》一書本為編繪《中華人民共和國大地圖集　明代交通圖》而單獨成書者，自己的這本《清代驛站考釋》亦可為之，其學術價值不用贅言了。

　　姬遠峰審視著自己計劃中的四本書，要麼是對史料的校註，要麼是遊記的彙編，要麼是清代驛站交通線的考證，既具有學術價值，而又可避免自己闡釋歷史發展的規律從而暴露自己的淺薄與毫無史學訓練。自己也已經有多年的積累了，感覺都可以完成，姬遠峰對自己的選題很

滿意。

<h1 style="text-align:center">二九</h1>

選題既定，姬遠峰開始著手從事之，甫經著手，姬遠峰又為採用何種字體而舉棋不定。大陸地區當下推行改革後的簡體字，而古籍無一例外均為傳統的繁體字。姬遠峰以自己的切身體會知道，對於當下大陸地區大部分大學生而言，能夠順利閱讀古籍均屬困難，繁體字已經不認識了，何況還要句讀。自己的書編寫出來希望能夠出版，出版的目的就是讓讀者閱讀，那麼就應該選擇簡體字。但姬遠峰閱讀的繁體字書較多，他接觸的繁體字多了，總覺得簡體字並不能準確復寫古籍。若「發」「髮」二字，「幹」「乾」「干」三字，意義毫無干係，簡化字生硬地簡化為一個字，姬遠峰自從接觸這些字後總覺得這些簡化字就是錯別字。以祖先之智慧為我們創造了準確表達不同事物的音形義皆備的不同漢字，不知為何要牽混地簡化為一個字，且割裂與傳統文化之血肉聯繫。姬遠峰知道自己編寫書的真正目的，那就是逃避現實，讓自己的時間別過的百無聊賴，自己當然希望出版，能掙點稿費更好，但自己並不希圖出名，並且自己已經決定了用筆名出版，學術書籍讀者群也僅限於專業人士而非普通讀者。姬遠峰也看到大陸地區也有用繁體字出版的書籍，尤其是古籍，既然傳統漢字更能準確反映古籍，大陸地區也沒有絕對禁止繁體書籍的出版，那麼就採用傳統的繁體字編寫算了。

計劃已定，姬遠峰開始著手準備資料，他以前已經去過自己集團公司的圖書館，也去過當地的圖書館，那裡面基本上全是通俗讀物，於自己的編書幾乎沒有幫助，他也不指望這兩家圖書館了。姬遠峰需要的參考書大部分已經購置了，正因為購置了這些書也大概看過他纔經過考慮擬定了這四本書的編寫計劃。但姬遠峰也缺一些材料，尤其是地圖，他手頭的地圖比例尺太小了，而且只有北方一些省區的地圖，南方的地圖幾乎沒有。姬遠峰在網上購買了星球地圖出版社的《中國分省係列地圖

集》和《軍民兩用分省係列交通地圖冊》兩套地圖集。他知道只有這兩
套地圖集還不夠，清代疆域包括今蒙古國，而現今蒙古國已經不屬於中
國疆域了，網上購置的蒙古國地圖比例尺太小。姬遠峰趁出差之便去中
國地圖出版社想去購置一些包括蒙古國的大比例尺的地圖，這是姬遠峰
第一次去專業的地圖出版社。但令姬遠峰失望了，他沒有購買到大比例
尺的蒙古國地圖，而是購買了一些其他地圖，這些公開出版的地圖并不
能令人興奮，但自己工作的城市還是很少見到。

　　姬遠峰放棄周末，夜以繼日從事擬定書籍之編寫，他首先從最容
易編寫的《西藏紀遊》一書著手。《西藏紀遊》一書既為涉藏遊記的彙
編，主要工作就是遊記的選定和文字的錄入，再者給每篇遊記作一跋
文，簡介此遊記的內容、時代背景、輯自何書，使得此書稍具學術規
範。選擇遊記的原則為稀見且具有歷史地理價值並篇幅適當者，幾經躊
躇，姬遠峰選定了入書的遊記十二篇。而學術價值甚大的幾篇遊記只因
篇幅過大而忍痛割愛，若黃慕松所著《使藏紀程》、劉曼卿所著《康藏
軺征》、周藹聯所著《西藏紀遊》、姚瑩所著《康輶紀行》諸遊記。
《西藏紀遊》的編寫並未遇到什麼困難，只是為了搜求這些罕秘遊記更
好的版本讓姬遠峰花費不少錢而已。原書為稿本者則手動輸入，印刷體
者則藉助電腦程序進行文字識別與錄入。全書組稿完成後打印出來通讀
一遍，將文字錯誤對照原書校對，並為每篇遊記寫一跋文。姬遠峰原計
劃兩個月完成這本書，但耗時半年纔完成自己的第一本書，姬遠峰感覺
到了編書的艱辛。二十餘萬字的文字錄入經常讓姬遠峰感覺眼睛酸痛，
看似簡單的一篇跋文，卻要查找每篇遊記相關的背景史料，做到每句話
言之有據，寫起來並不容易。編寫完成後姬遠峰覺得書名和周藹聯所著
《西藏紀遊》重名，二書易致混淆，自己的書選入了十二篇遊記，他把
書名改為了《西藏紀行十二種》。

　　接下來姬遠峰開始編寫《胤禎（允禵）西征奏稿全本》與《平定
西藏紀略》二書，他把《康熙朝滿文硃批奏摺全譯》中胤禎與其他官員
統一西藏的奏摺一一揀出。由於是印刷體，姬遠峰先是拍照，然後通過

電腦軟件很容易轉化成文字格式，再通過辦公軟件把簡體字轉成繁體字。而《撫遠大將軍允䄎奏稿》一書為手寫體，《康熙朝漢文硃批奏摺彙編》為奏摺影印件，二書拍照後電腦程序並不能識別手寫字體，姬遠峰不分晝夜，有空的時間就逐字錄入，終於把《撫遠大將軍允䄎奏稿》一書全文及《康熙朝漢文硃批奏摺彙編》中清聖祖統一西藏的奏摺全部錄入電腦。再把《康熙朝滿文硃批奏摺全譯》和《撫遠大將軍允䄎奏稿》二書中胤禎的奏稿一一按照時間排序，仔細核對日期相同者是否為同一奏摺，汰其重複。但為避免錯誤，亦為方便讀者檢索二書，將重複奏摺序號作為附件附於書後。二書稿件組稿完成後姬遠峰將稿件打印出來通讀一遍，進行初步的校稿，將電腦程序簡體字轉化成繁體字產生的錯別字全部改正。然後在電腦上通讀一遍，將需要註解校對的人名地名一一標識，接下來則進行註解校對。為了進行註解校對，姬遠峰首先通讀《平定準噶爾方略》中相關內容，將所有人物地名官職名號列出頁碼，做一簡單索引，並大概記憶，使得註解翻閱該書時容易找到相應內容。姬遠峰然後把註解校對需要的參考書《清史稿》、《平定準噶爾方略》、《欽定八旗通志》、《欽定理藩院則例》（道光）、《欽定大清會典事例》、《大清一統志》（嘉慶）、《欽定西域同文志》、《欽定外藩蒙古回部王公表傳》、《甘肅通志》、《陝西通志》、《清史列傳》、《清代職官年表》、《蒙古世系》、《軍民兩用分省系列交通地圖冊》、《中國分省系列地圖集》等二三十種參考書或電子版或實體書攤放在自己書房的小床上，一一進行註解校對。遇到實在難以查找的條目則暫時跳過，免得耽誤進程，每天下班喫過晚飯後姬遠峰就把自己關在書房內從事之。有了前期閱讀這些書籍并大概對人物地點進行過對照的工作，姬遠峰並不覺得註解工作難度很大，只是原書翻譯實在太粗糙，註解校對重複而繁填至極。但其中幾位統領本部落兵馬協同清軍入藏作戰的青海和碩特蒙古貴族的身份遲遲難以確定，姬遠峰疑惑了，這些位列貝勒、台吉、盟長的蒙古貴族頻繁出現在奏摺中，且地位顯赫，何以在《欽定外藩蒙古回部王公表傳》、《蒙古世系》這樣權威的二書

中毫無蹤影，姬遠峰百思不得其解。有天晚上姬遠峰讀《年羹堯滿漢奏摺譯編》，看到年羹堯平定青海後獻俘於清世宗的奏摺，他想起來了獻俘的這幾位蒙古貴族就是清聖祖統一西藏時那幾位自己怎麼也確定不了身份的人物。姬遠峰明白了，《欽定外藩蒙古回部王公表傳》成書於乾隆年間，此時這幾位蒙古貴族由於雍正初年隨羅布藏丹津反清或被處死或被削爵，故《欽定外藩蒙古回部王公表傳》未列入，而《蒙古世系》主要根據《欽定外藩蒙古回部王公表傳》等官書所編，故這幾位重要人物未出現在此二書中不足為怪了。姬遠峰知道該在什麼書中查找這幾位重要人物的身份了，他找出了關於西藏青海的兩部重要的藏文典籍《如意寶樹史》和《安多政教史》的譯漢本，果然在這兩本書中確定了這幾位統一西藏時發揮重要作用而隨後於雍正初年即被鎮壓處死或削爵的青海蒙古貴族的身份。但也有少數人物與小地名，姬遠峰絞盡腦汁也無法做出註解校對，只好以待考字樣標註。

這兩本總計八十餘萬字書的編寫所用時間大大超出了姬遠峰的預計，他原計劃《西藏紀行十二種》用時兩個月，《胤禛（允禵）西征奏稿全本》與《平定西藏紀略》兩書用時十個月，《清代驛站考釋》用時一年，總共兩年時間完成四本書。但《西藏紀行十二種》用時半年，《胤禛（允禵）西征奏稿全本》與《平定西藏紀略》用時一年半纔完成。這三本總計將近一百餘萬字書的編寫註解校對工作，姬遠峰知道這還是在自己工作以後十餘年來讀書積累的基礎上纔勉強完成，若從頭開始無異癡人作夢了，往往一個難以確定的註解查找好多參考書也無法確定。而通過這項工作，姬遠峰也發現了自己性格中的一個特點，那就是執拗，對一個難以查找到的註解，自己會如鯁在喉，難以釋懷，甚至睡覺也在思考這個問題。

三本書編寫完成了，姬遠峰真正體會到了累與心力交瘁的感覺，姬遠峰知道，對古籍進行校對整理是對學術水平要求很高的工作，古籍點校已屬不易，何況註解了。姬遠峰想起了《二十四史》的點校，政府高層集全國史學精英從事之，耗時良久方克蕆事，其點校水平若何，自

己沒有購買中華書局的點校本《二十四史》，但以自己這些年的讀書經驗，姬遠峰知道那個點校本問題肯定不少。姬遠峰甚至有點慶幸自己的無知了，如果不是自己的無知無畏，如果早知道註解工作之艱辛，自己可能只進行整理而不去做註解了。

在編寫過程中姬遠峰也得到了與自己沒有絲毫交往的著名學者畢力格先生的幫助，姬遠峰很是感激。姬遠峰在編寫的《平定西藏紀略》中有幾篇漢文奏摺的硃批是滿文的，他冒昧地發郵件請畢力格教授能否讓他的學生幫助自己翻譯成漢文。

尊敬的畢力格先生：

您好！首先請先生原諒我冒昧的打擾您，我是一名地理歷史學的業餘愛好者，主要對蒙藏二族歷史感興趣，也拜讀過您的幾本著作，工作之餘輯編一本清聖祖第十四子允禵出征的書籍，臺灣花木蘭出版公司惠允出版。但其中有五扣漢文奏摺的硃批是滿文，我不通滿文，原文附入總覺得是書中的一點缺憾。所以冒昧的打擾您，請您能否讓您的學生將這五篇奏摺的滿文硃批翻譯一下，等書出版了我將小書敬贈，以表感謝，不勝感激，隨郵附此書的自序草稿，請您過目。

再次對冒昧的打擾您致歉。

恭祝學安！

姬遠峰敬上

但畢力格教授沒有讓他的學生幫忙翻譯，畢力格教授從俄羅斯出差歸來染患流感，抱恙親自翻譯後發了過來，這讓姬遠峰很感激，自己非他的學生，甚至從無任何交往，先生卻慨然相助。

姬先生您好！

最近去俄羅斯，之後又感冒，一直沒能夠回信，很抱歉。所托幾件滿文硃批，我月內爭取給您翻譯後發過去。

順頌時祺！

畢力格謹啟

收到畢力格教授翻譯的文檔後姬遠峰回了畢力格教授電子郵件。

尊敬的畢力格先生：

您好！您的郵件已收到，再次感謝您的慨然相助，雖然書的學術價值不高，出版後敬贈於您以表謝意。再祝您成果日豐，十分期待您有新的著作出版以便拜讀，農曆新年將至，祝您節日愉快，最後恭祝學安。

姬遠峰敬上

當編寫完成《西藏紀行十二種》、《平定西藏紀略》及《胤禛（允禵）西征奏稿全本》三本書後姬遠峰決定推遲原計劃中的《清代驛站考釋》一書的撰述，甚至對繼續撰述這本書的決心開始動搖了。前三本書的編寫難度和耗費時間大大超出了姬遠峰的預期，他原計劃四本書用兩年時間，但三本書就耗費了兩年時間，而且這三本書僅僅是輯錄和註解。

而且姬遠峰在《平定西藏紀略》及《胤禛（允禵）西征奏稿全本》的註解過程中已經有了深刻的體會，那就是不懂民族語文而進行民族地區歷史地理研究是多麼的困難，甚至錯誤百出而渾然不知。從事於民族地區歷史之研究語文乃為鎖鑰，地名人名定有其意，甚或繙譯轉寫，多有變異，然若通曉民族語言尚可入其路徑，否則何啻盲人摸魚。若自己在進行《允禵（胤禛）西征奏稿全本》註解時遇到的一位重要的青海和碩特蒙古貴族丹津和碩氣察罕丹津，察罕丹津為其名，丹津和碩氣為其號，史籍中時作全名，時以號出現，當代教授學者博士於其著作論文中往往將其誤為兩人。中國第一歷史檔案館整理中華書局出版的《康熙起居注》亦誤，若非自己於《欽定西域同文志》見到此人的簡介，自己也會犯同樣的錯誤。又如清時期西藏一名桑昂曲宗之重要宗[8]，即今西藏察隅縣及印佔麥克馬洪線以南部分地區，今人點校往往誤作桑昂、曲宗兩地，此地關涉大片領土之主張，於如此重要之問題尚且錯誤如斯，遑論其餘者。而中國民族語文甚夥，即以清代而言，滿漢蒙藏回（維吾爾）

---

[8] 宗為清代西藏地區行政建制，類似於行省的縣，宗本即一宗之長官，清制品銜高於縣令。

諸語文竝行於廣大民族地區，民族語文之不諳，則門徑尚難入，而清代民族地區面積數倍於內地，不通民族語文進行民族地區研究遇到的困難可想而知了。

　　並且姬遠峰從自己讀書的經歷也驗證了這一點，姬遠峰在讀李鼎元所著《使琉球記》、林則徐所著《荷戈紀程》及吳豐培輯錄的《川藏遊蹤彙編》等書時曾將所經驛站對照現今地圖大概查對了一下，他發現內地地名變遷較少，所經驛站查對現今地圖多能相互對應，而民族地區則能相對應者甚至少。姬遠峰一想，這也不難理解，內地為農耕定居社會，居民遷徙不定情況較少，而且驛站多設於人煙輻輳區域以便於食宿供應，故內地驛站考證相對容易。而民族地區由於語言不通、遊牧民遷徙不定，故地名音寫變遷頻仍，考證起來困難許多。如《使琉球記》作者從京至福建而達琉球，沿行經行內地道程雖長，然不少驛站地名在今地圖上均可查到。《荷戈紀程》中內地部分驛站也能查對到，進入新疆後查對則不甚容易。而《川藏遊蹤彙編》中自四川入藏驛站進入藏區後十之八九在今地圖無法查找到、青海入藏驛站幾乎無一處可在現今地圖上查對到。

　　而且姬遠峰知道《清代驛站考釋》這本書的工作量太大了，姬遠峰在讀《唐代交通圖考》時深為嚴耕望先生考證之精詳所折服，現在準備《清代驛站考釋》這本書的撰述了，姬遠峰特意查看了《唐代交通圖考》引用的參考書目，姬遠峰震驚了，《唐代交通圖考》引用書目合之地名索引竟然另編書一冊，且為嚴先生去世後門人弟子所編，匪僅參酌歷史地理書籍，而詩文、佛經、僧人之傳記用於地理之考證於姬遠峰則甚少見到。姬遠峰終於理解了《唐代交通圖考》為什麼耗費嚴耕望先生四十年時間了。自己絕對不會在一本書上耗時四十年，而且自己也絕對做不到嚴耕望先生那樣的群涉經籍，自己也沒有條件看到那麼多珍貴的經籍。

　　姬遠峰也想到了《明代驛站考》一書，明代疆域狹小，《明代驛站考》所載驛站大致區域亦僅為今中國內地各省之區域。而清代疆域遼闊，鼎盛之期疆域達一千四百萬平方公里，內地行省為數雖多其實國土

面積並不大，而西藏、新疆、青海、內外蒙古、東北大部分地區皆《明代驛站考》所不包括在內，且上述地區皆為民族地區，考證更難。以姬遠峰閱讀論文的經驗知道，往往一處地點的考證就能寫成一篇論文。《明代驛站考》為楊正泰先生專職工作於此而耗時五六年之久，自己業餘從事疆域面積更為廣闊的清代驛站的考釋只能耗時更久了。姬遠峰知道自己嚴重高估了自己的能力，自己原定的一年時間完成《清代驛站考釋》一書的撰述完全不可能。

　　而且還有一點，姬遠峰不願意現在就著手《清代驛站考釋》這本書的編寫，那就是自己在《小方壺齋輿地叢鈔》一書中見到的那份清帝國驛站資料雖然很完整，但《小方壺齋輿地叢鈔》為私人著述，而驛站交通為國家大政，史料當以官方資料為準，他對《小方壺齋輿地叢鈔》中這份清帝國驛站資料的來源並不滿意。

　　姬遠峰也想稍微休整一下，持續兩年夜以繼日的熬夜編書雖然沒有複習考研究生那麼勞累，但姬遠峰也放棄了鍛煉身體，而且自從從抑鬱症中挺了過來之後姬遠峰的睡眠一直不大好，他不想讓任何事情嚴重影響到自己的身體健康。他要把已經癟了的籃球充滿氣，去籃球場活動活動。姬遠峰準備先把編寫完成的三本書出版了，滿足一下自己的虛榮心，也享受一下出版的喜悅，在聯繫出版的過程中多搜集些資料，為《清代驛站考釋》做些準備。

三〇

　　姬遠峰開始上網了解學術出版的行情，也搜集一些出版社的聯繫方式，不看不知道，一看嚇一跳，姬遠峰認識到自己不僅於學術撰述是門外漢，對學術出版更是真正的門外漢了。現在學術出版幾乎完全是賠本的生意，因為讀者太少，靠政府的資助纔勉強支撐著，即使這樣，作者也要向出版社交納一部分費用，名曰資助出版。但這種資助出版與國外的自費出版還不是一回事，國外自費出版作者掏錢了，版權完全歸作者

所有，而國內作者出錢資助了自己學術著作的出版，但版權還是歸出版社所有，學術著作的作者完全成了給出版社倒貼錢的打工者，學術著作作者倒貼錢出版的惟一動力就是評職稱了。為了應對當下學術出版的困境，不僅政府層面，而且學術機構設置有出版資助基金，但這樣的政府與學術機構的出版基金與姬遠峰這樣的個人業餘愛好者沒有任何關係。姬遠峰也知道了自己原來設想的與出版小說一樣掙點稿費的想法無異於天方夜譚了。

　　姬遠峰也知道了一件事，即書號費，姬遠峰上研究生的時間發表論文已經知道版面費這回事情了，當時就覺得不合理，但為了畢業，而且這筆錢也是學校出，雜誌社還象征性地給了一點稿費，姬遠峰發表論文時就繳納了版面費。畢業十多年了，姬遠峰對學術行業早就陌生了。在講究行政級別的國內，不知道誰定義的所謂的國家級出版社的一個書號費大概在兩萬圓左右。姬遠峰很納悶，書號不就和每個人的身份證號碼一樣嗎，僅僅是一串數字序列而已，甚至連個「生份證」也不用製作，為什麼值這麼多錢。姬遠峰在網路上查了查知道了，原來是權力在作祟，權力部門控制它的數量，權力部門透過它通過出版社對出版物進行審查，這串數字就成了「市場經濟下的稀缺物資了」。姬遠峰也查到了，港澳臺的書號是不用花錢的，書號在這些地方是它的真實身份，它僅僅是一串數字序列標識了一本書的身份而已。而且在港澳臺地區這串數字序列是可以授予個人的，至於出版了內容非法的出版物，自然有法院執行法律。但在大陸地區書號是不授予個人的，必須通過出版社向權力部門申請，出版社得到書號的代價之一就是對書籍內容進行審查，出版社對得到的書號當然也就奇貨可居了。當然了出版社與私人公司間買賣書號已經是公開的秘密了，但那與姬遠峰出版自己的書籍沒有關係。

　　但姬遠峰的犟脾氣上來了，雖然現在人不怎麼讀書了，但自己花了二十多萬圓人民幣買的都是學術書籍，既然有自己這樣的人在買學術書籍，而且學術機構和圖書館都會購買學術書籍，那就有出版社出版學術書籍，要不自己買的那麼多學術書籍是從哪兒來的呢！姬遠峰確信自

己的書是有學術價值的，就像自己購買的其他學術書籍一樣最終會走到讀者的案頭，只是這個過程可能會曲折點而已。姬遠峰也決定了，用筆名出版自己的書，自己已經心灰意冷，他不願意自己的真名出現在自己書籍的封面上。而且自己絕對不會向任何出版社掏一分錢，尤其是所謂的書號費，這違反了起碼的勞動原則，勞動者的勞動非但沒有任何報酬而且還要倒貼錢，除了著作封面上的一個名字，連版權也完全被出版社掌控。學術從業人員忍氣吞聲為的就是著作上的自己的那署名，用來評職稱，最終賺錢，而自己都不願意讓自己的真名出現在自己的著作封面上，為什麼要給出版社掏錢。

姬遠峰把三本書稿簡單分了一下類，《西藏紀行十二種》是交通類的書，他想往交通類的專業出版社投稿，《胤禎（允禵）西征奏稿全本》和《平定西藏紀略》是藏學類古籍，他想往古籍和藏學專業出版社投稿。姬遠峰把《西藏紀行十二種》投稿給了人民交通出版社，《胤禎（允禵）西征奏稿全本》和《平定西藏紀略》投稿給了中國藏學出版社。沒過幾天，姬遠峰收到了投稿發出後的第一封回覆郵件，是人民交通出版社的郵件。

尊敬的先生（女士）：

您好！感謝您的投稿，您的稿件我們正在找專業編輯審稿，待審稿過後會和您進一步溝通，可否將您的簡歷發給我們，以便增進瞭解，並告知電話，方便以後聯繫，謝謝。

交通社總編辦

姬遠峰看到了希望，他對自己的書的學術價值還是很有信心，只要出版社審稿，那就有出版的希望了，他把自己的簡歷及聯繫電話發了過去，當然簡歷也是筆名。過了半個月，一位閆姓編輯打電話過來了。

「您好，您是向我社投稿的涇水先生嗎？我是人民交通出版社編輯，我姓閆，您稱我閆編輯就行。」閆姓編輯說道。

「您好，閆編輯，我是投稿的作者。」姬遠峰說道。

「涇水先生，您的稿件由我負責審稿，我已經看過了，覺得您的書

稿有出版的價值，我也向領導匯報了，不過看了您的簡歷，您不是從事學術行業的人士，不知道您對現在的學術出版了解多嗎？」

「您好，閆編輯，我是業餘愛好者，以前沒有出版過書，這是我編的第一本書，我對學術出版一點也不了解。」姬遠峰說道。

「那麼，涇水先生，我就直說了吧，現在學術出版十分困難，由作者出一部分費用資助出版幾乎已經成了學術出版的一個慣常做法了，一般學術機構的人士出版書籍都會由學術機構出這部分費用。您的稿件審核已經通過了，但我看您是業餘作者，可能沒有渠道申請到出版資助，書籍出版了對您評職稱之類的也沒有什麼用處，所以我想問一下您願意自己出一部分費用出版您的書嗎？」閆姓編輯說道。

「閆編輯，那麼出我的這本書需要作者出多少費用呢？」姬遠峰問道。

「您的這本書需要四萬圓。」閆姓編輯回覆道。

「閆編輯，這四萬圓是否包含書號費？再者，版權是否也歸出版社所有？」姬遠峰通過前一段時間網上的搜索，他已經知道了在大陸地區出版社也分行政級別，書號費的貴賤也與出版社的行政級別高低相對應，像人民交通出版社這種所謂的國家級出版社一個書號可能需要二萬圓左右，他雖然根本沒有自費出版的想法，但他想確認一下是否的確有書號費這一說，也想確認一下作者已經出費用了版權是否歸作者所有。

「是的，包含書號費，書籍出版了版權自然就歸出版社所有了。」閆姓編輯回覆道。

姬遠峰明白了，看來這簡單的一串數字序列在大陸地區的確是很值錢了，並且即使作者出了出版費用版權也歸出版社所有，學術著作的作者完全是出版社倒貼錢無償打工者而已，那本著作除了作者的署名外作者一無所有。

「閆編輯，您好，我是一個業餘愛好者，編寫這本書純粹是業餘愛好，就像您說的，書出版了對我的工作沒有任何用處，我一開始就沒有自費出版的想法，我估計我媳婦也不會同意自費出版的，那就算了吧，

謝謝您！閆編輯。」

「涇水先生，我對您的這本書很感興趣，覺得內容不錯，我向領導匯報一下，看看能否公費出版，不過那樣您一點稿費都會沒有，而且贈書也會很少。」閆姓編輯說道。

「謝謝您閆編輯，您向領導匯報一下吧，我從網上也了解過一點出版的行情，早就沒有了出版學術書還能掙稿費的想法了，只要書能出版，稿費我根本沒有想過，只要贈給我兩本書，我自己留著做紀念就已經很高興了。」姬遠峰說道。

第二天，閆編輯又打電話過來了，「涇水先生您好，很抱歉，我昨天給領導匯報了，也再三強調了您的書內容不錯，很有史料性，問領導能否公費出版，領導大概看了您的書稿，說您的書史料性的確有，但太冷門了，普通讀者很少，出版社現在都是自負盈虧，考慮到經濟效益，只能放棄了，我覺得很可惜。」

「謝謝您，閆編輯，我也覺得很可惜。」

「涇水先生，您能不能和您夫人商量商量出一部分費用資助出版您的這本書呢，我上大學的時間專業是歷史地理，對您的這本書的確很感興趣。這也是您的第一本書，作為編輯我知道作者編寫書的辛苦，作者對自己的書都看的很重，尤其是第一本書，您這麼辛苦編寫了這麼一本內容很好的書，不出版了多可惜。您或許有找其他出版社的想法，但當下出版環境就這樣，其他出版社不像我們這種專業的交通出版社，您的書稿雖然內容不錯，因為專業方向不同，其他出版社可能您願意自費出版他們也不給您出版。」

「謝謝您，閆編輯，我的確沒有自費出版的想法，很謝謝您審稿，也感謝您向領導匯報，前後麻煩了您許多，不過我的確沒有自費出版的想法，還是謝謝您。」姬遠峰說道。

姬遠峰婉拒了人民交通出版社資助出版的提議，他很感激那個未曾謀面的閆姓編輯，雖然因為自己不願意出一部分費用最終出版擱淺。但有了閆姓編輯的肯定，姬遠峰更加肯定了自己的這本書還是有學術價值

的。並且閆姓編輯認真審稿了，也向領導匯報申請能否公費出版，他賞識自己的書稿並且盡了他自己的努力，只是因為當下的出版環境決定了他的工作無功而返，他也無法改變當下的出版環境和出版社的困境。

　　過了幾天，中國藏學出版社的電話直接過來了，只不過重複了一遍人民交通出版社的交涉經過而已。姬遠峰把《西藏紀行十二種》又投稿給了給了四川人民出版社，把《胤禛（允禵）西征奏稿全本》和《平定西藏紀略》投稿給了上海古籍出版社。四川人民出版社的回覆到了。

作者您好：

　　您的稿件不適合在我社出版，請您另尋其他出版社，感謝您對四川人民出版社的支持。

四川人民出版社編輯部

　　姬遠峰對此有點不解，他覺得自己的《西藏紀行十二種》可稱之為吳豐培先生輯錄的《川藏遊蹤彙編》一書的姊妹篇，《川藏遊蹤彙編》一書由這家出版社出版並廣受歡迎，不知道為什麼就不願意出版自己的這本書呢？

　　上海古籍出版社的回覆郵件也到了。

尊敬的作者您好：

　　大作不擬列入我社出版計畫，謝謝。

上海古籍出版社編輯部

　　此後姬遠峰又試投稿數家出版社，要麼拒絕出版要麼需要姬遠峰出費用資助出版，姬遠峰對所有由自己資助出版的提議均予以婉拒。看來大陸出版的確很困難了，姬遠峰想到了海外，他對海外出版行情也是一無所知。但姬遠峰從臺灣買了不少書，既然自己費盡心思輾轉從臺灣購書，當然就有出版機構了。姬遠峰從臺灣中央研究院近代史研究所和歷史語言研究所買了不少書，尤其是嚴耕望教授的《唐代交通圖考》姬遠峰印象太深刻了，他想往臺灣的中央研究院投稿，但卻不知道如何投稿，最後姬遠峰向臺灣中央研究院汪凡木院士發電子郵件求助。姬遠峰知道自己很冒昧，但通過前幾年從臺灣購書的經驗，他知道臺灣從事學

術行業的人通常都很有禮貌，即使拒絕幫助也會回覆而且禮貌周至，汪凡木院士回覆的郵件收到了。

涇水先生：

　　史語所基本上不出院外人士的著作，所以將來函轉寄給聯經出版公司，請與他們聯絡。

汪凡木

　　姬遠峰回郵件感謝了汪凡木院士，他發電子郵件與聯經出版公司聯繫，無果而終。姬遠峰又給臺灣商務印書館投稿，臺灣商務印書館的回覆到了。

尊敬的作者您好：

　　謝謝您的投稿！關於尊稿擬在本館出版一事，經本館內部會議評估後，不考慮此出版計劃，特予通知！尊駕對臺灣商務印書館的愛護與支持，在此深表謝忱！耑此敬覆，順頌撰安。謝謝。

臺灣商務印書館編輯部

　　一年時間過去了，姬遠峰掐著指頭算自己已經投稿過的出版社，大陸地區有人民交通出版社、中國藏學出版社、中華書局、上海古籍、四川人民出版社、西藏人民出版社、中國社會科學出版社、鳳凰出版社、廣西師範大學出版社。香港的有香港中華書局、香港中文大學出版社。臺灣的有臺灣商務出版社、中央研究院歷史語言研究所、聯經出版社。自己的兩隻手的手指頭已經不夠數的了。一年時間已經過去了，而且這還是自己沒有按照出版社的要求不要重複投稿的情況下耗費的時間，如果嚴格按照出版社不要同時投稿的要求，估計三四年時間已經過去了，自己書籍出版還沒有一點眉目呢，姬遠峰有點苦笑了。

　　姬遠峰在自己常去的一個學術論壇裡碰到了一個壇友，他的一本著作剛在中國文物出版社出版了，他問這個壇友在中國文物出版社出版他的著作是否出了一部分費用。壇友告訴姬遠峰出了三萬圓，不過他工作的大學有專項出版資助經費，他個人並未出這筆費用，看來免費出版真的已經成了天上掉餡餅的事情了。姬遠峰想起了《明代驛站考》一書

前言所敘該書出版之經過，該書作者楊正泰之師即《中國歷史地圖集》
的主編著名的歷史地理學家譚其驤先生，譚其驤先生致函上海古籍出版
社社長錢伯城先生，明史專家韓大成亦致函上海古籍出版社促請出版，
《明代驛站考》前言楊正泰先生撰於一九八九年，但該書遲至一九九四
年方克出版，若果如此，學術出版真可悲哀之至了。姬遠峰開始對自己
堅持不出費用出版的想法動搖了，也有點後悔最初沒有答應人民交通出
版社和中國藏學出版社資助出版的決定了，如果當初答應了的話，一年
過去了，自己的書應該已經面世了，有了最初第一本的合作，自己的另
外兩本書估計也會順利出版了。不過，按照一本書四萬圓計算那將花費
十二萬人民幣，花費太多了，如果自己和張秀莉商量商量，只出版一本
書需要四萬圓，滿足一下自己的虛榮心，估計張秀莉會同意的。但自己
已經決定不資助出版了，而且也拒絕了幾家出版社提出的自己資助出版
的提議，自己絕不會回頭自食其言再找回去繳納費用出版了。自己讀書
十年，捨棄周末業餘時間辛勤工作兩年，還要倒貼十二萬圓人民幣，而
且姬遠峰對自己的書的學術價值至今毫無懷疑，這事真的很怪異。姬遠
峰不了解國外的學術出版現狀，但以自身的經歷來看當下大陸的學術出
版現狀的確如此了，姬遠峰開始猶豫是否要把自己的書發佈在自己常去
的那個學術論壇上了，但卻有點捨不得。

六　紀念岳欣芙

姬遠峰回到了他曾經短暫工作過一個月的南京，他正在一處景點內遊覽，這裡是在遺址上復建的江寧織造博物館，也是那部名滿天下的奇書《石頭記》的作者曹雪芹出生的地方。復建的博物館在今日的鬧市中顯得侷促狹小，但青瓦白墙、亭臺樓樹、假山噴泉，池中錦鯉點點，景色真不錯。

遠遠地姬遠峰看到了那個熟悉的身影，那個大學四年中魂牽夢繞的身影，他快步走了過去，生怕慢一步她就會從自己眼前消失似的。

「欣芙，妳也到織造府來遊玩？」姬遠峰問岳欣芙道。

「你是誰？我不認識你。」岳欣芙對姬遠峰說道。

「欣芙，妳真會開玩笑，真的不認識我了嗎？」姬遠峰有點尷尬地說道。

「真的，我不認識你，你為什麼說欣芙這個名字？」岳欣芙認真地說道。

「妳不是岳欣芙嗎？是我認錯人了嗎？我是姬遠峰，妳真的忘記我是誰了嗎，我是妳大學的同學！」姬遠峰說道。

「你真的是我姐姐的大學同學？我是岳欣芙的妹妹！」岳欣芙說道。

「哦，妳是岳欣芙的妹妹，妳和姐姐長得一模一樣，怪不得我認錯了人，妳姐姐沒有和妳一起來玩嗎？」姬遠峰問道。

「我姐姐已經去世八年了，她怎麼可能來這裡遊玩！」岳欣芙妹妹已經哭了起來。

姬遠峰看到岳欣芙妹妹哭了起來，他一時手足無措，自己不是這個女生的親人，自己不能碰觸她的身體來安慰哭泣的女孩，姬遠峰感覺到了難以名狀的壓抑，他驚醒了，姬遠峰知道自己又做夢了。姬遠峰起

身靠在床頭上，身邊的張秀莉正在沉沉地睡鄉中，姬遠峰知道自己又一次夢到了岳欣芙，寫完大學回憶錄後自己最近頻繁地夢到岳欣芙，或清晰，或模糊。這時間姬遠峰完全清醒了，岳欣芙只有一個弟弟，自己怎麼夢成了妹妹呢，姬遠峰知道自己把遊玩江寧織造府的場景和對岳欣芙的思念混雜在了一起。

姬遠峰輕輕地下了床，去了自己的書房，他從抽屜裡最隱秘的角落拿出了自己大一生日時岳欣芙送給自己的禮物——帶鎖的筆記本，姬遠峰看到了岳欣芙給自己的生日祝福。

贈：姬遠峰

世界上最快樂的事莫過於為理想而奮鬥！

祝：學業有成

С днем рождения!

生日快樂

一個朋友

在筆記本中夾著岳欣芙送給自己的惟一的一張照片，姬遠峰拿出了那張照片，岳欣芙站在冰面上，一隻手拎包，一隻手舉著一條圍巾，她正衝著自己微笑，姬遠峰的眼睛濕潤了。自己與岳欣芙相識已經二十一年了，見她最後一面已經十七年了，她離開這個世界已經八年多時間了，自己為了追求所謂的理想和人生，整天混跡於酒場，過著假面人的生活。岳欣芙曾經告訴自己人生最快樂的事莫過於為了理想而奮鬥，這難道就是自己的理想？自己一直為此在奮鬥著，但卻沒有感覺到絲毫的快樂，得到的卻是失望沮喪苦悶以至於深深的羞辱感，現在終於放棄了。這一切都是誰的錯？陽光還照樣一天天在升起，電視上看到的社會一如既往地一幅欣欣向榮的景象，那只能是自己錯了。

自己在得到岳欣芙去世的消息八年了也沒有給她寫下隻言片語，去年是本科同學入校二十週年的日子，自己寫了一篇大學回憶錄，發在了同學錄上，勾起了同學們對大學生活的美好回憶。那篇回憶錄中許多同學大學四年中與自己一句話也沒有說過，出於禮貌自己盡量全部寫

入。但自己在那篇文字中隻字未提岳欣芙，故意避開了她——這個大學四年中惟一告訴自己她的生日的女生，大學四年中惟一互送送生日禮物的女生，這個讓自己魂牽夢繞四年的女生。在同學錄中沒有一個人提起岳欣芙——當時系裡最優秀的兩三名同學之一，好像她不曾在這個學校留下讀書的聲音，好像她不曾是這同學錄中一百餘人的同學一樣，姬遠峰深深地體會到了「遍插茱萸少一人」的淒涼與悲傷。相識已經二十一年了，分別已經十七年了，自己知道她去世的消息也已經七年了，自己還沒有寫下關於她的隻言片語，而自己大學四年中所有的文字都是關於她的。自己不應該寫那篇大學回憶錄，更應該寫下關於岳欣芙的一點文字，自己曾經深愛的姑娘難道不值得擁有自己一點紀念她的文字嗎？雖然這樣的文字永遠比不上她的一個迷人的微笑，這樣的文字永遠挽回不了她的生命。但既然已經走了，難道不應該寫一點文字留下來，讓世人知道曾經有那麼一個追求理想，那麼美好的姑娘來到過這個世界上一趟嗎，是時候該為這個離開自己八年時間的姑娘寫下一點文字了。姬遠峰悄悄地鎖了自己書房的門，他要為自己曾經深愛而現在已經不在這個世界上的一位姑娘寫一點紀念的文字。

《紀念岳欣芙》

去年是本科入校二十年的日子，也是同學們本科畢業十六年的日子，同學們在同學錄裡高興地交流，或懷念或留戀那美好的四年時光。有同學曬出當時的合影，妳的樣子還是那麼秀美，妳的笑容仿佛還在我眼前，而妳已離開我八年了，我還不曾為妳寫下一點文字，而大學四年我所寫的文字幾乎全是關於妳的。大學的四年時間裡我曾強迫自己將妳遺忘，因為妳帶給了我太多的痛苦、愁緒和失眠之夜。當妳離開這個世界後我卻要在自己殘缺的記憶中將妳一點點復原，我知道寫妳的點滴都會讓我痛苦不堪，但我還是決定忍受著痛苦寫下來，或許再過幾年同學們會將妳遺忘，而我則永遠不會將妳遺忘。

一　與妳相識和單相思的結束

　　一九九六年高考我被濱工大錄取了，但我並沒有報考濱工大，是陰差陽錯的被錄取的。高三幾乎一整年我陷入了嚴重的單相思而學習狀態全無，當看到高一高二和自己相當的同學考入北京大學，而自己被一個自己不曾報考的大學錄取時，我只在同村一個上濱工大的男生那兒聽說過這所大學的名字，聽說濱工大還是一所很好的大學。但那時我甚至還分不清濱工大到底是哈爾濱三所大學中的哪一所，錄取我的大學是不是他所說的很好的那所大學，因為當地哈爾濱工程大學、哈爾濱工業大學、哈爾濱理工大學這三所大學的名字裡面均有「濱、工、大」三個字。但我心裡還是很高興的，因為對農村的我來說，當初無意中進入高中學習的惟一想法就是能考上大學就行，只是隨著高中的學習，我纔逐漸有了大學也分層次的認識，自己已經知道了北京大學清華大學這兩所大學是全國最好的大學，我也暗下決心一定要考上北京大學，而且我自信自己能考上。雖然北京大學和清華大學是全國最好的兩所高校，但那時在我的心目中還沒有現在高高在上的感覺，否則當初我沒有考上北京大學我會後悔不迭的。實際上當初沒有考上北京大學我並沒有多大的懊惱，僅有一絲淡淡的不甘而已，填報志願時還把北京大學清華大學當做第三第四志願開了個玩笑，只是上了大學後校園環境和同學的言談讓我纔越來越懊惱自己當初沒有考上北京大學了。這樣寫並不是我看不起濱工大，實際上自從在濱工大上學後我一直對我的這所本科母校心存感激，如果不是濱工大摒棄國內一流大學的驕傲妒忌的作風，把我這個沒有報考她的學生錄取，培養了我的自信，我可能會被一個三本院校甚至專科學校錄取，我不會有今天的認識，也不會認識我現在的這些同學。但高考很差的情緒很快被考上大學的喜悅沖的一乾二淨，來到哈爾濱後令我心神不寧的還是我單相思的那個軍工廠女生，只有大學開學的新奇和各種活動的忙碌纔能將對她的思念稍微沖淡一點。

　　我入學後參加的第一項活動是辯論賽，妳也是我們班辯論隊的一員，比賽前我們在一起撰寫發言材料，互相補充，比賽時我和妳並肩而坐，靜聽妳的發言，看著妳從容不迫，嚴肅認真的樣子。比賽後我們會總結比賽中的得失，為下一場的比賽做準備。不知幾何時，我發現自己對妳慢慢的著了迷，妳烏黑秀美的頭髮做成的妹妹頭髮型，妳微微外凸的小虎牙是那麼的可愛，妳微笑時是那麼的甜美真誠而又保持著距離。我期盼著每天能和妳見面，不說話也可以，只要看到妳，看到妳和同學們說話的樣子就很滿足。上課時我會茫然間將週圍的一切事物屏蔽不見而靜靜的在身後盯著妳的背影，看著妳聽課記筆記的側影。我發現妳也喜歡和我在一起，那時間班裡的六個女生經常一起行動，上課時妳和我都不好意思單獨坐到一起，當我坐到妳身後的時間妳會回頭看我。同學面前妳不會和我多說話，但不經意間妳和我一起討論一個問題，妳衝我的微笑我能感覺到其中的溫暖，妳看我的眼神中我能覺察到妳的柔情。晚上在自己班的小教室裡妳會不經意間選擇我前排的座位一起上自習，妳會回過頭來看我在做什麼，看什麼書，而妳對其他男生則沒有這樣的動作，每次妳到我的跟前我都能感覺到妳的溫暖。

　　一天晚自習後我將妳寫得一篇辯論的發言稿修改後送到妳的宿舍，雨下得很大我無法走，妳沒有返回宿舍而陪著我等雨變小。在宿舍門口找女生的男生不少，門廳很小，有高年級的男生和女生在擁抱接吻，我兩都注意到了身邊高年級男女同學間的親密動作，我兩對視一下又迅速地移開自己的眼神，誰也不講話，靜靜地等待著雨變小。那天晚上，我第一次在夢裡夢到了妳，夢到了妳的微笑，還有妳俯身看發言稿時散發出的少女特有的氣息，我醒了，我看到一片月光灑在自己宿舍的桌子和自己的床鋪上。

　　對軍工廠女生的思念，對妳日漸增強的感情讓我迷茫，讓我困惑，讓我心煩意亂，周末我去中央大街和松花江邊去散心，我偶遇了妳。我兩一起在江邊散步，一起聊天，讓我對妳有了更多的了解。在鐵路大橋上我兩欣賞著如畫的江景，我也看到了妳羞紅了的面頰，我感受到了少

女的美好與萌動的愛情的甜蜜。

　　哈爾濱的冬天來臨了，所有的體育課都停了，男生女生都去學習滑冰，看到有男生扶著妳學習滑冰我的心裡酸酸的。後來我向妳要了一張妳站在冰面上的單人照，妳舉著手，微笑著，那是妳夾在送給我生日禮物的那個筆記本中一起給我的，不曾想我擁有的妳惟一的單人照竟成了妳的遺照。

　　哈爾濱的雪很大，大一的新生照例去掃雪，元旦前的一天我們班又去掃雪，我在同學中間搜尋著妳的身影，默默地注視著妳。妳一副不經意的樣子來到我身邊，悄悄地告訴我一月二日是妳的生日。我確信我是妳惟一告訴妳生日的男生，我心中的小兔蹦蹦直跳。我雖然沒有談過戀愛，僅有一次還在持續中的單相思，但我對男女同學間的感情很敏感，就像女同學對我的微笑我也能覺察到其中的微妙，我從妳的微笑中能感覺到妳的羞澀，感覺到妳微笑後面的脈脈情愫，我知道一個女生單獨告訴我她生日的含義。

　　緊接著是元旦聚會，這是大學入學以來的第一個元旦聚會，也是男生宿舍每年惟一允許女生來熱鬧的時間。在飯店，我和其他同學一樣和男生喝酒，和女生喝酒，但和妳碰杯喝酒的瞬間我兩都會彼此多看對方一眼，然後又迅速地移開彼此的眼神，因為現場同學們很多。從飯店回來，我們班的女生來男生宿舍玩，我們班男生宿舍共有三個，在其他兩個宿舍我們班的女生停留的時間都不長。班長宿舍老大李峰的象棋下得很好，他自己有象棋，在李峰的宿舍妳和其他同學一起下棋。女生下棋的太少見了，自從高中那次和哥哥下棋不愉快的經歷後我再也沒有下過棋了，看妳下棋我自告奮勇和妳一起下，妳的眼神和同學們的起哄聲讓我方寸大亂，很快就有點招架不住了。面對一個女生要輸棋了我開始有點坐立不安了，李峰不停地給我支招，我乘機把棋盤讓給李峰自己藉口上衛生間跑開了。

　　不一會兒女生都來我們宿舍了，在我們宿舍大家一起打牌下棋玩，雖然我會但我從來不打牌，妳玩了一會後說自己有點累了，想到床上休

息一下，問都是誰的床。我默默地注視著妳，看妳會選擇誰的床，但我心底已經有了答案，妳問清楚是誰的床後爬到上層，去到了我的床上。我的床一直都很整潔，這次知道女生會來宿舍大家都將床收拾整潔了，妳在我的床上四下看了看，在靠窗戶的牆上是我的書架，但都是自己的教材，只有在我的枕頭邊上只放著自己常看的《圍城》和一本散文書，妳拿起來看了一會躺下來休息了。看著妳在我的床上休息，我竟有一種莫名的感覺，這是第一次有女生關注我的床，願意到我的床上來休息，多麼奇妙的感覺。

元旦過後一兩天就是妳的生日了，妳的生日是妳主動告訴我的，雖然我知道自己已經喜歡上了妳，按常理我應該毫不猶豫地給妳送去生日禮物，但我卻異常地矛盾，因為高中我暗戀的軍工廠女孩還沒有結束，還時時會在我的記憶中隱現。一九九七年一月二日中午，宿舍裡休息的人並不多，只有我和書記周凱。我坐臥不寧，躺在床上輾轉反側，周凱看出了我的煩躁，一個學期了我從來沒有這樣過。他問我怎麼了，我告訴了他今天是妳的生日，他笑著說這還不明擺著嗎，妳為什麼只告訴我妳的生日，別人一點都不知道呢？妳喜歡我啊，他說只要我喜歡妳就該送禮物啊！他還以為我不喜歡妳而妳告訴了我妳的生日，我為此而左右為難，因為我暗戀高中那個軍工廠女生的事直到這次我纏在這份文字中寫出來，當時他一點也不知道，其實我是在兩份感情之間而矛盾。雖然第一份感情是純粹的單相思，但我給那個軍工廠女生寫過一封表達好感的信，我沒有收到那個女生的回覆，代替她回覆的是兩個男生的「問候」。我不想在自己收到那個軍工廠女生明確回覆之前給妳做出送禮物這樣明顯表達好感的舉動，因為我覺得自己已經對那個軍工廠女生表達了好感，我不應該在得到她的答覆前對另外一個女生表達自己的好感，我不應該三心二意，那是自己對感情不忠誠不專一的表現。但妳已經告訴了我妳的生日，而且從周凱的話中我也知道了我很有可能是妳惟一告訴生日的男生，我不送妳生日禮物會給妳錯誤的信息，何況我已經喜歡上了妳，我為此十分的矛盾。但我違背了自己的想法和初衷，我的理

智沒有戰勝自己的感情，我從床上爬起來去校園的商店中給妳挑選了一件禮物，讓商家用彩紙包裝好。傍晚的時間我去女生宿舍送給了妳，我很擔心碰到我們班的男生或女生，怕碰到女生是因為擔心她們看到我給妳送生日禮物，怕碰到男生是我擔心有另外一個男生也送妳生日禮物，但一個同學都沒有碰到。妳顯然知道我會送妳生日禮物，妳那晚沒有去上自習，收到禮物妳開心地笑了。並且妳已經做好了和我出去散步的準備，妳從宿舍裡出來時就已經穿好了外套，妳沒有立即返回自己的宿舍，而是拿著我送妳的禮物和我一起在校園裡走走，我兩並肩而行，從校園走出，沿著學校的圍牆在馬路上走了一圈。一個多學期過去了，我和妳已經很熟悉了，那天晚上我和妳說了許多暗示和戲謔的話，但那不是我的正式表白，我還沒有得到高中暗戀的軍工廠女生的明確答覆，所以我沒有藉著這個機會向妳表白。

散步結束的時間，我讓妳寫下妳家的通信地址，我想在假期裡寫信給妳，妳卻寫下來了妳父親的名字，為的是方便接到我寫給妳的信，因為農村裡習慣叫小孩的小名。妳也說了在農村私自拆閱信件很平常，這和我家的情形一樣，所以我要了妳的通信地址，但我卻沒有給妳寫過一封信。哈爾濱的冬季那麼寒冷，但我和妳在零下二十多度的晚上散步我卻沒有感覺到絲毫的寒冷，感覺到的全是溫暖。

很快就期末考試放假了，我雖然高中住校三年，但周末都回家幹活取饅頭，連續幾個月的離開家人也是第一次，我也有點想家了，趕回了父母家。在家裡閒暇時妳的影子時刻在我的腦海中浮現，我回味著一個學期來和妳相處的點點滴滴，雖然我兩礙於同學的眼光在眾人面前從未有過超出同學關係的言行，但相互的一個眼神，一個微笑足夠讓我溫暖。回想起那個雨夜我和妳默默無語地站在互相親密的高年級同學旁，回想起妳在鐵路大橋上羞紅了的面容，想到妳在我床上休息的樣子，回想我送妳禮物後一起校園散步的景象，都是那麼讓我溫暖。我抑制不住自己的感情，在老家給覃華寫了一封信，經過一個學期的磨合，覃華已經成了我可以說一些我的秘密的朋友了。我告訴他我喜歡上了妳，但我

沒有告訴他我暗戀高中那個軍工廠女孩子的事。在我接到覃華的回信之前開學了，我返回了學校。

大一第二學期暑假我回家了，爸爸媽媽告訴我有封雲南的來信，已經拆開看了，並且信件都找不到了，這是農村中的常態，爸爸媽媽沒有覺得有什麼不妥，我什麼也沒有說。爸爸媽媽問信中所說的岳欣芙是哪裡的女孩，妳家的情況。當時我已經和妳負氣了，只淡淡的說是卜魁的，妳還有一個弟弟，我們只是說說而已，而那封覃華給我的信我始終沒有看到。

返校後我又見到了寒假裡日思夜想的妳，只是我兩的關係還是一如既往的在地下運行，愛情的火苗在我的心底瘋狂的滋長，我又重複了高三時對那個軍工廠女孩的感覺。我就像著魔了一樣，無時不刻想看見妳，我關注妳的一舉一動，妳的一笑一蹙都讓我著迷。上大課的時間我會故意很早坐到很靠後的地方，那樣我會看到妳的身影，看著妳和同班的女生一起走進教室，看著妳聽課，看著妳課後收拾書包在我的前面走。

即使初到大學的新鮮感還是那麼強烈，各種活動都很多，我對妳的感情日益強烈，妳也很樂意和我接觸，我也能感受得到妳對我的好感，但高中我暗戀的軍工廠女孩還時常在我的腦海中浮現，我備受煎熬。實際上那只是自己的一廂情願，我從來沒有和那個女孩說過一句話，哪怕是一個眼神的對視，惟一給她的信她沒有回覆，代替回覆的則是兩個男生的「問候」。而我和妳的感情是相互的，妳給我的溫暖和心悸卻是能觸摸得到的，我也能感受得到妳從我身上得到的絲絲愉悅。我知道是該做出選擇的時刻了，實際上我知道當我給妳送出生日禮物——這是我第一次給女孩子送生日禮物，我心中的天平已經傾斜了。

我想在我正式表白妳之前得到高中那個軍工廠女孩的一個明確答覆，我從來不願意在和一個女生交往的同時心中還有另外一個女生的影子。而且我想儘快地寫信給她，因為她也高三了，快到高考了，時間越晚不僅我忍受不了煎熬，而且越臨近高考會給她更大的困擾。我寫了第

二封信給她，想得到一個明確的答覆，我自己心裡也明白結果，任何一個女生也不會接受一個與自己沒有說過話的男生的表白。何況三年高中學習的經歷，我深知我和那個軍工廠女生是生活在兩個世界中的人。但我確信雖然我很土氣，但因為學習好，高考動員會等各種場合我被點名上臺領獎的次數不少，有人寫信給她表達好感即使正常的好奇心也會驅使她知道我是誰，認識我。

收到她的信後我懷著忐忑的心情拆閱，從信封上就可以見到那個軍工廠女生很有禮貌，寫的是「請寄某地」，而不是通常的「寄某地」字樣。這個軍工廠女生的字很漂亮，信很短，但字裡行間冰冷如霜，或許是冰冷讓我死心，或許是她心底裡看不起農村出來的我，或許是自己的自卑心理在作祟。她告訴我應該從高考的失利中吸取教訓，而不要再繼續幻想了，我的理智比起感情來有所欠缺，我的行為幼稚可笑而且已經令她反感，打擾到她了，她已經有男朋友了，最後是禮貌的祝願我調整心態，開始自己新的生活。其中「幼稚」「可笑」「反感」這些詞深深的刺傷了我，自始至終我沒有把我心中的這個秘密告訴過除她以外的第二個人，包括這封信纏是第二封信。在校園中我只是遠遠的看著她也從來沒有唐突的和她說過一句話，後來我接到當面表達好感或者表達好感的信件時我都很禮貌很委婉的表達拒絕的同時勿傷害到對方的感情。即使我婉拒了別人我對對方也是心存感激，自己心中充滿了溫暖，起碼自己不是一個令人厭惡的人，自己身上有讓別人喜歡的地方。而這封信則有相反的感受，聯想到上一封信兩個男生「問候」的事情，我覺得更不好。那兩個男生怎麼知道我寫信給她的而來「問候」我呢？我接到別人類似的信我即使拒絕也不會告訴別人，只有一種可能是她告訴那個男生的。我僅僅是寫了一封信而並沒有任何出格的行為，她需要做的只是一封回信而不是其他男生的「問候」。

我知道這個世界上的人各種各樣，生活在不同世界的人有不同的思想世界，這或許也是自己的自卑心理作祟吧，收到這封信後我倒有點釋然了。也決定儘快地走出這段單相思，步入自己的大學生活，而且妳已

經牢牢地佔據了我的心，我又回給那個軍工廠女生一封更簡短的回信，對我給她的打擾表示歉意，祝願她能考上一個心中理想的大學。好了，這段感情翻頁了，但她給我的惟一的信件我還保存至今。即使感覺到被輕視，我也不怨恨她，也不後悔自己曾經的一往情深，不後悔曾經因為這個女孩而錯失了自己的北京大學夢。因為這是我自己的情緒，即使痛苦過，感覺被輕視過，但這都是我生命中的一段。我一直覺得生命中一片空白纔是最可悲的事，人非草木，沒有感情付出的人直如木石一般。有些封閉自卑的我其實對別人沒有任何惡感，也希望得到別人的接納和認同，但我和任何人的交往表面上都很淡漠，我不能也不會直接和同學們打得火熱，這是我的缺點，後來我從同學的來信中得知她考上了全國數一數二的大學。同學見面雖然想從別人談話中聽到她的一點消息，但沒有聽到。以她的家庭環境和大學的出國氛圍，我想她可能出國了，無論在那裡只要過得開心就好。

二　妳的回覆與我的負氣

在得到高中那個軍工廠女生的回信後我有了一種解脫的感覺，我可以正式地毫無心理顧忌的和妳交往了，我甚至有些迫不及待地想給妳表白了。我去女生宿舍約了妳出來，妳還是那樣的表情，出了宿舍見到我甜甜的一笑，我說想和妳出去走走，妳回身去宿舍穿了一件外套。我和妳走出了校園，沿著上次我送妳生日禮物的那條路線我們一起散步，我表達了對妳的喜歡之意，但我肯定沒有用「愛」這個詞，因為當時我還羞於說這個字眼。或許妳早已有了心理準備，妳並沒有羞澀的感覺，表情反而變得嚴肅了起來。我滿懷期望地等待著妳的答覆，在我給妳表白之前我已經設想了好多次，我覺得妳也許會羞澀，也許只是點點頭，也許會有女孩子的矜持會說讓妳考慮一段時間，但不會拒絕我，因為一個多學期的交往，我已經能感覺到了妳也是喜歡我的。我甚至都設想好了妳答應我後我會試著捧妳的手，因為我早就有了捧妳手的想法了，上學

期在冰場上看到別的男生扶著妳學習滑冰心裡是那麼的氾酸，感覺妳的身體不應該有其他男生碰觸。但僅僅到此為止，不會有更親密的動作，因為更進一步的親密動作我還沒有心理準備。我一直認為兩個人的行為是感情發展到一定的地步水到渠成的事情，並不需要刻意去做。出乎意料地妳並沒有像我設想的那樣點頭或者說讓妳考慮幾天，好像早已有了準備，雖然妳說了妳也喜歡我，但又說妳覺得自己的年齡還小，現在的主要任務是學習，讓我等段時間，到大三大四的時間開始好不。我沒有說話，我兩靜靜的向前走，但我心裡在做著激烈的思想鬥爭，也許是我太現實了，我對任何一段感情都設想著走入婚姻，最終走到一起，心想到那時間快畢業了，剛開始感情還沒有發展起來就要面臨著就業，沒有感情作為基礎，兩個人在擇業上能達成一致嗎。明明兩個人互有好感，我表達了愛意還要像普通同學一樣保持著距離，我做不到。而且我也不想重複自己暗戀軍工廠女生的經歷了，那次我錯失了自己北京大學的夢想，這次我不想讓自己整個大學生涯一事無成。妳告訴了我妳的生日，我送給妳了生日禮物妳也接受了，妳給出了對我好感的暗示，我邁出了自己的那一步妳卻拒絕了我，我也有點不高興了。我沒有說話，只是陪著妳慢慢向前走，妳見我不說話，又對我說，妳知道妳這樣回答我對我來說有點不公平，等等好嗎？這時間剛好經過一家飯店，飯店的霓虹燈照在妳的臉上，一閃一閃的，我讀不懂妳的表情。我一直沒有說話，只是陪著妳慢慢往妳的宿舍走。到了要分開的地方了，我和妳停了下來，我猶豫再三，還是說出了這輩子我最追悔莫及的話，「欣芙，既然妳不願意，那就算了吧！」我看到了妳驚訝的表情，繼之則是委屈的淚花，但妳沒有讓妳的淚花從眼眶中流出來。妳淡淡地說了聲「我回去了！」轉身走向了宿舍，我看著妳不緊不慢地走進了宿舍，我也轉身回了自己的宿舍。

那一夜我不知道妳的心情如何，是如何渡過的，我的心亂如一團麻，晚上躺在自己的床上久久不能入眠，回味著當天晚上我給妳表白的一言一行，想不明白妳為什麼會給我一個讓我等待的答覆。明明妳是喜

歡我的，而且妳也說了妳是喜歡我的，妳的答覆對我是不公平的，但為什麼妳做出了這樣的答覆。以我的經驗，心中有事心緒不寧如何學習呢，我高三的經歷就是明證，我不知道自己是什麼時間睡著的。

第二天上課的時間我開始避開妳了，不再選擇離妳近的位置了，但整堂課我什麼也聽不進去，我像一具不會思考的木頭一樣待在教室。妳好像什麼也沒有發生一樣，還是和我們班的女生一起來上課下課，然後去喫飯，我則去另外一個食堂而特意避開妳。我也很少去自己班的小教室了，偶爾去的時間看到妳我的心情波動更大，我兩上課還會碰面，像什麼事也沒有發生一樣，只是兩個人的表情都沒有了當初的輕鬆與笑意，多了些平靜與嚴肅。這樣的狀態持續了一個月，我想日子還要繼續，學習還要繼續，這樣不正常的狀態無法持續下去，我想重新過上認識妳以前的日子。或許隨著時間的流逝這件事情會逐漸淡漠，直至像其他失戀的人一樣會經歷痛苦淡忘直到重新開始一段新的感情。我不再刻意避開妳，嘗試著和妳像往常一樣交流，去問妳問題，其實大多數是自己故意去問問題，並沒有那麼多學習上的問題需要問。但我發現自己已經無法回到以前的狀態了，我假裝問妳一個問題，假裝心如止水，但內心的波動情緒的變化不是我能控制得了的，我甚至有點恨自己不爭氣了，恨自己為何如此的毫無自尊。

三　三年等待與我寫的文字

我向妳表達了自己的好感，得到了一個讓我等待的回覆，我睹氣說出了那就「算了吧」的話，我知道自己說的是多麼的違心。此後我又像高三暗戀那個軍工廠女孩的時光一樣，獨自一人在校園週圍瞎逛，背著書包去大街上看東北大爺大媽跳大秧歌，因為我無法靜下心來走進教室學習。我漫無目的地四處瞎走，大操場後面就有一條鐵路，我曾沿著這條鐵路走出很遠，但鐵路上垃圾遍地，並不是一個好去處。我去得最多的地方則是松花江鐵路大橋，通過大橋可以到太陽島，橋很高大，火

車通過時會隆隆作響，我靠著橋的欄杆等著火車通過。我無數次在這條大橋上徘徊，讓江風吹著我的大腦，在橋的中央俯身下視靜靜流淌的江水，什麼也不想而腦袋一片混沌，傍晚的時間我會回到學校。

　　我試著強迫自己忘記妳，但我做不到，在每個妳可能出現的場合我都會不由自主地在人群中搜尋妳。在每一次的大課堂上我會遠遠地注視妳的背影，在選修的日語課上我會搜索妳的身影，在體育課上我會從遠處搜尋妳的身影，在學校的禮堂中觀看演出我會搜尋妳的身影，在觀看《地質師》的話劇演出中我會搜尋妳的身影，在集體觀看香港回歸的交接儀式時我在人群中搜尋妳的身影。甚至在一場電影妳來遲了，電影已經開始了，我會在黑暗中覺察到那是妳的身影。雖然每次看到妳的身影我都會痛苦，但我控制不住自己的思緒和眼睛，這樣的行為直到大學畢業。

　　兩個月後我知道自己欺騙不了自己，我是忘記不掉妳的，我也不再試圖強迫自己忘掉妳了，我暗下決心，妳不是讓我等嗎，我會做到的，直到妳說的大三大四的那一天，只要妳再給我一個暗示，我願意和妳重新開始，我也不會主動接觸另外的女生了。我開始寫日記了，想把自己對妳的思念寫下來，而我從小到大並沒有寫日記的習慣。在宿舍裡，在妳曾經休息過的床上寫下一篇又一篇關於妳的日記。因為宿舍老二李木在我開始寫日記的時間搶我的日記本鬧著玩過一次，所以在這麼多篇的日記中我都是用「她」代替妳，生怕有一天被別人看到日記中妳的名字，但我知道這所有的日記都是寫給誰的。

　　六月二十三日是我的生日，自從我違心地說出「算了吧」的話之後，我整天沉浸在煩惱與苦悶之中不能自拔，已經忘記了自己的生日，而且自從上了高中，生日剛好在上學期間，我已經三年沒有過過自己的生日了，況且在農村孩子的生日並不是什麼重要的事情。意外的是我收到了妳給我的生日禮物，一個帶著小鎖的筆記本，每頁上都有關於愛情的格言。有愛情格言的筆記本我不知是否妳特意選擇之，筆記本有著濃郁的香味，至今二十年過去了，淡淡的香味依然。扉頁上寫著「贈：姬

遠峰，世界上最快樂的事莫過於為理想而奮鬥！祝：學業有成，С днем рождения! 生日快樂」，署名「一個朋友」。我想是我「算了吧」的話令妳難堪，所以妳送我的生日禮物上並沒有署妳的名字。這份贈言前半句好像更多的是表明妳的心跡，自從考上大學，對我這個農村學生而言就等著畢業工作掙錢，而妳顯然有妳的理想，當時我不知道妳的理想是什麼，直到大三第二學期同學們開始考研究生的時間我纔知道了，妳最近的理想就是考上研究生。而且妳也是這樣做的，持續三年的刻苦學習，成績一直在系裡保持前三名，直接保送了研究生，但這也損害了妳的身體健康。後面的話則是對我的生日祝福，妳的生日是妳主動輕輕地告訴我的，我並沒有印象我告訴過妳我的生日，可能對相愛的人而言，愛妳的人會默默地記住妳的許多細節而自己卻沒有在意。

大二沒有了自己班的小教室，妳經常去圖書館一樓大廳上自習，雖然在校園裡在課堂上我盡可能地躲開與妳碰面的機會，躲開與妳眼神碰觸的機會，但在圖書館裡我在二樓迴廊裡無數次地遠遠地看著妳，以至於我忘記了自己還有課要上，我甚至為自己的行為感到可笑。

大三第二學期開始考研究生的時間因為妳的存在，我曾經有過報考華北電力大學電力系統專業的研究生的想法。以我的性格，我不會選擇比自己本科母校差一點的學校去讀研究生的。僅僅是為了離開妳，離開我的本科母校，讓我的痛苦輕一點，也出於將來就業的考慮，我選擇了比自己母校差一點的學校。其實我很糾結矛盾，我有考外校研究生逃離妳的想法，我怕考上本校的研究生再有兩年與妳同校的痛苦時光，但我也懷抱著考上本校研究生和妳走到一起的希望，但最終因為爸爸的不同意考研究生的事不了了之。

大四第一學期期末我找好工作回家後爸爸竟然時隔兩年半後又一次提起了妳，讓我和妳盡量把工作找到同一個城市，關係穩定的話把妳帶到回家見見爸爸媽媽，這讓我十分吃驚。當我說妳已經保送研究生後，爸爸竟然以為妳保送了研究生我纔考研的，爸爸還說我是否因為妳保研了而我沒有考研究生纔不和妳在一起了，爸爸還說了一句妳比我學習還

好，再什麼也沒有說，後來我在西安決定考研究生的時間爸爸也不再阻攔了。

　　大三第二學期期末的時間我已經覺察到了另外一個女生看我時異樣的眼神，她是一個端莊內斂的女生，在去卜魁妳的家鄉生產實習的火車上我已經明顯地感覺到了那個女生看我時眼神中的情愫。雖然我內心是那麼地孤獨與寂寞，我對這個女生印象也很好，但我迴避著她逃避著她。我期待著妳還記得妳曾經說過的話，妳說過的到了大三大四再開始的話。妳已經保送研究生了，大四第二學期已經開始了，妳第一階段的理想已經實現了，是時間開始我兩感情的時刻了。但當我看到妳和另外一個男生一起去看電影時，我知道我的等待沒有了意義，我開始接納了那個端莊內斂的女生的感情。

　　二零零零年六月二十三日我們系照了畢業合影，那天晚上我一個人在宿舍，我猜妳和那個一起看電影的男生可能在校園中約會，我卻強忍著不打一個電話給那個互相喜歡的女生在校園裡走走，只是因為我看不到和那個女生畢業後走到一起的可能。這一天也是我大學中的第四個生日，雖然那個女生已經進入了我的感情之中，我還是寫下了大學四年中最後一篇日記，也是大學四年中關於妳的最後一段文字。

2000年6月23日　星期五　晴

　　晚上聽電臺節目時，主持人講有人為自己過生日的朋友點歌，突然想起今天也是我的生日，就連自己都忘了，還會收到什麼祝福呢，心中的惆悵不可名狀。記得大學第一個生日有她的祝福，其後再也沒有祝福的話，轉瞬間四年時間已經過去了，這也是我大學中最後一個生日了，沒有祝福，沒有溫馨的笑容，即將結束自己的學生生涯。

　　我不是什麼聖人，在我等待妳的三年中我也曾動搖過，我也試著去喜歡其他女生，但我發現我擺脫不了妳，忘記不了妳，我又回歸了等待妳的狀態。人一生中最美好的四年時光我為妳等待，為一個不曾有的諾

言而等待，等到的卻是妳接受了另外一個男生的感情，我不怪妳，怪的只是自己的自負與倔強。

四　軍訓與生產實習

　　大一第二學期結束後我們去了卜魁軍訓，不像其他高校新生一入學就軍訓，而且軍訓是在校園內進行，我們是在大一第二學期結束後到離哈爾濱三百多公里外的卜魁的一個部隊裡軍訓的。到了學校後我已經稍微知道一點卜魁的情形了，這裡在中共建政之前曾是黑龍江地區的政治中心，著名的清代的黑龍江將軍的駐地，只是隨著哈爾濱因東清鐵路的崛起成而逐漸沒落。喜好歷史的我對去這裡軍訓早就急不可待了，想周末休息的時間是否有機會去看看那個承載著東北歷史的黑龍江將軍府，而現在這座城市對我更重要的是這裡是妳的家鄉。當我兩在松花江鐵路大橋上一起遊玩的時間妳曾說過軍訓的時間如果有機會妳會帶著同學去家裡玩的，那當然包括我了。這或許隱藏著讓妳爸爸媽媽見我面的意思在內，雖然我們交往的時間還不長，我想妳會在無意中重點介紹我給妳爸爸媽媽的，但不會明說我兩的關係。我也曾設想過妳家中是什麼樣子，而現在情形則變了，妳說出了讓我等待的答覆，而我則違心地地說出了「算了吧」的話。我雖然還是期待去這裡軍訓，但心中已經充滿了惆悵，我們乘火車去了那裡，路上經過了大慶，一座因大慶油田而在政治歷史地理課本上無數次學習過的地方，在路邊我見到了一排排的抽油機，俗稱磕頭機。

　　那個部隊有個響亮的名號「鐵錘子團」，在軍訓期間我被分到了學校原來的二班，而女生則有專門的班和連隊，我不僅和本小班同學見面的機會不多了，和女生見面的機會更少了。而且都穿著軍裝，女生頭髮也收拾起來了，在遠處更難辨認了。但和往常一樣我在任何一個可能的場所都使勁地搜尋著妳的身影。在訓練的操場看到女生連我會在人群中搜尋妳的身影，在集會的禮堂中觀看演出我會在人群中搜尋妳的身影、

在去打開水的路上我會在女生中搜尋妳的身影，在籃球比賽的操場邊我還會搜尋妳的身影。雖然軍裝讓妳和其他同學難以識別，但妳走路的姿勢，妳的背影我還是能從人群中分辨出來，訓練結束後打開水的時間可以不戴帽子，女生的頭髮會像學校一樣，穿著軍裝留著長髮的女生的樣子更加別緻。我曾在部隊營房中碰到過妳幾次，但妳和女生在一起，或我和男生在一起，我們互相打個招呼而已，不曾單獨說話，而我的心緒則無時不刻在妳的身上。

有天傍晚晚飯後在部隊營房內溜達，這已經是我心情煩悶的標準行為了，竟然溜達到了豬圈旁。好可笑的事，部隊竟然養豬，其實也不可笑，那時間軍隊經費有限，軍隊搞三產搞農副生產很普遍，軍訓的這個部隊就有菜園，輪到我幫灶的時間還去菜園中摘過菜。在豬圈旁有本系一男一女兩個同學竟然挽著手溜達，讓我覺得好搞笑，談戀愛怎麼會選擇這個地方呢，或許是覺得這個地方人來的少的緣故吧。但這也讓我觸景傷懷，要是妳不讓我等待的話，我不賭氣的話，說不定我兩現在就在部隊的營房中避開同學偷偷地溜達，多麼有趣的經歷，可都是空想，讓我的心緒更壞而已。

軍訓的時間管理嚴格，我也只是找藉口和一個同學出過營房一次而已，稍微在營房的周邊轉了轉，我兩買了一個西瓜喫了就返回了。我想妳不曾有機會帶著同學去妳家玩，如果去的話雖然我在賭氣，直覺告訴我妳也會帶上我的，就像上次我的生日妳還是給我送了生日禮物一樣。說不定在妳不經意間將我重點介紹給妳爸爸媽媽的過程中，我的負氣會瞬間崩潰，我會感覺到妳對我的感情沒有變化，那麼我也會平心靜氣地等待妳幾年，不會釀成我一生的遺憾。

軍訓結束了，我們乘火車返回學校，在火車站，有幾個男生和教官哭的淚流滿面，女生更不用說了。這點我覺得好笑，短短的十多天的軍訓有這麼深的感情嗎？或許同學們與教官之間的感情是真的，他們分別的悲傷也是真的。但我和教官沒有什麼感情，我也不想假裝感情很深，假裝出分別的悲傷。而且自從爸爸受傷殘疾之後我已經暗下決心我不會

輕易哭泣。這麼短的時間我和那些教官沒有什麼感情，即使有也不至於流淚，甚至我四年本科的同學，三年研究生同學分別的時間也沒有流下一滴淚。當然在那個情境下我不可能顯得無動於衷漠不關心，我很淡然地看著哭泣的男生女生還有教官，也淡然地和教官告別，但我也忘記了妳是否因為和教官分別而哭泣，我沒有了印象。

　　大四第一學期開學前我們電力系統專業的學生提前一周返校，去了卜魁市富拉爾基區的一個火電廠生產實習。住宿的電廠招待所就在諾尼江邊上，推開窗戶都能看到諾尼江，這已經是我大學四年中第二次去卜魁了，這裡是妳的家鄉，順著諾尼江逆行二十公里就可以到妳家的小村子，我甚至可以步行到妳家，因為自己小時候十多歲就經常步行五六十里路去自己的姥姥家。上次軍訓的時間到了這裡，因為軍訓管理嚴格，我並沒有多少出營房的機會，更多的則是在部隊營房裡散步，而這次生產實習管理沒有軍訓那樣嚴格，經常早晨去一會，下午可以溜出去玩。雖然我們分專業已經一年了，已經不在一個小班一年了，我見到妳的機會少一些了，但有些課我們還在一起上，同在電氣學院還是經常能見面。只不過我每次都保持著普通同學間那種超脫的關係，甚至我對妳的態度還不如普通同學的態度，對普通同學尚有一個微笑或停頓，而對妳則是面無表情，沒有絲毫停下來和妳說句話的意思，只是抬手招一下算是打了招呼，好幾次我覺察到妳似乎有停下來與我說話的意思，但我還是選擇了冷淡，快速地走過了妳的身邊。有次從管理學院大樓出來，妳和幾個同學一起走，我迎面和幾個同學一起走，我從遠處看到了妳，我故意走到同學的最外邊，為的是避開和妳講一句話，甚至一個眼神的對視。時至今日，我都理解不了自己年少時為什麼會這樣負固不化，冥頑不靈。

　　而到了妳的家鄉我對妳的思念更加厲害，有天下午沒有去電廠，我和張傑出去溜達，溜達到晚飯的時間我兩一起去喫羊腿，不大的飯館人也不多，安安靜靜的，我兩邊喫羊腿邊喝酒。我心裡多麼渴望我是和妳一起在妳的家鄉喫飯喝酒，我知道妳也是喝酒的，不像西北的女生很少

喝酒。兩瓶啤酒下肚我已經開始犯暈，自從和妳賭氣後我發現每次喝酒都會很快上頭，我每次都控制自己儘量少喝，我不想借酒澆愁，喝醉後醜態百出。

　　我保持了高中暗戀軍工廠女孩的習慣，每當晚飯後我會沿著諾尼江一個人散步，漫無目的地散步，有時間會走出很遠，直到天黑繞返回。諾尼江雖然沒有黃河那樣出名，但江水卻比黃河大的多，江心有小的島嶼，上面有著茂密的蘆葦，江面上船很少，偶爾有捕魚的小船，船工大多穿著連體的雨褲，估計是東北的江水太冷了。我心想現在已經大四了，妳曾說過到大三大四開始的話，如果我沒有負氣的話，如果妳還有意的話，如果從大一就開始的話，現在已經三年了，我和妳的關係應該已經發展到快結果實的時刻了。以我家的習慣，我會打著玩的名義帶妳去我家，實際上將自己的女朋友向家人做第一次引見。我的每份感情剛開始的時候我都會設想將來進入婚姻殿堂，而不是一場感情的遊戲。妳也曾說過軍訓時有機會帶著同學去妳家玩，但軍訓沒有出營房的機會，這次我到了妳的家鄉，如果妳一開始沒有讓我等的話，妳如果沒有去生產實習的話還會在家裡，現在已經大四了，趁著這個機會我已經該去見妳家人的時刻了。我的專業就有妳宿舍的三位女生，而且實習空閒時間很多，如果妳叫這三位女生去妳家玩，只是客套地問一聲我去嗎，我也會去的。我不知道這三位女生是否去過妳家玩，但我沒有等到妳邀請我去妳家的一句話。妳也可以從家裡過來和我一起玩，這裡有我也有妳的其他同學，總比一個人呆著家裡好一點，我寒暑假回家最苦惱的事情就是沒有人陪我說話。但現在只有我一個人沿著江邊散步，心中雖然對妳充滿了思念，但兩年多的淡漠，我和妳是否已經漸行漸遠，我只能一個人在妳的家鄉的江邊散步，而不是通常電影電視中常見的相愛的兩個人在晚霞餘暉中相伴而行，長長的影子也相伴而行。生產實習的兩周，因為在妳的家鄉，我心中更是惆悵，當實習結束時惆悵滿腹地返回了學校。

五 期待一個暗示與最後一面

我從來認為愛情是一個兩情相悅的過程，是一個互相吸引的過程，我從來不會放下身段去追求一個女生，將自己偽裝起來用各種方法與手段去討好一個女生，博得女生的歡心。或者是用各種卑微的行動去感動一個女生，當女生和自己在一起的時間要麼繼續卑微直至暴發，要麼恢復本來面目而偽裝盡去，只是女生這時間要麼因陷入愛情旋渦而不能自拔，要麼因為同居等社會壓力原因而委屈求全。我認為那不是平等愛情，是男生的乞討與女生的施捨，往往成為婚後生活的隱患，說的有點多了，但我的想法一直是這樣的。每一段感情開始的時間我都會想到我們將來能否在一起，想到最終走入婚姻，沒有走到一起可能的感情我從一開始就會扼殺掉的。大四第二學期我回避另外一個女生對我的感情，雖然我已經愛上了那個女生，但我看不到兩個人將來在一起直至進入婚姻的可能。所以當一個女生有了明確的拒絕時即使我如何痛苦，我絕不會二次去表白，或者採取什麼行動去感動她。但妳的回覆卻給了我另外一種感覺，妳對我是有好感的，妳對我的答覆是違心的，這點從妳的行為中我能體會的到，並且妳並沒有拒絕我，只是讓我等到大三大四的時間正式開始。而年少輕狂的我自我感覺得到的是拒絕，固執的我寧願忍受那無數的不眠之夜，忍受對妳的思念而裝作對妳漠不關心。

大四第一學期推薦免試讀研究生的名單出來了，以妳三年來的勤奮與努力，妳以系裡前三名的成績保送了研究生，我對妳的感情雖然一如既往，但我的心裡也產生了一絲微妙的變化。我生活在農村，深受傳統的影響，以傳統的婚戀觀男生應該至少不比女生差。我也是一個十分自信甚至有些自負的男生，雖然我表面上很謙虛，但骨子裡我十分的自信，而我的倔強其實就是自己十分自信的另外一種表現形式而已。而且我是一個十分自立的男生，我從來沒有通過愛情和婚姻來謀求愛情以外任何東西的想法。當我喜歡一個女生的時間我從來不會首先打聽她的家

庭狀況，在比自己家庭條件好的女生面前我絲毫沒有自慚形穢的感覺。
從學習上來說我從小就一直很優秀，前文寫我們那屆只有一個同學考上
了北京大學，清華大學則沒有，並不是羨慕那個同學，而是隱含著我如
果不是其他緣故，我也會考上北京大學。當我決定考研究生的時間我首
先想考回自己的母校，但當我返回母校準備考研時曾經的心緒讓我無法
安寧，返回西安後我不假思索地報考了交通大學——當地最好的大學也
是全國有名的大學，而且離考試已經很近了，換學校有一定的風險。假
如我在北京參加考研，我也會毫不猶豫地報考當地最好的大學，高考填
寫志願開玩笑地將北京大學清華大學當做第三第四志願也是曾經心有不
甘的表現。有次出差我順道去了一趟北京大學，在未名湖畔轉了轉，看
了幾眼博雅塔，高考前曾經以為自己會進入這裡，造化弄人，我被自己
的感情打敗了。所以在大學四年的時間中我從來沒有羨慕過那些學習很
好的同學，包括妳，在我的潛意識裡我只是沒有認真學習而已，並不是
自己學不好而已。當妳保送上研究生後我並沒有覺得妳有多麼了不起，
而是覺得是妳所說的大三大四開始我倆感情的時候了。我曾經表白了我
對妳的感情，妳讓我等，雖然我違心地說那就「算了吧」，但我心中一
直希望就像我理解妳對我的答覆是言不由衷一樣，我希望妳能理解我對
妳的答覆也是言不由衷，負氣而已。

　　我從不會對同一個女生作第二次表白，我期待著妳還記著自己曾
經說過的話，能給我一個暗示，為此我已經等待了妳三年多，為壓抑自
己的感情是多麼的痛苦。但或許是在過去的三年多時間中妳的思想已經
發生了變化，或許妳把我違心的話當真了。以妳的好強，妳的清高與自
尊，妳沒有給我一個暗示和表示。只是我心中明白，只要妳心中還有
我，只需要一個小小的暗示，我三年多心中的負固自蔽會瞬間崩塌，因
為三年來我對妳的感情還是一如既往，但我沒有等到妳的一個暗示。

　　我不知道妳當時的內心是什麼樣的，是否和我一樣需要一個暗示，
而且我也有很多機會給妳一個暗示，妳參加了全國電子技術建模競賽，
獲得了二等獎，我如果當面或者打個電話給妳道一聲祝賀。或者妳生日

的時間我再送一次生日禮物給妳，或者最簡單的當我在校園裡碰到妳的時間和妳主動說兩句話，開一個玩笑，陪著妳一起走一段路，一起去食堂喫飯，或許我兩間的冰封就會解凍，我兩的感情就會復活，但我卻沒有邁出這一步。但這只是我自己的想法，我也不能確定我的想法是否正確。

妳離去了，我想從李木那裡得知妳最後日子的點滴，分專業後李木和妳是同一個專業，畢業設計時妳兩同一個組同一個指導老師。李木說我問了妳這麼多信息，問我是否喜歡妳，我沒有否認，並且告訴李木我在大學一直喜歡妳，也告訴了李木我曾經向妳表白過，妳曾經送我生日禮物的事。李木給我說，「岳欣芙保送研究生後已經很想談戀愛了，想找一個可靠的男朋友了，大四第二學期剛開學的時間岳欣芙和追求她的那個男生還沒有開始，姬遠峰你既然一直喜歡岳欣芙，為什麼不給我說一點呢？如果我當時知道你的想法的話，我肯定會把岳欣芙想談戀愛、想找個男朋友的想法透露給你，並且給你製造機會，如果你不好意思再次跟岳欣芙說，我替你傳話也可以啊。而且岳欣芙送你生日禮物說明岳欣芙心中有你，姬遠峰你只需要邁出一步，或者一句話，結局可能就變了。算了，一切都過去了，岳欣芙只不過換個方式在其他地方盛開了，你再也見不到她了。」看到李木的這段話，我的心碎了，我知道這個世界上比我優秀的男生很多很多，但我深信我是這個世界上對妳感情最深的那個男生。我以自己的固執與自信我堅信與我相知相愛過的女生，我對妳的感情沒有變化，妳對我的感情也沒有變化，我不會看錯人。雖然我違心地回絕過妳一次，但我相信如果我那時間再次邁出一步，給妳一個暗示——我仍然深深地愛著妳，妳會原諒我，接納我的，但我還是沒有給妳一個暗示。

我沒有給妳一個暗示，我也沒有等到妳的一個暗示，我卻隱隱約約聽到了其他男生追求妳的隻言片語，當我看到妳和另外一個男生一起看電影的時間我知道我等待妳一個暗示的希望破滅了。我裝作一副冷漠的樣子，從不在任何同學面前說出妳的名字，我甚至拒絕知道那個男生的

名字，拒絕知道那個男生是否保研還是考上研究生了，但在體育考試的操場上我將那個男生的容貌深深地印在了自己的腦海中。我不知道其他人對自己曾經的初戀新的男朋友是什麼感覺，但我個人無法忍受自己深愛的女生與其他男生親密的感覺，我不能忍受妳甜甜的笑對著另外一個男生，不能忍受妳秀美的頭髮被其他男生撫摸，我不能忍受妳的身體被其他男生碰觸。這也是我一直拒絕知道追求妳的那個男生一絲半點信息的最深層的原因，以至於妳離開這個世界後我甚至不知道妳是否最終和那個男生在一起了，我對那個男生除了他的相貌以外一無所知，甚至他的名字我也不知道。

但我欺騙不了自己，馬上畢業了，我當時已經和另外一個女生開始了尚在朦朧中的感情，但當看到妳體育畢業考試的表現，妳的身體素質已經很差，跑兩圈被同學落下大半圈，堅持不下來的時間我的心很痛。我知道三四年刻苦學習和缺乏鍛煉已經損害了妳的身體健康，那個晚上在宿舍裡我幾次拿起電話想打個電話給妳，勸妳多鍛煉鍛煉身體，或者去見妳一面勸勸妳注意自己的身體。但我想到妳身邊已經有了一個男生，以妳的自尊妳會十分客氣客套的謝謝我的關心，甚至覺得我越過了同學之間的界線，甚或妳也風聞了我和另外一個女生已經開始了新的感情，我自己都能想像到那種疏遠的感覺。我無法忍受我深愛著的人對我這樣的客氣，最終我沒有打電話也沒有去當面給妳說這麼一句話，留下了我一生的遺憾。

大學四年的時光還是走光了，在火車站，我們原小班的女生包括妳都來送崔哲秀，崔哲秀和我結伴去南京上班，妳們與崔哲秀相擁泣別，也與我一一告別。在站臺上和妳輕輕擁抱告別的時間我突然有把妳緊緊抱住不放手的衝動，這個我大學四年魂牽夢繞的姑娘。在火車上我靜靜地看著妳，這個我大學四年魂不守舍的姑娘，我不知道今生是否還能與妳相見。惟一專門會送我遠行的姑娘我沒有讓她來，大學四年人一生最美好的時光我都等待的姑娘就在我的眼前，我卻要裝作若無其事，形同陌生的路人。我不知道妳在愛上我之前是否還喜歡過其他男生，我在愛

上妳之前還單相思過一個軍工廠女孩，但在我的心中妳是我的初戀，我兩曾經相愛過，而且我愛妳愛得一往情深，痛苦萬分，終生難忘。我不知道是我的過錯還是上天特意的安排，我失去了妳，以這種方式成為了妳我相見的最後一面。

六　香消玉殞與痛徹心扉

　　自從二零零零年七月份在哈爾濱火車站看到妳的最後一面，到妳研究生畢業之前其實我有兩次機會能見妳一面，不過我都沒有去見妳。自從我知道妳已經有了追求者甚至是男朋友後，我控制自己從不出現在妳的生活中。二零零零年九月我返回濱工大辦理重新派遣手續，我從南京到西安的換工作，通常以為就是兩家單位的手續，而我這次換工作卻是按照應屆畢業生違約後重新就業辦理的，意即西安的單位是按照應屆畢業生接收的，否則以國有單位的做派是不可能接收我。而要辦理應屆生重新就業就要返回母校，經過來回折騰我返回母校辦理手續已經到九月份了，妳當時應該已經開學返回學校讀研了，雖然我心中還沒有忘掉妳，但想到妳已經有了男朋友了，雖然我不知道妳們發展到什麼地步了，我控制自己的感情，沒有去找妳，辦完手續後我返回了西安。

　　二零零一年十一假期我回到濱工大準備考研，那時間妳還在學校讀研，此時我在西安已經開始了與一個姑娘隱默的感情，我雖然還想見到妳，但已經不是戀人的相見，而是常人對自己曾經的初戀的默默關注那種感情了。我不知道對妳的感情我稱為自己的初戀是否合適，因為高三的時間我喜歡過一個軍工廠女生，但和那個女生沒有說過話，是純粹的單相思。而和妳則是互動的，妳給我的溫暖是我能觸摸和感覺得到，雖然我碰到了安可琪，我很容易找到妳，但想到妳已經有了男朋友了，我也和西安的一個女生在一起了，我不想打擾到妳，也不想傷害到西安的那個女生，背著西安的那個女生去見妳一面。雖然我十分想見妳一面，想再看妳一眼，當面給妳說一句多鍛煉鍛煉身體，身體很重要，但我最

終還是沒有主動去見妳一面。曾經的心緒攪擾的我不能安寧，我臨時改變主意返回了西安報考了交通大學的研究生。在回西安前我到自己的宿舍和妳的宿舍外面轉了幾圈，我知道妳上了研究生後已經搬到研究生宿舍了，在那裡我不會碰到妳。在妳的宿舍旁邊想起了那個下雨的夜晚，在女生宿舍門口和妳討論辯論稿的情形，心中隱約有種負罪感，我已經和一個西安的女生開始了新的感情，這只是睹物感懷而已，我這樣這對西安的女生並不公平。

　　我不知道妳研究生畢業後是否還上了博士生，我只知道妳去了一所有名的九八五高校當了老師，教的課程就是我學的最好的那門課程。那時間興起了同學錄，我在同學錄中偶爾發言，但妳和任何同學說的每一句話我都會反復看幾遍，但自己就像在濱工大知道有其他男生追求妳的時候一樣，我從來不會主動走入妳的生活，甚至和妳說一句話，一直默默地注視著妳的一舉一動。而在妳離開這個世界前不久，有一次妳在同學錄上跟我說話，問我是否還記得老同學，我半開玩笑地說怎麼敢忘記妳，否則我要面壁思過去了，我不知道妳看到我的這句陰陽怪氣的話是什麼感覺，或許妳生氣了，我一直等待著妳回覆我這句話，卻沒有等到。這是我和妳在這個世界上說的最後一句話，在虛擬的網路上說的。妳當時肯定已經陷入了精神上的折磨而不能自拔，如果妳是當面和我說這句話的話，從妳的眼神中我一定能覺察到妳精神上所承受的痛苦。雖然大學四年我因為妳而痛苦不堪，但我享受思念妳的那份痛苦和甜蜜，我會毫不猶豫的付出所有去安慰妳，幫妳渡過那個艱難的時刻。因為我的抑鬱症讓我體嘗到了那種常人難以忍受的精神折磨。但虛擬世界就是虛擬的，我沒有盯著妳的眼睛和妳說最後一句話，也失去了讓妳留在這個世界上的最後的機會。

　　二零一零年七月份，恰好是我們那屆學生畢業卜周年的時間，也是本科母校九十周年校慶的日子，但那時我還不知道妳離開這個世界的消息，我和妳之間的關係隱藏的太深了，以至於沒有同學察覺到蛛絲馬跡，妳離開了，沒有一個同學告訴我這個消息。十年的時間過去了，我

的工作從南京到了西安，又讀完了研究生，又到天峰集團公司工作五年了。感情的路上我已經和西安的姑娘結束了那段隱默的感情，和現在的妻子相識結婚生子。自己精神上得了嚴重的抑鬱症，幾乎不能自持，工作上雖然個別領導看重我，刻意培養我。我也在假面人的面具下為著自己所謂的人生理想——一個科級幹部——混跡在酒場中而奮鬥。我得到了一次單位組織的公費療養旅遊機會，哈爾濱是其中的一站，但濱工大不是旅遊景點，我特地抽出半天的時間去了濱工大。九十周年校慶的餘溫還在，處處還能看到校慶的標語標識，但學生已經放假了，校園中有點冷清，這次我將濱工大轉了個遍，留下了許多照片，當然包括妳和我的宿舍。在女生宿舍旁自己思緒萬千，這裡曾經住過我生命中的兩個女孩，妳是我的初戀，我頑固地表面淡漠妳而內心在煎熬中等待了妳三年，但最終妳投入了另一個男生的懷抱。另一個女生在大四第二學期走入了我的感情中，在學校中我回避她逃避她，後來我到了西安後原以為我們可以再續前緣，現在也已經離我而去。濱工大你是我生命中的一站，高考時我未曾選擇你，而你選擇了我，讓我認識了這個世界，讓我走入了或令人愛或令人恨的成人世界。在這裡我渡過了人生中最美好的四年，互相心動的感覺讓我陶醉，苦苦等待的夜晚讓我心碎，寫下了關於妳的一篇又一篇的文字。景物依舊，伊人已去，惟有祝願妳在異鄉，另外一個姑娘在異國的生活安好即可。

在松花江邊遊覽的時間，我遠遠的看到了那個在我痛苦地等待妳的日子中曾經無數次徜徉其上的鐵路大橋，由於是集體活動我無法在大橋上再走一遍，拍下了大橋的幾張照片，保存至今。

當我旅遊回來後我像往常一樣在網路檢索程序中輸入妳的名字，卻驀地看見一篇紀念妳的網文。一絲不安的情緒在我心頭掠過，我知道妳和我的名字都十分少見，以前在網路上檢索時從未見到過同名的。看完這篇網文，我寧願相信這是一個卑鄙無恥的無聊至極之人開的愚人節玩笑，但理智告訴我沒有人會開這種玩笑。我也祈禱這個世界上有個和妳同名的女孩，我只是以前沒有搜到而已，雖然對同名的女孩也是不幸

和不公的，但我心裡實在無法接受這個事實。我打電話向安可琪求證，得到的卻是令人心碎的消息，那一刻我體嘗到了自己三十多年來最刻骨的心痛，妳已離去，我還能做什麼呢。但那時我還不願意讓世界上任何一個人知道我對妳的感情，將痛苦深埋在自己的內心。去年是我們入校二十年的日子，同學們在同學錄裡熱情發言，懷念留戀那美好的四年時光，看到同學錄中同學們曬出當時的合影，妳的樣子還是那麼秀美，妳的笑容仿佛還在我眼前，而妳已離開我八年了，我還苟且地在這個世界上活著。

我不知道妳在另外一個世界是否快樂，我在這個世界上只能說生活的不好也不壞。工作上我已經放棄了努力，因為我從中得不到快樂。但家庭中我還是快樂的，妻子給了我愛情的甜蜜，孩子給了我天倫之樂。但我心中的苦悶與焦慮無人能夠理解，包括我的妻子。實在苦悶的時間我會出去走走，出門旅行一趟。自然的風，自然的雨，高原的雲，草原的月都會讓我感受到了自然的偉大與美麗，我是自然的一份子，自然沒有拋棄我，我應該等待著自然最後將我帶進她的懷抱，而不是我拋棄自然。自然是我的母親，她讓我的內心安靜一點，平和一點，但自然不能和我對話，我還是無處訴說我心中的苦悶與焦慮。

我雖然不想打擾妳在另外一個世界的安寧，但我想寫下來二十一年前認識妳的那一刻的心情，也想知道妳為什麼不再留戀這個世界，離開妳的父母，離開妳的孩子，我嘗試著從幾個同學口中知道妳最後日子的點滴。我從安可琪那兒得知帶走妳的是抑鬱症，聽到「抑鬱症」三個字我理解了妳捨棄這個世界的原因了。因為我知道它的殘酷與無情，因為我領教過它的殘酷與無情。但如果我能和妳自然的通信或電話，只要妳語言中透露出一絲這樣的信息，我會敏銳地覺察到它的嚴重性，并會以自身的經歷竭盡全力地幫助妳渡過這個難關。妳可以回一趟卜魁老家，在妳長途旅行回老家的火車上，妳會看到自然的風吹過樹梢，自然的雨澆淋著大地，華北平原的雲遮蓋著大地，東北平原的月掛在天空。如果妳喜歡書，隨身帶一本描寫自然的書，妳會感受到那優美的詩詞都來自

於自然，感受到自己的渺小與自然的偉大，那會讓妳的心靈得到片刻的寧靜，而讓妳睡一個稍微安穩的覺，只需要一個稍微安慰的覺，它就會挽救妳的生命。

在農村老家裡妳會感覺到停滯的時光，時光不再是城市中那樣的匆忙。妳會見到妳年邁的父母，看到他們斑白的雙鬢，他們文化程度不高，不會思考生命的價值，但他們的生命是那麼的安靜與慈祥。妳雖然已經三十多歲了，但在他們的眼裡妳永遠還是一個孩子。他們文化程度不高，不會給妳講生命的哲學，但或許輕輕的一句話，一個關切的眼神，一個慈愛的笑臉，一頓粗糙的晚飯，不經意的幾句家常話就會讓妳暫時遠離城市的喧囂與焦慮。在寧靜的小村裡，在粗糙的土炕上睡一個稍微踏實的覺，只需要一個稍微踏實的覺，它就會挽救妳的生命。

這看似瑣屑的經歷，但它會真的挽救妳的生命，因為這是我的切身體會。當我抑鬱不能自持的時間，我從蒙古高原回到黃土高原，打算去見父母最後一面。一路上我看到了草原上悠閒的牛羊，看到黃土高原的溝溝壑壑裡寂靜的院落、安靜生長的樹木，看到村子裡農戶家門口懶洋洋曬太陽的土狗，看到在家門口一邊揀菜一邊拉家常的村婦。看到了安靜慈祥的父母，還有他們斑白的雙鬢，妳會感覺到生命可以以另一種形式存在於這個世界上，匆忙並不是生命存在的惟一形式。爸爸媽媽對我精神的異常並沒有覺察出來，他們只覺得我很疲憊，他們說，工作是不很累，坐車累了吧，吃了飯早點睡吧！那一夜，在我抑鬱期間少見地安穩地睡了一覺，早晨起來，我打消了這是最後見父母一面的荒唐的想法，我和他們拉了一整天的家常，我的內心更加平和了下來。我撒謊說自己出差路過回家一趟看看父母，第二天我返回了單位。

或許因為妳是女生，妳不喜歡旅行，無法體會自然的偉大與美麗。但以我的切身體會，自然可以讓妳體會到人生的美好，或許可以挽救妳的生命。在我心灰意冷有出家為僧的想法時，我曾經駕車為自己去找一座伽藍，但當我開車在草原上時，草原上的風，草原的雲，還有嬉鬧打架的馬群讓我的想法動搖了，讓我感受到了自然的真切與淳樸，我最終

放棄了出家為僧的想法。我不知道妳是否去過一次西北，領略過那裡的雄渾與壯美。有次我去格爾木出差，在高原夜晚明亮的月光下我想起妳曾經跟我說過妳想去看看戈壁與沙漠，或許妳就帶著這個沒有實現的遺憾離開了這個世界。我們被困在城市的鋼筋水泥之中，我們沒有閒暇去親近自然，我們也無法做到活得也自然一點。

我從網路上能查到妳工作後的拼命狀態，妳給本科生授課，也指導應屆生的畢業設計。參與了一本教材的編寫，參加青年教師授課競賽，又申報了學校教學改革課題，錄製了幾十集的授課視頻。不斷地進行科研工作，發表了好多篇論文，被學校評為「學生最喜愛的十佳老師」。我也從高校研究生畢業，我知道這就是當下我們國家高校的現狀，僅僅一個職稱就可以壓榨青年教師到最後一滴血汗流盡為止。

我也想起了一個小典故，「蝜蝂者，善負小蟲也，行遇物，輒持取，卬其首負之，背愈重，雖困劇不止也。其背甚澀，物積因不散，卒躓僕不能起。人或憐之，為去其負，苟能行，又持取如故。又好上高，極其力不已，至墜地死。」我們就是這樣被賤視如螻蟻般的小蟲，我們從小就灌輸給自己加壓，從來沒有一個人、沒有一種思想給自己減壓。而且以妳的好強的性格，妳只會給自己更大的壓力，直到妳無力承受。但妳在我的心目中不是小蟲，妳是一個美麗端莊真誠的姑娘，一個我深愛過的生命價值無上的姑娘。這個世界上有許多卑賤不如螻蟻的人存在，他們逍遙自在快樂地生活在這個世界上，但為什麼離去的卻是妳。聽到妳離去的消息，我甚至願意讓妳成為一個我鄙視的卑賤不如螻蟻的那樣的人。妳在高校裡只要謀得一官半職遠比妳做科研教學獲得的更多，也不會有那麼多大的壓力，但妳不是這樣的人。

我兩學習的是工科，自然的書、哲學的書讀的太少了，我兩只知道給自己加壓，從來不會給自己減壓。我兩學習、我兩工作、我兩努力、我兩奮鬥，我兩試圖實現自己生命的價值。但我兩卻不知道生命的價值到底是什麼，所以我兩煩惱，我兩焦慮、我兩抑鬱，最終我從死亡的邊緣上掙扎了過來，但妳卻沒有完成自我的救贖。哲學是什麼，哲學就是

對生命的思考，沒有了生命，皮之不存，毛將焉附？沒有了生命，生命的價值何從言起？妳已經離去了，我說這些空話又有何用？

我想從安可琪那兒再要一張妳的照片，我手上妳的惟一的那張照片並不清晰，我想把妳的這張照片放在妳給我的筆記本中。每當我想妳的時間我會拿出來看看自己曾為妳寫的文字，看看妳的音容笑貌，直到我也離開這個令我高興也令我痛苦的世界。但因為安可琪不知道我對妳的感情，感覺到我打擾到了另一個世界的妳，我得不到妳的第二張照片。回想起妳在同學錄上發的妳獲妳們學校「學生最喜愛的十佳老師」頒獎大會上的照片，妳捧著一大束鮮花，妳的笑靨也如花，我和其他同學一樣只是禮貌地對妳的成績表示祝賀，妳也像對其他同學的祝賀一樣表示感謝，我只後悔沒有將妳的那張照片保存下來。

我每次去中國知網和國家圖書館檢索妳不斷發表的文章，看到妳取得的那麼多的成績，我不會虛偽的僅僅說從心底裡替妳感到高興。我不是哲人，我只是一個普通人，我替妳高興只是我情緒的一部分，看到妳的成績，對比自己的庸碌無為，自己會感到羞愧，但我對妳沒有妒忌之心。在大學我因為妳無法入眠的夜晚，有一篇日記中我曾經寫下「我也覺得找別人的缺點，有點小人得志，是妒忌在作怪，在故意地貶低別人，這樣做我倒覺得可恥，是懦弱的表現，在貶低別人的基礎上妳自己並沒有得到益處，僅僅是市儈小人的滿足心理平衡的作法」這樣的話，羞愧之後我發自內心地替妳感到高興。

僅僅從工作上我覺得妳應該很滿意，也很滿足，因為妳取得了成績，這也可能是妳的幸福所在，因為妳在給我的生日禮物——帶鎖的筆記本——上曾經寫下了「世界上最快樂的事莫過於為理想而奮鬥」的話。我以為妳獲得了幸福，妳獲得了快樂，妳過得很好。但我不知道妳的家庭生活如何，妳是否和那個我見過的男生結婚了，因為我始終抗拒妳的感情歸屬於另一個男生，抗拒妳的身體被另外一個男生觸碰，自從離開母校後我拒絕打聽關於妳的另一半的任何信息。

直到妳離開了這個世界，我又去檢索妳發表的文章，在文章署名中

我發現了一個頻繁出現的男生名字，我猜測我拒絕知道名字的男生可能就是他。我向安可琪求證，果然是他，就是那個我見過並向李木求證過的那個男生。其實在自己以前頻繁檢索妳的文章時我就發現了這個頻繁出現和妳一起署名的名字，只是我拒絕求證而已。

我想起妳離開這個世界前不久我後打給妳的那個電話，接電話的是妳的丈夫，冰冷的態度透過電波都能感覺得到，僅僅幾個字，妳忙著呢，電話就掛了，妳未接電話也未回電話給我。我不知道妳們夫妻之間到底發生了什麼，竟然冷漠到如此，此後不久妳離開了這個世界。我寧願放下自己心底的倔強，我曾經不願意面對另外一個男生撫摸妳的秀髮，但此時我真的希望那個男生能充滿愛意的撫摸妳的秀髮，撫摸妳因痛苦而憔悴的面龐，給妳一個充滿愛意的笑臉，擁抱一下妳因努力學習工作而虛弱的身體，讓妳感覺到這個世界上一絲愛的存在而減輕一點妳的痛苦。即使我當初心底是多麼地抗拒那個男生，我還是會真心地祝願妳和那個男生生活幸福的，但這一切都不會成為現實了。

因為在我最困難的時刻，是我賢惠的妻子陪伴著我。面對我的焦躁、我的暴躁、我的無理、我的蠻橫，即使她委屈地哭了，但她沒有冷漠過我，她沒有奚落過我，沒有嘲笑過我，更沒有放棄我。是她給了我精神上的慰藉，是她陪我渡過了我最困難的時刻，我今生都對她充滿了感激。藥物可能無法挽救妳和我的生命，只會讓妳虛弱的身體受到更大的損害，而愛卻可以讓妳回到愛妳的父母、需要妳的愛的孩子身邊。

但這個世界給妳的痛苦最終讓妳捨得離開自己的父母，離開自己的孩子，不知妳魂歸何處。我想妳應該回到了諾尼江邊的那個小村莊——沿江村，在這裡妳回到了父母的懷抱，找回了童年的快樂，在這裡有妳童年留下的笑聲，妳不需要忍受成人世界的痛苦了。

而我一個不是妳的親人的人，卻有著痛徹心扉撕心裂肺的痛，雖然我未能成為妳生命中的另一半，但妳卻一直隱藏在我心底最隱密的地方。妳視頻授課的影像我早已下載下來，每當思念妳的時間我會打開看一會。妳經常穿著兩件不同的羽絨服，我熟悉的妹妹頭的髮型已經扎了

起來，聲音還是那樣的甜美，只是少了我們認識時的那份陽光和燦爛，多了一份成熟的恬靜和安靜。

當我第一次看到妳授課的視頻時我就想和妳開一個玩笑，妳視頻教授的課程就是我大學時間學得最好的那門課，雖然妳是系裡最優秀的兩三名同學之一，但那門課程我學的很好而且得心應手，那門課程我可能比妳學得更好，兩個學期都考了很高的分數。我想開玩笑說看了妳那麼多的視頻課程，妳僅換著穿兩件羽絨服，妳也不穿件更漂亮一點的衣服，我是來看人的不是看內容的，那些內容我閉著眼睛也會。妳對這門課如果有什麼問題可以來請教我，我肯定能幫到妳，但妳不要給妳的學生說妳請教的是個煤炭工人──我現在一直自嘲自己是個煤炭工人。我喜歡開玩笑和戲謔，大一的時間我曾經和妳說過不少的玩笑話。不過看到妳視頻授課的時間我已經十年沒有和妳真正的說過一句話了，僅有的那一次打電話給妳，妳丈夫接起來後就掛斷了。我想等什麼時間我兩能自然的說話的時候我再和妳開這個玩笑，不過，這個玩笑妳永遠不會聽到了，我只能用冰冷的文字把它寫在這裡，一點也不好笑了。

二零零零年七月我與妳在哈爾濱的火車站上分別了，那也是我最後一次見妳的面，最後一次和妳當面說話，直到二零零九年十月份妳離開這個世界，我和妳沒有真正地說過一句話，惟有的兩次說話是在冰冷的電腦屏幕上。當我給妳表白的那時間我年少輕狂，偏執而又執拗，固執地認為那是妳變相地拒絕了我，我內心在煎熬中淡漠了妳三年多的時間。這麼多年過去了，我的心結已經打開，而且我也意識到是我負了妳的一片情，我寧願妳為此討厭我、記恨我一輩子，只要妳開開心心地生活在這個世界上就好。何況妳還在電腦上主動和我說了兩次話，妳好像也已經走出了心結。即使妳夫妻兩感情不和，但這個世界上還有需要妳的愛的妳的孩子和愛妳的妳的父母，但妳還是離去了，我再也沒有機會和妳當面說話了，甚至電腦屏幕上一句問候的話也不能說了。我還能在妳授課的視頻裡聽到妳的聲音，看到妳的影像，也只能在妳授課的視頻裡聽到妳的聲音看到妳的影像了，但我想說給妳的話妳卻永遠聽不到

了。我編寫了幾本小書，正在聯繫出版，妳那麼愛學習，也編寫了大學教材，我多麼想讓妳看一看我費盡心血編寫的小書，但妳的收件地址永遠是空的了，我無法郵寄給妳了。我最想當做讀者的妳卻不會讀到了，也許有一天我會把這幾本小書帶到妳的墓地前，讓它們在另一個世界陪著妳。

　　妳送給我的帶鎖的筆記本成了妳的遺物，妳送我的那張並不很清晰的照片則成了妳的遺照。妳的生日一月二日我從未忘記，而二零零九年十月二日妳離開了這個世界，年僅三十二歲，每年的十月二日成了妳的祭日，我又多了一個銘記在心的日子。妳走了，我還活著，以前聽過一首歌曲《妳是我最深的依偎》，沒有什麼感覺。妳離去了，每次聽到這首歌，好像是專門為妳的離去為我而作。

　　　　孤單的夜晚難以入睡，游離的靈魂無所依歸。
　　　　淒冷的文字越來越美，絕美的愛情化成了灰。
　　　　曾經火熱的心如死水，千言萬語也難以描繪。
　　　　為何想起會痛徹心扉，相思的愁苦凝聚成堆。
　　　　淚落紅塵等待妳安慰，相思成債百轉千回。
　　　　醉夢紅塵有誰來意會，消逝的惟美無言以對。
　　　　淚落紅塵好好愛一回，濁酒千杯只為一醉。
　　　　紅塵輾轉那午夜夢回，妳卻是我最深的依偎。

　　妳離開我已經八年了，得到妳離去的消息也已經七年了，我一直沒有為妳寫下隻言片語，只是因為怕自己無法忍受那份痛苦，寫得過程令我心碎，而我大學四年的時間寫下的文字全是妳的，這次我終於鼓起勇氣為妳寫下了這些文字。我原以為妳只是我生命中的一段歷程，當我違心地說出「算了吧」的話後我只是默默的關注妳，不願意打擾到妳。我兩相識已經二十一年了，當妳離去的時間妳已經為人妻為子母了，我也已經為人夫為子父了，我有我愛的也愛我的妻子，也有自己的孩子，我兩即使同學聚會相見我也僅僅會對妳說多鍛煉身體，健康很重要，至多開一個無傷大雅的玩笑而已，不會有超出同學關係的話互相講了，妳和

我儼然已經成了各自生命中的一個過客。但當妳離開這個世界時我纔體嘗到了什麼是刻骨的痛，在我向妳表白的那個夜晚，我強忍住自己的眼淚沒有流下來，在畢業分別的火車站我也忍住沒有為妳流一滴淚。妳離去了，看著妳笑得如花一樣的照片我流淚了，在我寫這點文字的時間每當想起妳被抑鬱症折磨的時間，我以自身的體會知道那種常人難以忍受的精神折磨時，我流淚了，原來妳一直不曾從我的心底離去。此後我再也不會為妳寫什麼文字了，只要妳在另外一個世界安靜地生活，沒有痛苦就好，請允許我用古人的詩句寄託我對妳深深的哀思與思念吧！

深深芳草葬紅顏，滿地飛花染淚斑。

莫道欣芙多薄命，猶勝青塚在陰山。

十年生死兩茫茫，不思量，自難忘。

千里孤墳，無處話淒涼。

縱使相逢應不識，塵滿面，鬢如霜。

夜來幽夢忽還鄉，小軒窗，正梳妝。

相顧無言，惟有淚千行。

料得年年腸斷處，松江邊，鐵橋上。

也請允許我用不通文理的俗句表達我對妳的思念吧！

千里路上與卿逢，寒劣執拗負卿情。

孰料一別竟如此，生離死別常已矣。

生前音笑猶如昨，今日萬里遙祭卿。

作詩弔卿卿應聞，地下誰是愛卿人？

該結束這些文字了，我想用六輩達賴喇嘛倉央嘉措的文字寄託我對妳深深的思念，當我在大學因妳而痛苦難以入眠時我曾想說。

最好不曾見，免我與妳戀。

最好不相知，免我常相思。

而妳離開了這個世界，離開了我，我卻想對妳說。

汝本卜魁才淑女，吾乃崆峒癡少年。

但願來生年再少，祈請相遇複如何！

七 散文一篇

這是一篇二十年前，即一九九七年暑假我在甘肅老家，一個偏僻的小村子裡為妳寫的一篇散文，文章中就像我在日記中一樣再次發誓要將妳忘記，淡漠我對妳的感情，因為我實在太痛苦了。回到濱工大，我用濱工大的信紙將這篇散文工工整整的抄寫下來。二十年過去了，草稿和抄件都已經發黃變脆，但我對妳的思念卻沒有變的黯淡，而且我也沒有把妳忘記。妳已經離去，這篇散文也已經沒有了作為私人秘密的意義了，今天我抄錄在這裡吧，否則這篇文章將隨著我最終進入我的墓地。

《請不要浪費生命》

一個人生命的長久或短暫並不是單憑生存的年月來計算的，而是憑我們對生活的認真的態度和我們究竟體嘗了多少生活的意義而定的——羅蘭

我又一次夢見妳和我在一起了，自信的眼睛熠熠生輝，仿佛那是黑夜裡的星星一樣，那是我第一次看見妳的眼睛留給我的印象。我想伸手去撫摩妳那短短的秀髮，吮吸妳所散發的淡淡的清香，然而這一切又都是那樣的虛幻。我強忍住淚水，但揪心的痛使我的夢泡沫般的破碎了，我起身坐在床上。

窗外是淒淒的夜，是微風輕霧還是妳的影子從窗外走過，發出一種低低的聲息。我仔細去捕捉時只感覺到四周死一般的寂靜，我兩隻手捧著頭放在膝蓋上，月色迷濛的小村已經沉睡了，像一隻貪睡的嬰兒，睡的是那樣的甜。門外的樹葉在搖曳，秋風在憂鬱地吹，唉，我心裡到底想說些什麼呢？

在一本比利時的短篇小說集裡有這樣一段話：

「星星，美麗的星星，妳們滾在無邊的夜空中，我也一樣，我瞭解妳們……，是，我瞭解妳們……，我是一個人……，一個能感覺的人……，一個痛苦的人……，星星，美麗的星星……」。

妳是那顆最亮的星星吧，渾身充滿著誘惑，我想登著雲梯去把妳採摘，採摘的是冷漠和失望，是無邊的痛苦。我明知道這殘酷的結局，我還時刻幻想著去採摘，即使跌落在萬丈虛空之中，摔斷了我的腿。然而在這萬丈虛空之中，沒有虛幻的雲梯，我無法採摘。妳依然在那兒閃著妳的光輝，冷漠的，淡淡的光輝，在這淒涼的夜裡，我只有默默地凝望，默默地欣賞。

我想在這個月光和星星的夜裡，把妳的眼神留下，像那一輪月光，一束星芒，永遠留在我的心底。夜，你一團漆黑，不見了太陽，然而我卻不想讓你過去，因為你的過去將是太陽，我夢的泡沫在陽光中是不會永存的。

記不清最初的一句話是誰說的，也記不清最初是誰先看了對方一眼，時間已經把記憶的腳步磨損，惟有追溯落在水裡的片片落葉和殘花。

那是一個悸動的季節，那是一個充滿幻想的秋天，連落葉也在空中翩翩起舞，不願回到大地的懷抱。那一年我十八歲，考上了一所全國知名的大學，秋風為我壯行，坐上北去的列車，黑夜裡我和南飛的鴻雁相約，我是一名驕傲的大學生，可憐的鳥兒，你們又得到了什麼呢？那時我指點江山，自信人生二百年，心中的豪情壯志，滿腔的熱血充盈著我的每一根血管，激動和狂熱使我徹夜難眠，經過三天的長途跋涉我到了冰城——哈爾濱。

接下來的日子是我嚮往已久的大學生活，輕鬆的學習，自由自在的活動。蔚藍的天空是我的心田，片片白雲是我飄飛的理想，我的思緒常乘著那片片白雲翱翔世界，夢想著自己成為一名傑出的人物，幻想著自己的光輝前程。忽然有一天，我發現那片片白雲不再往遠處飛走，而靜靜地俯身看著她的腳下，原來白雲也戀家，我的心情壓抑了起來，開始想起了家的溫暖，讓一封封家書把自己的牽掛和思念帶給萬里之外的親

人吧。

我的心開始變得孤單了，我希望有一個知心的朋友可以將自己的心緒告訴她，讓我們一起渡過遠離親人的生活。慢慢地我注意到了妳，上課時坐在妳的身後，看一眼妳的秀髮，總覺得有人注視著我的眼神，我將頭迅速地埋下。面對妳的時候我怕碰見妳的目光，平時濤濤不絕的我此時竟也「無語凝噎」。我注意妳的一舉一動，甚至於一個輕輕的皺眉。每一個夜晚我希望它快點過去，好讓我第二天見到妳，我不明白自己到底怎麼了，以前從沒有這種情形。

哈爾濱的冬天來得特別早，也特別的寒冷，整個城市沒有了往日的喧囂和吵鬧，是那樣的安靜，而我心中的火苗已越燒越旺，仿佛這厚厚的積雪也奈它不得。哈爾濱的雪很大，我生平第一次見這麼大的雪，漫天飛舞的雪一下一整天，正是這潔白的六角雪花，使我的內心受到了沒有想到的痛苦和創傷。

下雪了，我們一起去鏟雪，每個同學的嘴邊都有一團白霧，男生的嘴邊或許還會出現一點冰花。在這快活的勞動中，我對妳有了更進一步的瞭解，也使我的心更加躁動不安。在一次勞動中妳輕輕地告訴我第二天是妳的生日，於是就有了我第一次給女孩子送禮物的境遇，但我的潛意識裡並不知道我為什麼要這樣做，我做這件事的目的是什麼。

所有這一切都沒有逃過同學們的眼睛，他們告訴我，我愛上了妳。我第一次朦朧地意識到「愛情」這連個字的含義，沒想到竟經歷了這麼一段時光。

新的一學期又開始了，哈爾濱漫長的冬天終於開始悄悄退去了，松花江也開始解凍了，大塊的冰前擁後撞向著下游流去，形成了一條壯觀的冰河，江邊的柳樹也透出了絨絨的綠意。早春的寒風從我的心頭吹過，也像我的心情一樣冰冷。遠處太陽島的綠意已經很濃了——那是一個遊覽勝地。落日的餘暉照耀在江面上，冰塊閃閃發光，殘陽血一樣的紅，晚霞在天邊織成了一副絢麗的帷幕。一隻江輪在晚霞中吃力地前行，我知道太陽馬上就要落山了，太陽下去了來到的將是黑夜。

　　我坐在江邊，苦苦地思索著，一隻初綻的花朵，沒有風雨怎麼會天折，我的感情為什麼會無疾而終呢？一年的時間難道留給我的就是無邊的失望和沮喪嗎？對於這條江，我再熟悉不過了，在妳回絕的日子裡，我不知多少次一個人漫步在江邊，任憑思想的野馬縱橫馳騁。我的思緒混亂不堪，不知道自己在想些什麼，多少個黃昏在這裡打發，這滿江的江水和揚帆而過的江輪為什麼帶不去我對妳的深深的眷戀呢？

　　去年到這裡的情景出現在我的眼前，同一條江，江水是那樣的綠，綠的那樣可愛。藍天白雲映在你的懷抱裡，碧波一個接一個快活地遠去，小舟在江水中一蕩一蕩，掬一捧江水是那樣的愜意，江面上的風是那樣的清爽宜人，條條江輪點綴在江面上。以前沒有見過大江大河，也沒有見過大海，第一次見到這條大江的時間我和妳一起在江邊散步，在火車疾馳而過的鐵路大橋上看到妳羞紅了的面頰，那時我錄下了「面似紅蓮光潤」的詩句。自己嫌這首詞的後半部透出了濃濃的愁緒而不願全錄，今天則可全錄了。

　　短髮低垂雲浪，雙眸笑漾波痕。

　　長衣曲襯好腰身，面似紅蓮光潤。

　　人比夏雲易散，情同春夢無根。

　　看花猶是去年塵，往事而今休問。

　　而這時這裡卻是我失望沮喪的去處，留下的惟有隨風而逝的柳絮花。

　　軍訓我去了妳的家鄉，我又坐在了另一條江的岸邊。跨越了這麼大的空間，從松花江畔來到諾尼江岸邊，江水在緩緩地流淌，我坐在岸邊，傾聽江的聲音，微微細雨飄落在我的身上，就讓它把我淋濕吧！讓這清晰的細雨將我蒙垢的心靈沖洗，讓我渾濁的大腦清醒，透過朦朧的江面，有許多房舍，也許，對面那尖頂的屋子就是妳家。記得妳曾說過，軍訓時會帶同學一起到妳家玩。今天我獨自一個人坐在江邊，遙望江的另一畔，思緒就像滾滾的江水不能平靜下來，淒風苦雨，秋風秋雨愁殺人，在這多雨的季節裡，讓我心頭的愁緒和淚水都灑落在塵埃下面吧，讓我在清清的江水邊反思過去吧。

　　空中雨花，它遲早會隨雨而去，欲飛的蒼鷹，怎能留住它的心。在
這過去的一年時間裡，我是否變化了許多。有這麼一則故事，說獅子向
農夫的女兒求婚，農夫說，瞧你這可怕的模樣，我的女兒如何能做你的
妻子呢。於是獅子拔掉了利瓜和堅牙，再去農夫家，這時農夫說，你現
在已經沒有了利爪堅牙，我還怕你什麼呢？於是趕走了獅子。獅子傷心
極了，它不明白為什麼農夫對它的兩個模樣都不喜歡呢。我悟出了一點
道理，在這一年裡我變化了太多，我已非昔日的我了。正如獅子一樣，
當我被失戀的痛苦折磨的無法自己之時，我已變化了許多，沒有了昔日
的理想、抱負和為之必須付出的努力，沒有了奮鬥的精神支柱，整日沉
溺於這痛苦的深淵之中時，我已經沒有了昔日的價值。生日之時妳贈給
我一句話，「世界上最快樂的事莫過於為理想而奮鬥！」我這時可以用
別人的一句話回答妳了，「過度的愛情追求，必然會降低人本身的價
值。」于連，這個懷裡揣著拿破崙像的教書匠，才華橫溢，然而最後卻
失敗於兩個女人的石榴裙下。作為一名男子漢，難道要讓這失戀的陰影
籠罩自己一生嗎？

　　羅蘭曾給我們這樣一個譬語，有位學生滑冰，剛開始總是跌倒，
老師讓他推把椅子滑，這樣他很少跌倒，他一直推著椅子滑。忽然有一
天老師把椅子搬走了，他起先是驚慌，然後發現這椅子已經幫他學了許
多，現在他可以自己滑冰了，這個譬喻給我們些什麼啟示呢？

　　不要以為離開某人就活不下去。

　　更不要使自己離開某人就活不下去。

　　世上沒有人可以支持你一生。

　　別人可以在必要時扶你一把，但別人還有別人的事，也不能變成你
的一部分來永遠支援你，所以還需要我們拿出勇氣來，走自己的路。

七　張秀莉　下

一

　　姬遠峰幾乎已經有放棄出版的想法了，寫完紀念岳欣芙的文章後他開始繼續第四本書《清代驛站考釋》的準備了，他在網路上檢索相關的論文和信息。不經意間姬遠峰看到一篇名為《花木蘭文化出版社的二零零一年》的博客文章，介紹一家名為花木蘭的臺灣出版社在大陸征集優秀博士論文免費出版的事，並講述了北京師範大學一位博導在病榻上推薦自己博士生在此家出版社出版博士論文的故事。名字聽起來仿佛是一家出版言情小說的小出版社，但博文中顯示這確實是出版學術著作的一家出版社，且博文中提到的北京師範大學教授及其博士生在網路上檢索確有其人，且有著作該出版社出版。姬遠峰有點納悶，自己從臺灣購書不少，但怎麼從來沒有聽說過這家出版社呢，他去這家出版社的網站上查閱了一下明白了。鑒於當下學術出版的困境，這家出版社走的是完全不同於傳統出版社的一條思路，那就是專門出大型的學術叢書，定價不菲且不在市場上零售，主要針對大型圖書館及學術機構整套出售，故姬遠峰沒有在市面上見到該出版社的書也沒有購買過該出版社的書。

　　看到這篇博客文章，姬遠峰心動了，但一年來十多家出版社的拒絕，而且征集的都是優秀博士論文，自己一個業餘愛好者豈能與專業的博士同日而語。姬遠峰早已經沒有了一年前的豪情與自信，但他還是把自己的三部書稿忐忑不安地發送了過去，他已經做好了被第十五家出版社拒絕的心理準備。書稿發出後當天，姬遠峰收到了回覆。

涇水老師鈞啟：

　　您好，大作收悉。在下即傳總編輯審稿，周期約十天。無論過與不過，我們都會通知。如逾期未收到回覆，為防網路傳輸問題，請來函詢問。又，如簽約成功，後續提交定稿，請直接用簡體，切勿自行轉換繁體，切勿自己找人校對繁體！

專頌學安
花木蘭文化出版社樂嘉敬上

　　看到這封電子郵件，姬遠峰知道花木蘭出版社以對大陸作者通常的認知，對自己稿件的繁體字誤解了，以為是用電腦程序轉換而成。姬遠峰雖然對書稿審核通過並出版不抱多大希望了，但還是回覆郵件說明原稿是用繁體字書寫完成。

尊敬的樂嘉先生：

　　您好，來郵收悉，謝謝您的回覆。您提到如簽約成功，後續提交定稿，請直接用簡體，切勿自行轉換繁體，切勿自己找人校對繁體。我雖然在大陸簡體環境下受教育，自大學畢業後接觸中國歷史，因讀史料多為正體影印書籍，故寫作也習用正體字，這三本書稿皆用正體字寫就，若提交簡體本，還需轉換，恐生錯誤，雖然不知審稿能否通過，還是提前說明，順祝好。

恭祝鈞安
涇水敬上

　　僅僅過了一個星期，姬遠峰一天內收到了花木蘭出版社的兩封郵件。

涇水先生您好：

　　總編輯認可，您的三本書如果沒有版權問題，可以在我們的「古典文獻研究輯刊」出版。但是我社學術專著出版，不好用筆名，請告知您的本名，並補充一份作者簡介，謝謝。

專頌學安
花木蘭文化出版社樂嘉敬上

涇水先生您好：

　　如果您對繁體字有把握，可以用繁體寫作，請用您的本名補充一份作者簡介。

　　　　　　　　　　　　　　　　　　　　　　　　　專頌學安

　　　　　　　　　　　　　　　　　　　　花木蘭文化出版社樂嘉敬上

　　看著兩封郵件，姬遠峰有點不敢相信自己的眼睛了，一年時間過去了，十四家出版社都無果而終，自己的三部書稿會在短短的七天內完成審稿，他甚至懷疑這是一場騙局了。姬遠峰又去臺北的國家圖書館和北京的國家圖書館檢索了一下，看到了這家出版社出版的學術書籍收藏在館內，他終於相信餡餅掉到了自己頭上。過了兩天，又一封電子郵件到了姬遠峰的郵箱。

涇水老師尊鑑：

　　您的三部大作，我社總編輯閱示，雖然不是嚴格的學術研究專著，但研究內容難能可貴，可正式納入出版計劃。祇是有一個條件：必須以您的本名出版。

　　注意事項：

一、如果已經定稿，建議您儘快按照《定稿提交說明》修訂以後，發送給我們，如此，可以在明年四月正式出版。如果需要更多時間修訂，關於截稿日期，您有如下幾個時間可選：（一）二零一八年四月十日（二零一八年九月正式出版）；（二）二零一八年十月十日（二零一九年四月正式出版）；（三）二零一九年四月十日（二零二零年九月正式出版）。

二、請告知您的常用通信地址，以及手機號碼、電話號碼，以供郵件往來之用。請注意，我們的郵件全部用快遞，請給一個方便接收快遞的地址。

三、您的大作將以繁體字出版。如原稿係簡體，請勿自行轉換，直接傳寄簡體稿即可。我社開發有專用轉換軟件，並有人工校對，繁簡轉換由我社負責。

四、按我社慣例，作者會先後收到一校、二校、清樣稿紙本，由作
　　者親自核校。學術出版涉及大量專業用語，僅靠出版社的校對
　　是遠遠不夠的。校稿往來不及時可能造成延遲出版，請配合我
　　社完成校對。

北京聯絡處負責人：樂嘉

電話：010-1111110。18710111111

快遞地址：北京市房山區閻村鎮某某物業快遞柜

郵編：101111

　　　　　　　　　　　　　　　　　　　　　　　　專頌學安

　　　　　　　　　　　　　　　　花木蘭文化出版社樂嘉敬上

　　姬遠峰知道自己雖然十分倔強，但這次他不打算再堅持自己最初用
筆名出版的想法了，免費出版就是一塊掉在自己腦袋上的餡餅，自己不
能在非原則性的問題上再固執己見了。他連忙回了郵件，把自己十分簡
單的簡歷發了過去。

尊敬的樂嘉先生：

　　您好！來郵收悉，所囑幾事敬覆如下。

　　拙稿以本名出版沒有任何問題，個人地址及聯繫方式以附件形式發
送給您。其餘稿件定稿，內容提要及正式之作者簡介會連同定稿稿件一
起發送。

　　另有二事，一您郵件附件中提到需要授權書，郵件中無授權書之文
本，是否還未到簽署授權書之時間。

　　二我想於明年四月份正式出版，需要在什麼時間之前將書稿定稿發
給貴社，因為三本書稿撰寫提要，最終完善書稿較費時間，有具體要求
以便我盡快完成相關事項，順祝好。

　　　　　　　　　　　　　　　　　　　　　　　　敬祝鈞安

　　　　　　　　　　　　　　　　　　　　　　　姬遠峰敬上

　　姬遠峰開始按照郵件中發來的《定稿提交說明》完成三部稿件的最
終定稿。他覺得這仿佛是一場夢，生怕自己的一丁點過錯會讓出版社取

消出版計劃從而破碎了自己夢一樣，姬遠峰嚴格按照《定稿提交說明》修訂了自己的稿件並發送了過去。排版沒有遇到任何問題，甚至連一個郵件也沒有，因為姬遠峰對出版已經絕望之時，他找了一本臺灣出版的書，按照正式出版物的排版對自己的書稿已經排過版了，他原來打算自己打印裝訂出來自己看的。

樣稿從臺灣郵寄到了姬遠峰的手上，雖然僅僅是個樣稿，但看到自己編寫的書真的要成為出版物了，激動的姬遠峰甚至感覺自己又一個孩子要降生了。姬遠峰把自己的帶薪假全休了，那是留著孩子生病了用來陪伴孩子的，他把自己鎖在自己的書房裡，廢寢忘食夜以繼日地進行校對，姬遠峰知道自己的夢真的要成真了。姬遠峰把校對完成的稿件回寄了過去，出版社特意說郵件郵資採用到付的方式，姬遠峰甚至有點不敢相信自己的眼睛了。

姬遠峰接到了來自出版社的電話，最終確認署名用「著」、「輯註」和「輯」三個中的哪個。姬遠峰明白其中的含義，他猶豫了一下，克服了自己的虛榮心，回覆說就用定稿中的字樣，《西藏紀行十二種》用「輯」字，其餘兩部書稿用「輯註」。

姬遠峰每天都去臺北的國家圖書館預行編目系統上看看自己的書稿是否已經授予了國際標準書號，姬遠峰的心情就像自己的孩子等待出生證一樣。姬遠峰看著自己的三部書稿預行編目完成，看到了自己書稿分配了ISBN[9]和CIP[10]，他知道自己的孩子終於獲取了那一串數字序列構成的國際身份證，雖名國際標準書號，但這個身份證還不足以讓它在中國大陸地區公開銷售。

姬遠峰繼續追蹤自己書的蹤跡，他看著自己的書名出現在了臺北國家圖書館收藏書目中，他知道自己的孩子從海外來到自己手中的日子不遠了。但自己的書入藏臺北國家圖書館已經三個月了，姬遠峰卻還沒有收到贈書，姬遠峰有點著急了，但他沒有發電子郵件詢問。姬遠峰以自

9　International Standard Book Number的簡寫，即國際標準書號。
10　Cataloguing In Publication的簡寫，即圖書在版編目。

己臺灣購書的經驗知道，十有八九在海關遇到了問題，他想再等等，沒過幾天，果然一封電子郵件到了姬遠峰的郵箱裡。

姬遠峰老師道鑑：

您好！這份同意書簽署的目的，旨在保障您的贈書可以合法進口以及正常收到。

由於眾所周知的原因，這兩年來由臺灣寄往大陸的圖書經常遭到大陸海關以各種理由退回或銷毀，以至於作者常有收不到贈書的現象。為了解決這個問題，我方已取得國營廈門外圖集團有限公司的同意，由該公司代辦我方作者贈書之進口、審批、寄送作業等事宜。經此途徑不僅可以保障贈書的合法進口，正式通過官方審批，而且可以保障您收到贈書。

因與廈門外圖集團有限公司合作採用正式進口程序，同時為因應臺灣稅務機構之法規，故需要請您填寫本人所獲贈書不予銷售同意書。所填寫各項資料，我方保證僅用於稅務與報關進口，以利於您早日收到贈書。若增加您的麻煩，敬請諒解。

附件檔案請印出後親筆簽名，再以掃圖或是拍照等方式於十一月三十日中午十二時前回覆至本郵箱。若有任何問題請洽樂嘉主任010-11111110或18710111111，謝謝。

專頌大安

花木蘭文化事業有限公司董事長高敬上

姬遠峰按照郵件的要求簽署了所獲贈書不予銷售同意書並拍照發給了出版社。

物流公司的電話終於來了，通知有十四箱物品從臺灣發過來了，讓姬遠峰去提貨。姬遠峰已經沒有了在網路上看到自己的書被授予ISBN時那樣激動的心情了，十四箱書裝滿了汽車後備箱後排座位和副駕駛位，姬遠峰一趟全拉回了家，他一箱一箱全部抱上了樓，壘放在客廳裡，像一堵牆一樣，姬遠峰站在這堵矮牆邊欣賞著，同時他還想給下班回家的張秀莉一個驚喜。

　　姬遠峰打開一個箱子，拿出了自己的孩子，鵝黃色塑封書衣上印刷著古代書坊的圖片，深藍色精裝書皮，上面燙金印刷著書名與自己的名字。姬遠峰翻到版權頁，他看到了版權登記欄，看到了那一串ISBN的數字序列。一年的時間，十四家出版社，就是為了這一串數字序列，都無果而終，在大陸這是權力和金錢混合體的怪胎。因為自己編的書內容較多，《胤禛（允禵）西征奏稿全本》和《平定西藏紀略》都被分成了上中下三冊，三本書總共佔用了七個書號，在大陸就是十四萬圓。自己的書卻在海外獲得這一串數字序列，編書的辛苦，聯繫出版的辛酸與無奈只有自己知道，這是自己的孩子，比自己真正的孩子還難產的孩子。

　　姬遠峰翻看了幾頁，他看到了一個錯別字，他有點不忍心再看下去了，他怕看到更多的錯別字。雖然書稿在投稿前姬遠峰已經打印出來校對了一遍，姬遠峰原以為樣稿出來後會像大陸地區一樣經過三校，但樣稿到自己手後只有兩個禮拜的校稿時間，自己抱著已經校對過的信心，也是想盡快完成出版，因為姬遠峰實在沒有耐心再等待自己的書稿拖延下去了，結果書稿中還存在著錯別字。姬遠峰讀書時對碰到的錯別字總能一眼看出，總抱怨出版社為什麼不仔細校對，但自己的書中也有錯別字，姬遠峰只後悔在投稿前沒有仔細再校對一遍了。

　　姬遠峰聽到了鑰匙開門的聲音，他知道張秀莉和孩子回來了，今天下午姬遠峰接不了孩子，他已經打電話讓張秀莉去接孩子了，姬遠峰連忙把手中的那本書藏在了沙發靠背後。

　　「這是什麼？你壘在客廳幹什麼？」回到家的張秀莉看到了這堵牆。

　　「妳猜猜！」姬遠峰壓抑著自己的興奮對張秀莉說道。

　　「還用得著猜嗎，又是書，你又從臺灣買書了，你還一下子買了這麼多！」張秀莉湊到跟前看了一眼箱子，看到了箱子上的繁體字和臺灣的地址，她說道，她接著說，「你一下子買十多箱，你說說往哪放吧！你的書書房放不下，已經佔了陽臺、餐邊櫃、孩子書櫃，你的書放在客廳我絕對不同意，你找地方去放吧！反正不許放在客廳！還有，你這十

多箱書花了多少錢？」雖然一個箱子已經打開了，但張秀莉並沒有伸手拿出一本書來看一眼，她和姬遠峰談戀愛的時間看過了姬遠峰的《氾槎圖》，她對姬遠峰的書不感興趣。

「一分錢沒花！」姬遠峰得意的笑著說道。

「沒花錢！開玩笑呢吧！你買書我是不怎麼說你亂花錢，但你不能一下子買這麼多書吧，你又不開圖書館！」

「的確一分錢沒花，這次我不騙妳。」姬遠峰一邊說著一邊把自己藏起來的那本書遞給了張秀莉。

張秀莉隨手翻了翻，她只看了一眼正文，「我知道是繁體字，從臺灣買的還能是簡體字，又想笑話我不認識繁體字是嗎！」

「妳看看封面。」姬遠峰說道。

「啊，是你寫的書，你的書還真的出版了！你搗鼓了這兩三年，說你在寫書，我還以為你開玩笑呢！花木什麼出版社？」張秀莉並不認識繁體字「蘭」字。

「花木蘭出版社，那個字是蘭花的蘭字。」姬遠峰說道。

「花木蘭出版社，一聽就是出版言情小說的小出版社！小峰，老實說吧，你出書花了多少錢，這次花錢怎麼連招呼都不打一聲。」張秀莉說道。

姬遠峰聽了有點失望，張秀莉對自己的書不感興趣他早知道，張秀莉曾經想看書的時間在姬遠峰的書櫃裡找過，但她沒有找到一本她感興趣的書，但張秀莉連一句誇讚的話也沒有還是讓姬遠峰有點失望。「我沒有花錢，是免費出版的。」姬遠峰回道。

「怎麼可能？上研究生期間發篇論文都要好幾百版面費呢！出書還不花錢，別騙我了，花了就花了，不過這麼多書，花得也太多了吧！」張秀莉說道。

姬遠峰有點懶得和張秀莉說話了，「真的沒有花錢，如果花錢出版的話我早就在大陸出版了，還這麼費勁拖了一年多到臺灣出版嗎？」姬遠峰淡淡地說道。

「哦，你的書完全和工作專業沒有關係啊！我還以為你寫工作內容的書呢，將來評職稱提拔幹部都有用呢！」張秀莉看著封面書名說道。

「哦，我知道了，妳去做飯吧，孩子已經餓了。」姬遠峰對和張秀莉說自己的書已經沒有興趣了。

「你趁早想好把你的這些書放到什麼地方吧！放到客廳我絕對不同意！」張秀莉邊去換衣服邊說道。

姬遠峰又打開打了幾個箱子，每部書各拿出了一本，總共七本書放在自己的書房裡。他把其餘的書全部抱下樓，在地下室裡找塊木板墊著地面，全部堆放在了地下室內，就像張秀莉說的，家裡的確沒有地方可以放書了。

過了一段時間，姬遠峰給花木蘭出版社回覆了一封郵件，其實姬遠峰收到書後就應該回覆一封郵件，告知書已經收到了，並對花木蘭出版社表示感謝。但姬遠峰想寫的正式一些，結果拖的時間太長了，出版社發電子郵件詢問書是否已經收到，他連忙寫了這封早就該寫的電子郵件。

尊敬的樂嘉女士：

您好！三本拙著早已收到，承蒙垂詢始告知書已收到，致歉。早有寫信稍表感謝之意，衹因瑣事纏身，今日出差歸來，草此郵件以表謝意。

我本工科畢業，畢業後偶然機會業餘從事文史地理資料之整理，個人於學術出版一無所知，費時幾及十年始草成三四本書。當稿成之日試投稿大陸五六家出版社，僅有一二家出版社願意出版，然一本書索金四萬人民幣，其中二萬為書號費，此舉讓我懷疑稿件是否有出版之價值，或出版社僅索著者之財物而已。其餘出版社皆成泥牛入海狀，杳無音信，去信詢問，亦不見覆，真使人尷尬而可歎。後將其中一本投稿香港一家出版社，約定審稿期兩月，二月時間已到，未見回覆，去信詢問告知稿件冷門，審稿專家不易找尋，稿件送至專家處尚未審畢。又等一

月，回覆告知稿件有價值而香港出版環境所限，恐無讀者，建議投稿大陸古籍類出版社，此抑或是香港出版社婉轉拒絕之意。後又試投稿大陸數家出版社，泥牛入海之故事重演而已。出版社出版無門，後想個人申請ISBN自印少許以自娛，大陸政府於ISBN不授於個人，後我於臺北國家圖書館申請ISBN亦被拒，我對出版已感心灰意冷。偶然在網路上看到一個作者於貴公司出版博士論文之文章，纔向貴公司投稿，諸事皆賴樂嘉女士您與貴公司聯繫，諸多煩擾。短短半年時間不意三本書竟能出版完成，而郵寄贈書又因海關之故，貴公司不憚繁瑣，申請圖書進出口公司以審查。當收到十餘箱贈書之時，用紙之上乘，製作之精美，排版之優雅，大陸出版之書籍不多見也，真是百感交集。

在此誠摯感謝社長杜先生、總編輯潘先生二位先生，二先生之創辦公司與主持學術書籍之出版，匪僅一項事業也，於我等乃善舉也，而於傳播文化此類褒揚之辭加諸於身亦受之無愧也。數年前從臺灣購置百衲本《二十四史》，甚感激張元濟、王雲五二先生於傳統古籍出版之卓越工作，今貴公司諸先生之工作，可謂文化傳播之薪火相傳也，再次致謝。誠摯感謝樂嘉女士於出版過程中之工作，誠摯感謝許編輯、王編輯、陳編輯諸位之工作，誠摯感謝貴公司所有同仁之工作。

當書收到之後，近來讀《黃裳文集》，其中收錄沈從文寫給黃裳先生書信一封，介紹其大作《服飾資料》出版之艱難，讀後於己三本小書出版過程中之遭遇釋然矣，附於此信之後，以娛諸位之身心。

敬請樂嘉女士將此信轉寄杜社長、潘總編輯諸先生，以表謝意。

敬頌日祺

姬遠峰敬上

附錄沈從文致黃裳信件

黃裳兄：

拜讀介紹拙編《服飾資料》文章，提的弱點極對，楊憲益兄也覺得極好，還擬添些他的意見，將譯成英文在英文版《中國文學》中發表。

或已著手，或未著手，因彼工作極忙，原本允將全書先試譯唐代部分，若順手則進行全譯。大致因事忙不易動手，只合作罷。這書只是一個試點性工作，圖廉價付印，所以本來有原色圖均改成摹撫墨本，時間既短，且來不及仔細校對，多不得原意。出版原定六四年試印，不意「文化革命」一來，忽成了「毒草」，支持此書編印的齊燕銘先生被綁來鬥了一整天。我則本為陪鬥人物，但心臟病已明確，恐在鬥中倒下，所以一會即放至隔室坐聽各種醜惡兇狠辱罵，計上下午七小時。事實上卻並無什麼人看得懂書中內容，甚至於根本還不曾看過此稿。最有趣處，即好幾位首長（包括文化部某某副部長）審看此圖稿時，曾在稿上另紙寫有讚賞眉批的，到批鬥時亦早將眉批撤去，免遭連累，真是絕頂聰明。還有一位後來斷定此書無事，擱於其手邊，待付印送審時，卻忽然發生興趣，意以為將我姓名去掉，用彼姓名。照當時情形甚合理，所謂「首長出思想」，十分重要，以文物[11]和人美[12]均不同意而擱下。到書印出時，卻又不高興，以不曾提及他的「熱情支持」一番美意，而大大不快，真十分有趣。不久又有聰明人出主意，以為應將一切文字說明刪除，只印圖像的，亦未能取得出版方面同意而擱置，一直擱下十七年，纔有機會付印。本來因材料過多，先出一小型試點本，等待得到各方面意見後，再改訂重印，或采另外一方式，進行二三四……各冊，總計以十冊為限。但因「人為大旋風」還不知何時暫告結束，到付印這個試點本時，且擔心到重印機會恐不會多，原有材料又多全部散失殆盡，不如將剩在手邊的資料盡可能附加上去，又得照顧原歷博[13]那二百圖本來設想。所以隨便附加材料，處理編號，都顯明多不大接榫處，混亂以至於錯誤處不少，圖安排不大適當，或秩序混亂，或和說明不銜接，都待改正。出版後，院中搞歷史的還認為像一本常識性大型圖錄，有些參考價值。許多提法雖不盡正確，見解新還是值得稱許。但內中自然不少和傳

---

[11]　文物出版社之簡稱。
[12]　人民美術出版社之簡稱。
[13]　歷史博物館之簡稱。

統正宗畫學史專家見解（特別是和故宮及東北專家）多抵觸處，特別是不易得到正統考古學家認可，則為勢所必至，理有固然，難於點頭，意中事也。八一年起即擬重訂重印，重換彩色原圖一百種，主要材料多在故宮、歷博。社會發展，新問題一切是錢後，每圖必得卅五十圓，實在不大合理，更新麻煩，則即或出錢三千，說盡好話，亦不買帳，可以用種種理由推託，均得不到應有方便。有的在另一大單位收藏的圖像，本可以借用的，卻忽然為另一單位預先借走，致工作遲遲不易交卷。原定今年三月在國內之重訂本可以縮小付印，香港重訂本亦可於六月交稿。（且已和美之蘭燈出版社口頭說定，將文字說明簡化一些，即將在美出版）至今猶有卅多圖無法得到應得便利，只好拖延下去。只能說中國「新風尚」，因不少材料，我們還看不到，日本人給了點錢，便佔先付印了，真是無可奈何。另寄北京新印舊作三冊，想可收到。內中散文有幾篇過去未集印過，寫得還有意思，花城所收較匆促，內容亦雜亂。四川[14]五月擬印五冊，似較整齊，總之均屬過時舊作，絕不抱任何不切現實幻想，至多三年，一切便成陳跡，意中事也。正月已小中風二次，報廢將是遲早間事。寫成習字一紙，手生筆呆，可見老之已至，只供玩玩而已。

弟從文，四月九日[15]。

　　香港座談，評的也極中肯，但也有妄人，先說材料豐富，末尾卻以為毫無可取之處。卻又在另一文中，將新出李壽墓石刻線圖盜去，加上一美國藏石刻，誤以為即柘技耳，其實我書中引柘枝舞圖及詩，彼均視若無睹，可歎之至。（此節寫在信箋第一頁眉端）

　　姬遠峰收到了出版社的回覆。
姬老師您好：
　　看到您的長信十分感慨，學術出版艱難，我們深有體會，希望能做

---

[14]　四川人民出版社之簡稱。
[15]　西元一九八三年四月九日。

好本職，服務更多的學人。

專頌學安

花木蘭文化出版社樂嘉敬上

二

　　快到年底了，姬遠峰打算給爸爸、畢力格教授、黎春蒓、文光以及關係比較好的同學各郵寄自己的第一本書。姬遠峰知道現在人不大讀書了，而且專業非此，畢力格教授是歷史學家，對自己的書可能感興趣，但畢力格教授是著名的蒙古史及中亞史學者，自己的書水平不高，但已經在郵件裡說過出版後敬贈的，姬遠峰只好不怕丟醜還是打算郵寄給畢力格教授。其他人姬遠峰只想作為禮物送給他們。

　　姬遠峰本想給自己的研究生導師也郵寄一套，轉念一想，自己畢業這麼多年了，工作上毫無起色，怕見到導師面說起工作上的事，從來沒有看望過自己的導師，只是每年過年的時間打個電話問候一下而已，現在自己出了幾本小書，下次回家的時間帶點禮品順道在西安看望一下自己的導師，把書帶給導師就行了。

　　姬遠峰不想把自己的書送給張秀莉的爸爸，他不想讓張秀莉爸爸知道自己出書了，更不想讓張秀莉的爸爸趁機說到自己的工作上，尤其是將寫作發揮到工作上。但他還是和張秀莉說話了，「秀莉，我打算把自己的書給研究生導師和關係好的幾個同學各郵寄一本。」

　　「那是你的事，我不管。」張秀莉回道。

　　「妳要不要去妳爸爸家的時候給妳爸爸也順便帶一本？」姬遠峰除了逢年過節，或者有事的時間去張秀莉爸爸家外，平常並不去，所以他纔讓張秀莉帶過去。

　　「不用了，我爸爸平常也不看書，你那繁體字的書他也不認識。」張秀莉說道。

　　「我看妳爸爸辦公室一排書櫃，裡面全是書，妳怎麼說妳爸爸不看

書呢！」姬遠峰微笑著說道。

張秀莉翻了一個白眼，「我爸爸看不看書我還不知道！你就笑話我爸爸吧！」

「那好吧，我問過妳了，妳可別說我給別人贈書也想不到給妳爸爸送一本。」姬遠峰對張秀莉不給她爸爸送自己的書很合他的心意。

姬遠峰帶著書和身份證去了市裡的中心郵局。

「往那寄？」一個女營業員態度冰冷地問道。

姬遠峰聽出了話中的意思，「沒有寄往北京的。」姬遠峰回答道。

「帶身份證了嗎？」

「帶了。」

女營業員帶上手套開始檢查，姬遠峰翻到版權頁，指給營業員看ISBN，女營業員把書嘩啦啦從頭翻到尾。

「你這書是繁體字的！」營業員對姬遠峰道。

「嗯。」姬遠峰道。

「繁體字的書不給寄！」

「為什麼？」

「內部規定！」

「怎麼會有這樣的規定？」

「就是內部規定！」

「讓我看看你們的內部規定吧！」

「我這兒沒有！」

「妳沒有規定就可以隨便不給顧客寄東西？」姬遠峰反問道。

「為了掃黃打非。」

「繁體字與黃和非有必然聯繫嗎？」

「沒有！」

「沒有就可以武斷地一律不給郵寄？」

「這是內部規定！」

「你們內部規定合理合法嗎？」

「這個我管不了，你不樂意可以打投訴電話！」

「我是來辦理業務的，不是專門來投訴你們給自己找不開心的，你們的投訴電話有用嗎？」

「你可以不郵寄！」

「你們怎麼可以隨便用一句拿不到臺面上的內部規定不給顧客寄東西呢？」

「這是內部規定，我管不了。」

「你們制定規定的人是白癡還是文盲？祖先用了幾千年的文字在你們郵局裡全是黃和非了，中華文化全是黃和非了，可笑不？」

「我只是普通工作人員，我管不了那麼多。」

「妳管不了這麼多這項業務就可以不辦理了嗎？妳管不了讓你們能管事的來辦理業務吧！」看著這個營業員冰冷的態度，聽到這個營業員不講理的話，姬遠峰也不高興了，他反問道。

「我們這裡沒有能管這事的領導，只能請示領導。」女營業員說道。

「那妳請示領導吧！」

營業員開始給領導打電話，「王主任，有人拿本繁體字的書要郵寄，有正規的書號，可以郵寄不？」

「我們領導說了，還是郵寄不了。」營業員打完電話對著姬遠峰說道。

「你們領導比法律還牛是不？可以隨便違反法律是嗎？」姬遠峰反問道。

「這個我管不了！」

「好吧，今天那妳要麼拿出你們單位的內部規定給我看，要麼給我出具不予郵寄的書面說明，蓋上你們單位的公章，否則我今天就坐在這兒不走了。」姬遠峰態度強硬地說出了這句話，聽到這句話，一直在一邊看著而不作聲的帶班小領導過來了。

「我不能出這個東西。」女營業員道。

「政府部門受理公民申請事項符不符合政策規定都會給出書面回

覆，我就不信你們郵局可以用一句內部規定隨便拒絕郵寄物品，我今天就要和你們較這個真！」姬遠峰說道。

「今天真的寄不了，你看我們的營業員剛纔也請示領導了，不讓寄。」帶班的小領導說話了。

「那讓做出不給郵寄決定的你們的領導過來當面給我解釋！」姬遠峰對帶班小領導說道。

「那那行！領導今天不上班！」帶班小領導回道。

「正常工作時間不上班是曠班還是請假了？」姬遠峰衝著帶班小領導問道。

「是正常的休假。」帶班小領導回答道。

「你們單位只有一個領導能負責這個事情嗎？一個領導休假了這項業務就應該停下來是嗎？辦不了業務開什麼門營什麼業？」

「這個……」帶班小領導語塞。

「你繼續給你們領導打電話請示吧！」姬遠峰說道。

「對不起，不能打了，剛纔打電話請示領導已經不高興了。」帶班小領導面帶難色地說道。

姬遠峰面帶嘲諷的笑了一下，「剛纔是你打的電話還是你們的女營業員打的電話，你不打電話隔著空氣都能感覺到你們領導不高興了，你撒謊的水平還需要再提高提高！」

聽了姬遠峰的話帶班小領導尷尬地笑了一下。

「你們的領導是郵局的領導還是顧客的領導，正常的業務還不高興了，那什麼事能讓他高興？不在郵局工作當然不會有人找他辦理業務了。告訴我你們領導的電話，我現在打電話給他，讓他在我面前不高興，我給他講講職業操守是什麼。」姬遠峰繼續說道。

「這個……領導的電話不能隨便給。」帶班小領導說道。

「你們郵局是不見到女人穿著短裙就認定一定是妓女？你們的規定也太可笑了吧！你們這個杯弓蛇影草木皆兵的樣子真讓人可笑！好了，不麻煩貴郵局了，快過年了，你鬧心我也鬧心，我去找別的地方去郵

寄。」姬遠峰邊說邊收起了自己的身份證和書，他準備去別的地方去郵寄。姬遠峰知道自己的書沒有違礙內容，也經過了進出口公司的審核。但這些書是臺灣出版社出版的，也是關涉西藏的，有了臺灣、西藏這麼敏感的字眼，他也擔心繼續交涉下去郵局的人識別出書號是臺灣書號，姬遠峰也不知道還有多少奇葩的規定等著他。說不定還會招來警察和文化部門，姬遠峰不願意和郵局繼續交涉，他知道該去什麼地方去郵寄。姬遠峰駕車轉過了兩條街，進了郵局的另一個營業部。

這是一個小的營業部，郵政業務和郵政儲蓄的業務混雜在一起，除了排隊辦理儲蓄業務的人以外，小小的營業廳裡全是拿著宣傳資料的老頭老太太，姬遠峰看了一眼，是宣傳保健品的廣告。靠墻的地方堆放著大米、食用油、醬油、醋之類的，整個營業廳幾無立錐之地。食品散發的氣味夾雜著保健品的味道，空氣污濁。姬遠峰去了郵政櫃檯，一個年輕的女服務員染著黃色頭髮，嘴唇塗的血紅，語氣裡充滿了溫柔，正在打電話。

「張叔，今天有講座，還有過年贈送的禮品，您過來嗎？」「有花生油、醬油、對聯、福字，都挺好的，您要是來晚了，可能就領完了，您快點過來啊！」

姬遠峰耐著性子等著女營業員打完電話，女營業員抬轉頭看了姬遠峰一眼，態度冰冷，「寄什麼？」營業員問道。

姬遠峰看了這個黃頭髮的女營業員，一箱子的書放在面前還問寄什麼，真是多此一問，「書。」姬遠峰回答道。

「往哪寄？」營業員問道。

「沒有寄往北京的。」姬遠峰道。

這時候營業員面前的電話響了，「等一下！」黃頭髮的營業員說著接起了電話。

「是王阿姨啊，您最近身體好嗎，喫了我們的東西有效果嗎？」「我們賣的都是正規廠家的保健品，您放心用就行，您今天過來嗎，今天還有講座的。」「禮品有花生油、醬油、對聯、福字，都挺好的，您

要是來晚了，可能就領完了，您快點過來啊！」黃頭髮的女營業員語氣
中又滿是溫柔。

「帶身份證了嗎？」電話打完了，女營業員語氣冰冷地問姬遠峰道。

「帶了。」姬遠峰道。

「把書翻到版權頁我看。」女營業員幾乎是命令的口氣。

「妳自己不會翻嗎？」聽到女營業員那幾乎是命令的口氣，姬遠峰
忍著心中的怒火說道。

「要寄什麼？」女營業員語氣冰冷地問道。

「掛號印刷品。」姬遠峰道。

「寄不了。」

「為什麼？」

「沒有郵票了。」

「你們郵局沒有郵票？開玩笑呢！再者掛號印刷品我以前郵寄過，
只有一個條形碼，不需要郵票的啊！」姬遠峰說道。

「你寄不寄？」女營業員問道。

「寄。」姬遠峰擠出一個字。

「只能寄EMS[16]或普通包裹。」黃頭髮的女營業員說道。

營業員面前的電話又響了，「等一下！」正在給姬遠峰辦理業務的
營業員說著又接起了電話。

「是張阿姨啊，您最近身體好嗎，喫了我們的東西有效果嗎？」
「我們賣的都是正規廠家的保健品，您放心用就行，您今天過來嗎，今
天還有講座的。」「禮品有花生油、醬油、對聯、福字，都挺好的，您
要是來晚了，可能就領完了，您快點過來啊！」黃頭髮的女營業員語氣
中又滿是溫柔。

「你還寄不寄？」接完電話的女營業員又語氣冰冷地對姬遠峰說
話了。

---

[16]　Express Mail Service的簡寫，特快專遞服務。

「寄。」姬遠峰忍著心中的怒火說了一個字。

「寄什麼？」

「那這個收件人寄EMS吧，這個收件人是老人，老人自己取不方便，其他幾本走普通包裹。」姬遠峰所說的老人不是自己的爸爸而是畢力格教授，他懶得和女營業員說那麼多。爸爸身體不好，郵寄給爸爸的書姬遠峰打算郵寄到哥哥那兒，讓哥哥給爸爸送過去，所以除了畢力格教授外其他人姬遠峰打算郵寄普通包裹。

女營業員抬頭翻了個白眼看了姬遠峰一眼，「收件人姓名，地址！」

「我把收件人姓名和地址寫下來吧！」姬遠峰看著翻白眼看自己的營業員，他想發火，但還是忍了下來。姬遠峰知道自己的西北口音前鼻音和後鼻音分不清，他已經有了經驗，寫下來免得對方問個不停。

「不用，說！」

「黎春莼。」姬遠峰知道自己把春和莼都發成了衝。

「李是木子李的李？」營業員問道。

「不是，是黎明的黎。」

「衝是哪個衝？」女營業員問道，姬遠峰知道今天又要被問個不停了。

「不是衝，是春，春天的春，春夏秋冬的春。」姬遠峰雖然盡力在發出春字音，但他知道自己全部發成衝音。

「那是衝？是春天的春好嗎！」營業員說著又白了姬遠峰一眼。

「我還是把收件人名字寫下來吧！」姬遠峰強忍著怒火道。

「不用，第二個衝是哪個衝？」營業員又說道。

「草頭下春，春天的春，春夏秋冬的春。」姬遠峰還是盡力發出春字音，但他知道自己又全部發成衝音。

「別說了，知道了，是春天的春，不是衝天！」女營業員頭也不抬地說道。

「停下！別辦業務了！」姬遠峰大喝一聲，女營業員吃驚地抬頭看

著姬遠峰，整個小小的營業廳一下子安靜了下來，全營業廳的人都往這個方向看。

「妳是怎麼回事情？嘲笑我的口音一次還不夠嗎？」姬遠峰衝著女營業員怒道。

「我沒有！」女營業員否認道。

「妳沒有？我耳朵是聾子嗎？週圍這麼多人都是聾子嗎？妳再說一遍妳沒有！」姬遠峰衝著女營業員怒道。

女營業員不做聲了，直直地看著姬遠峰，帶班的小領導過來了。

「怎麼回事？」帶班小領導對著女營業員和姬遠峰問道。

「你問問你們的營業員怎麼回事情！這裡的電話是郵局的業務電話還是保健品推銷電話？我來寄點東西你們的營業員就接打了三四個推銷保健品的電話，這還不夠是嗎！這個營業員一而再再而三地嘲笑我的口音是什麼意思，不能嘲笑別人的缺點小孩子都懂吧，你們的營業員都參加工作了這點都不懂！」姬遠峰衝著帶班小領導怒道。

「妳剛纔嘲笑顧客口音了？」帶班小領導對著營業員問道。

女營業員默不作聲。

「妳快點給顧客把業務辦理了吧！」帶班小領導對著營業員道。

「你們營業部能不能辦理掛號印刷品？」姬遠峰對著帶班小領導問道。

「可以啊！」帶班小領導回道。

「那你們這個女營業員為什麼剛纔說辦理不了呢！」

「妳給顧客辦理掛號印刷品吧！」帶班小領導對營業員道。

女營業員把全部書籍辦理了掛號印刷品。

姬遠峰從郵局走了出來，他知道自己去辦理寄書影響了那個女營業員推銷保健品，所以她不耐煩，態度惡劣。但他還是不明白女營業員為什麼寧願讓自己走普通包裹也不給辦掛號印刷品，雖然最後全部辦理了掛號印刷品。

　　過了幾天，姬遠峰期待的各方的回應過來了，爸爸打電話說書收到了，他看是繁體字的，說他小時候還經常見到繁體字的書，現在已經很少見到了，大陸地區還能出版繁體字書嗎。姬遠峰回答道是在臺灣出版的。爸爸再什麼話也沒有說，爸爸對自己孩子取得成績從不誇獎，姬遠峰已經習慣了。姬遠峰有點擔心爸爸說別寫閒書影響工作，但爸爸卻沒有說，其實自從工作後爸爸對姬遠峰的工作從不發表任何意見。

　　哥哥的電話也過來了，姬遠峰並沒有給哥哥寄書，哥哥把姬遠峰寄給爸爸的書送到爸爸那兒後打開一看是姬遠峰出的書，哥哥說你有寫作的特長怎麼不在工作中發揮發揮多寫寫宣傳報道的東西，盡快弄個一官半職。姬遠峰漫應道，「哦，我知道了，哥哥。」哥哥在電話中笑了笑，哥哥對姬遠峰這種漫應式其實是拒絕採納意見的回答早就習慣了。

　　黎春蕊的回應也過來了，她把七冊書堆放在自己家的沙發上，拍了照片，發消息道，「目瞪口呆中，姬遠峰，你真大牛啊，不是大牛，是N牛，不是N牛，是牛的N次方了。一別多年，沒成想理工直男變成大作家了，你是怎麼從理工直男變成作家的？祝賀祝賀！」

　　畢力格教授也回覆了電子郵件。

姬先生您好！

　　上次翻譯幾句滿文，本不足掛齒之小事，先生念念不忘，真是很感激。去年先生惠贈了很多書，今又寄來大作，非常感恩。預祝新春快樂，身體健康，工作順利！

畢力格拜上

三

　　姬遠峰一邊聯繫自己三本書的出版，一邊在猶豫是否還要繼續自己第四本書《清代驛站考釋》的撰述。每想到自己從《小方壺齋輿地叢書》中已經初步整理出的那份清朝全國驛站資料中民族地區那些毫不解其意的驛站地名時，想到嚴耕望先生耗時四十年方克蕆事的《唐代交通

圖考》時，想到楊正泰先生耗時五六年纔完成的《明代驛站考》時，姬遠峰心裡就打退堂鼓，自己能完成這項工作嗎？

　　但讓姬遠峰感到有點信心的是自己要考證的清代驛站都是官方確定的，每個驛站到下一個驛站的距離都是明確的，他想既然距離已經確定了，只要確定了一個驛站，相鄰驛站的地點範圍就不大了，自己對照地圖應該能夠考證出來。而且清代距離現今年代不算遙遠，遺留下的驛站資料豐富而完整。不像《唐代交通圖考》，由於時代久遠，史料零落，嚴耕望先生首先需要從各種遊記、詩文、甚至僧道的傳記中尋找線索，先確定此驛站存在否，然後考證地點，其之難度較之清代驛站考釋不啻萬倍，這又讓姬遠峰有了些許的信心。而且自己既然已經定下計劃了，沒有嘗試就放棄，自己也太懦弱了，姬遠峰打消了放棄撰述《清代驛站考釋》一書的念頭，自己應該多花點心思在準備工作上而不是整天給自己的懶惰和懦弱找藉口。

　　有了遼闊民族民族地區驛站考釋難度更大的認識，姬遠峰對準備工作已經有了大致的思路，民族語文學習於己已經不可能，那就是把重點放在民族地區遊記和古舊地圖的收集上。譚其驤先生主編的《中國歷史地圖集》姬遠峰很早就買了，姬遠峰還收集到了臺北國史館出版的《新清史地理志圖集》，但最重要的一套地圖則是《大清一統輿圖》（乾隆），即通常所稱的《乾隆內府輿圖》。這是清朝三大地圖之一，康熙《皇輿全覽圖》和雍正《十排皇輿全圖》這兩套地圖成圖時清朝還未完成國家的完全統一，而且《皇輿全覽圖》有些版本的民族地區是用民族語文標註的，姬遠峰看不懂也沒有收集這兩套地圖。而這套《大清一統輿圖》（乾隆）是清朝三大地圖中最完整的一套。姬遠峰也去查看《唐代交通圖考》引用書目，看哪些自己能用上，結果發現因為唐朝和清朝相隔時代太遠了，能通用的資料寥寥無幾。姬遠峰也購買了《中國公路交通史叢書》中新疆、青海、西藏、內蒙及東北三省等分冊，結果令姬遠峰失望了，要麼僅僅是古籍資料的摘抄，有的所附地圖僅僅是譚其驤先生主編的《中國歷史地圖集》的地圖上增加了一條線路走向而

已，而以姬遠峰現有的知識也知道，那條簡單的示意性的線路走向也是錯誤的。

　　經過半年多時間的準備，姬遠峰準備動手考釋清朝的這幾千處驛站的具體地點了，但姬遠峰對來自私人撰述的《小方壺齋輿地叢鈔》中這份清帝國全國驛站資料還是耿耿於懷，去哪兒尋覓清廷官方的驛站資料呢？姬遠峰想到了清廷編纂的三部《大清一統志》，既為全國地理總志，且交通為軍國大政，該書應有驛站資料。姬遠峰知道現在市面上常見的《大清一統志》為嘉慶朝編纂本，另有兩部，一為康熙朝編纂，一為乾隆朝編纂。《大清一統志》（康熙）很難尋覓，且康熙朝尚未完成國家之統一，即使有亦非清帝國完成統一後之驛站，此書的史料有其局限。《大清一統志》（乾隆）市面亦不常見，但可於《四庫全書》覓得。姬遠峰找出三部《大清一統志》查看，但令姬遠峰失望了，這三部《大清一統志》中驛站資料遠比《小方壺齋輿地叢鈔》一書中那份資料為差。有的省區有驛站資料，有的省區沒有驛站資料，即使有也僅僅列名而已，無路線之順序，亦無相鄰驛站之里程，此於驛站地點之考證尤為不利，姬遠峰知道這三部《大清一統志》只能作為驛站沿革的參考書了。姬遠峰找不到清廷官方完整的驛站資料，只好用《小方壺齋輿地叢鈔》中那份資料了，可以讓這份資料更具有學術性的方法只好藉助地方志了。姬遠峰手頭上新疆的方志較多，方志一般均為地方官府組織人員編纂，所用資料亦為官方資料，雖然這個官方是地方的，與清廷中央驛站資料會有些微差異，但驛站為清廷中央所設，驛站之增減更替均需兵部同意，故二者資料即使有差異也會很小。只是這些方志編纂時期不一，而清廷所設之驛站亦常有調整，這些方志中驛站資料與《小方壺齋輿地叢鈔》中那份資料恐時期不一，此為棘手問題之一。且全國省區太多，一一利用地方志校核《小方壺齋輿地叢鈔》中那份資料則須購置這些方志，不僅花費非自己所能承受，且工作量之大，非自己一業餘愛好者所能蕆事。姬遠峰終於理解了嚴耕望先生名著《唐代交通圖考》為什麼會耗時四十年了。但既然已經決定編寫此書了，姬遠峰只好暫時用

《小方壺齋輿地叢鈔》那份資料，逐一考證各驛站的地點了，但姬遠峰於此卻一直耿耿於懷。

在網路上查找資料時，姬遠峰偶然見看到一篇韓儒林先生的文章《清代內蒙古驛站的方位》，讀完這篇文章，姬遠峰有了如獲至寶的感覺，此文章本是譚其驤先生主編的《中國歷史地圖集》內蒙古圖幅中驛站的考證文章。文章不僅詳述內蒙古地區五路驛站設置之始末，而且詳細考證了內蒙古地區各驛站站點的位置，不僅內蒙古地區驛站站點考證的問題解決了，更重要的是文章中提到了作者考證的驛站是《欽定大清會典則例》（嘉慶）一書所載驛站。姬遠峰按圖索驥，在該書中發現了清帝國驛站系統的完整資料，受此啟發，姬遠峰又去《欽定大清會典則例》（光緒）一書去查找資料，亦得完整的驛站資料一份，只是根據當時新疆建省等行政區劃的調整驛站資料有增設裁汰之情形。

看到這份資料與韓儒林先生的文章，姬遠峰知道自己不該再猶豫和遷延時日了，韓先生考證內蒙古驛站時正為毛澤東統治時期，圖書館已封閉從無取得參考資料，且此項工作於著名學者如韓儒林者亦為勞役而已，自己現今之條件好過昔日千萬倍，更不能為懶惰和懦弱找藉口了。姬遠峰把《欽定大清會典則例》（嘉慶）中的那份驛站資料與已經錄入的《小方壺齋輿地叢鈔》那份資料一一對應，發現《小方壺齋輿地叢鈔》那份資料與《欽定大清會典則例》（嘉慶）那份資料相差不大，只是《小方壺齋輿地叢鈔》那份資料無出處影響了史料價值而已。姬遠峰開始加快考證的進度了，他決定先從相對容易的內地驛站的考釋著手。

內地驛站的考釋大體上並沒有太多的困難，雖然有少量驛站因為地名的變遷考證起來比較困難，但這樣的驛站畢竟是少數，而且因為內地幾本上是個農業社會，人口均屬定居，即使一處地名變遷了，但根據前後相鄰驛站還是能夠考證出來的。但內地驛站考證完成後姬遠峰發現自己做了大量重複性的工作，他想起來了，清代內地驛站好像與《明代驛站考》一書中許多驛站是重複的。他找出了《明代驛站考》這本書，一一對照，果然有部分驛站是重複的。這也不奇怪，清朝統治者對國土

面積更遼闊的民族地區有自己獨特的統治方式，但內地卻是沿襲了明朝的郡縣制，就連驛站的設置地點也是重複的。當然了，清朝統治者的目的為了國家的安定和有利於統治，對前朝合理有效的做法當然沒有必要僅僅為了標新立異而顛覆之。不過姬遠峰對自己的重複性工作也找到了心理安慰，自己一一考證這些驛站本身就是熟悉國土、熟悉地圖、增加自己知識的一個過程，如果僅僅照搬前人的成果，雖然可以省卻自己不少精力，但也少了自己考證過程的樂趣與收穫了。姬遠峰把《明代驛站考》一書考釋結果與自己考釋結果一一核對，用《明代驛站考》中的考證成果對自己的考證進行驗證，發現自己的錯誤則進行改正。

對民族地區，姬遠峰決定首先進行新疆地區驛站的考釋，他對爸爸年輕時當兵的地方充滿了好奇，而且也閱讀了一些新疆的方志和遊記了。為了進行新疆驛站的考釋，姬遠峰收集到了一套珍貴的新疆輿圖，即《新疆全省與地圖》。這是清末新疆巡撫袁大化、布政使王樹楠等組織纂《新疆圖志》時採用現代測繪技術測繪的新疆全省輿圖，精度很高而且保留了豐富的清朝末期新疆地區的地理信息。這套地圖本應與《新疆圖志》一起出版，只因當時為新疆製圖技術所限，圖與志分離。姬遠峰很早以前購置《新疆圖志》時即發現該套書並無圖，這次為了考證新疆驛站，姬遠峰幸運地收集到了這套地圖。只是清末新疆大片國土淪喪，其時部分驛站卡倫均入俄寇手中，姬遠峰看到這份地圖難免有點傷懷。

姬遠峰把《大清一統輿圖》（乾隆）、《新疆全省與地圖》、《軍民兩用分省系列交通地圖冊》、《中國分省系列地圖集》四套地圖，還有《欽定皇輿西域圖志》《西陲總統事略》《欽定新疆識略》《新疆圖志》《西域水道記》等方志攤放在自己的書房的床上，對新疆的驛站一一考釋。通過新疆驛站的考釋姬遠峰有了新發現，他發現清朝除了有一條穿越直隸、山西、陝西關中平原、自己家鄉直達新疆南北二路的驛站外。還有一條自京師捷報處由直隸、山西、陝西北部、寧夏進入河西走廊，直達新疆伊犁的快捷路線。這條驛道設站一百六十九處而抵烏蘭烏

蘇臺，再合併前條驛站而抵伊犁。這條驛道設站更密，每站之間僅三四十里，路線更捷，至伊犁為九千二百九十里，較之另外一條驛道一萬四十四里為捷，這難道就是清朝的「高速公路」耶！姬遠峰完成了新疆地區二百餘處驛站的考釋，看著自己考證的由皇華驛至伊犁共一萬四十四里的驛道，由捷報處至喀什噶爾共一萬一千六百六十五里的驛道，姬遠峰感覺到了這枯燥工作中的樂趣。

接下來姬遠峰準備西藏地區驛站的考釋了，通過讀西藏方志如《西藏志》《衛藏通志》，姬遠峰知道清朝在西藏設有兩條驛道，一條自四川入藏，另外一條自甘肅西寧府入藏，前者為常設驛道，後者則非常設。姬遠峰對西藏驛站的考釋遇到更大的困難有了充分的心理準備。姬遠峰前幾年對唐蕃古道甚感興趣，這條唐蕃使臣往返數百次的路線至今蒙昧不清，大陸政府曾組織專門考察隊進行這條路線的考證。嚴耕望先生的《唐代交通圖考》在完稿之後尚且根據周希武的《寧海紀行》一書以完善之，可知考證之困難。

為了西藏驛道的考證，姬遠峰收集到了兩份珍貴的地圖，即清末駐俄公使胡惟德翻譯自俄寇之《西藏全圖》和民國三十一年國民政府軍事委員會陸地測量總局編繪的《西藏》地圖。姬遠峰決定先進行四川入藏驛道的考釋，他讀《西藏志》《衛藏通志》《衛藏圖識》《西藏見聞錄》《雅州府志》對四川入藏驛道已耳熟能詳，但就是不知驛站地點之所在。姬遠峰也知道吳豐培先生輯錄的《川藏遊蹤彙編》在考證中的鉅大作用，該書輯錄自川入藏紀程文多篇，據之考證則多有裨益。姬遠峰像考證新疆驛站的工作一樣，將所用的地圖參考書攤放在自己書房的床上，對四川入藏驛站一一考釋，但卻十有八九無法在地圖上查找到相應的地名。姬遠峰納悶了，四川入藏驛道進入西藏後其中有幾點如察木多、洛隆宗、碩般多、邊壩、拉里均為西藏重要城鎮或者西藏宗政府所在地，位置固定，大致路線在姬遠峰的頭腦中已經有了大概輪廓。姬遠峰對照臺北國史館出版的《新清史地理志圖集》，民國三十一年國民政府軍事委員會陸地測量總局編繪的《西藏》地圖，兩幅地圖上標註的大

致路線和自己設想的路線一樣，但在現代地圖上為什麼很少能找到相應的地名呢？難道清末至今短短百餘年地名發生很大的變遷？不大可能，因為清廷當初選擇這條路線看中的就是這條路線上的藏民的定居點，一般來說定居點不像遊牧民那樣遷徙無定，地名變遷頻仍。姬遠峰按照驛站間的里程在地圖上逐一查找也是所得無幾，姬遠峰百思不得其解。姬遠峰想起了《清末川滇邊務檔案史料》中一段話，這段話是清末名吏趙爾豐經營川邊時派遣一補用直隸州州判黃德潤實測四川入藏驛道時的稟文中的一段話。

> 自巴[17]至察[18]，實測計長三十八萬九千六百密達[19]，每一密達合營造尺三尺二寸有奇，按里法一百八十丈推算，實合中里七百零一里稍弱，謹將詳悉細數及逐段情形臚表敬呈憲覽。竊查由巴至察，舊制定為一千二百一十里，既經實測，不及十分之六，詳考其故，因當日設塘遞送公文，不能不嚴定時刻，一經有誤，難逃譴責。而山路僻靜，風雪阻滯，萬不能如期前進。故預將道里延長，以補時刻之不逮，故所差如是之大，此亦地處邊荒不得已之遷就也。

姬遠峰明白了，這也是自己按照里程詳細對照地圖進行考釋所得無幾的原因了，現代地圖上無法查找到，姬遠峰在谷歌地球衛星地圖上沿著這條路線一遍遍瀏覽，熟悉地形，這些驛站到底在哪個角落呢？隨著姬遠峰不斷放大衛星地圖的頁面，一個地名出現在了電腦屏幕上。這是一個很小的地名，姬遠峰想起來了這就是自己考證多天沒有在地圖上查找出來的一處驛站的地名，雖然用字不同，但發音是相同的，姬遠峰用前後驛站及遊記核對之，果然是一處驛站。姬遠峰明白了自己忙碌這麼多天為什麼收穫甚小的原因了，因為公開出版的最大比例尺的地圖上也沒有這些小地名。姬遠峰也知道該在什麼地方查找這些驛站地點

---

[17] 指巴塘，今四川省巴塘縣。
[18] 指察木多，今西藏昌都縣。
[19] 密達即英制米mile。

了，他將谷歌地球衛星地圖放到盡可能大的比例尺，逐一檢視每一個顯出的地名，再藉助其他電子地圖終考證出了這條路線上大多數驛站的具體地點。

接下來姬遠峰準備啃青海入藏驛道這塊更硬的骨頭了，姬遠峰在讀唐蕃古道的書時就已經知道了青海入藏驛道考證之困難。姬遠峰編寫的《西藏紀行十二種》收錄了康熙五十九年清軍入藏的一篇紀程文，內容為清軍沿途所設臺站名，絕大部分臺站名均為蒙古語，姬遠峰對照現代地圖，幾乎無一地名可以對應，姬遠峰知道這些臺站很有可能就是自青海入藏驛站的雛形。日人佐藤長為享譽國際之著名藏學家，於民國時期來華，在雍和宮從該寺札薩克喇嘛習藏文，通漢蒙藏語文，其名著《西藏歷史地理研究》曾獲日本國學士院獎，該書的主要內容就是考證唐代及清代西藏歷史地理，由此可知青海入藏路線考證之困難。

而且姬遠峰對青海入藏驛道重要性也有深刻的認識，明末及清代青海入藏驛道雖非常設，然其重要並不亞於四川入藏驛道，甚或過之。明末三輩達賴喇嘛索南嘉措青海湖湖畔會俺答汗而獲達賴之尊號，是為達賴尊號之由來。後三輩達賴喇嘛索南嘉措入蒙薦福俺答汗圓寂於蒙古地區，其之轉世即四輩達賴喇嘛雲丹嘉措出自成吉思汗黃金家族，自四輩達賴喇嘛雲丹嘉措自蒙入藏取道青海，此蒙藏二民族之交通實改變二民族歷史發展軌跡之大事件。此匪特使蒙古民族全民信仰藏傳佛教，且招致西藏自元朝覆滅以來蒙古族再次君臨西藏，厄魯特蒙古四部之一和碩特部固始汗率軍自青海入藏，擊滅藏巴汗而建立於西藏之統治七十餘年，且扶持格魯派成為西藏政教一體政權之主體，後為清廷繼承之。及至明亡清興，清廷入藏之驛站乃自四川而設，青海雖非常設驛站，然青海入藏之程途，雖有金沙之鉅川，然其源頭可涉渡之，七渡口即行軍之渡口也，且經行草地，水草兩便，恰合滿蒙騎兵之需，故有清一代進軍西藏者，常取四川青海兩路同時進軍之策。若清聖祖康熙五十七年第一次出兵西藏而全軍敗沒者，額倫特、色楞出兵即取道青海。康熙五十九年清聖祖之統一西藏，皇十四子允禵護送七輩達賴喇嘛至木魯烏蘇（金

沙江上游），平逆將軍延信率軍護送七輩達賴喇嘛直抵藏地即取道青海。雍正五年清廷平阿爾布巴之亂，吏部尚書查郎阿率軍入藏亦取道於斯。乾隆五十七年清廷反擊廓爾喀（即今之尼泊爾）侵藏，清軍統帥福康安冬季衝雪冒寒入藏，索倫騎兵入藏亦取道青海。即五輩達賴喇嘛、六輩班禪入覲清帝，十三輩達賴出逃喀爾喀蒙古及返藏，九輩班禪民國初年逃入內地及十輩班禪之返藏亦取道於青海。外蒙歷輩哲布尊丹巴佛之在藏學經及遠赴蒙古亦取道青海。其餘西藏貢使入京，蒙族之入藏朝聖，民間之貿易更不遑枚舉，青海入藏程道之重要，於斯可見一斑。近代以來西人專注於侵略與地理之開拓，俄人普熱瓦爾斯基以西藏為目的地之探險取途青海，法國傳教士古伯察之入藏亦取道青海，此教士所撰之《韃靼西藏旅行記》已為藏學之名著而譯為多種語言出版之。

　　姬遠峰也知道研究這條路線的最重要的參考書是哪本了，除了《欽定西域同文志》以外當屬日本人佐藤長的《西藏歷史地理研究》一書了。姬遠峰在查看唐蕃古道相關論文時看到藏學家吳均關於佐藤長考證錯誤的商榷文章，論文中屢次提到了《西藏歷史地理研究》一書。姬遠峰一直想購買此書，但通過各種途徑但卻未能如願，這次考證清代青海入藏驛道，這本書怎麼也要想辦法購置了，否則無法著手進行。

　　但姬遠峰還是通過任何途徑均不能購置到此書，姬遠峰又回頭去看吳均先生的論文，纔知道此書國內並無完整的譯本，僅有節譯本，由青海省博物館籌備處節錄為《清代唐代青海拉薩間的道程》一書。姬遠峰急忙購置此書，一本極其簡陋的小書，但內容卻很好，對每個驛站名的含義做出了準確的解釋，這對不諳民族語文的姬遠峰如同醍醐灌頂一樣。佐藤長研究清代青海入藏驛道採用的資料是《西寧府新志》中的資料，姬遠峰對這份資料並不陌生，他早已經把這份資料與自己使用的《欽定大清會典則例》（嘉慶）中此條驛站資料進行過對比，只是用字不同而已。佐藤長也對這條路線上的每個驛站地點進行了定位，這對姬遠峰有了如獲至寶的感覺。姬遠峰心想，此書既獲日本國學士院獎，又享盛名，自己偷偷懶，核實一下日本人的工作正確與否，然後將佐藤長

考釋的驛站落實到現在的地圖就可以了，姬遠峰看到了啃下這塊硬骨頭的希望了。他像考證新疆地區的驛站位置一樣，攤開《乾隆內府輿圖》、胡惟德翻譯自俄寇之《西藏全圖》、民國三十一年國民政府軍事委員會陸地測量總局編繪的《西藏》地圖和現代地圖，想把佐藤長已經釋義清楚的一處處驛站落實到地圖和谷歌地球衛星地圖上，但卻發現是一件很困難的事，即使把谷歌地球衛星地圖放大到最大比例尺也沒有對應的地名出現，現代地圖也沒有這些驛站地名。看著這些釋義明確而無法具體定點的驛站，姬遠峰明白了，清朝與西藏的交通最初藉助於蒙古人，當時青海地區亦為蒙古人的天下，所以這份驛站資料地名多為蒙古文，而今日蒙古勢力已於青海退卻，地名復為藏語。且青海地區自過日月山後即為純牧區，大片地區根本沒有任何地名，這就是為什麼即使有佐藤長於驛站地名含義的詳細解釋，但也無法落實到現今地圖和谷歌地球衛星地圖上的原因了。姬遠峰只好將大多數驛站定點只能靠釋意及山川河流位置大概定位到經緯度上，而谷歌地球衛星地圖這樣的商業軟件經緯度是經過偏移設置的，那個經緯度定點也不準確，但只能退而求其次了。

但當姬遠峰看到佐藤長將此條驛道行經金沙江明確載為苦苦賽爾渡[20]考證為多倫鄂羅穆渡[21]即七渡口時，姬遠峰對佐藤長的考證產生了懷疑。姬遠峰在整理註解《允禵（胤禎）西征奏稿全本》和《平定西藏紀略》兩書時知道這是兩個渡口，若無十分充分的證據即將兩渡口合二為一，則佐藤長於此條路線考證無疑有商榷之處，至少渡口前後很長一段距離的路線考證是錯誤的。姬遠峰又回頭去看自己已經整理好的《允禵（胤禎）西征奏稿全本》，他確信那是兩個渡口。

姬遠峰沒有想到亨盛名如佐藤長者考釋亦有如斯錯誤，但如何證明佐藤長的考證是錯誤的，那麼正確的定點又在什麼位置呢？姬遠峰腦袋裡整天都是這個問題。過了幾天，姬遠峰決定不偷懶了，他決定自己動

---

[20] 蒙古語，意為河灘中有青石的渡口。

[21] 蒙古語，意為七渡口，此處金沙江歧為七道，故名。

手解決這個問題。怎麼纔能證明佐藤長的考證是錯誤的，那只能是自己
考證出苦苦賽爾渡與多倫鄂羅穆渡兩個渡口的具體位置了。多倫鄂羅穆
渡是最著名的渡口，位置早已確定，有的現代地圖已經有標註了，這也
是佐藤長考證錯誤的原因了。那麼自己只要考證出苦苦賽爾渡的位置就
可以了，怎麼考證出呢？姬遠峰想起來自己讀《大清一統志》（嘉慶）
中西藏卷時的一段話來，這段話明確記載了自青海入藏有九個渡口可資
利用。

> 衛地諸渡。由西寧往西藏之路，過西海部落界，巴顏喀喇
> 嶺，入衛地東北，所經諸渡口。馬渡五，曰喀喇烏朱爾渡，在阿
> 克打木河源。呼爾哈渡，在木魯烏蘇源，水皆淺，人馬可涉。拜
> 都渡，在呼爾哈渡東北。多倫鄂羅穆渡，在木魯烏蘇自西折南流
> 之處，其水至此，分為七歧，故名，水小宜涉，水發難行。巴母
> 布勒渡，在多倫鄂羅穆渡東。船渡四，曰伊克苦苦賽爾渡，在巴
> 母布勒渡南百餘里，冬春用馬，夏秋用皮船。又南曰巴漢苦苦賽
> 爾渡。又有白塔渡，達爾汗庫布渡，與西海部落接界。皆金沙江
> 上流，水深難涉處，用皮船可渡。

這段話出現在《大清一統志》（嘉慶）西藏卷內，但描述的卻是青
海境內木魯烏蘇即金沙江及支流上的渡口，姬遠峰只怪自己讀書也太死
板了，一直沒有把西藏和青海聯繫起來。姬遠峰又去查對了《大清一統
志》（康熙）和《大清一統志》（乾隆），所載相同。姬遠峰知道怎麼
去考證這條驛道行經金沙江的渡口位置從而避免佐藤長那樣的錯誤了。
姬遠峰仔細地讀過齊召南的名著《水道提綱》，知道這些渡口的具體位
置在堪稱第二《水經注》的《水道提綱》中均有明確記載。齊召南所據
地圖即當時清廷所遣西洋傳教士實測圖，而非中國傳統山水畫形式不準
確的古舊地圖。自己需要完成的工作就是把《大清一統志》及《水道提
綱》所載青海境內金沙江及各支流與今日各河流名稱一一對應起來，然
後根據《水道提綱》描述確定這九個渡口在現代地圖上的位置，既證明
了佐藤長的考證是錯誤的，也同時完成這條驛道的考釋。

　　姬遠峰找出《乾隆內府輿圖》及《中國水系大辭典》進行此項青海境內金沙江及支流古今名稱的對應工作，最終確定了苦苦賽爾渡的位置，的確如姬遠峰發現的那樣佐藤長於青海入藏驛道行經金沙江的渡口位置考證是錯誤的。七渡口與苦苦賽爾渡相距二三百里，佐藤長於渡口前後幾百里驛道的考證也是錯誤的。姬遠峰繼續工作，最終完成了青海入藏驛道路線的考證。

　　剩下的還有疆域更加遼闊的東北及內外蒙古地區驛站的考釋了，姬遠峰在整理清朝全國驛站資料時就發現，清廷於蒙古地區設置了五條驛道，分別行經五個重要的關口，這五個關口分別是西峰口、古北口、張家口、獨石口、殺虎口。姬遠峰也掌握了這五條路線最終的大概走向，姬遠峰在讀《清季外交史料》時就注意到了一張附圖，此圖為清代末任庫倫辦事大臣三多於宣統三年二月十九日致總理各國事務衙門電《署庫倫辦事大臣三多致樞垣蒙地首在路權請飭派工師勘路並調軍隊扼要分布電》的附圖，清晰地繪製了內外蒙古的驛站交通系統，姬遠峰也收集到了兩份珍貴的外蒙古地圖，即商務印書館清朝末年出版發行的《清帝國全圖》和民國二十一年《外蒙旗盟新圖》。《外蒙旗盟新圖》清晰地標註了清代驛站道路及其他道路。姬遠峰也收集到了一本有用的遊記，日本人野村榮三郎的《蒙古新疆旅行日記》，此日本人從北京至庫倫，然後於外蒙古境內西行，翻越阿爾泰山進入新疆，再去印度，行經路線恰為驛道，姬遠峰覺得這本書很有用。

　　雖然收集和準備了蒙古地區的資料，內蒙古驛站有了韓儒林先生的文章大概已經沒有什麼難度了。但姬遠峰想暫緩一下考證工作，兩年半時間過去了，姬遠峰終於完成了新疆、西藏、青海這幾處民族地區與內地的驛站考釋，而且疆域更加遼闊的蒙古地區也收集了資料，也有了大致的思路。但這項工作太累了，姬遠峰打算暫時放鬆工作強度，放慢進度，也享受一下自己的工作成果了。

　　姬遠峰把自己已經考證完成的這部分打印出來，也把自己讀的幾本書找了出來，林則徐的《荷戈紀程》、李鼎元的《使琉球記》、吳豐

培輯錄的《川藏遊蹤彙編》、充當俄寇間諜的芬蘭人馬達漢的《馬達漢西域考察日記》、澳大利亞人莫里循的《一九一零莫里循的中國西北行》。展卷再讀這些書，對照自己的工作成果，這些旅人行經路線清晰可見，遊記所載之名山大川，城鎮堡寨，津梁渡口，寺觀祠堂，民情風物指圖而知其之所在，不再如墜雲霧中了。如四川入藏驛站道經兩著名雪山，一丹達山，藏名沙工拉、魯工拉，海拔五千五百餘米，行人斃命於此者夥，建有丹達廟以求神庥。乾隆五十八年福康安入藏擊廓爾喀即今之尼泊爾侵藏，奏請封號祭祀，旋奉旨封丹達神為「昭靈助順山神」，春秋致祭，御書匾額「教闡遐柔」敬謹懸掛。魏克所著《進軍西藏日記》載有照片一副，人馬真正手腳並用爬過此雪山也。《韃靼西藏旅行記》亦載行經此山繪聲繪色之描寫，藏人先驅牦牛前行以踩踏出雪道，然後人方可行之，今再展卷，如在目前，姬遠峰對自己的工作成果很滿意。

四

二零一九年六月姬遠峰回老家看望爸爸媽媽一次，姬遠峰想繞道到蘭州去見黎春蕊一面，自從研究生畢業前去蘭州面試工作見過黎春蕊一面後已經十多年沒有再見過面了。姬遠峰乘車到了蘭州，他給黎春蕊打了電話，雖然內蒙離蘭州不是很遠，但也十多年沒有見面了，姬遠峰想象著黎春蕊是否已經變了模樣。喫飯的地點就在姬遠峰住宿的賓館，雖然姬遠峰在單位已經好幾年不喝一滴酒了，只有回老家了和爸爸哥哥偶爾喝一點。姬遠峰已經想好了，這次他和黎春蕊的老公喝一點，黎春蕊就別喝酒了，西北女的喝酒的本來就少，到時間黎春蕊好開車載著一家三口回家去。

快到約好的時間了，姬遠峰在賓館門口去迎接黎春蕊一家三口，姬遠峰遠遠地看到了黎春蕊，她和她最要好的朋友亞妮一起來了，亞妮和姬遠峰黎春蕊高三是一個班的同學。「春蕊、亞妮妳兩好！春蕊，妳老

公是不帶著孩子停車呢？」姬遠峰問道。

「春蓴老公和孩子沒有來，就我兩，小峰，是不不歡迎我啊！」性格開朗上高中時大家都稱之為「女瘋子」的亞妮笑著說話了。

「哪敢不歡迎妳呢！我還以為妳老公把妳放出來見男同學不放心呢！」姬遠峰和亞妮開玩笑道。

他們三人進了賓館坐了下來，「怎麼沒有帶著老公和孩子過來？」姬遠峰問黎春蓴。

「孩子大了，不喜歡跟著大人，孩子更喜歡玩，我老公也不喜歡出門，就讓老公看著孩子，我就和亞妮一起過來了，出差過來也不順便帶著嫂子和孩子過來玩玩！」黎春蓴說道。姬遠峰明白了，黎春蓴老公不願意過來一起喫飯，這點姬遠峰完全能理解，自己也不樂意參加張秀莉同學的聚會，也不喜歡張秀莉跟著自己參加自己同學的聚會。姬遠峰和張秀莉都說好了，兩人的同學聚會各自去，互不干涉。只是黎春蓴是女生，自己是男的，黎春蓴一個人來和自己見面已經不合適了，所以她叫上了他兩的共同的高中同學亞妮。

「我真有這想法，讓孩子請幾天假，媳婦不讓，說耽誤孩子學習。不能再叫嫂子了，上大學時已經搞錯了，我比妳小，大學妳叫我哥叫了四年，我媳婦估計不想當嫂子，她可能想當弟妹呢！」姬遠峰笑著說道。

「春蓴，妳就別叫哥叫嫂子了，這年頭哥啊乾爹啊都叫的變味了！」亞妮笑著說道。

「你媳婦還那麼漂亮嗎，你帶著媳婦過年回老家的時間我在城裡碰到過，你媳婦真漂亮！」黎春蓴說道。

「人老珠黃了，再漂亮我都要睡不著覺了！哦，別誤解了，我是說擔心別的男人惦記著自己要睡不著覺了！」姬遠峰說完笑了。

「我還沒有見過你媳婦呢！快讓我看看，把手機里照片拿出來讓我看看！」亞妮說道。

姬遠峰拿出了手機，找出來張秀莉和孩子的合影給黎春蓴和亞妮看。

「你手機連密碼都沒有啊，不怕洩密啊！」亞妮驚歎道。

「我手機一直沒密碼，我的QQ在家裡電腦上也是設置成自動記憶密碼，自己登陸方便，孩子在上面看老師佈置的作業也方便，也沒有啥秘密，設密碼麻煩。」姬遠峰說道。

「你不怕你媳婦看你手機啊！」亞妮問道。

「手機裡啥也沒有，她願意看就看唄，不讓看反而好像藏著掖著什麼似的，她看過一兩次什麼也沒有也就懶得看了。再說了，自己真要搞點什麼事也不用點秘密手段，用自己的手機那不是主動露馬腳嗎！」姬遠峰笑著說道。

「你媳婦手機上有密碼嗎？你看你媳婦手機不？」亞妮笑著問道。

「我媳婦手機上有密碼，我也知道她手機密碼，但我不看她手機，還用得著看嗎，如果真有事了，平常都覺察不出來了，那可真是愚笨到家了。到了查看手機那一步，估計已經木已成舟覆水難收了。」姬遠峰笑著說道。

「哇，你家姑娘好漂亮啊！」亞妮讚歎道。

「謝謝，姑娘漂亮托她媽的福了，與我無關，不，不，我今晚見妳兩高興的腦子都短路了，光說讓人摸不著頭腦的話，我意思是繼承了她媽的優點，我的缺點被遺傳屏蔽了！」姬遠峰笑著說道。

「小峰，你說話還是那麼幽默！」黎春蒓終於說話了，他們三個人坐下來後性格開朗的亞妮和姬遠峰不停地說話，黎春蒓說的很少。姬遠峰看了幾眼黎春蒓，眼睛還一如以往的漂亮，但已沒有了昔日的清澈明亮與神采。姬遠峰還清楚地記著黎春蒓寄給自己的照片上的眼神，黎春蒓大一入學後在大學圖書館前身著軍訓迷彩服的照片，大三時黎春蒓去青海湖遊玩時拍的照片，自己研究生開學時黎春蒓也開始讀博士了，自己高興地發了一張自己在交通大學的照片，黎春蒓也發了一張她在實驗室身著實驗服的照片，三張照片中她的眼神是那麼的清澈、那麼的明亮、那麼的光彩照人，但現在已經變了，一層憂鬱的陰翳罩著她漂亮的雙眸。

「小峰，你艷福不淺啊，媳婦這麼漂亮！」亞妮說道。

「謝謝亞妮誇我媳婦漂亮，我是個惟心主義者，我覺得這是我上輩子做牛做馬或者積善行德換來的，看時間長了也不覺得有多漂亮了，主要是賢惠。妳要是抱怨妳老公不夠好，那肯定是妳上輩子不做好事不積善行德，老天派妳老公這輩子懲罰妳來了，說不定妳老公也認為妳是上天派來懲罰他的呢。」姬遠峰開玩笑道。

「小峰，高中的時間你和我說話很少，沒想到你這麼能說，還有點油嘴滑舌！」亞妮笑著說道。

「時間過得真快，小峰，咱兩上次見面還是你研究生畢業前來蘭州面試的時間，你怎麼最終去了現在的單位，無論從城市還是單位好像比西安，比你西安工作的單位都差一些的。」黎春蕊說道。

「春蕊，其實我一開始並沒有去我現在單位的想法，只是用來做保底的，剛上研究生的時間想去杭州上海一帶找工作，到畢業的時間又不想去杭州上海了，我想起自己在南京的經歷就覺得恐怖。我當時想往京津一帶找工作，一心想去國家開發銀行，筆試通過了，但最終面試失敗了，當時也剛失戀，情緒低落，也沒有好好找工作，就去了我現在的單位。」

「小峰，你這麼優秀的人才，怎麼會面試失敗呢？」亞妮說道。

姬遠峰聽了笑了，「亞妮，妳還挺會誇人的，不過我覺得自己還不是很賴。那次面試失敗我覺得主要是回答一個問題失誤了，當時開發銀行問我說現在有些助學貸款的學生畢業後即使有償還能力了，為什麼寧願賴著也不還助學貸款。我猶豫了一下，回答說可能與貸款發放方式及當下環境有關吧，有些大學助學貸款發放形式不好，讓家庭貧困的學生當著同學的面進行演講，比自己誰更窮困，傷了貧困生的自尊心。而且當下教育資源分配不公，貧困學生多來自農村，農村孩子受到優質教育資源的機會很少，考上大學後發現城市學生受到了更多的優質教育資源，他們心理不平衡，所以有些貧困生畢業後即使有償還能力也不願意還貸款。其實這是我和幾個貧困生接觸後了解到的他們的實際心理，但

我那個寒假回家跟我爸爸說了以後，當時我爸爸就說我回答的不好，雖然我說的是實話，但政府機關和銀行並不喜歡聽這樣的話，說我回答失誤了。當時我還不服氣，但工作十多年了，回過頭想想我自己當時的確回答失誤了。」

黎春荺和亞妮聽了都笑了一下，「的確像你爸爸說的那樣，你說了單位不樂意聽的話了，現在看起來你回答的確失誤了，不過當時社會閱歷淺誰都會犯這樣的錯誤，你沒想過跳槽嗎？」黎春荺問道。

姬遠峰也笑了一下，「不僅想過了，還實踐了呢，我去了現在的單位很快和我媳婦認識了，就忍耐了一段時間。即使結婚了我跳槽的想法也沒有熄滅，去南方核電公司面試了，人家也要我了。不過那時間我媳婦年齡已經大了，她想盡快生孩子，生下孩子後放在她父母那兒養著，她跟我去深圳，去深圳買房子的壓力太大了，而我結婚時已經買了房子了，媳婦去深圳還要重新找工作，沒有戶口一切都不方便。更重要的是把孩子丟給老人，自己生了孩子卻不養，感覺會虧欠孩子一輩子的，顧慮太多了，思前想後還是放棄了，從深圳回來後就安心在現在的單位上班了。」

「那你國家開發銀行面試沒通過惋惜嗎？」黎春荺問道。

「當時挺惋惜的，不過現在已經完全想開了，不僅不惋惜甚至慶幸當時面試沒有通過了。」姬遠峰回答道。

「怎麼還慶幸自己沒有面試通過呢？國家開發銀行挺好的一家單位。」黎春荺說道。

「春荺，就像妳在中科院的研究所經歷的，我在西安的電力設計院經歷的一樣，好多單位都是名聲在外而已。我媳婦也在我們集團公司總部借調過一段時間，我知道開發銀行和我們集團公司總部的工作環境和氛圍差不多，那種謹小慎微察言觀色見風使舵的日子會讓我崩潰了的，如果真的應聘成功了那可真就成了雞肋了，食之無味棄之可惜了。我對現在我的狀態還比較滿意，上上班，看看書，寫寫自己的東西。我覺得人一輩子不能光為工作而活著，還應該為自己的興趣和愛好而活著，我

現在把工作和事業分得很清楚，如果工作和自己的愛好興趣一致，我稱之為事業，不一致，就稱之為工作，工作僅僅就是用來養家糊口的，我今年都四十多歲了還說愛好和興趣，妳兩可別笑話我啊。」姬遠峰說完笑了。

「那你還有將近二十年纔退休呢，就這樣一直從事著自己不喜歡的工作？」黎春莼說道。

「春莼、亞妮，咱們還都不一樣，妳兩誰喜歡自己的工作了？還不是一樣在上班嗎！我現在經常把自己比作牛和驢，那頭牛喜歡耕地？那隻驢喜歡拉磨？不過為了一口草料，牛照樣要耕地，驢照樣要拉磨。我為了那口草料，班還是要好好上的，只不過沒有了剛工作時對工作的憧憬和希望而已。」姬遠峰說完笑了一下，黎春莼和亞妮聽了也都笑了。

「小峰，我覺得你的性格挺適合當大學老師的，你性格安安靜靜，又喜歡讀書，你當大學老師肯定會有前途，你研究生畢業的時間怎麼沒有去大學當老師呢？工作了即使結婚了也可以再讀個博士，成家立業工作兩不誤，怎麼沒有去當個大學老師呢？」黎春莼說道。

「當時也想過的，研究生畢業來蘭州面試那次也面試了一所高校，其他地方也面試過兩所高校，人家都願意要我，但最終還是沒有去。主要是自己的學歷太低了，不怕你兩笑話，我覺得自己骨子裡其實是一個挺要強的人，而我對自己的專業一直不大喜歡，也一直沒有讀博士的想法，如果不讀博，在好一點的大學連副教授都評不上，教授根本就不用考慮了，評不上教授我就不會去當大學老師，所以我也沒有去當大學老師。」姬遠峰說道。

「你要是學文科的話估計就會去讀博去當大學老師了！」黎春莼說道。

「這個真有可能，上高中的時間什麼也不懂，聽說理科好考大學就學理科了。不過即使學文科去大學當老師也不見得是什麼很美好的工作，我們都是學理工科的，對文科的東西接觸的少一些，我這幾年對文科類的東西接觸的多一些，其實文科老師也有許多無奈的地方。在中國

當下的環境裡文科並不像理工科那樣能掙錢，一個文科類的科研項目經費有個二三十萬就已經算不少了，理工科動輒上百萬，甚至上千萬科研經費的項目也有，二者根本無法比。而且文科類的科研項目經常需要看別人臉色行事，許多文科類發表的文章都是趨風應景的東西，沒有什麼學術價值。也有許多禁忌，比如有個研究當代歷史的學者沈志華，當前蘇聯解體的時間他去俄羅斯搜集了一些珍貴的朝鮮戰爭的檔案史料，但在大陸不能出版，他只好在臺灣出版了。春蒓，光說我的工作了，還沒有說起妳的工作呢，我在西安上班的時間妳爸爸陪著妳來考GRE，妳回到蘭州了我還問妳考得怎麼樣，妳說考得分數還可以，後來怎麼沒有出國直接在國內讀博士了呢？我研究生畢業前來蘭州的單位面試和妳一起喫飯，我問起過妳，但妳男朋友在旁邊，妳好像不大樂意說。」姬遠峰說道。

「嗯，是的，當時我男朋友在旁邊，我不好說，我當時本來想碩士畢業了出國讀博士來著，但你知道我考的是碩博連讀，我的導師不會讓我研究生畢業去國外讀博，再者我老公家裡不是很支持，我爸爸對我出國讀博也不大支持，就沒有出去讀博。」黎春蒓說道。「你呢？小峰，我記得我去西安考GRE的時間你說過當時你和西安的一個女生處於一種隱默的狀態，她當時在國外留學呢，你從來沒有打算出去的想法？」黎春蒓問道。

「我曾經短暫地有過想出去的想法，但很快就打消了。」姬遠峰說道。

「為什麼呢？」黎春蒓問道。

「我上大學稀里糊塗地過了前三年，就等著畢業上班呢，也沒有考托福、GRE、雅思之類的，等到大三第二學期看到其他同學開始考研究生的時間纔有點醒悟，纔知道大學畢業了還有研究生可上，但已經遲了。保送研究生分數又不夠，考吧當時我爸爸也不支持，就沒有考研究生。畢業一晃蕩就兩年過去了，要出國就要從頭開始考GRE、雅思之類的，等考出來至少又要一年時間。我覺得辛辛苦苦考出英語來出去只上

個研究生沒有什麼意思，上博士吧我又從來沒有想走學術研究路子的想法，讀博士純粹浪費時間，又不好畢業。當時想出去的目的主要是想和我那個女朋友一起呆著，目的本來就不是去讀書。再者，雖然我沒有去過國外，但我對國外並不是很響往，一是我大學畢業後在西安的電力設計院的工作經歷對我來說並不糟糕，那份工作也可以的，我只是想考研而已。這麼多年過去了，我對出國的看法也有了一些變化，出國留學可以，但定居在國外我現在已經不會做那樣的選擇了，我記得王小波說過一句話，大概意思是他不願意生活在一種外文化中，我雖然不是學文科的，但也有同感，我去廣東海南出差南方的生活習慣一時半會都適應不了，自從上大學都二十多年了還是喜歡吃麵食，何況要說外語看外文書了，可惜我不認識定居在國外的中國人，不知道他們是如何接受並融入在另外一種文化之中的，他們的心路歷程是什麼樣的，我猜那肯定是一個艱難的過程。這些年我也讀過一些呆在西方國家的華裔學者，還有在美國學習工作的臺灣人的書，感覺他們的語言表述完全是在和稀泥，討好外國人，比如把近代西方對中國的侵略說成是東西方的碰撞等等，我根本無法接受，你要是西方人，你就用征服這個詞，你要是中國人，你就用侵略這個詞，不知道這些人是真這樣的認識還是活在別人屋簷下，只能討好別人了，所以我當初對自己沒有努力出國並不後悔。最關鍵的一點妳兩都知道，我家是農村的，根本沒有那個條件，所以很快就打消出國的念頭了。」

「你西安的那個女朋友最後回來了嗎，我估計沒有，如果回來，你就不會和你現在的媳婦結婚了，你也可能在留在西安了。」黎春蓴說道。

「對，她沒有回來，我們就分開了。」姬遠峰說道。

「你兩還有聯繫嗎，她在國外過的怎麼樣？我已經做了出國的準備但沒有出去，對國外生活也挺好奇的。」黎春蓴說道。

「我和那個女生一點聯繫都沒有，她國外的生活怎麼樣我一點也不知道。春蓴，妳博士畢業不是進了中科院的一個研究所了嗎，怎麼後來

又跳槽去高校當老師了呢？」姬遠峰說道。

黎春蒓苦笑了一下，「為什麼從研究所跳槽到了高校當老師，還不是因為在研究所呆不下去了。」

「怎麼會呢？春蒓，妳是博士生，學歷能力肯定沒有問題，是不捲入人事糾紛了，我在國企呆了十多年了，知道在單位裡人事糾紛比業務難處理多了。」姬遠峰說道。

黎春蒓苦笑了一下，「小峰，你說的對，人事糾紛比博士論文還難對付，而且難得多，我可有深刻的教訓，我一進研究所就犯錯了，生完孩子上班不久我就辭職去高校當老師了。」

「春蒓，是怎麼回事，妳能詳細說說嗎？」姬遠峰說道。

「我博士一畢業就進了中科院的研究所，那個所裡有兩個院士，我稱之為大院士小院士吧，和我的專業都相近。我被分配到了小院士那個課題組，我心裡可高興了，心想終於不僅有機會見到院士這樣的學術大牛了，而且還是我的領導和同事，也挺激動的。我去單位上班不久有一次在辦公樓另一個樓層碰到了大院士，很興奮地和大院士多說了幾句話，他詢問我的博士畢業課題和論文，我就說了，他對我的博士論文很感興趣，問能給他看看嗎。雖然我博士畢業了，但一直在學校裡呆著，對單位內的人事糾紛沒有一點心理準備，也沒有一點戒心，我還巴不得有這樣的機會讓院士看看我的博士論文，提出一點意見呢，就高高興興地把自己的畢業論文給了大院士看。誰知道這事很快傳到了小院士的那裡，和我關係比較好的一個同組的同事悄悄告訴我，研究所裡大小兩個院士表面上和氣，實際上私下為課題為項目為所裡的話語權暗鬥的不可開交，我給大院士看論文的事犯了大忌了。我纔意識到單位內部人事關係的複雜，我想補救但不知道怎麼補救，給小院士去解釋，會顯得人家心胸狹窄，越解釋會越糟糕。我也沒有辦法，只好遠遠地避開大院士那一組的人馬，和那一組的人連話也不敢多說了。但這事肯定已經在小院士那裡產生了成見，在科研上、論文上對我十分苛刻，科研任務重的讓我不堪重負，對我的實驗數據、論文也是挑剔再三。加之我結婚後家庭

矛盾叢生，真的讓我疲於奔命，不堪重負，很快兩年過去了，我已經三十歲出頭了，我再這樣下去連孩子都會要不上的，我主動要求減輕負擔，小院士對我成見更深了。我也管不了那麼多了，孩子重要，再不生孩子我都快要成高齡產婦了，後來好不容易懷上孩子了，我知道懷一個孩子對我有多艱難，一個孩子對我有多重要，我也不管單位那些事情了，安心生孩子去了。等產假結束回到單位，我發現連我的辦公室都被佔用了，我的辦公室被擠到了一個原來放材料的小屋子裡，小院士藉口我照顧孩子忙也不分配任何科研任務，我被徹底邊緣化了。我生孩子前科研任務重的讓我身體吃不消，生完孩子後反而沒有一點科研任務了。我堅持了一年多時間，很快我進單位都已經五六年了，和我一起進單位的博士都已經有職稱有待遇了，我還什麼都沒有，而且我也看不到這樣的境遇有任何改變的跡象，我就辭職到高校當老師了。」

「春蒓，妳現在在高校裡感覺怎麼樣？就像妳剛纔說的，我當時也有進高校當老師的機會，最終沒有去，也一直想知道在高校當老師是一種什麼感覺。」姬遠峰說道。

「我對工作都沒有什麼熱情了，只是一天機械地上課帶娃，我父母和我老公家那邊幫我帶孩子一點忙也幫不上，幸好高校裡面不用坐班，我能有時間照顧孩子。只不過在高校裡沒有科研條件，我也沒有精力從事科研，沒有科研就發表不了文章，發表不了文章評教授就遙遙無期了。不過我已經看開了，教授評不上也就算了，只要家裡安安靜靜地沒有人鬧事，孩子健健康康地成長就很好了。」黎春蒓說道。

「春蒓，就像妳說的，現在不管評什麼職稱都要看發表了多少論文，我覺得都快成笑話了，好多論文都是東拼西湊的東西，一點學術價值也沒有。」姬遠峰說道。

「小峰，你說的的確如此，我估計你們生產單位還好一點，在科研院所和高校對論文看的太重了。在科研院所發論文還好說一點，起碼有實驗條件，在高校裡除非有國家、省部級的重點實驗室，具備比較好的實驗條件，但高校裡更多的都是用來進行教學用的常規實驗條件，就這

樣的實驗條件，要發表高水平的論文，尤其對我這樣的化學專業無異於空中樓閣了。沒有實驗條件要發表高水平的論文，這不是笑話嗎？可學校評職稱都有國際或者國內核心期刊發表論文的要求，我都不知道我的同事那些這些論文是怎麼寫出來的，我現在也忙著照顧孩子，我也造不出來這樣的論文來，評不評上教授也只能看造化了。」

「春莼，看開點吧，我上研究生的導師五十多歲了還沒有評上教授，剛好我上研究生的那三年他又一次沒有評上教授，看他生氣的樣子嚇得我們在教研室裡惶惶不可終日，不去教研室吧又怕導師說整天連教研室都不去，去了成天提心吊膽。幸好我的導師素質很高，沒有把火發到我們身上。妳還年輕，等孩子稍微大點了，有精力了多發表幾篇文章就能評上了。不像我在企業裡面，最高只能是高級工程師了，而且我也已經是高工了。教授級高工都是和行政級別掛鉤的，沒有副處級的行政級別連名都不讓報，教授級高工只是行政領導腦袋上的花環而已，我這輩子也只能是個高級工程師了，算是到頭了。」姬遠峰安慰黎春莼道。

「隨緣吧，看造化吧！」黎春莼說道。

聽了黎春莼這樣充滿佛教語氣的話，姬遠峰看了一眼黎春莼，「春莼，妳這樣想最好不過了，人的精力有限，尤其對妳們女的來說，要操持家務，照顧孩子。也受到許多外部環境比如實驗條件的限制，別太強求自己，也別給自己施加太大的壓力，職稱之類的看淡點吧！」姬遠峰對黎春莼說道，岳欣芙的事是姬遠峰心中永遠的痛。

「謝謝你，小峰，替我寬心！」黎春莼說道。

「妳剛纔說妳父母和妳老公那邊對妳帶孩子一點忙也幫不上，都是妳一個人帶著孩子，當時妳媽媽和妳婆婆都退休了吧，怎麼沒有幫幫妳呢？」姬遠峰問道。

「我婆婆是我公公離婚後娶的第二個老婆，身體一直不大好，常年生病，都需要人伺候，請了保姆一直在家伺候著，當然幫不了忙了。我爸爸當時還沒有退休，我媽媽雖然退休了，但我弟弟也有孩子了，我媽媽幫著我弟弟帶孩子呢，就沒有人幫我了，我一直一個人帶著孩子。」

黎春蓴說道。

「妳老公不幫幫妳嗎？」姬遠峰一直見黎春蓴不提她老公，試探著問道。

「小峰，你研究生畢業前來面試見過我老公，當時他就知道玩網路遊戲，啥也不管，我以為結婚後就不玩了呢，沒想到即使有了孩子還一個樣，照樣玩，什麼也不管，我只能自己帶著孩子了。小峰你呢，你母親幫你帶孩子了嗎？」黎春蓴問道。

「沒有，我媳婦出了月子我爸爸媽媽就回去了。」姬遠峰回道。

「那你岳母幫你帶孩子了嗎？」黎春蓴接著問道。

「也沒有，我家孩子上幼兒園前一直請了一個保姆幫忙帶著，其實從一開始孩子還沒有出生呢我就已經想好了請個保姆幫忙帶孩子，我和我媳婦也達成了一致意見。在誰帶孩子的問題上我和我爸爸也不謀而合，我本來就不想讓我媽媽和我丈母娘帶孩子，老人帶孩子容易把孩子寵壞了。讓我媽媽帶吧肯定就要住到我家，時間長了肯定會和我媳婦鬧矛盾，再者我爸爸身體不好也沒有人照顧，而我爸爸又堅決不住到我家裡來，那麼我爸爸就徹底沒人照顧了。我岳母吧，自家的孩子我媽不帶讓我岳母帶怕我岳父母不樂意，我也怕我岳母到我家來帶孩子時間長了干涉我的家庭，再者我妻弟媳婦很快也有孩子了，我岳母要帶自己的孫子，所以我也不想讓我岳母幫我帶孩子。我還想怎麼跟我爸爸說呢，說不讓我媽媽帶孩子怕我父母不高興，我爸爸問我一句，我聽說你媳婦弟弟很快也有孩子了，你岳母要照顧人家的孩子，而且你媽媽閒著讓你岳母帶你的孩子不合適，你需要錢嗎，我給你點你請個保姆幫你帶孩子吧。我一聽就明白了，我爸爸也不想讓我岳母、也不想讓媽媽幫著帶孩子，我心裡高興還來不及呢。孩子出了月子後我高高興興地把我爸爸媽媽送回老家了，我兩口子都在國企，我媳婦單位政策也好，她產假結束了又請了半年多的育兒假，一直自己把孩子帶到一歲。也早早找了一個保姆，孩子一歲了斷了奶保姆就帶著孩子了，媳婦也上班去了，雙方父母都沒有幫著帶孩子，省卻了許多矛盾。」姬遠峰說道。

「小峰，你剛纔說你爸爸堅決不來你家住是怎麼回事情？」黎春蒓問道，這時候亞妮給姬遠峰不停地使眼色。

「妮妮，不用使眼色了，我結婚後我公公撇下我婆婆來我家住著等著抱孫子的事，還有我公公前妻的兩個女兒來我家爭我的婚房的事情我以前跟小峰說過，我結婚的婚房當時登記在我公公名下，她們要當做我公公的房產來分割，過來鬧得很兇，我也沒有辦法。」黎春蒓看到亞妮不停地給姬遠峰使眼色，她對亞妮說道，亞妮聽了笑了一下，不再給姬遠峰使眼色了。

「哦，春蒓，妳以前給我說的這兩件事現在情況好點了吧？」姬遠峰問道。

「嗯，現在好多了，我公公也回自己家和我婆婆一起去住了，也給他前妻的兩個女兒不少錢補償了一下，我公公前妻的兩個女兒纔不來我家鬧了，小峰，你還沒有說你爸爸堅決不來你家住是怎麼回事情呢！」黎春蒓說道。

「我的意思是我爸爸有一個習慣，就是堅決不到子女家去，常住短住都不去，我兩個姐姐結婚十多年快二十年了，除了她們買了新房請我爸爸過去看一眼以外，我爸爸從來不去我姐姐家。我爸爸和我哥哥住一個城市，我爸爸去我哥哥家轉一圈的次數都屈指可數，更不用說去常住或者短住了。我媳婦生孩子的時間我覺得我爸爸身體不好，我媽媽要給我爸爸做飯，兩個人都就別過來了，反正我媳婦她父母都在我那邊。但我爸爸媽媽覺得婆婆伺候兒媳婦坐月子是天經地義的事，非要過來，其實我知道他們非要過來的目的是為了表明孩子是我家的，伺候我媳婦坐月子免得給我媳婦落下口實。過來之前我爸爸就讓我在我們的小區裡提前給我爸爸媽媽租好了一套小房子，不願意住到我家來。過來之後我媽媽到我家來幫著我媳婦做飯給全家人喫，我爸爸喫完飯後就去租的小屋子睡覺去了，也不願意住我家。我媽媽過來伺候我媳婦坐月子我爸爸都不願意住我家，更不用說平時了，他從來都願意呆在自己家裡，誰家也不去住。」

「你爸爸真是太聰明太明智了！」黎春蒓好像在自言自語地說道。

「你爸爸身體不好，跟過來也幫不上什麼忙，你爸爸要是不過來，讓你媽媽和你們住一起，你就不用租房子了。伺候你媳婦坐月子是你媽媽的事，與你爸爸又沒有任何關係，你爸爸跟過來幹什麼？」亞妮笑著問道。

「亞妮，妳問的對，我爸爸跟過來幹什麼來了？就是為了喫我媽做的飯來了。」姬遠峰笑著說道，「亞妮，妳知道咱們西北男人，尤其是上輩人，雖然我爸爸在鄉政府工作，其實還是農民一個，他從來不做飯，又不願意去我哥家喫飯，怕看我嫂子臉色。我嫂子白天要上班，下班了再給我爸爸做飯，我爸爸也不好意思去喫。去我兩個姐姐家喫飯那是更不可能的事了，所以就跟過來了，過來就是為了一日三餐而已。只是我爸爸這一日三餐貴了點，還要把那套房子的租金給加上。這也是我為什麼不想讓我媽媽幫我帶孩子的主要原因之一，我爸爸堅決不到我家來住，我媽媽要是幫我帶孩子我爸爸連飯都沒的喫了，所以我媳婦出了月子我爸爸媽媽就回老家去了。」

「小峰，你家誰幹家務幹得多一點？」黎春蒓問道。

姬遠峰笑了一下，「春蒓，讓我說實話我真有點不好意思了，我是農村出來的，在農村家裡一直幹活很多，沒想到結婚後媳婦做家務比我多多了，我都不好意思說了。不過媳婦身體不舒服或者情緒不好的時間，自己要有點眼色，就多幹幹，這是女人的生理決定的，自己總不能無動於衷吧。再者媳婦幹活的時間自己嘴巴甜一點，多誇媳婦兩句。」姬遠峰笑著說道。

「小峰，上高中只覺得你很愛學習，沒發現你還有點狡猾，光哄著媳婦幹活了！」亞妮笑著說道。

「媳婦在幹活，兩句口惠實不至的話總會說吧，又不需要花錢，哄著媳婦開開心心幹活還不好，總比自己出力幹活好多了。」姬遠峰笑著說道。

「我老公要是有你這想法就好了，家務我全幹了他連一句好聽的話

也沒有。小峰，我看你可以開個老公培訓班了。」亞妮笑著說道。

「亞妮，看來妳幫我把我失業後再就業的工作都找好了，妳還挺會替政府分憂的，除了我謝謝妳，政府也該謝謝妳了。」姬遠峰笑著說道。

「小峰，你爸爸媽媽讓你媳婦生二胎了嗎？我知道你直到現在只有一個女孩。」黎春蒓問道。

「說了，其實在二胎政策放開之前就已經說過了，咱們西北這邊妳又不是不知道，我爸爸媽媽和我說過幾次，我沒答應。後來有一次我媽媽打電話跟我媳婦說生二胎的事，恰好我在旁邊，我就把電話接了過去，直接告訴我媽媽，爸爸媽媽你們有什麼事直接跟我說就行，不要給我媳婦說。而且我覺得我媽媽只不過是在傳我爸爸的話呢，我爸爸媽媽給我說過兩三次，見我不同意，就想拐彎抹角地跟我媳婦說，我爸爸又不好意思說，就讓我媽媽說，不過被我識破了。後來二胎政策放開了，但我媳婦年齡太大了，猶豫來猶豫去年齡更大了，也就不打算生二胎了。」姬遠峰說道。

「小峰，你為什麼不讓你媽媽和你媳婦說呢？」黎春蒓問道。

「春蒓，媳婦畢竟不是親女兒，老人說的話不同意，又不好意思反駁，反駁吧老人覺得沒有禮貌，我媳婦也怕我不高興，覺得她對我父母沒禮貌，就悶在心裡。我爸爸媽媽也不好意思說我媳婦重話，時間長了兩方心裡都是疙瘩，心結越積越深，所以我讓我爸爸媽媽有事直接給我說，不要給我媳婦說。我要是不同意直接就頂回去，我爸爸媽媽不高興了無非罵我幾句，過兩天就好了。我在我媳婦和我父母之間做個屏蔽層，將雙方可能產生矛盾的地方隔開。同樣我岳父母那邊，我也讓我媳婦給兩位老人傳話，有事情不要跟我說，給我媳婦說了讓她回家跟我說。其實我結婚後就給媳婦灌輸一種思想，自己的日子自己過，自己家的事情自己做主，極力反對雙方父母參與到自己的小家庭來。比如我後來換了一個大一點的房子，我事先都沒有和我爸爸媽媽說，事先說吧好像有讓父母資助的意思，等已經買好了纔告訴他們一聲。時間長了，雙

方父母也都就習慣了，對我自己小家的事也不插手了。妳呢，春蒓，妳也只有一個女兒，妳公公和老公有讓妳生二胎的想法嗎？亞妮我知道妳沒這煩惱，妳一下就生了個兒子，生不生二胎無所謂。」姬遠峰說道。

「我倒想二胎生個小姑娘養養玩呢，可惜就像你說的，太老了已經生不出來了，生出來也養不起了。」亞妮笑著說道。

「小峰，你的做法真好，我老公要是有這樣的想法和做法就好了。我婆婆泥菩薩過河自身難保，我公公直接跟我說讓我生二胎，而且一定要生個兒子，把我煩的夠嗆。」黎春蒓說道。

「春蒓，妳公公怎麼知道妳二胎一定會生個兒子呢？」姬遠峰問道。

「我公公跟我說他有辦法找人鑒別胎兒性別，怎麼也要生個兒子出來。」黎春蒓說道。

「如果是個姑娘，不要了對身體多不好啊，妳老公什麼意思？」姬遠峰說道。

「我老公什麼都聽他爸的，這就是讓我生氣的地方，但我不同意，我公公拿我也沒有辦法。我養一個孩已經把我累的夠嗆，打死我也不會生二胎了。小峰，上次你給我郵寄過來你出的書把我嚇一跳，你發消息說你出了一本書，要我的地址給我郵寄過來，我還以為就一本書呢，結果你一下子郵寄過來七本，好多教授一輩子也出不了七本書，你竟然一下子出了七本書。」黎春蒓說道。

「什麼書？小峰，你出書了，竟然不給我郵寄一本，不過也是，你和春蒓關係好，那也不行，你回去必須給我郵寄過來。」亞妮笑著說道。

「也讓妳膜拜一下吧！我手機裡還保存著小峰七本書的照片呢！」黎春蒓說著從手機裡找出姬遠峰郵寄給她的七本書照片讓亞妮看。

「春蒓、亞妮，沒有那麼誇張，只是三本書分成了七冊，不是七本書，而且也不能稱為著作，我只是輯錄和校對註解了一下，我沒有那麼厲害，我回去一定給亞妮妳郵寄過來！」姬遠峰說道。

「小峰，你的書為什麼在臺灣出版不在大陸出版呢？畢竟臺灣出版

的書在大陸不能公開出售的。」黎春荇說道。

　　「春荇，其實我一開始很想在大陸出版，但最後為什麼在臺灣出版了呢？我稍微說一下妳就知道了，春荇，妳是博士，發表論文是必須的。妳知道的在大陸發表論文都要版面費，在大陸出版學術書籍和發論文一樣，只不過改了個詞叫書號費，一個書號費就要兩萬圓左右。除了書號費出版社還要讓作者另外出一部分錢資助出版，但版權還歸出版社。像妳這樣從事學術行業的人自己出錢或者學校的出版基金資助出版了可以評職稱用，而我個人根本申請不到出版資助，出版了工作上也用不著，我個人又不願意出這筆錢，為出書拖延了好長時間，後來臺灣那家出版社願意免費出版我就在臺灣出版了。」

　　「小峰，我看你的書全部是繁體字的，你一開始就用繁字體寫的還是後來轉換的？」黎春荇問道。

　　「我一開始就用繁體字寫的，因為主要是對古籍的整理，我看大陸也有繁體字的古籍書出版，我就用繁體字寫了。春荇，妳看繁體字困難嗎？」

　　「我還行，其實繁體字認識並不難，偶爾有不認識的根據上下文能猜個八九不離十，再有不認識的了查查字典也就認識了。」黎春荇說道。

　　「小峰，為什麼用繁字體呢，又難認又麻煩！」亞妳插話說道。

　　姬遠峰笑著說道，「亞妮，妳在政府部門工作，現在中央一再強調要有文化自信，要繼承和發揚優秀中華傳統文化，不認識繁體字可以嗎？」

　　「為什麼離了繁體字就不能繼承和發揚優秀的傳統文化呢？」亞妮反問道。

　　姬遠峰笑著說，「亞妮，其實道理很簡單，因為中國古代那些偉大的經典都是用繁字體寫成的並且流傳了數千年了。產生偉大的中國傳統經典的哲人孔子等人死了幾千年了，這些人不可能從地下活過來講解他們那些偉大的思想了。毛澤東時期這些偉人的屍骨從地下挖出來了，但

這些偉人的尸骨已經不會開口講解那些偉大的思想了，而且挖這些人的尸骨的目的也不是讓這些哲人從地下出來講解他們的偉大的思想，而是要鞭尸。繼承優秀的傳統文化還要回頭去讀那些偉大的經典，但中國傳統經典卻是用繁體字寫就的，不懂傳統繁體字奢談繼承優秀傳統文化，這與文盲讀書有何區別？」

「小峰，我不是很同意你的觀點，把傳統經典用簡體字重新印刷出來不就行了嗎？」亞妮說道。

「亞妮，將繁體字流傳的傳統經典改成現代簡體字難道不需要首先認識繁體字嗎？不認識繁體字怎麼改成簡體字？」姬遠峰笑著說道，「而且繁字體產生後用繁字體傳承下來的書籍已經幾千年了，我們經常用汗牛充棟這個詞來形容古籍之多，什麼時間能用簡體字把這些書全部簡化出來，而且簡化一次，原書中的信息就損失一次。這就像人傳話一樣，傳幾個人之後完全就變樣了啊！」

「這個，嗯……，再怎麼說簡體字在掃盲和文化普及上作用還是很大的。」亞妮說道。

「那臺灣和香港呢？人家用的可是繁體字，臺灣和香港民眾的文盲率比大陸高還是文化水平比大陸低？這是教育普及的問題還是繁體字的問題。」姬遠峰笑著說道。

「這個，嗯……，那你說繁體字改革沒有必要了？亞妮說道。

「我覺得對漢字改革沒有必要，簡化更沒有必要。但繁體字也有一些問題，我看了一些影印的古籍，主要是異體字和俗字太多了，比如「因」字體的異體字「囙」字。」姬遠峰說著在手心裡用指頭寫了這個「囙」字，但黎春蕊和亞妮看不清，姬遠峰跟服務員要了張紙和一支筆，寫了下來，遞給黎春蕊和亞妮看。「民間私人刻印的書籍中俗字異體字比較多，影響閱讀，也讓漢字顯得很雜亂。我覺得當時文字改革的思路就不對，應該對繁體字進行規範而不是簡化，將已經很少使用的異體字及俗字淘汰掉即可，沒有必要進行簡化，從而割裂與傳統文化的聯繫。暫且不說文字本身的文化屬性，僅僅從文字的功能來說，一是繼承

傳統文化，二是吸收優秀的外來文化，二者兼容並包從而使得文化得以發展。繁體字這二者功能兼備，但改革後的簡體字吸收外來文化沒有問題，但卻割裂了傳統文化，人為的阻礙了對傳統文化的繼承，使得文化發展的兩條腿中的一條腿即傳統文化受到了嚴重的損害。而且界定中國人的恰恰是傳統文化而不是零敲碎打各取所需的外來文化，當然了我並不排斥吸收和借鑒外來文化。而簡化字恰恰破壞了中國人引以為榮的傳統文化，所以我對漢字進行簡化很不讚同。」

「你好像說的也有一定的道理。」亞妮說道。

「亞妮，咱兩剛纔爭論了半天繁體字和簡化字的優劣，那我給妳再寫幾個簡化字妳認認吧，妳看過之後再說要不要對漢字再簡化了。」

姬遠峰在剛纔跟服務員要的紙上寫下了在一本書上看到幾個第二次簡化字「芷」「卩」「广」「亥」「沈」「宀」，讓亞妮看，黎春荺也湊過來一起看，看完之後兩人直搖頭，黎春荺笑而不語，亞妮用手指著广說，「除了广這個字應該是病字外其他的都不認識！不認識！」

姬遠峰笑了，「這是我在一本書上看到的幾個字，我買過一本書，翻開一看，我的第一反應就懵了，這是什麼文字，天書嗎？怎麼以前從來沒見過呢！我根據前後文纔判斷出這幾個字分別是「藏」「部」「病」「察」「游」「宣」字。」說著姬遠峰說著又在紙上寫下了這幾個字。「我的第二反應就是把這本書扔掉，簡直是垃圾一樣的笑話。反過來一想，我趕快很愛惜地的保存了下來，雖然是笑話一樣的存在，這可是漢字簡化史上珍貴的史料，說不定再過幾十年都成珍貴文物了呢！」姬遠峰說完笑了。

「這簡化的也太離譜了！」亞妮說道。

「小峰，這是一本什麼書？我也想看看。」黎春荺說道。

「亞妮，我稱這樣的簡化字不叫簡化字而叫殘體字，人為弄殘疾了的漢字。」姬遠峰笑著說道，「春荺，這本書名字叫《僜人社會歷史調查報告》，是建國後對少數民族進行調查時編寫的一本調查報告。」姬遠峰接著說道。

　　「僜人是什麼人，是哪個少數民族的，怎麼以前沒有聽說過。」亞妮說道。

　　「僜人是一個比較原始的人群，現在還沒有識別為五十六個民族之中去，主要分佈在西藏察隅縣和印度控制的藏南地區。」姬遠峰說道。

　　「小峰，為什麼中央現在強調文化自信和繼承傳統文化呢？」亞妮問道。

　　「亞妮，妳在政府部門工作，妳更應該知道原因啊！政府領導人民啊！妳更應該知道的啊！」姬遠峰笑著說道。

　　「小峰，妳就別裝蒜了，快點說！」亞妮笑著說道。

　　「小峰，你就別逗亞妮了，我也想聽聽你的看法。」黎春蕊說道。

　　「那我就又開始吹牛了，我要說一堆領導人纔講的大道理來，妳兩可別笑話我啊。」姬遠峰笑著說道，「我們強調自己是中國人，那什麼是中國人？僅僅是長相等外貌特徵還是國籍？其實這兩者都不能決定一個真正的中國人，中國人之所以是中國人是因為他身上的兼容並包的中國文化的屬性，而不是西方的什麼文化和主義。強調文化自信就是對自身的肯定和自身身份的認同，這就是為什麼要強調文化自信。

　　為什麼要繼承優秀傳統文化，因為僅僅一個馬克思主義對於中國來說是遠遠不夠的，馬克思主義是什麼？它僅僅是西方眾多政治思想流派的一個，被我們執政黨選作了它的指導思想，但也僅僅是執政黨的政治指導思想。而十三億中國人的精神生活是方方面面的，除了政治思想以外，還有一個很重要的就是社會倫理，說難聽一點就是以前的三綱五常，現在叫做思想道德。中國傳統優秀文化在西方的馬克思主義經典著作中找不到，只能在中國傳統的經典中去繼承。舉個簡單的例子，比如孝敬父母，孝敬父母是中國的優秀傳統文化，如何教育孩子繼承這一優秀傳統文化呢？暫且不論馬克思的經典著作中有沒有這方面的論述，教育小孩孝敬父母難道要給小孩子普及和灌輸馬克思主義嗎？而孝敬父母這樣的傳統文化就在我們身邊，每一個父母都會教育孩子孝敬父母。傳統文化已經有了幾千年的歷史了，又直接又有群眾基礎，也不用政府花

錢花力氣去普及。這就是為什麼要繼承優秀傳統文化，一是傳統文化決定了中國人這個身份認同，二是傳統文化有幾千年的歷史和廣大的群眾基礎，對中國有百利無一害。再者中央現在提出繼承優秀傳統文化這樣的口號，那說明我們以前丟的太多了，所以現在又號召繼承呢。」姬遠峰說道。

「你這說起來一套一套的，你是學理工科的嗎。」亞妮笑著說道。

「亞妮，說起繼承傳統文化，我想起一件事來，就是二零零五年韓國申請他們國家的江陵端午祭為世界非物質文化遺產在國內引發爭議的那件事。當時網上罵聲一片，我在網上稍微查了一下，發現罵人的那些網民連基本的事實都沒有弄清楚就罵人，真可笑至極。人家韓國江陵端午祭雖然起源於中國的端午節，但已經完全本地化了，形式和內容與中國的端午節完全不是一回事，韓國申請自己的江陵端午祭完全不影響中國申請端午節為世界非物質文化遺產，而且後來二零零九年中國也申請端午節為世界非物質文化遺產也成功了，當初罵人家韓國的那幫人不知道感覺到羞恥不。其實在韓國申請自己的江陵端午祭這件事上我不但不罵韓國，反而感謝韓國呢。為什麼呢？中國政府歷來不重視傳統節日，建國這麼多年了，端午和中秋從來沒有定為法定節假日。從大的方面來說，韓國人這麼一申遺，讓世界知道了還有端午這個詞，順道也把中國的端午節宣傳了一下。從小的方面來說，韓國人這麼一申遺，讓中國政府緊張了起來，二零零八年就把端午和中秋定為法定節假日了，我們又多了兩天假日，二零零九年中國就把端午節申請成了世界非物質文化遺產，妳說我們是不應該感謝感謝韓國人呢！」姬遠峰笑著說道。「不過我對中國申請世界非物質文化遺產這件事也不讚同，自己的東西需要自己珍惜，讓傳統節日真正成為老百姓民俗文化生活的一部分，成為一種自覺行為，那纔能讓傳統節日和文化傳承下去。而我們現在申遺絕大部分都是出於經濟利益，建個什麼遺產公園用來賣門票的，與繼承傳統文化沒有什麼關係。」

「感謝韓國人你這想法真的很怪異啊！小峰，你沒有在網上說吧！

估計會被口水淹死的，說不定還會被人肉搜索了呢！」亞妮笑著說道。

　　「我知道自己的想法很怪異，我媳婦也一直說我滿肚子的歪理邪說，滿腦子的奇思怪想，我已經習慣了。」姬遠峰笑著說道。「我從來不在網上發表這樣的觀點，招來罵聲一片。亞妮，說道了韓國給他們的節日申遺一事，我還想和妳繼續說說繁體字和簡體字的事。剛纔我說了文字的功能是繼承傳統和吸收外來文化，從而發揚自己的文化，從文字本身來說往往是一個民族的文化之根和魂，傳統文字承載的傳統文化是一個民族區別於其他民族的根本，一個國家形式上是一個政治實體，但一個國家的靈魂卻是它的文化，文化是一個國家立國的精神支柱。當時的文字簡化，完全沒有考慮到傳統文字身上承載的傳統文化，僅僅把文字看成了一個工具，覺得怎麼簡便易行便怎麼來，可事實並非這樣。一個民族征服另外一個民族後欲徹底消亡這個民族的歷史和文化就是從文字和語言著手。前蘇聯殖民統治外蒙古的時間首先就把傳統的老蒙古文改成了以俄文字母書寫的新蒙古文，並且禁止崇拜和祭祀成吉思汗，從而從文化上消亡和同化外蒙古，消亡蒙古民族的精神和文化。俄羅斯殖民統治哈薩克斯坦的時間先是把哈薩克原來的阿拉伯文字母改為了拉丁文字母，但發現伊斯蘭世界的老大土耳其也把阿拉伯字母改為了拉丁字母後，前蘇聯又把哈薩克的拉丁文字母改成了俄文字母，目的和對待外蒙古一樣，消亡這個國家的傳統文化和歷史。法國殖民統治越南的時間就把越南流行的漢字廢除了，另外創造了一套文字。韓國和朝鮮為了擺脫中國強大的文化影響，也廢除了漢字，推行了自己的文字。但近年來，這幾個國家擺脫殖民統治後發現傳統文化的重要性，逐步在恢復傳統文字。說道恢復傳統文字，我更想說說韓國想恢復漢字這件事。韓國長期受中國文化影響，韓國的古籍絕大部分都是用傳統繁體漢字書寫的，韓國人在毛澤東時期面對中國的落後心底裡看不起中國，也急於擺脫中國文化的影響，廢止了漢字。但隨著經濟文化的發展，韓國人發現自己的文化寶藏竟然自己不認識了，又嚷嚷著恢復漢字，但現在中國經濟政治勢力很強，韓國人又對中國逐漸開始有了戒備心理，

害怕恢復漢字會增強中國對韓國的影響力，韓國人在恢復漢字這件事
上其實也挺矛盾的。不過我一直納悶的是，韓國人真的要恢復漢字是
恢復傳統繁體漢字還是現在大陸通用的簡體字，按道理為了認識他們
自己的古籍應該恢復傳統的繁體漢字纔對，而且也和現在大陸的簡體
漢字有區別，可以抵消一點中國對韓國影響力增大的擔憂。如果真的
韓國恢復了傳統繁體漢字，以韓國人喜歡申遺的習慣，他們真有可能
把傳統漢字也申請為世界非物質文化遺產了，我覺得那時間中國政府
會十分的尷尬。」姬遠峰說道。

　　「韓國人真的敢把中國傳統漢字申請遺產，看我不罵死他。」亞妮
笑著說道。

　　「亞妮，為這麼點小事都要把人家罵死，幸虧妳不是國家領導人，
妳要是國家領導人還不派軍隊把人家給滅了，不過，亞妮，妳為什麼罵
韓國人呢？」姬遠峰笑著說道。「我發現中國人有兩個很有意思的特
點。一個就是從來不承認自己的錯誤，把自己的錯誤和不足都能歸結到
別人身上，比如現在一直嚷嚷的西方對中國的技術封鎖，我就很奇怪，
西方國家與中國非親非故，中國對他們而言是潛在競爭對手，人家有了
獨門絕技為什麼要把自己的獨門絕技轉讓給中國。反過來，中國有自己
的獨門絕技，中國會轉讓給自己的競爭對手嗎。中國人有著世界上最聰
明的腦袋，有時間嚷嚷別人封鎖技術，為什麼不把自己的聰明腦袋用用
開發自己的獨門絕技呢，打個不貼切的比喻，這就像在高考的考場裡妳
抱怨同學不給妳打小抄一樣，並不是隨便給點好處同學都應該讓妳打小
抄的。」姬遠峰說道。「中國人的第二個特點就是亞妮妳剛纔體現的，
妳把自己的孩子丟了不要了，別人好心收養了，養成了一個大白胖小
子，妳不感謝人家反而要罵人家，豈有此理。」姬遠峰笑著說道。

　　「那你意思如果韓國恢復了傳統繁體漢字中國還要感謝韓國了？」
亞妮說道。

　　「對，亞妮，咱兩現在終於達成一致了。亞妮，剛纔和妳開玩笑
了，說正經的，咱們中國人對自己的文化遺產真的不珍惜，在日本的各

大圖書館珍藏著好多中國已經消亡了的珍貴古籍，民國時期張元濟為了影印出版一套《二十四史》就曾經遠赴日本借書影印。光緒年間清朝駐日本公使黎庶昌從日本珍藏的中國古籍中輯錄了一套《古逸叢書》，這些古籍在中國已經消亡了或者版本不夠好。大學者陳寅恪也寫過一句詩「群趨東鄰受國史，神州士夫羞欲死」，說的是中國人去日本學習中國歷史的事。如果韓國人恢復了傳統漢字，再過幾十年，大陸中國人不認識自己圖書館的古籍了我看真的要去韓國學習傳統漢字了，中國人去韓國學習自己原來的文字！那時間可真就滑稽了，說不定還會把在地下睡了幾十年了的陳寅恪氣得活過來。」姬遠峰笑著說道。

「小峰，你剛纔也說道周邊幾個國家在恢復傳統文字，你說中國有恢復傳統漢字的可能嗎？」黎春蒓問道。

「我覺得可能性微乎其微，在我看來作為個人會反思自己過去的不正確行為，但作為一個組織，惰性很大，除非萬不得已不會承認自己曾經的決策是錯誤的，那相當於打自己的臉，在一黨獨大的中國讓它主動承認決策是錯誤的幾乎不可能。當年做出文字簡化決策的都是革命偉人，要改正這些人的錯誤決策談何容易，而且改正錯誤還會得罪一批當年做出錯誤決策者的衣鉢傳人，這批人的勢力往往又很大，所以我說對於一個組織改正過去的錯誤很難。妳看已經有代表在「兩會」上提出恢復傳統繁體漢字的提案，結果在全國的討論也沒有展開過，就知道政府的態度了，所以我說恢復傳統漢字的可能性微乎其微了。春蒓、亞妮我和妳兩開個玩笑，以前還有人提出過漢字拉丁拼音化的方案，如果到時間漢字徹底拉丁化了，而韓國又恢復了傳統繁體漢字，我就申請去做個韓國人，不做中國人了，我不願意和妳兩做一家人了。」姬遠峰笑著說道。

「小峰，咱們討論繁體字簡體字已經很多了，我看出來了你是個繁體字的強硬死黨。」黎春蒓說完笑了一下，「小峰，我看你出的書參考書目裡有《四庫全書》，我知道蘭州也有一套《四庫全書》，是從沈陽拉過來的，遼寧省和甘肅省為這套書還經常發生爭執，你應該知道

吧！」黎春莼說道。

「春莼，蘭州現在的這套《四庫全書》我知道來歷，我旅遊的時間還去參觀過這套書原來的家，這套書原來藏在瀋陽故宮的文溯閣。北洋軍閥時期被運到了北京，後又被索要了回去，為此還在文溯閣旁邊還建有一塊復運回去的紀念碑，這套書在中蘇關係緊張的時間運到了蘭州，還在連城的魯土司衙門保存過一段時間。」姬遠峰說道。

「小峰，遼寧和甘肅為這一套書經常發生爭執，你怎麼看待這個話題，以你的觀點這套書應該歸還給遼寧嗎？」黎春莼問道。

「春莼，按照文物保護的原則，所有的文物都應該物歸原位，但如果說到這套《四庫全書》，則另作他論了。首先七套《四庫全書》中的北四閣《四庫全書》是放在北京、瀋陽和避暑山莊四處皇宮中的，是屬於清廷現在叫中央政府的資產，并不是某個省的財產。文溯閣《四庫全書》不屬於遼寧省，承德避暑山莊的文津閣《四庫全書》也不屬於河北省，如果遼寧省索要文溯閣《四庫全書》，那麼河北省是否也應該索要現在保存在國家圖書館的文津閣《四庫全書》呢？再者，珍藏《四庫全書》的北四閣我都去過，以現在圖書收藏的標準，這四個閣樓完全不符合現代圖書館防火防潮防蟲蛀防鼠的基本要求。而且都開闢成了旅遊景點，我前後去過兩次避暑山莊的文津閣，發現破壞的也不輕。我第一次去的時間看到上面遍刷革命口號，我第二次去的時間看到文津閣整個被圍起來正在施工維修，估計維修後那些瘋狂年代的革命口號也就不見了。如果文津閣《四庫全書》不早運到北京去，估計在刷革命口號的時間也會被一併破壞掉。遼寧省要回去文溯閣《四庫全書》不可能放在文溯閣了，要回去無非放到了遼寧省圖書館裡面。既然與文物保護的物歸原位原則無關了，失去了文物保護的意義了，那還為什麼要要回去呢？而且最著名的那套《四庫全書》，即文淵閣《四庫全書》現在在臺灣，連現在大陸政府也從來沒有說過要從臺灣要回來，還有現在珍藏在臺北故宮的那些珍貴文物怎麼個說法，這牽涉到更複雜的政治問題了，這就是我的觀點。」姬遠峰說道。「不過我是咱們甘肅人，當然找理由把這

麼珍貴的書留在咱們甘肅省了。但也弄一套復本給遼寧省送過去，安慰安慰他們，免得遼寧省經常來咱們甘肅省討要了。還有一點，咱們甘肅現在太落後了，文化更落後，西北地區也應該有這麼一套書，已經有了還能輕易送回去嗎！」姬遠峰又笑著說道。

「小峰，《四庫全書》我知道是個部頭很大的叢書，甘肅省還專門建了一座藏書樓珍藏呢，你不可能全買了吧！」黎春蕊說道。

姬遠峰聽了笑了一下，「春蕊，妳說的對，我怎麼可能全買了呢！把我家房子賣了也買不起一套影印本，即使買得起也放不起啊，我也不可能給建一座樓用來藏書啊！」

「你買的多嗎？都買的是哪些書？我很好奇，你和我都是理工科生，你會買其中哪些書？」黎春蕊說道。

「我買了其中很少幾本，與其說是買書，還不如說是為了化解自己的眼饞手饞病，我買了其中十多本歷史地理類的書，主要是《元和郡縣圖志》《水道提綱》《欽定外藩外藩蒙古回部王公表傳》之類的。」姬遠峰說道。

「你從什麼地方買到的，我看了你的書之後好奇在網上檢索了一下，發現在大陸並不容易買到。」黎春蕊說道。

「春蕊，妳說的對，大陸並不容易買得到，我買的是臺灣商務印書館最新影印的版本。臺灣商務印書館也出了原書大小的線裝本還是包背裝本，但太貴了，我只買了其中幾本四合一的影印本。」

「小峰，你怎麼知道臺灣商務印書館出版這套書的信息的呢？可能我是理工科生的緣故，我一點這類信息都沒有。」黎春蕊說道。

「春蕊，我以前在臺灣商務印書館買過一些書，留有電子郵箱，他們出版《四庫全書》的時間往我郵箱裡發了廣告，我知道了就買了其中幾本。」姬遠峰說道。

「大陸地區出版過《四庫全書》嗎？」黎春蕊問道。

「春蕊，其實剛開始我對大陸地區出版《四庫全書》情況一無所知，我開始聽說《四庫全書》的時候只覺得那樣大部頭的書與我無關，

我也不可能買的起，所以從來沒有關注過。後來接到臺灣商務印書館的廣告後我纔關注了一下大陸出版的情況，纔知道大陸也印刷過《四庫全書》，但出版印刷的情況並不盡如人意。最早讓這套書從深宮走入尋常圖書館和讀書人家裡的就是現在的臺灣商務印書館，商務印書館還在大陸的民國時期就有計劃影印《四庫全書》了，曾經幾經周折影印了沈陽故宮文溯閣《四庫全書》中的很少一部分，叫做《四庫全書珍本初集》。但直到國民黨敗退到了臺灣後臺灣商務印書館纔全部影印了運到臺灣去的文淵閣《四庫全書》。隨後上海古籍出版社翻印了這個版本，但從十六開本改成了三十二開本，印刷質量當然不能和臺灣商務印書館的相比了。後來上海古籍出版社再次翻印了這套書，只不過改成了十六開本。鷺江出版社也印刷過宣紙版的文淵閣《四庫全書》，估計也是翻印臺灣商務印書館的。但這套書純粹是一副商人的嘴臉，搞噱頭還在上面蓋了乾隆皇帝的玉璽，四處進行拍賣。我還是第一次聽說新印刷的書就可以拍賣了，真是天才一般的商業人士纔有的頭腦。乾隆玉璽這樣國寶級文物在新出的書上用來蓋章，我不知道這樣的文物是誰批准隨便拿出來蓋章的，也不知道國家文物部門對北京故宮進行過處罰沒有。大陸商務印書館後來影印印刷過文津閣《四庫全書》。杭州出版社影印印刷過文瀾閣《四庫全書》，但文瀾閣《四庫全書》歷經戰爭損毀，是後來抄補的一套書，與最初的版本區別已經很大了。大陸出版的這些《四庫全書》都是成套出售的，網上零散本也不是我需要的。以我從臺灣購書的經驗，我知道臺灣印刷質量要遠好過大陸，也可以按需單冊購買，我就購買了十來本臺灣印書館最新影印的文淵閣《四庫全書》。」

「我在網上看到許多評論，說《四庫全書》編纂過程其實是乾隆皇帝是「寓禁於征」，有預謀地收繳全國書籍，甚至有人和秦始皇的焚書坑儒相提並論的批評，我沒有看過《四庫全書》，有這麼誇張嗎？」黎春蒓說道。

姬遠峰笑了一下，說道，「總有那麼一些狂人，一輩子連貓尿都沒有見過就說貓尿很難喝，好像自己喝過一樣。說這些話的這些人翻看

過一本《四庫全書》嗎？我從來不理會這些言論。《四庫全書》裡收入的書一部分是前代的書，一部分是清朝時期的書。前代的書根據政治需要會有一些刪改篡改，但刪改篡改的比例有多少，誰做過具體的統計研究，而清朝官方出版的書並無違礙內容，這部分書與禁書有任何關係嗎？當然在編纂《四庫全書》的同時還列了一份《四庫全書存目》，將不符合政治需要的書或者認為學術價值不高的書列入了該書目，批評者主要就是抓住這一點。但當時全國並沒有禁止私人刻印書籍，也沒有下旨在全國收繳這些書籍，銷毀各種書籍的板片，也沒有把經過修改過的《四庫全書》作為標準版本頒發到全國各地去以替換那些書籍。《四庫全書》對前代書籍而言只是多了一式七份個珍貴的抄本而已。比如《四庫全書》裡有《二十四史》的抄本，但全國各地保存下來《二十四史》宋元明的版本還很多，張元濟影印出版百衲本《二十四史》就沒有用一本《四庫全書》裡的《二十四史》，除了《明史》以外全部用的是宋元明的版本。即使刪改篡改的書籍讀者自可以搜尋原書而不用《四庫全書》抄本。編纂《四庫全書》的同時為後代保留了一份珍貴的《四庫全書存目》，讓後人可以按圖索驥，我不知道這些批評《四庫全書》的人腦子是怎麼想的。批評《四庫全書》的人更應該仔細研究研究毛澤東時期「破四舊」對古籍文獻文物的毀滅性破壞纔對。」姬遠峰說道。

「哦，原來這樣。」

「哦，春蒓，剛纔說起《四庫全書》，我還想起與《四庫全書》有關聯的一套叢書，叫《摛藻堂四庫全書薈要》。」

「這是一套什麼《四庫全書》？我從來沒有聽說過。」黎春蒓說道。

「當時乾隆皇帝下旨編纂《四庫全書》，但《四庫全書》部頭太大了，老頭怕自己有生之年見不著，就下旨挑選了其中的一小部分四百六十三本先編纂了一個精華本的《四庫全書》，因為放的那個地方叫摛藻堂，後來這套書就叫《摛藻堂四庫全書薈要》了。臺灣世界書局影印出版過，後來大陸的吉林出版社翻印了這套書，我購買過其中的一兩本，因為是給乾隆皇帝特意挑選出來看的，抄本的質量很高。」

「小峰，《四庫全書》部頭太大了，如果真的想要讀的話，該怎麼著手呢？」黎春莼問道。

「春莼，就像妳說的，《四庫全書》部頭真的實在太大了，一般人很難下手，如果真的想要讀，看妳是想要幹什麼了。如果要研究這套書，那就從《四庫全書總目》入手。這本書是在編纂《四庫全書》過程中編寫的一部提要式的書目一樣的書，即使是提要式的書目，那也是二百卷很大部頭的一本書。中華書局拼版影印了這本書，也是十六開本的兩鉅冊，字體也比較小，由於是影印，也無句讀，對普通人而言看起來還是比較費勁的。如果再想偷懶，更容易地入門一點就看臺灣商務印書館出版的一本叫《文淵閣四庫全書指南》的書，這本書按照《四庫全書》經史子集的順序，只列出了書名作者等信息。但《四庫全書》編纂過程中本身就是按照中國傳統的經史子集進行了分類，並且每一大類例如歷史一大類裡面也按照正史、編年、紀事本末、別史等小類進行了分類，條目還是比較清晰的。這是我覺得如果對《四庫全書》進行研究的話應該這樣著手。但如果不是對《四庫全書》進行研究，僅僅是以自己的專業出發，從《四庫全書》裡面找自己寫文章需要的書籍的話，那甚至連《文淵閣四庫全書指南》這樣的書也不用看，看自己專業的書目索引之類的就行，看看妳的書目索引裡有那本《四庫全書》，找出來看看就行了。」

「小峰，剛纔聽你說到了《二十四史》，你也購買了嗎？」黎春莼問道。

「這套書我購買了，我購買的是臺灣商務印書館影印的百衲本《二十四史》。」姬遠峰說道。

「小峰，剛纔聽你說了那麼多《四庫全書》的話題，你又從臺灣買了《二十四史》，估計《二十四史》說頭也很多，能給我和亞妮說說嗎？」黎春莼說道。

「春莼、亞妮，因為我買過一整套百衲本《二十四史》，當時為了不花冤枉錢，我真還稍微仔細地研究過一陣子《二十四史》的版本和印

刷情況。我媳婦對這個一點興趣也沒有，我想顯擺一下都沒有人聽，妳今天問起來了，讓我來顯擺一下。

　　《二十四史》是中國歷朝歷代編纂的紀傳體正史的統稱，第一本正史當然就是大名鼎鼎的《史記》了，直到清朝修完《明史》後纔有《二十四史》這種說法，以前就有《十七史》，《二十一史》的說法了。但《二十四史》並不包括《清史稿》，加上《清史稿》就叫《二十五史》，再加上《新元史》就叫《二十六史》了。

　　讀古籍最講究的就是版本，現在《二十四史》最好的版本是民國時期張元濟和王雲五兩位先生出版的一套《二十四史》，叫百衲本《二十四史》，為什麼叫百衲本呢？因為這套書除了《明史》以外全部選用的是宋元明三朝最好的古刻本，如果一套古刻本不全，就用相近的最好的古代刻本補充，甚至遠赴日本借書影印，最終纔出了這套《二十四史》。因為用了很多古刻本，殘缺不全的用其他古刻本補充，就給起了一個俗氣的名字百衲本，就是和尚打了很多補丁衣服的意思，就這樣有著一個俗氣名字的《二十四史》卻成了最好的版本。

　　除了百衲本《二十四史》之外，我知道在百衲本《二十四史》面世之前《二十四史》就有兩個版本，一個是武英殿刻印的《二十四史》，臺灣藝文印書館影印發行過，不過加上了修訂後的《清史稿》，稱之為《二十五史》。民國時期中華書局出版的《四部備要》排印的也是武英殿本《二十四史》。四庫全書裡面的《二十四史》版本來源說是內府版本，意即武英殿本，但抄寫的時間文字又有改動，又是手抄，現在已經不受重視了，但也可以歸入武英殿版《二十四史》。當然了我剛纔說的《摛藻堂四庫全書薈要》裡面也有《二十四史》，也可以歸入武英殿版的《二十四史》。

　　另外一個《二十四史》就是江蘇、浙江、湖北、金陵以及淮南五個官書局合刻的《二十四史》，稱為局本《二十四史》。

　　下面我說說最著名的百衲本《二十四史》的印刷情況，民國時期商務印書館最初的百衲本《二十四史》是宣紙線裝書，八百二十冊，作為

大部頭叢書《四部叢刊》中一部分。此版本一出，武英殿和局本《二十四史》立馬黯然失色，讀書人都對百衲本《二十四史》就趨之若鶩了，連一向咒罵中國古籍的魯迅都託人購買了一套珍藏起來了。最初印刷的這套書現在舊書市場上偶爾能見到，售價都在幾十萬圓以上了。而張元濟收集的用於出版百衲本《二十四史》的那些珍貴的原版古籍都珍藏在當時商務印書館的藏書樓，即位於上海的涵芬樓裡面。百衲本《二十四史》每部書裡面第一頁標明版本的一個方框裡就寫著「涵芬樓影印什麼版本，缺卷以什麼版本補充」這樣的字句，這句話裡的涵芬樓就是商務印書館的藏書樓。隨著日本侵華戰爭時日軍進攻上海，涵芬樓被日軍炸毀，這些珍貴的古籍也就付之一炬了，說起來就讓我對日本人恨的牙癢癢。國民黨敗退到臺灣後臺灣商務印書館縮印過四十一冊的百衲本《二十四史》，開本是標準的十六開本，是為慶祝王雲五先生八十歲華誕而特意印刷的，這個印刷的版本好像其中大部分出售到日本去了，但我也只是在網路上看到的。後來臺灣商務印書館縮印過一版五十八冊的百衲本《二十四史》，開本比十六開稍微小一點，有人叫大三十二開本，有人叫二十四開本，反正比十六開本要小。近年來臺灣商務印書館印刷過一版十八開本精裝共五十七冊百衲本《二十四史》，近似於正方形，很怪異的開本。

　　建國後大陸商務印書館也縮印過百衲本《二十四史》一次，分裝成二十四鉅冊，每冊都在一千頁左右，俗稱磚頭，閱讀起來非常不方便。我當時想買《二十四史》的時間購買過其中的幾冊零本，發現有的是藍色封皮，有的是白色封皮，可能是前後兩次印刷的，具體情況我不清楚。後來大陸地區北京出版社、國家圖書館、黃山書社也都印刷過百衲本《二十四史》，中央編譯出版社印刷過魯迅收藏的百衲本《二十四史》，這些書我都沒有在書店見過，只是在網路上見到過圖片，不知道質量如何。嚴格說來，這些都不能叫版本，只是百衲本《二十四史》不同的印刷形式而已。我不是專門搞版本目錄學的，在為我購買《二十四史》時搜集了一些相關資料，其他的版本我不知道。

　　哦，我忘記說了，臺灣成文出版社後來出過一套仁壽本《二十六史》，就是《二十四史》加上了《新元史》和《清史稿》，說是選用的不同於百衲本《二十四史》的宋元明的古刻本，也是影印出版，價錢也可以接受。但有人發表文章說底本和百衲本《二十四史》多有重複，我沒有見過，也沒有仔細研究過，不知道具體是什麼情況。」

　　「小峰，我看你說了半天但沒有說到中華書局出版的那套綠皮的《二十四史》，我在書店裡看到的都是這個版本的，而且宣傳說是最好的版本。而你沒有購買這個版本，卻購買了臺灣商務印書館印刷的百衲本《二十四史》，你肯定是做過研究比較纔買了臺灣出版的，你能給我和亞妮也說說這個版本嗎？」黎春蒓說道。

　　「春蒓、亞妮，中華書局出版的綠色封皮三十二開本的點校本現在宣傳的很厲害，俗稱綠皮本《二十四史》，我沒有買過，但在書店裡翻著看過，裝訂形式和我購買的中華書局的《清史稿》一樣。現在說中華書局點校本《二十四史》是最好的版本，是一個很奇怪的說法。當時點校的時間原計劃出兩套書，一套是用於學術研究的，叫集註本，另一套是針對普通讀者，為沒有斷句能力的讀者提供一個可以購買得到且能讀下去的入門版本，所以叫點校本。因為初衷不是用於學術研究，在點校過程中是否做了詳細的點校紀錄現在已經不得而知了，即使做了點校紀錄但沒有出版，讀者怎麼知道哪些地方是做了改動和點校的呢。現在這套書中華書局使勁地向學術方向靠，那就以學術的觀點來看吧，這套點校本的綠皮本《二十四史》存在著很大的硬傷。一個就是底本的選擇，古籍點校最重要的一點就是底本的選擇，而這套書的最大缺陷恰恰就出在底本選擇上。當時出於政治獻禮的需要，在明知道有更好版本的情況下，在點校過程中選用了前人已經大致點校過的書匆忙用來做政治獻禮，而前人作為個人掌握資料有限，選用的版本並非好的版本，這是底本選擇上存在的問題。再者在點校過程中，現在有文章披露有所謂「不主一本，擇善而從」的行為，這是非常不專業不學術的行為。將一本書的幾個版本覺得哪個版本的哪一部分內容好就摻和到一起，完全成了

一個拼湊出來的「新」書。點校是對古籍的校對和標點，而不是把原書改的面目全非，這套點校本的《二十四史》中到底哪些書是這樣點校的，改動程度具體有多少，中華書局在印行時沒有說明，這麼多年過去了，如果當時沒有詳細的紀錄，我覺得中華書局自己甚至都不知道具體是怎麼改動的了，就這樣一個「新」書怎麼能在古籍裡面稱之為最好的版本呢？

再從具體點校質量上看，我近年來讀蒙藏二族的書稍微多一點，知道點校古籍看似簡單，不就是糾正錯別字，加個標點嗎，其實是十分艱難的一件事。古代器物名物，古代少數民族語言，還有古代天文地理音樂等等，都是十分專業的知識，我相信即使王國維、陳寅恪這樣的學術大師來點校也不可能真的上通天文下通地理，那個版本的點校錯誤肯定不少。既然有百衲本《二十四史》影印的宋元明的古刻本在那兒，說存在以上硬傷的中華書局的點校本《二十四史》是最好的版本，反正我是不相信，這個點校本以我個人觀點只能作為參考書而已。

現在說綠皮本是《二十四史》最好的版本這些話的都是中華書局自己在說，自己的東西是否最好應該由別人來評價吧，把底本、點校本，還有點校條文說明全部出版了，讀者自會判斷評價，不能自個說自話。就像春萩妳的化學專業，寫出一篇論文來，說是國際上領先，但妳不說明實驗材料、實驗方法，別人根本無法二次重複出妳的實驗來，對妳的實驗結果進行檢驗，那能叫國際領先嗎！如果非要說這套點校本是最好的《二十四史》版本，我覺得應該加上「點校」兩個字，中華書局綠皮本《二十四史》是點校本《二十四史》最好的版本，反正至今只點校過這一次，說最好的當然是他家的了，說最差的也是他家的了。」姬遠峰說完笑了，他接著說，「而且這個版本還有一種情況，我以前以為只有點校本，但在網路上偶爾見到過影印的三十二開本的綠色封皮的《二十四史》中的零本，不知道是否是這套書中的零本，後來我想找再也找不到了，我不是專業搞《二十四史》版本研究的，太複雜了，我也沒有弄清楚。」

「小峰，你說了這麼多，把我說暈了，根本沒有記住。」黎春蒓笑著說道。

「那妳只要記住真要買的話，而且用來作版本研究，學術研究，那就買臺灣商務印書館出的老版本四十一冊的《二十四史》，開本大小合適，印刷質量也高，我買的就是那套。如果不講究版本，不用來做學術研究，那就買中華書局出版的綠皮點校本《二十四史》，這和當時出版這個版本的初衷也一致，隨便看看，因為已經斷句了，也排版了，讀起來容易點。」

「小峰，你買了這麼多歷史地理類的書，像《二十四史》都看過嗎？」黎春蒓問道。

姬遠峰一聽笑了起來，「我肯定沒有全看過了，我對蒙藏二族歷史比較感興趣，兩《唐書》我只看過其中的《吐蕃傳》《回鶻傳》《突厥傳》之類的，《元史》只讀了《八思巴傳》《桑哥傳》等很少部分，《明史》只讀了其中的大寶法王等八大法王的傳記，很少的一部分而已。」

「小峰，從臺灣購書方便嗎？」黎春蒓問道。

「十分不方便，因為兩岸銀行不互通，我為從臺灣買書我專門辦了信用卡，剛開始辦了大陸的銀聯信用卡，竟然不能用，臺灣那邊只認VISA和萬事達信用卡，我又辦了VISA卡，按照臺灣商務印書館發來的信用卡授權書，簽署了紙質的授權書，郵寄到臺灣，幾經周繞買了《四庫全書》中的幾本書，海陸運輸也容易對書造成損壞，其他書購買也大同小異，十分不方便。」

「小峰，你買了《四庫全書》單本，又買了全套的百衲本《二十四史》，看你出的書後的參考書目也很多，你買書是不花了不少錢？」黎春蒓說道。

「我媳婦也問過我這個問題，我每次都說就一輛車錢，不過這輛車的價格隨著我買書的增多不停地上漲而已。」姬遠峰說完笑了，他接著說，「我大概花了二十來萬吧，這是我從網上買書大概的花費，實體店

買書比較少，具體我也沒有計算過。」

「小峰，你買書花了二十多萬，可真不少！」亞妮說道。

「幸好我媳婦賢惠，只說我買書太多了沒有地方放了，並沒有在花錢方面和我嚷嚷。」

「小峰，你買了那麼多書你編你出版的書夠用嗎？」黎春蓴問道。

「當然不夠用了，我記得臺灣有個在國際上著名的地理學家陳正祥先生說過，香港兩間大學的藏書，根本無法適應高深的學術研究，進行專題研究工作，就不得不向日本跑。我不知道陳正祥先生所說的兩間大學具體是那兩所大學，我想肯定包括香港中文大學，兩所世界上有名的大學藏書都不能滿足學術研究的需要，我買的那點書更是差遠了。我編書時先是有意識地買那些自己要用的參考書，實在太貴或者買不到就用掃描的電子版，不過看電子書太費眼睛了。」姬遠峰說道。

「小峰，聽你說了這麼多歷史地理學術類的書，像我這樣的工科生平時看的並不多，看的更多的是文學類的書，你看了哪些小說？」黎春蓴問道。

姬遠峰笑了一下，「春蓴，我和亞妮都是工科生，妳可別把我兩排除在工科生以外啊，我只是工作後對歷史地理類的書感興趣一點。我大學畢業以後幾乎就沒有看過文學類的書了，如果詩詞類的書還算文學類的話，我只看過一些詩詞類的書了。小說很少看，除了《圍城》沒事的時間就翻翻，我都不知道翻過多少遍了。」

「你沒有看過莫言的小說嗎？莫言得了諾貝爾獎之後很火的。」黎春蓴說道。

「春蓴，我沒有看過莫言的小說，陳忠實的《白鹿原》和賈平凹的《秦腔》《廢都》我倒買過，但沒有讀，買這兩人的書也只是因為這兩位作家是陝西人，咱們都是甘肅人，和陝西挨著，我覺得是鄉土文學纔買的，買了也沒有讀下去，因為我對歷史地理古詩詞更感興趣，對當代文學並不感興趣。春蓴，妳可能讀了不少文學作品，可惜我沒有讀過，和妳連個共同話題也說不起來。」

「小峰，人各有各的興趣，就像你喜歡古籍，我也只能當個提問者當個聽眾一樣。」黎春蓴說道。

「哦，對了，我讀過當代小說的，只不過時間太長了，忘記的差不多了，我也當過一段時間的追星族，追了高行健一段時間，看了他的幾本書。」姬遠峰笑著說道。

「高行健是誰，我從來沒有聽說過，他有哪些作品？」亞妮插話說道。

「高行健是獲得諾貝爾文學獎的第一個中國人……」

「第一個獲得諾貝爾文學獎的中國人不是莫言嗎，怎麼是高行健了呢？」姬遠峰的話還沒有說完，亞妮插話說道。

「哦，亞妮、春蓴，是我說的不明白，高行健是二零零零年諾貝爾文學獎的獲得者，當時他的國籍是法國，但從文化上說他其實是個貨真價實的中國人。出生在中國，學習受教育在中國，寫作在中國，獲得諾貝爾文學獎的作品《靈山》也是在中國創作的，寫的也是中國的事，他的這些文學作品的土壤和果實完全是中國的。他和理工科類的美籍華人還是有區別的，比如李振道雖然出生於中國，大學之前的教育也是中國完成的，但他大學之後的教育是在美國完成的，取得工作成績的環境和條件也是美國提供的，即使他當時還是中國籍，我也覺得那是美國獲得了諾貝爾獎而已。但高行健和李政道這些人是不一樣的，雖然他當時是法國籍，但我一直把他的這些作品當做中國人寫的中國作品，至於他出國後用法文以西方文化為背景寫的作品另當別論了。」

「《靈山》是一部什麼樣的作品，你還看過高行健的其他什麼作品嗎？」黎春蓴問道。

「《靈山》是我剛工作時看的，看過之後只覺得和通常的作品很不一樣，我記得好像主人公連個名字也沒有，好像也沒有什麼故事情節，我是耐著性子看完的，時間太長了，印象已經很模糊了。可能當時社會閱歷太淺的緣故吧，當時看完之後沒有什麼深刻的印象，還不如《平凡的世界》開頭操場上喫飯的印象深刻。現在過去十多年了，社會閱歷多

一點了，估計再讀會有不同的認識。不過我現在對小說一點也不感興趣，估計即使正規出版了我也不會看了。高行健的其他作品我當時追星的時間還看過他的《車站》、《有隻鴿子叫紅唇兒》《一個人的聖經》等書，不過我看過後都沒有留下什麼深刻的印象。」

「小峰，你剛纔說即使正規出版高行健的書，你的意思他的書現在在大陸不能出版了？」黎春蒓問道。

「我看網路上介紹他寫的劇本剛開始還公演了的，後來被禁止了，具體原因因為我對當代文學不感興趣，也不知道。他的這幾本書我都是在網上看的，好像實體書在中國大陸沒有出版似的，具體情況我不清楚。」姬遠峰說道。

「小峰，你看過《陳寅恪的最後二十年》這本書嗎？」黎春蒓問道。

「看過。」

「看過後有什麼感受？」

「壓抑，十分壓抑，看過後我就收起來和平常不看的書放到一起了，我不想看第二遍了，自己不想活的那麼壓抑。」姬遠峰說完笑了一下。

「你看過《夾邊溝紀事》這本書嗎？」黎春蒓又問道。

姬遠峰一聽笑了，「春蒓，我都說了我不想活的太壓抑了，妳故意害我啊！我看過。」姬遠峰笑著說道。

「你看過後什麼感受？」

「無法用語言形容，難以置信，這本書是一本紀實文學書，不是嚴格的調查報告和學術著作，我不願意相信這是真的。」姬遠峰說道。

「你為什麼說無法用語言形容，難以置信？」亞妮插話問道。

「書中描寫的是三千多所謂右派分子在咱們甘肅境內一處叫夾邊溝的勞改農場改造的歷史，其中兩千多人被活活餓死的事情，以至於餓死的人之多，活著的人虛弱的連埋葬死人的力氣都沒有了，餓死的人就被扔到沙地裡草草掩埋，到最後甚至活著的人挖死去的人屍體喫，甚至活著的人喫排洩物的事情。我不相信在毛澤東時期的中國竟然有這麼慘無

人道的迫害與折磨，我不願意相信書中的描寫是真的。」姬遠峰說道。

「啊，還有這樣的這事情！」亞妮睜大了眼睛。

「夾邊溝的確有這個地方，在酒泉市巴丹吉林沙漠邊緣，我有一次旅遊的時間還順便看了一眼。」黎春蕕說道。

「那裡是什麼景象？」姬遠峰問道。

「就是一片戈壁灘，我不知道當時那些右派分子喫的是什麼，怪不得餓死了那麼多人。」黎春蕕說道。

「對現在咱們這一代人來說根本無法想象，不知道當時怎麼會發生那樣的事情。春蕕，妳看完《陳寅恪的最後二十年》《夾邊溝紀事》兩本書有什麼感受和想法？」姬遠峰問道。

「兔死狐悲，那個時代的知識分子真可憐，真悲慘。」黎春蕕說道。「讀過《陳寅恪的最後二十年》這本書，我對陳寅恪最著名的那句話「獨立之精神、自由之思想」有了更深刻的認識。陳寅恪為什麼強調「獨立之精神、自由之思想」？那肯定是有所針對而發的，其實就是針對當時形形色色激進淺薄的革命思想和政治勢力對校園、對學術、對讀書人生存的思想空間的控制與壓迫而言的，這句完全內斂對別人無任何侵犯的話其實是對讀書人生存的思想空間的一種自衛而已。但就是這樣的一個訴求，面對越來越強調話語權和思想統一即思想控制的政府來說，也已經只是一個只能想一想的奢望和夢想了。」

「春蕕，妳說的兔死狐悲的這種感覺我可沒有，妳是博士，當然是知識分子了，我從來不把自己當做知識分子。我記得在一本書中有對什麼樣的讀書人纔算是現代社會中的知識分子的討論，並不是所有受到相當教育程度的人就叫知識分子，而是受到相當教育，有獨立思考能力並且願意思考和關注社會公共事務的讀書人纔叫知識分子。我現在從來不願意思考和關注社會公共事務，雖然我也算受到高等教育的人，但我只把自己當做清高宗在《欽定皇輿西域圖志》序言中所說的「耕當問僕織當問婢」的僕婢，說好聽點是個技術幹部，如果劃歸工人階層那更是榮幸了，我不是知識分子。不過春蕕妳說的陳寅恪的「獨立之精神、自由

之思想」這句話只是讀書人對自己生存的思想空間的自衛，這個觀點很新穎也很深刻，我很讚同妳的說法。」姬遠峰說道。

「小峰，你就別謙虛了，連受過高等教育的人都不算知識分子，那中國還有知識分子嗎，你看當代思想史的學術著作多嗎？」黎春蒓說道。

「我看的很少，起初我看過幾本，比如關於胡適的書，關於余英時的書，有的人對這兩個人的評價很高，但有的人評價卻不高，我都有點無所適從了。後來一想，我自己沒有讀過胡適余英時本人的著作就看別人對這兩個人的評價，信別人的觀點就成了人云亦云了，不信自己又沒有讀過本人的著作，也找不到反駁的依據，我決定了在讀本人著作之前不再讀論述這些人的著作了。後來我看過胡適本人的一些文章，看到胡適年輕時發表的關於十三世達賴喇嘛入京朝觀光緒皇帝和慈禧太后的言論，稱十三世達賴喇嘛為一個禿腦袋，胡適的看法就是一個幼稚可笑的中學生的言論而已，和他的那個年齡真的還是很相符，不知道胡適成年後是否對他那幼稚可笑的輕狂之語感到後悔，如果胡適成年了還是這樣的觀點那就真的讓人笑掉大牙了，胡適後來地位甚高，如果中國漢族人如果一直保有他這樣對待少數民族的思想，中國的民族問題永遠不會解決好，不是解決好而是越來越糟了。我也發現現在有些作者寫文章純粹就是尋章摘句斷章取義而已，先有觀點，然後去別人的著作中找符合自己觀點的材料，為了寫文章而寫文章，真是無聊至極。」姬遠峰說道。

「小峰，胡適關於十三世達賴喇嘛說了什麼話讓你對這個名人這麼大的成見呢？」黎春蒓問道。

「春蒓，其實我對胡適並沒有什麼成見，對胡適整個人的評價還是很高的，我只是針對胡適關於十三世達賴喇嘛朝觀光緒皇帝和慈禧太后那段話而發的。胡適的那段話是說十三世達賴喇嘛進京朝觀光緒皇帝與慈禧太后隨從眾多，支用浩繁，清廷耗費太多民脂民膏籠絡這個禿腦袋。胡適的這段話真的很幼稚可笑，這件事的背景是這樣的，光緒三十年也就是西歷一九零四年英國侵入西藏，佔領了拉薩，十三世達賴喇嘛

外逃至外蒙，準備和俄寇聯接，俄寇其實很早就秘密遣人入藏拉攏達賴喇嘛了。當時清廷國力衰弱已極，對外根本無力抵拒西方列強包括英俄二寇的侵略，對內對邊疆地區控制已經力不從心，對西藏尤其如此。英國雖然一面派遣軍隊佔領了拉薩，但卻不能公然直接佔領，因為俄國也覬覦著西藏會出面干涉，直接佔領西藏清廷也不會答應，也會借助西方其他列強的勢力讓英國把到嘴裡的肉吐出來，就像日俄戰爭後三國干涉還遼一樣逼迫日本把已經喫到嘴裡的遼東半島吐了出來，或者其他列強也會援引門戶開放利益均沾的原則染指西藏。英國只想把西藏弄成一個在中國名義下但實際被英國控制的隔開俄國對印度威脅的緩衝國，達賴喇嘛是最理想的傀儡人物，所以英國對達賴喇嘛的利誘拉攏從來就沒有停止過，而且也是在利誘拉攏達賴喇嘛沒有結果的情況下纔派遣軍隊佔領了拉薩。而俄寇出於和英國全球爭霸的出發點，出於建立對英國殖民地印度的威脅的考慮，對十三世達賴喇嘛的利誘籠絡更是從來就沒有停止過。十三世達賴喇嘛鑒於英國侵藏日亟，清廷又指望不上，對俄國的拉攏早已眉來眼去了，也秘密派在西藏學經的俄屬布里亞特蒙古喇嘛去俄國和俄寇有秘密接觸了。十三世達賴喇嘛逃到外蒙本來就有聯接俄寇的打算，只是俄寇被日寇在日俄戰爭中打敗了，俄國鬼子也指望不上了，十三世達賴喇嘛又回歸到了清廷的懷抱，入京朝觀光緒皇帝和慈禧太后，但同時對俄寇還抱著一絲希望，一直有秘密的接觸。當時西藏的向背完全繫於達賴喇嘛一人，整個清朝的歷史上也只有五世達賴喇嘛和十三世達賴喇嘛朝觀過清朝皇帝，在當時外敵環伺，英國侵藏使得西藏對英國仇恨正深的時刻，十三世達賴喇嘛朝觀清朝皇帝是中國重新鞏固西藏領土的絕佳機會，胡適竟然批評清廷優待十三世達賴喇嘛，所以我說胡適那言論就是一個幼稚的中學生的言論而已。不過清廷那些糊塗蟲官僚也比胡適好不到那去，英兵侵藏的時間不見內地一兵一卒入藏抵抗，反而在戰後派遣軍隊入藏名為維持秩序，暗中陰奪達賴喇嘛之權，駐藏大臣聯豫拒絕聯署幫辦大臣溫宗堯與十三世達賴喇嘛達成的川軍入藏維持地方秩序及保證達賴喇嘛人身安全的協議。且入藏的川軍軍紀敗

壞，毆辱藏官，槍擊布達拉宮，十三世達賴喇嘛慮及自身安全纔逃跑到了剛纔還侵略西藏的英國的殖民地印度去了，清廷那幫糊塗官僚逼迫和英國人勢不兩立的十三世達賴喇嘛倒向了英國，當時清廷的腐敗無能也真讓人瞠目結舌。」姬遠峰說道。

「哦，原來如此，我對西藏歷史了解不多，不了解當時的情況，不好發表什麼意見。小峰，你看過許紀霖先生主編的一本叫《二十世紀中國知識分子史論》的書嗎？」黎春蓴說道。

「看過！」

「小峰，你看過後有什麼感想？」黎春蓴問道。

「春蓴，今天晚上光聽我吹牛了，我想聽聽春蓴妳的看法。」姬遠峰笑著說道。

「小峰，這本書中收錄了錢理群、王汎森等一些當代有名學人論述二十世紀中國知識分子的文章，感覺很不錯。就像小峰你剛纔說的，有幾篇文章首先定義什麼是知識分子，並不是受到高等教育的讀書人都是知識分子。東西方歷史進程不一樣，中國近現代的知識分子是從中國古代的士這一階層演化而來的。其實在我看來現代無論是文科還是理工科大學畢業生雖然可能思考的深度有所不同，但他們都有思考社會和公共事務的能力，只是由於各種原因，掌握這些知識的人不願意或者放棄了對社會的關注和對公共事務的思考，淪落成純粹的以知識謀口飯吃的古代的匠人了。比如我，現在成了一個教書匠，小峰你開玩笑說自己是個僕婢一樣。其中有幾篇文章的觀點我很讚同，也很讓我受到啟發。一是知識分子知識結構的變化，從古代士這一階層主要掌握儒家學說發展到現在各門類的知識體系，可以說知識分子的知識結構已經發生了翻天覆地的變化。其次是知識分子謀生的手段發生了變化，從古代士這一階層主要以成為官僚階層為生發展到了現代需要知識的各行各業。許紀霖說現代知識分子脫離了民間社會，失去了自己的血緣、地緣和文化之根，成為了無根的漂浮者，我不完全同意這個觀點。現代社會知識分子並不是因為脫離了民間社會以及自己的血緣、地緣和文化之根而成為漂浮

者，因為現代知識分子掌握的很多很多現代知識體系即現代科學技術知識並不是植根於民間與血緣、地緣之中，怎麼能說脫離了文化之根呢？如果把這個觀點放在科舉制度剛廢除的那一代掌握儒家知識體系的知識分子身上我倒覺得是貼切的，對此後掌握現代科學技術知識的知識分子而言這個觀點我覺得是站不住腳的。其實我覺得現代知識分子之所以成為沒有歸屬感的漂浮者更多地是因為他們成了各種機構類似於打工者這樣的身份決定的。就拿古代學堂和現代的大學作比較來說吧，古代學堂先生往往就是學堂的主人，而民國時期的大學教授也往往是聘用制，雖然有一定的積極性，但卻讓教授成了打工者一樣，對大學沒有了歸屬感。現在的大學更讓老師的這種感覺更強烈了，這也是為什麼西方一些大學有終生教授這一做法的原因了。社會在發展，社會分工在細化，知識分子已經不可能回到古代社會那種簡單的社會分工去了，他們已經分散到了這種細化的社會分工之中去了，說現代知識分子是無根的漂浮者，我倒覺得是知識分子對自身沒有歸屬感的一種反映而已。就拿我現在所在的高校老師來說吧，如果說高校的運作完全由行政人員掌控，真正從事教學科研的教授們沒有真正的發言權、更不要說對學校的運行有任何實際影響的話，高校知識分子們永遠對高校沒有歸屬感，只是一個漂浮者而已。與之相對應的則是私人商業階層人士的歸屬感，當知識分子被異化為靠一技之長以謀生的古代的匠人了，再談論知識分子的歸屬感只能說可笑了。

以上兩點雖然是知識分子現狀的一些思考，已經是很有意義的思考了，但更引發人思考和擔憂的是知識分子與國家關係的疏離了，好幾篇文章中所用的詞語是自我邊緣化。其實我一直不認同這些作者所說的自我邊緣化這一說法，無論中國古代的士還是現代的知識分子都有入世的優良傳統，不願意入世的一部分讀書人在古代往往成進入了僧道二途。說自我邊緣化其實是知識分子被排除在政府操控的主流思想之外無奈被動的反應而已，是國家的政策取向和思想控制導致了知識分子與國家的疏離而不是知識分子自我邊緣化。我不是說一個國家一個民族不應

該有主流思想，而是這個主流思想應該是讀書人即知識分子的一個共同
認可的價值體系，而不是政治勢力將自己的政治邏輯和思想強加到全體
知識分子思想之內。為什麼現代中國會發生知識分子對國家強烈的疏離
感而君主專制時代卻沒有？這個問題很有意思，這本書中羅志田先生的
一篇文章很有見地，科舉時代的科舉考試讓士這一階層與國家有著制度
性的聯繫，隨著科舉制度的廢除，知識階層與國家的制度性聯繫被切
斷。並且隨著社會的發展和蛻變，近代中國社會的權勢已經從傳統的讀
書人轉移到了新興的軍人和商人階層了，軍人集團的專制與商人階層的
惟利是圖與讀書人的政治理想格格不入。既有科舉制度廢除後知識分子
與國家間制度性聯繫被切斷的原因，也有與軍人集團和商人階層掌控的
政府政治理念和政治理想的格格不入，這纔造成了知識分子對國家強烈
的疏離感。從近代中國政府的人員組成和指導思想的發展歷程就會知道
知識分子為什麼會和國家的關係越來越疏離了，民國時期軍閥和商人充
斥著政府，指導思想是孫中山的三民主義，我不是說三民主義不好，但
三民主義僅僅是政治思想，從民國時期政府就極力的侵蝕知識分子的思
想領域，試圖強行將知識分子的思想引入甚至束縛在狹隘的政治思想裡
面，更不用說毛澤東時期對知識分子的改造和迫害了，其實都是政治組
織將其政治思想強加在讀書人思想之內而已，好像讀書人自己不具有鑒
別能力，不會擇善而從似的。我覺得政治組織更應該從讀書人那裡汲取
營養，而不是充當讀書人的思想導師，但自從民國以來，這種關係完全
顛倒了，已經成了一個荒謬的邏輯和存在了。及至當下社會更是亂象叢
生了，大多數知識分子已經不是魯迅所說的權力和金錢的幫閒了，而是
附庸了，幫閒還好一點，不想幫了可以脫身，附庸就更可怕了，成了附
庸之後想脫身都無法獨立生存了，這纔是當下很多知識分子最可悲的地
方。但不可否認的是，現代社會發展到現在，就是一個知識的時代，國
家間的競爭就是知識的競爭，知識競爭的具體載體就是知識分子。現在
不成為金錢和權力的附庸的真正獨立的知識分子少之又少，並且與國家
的關係越來越疏離，這對我們國家和民族並不是一件好事。政治勢力對

知識分子的鉗束與控制，雖然暫時維護了政治的穩定，但一個無獨立思考能力的民族，一個無人願意獨立思考國家和社會的民族註定是一個沒有未來的民族，知識分子和國家的疏離很讓人擔憂。」黎春蓴說道。

「春蓴，妳是博士，現在又是高校老師，對當下知識分子問題思考比較多，妳的這些觀點已經讓我有了醍醐灌頂的感覺了。我雖然看過這本書，但後來主要興趣在近代史和蒙藏二族歷史上，這本書的印象都不深刻了，聽妳這麼一說，把我的興趣又勾起來了，回家找出來再看看。不過，我不知道把這本書放到哪去了，我每次撅著屁股翻箱倒櫃找不到自己的書的時間就滿肚子火，只怪自己沒錢買個大房子放書。」姬遠峰笑著說道，姬遠峰接著說道，「春蓴，其實我對政黨政治一直有自己的看法，中國有個成語叫黨同伐異，黨派經常變成了不問是非只關乎利益的組織了。我一直很好奇臺灣和新加坡這樣的華人民主社會中獨立知識分子與政治的關係怎麼樣，獨立知識分子發表對政治的看法是否會招致黨派御用文人的群起而攻之，從而也導致獨立知識分子與政治關係很疏離，因為國內很少能接觸到這方面的書籍和文章，不得而知。但當代政治已經演變成黨派政治了，無論是民主國家還是一黨獨大的國家都是黨派在掌控國家，獨立知識分子與國家的關係我一直很想知道，可惜沒有看過相關的書籍。」

「小峰，咱兩剛纔說了古籍，也說到了小說和現代知識分子思想等等，你整理出版的書也是關於西藏的，你看佛教的書多嗎？」黎春蓴問道。

「春蓴，就像妳說的我整理出版的書大多數是關於西藏的，因為西藏文化幾乎和佛教文化成了同義詞了，我也看過幾本西藏宗教史和大喇嘛傳記的書，但真正的佛教教義的書幾乎沒有看過。」姬遠峰說道。

「那你看西藏佛教史和大喇嘛的傳記中碰到佛教的詞彙怎麼辦？」黎春蓴問道。

「春蓴妳問的對，我買過一本佛教詞彙的辭典，碰到不懂的佛教詞彙就查查這本辭典。」

「小峰，那你對佛教所說的八苦是什麼看法？」黎春蕕問道。

「春蕕，佛教說動物也有佛性，那太深奧了，我只能說說人了。在我看來佛教所說的八苦中的生老病死四苦，甚至愛別離苦，這五種苦都是生物的自然形態，包括動物都有。生老病死不用說了，我經常看到動物情侶一方死亡了，另一方十分悲傷守護著屍體不願意離開，或者動物的孩子死亡了，成年動物十分悲傷的現象，所以我說愛別離苦動物也有，這五種苦是自然界的自然形態。但與之對應的也是也有幾種情緒，生命的誕生、人生壯年身體健康充滿朝氣、久別重逢、情侶相愛、父母子女之親都是令人喜悅的感情，所以我認為佛教所說的八苦之中的這五種當然也是苦，但卻有相對應的高興的情緒。至於八苦中的怨憎會苦、求不得苦和五取蘊苦倒是很有道理的，而且這三苦好像也沒有什麼相對應的高興的情緒。即求不得苦，人即使得到了他所想要的東西，但因為人的欲望實在是無止境的，所以還會繼續求不得苦。既然生老病死以及愛別離苦都有對應的高興的情緒，所以我對佛教所說的人「廣宇悠宙，不外苦集之場」並不是很認同，我認為人生是苦樂相雜的一段時間歷程而已。」

「小峰，以你的觀點，你說說怎麼纔能消除你認為的八苦中的那三苦呢？」黎春蕕說道。

「春蕕，妳的意思是不想問我對佛教所說的六度的看法。」

「是的，怎麼看待佛教所說的六度呢？」黎春蕕說道。

「春蕕，我倒認為佛教所說的六度除了忍辱外其他五度都很有道理，但我更樂意把佛教所說的這六度變通到中國傳統的人生哲學與道德養成當中去。比如布施我更願意理解成儒家學說的仁愛思想，不僅僅要施捨財物，更要有仁愛思想。人與人之間不要過分宣揚階級鬥爭之類的東西，當然我並不是說不追求社會公平，社會公平是另外一回事，但對人的生命、尊嚴甚至生物的生命的尊重則應當是普遍的準則，並不因為東西方文化的差別而有所區別。再說了，佛教最初是印度傳入中國的，只是在中國經過兩千年的傳播本土化了而已，從這點來說，印度的佛教

布施思想和中國本土儒家的仁愛思想是相通的。佛教所說的持戒我倒更願意理解成儒家的道德修養，比如克己、內省、慎獨、力行等等。至於智慧，春萐妳是博士，我就不用說了，說多了只是獻醜而已，但我想說的是既然佛教說道了智慧，那麼人類的一切精神產物都應該包括在內了，不僅僅是佛教智慧了。但我對忍辱這一點一點都不讚同，在我看來忍辱只是暫時的忍讓而已，為了是更大的報復，無論是正當的還是不正當的報復，人如果一味的忍辱在我看來幾乎和麻木不仁沒有什麼區別了，是我我不會忍辱的。中國人不是常說一句話樹活一張皮，人活一張臉嗎，現在社會也不是講究對人的人格的尊重嗎。什麼是侮辱？侮辱就是對人人格的侵犯，所以我不讚同佛教的忍辱一說。再說大一點，以前中國是君主專制社會，如果所有的人都忍辱了那還能進步到民主社會嗎？總之，春萐，我認為佛教中的很多思想還是很有道理的，但我不願意把它們都當成是宗教信條，而更願意當成人生智慧，更願意把它們學術化，比如變通到中國傳統的儒家學說中去。」姬遠峰說道。

「小峰，你剛纔說六度之一的智慧時說我是博士，就不說了，其實咱們理工科的學生學習的專業知識與人生智慧好像沒有多大關係。我覺得咱們理工科的學生接受人生智慧人生哲學這方面的教育挺薄弱的，小峰，你能說說你對佛教所說的智慧一詞的理解嗎？」黎春萐說道。

「春萐，妳剛纔說我們理工科學生接受人生哲學的教育時用了薄弱一詞，在我看來不是薄弱了，而是很失敗，或者說根本沒有，就連失敗也談不上了。主導中國傳統知識分子的知識體系是儒家學說，儒家學說在我看來是道德修養、人生哲學和政治倫理摻雜在一起的，政治倫理暫且不說。就人生哲學和道德修養來說傳統的儒家知識分子尚且能做到不語怪力亂神，能對鬼神做到敬而遠之，即使面對各種各樣的宗教，都能把宗教當做一門學說或者一家之言進行吸收，而不是當做宗教信條去信奉，比如佛教在儒家知識分子那裡更多地就變成了佛學。儒家傳統知識分子對宗教是有辨識與批判能力的，所以二千多年來的中國社會，雖然沒有文化的底層民眾或深或淺地信奉著各種各樣的宗教。但儒家知識

分子階層讓中原漢民族社會保持了世俗社會的性質，起碼中國的政權是世俗的，不像西方社會陷入了宗教的深淵，也不像西藏陷入了政教合一的社會，後來西方社會通過文藝復興纔艱難地將宗教神權從國家政權中排除出去。但當下中國的教育，恰恰十分缺乏對人生哲學和道德修養這方面的教育，我們小的時候上小學的時間尚且有思想品德課，但那時間學生還很小，只是簡單的思想品德教育。到了高中階段開始能思考人生與道德養成的重要階段的時間我們都忙著高考，沒有這方面一丁點的教育。到了大學有了相對閒暇的時間，也到了思想邁向成熟的關鍵階段，更是到了思考人生，即將走入社會參加工作的最重要階段，我不知道文科生怎麼樣，反正我上了本科和研究生，沒有一點人生哲學、道德修養方面的課程，有的只是革命哲學的教育。但革命哲學教育並不能代替人生哲學的教育，我本科的時間選修過一門老子《道德經》的講座課，但那只有短短的十幾個學時，我們濱工大一萬好幾千本科生研究生博士生，和我一起上這門課的學生只有寥寥二十多個。我知道在我上大學的那個時間就已經有基督教耶穌教在校園中悄悄傳播，近幾年我偶爾去了大學校園，看到基督教耶穌教這類宗教在大學校園中甚至公開傳播了，我親眼見到有即將畢業的大學生拿著《聖經》在跳蚤市場邊讀邊賣東西。中國的教育原則是政教分離的，在校園中不允許進行宗教活動，但憲法規定信教是自由的，對學生在校園外的信教進行干涉卻是違反憲法的。對正在處於人生思想走向成熟關鍵階段的大學生不進行人生哲學的教育，那部分學生只能尋求宗教了，這也是有些大學生陷入宗教的原因吧。而我們的大學哲學教育往往只有馬克思主義哲學、革命哲學，但唯獨沒有人生與生命哲學的教育，這就是中國大學當下人生哲學生命哲學教育的現狀。更不用說步入社會的一些大學生面對困難時根本手足無措，要麼自閉，甚至得抑鬱症自殺，或者部分人在校園中沒有滑入宗教但在走入社會社後滑入宗教中的原因了。我們這些接受高等教育者，只是掌握了一門謀生的技能而已，其實心智人生哲學是很不成熟的。面對困難時沒有足夠的人生哲學去面對，難道靠心理輔導嗎？需要心理輔

導的都是心理病人了，作為社會精英的中國幾千萬的大學生不通過教育讓心智成熟起來，難道都要靠心理輔導嗎？難道每次遇到困難和挫折都要進行心理輔導？那為什麼不在教育階段讓大學生受到足夠的人生與生命哲學的教育呢？而我確信每個人都會在人生道路上遇到困難和挫折。古代中國的儒家知識分子尚且對宗教有抵抗力，現代接受高等教育者好多卻滑入了宗教，所以我說中國的高等教育在道德修養與人生哲學這方面的教育是很失敗的。說到佛教六度之一的智慧，我並不想把他僅僅局限在佛教哲學之內，儒家哲學、其他宗教哲學比如伊斯蘭教我都願意去讀它們的經典，學習它們的哲學，學習它們對人生的思考。」姬遠峰把自己在與抑鬱症抗爭階段的思考，聽到岳欣芙因為抑鬱症而去世時的思考，自己心灰意冷差點出家為僧那段時間的思考全部說了出來。姬遠峰一邊說著一邊觀察著黎春蓴的反應，他有點擔心黎春蓴聽了自己這些話不高興了，姬遠峰覺得黎春蓴好像對佛教已經有點著迷了，以前和黎春蓴春節等節日互致問候時黎春蓴就不時冒出幾個佛教詞彙，今晚的聊天更是確信了這一點。即使黎春蓴不高興，姬遠峰也打算說出來，只要黎春蓴別滑入宗教的漩渦中去就好了。

「小峰，聽你說了這麼多你對佛教的理解，我也看了一些佛教的書，但你說的這些我在書店賣的佛教書籍都沒有這麼講過，好多佛教的書都成了心靈雞湯類了，你有什麼好一點的佛教書籍能推薦給我一兩本嗎？」黎春蓴說道。

「春蓴，聽妳一說我都後悔剛纔和妳說我對佛教的理解了，妳可能看佛教的書不少，我沒有看過佛教教義的書，只看過一本佛教辭典，說了一些自己對佛教詞彙的膚淺的看法而已，妳別笑話就好。就像妳說的，現在佛教的書很流行，書店裡經常有專櫃銷售各類佛教禪宗的書，但真的快變成心靈雞湯了，我一本也沒有買過，我只買了一本《佛學小辭典》。如果沒有這本佛教辭典，我連妳說的八苦、六度這些佛教詞彙都理解不了。不過我只是當做辭典用用，日常看書碰到不明白的佛教詞彙查一查，我真的不信教，我看的佛教書比妳少多了，我真的沒法給妳

推薦佛教書。」姬遠峰說道。

「哦，你說的《佛學小辭典》是誰編寫的，聽了你的介紹，我也想買一本。」黎春蕊說道。

聽了黎春蕊的話，姬遠峰只後悔，自己說了不推薦佛教書給黎春蕊了，黎春蕊還是要買自己提到的這本書了，不過還好，這本辭典只是對佛教用語的解釋，不是勸人信奉的，或許有了這本辭典，還能破除一些對佛教的神秘感，「這本書是民國時期一個叫孫祖烈的人編纂的，現在市面上常見到的是長春市古籍書店影印的舊版本，也是繁體字的。」姬遠峰說道。

「哦，小峰，記得你前幾年說過想出家當和尚，是真的嗎？都過了好幾年了，你還有這個念頭嗎？」黎春蕊問道，同時亞妮一副驚訝的表情看著姬遠峰。

「我想出家是沒有的事，只是那一段時間工作不順心，和妳開個玩笑而已。」姬遠峰撒謊道，「我以前沒有出家的想法，現在一點也沒有，媳婦孩子都在家呢，那能捨得呢！媳婦整天給我做飯喫呢，我要是當了和尚估計先要給其他和尚做飯喫去了，我連給自己孩子和媳婦都很少做飯喫，我纔不樂意去給別人做飯喫呢！」姬遠峰笑著說道，其實姬遠峰雖然不再想出家為僧了，但卻有去寺廟體驗一段時間的想法，他想體驗一下自己曾經著迷的僧侶生活到底是怎麼樣的。只是現在反而怕僧侶生活太美好了，自己去了萬一不想回家了怎麼辦，他怕張秀莉傷心，也捨不得孩子。張秀莉對自己這麼好，自己卻要斷絕情網去體驗僧侶生活，姬遠峰也怕在孩子幼小的心中種下宗教的種子，宗教太神秘太奧妙，成人尚且無法應對，那更不是孩子應該接觸的事物。姬遠峰反而覺得自己幾年前有出家為僧的想法時怎麼就沒有重點考慮到孩子和張秀莉呢？

「你現在還看佛教書籍嗎？」黎春蕊問道。

「我不信宗教，也沒有看純佛教的書，剛纔提到的那本《佛學小辭典》只是看書當辭典用的，我看宗教的書純粹是想理解各類教徒的精神

世界而已。」姬遠峰再一次強調那本書只是一個辭典而已。「我要是看佛教書籍就不會有時間編寫那幾本書到臺灣出版了。妳呢？我看妳今晚說話經常用一些佛教詞彙，妳不會有出家的想法吧，我出家可是開玩笑的。」姬遠峰笑著試探著問道，其實他真的擔心黎春蒓的狀態。

「小峰，我沒有出家的想法，出家救不了人，我們本來就是帶髮修行者，天天苦修，何必非去寺廟裡面追求那個形式，而且還有孩子呢。」黎春蒓說道。

「春蒓，妳說的對，只要能心態平和就好了，不用說去寺廟了，就是宗教也是外在的形式而已，重要的是保持內心的寧靜就行了。」姬遠峰知道自己說這句話毫無道理，宗教都是心靈的信奉，而自己卻說是個形式而已，但為了勸說黎春蒓，他只好這樣說了。姬遠峰他只怕黎春蒓反駁自己，自己那點佛學知識根本經不起反駁，那樣反而弄巧成拙了，或許黎春蒓看的佛教書籍多了，對姬遠峰這些膚淺的認識不屑辯駁，黎春蒓沒有反駁姬遠峰的話。

「你聽佛教音樂嗎？很好聽，也能讓人平靜下來。」黎春蒓說道。

「春蒓，我不聽宗教音樂，我在家裡除了聽流行音樂以外倒聽點秦腔，不過媳婦嫌太吵了，只有媳婦出門不在家了，我把音量調得很大，讓吼一陣子。」姬遠峰笑著說道。

聽著姬遠峰和黎春蒓談論佛教，姬遠峰看到亞妮有點百無聊賴的樣子，他笑著對著亞妳說道，「亞妮，聽我和春蒓說宗教是不把妳無聊透了。」

「的確如此，你兩說古籍說學術已經夠無聊的了，大學畢業後多少年了，早和這些東西脫節了。你兩還說起了宗教，要是平時我早溜了，你好多年了纔過來一次，而且是春蒓拉我專門陪她來的，我纔耐著性子聽你兩聊天。」亞妮說完笑了起來。

聽了亞妮的話姬遠峰和黎春蒓都笑了起來，「罪過，下次見面我請客賠罪，也一定要聊點有意思的話題，別這一次見面就把妳嚇得下次不來了。亞妮，我發現妳比上高中時安靜了許多，妳上高中的時間可是全

年級出了名的女瘋子，整天都聽到妳在樓道裡的嚷嚷聲和大笑聲，上大學的時間春莼給我寫信還說她過生日的時間妳從你們學校抱束花瘋瘋癲癲地去了蘭州大學，春莼還以為妳抱束花要送給哪個男生呢，最後發現是送給她的。」姬遠峰笑著說道。

聽了姬遠峰的話亞妮笑了起來，「那都是高中和大學的事了，現在孩子都十多歲了，還敢瘋瘋癲癲嗎！」亞妮笑著說道。

「小峰，你回老家回過咱們高中嗎？」黎春莼問道。

「我前兩年回家去過一次，校園已經面目全非了，咱們的教室樓已經拆了建了新樓，當時的建築所剩無幾了，只有行政樓前面的一對琉璃獅子還在。妳兩呢？回學校的次數多嗎？」姬遠峰問道。

「我和亞妮回老家的時間一起帶著孩子去過一中，讓孩子認認他老媽的高中，就像你說的學校建設的已經面目全非了，我聽說兩個教過咱們的老師也已經去世了。」黎春莼說道。

聚會結束了，黎春莼和亞妮也回去了，姬遠峰回到了自己的房間。姬遠峰躺在床上，黎春莼蒙著陰翳的雙眼久久不能在姬遠峰眼前消失，黎春莼不時冒出的佛教用語不時浮現在姬遠峰腦海中。姬遠峰想起來了，整個晚上黎春莼幾乎沒有主動笑過，即使笑也是附和自己和亞妮在微笑，她以前是那麼的愛笑，爽朗的笑聲陪伴了自己高三一整年，自己已經習慣了她的笑臉與笑聲。她也是那麼喜歡如同笑臉般的花朵，她在本科時曾寄給自己兩張蘭州大學校園花開的照片，在背面分別題名《笑影深深》、《如影隨形》。現在都變了，都沒有了，姬遠峰思索著，是誰帶走了黎春莼漂亮的雙眸中的神采？又是誰帶走了她如花的笑臉和銀鈴般的笑聲⋯⋯

坐在回老家的長途汽車上，看著車窗外退耕還林而栽種著稀疏灌木的光禿禿荒涼的黃土高原的溝溝壑壑，姬遠峰思索著，是什麼帶走了黎春莼眼神的清澈明亮與神采？是什麼讓她的雙眸蒙上了陰翳？又是什麼帶走了黎春莼陽光的笑臉與銀鈴般的笑聲？自己今天回爸爸媽媽家又要

經過六盤山了，這是第二次經過這座山。去格爾木出差和蘭州面試來回都是坐火車從天水而過，並不經過六盤山，自己兩次經過六盤山都是來看望黎春莼的。大四五一假期那次雖然有嚴重的沙塵暴，但第二天的大雨洗淨了天空，六盤山松林森森，青草茵茵，一片春意盎然之象，不知道這次六盤山是否也變了顏色……

五

　　與黎春莼見過面後看到黎春莼的狀態，姬遠峰想起了岳欣芙，她已經離開這個世界了。姬遠峰也想起了楊如菡，楊如菡沒有加入同學錄，在同學錄中看不到楊如菡的一絲半點的信息，不知道楊如菡過得怎麼樣了。姬遠峰知道他們各自已經走上了不同的路，也到不惑之年了，自己雖然以前也會象對待岳欣芙那樣在網路上搜過她的名字，看她現在在做什麼，發表了什麼論文沒有。搜過幾次後姬遠峰發現在中文網路上沒有任何楊如菡的信息，包括她發表論文之類的信息，甚至連名字也搜不到。楊如菡本科畢業就出國了，本科的時間她沒有發表過論文，在中文網路上搜不到她發表論文和其他信息也很正常，此後姬遠峰也沒有在網路上搜過楊如菡的信息。

　　姬遠峰還清楚地記著楊如菡在公交車站哭泣的背影，但自從那次之後自己也沒有楊如菡的任何聯繫方式了，當初的電子郵箱早廢了，MSN自從和楊如菡分開之後也不用了，賬號和密碼也忘記了。自己每年都會回老家看望父母，自己也曾想過順道去楊如菡父母家一趟看望一下二位老人，但太唐突了，自己和她爸爸媽媽都會尷尬。或許她們宿舍的女生有楊如菡的聯繫方式，但自己和她們宿舍的女生不熟悉，平常也沒有聯繫，而且姬遠峰也不想要楊如菡的聯繫方式，有了聯繫方式自己能幹什麼呢，兩個人能說些什麼呢。以楊如菡的性格，即使她過得不幸福，也不會跟自己說。姬遠峰只想知道楊如菡過得怎麼樣就行了，別像岳欣芙那樣聽到她的消息時已經是天人永隔了，也別像黎春莼那樣的生活狀態

他就很高興了。怎麼纔能不留痕跡的知道楊如菡的生活狀態呢，姬遠峰想到了宿舍老四的媳婦——周燕，她和楊如菡同是西安人，而且同一個宿舍，宿舍老四和周燕的姻緣也有自己和楊如菡撮線的功勞。對了，周燕很可能和楊如菡有聯繫，她可能知道楊如菡的生活狀態，而且通過宿舍老四也能聯繫到周燕。

姬遠峰給宿舍老四打了一個電話，閒聊一會後，他跟老四說，「讓我和你媳婦聊幾句吧，你媳婦是我的半個老鄉，我給你兩撮的線，我這個媒人還沒有和她說過話呢。」

「周燕妳好，我主動和說話是不讓妳很吃驚？」姬遠峰說道。

「的確如此，印象中你沉默寡言，咱兩一個系，大學四年都沒有說過話，畢業這麼多年了你和老四通電話你也沒有和我說過話，但老四跟我說你和熟悉的同學說話挺幽默的，這次怎麼想起和我說話了？」周燕說道。

「我沒有皮鞋穿了，跟妳要皮鞋來了！我是不很幽默！」姬遠峰笑著說道。

「什麼？皮鞋！」周燕問道，姬遠峰從電話裡聽出了周燕的疑惑。

「妳是西安人，應該知道西北的風俗，我和楊如菡給妳和老四撮的線，按照西北的習俗妳和老四還欠著我這個媒人的一雙皮鞋呢！」姬遠峰笑著說，也撮出了楊如菡。

姬遠峰從電話裡聽到了周燕的笑聲，「我還以為什麼皮鞋呢？一下把我問愣住了，你怎麼不早要呢？過期不候！」

「我現在要是有原因的，這麼長時間了難道不長點利息嗎！現在妳和老四應該給我兩雙了吧，我和楊如菡兩人一人一雙。當時要只有一雙，不能一人一隻而且還是男女兩種款式吧！」姬遠峰開玩笑道，他在電話裡也聽到了周燕的笑聲。姬遠峰生怕和周燕的聊天斷了楊如菡的話題，姬遠峰繼續說，「不過我沒有楊如菡的消息，妳和楊如菡有聯繫嗎？」

「楊如菡本科畢業後出國了，現在和國內聯繫不多，但和我還有聯

繫。」周燕說道。

聽到周燕和楊如菡有聯繫，姬遠峰心中的希望升起了，他繼續說，「快畢業的時間我和楊如菡結伴一起回過一次家，她爸爸和妹妹來火車站接的我兩，她爸爸和妹妹性格看起來比楊如菡開朗的多，我還去她家喫了一次飯，她爸爸和媽媽都挺客氣。她爸爸還在他們的學校找了一個男生宿舍讓我住了一宿，這麼多年過去了，我一直都沒有感謝過兩位老人，畢業後也沒有了楊如菡的消息，不知道他們怎麼樣了。」

「如菡和她妹妹現在都在美國呢，如菡爸爸是挺開朗挺健談，我和如菡一起回家的時間還和她爸爸聊過好幾次天呢，很和藹的一個老人，不過年初剛去世了。如菡只有她和她妹妹姊妹兩，她爸爸去世了她媽媽也就去美國了，現在西安已經沒人了。」姬遠峰聽到楊如菡爸爸去世的話心頭一怔，因為楊爸爸的年齡不是很大，楊爸爸的音容笑貌還在自己的腦海裡，姬遠峰一直還為那次沒有去老人特意準備的那頓晚飯而懊悔，這麼多年過去了，自己從來沒有跟楊如菡和她的爸爸媽媽道過歉。多麼和藹可親的一位老人，自己上班後考研究生也是和楊如菡爸爸聊天後纔下定的決心，否則自己真很有可能早早結婚了，只要結婚了以自己家的習慣肯定會被爸爸媽媽催著生孩子，生了孩子後考研究生就無從談起了，自己考研究生也有楊如菡爸爸一份功勞的。雖然姬遠峰直到現在也不知道老人當時對自己和楊如菡談朋友內心真實的想法。但自己去了楊如菡家那麼多次，老人對自己是那麼的客氣，每次都留著自己喫飯，自己真應該早點打聽楊如菡的消息，或者自己那麼多次回家看望父母的時間順道去看望一下老人。即使出於禮貌，在老人家喫那麼多次飯自己也應該帶點禮物去表達一下謝意纔對。不知道是自卑還是自尊，自己為什麼總是給自己留下這麼多的遺憾呢？岳欣芙如此，楊如菡的爸爸也如此，姬遠峰很是懊惱自己。

「哦，楊如菡在美國過得怎麼樣，國內的新聞報道經常說在美國白人對有色人種，包括華人並不友好。」姬遠峰說道。

「如菡的工作情況我不清楚，如菡從來也不說，不過她說自己的老

公愛打牌，有時候會和朋友通宵打牌，她自己帶著孩子很累，你每年都回老家嗎？」周燕說道。

姬遠峰多麼想知道更多一點楊如菡的消息，但他知道關於楊如菡的話題結束了，自己不好意思再問了。姬遠峰體會到了《圍城》中方鴻漸偶爾聽到趙辛楣談論唐曉芙的心境，心裡仿佛黑牢裡的禁錮者摸索著一根火柴，剛劃亮，火柴就滅了，眼前沒看清的一片又滑回黑暗裡。又譬如黑夜裡兩條船相迎擦過，一個在這條船上，瞥見對面船艙的燈光裡正是自己夢寐不忘的臉，沒來得及叫喚，彼此早距離遠了，這一剎那間的接近，反見得曉隔的渺茫。

「不管是春節還是自己休假，我幾本上每年都會回去一趟看望父母，妳呢？回西安次數多嗎？」姬遠峰問道。

「我已經好幾年沒有去過西安了，我哥哥在北京工作，我爸爸媽媽也過去在北京居住了，西安已經沒有人了，我都回北京看望我父母。」周燕說道。

「好可惜啊，我還想有機會過春節妳和老四回了西安，我也回老家順道能在西安聚聚呢，看來沒有機會了。妳這麼多年沒回西安了，想念西安的小喫不，我在西安工作上研五年，現在只想念西安的小喫，還經常在網上買西安的特產喫。」姬遠峰說道。

「姬遠峰你快別說了，你再說我都要流口水了！」周燕笑著說道。

和周燕的通話結束了，姬遠峰思索著，自己要不要直接向周燕要楊如菡的聯繫方式呢，郵箱也可以，但自己要她的聯繫方式幹什麼呢？已經十多年沒有聯繫了，各自過著平靜的生活，自己又能和她說些什麼呢？

六

二零一九年十月份韋處長和宋書記同時退休了，按照集團公司的傳統，他兩和已經退休的柴書記一樣加了一個榮譽虛銜，做集團公司高級

專家去了。韋處長在這個職位上已經十四年了，從四十七歲一直幹到了退休年齡，這在國企並不多見，但也很正常。集團公司處級幹部很多，但廳局級幹部已經不多了，絕大部分處級幹部幹到處級幹部就已經碰到天花板了。柴書記退休之前韋處長一直被柴書記壓著半個身位，柴書記退休之後來的宋書記年齡大了，性格柔和，來了之後不大管事，韋處長纔全面掌控了處裡的大權。

處裡來了新的處長和書記——卞處長和錢書記，研究院已經召開電力處全體職工大會進行了宣佈，今天晚上電力處一科在悅賓酒店舉行歡迎兩位新領導的宴會。姬遠峰四五年來已經很少參加各類飯局了，他知道這個飯局自己不參加是不行的。姬遠峰在家喫過晚飯後去了悅賓酒店，姬遠峰不喜歡在飯店喫飯，他更喜歡喫張秀莉做的飯。姬遠峰到了酒店後發現因為在家喫飯自己是去的很晚的兩個同事之一，進入包間時姬遠峰發現同事們都已經落座了，卞處長、錢書記和高科長都盯著自己看，姬遠峰有點不好意思了，他衝著幾位領導微笑了一下，快速地坐到了自己的座位上。

服務員給每位客人都在倒酒，高科長說話了，「這是卞處長和錢書記第一次和大家喝酒，都倒上啊！」姬遠峰早早把茶水倒滿了自己的酒杯，堅持說自己滴酒不沾，沒有讓服務員給自己倒酒，姬遠峰看到兩位新領導盯著自己在看。高科長歡迎兩位領導的歡迎詞已經致完了，也將電力一科所有同事一一做了介紹，兩位新領導的講話也結束了，各位同事都輪流過去給兩位新領導敬酒，氣氛逐漸熱鬧了起來。包間裡空調很熱，姬遠峰脫掉了外套，他發現自己在家喫完飯後由於走得太匆忙竟然穿著張秀莉給自己做得棉襖來喫飯了。這件棉襖已經穿了三四個冬季了，每到秋冬兩季下午一下班，姬遠峰回到家裡就脫掉毛衣，換上這件棉襖，雖然樣子很難看，但穿著舒服。棉襖已經穿了三四年了，袖子縮水厲害，裡面的秋衣袖子露了一大截出來，右胳膊肘處也磨爛了，露出了棉絮。鄰座的同事看到了，用胳膊肘碰了碰姬遠峰露出棉絮的胳膊肘處，姬遠峰有點尷尬，再穿上外套吧，在座的沒有一個人穿著外套，好

像自己隨時準備離場一樣，而且自己還沒有給新來的兩位領導敬酒呢。姬遠峰去了一趟衛生間，把秋衣袖子往棉襖袖子裡塞了塞，也把胳膊肘處露出來的棉花也往裡面塞了塞，他回到包間，以茶代酒給兩位新來的領導敬了一次酒，默默地坐著直到此次歡迎宴會結束。

第二天下午下班了，姬遠峰去學校接了孩子回到了家裡，他看到張秀莉並沒有象往常一樣在廚房裡給一家三口做飯，她氣鼓鼓地坐在沙發上靜靜地坐著，沒有玩手機也沒有看電視，只是靜靜地坐著。

「上班誰又惹著妳了？想給全家罷灶嗎！」姬遠峰笑著說道。

張秀莉沒有吭聲，她還靜靜地坐著，乖巧懂事的孩子知道媽媽生氣了，她迅速進了自己的房間，關上了房門。姬遠峰去了自己的書房，他想去換上自己的棉襖，但卻沒有找見，他去了客廳去了大臥室都沒有找到。

「我的棉襖呢？妳看到了嗎？」姬遠峰問張秀莉。

「被我扔了！」張秀莉衝著姬遠峰冷冷地說道。

「好好的棉襖扔了幹什麼！還是妳親手做的。」

「我看著惡心！」張秀莉恨恨地說道。

「妳什麼意思？話裡帶刺的，別在單位受氣了，回家拿我和孩子撒氣！我和孩子又不是妳的出氣筒！」姬遠峰也不高興了。

「我問你是不是昨天晚上穿著棉襖去陪新來的領導喫飯了？而且你還遲到了？」張秀莉從沙發上站了起來，衝著姬遠峰問道。

「是的，我穿著棉襖去喫飯了，但沒有遲到，只是稍微晚了一點，我去的時間宴會還沒有開始呢！」姬遠峰回道。

「既然陪著領導喫飯，你在家喫飯幹什麼？即使你不喜歡在外面喫飯，為什麼不給我說讓我早點做飯你喫了早點去，你為什麼要遲到？」張秀莉質問道。

「我給妳說過了，我沒有遲到，不要這麼無理取鬧行不行！」姬遠峰回道。

「好！你說你沒有遲到，那你為什麼穿著棉襖去陪領導喫飯？」

「我是穿著棉襖去陪領導喫飯了，怎麼了？」姬遠峰反問道。

「你說怎麼了？袖子磨破棉花都露出來了，你穿著去陪新來的領導喫飯合適嗎？」

「那有什麼！在單位裡領導還有穿著布鞋開會的！」雖然姬遠峰在飯桌上感覺不合適，但這時間他不願意認輸。

「你以為你是誰，領導穿著布鞋開會，你就可以穿著棉襖去喫飯？」

「我沒有覺得自己比領導低人一等，領導可以穿布鞋我怎麼就不能穿棉襖？」姬遠峰還是不願意認輸。

「我問你昨晚喝酒了沒有？」

「沒有，我好幾年前就已經不喝酒了，妳又不是不知道！」

「你說你好幾年不喝酒了，那你為什麼回老家了和你爸爸和你哥哥一起喝酒呢？你為什麼不陪新來的領導喝一點？」

「我爸爸我哥哥能和同事一樣嗎？我爸爸和哥哥不會把我灌醉，但同事會，不但灌醉而且還會看笑話，我在整個單位都不喝酒好幾年了，來了新領導我就陪著喝，讓別人怎麼說我。」姬遠峰回覆道。

「自己的前途重要還是別人說幾句話重要？」

「這與我的前途有什麼關係？我陪著領導喝一頓酒就能被提拔了？」

「怎麼沒有關係！能提拔的那個不是從陪著領導喝酒開始的！」

「我又不是沒有陪著領導喝過酒，怎麼沒有提拔？」

「你陪著領導纔喝過幾次酒就想提拔！」

「喝酒對身體有什麼好處嗎？妳非讓我喝酒！我喝多了吐在地板上，吐在床上妳又不是沒有收拾過，好聞嗎？」

「是不好聞，是對身體沒有好處，但你不喝酒能提拔嗎？」

「好了，別吵了，我們又回到原來的問題了！」

「你穿著棉襖去喫飯，不尊重領導，你在這任領導手下還能提拔嗎？不要說提拔了，不被領導穿小鞋已經夠好的了，在國企不認真工作

的人照樣過得逍遙自在，被穿小鞋的那個不是因為得罪了領導纔被穿小鞋？」張秀莉好像在自言自語，又好像在跟姬遠峰說話。

　　姬遠峰不願意聽張秀莉嘮叨了，他也不想繼續吵下去了，準備去書房關上房門不理張秀莉了，聽到張秀莉的嘮叨他又轉身回了一句，「我只不過穿件棉襖怎麼就不尊重得罪領導了？」

　　「穿著一件破棉襖去和領導領導喫飯尊不尊重領導你自己知道，不要和我強辯這個問題！」張秀莉又怒氣沖沖地跟姬遠峰說道。「處長不像科長，再往上提拔很難，經常處長一幹好多年，直到退休。你們韋處長在你們處就一直幹到退休，新來的處長纔五十來歲，離退休還有七八年呢，你在這一任處長面前沒有好印象，七八年過去了，你算算你多大年齡了，還有提拔的機會嗎！」張秀莉衝著姬遠峰嚷道。

　　「我都已經四十歲了，沒有機會就沒有機會唄，又少不了我喫的我穿的！」姬遠峰沒有去自己的書房，他停下來和張秀莉繼續吵了起來。

　　「你怎麼這麼不上進呢？為了你，我盡量多幹點家裡的活，讓你少操心，不就是想讓你在工作上能有起色，但上班十五年了你的工作毫無起色。」張秀莉衝著姬遠峰嚷道。

　　「妳操心家裡的事情多一些，這我承認，但我也一直在認真上班，沒有逛逛嗒嗒啊！」姬遠峰反駁道。

　　「光認真上班就夠了嗎？逢年過節你去過一次你們處長家科長家嗎？」

　　「我為什麼要去？領導逢年過節他們也沒來過咱們家一次啊！」

　　張秀莉被姬遠峰的話氣笑了，她有點冷笑地說道。「領導逢年過節來給你拜年？癡人說夢呢吧你！」

　　「領導的紅白喜事我哪一次沒有隨份子？」姬遠峰回道。

　　「不要說隨份子的話，你隨的那點份子領導根本就記不住。你問我為什麼逢年過節要去領導家，因為別人都去，你去了領導不一定能記住你，但你不去還想提拔，有可能嗎？」

　　「如果說陪領導喝酒，給領導送禮也算是追求上進，那我承認我不

上進了。」姬遠峰回道。

「不是我逼著你非要去喝酒，去送禮，但在國企環境就這樣，環境不會因為你而改變，而你不適應這個環境只能這樣默默無聞一輩子。」張秀莉衝著姬遠峰說道。

「這樣的環境好嗎？」姬遠峰反問道。

「我知道是不好，但我們已經在這個環境裡了就得適應！」

「我們本來有機會不呆在這個環境的，但妳不願意離開！」姬遠峰說道。

「什麼時間我兩有機會一起離開？」

「南方核電公司要我的時間妳不願意去。」姬遠峰知道南方核電公司前後兩次邀請自己過去工作，是自己決定不去了，但這時候吵架姬遠峰不願意認輸。

「是誰不願意去？我不願意去是你面試半年後人家第二次打電話讓你去的時間我纔不願意去的，第一次你去面試的時間我同意過去的，是你自己放棄不去的，第二次讓你去的時間我已經懷孕了，我怎麼過去，我過去沒房子沒工作，一無所有，誰不希望自己的孩子出生在自己家裡？」

「那妳為什麼剛開始同意過去呢？」

「我早就跟你說過了，研究生畢業的時間我就沒有回集團公司的打算，只是因為那個找了市長女兒的人要來咱們集團公司工作我纔回來的，要是咱兩在一個學校裡認識的話我畢業怎麼也不會回來了。即使結婚了你要去南方核電公司，我也願意辭職跟著你過去，我早就受夠了這個地方，受夠了這個環境，後來只是因為有了孩子我沒有辦法纔呆在這兒的。」

「妳不喜歡這個地方，難道我就喜歡？我沒有去核電公司難道不是因為你和孩子？我為什麼第二次沒有過去，還不是因為你懷孕了！」姬遠峰說道。

「你說你為了我放棄去核電公司的機會，我從北京總部回來還不是

為了你？為了這個家？」

「這個我承認，妳是為了我回來的，可這是我要求妳回來的嗎，是妳自願的還是迫不得已的？」

「好，我從總部回來是我自願的，後來我沒有去掛職鍛煉，放棄了陞職的機會，也不是為了你！為了這個家！我多照顧家，讓你把重心放在單位放在工作上，還不是讓你工作能更出彩，能早點提拔。」張秀莉衝著姬遠峰吵道。

「我承認妳沒有去掛職鍛煉沒有被提拔有考慮到我，照顧家的因素在內，但妳也說過妳不喜歡當上科級幹部無休止的飯局，是妳主動放棄掛職和陞職的。」姬遠峰反駁道。

「是的，我是說過，但在國企就這樣，只有當上領導纔能撈到好處，但當上領導了就得去應付飯局，我是不喜歡飯局，但誰不希望自己上進一些，能當上大小一個領導呢，難道我不想嗎？我還不是考慮到孩子沒人管，讓你安心上班我纔沒有去掛職嗎，而且我爸爸早就做好工作了，掛職回來就能提拔，我還不是為了你，為了咱們家放棄了！」張秀莉衝著姬遠峰吵道。

「好吧，妳為我和這個家做出了犧牲，為了我和家放棄了陞職的機會，但現在已經這樣了，妳和我吵架有用嗎？妳和我吵一架妳就陞職了，我就被提拔了嗎？」

「你那點不如我弟弟，我弟弟一個本科生早已經是科長了，我弟媳婦在我面前活靈活現的！」

「因為我沒有妳弟弟那樣的處長爸爸！」姬遠峰淡淡地回道。

「你那點不如張雲凱，張雲凱都成副處級幹部了，高中同學聚會，張雲凱故意說我是高中我那個班惟一的雙碩士家庭，高陞了吧，來羞辱我，我後來都不參加高中同學聚會了。你一個名牌大學的研究生，工作能力那麼強，十多年了沒有提拔呢，你不想想其中的原因嗎。」張秀莉衝著姬遠峰嚷道。

聽到張秀莉把自己和張雲凱比，姬遠峰的自尊心被刺激到了，他恨

恨地說，「還是因為我也沒有張雲凱那樣的處長爸爸，這就是我為什麼不被提拔的原因。妳是不是因為張雲凱成了副處級幹部了看我不順眼？結婚前我就說過了，妳應該找個門當戶對的，我比不過妳的那兩位前男友，當初可不是我追的妳！」

「你混蛋！你放屁！」張秀莉臉漲得通紅，滿眼淚水，「姬遠峰，當初是我追的你，我犯賤行了吧！」

看到張秀莉滿眼的淚水，姬遠峰知道自己失言了，「秀莉，我早就喜歡妳，但妳那時有男朋友，我沒有表示而已。」姬遠峰又緩和了語氣。

「你沒有反思過自己嗎，你自己為什麼得不到領導的喜歡和賞識，不被提拔呢？我也上過研究生，見過不少的教授博導，他們讀書不比你少，但多少教授博導圓滑世故你也是見過的，為了爭取項目，在領導面前照樣阿諛奉承，在他的研究生和博士生面前又是另外一幅面孔，我覺得這纔叫適者生存，你能改變了你們單位的氛圍還是能改變整個社會的氛圍？」

「我知道自己半斤八兩，我沒有那個能力，也沒有改變什麼單位還是社會氛圍的想法，我只想保持我自己的想法。我還是踏踏實實在上班，該幹的工作照樣在幹，謹言慎行，不給領導惹麻煩，下班了看看自己的書，寫寫自己的東西還不行嗎？」

「你孤傲的性格，你不說一句奉承話，不去送一次禮，甚至陪領導打個球都不樂意去，你乒乓球打得不錯，領導想讓你陪著打乒乓球你撒謊說自己不會，你以為領導沒有見過你打乒乓球就不知道你會打乒乓球嗎，領導是沒有見到過你打乒乓球，但你陪著孩子玩的時間你的同事沒有碰到過？領導不知道你會打乒乓球會無緣無故地問你這麼一句話嗎？你周末寧願拿著相機四處照相，你寧願和一幫不認識的人打籃球也不陪著領導打會乒乓球。你去北京總部匯報項目，你藉口自己滴酒不沾，你寧願去找同學玩也不陪著自己領導和總部的領導喝點酒，和同學玩重要還是和總部的領導喝酒重要？」張秀莉又衝著姬遠峰嘆道。

「我的業餘時間由我支配，我是會打乒乓球，但我不樂意去伺候領導陪著他們去打球怎麼了？我不是三姓家奴需要頻繁換主來搏得上位，我也不是高俅需要陪人踢球來獲得一官半職，我也不是初中畢業生靠陪人跳舞掌控北京大學清華大學兩個大學。我是單位的正式職工，我為什麼要花上自己的業餘時間去伺候別人而不能幹點自己喜歡的事。去北京那次不陪著總部領導喝酒是有原因的，我剛在單位說自己胃不好，不能再喝酒了，結果我一去北京總部就陪領導喝酒，我的領導和同事難道不會有看法？」

「你和領導一起出差，領導在當地的同學買了演出的門票，你覺得演出低俗，你找個藉口不去，寧願呆在賓館看書看電視也不陪著領導去看演出，你讓領導多沒面子。你是在極力掩飾，不流露出對那種低俗演出的鄙視，你工作能力再強，你努力工作十年也抵不過你一次不經意間流露出的內心的清高與傲慢，讓領導覺得你和他們根本不是一路人。你在極力掩飾，但領導也不是傻子，難道一點都不會察覺到你的鄙視嗎？現在的社會，現在的單位就是這樣，你不與單位的氛圍一致，不與單位的領導同流合污沆瀣一氣，你就沒有陞遷的機會，你保持你這種無聊的傲慢與清高在這個社會上對你有任何好處嗎？」張秀莉衝著姬遠峰嚷道。

「我陪著領導去唱歌、去洗腳次數難道不多嗎！怎麼一次不陪著去看演出就成了問題了呢？我沒有鄙視誰，我也沒有鄙視過領導，我也沒有保持所謂的清高和傲慢，我知道這個世界上有不同的事物，有高雅也有低俗。每個人有不同的興趣和愛好，人性很複雜，我既看《詩經》也看毛片，但我就是不喜歡在公共場合看那種低俗玩意，喜歡看在自己家看沒人管，但別在公共場合看，而且還拉上別人。我從來沒有鄙視過喜愛低俗事物的人，因為我也看毛片這類東西，但我不會在公共場合看，也不會強迫別人和我有同樣的喜好，我也不想被別人強迫和別人有同樣的喜好，我不願意領導喜歡什麼我就去喜歡什麼，為什麼明明自己不喜歡還要陪著領導去看那種演出？工作上陪著去喝酒、唱歌、洗腳已經夠

讓我嫌棄的了，我是出差去工作的，又不是三陪，我沒有義務陪著領導去看那種演出。我不知道別的單位怎麼樣，但在咱們集團下屬不陪著領導喝酒看演出就好像冒犯了領導一樣，下屬在一些領導的眼裡不過就是他的家奴而已，下屬在任何時候都應該聽領導的擺佈，君主制度推翻上百年了，但專制的遺毒在一些人的腦袋裡還根深蒂固地存在著。我們單位競聘的事妳有同學在我的單位，妳能知道，但我給領導撒謊說不會打乒乓球，我沒有陪著領導去看演出，這些事我從來沒有給任何人說過，妳是怎麼知道的？誰告訴妳的？」姬遠峰衝著張秀莉反問道。

「你是沒有給任何人說過，我爸爸和我不是神仙能憑空能知道你的這些事，自然有人告訴我爸爸和我。」

「我明白了，我的一舉一動都有人跟蹤和監視，我的一言一行都有人向妳爸爸和妳報告，幸虧我還循規蹈矩，沒有任何出格的行為，是不我和那位女同事說話也在給妳報告之列！」姬遠峰怒氣沖沖地向張秀莉說道。

「誰跟蹤和監視你了！我爸爸和我只是關心你的工作，爸爸在你單位的朋友和我的同學只是告訴你在單位的工作情況，誰打聽你和女同事說話了。」

「有沒有打聽我和女同事說話我不知道，但我感受到的卻是不信任，是被監視。我對妳充滿了信任，妳工作的科裡有幾個同事我都不知道，但我的一言一行都在妳爸爸和妳的監視之下，我是犯罪嫌疑人還是間諜？我的一言一行一舉一動總有人報告給妳爸爸和妳，妳不覺得這很過分嗎？」姬遠峰生氣地質問張秀莉道。

「我再說一遍，我爸爸和我沒有監視你，只是打聽你的工作情況而已！」

「如果我想和妳說工作上的事情我會給妳說，但我不會給妳爸爸說，夫妻兩的信任還難道比不上妳爸爸的朋友和妳的同學？我的工作我自己會承擔，不需要別人的關心，尤其是妳爸爸的關心，我該和妳結婚，但我不該和一個處長的女兒結婚。」姬遠峰衝著張秀莉嚷道。

聽到姬遠峰的話，張秀莉驚異地睜大了眼睛。「我爸爸對你怎麼著了？你這樣說我爸爸！」

「妳爸爸當然沒有對我怎麼著了，妳爸爸也沒有說過我一句重話，我沒有做錯事也不需要妳爸爸說我什麼重話。但妳爸爸帶給我什麼，除了帶給我屈辱和壓力，還有什麼，每次領導介紹我的時間總會加一句，這是五分廠張廠長的乘龍快婿，對方臉上立馬變了臉色，我不知道是在介紹我還是介紹妳爸爸的一個附屬品。都說打狗看主人，我每次都感覺到我因為是妳爸爸的一條狗纏能使得對方變了臉色。一張桌子上喫飯的二十個人，只有一個人過來和我喝酒，但不是因為認識我而是因為妳爸爸的原因纏過來和我喝酒。在我們集團內部，除了領導和職工、幹部和工人、男人和女人外，還有一個更重要的身份是子弟和非子弟，在這裡第一次和別人見面總會問一句，你是不是子弟。是的，我不是子弟，但因為和妳的關係，我成了半個子弟。我上研究生之前工作過兩年，我知道在任何單位同事之間總會有競爭和妒忌，但因為妳爸爸的關係，我在現在的單位，同事總會認為我一定能搶了他盯著的職位，滿懷妒忌。我有學歷、也能幹活，還有妳爸爸這層關係，每個人都認為我肯定會被提拔，不提拔纏不正常。但除了學歷、能力、關係外，被提拔還要能喝酒會逢迎會拍須溜馬，每個人都認為這種能力是天生的，與生俱來的，包括妳，妳也這樣認為。如果妳爸爸不是處長，我不被提拔妳會認為這也很正常，咱們家會和和睦睦的。妳和我吵架為了什麼，是因為經濟原因嗎？不是。是因為妳和我媽媽婆媳矛盾嗎？不是。是因為我不顧家，不照顧孩子嗎？不是。是因為我在外面沾花惹草，破壞夫妻感情嗎？也不是。是因為我沒有陪領導喝酒，沒有去逢迎領導，沒有去給領導拍須溜馬。即使被提拔成了科長，除了工資高一些，獎金多一些，我看不出有什麼好處，咱們家又不是窮的揭不開鍋。為了能喫飯簽字？我不稀罕去外面飯店喫飯，我寧願在家裡喫飯，何況技術領導也簽不了字。提拔成科長幹什麼？天天喝酒，我不是說提拔成科長後只喝酒，但喝酒是每個領導的重要工作，尤其是科長這樣的小領導，中午喝了晚上喝，晚上喝

一頓不行喝兩頓，有多少小領導喝壞了胃，甚至喝死的。我不想早早的喝酒就喝死，我喝死了妳可以另外找一個男人，但孩子能找到親爸爸嗎？我父母還健在，我不想走在我父母前面。妳是沒有什麼不好，我甚至覺得妳和我在一起委屈了妳，但總有人認為我是因為妳爸爸纔追求的妳，說我很有眼光，來了單位之後找了妳。我現在沒有被提拔，即使我被提拔了，別人不會認為那是我的能力所致，而是因為妳爸爸的原因，我知道他們心中對我深深的鄙夷，就像我對那些靠裙帶關係而提拔的深深的鄙夷是一樣的，所以我纔說我不應該和處長的女兒結婚。我兩結婚這麼多年了，妳一直對我很好，除了上班還要操持家務，撫養孩子，我從來沒有覺得妳不夠賢惠，所以我說我該和妳結婚，但不應該和處長的女兒結婚。

　　妳問我為什麼不穿其他衣服非要穿破棉襖去和領導喫飯？我說出我的心底話吧，我就是要給領導一個印象，我不想上進，別盯著我，即使一朝天子一朝臣，我也對當這個臣沒了興趣，我對這樣的工作根本沒有興趣，我從中得个到樂趣和成就感。但這樣的工作我還必須行厂走肉般的從事著，為了一家的溫飽，所以我寧願熬夜去寫書，雖然出書我得不到一分稿費，也不願意署真名而出點小名，但我得到了樂趣，我的內心是充實的。我在尋找自己內心充實的時候我要克服自己內心的欲望，我是名校畢業的研究生，我的同學有的事業很不錯，相形之下我很慚愧，難道我會輕易地自認就不如別人嗎？我還要面對當下社會中瀰漫著的金錢權力名氣等等的誘惑，承受我父母、還有妳的期望的壓力。我是一個普通人，克服自己內心的欲望已經使我焦慮，抵抗金錢權力名氣的誘惑已經使我力不從心，而面對妳的期望更是給我山一樣無形的壓力，我真的很累，我的心很累。我表面上很謙虛，但我知道自己好勝心太強了，面對這樣的企業這樣的社會我內心的痛苦妳能理解的了嗎？妳為了孩子和家庭很辛苦，但也可以用以家庭為重心讓自己內心平衡下來。我呢？我是個男的，社會認識和妳我的認識都是必須在工作上有成就，在咱們企業就是當領導幹部。可我就是無法走到那一步，我是一個失敗者，失

敗的恥辱和挫敗讓我焦慮，讓我抑鬱。就像我以前給妳說過的我那個因為抑鬱症而去世的女同學岳欣芙一樣，她很有可能就是因為這樣的原因而離開這個世界。我有時間甚至會想，當初我要是聽了爸爸的話考上一個中專，不是去上高中，最後成了一名所謂名校的研究生，不來到這個城市和一個處長的女兒結婚，而在當地鄉政府當一輩子的幹部，像爸爸一樣過完自己的一生。我爸爸他不會去四星級酒店喫海參鮑魚，一輩子也不會和司長廳長這樣的高官面對面說話同桌進餐，但他不會享受到和所謂的高官握手的侮辱，不會享受到餐桌上的輕視，不會像我這麼痛苦。同樣我卜魁的女同學岳欣芙家也是農村的，她如果去上了中專，很有可能不會在那個有名的城市在那個著名的大學裡承受那麼大的壓力，早早離開這個世界。我滿嘴冠冕堂皇而口是心非，我對別人陪著笑臉而內心卻是極度的鄙視和厭惡他。我是一個人格分裂病人，我痛苦的時候卻要笑，我高興的時間卻要哭，我喜歡的東西不能追求，卻要追求自己不喜歡甚至深惡痛絕的東西，這讓我痛苦不堪。

安排領導的親屬來住單位的宿舍卻要我賠禮道歉，濫用權力不給安家費還態度蠻橫，反過來我去低三下四的賠禮道歉，如果不是妳爸爸，我絕不會去給我沒有做錯事還侮辱我的人去賠禮道歉。在這裡我犧牲自己的人格和尊嚴換來的只是羞辱，我自認為自己還是一個人，不是一條狗，不是任何人給我一點骨頭我就要向誰搖尾乞憐，但現在卻要象狗一樣地活著，向侮辱我的人陪著笑臉道歉。

我知道自己是誰，我也沒有希望別人主動過來給我敬酒，但我不希望別人認為我主動給他敬酒、和他握手好像是為了討好巴結他一樣，我只是出於禮貌而已。但總有一些人覺得我是去討好巴結他，他可以肆無忌憚地流露出輕視的神情，迫不及待希望我的敬酒早點結束他好去巴結更大的領導，這讓我感覺惡心極了。」

「你來研究院工作十五年了，你的工作毫無起色，為了你安心上班，我盡量多幹點家裡的活，讓你少操心。但上班十五年了你的工作毫無起色，為了你我放棄了去北京總部工作的機會，為了照顧孩子和家

庭，我放棄了掛職鍛煉的機會，放棄了陞職的機會。但你一點也不努力，不陪領導去喝酒，也不陪著領導去玩，把好不容易爭取到的工程碩士就輕易放棄了，你說你放棄了多少次露臉和陞遷的機會吧……」

張秀莉又一次重複了自己放棄總部工作機會、掛職鍛煉提拔的機會，姬遠峰深深地被刺痛了。姬遠峰當初因為這點纔沒有聽從爸爸的話勸說楊如菡留在國內，沒有想到自己還是影響到了別人的前途。自己兩次放棄去核電公司的機會，其實此後只要自己願意，自己有很多的機會跳槽離開這裡。但自己再也沒有動過跳槽的念頭，在這個地方安心地呆了下來，籠罩在權力的陰影下，工作上沒有絲毫長進，蹉跎著歲月，自己已經四十歲了。張秀莉不但不理解自己為家庭做出的犧牲，也不理解自己的痛苦，反而不停地以她為姬遠峰做出的犧牲來嘮叨，好像自己一無是處反而是張秀莉陞遷的絆腳石一樣。自己的迷茫與困惑、自己的無奈與無助、自己的焦慮與痛苦誰能理解的了，自己因為抑鬱症在死亡的邊緣上掙扎的精神折磨誰理解的了。自己是如此的痛苦不堪，甚至產生了出家為僧的念頭，張秀莉的嘮叨激怒了姬遠峰，「夠了！夠了！別說了！我無能！我無用！我影響了妳的仕途！行了吧！別再嘮叨了！」姬遠峰衝著張秀莉吼道。

張秀莉沒有想到姬遠峰對她的嘮叨反應這麼大，她怔住了一會兒，吃驚地問道，「你說什麼？」

「我說我無能！我無用！我影響了妳的仕途！我是影響了妳的前途，但如果沒有妳爸爸，妳有借調到北京總部去的機會嗎？沒有妳爸爸，妳有掛職鍛煉提拔的機會嗎？」姬遠峰冷笑一聲，「什麼委培生！為什麼委託培養的總是職工子弟？說妳們的行業是艱苦行業，難道妳們的行業比農民還艱苦嗎？真的比農民還艱苦嗎？那為什麼即使在毛澤東時代城市千瘡百孔瀕臨破產的情況下下鄉的知識青年還要千方百計拋棄農村的妻子老公孩子滅棄人倫返回城裡？這個時代的謊話太多了，以至於人們對謊話都習以為常見怪不怪了。為什麼不讓妳們集團公司的子弟去當農民，而招收一批農民的孩子來集團工作呢？為什麼不委託培養農

民的孩子呢？讓農民的孩子進入這個集團成為工人成為幹部，難道農民的孩子天生就應該繼續他們父母的職業面朝黃土背朝天嗎？我知道我是癡人說夢，不要說委託培養農民的孩子了，農民的孩子受著最差的教育，並且在進入高中的門檻上就設置了重重障礙，連進入高中的機會都很少。我是我們那個初中那一屆一百多名畢業生中惟一進入當地第一中學學習的學生，其他農村孩子呢？連上高中的機會也沒有，何來進入大學！妳們集團的子弟可以不好好學習，初中畢業了就可以招工，照樣可以有份體面的工作，甚至高考都有好幾十分的優惠，在集團內提拔成科級幹部處級幹部的百分之八九十的都是領導的子女或者親戚，難道生物進化把所有的能力都進化到領導的子女身上了？我沒有看到很多領導的子女能力比我強在哪！但農民的孩子呢？我的一家無疑是幸運的，都通過讀書謀得了一碗飯，我一路學習上到了研究生，到了妳們集團來工作。我二姐考上了中專，我哥哥通過「農轉非」有了資格參加技校考試，最後成了一名鐵路工人。什麼是「農轉非」？就是我哥哥的土地被沒收了，他必須靠我爸爸微薄的工資來生活的意思。以我哥哥那麼普通的成績技校考試竟然考了全市前十名的成績，可笑不？為什麼？因為城裡的孩子根本不屑考技校，農業戶口的孩子沒有資格考技校，所以我哥哥纔能考到全市前十名的成績。就是這樣被城裡人不屑參加的技校考試的機會，去做一個工人的資格，我哥哥也是在失去土地的前提下纔能獲得。如果考不上技校會怎麼樣，我哥哥連當農民的資格也被剝奪了。

這就是中國的現實，這就是我的親身經歷。我該感激誰？感激我受教育的新社會嗎？我一點都不感激，因為社會發展到這個時代了，受教育已經成了每個孩子天經地義的權利了，並且已經寫入了法律裡，受教育已經不是別人給我的施捨了，更應該檢討的是農村孩子得不到公平平等教育的現實。我該感激誰？我只感激我的父母養育了我，我爸爸雖然讀書少識見少，只是個鄉政府幹部，目光短淺，但我爸爸拖著殘疾的身體養育了我們四個孩子，供養了我們兄弟姐妹三個讀書，讓我們成家立業。我媽媽的文化程度連一封信也讀不下來，也一直棍棒鞭子揍我，但

她給我做著一日三餐，直到上高中前我的衣服都是她一針一線給我縫製的，在我離家上大學的時候只有她淚流滿面。

妳不停地嘮叨妳為了我為了咱們家放棄了去北京總部工作的機會，放棄了掛職鍛煉陞遷的機會，難道我沒有放棄嗎？我沒有放棄去核電公司工作的機會嗎？我放棄了，即使我對現在單位有多麼不滿意，我再也沒有動過離開這裡的念頭，而且我有很多機會離開這裡。但我覺得這是我應該給家庭做出的犧牲，我從來沒有在妳跟前嘮叨我為妳放棄了什麼。但妳總是嘮叨妳為了我放棄了什麼什麼。但捫心而論，我放棄的是什麼？我放棄的是我努力學習、我的能力獲取的機會。妳放棄的是什麼？妳放棄的是妳爸爸權力的衍生品。沒有妳爸爸，妳有借調到北京總部去的機會嗎？沒有妳爸爸，妳有掛職鍛煉提拔的機會嗎？我兩是一家人，我感激妳對家庭的貢獻和犧牲，所以我從來不願意說出這麼傷妳自尊的話來，但妳卻不停地說為我放棄了什麼什麼，好像我欠妳的似的，非逼的我說出來不可。

妳一直抱怨我不陪領導喝酒，沒有被提拔，難道我不想被提拔嗎？但我被提拔要以犧牲我的健康，犧牲我的原則為代價嗎？我父母還健在，妳想讓我走在我父母前面嗎？妳想通過我的陞職給妳補償是嗎？我無能，我沒有妳希望的本事，所以我沒有被提拔。即使提拔了，那也是我父母養育我的結果，是我努力的結果，與妳的父母無關。

在中國權力真是個好東西，不但能為自己謀得地位、金錢和女人，為自己撈得盆滿缽滿，而且還能為孩子謀得萬世稻梁謀。並且還掌控了話語權，把自己的一肚子私貨說的冠冕堂皇，把剝奪農民孩子受教育的機會、公平就業的機會說成艱苦行業所以委託培養職工子弟。我終於明白了，為什麼在大學裡那麼多高級知識分子教授博導不顧廉恥地追逐一個處長職位的原因了。我也終於明白了，為什麼可以讓老百姓富裕起來，但就是不給說話的權利的原因了。妳不覺得這樣的權力是骯髒的嗎？這樣的環境是骯髒的嗎？」

「姬遠峰，我知道你能說會道，滿肚子的大道理，我說不過你，但

在中國哪個領導不是為自己為子女絞盡腦汁撈好處。你爸爸不是領導，你爸爸如果是領導也是一個樣，不要妒忌別人生在領導家裡，有本事你也出生在領導家裡。也不要拿你鄉政府工作一輩子的爸爸來擺驕傲，這個社會不講究這個了。」張秀莉站在姬遠峰面前衝著姬遠峰嚷道。

「張秀莉，妳嘴巴乾淨點，別侮辱我爸爸！別以為妳爸爸當個處長就了不起了，在我眼裡啥也不是！妳爸爸僅僅是妳爸爸，不會因為是處長就比我爸爸尿得高、拉得粗！我爸爸是鄉政府幹部怎麼了？照樣是我爸爸，妳爸爸僅僅是一個處長而已，就是當了省長在我眼裡還僅僅是我岳父，也不是我爸爸，別以為我叫他幾聲爸爸，他就真成了我爸爸了，別不知道分寸！」姬遠峰滿臉漲的通紅，衝著張秀莉吼道。

張秀莉哼地冷笑了一下，「姬遠峰，你鄙視這個鄙視那個，你以為陪領導打會球就是伺候領導，給領導道個歉就成了一條狗了，但多少人都是這麼做的，在中國誰不是像狗一樣地活著，你以為你和別人有區別嗎？」

「當然有區別了，所以我撒謊說自己不會打乒乓球不去陪著領導玩，如果不是妳爸爸我絕不會去給侮辱我的人道歉。我和妳結婚我沒有住到妳爸爸的房子裡，我甚至連妳爸爸添錢買房子都不願意。我工作十多年了我沒有給領導送過一次禮。雖然妳爸爸是處級幹部，我沒有給妳爸爸說過一次我工作上的事情，我沒有求妳爸爸在我工作上幫我一次忙。妳爸爸替我做主給人賠禮道歉我不但不領情反而嫌妳爸爸干涉我的工作，這就是我和別人的區別。我的大學是我自己考取的，我的工作也是我應聘得到的，不是招工得到的，我有跳槽的機會也是因為我的能力獲得的，不是權力的附屬品。」

「姬遠峰，你不願意住我家的房子，不願意讓我爸爸添錢買房子，你難道沒有要我爸爸給我陪嫁的汽車？」張秀莉冷冷地問道。

「那是妳爸爸陪嫁給妳的汽車，不是給我的，妳爸爸耍小心眼陪嫁一輛女人車，所以我一直推脫不學駕照，我一直騎著我的自行車在上班，直到咱們家換掉了那輛女人車我纔學駕照開車的，我沒有開過妳爸

爸陪嫁給妳的汽車，我也沒有住過妳爸爸的房子！」

　　張秀莉鼻子哼了一聲，帶著嘲諷的冷笑，「照你說的，我爸爸是骯髒的，我的機會也是骯髒的，是不應該得到的，只有你姬遠峰很有骨氣，你是清清白白的。你名校的研究生是你自己努力考取的，你跳槽的機會是你自己能力得到的，這些都沒錯，但你在研究院那次露臉提拔的機會不是我爸爸替你爭取的！」

　　「妳說什麼？」姬遠峰吃驚地睜大了眼睛，他盯著張秀莉，「我露臉的機會是我努力工作獲得的，與妳爸爸有什麼關係？我知道自己是誰，我不是妳爸爸的親兒子，所以連妳弟弟這樣的本科生也早早成科長了，妳爸爸替我爭取機會？笑話，要真的替我爭取機會我早就成科級幹部了，別在我面前賣乖！」

　　張秀莉冷笑了起來，「姬遠峰，我是發現了，你不但不近人情，而且還幼稚而又可笑，我都告訴你了你每次露臉提拔的機會都是我爸爸替你爭取的，你竟然還不相信。陪著你們單位領導打籃球有的是CUBA的體育特招生，為什麼他陪著打完球就走了，沒有去喫飯？你怎麼知道你競聘科級技術崗的時間我爸爸在背後沒有給你使勁，那只是臨時被人頂替了。你的工程碩士你以為是你自己爭取到的，笑話！有多少領導本科生的子女盯著那個惟一的交通專業的工程碩士名額呢。你的電力系統專業和交通專業根本不相關，你是工學碩士，研究院更有理由讓一個本科生領導子女去上工程碩士，也有理由讓專業相近的本科生去上這個交通專業的工程碩士，單位為什麼會把惟一的一個名額給你？你不知道我爸爸在背後給你使了多少勁，要不是那個本科生臨時頂替爸爸找關係給你說好的那個科級技術崗，研究院領導抹不開我爸爸的面子，纔讓你們單位盡量把報考條件提高，壓縮到你的身上，你纔有機會去上工程碩士，可你連個招呼也不打就輕易地放棄了，惹得研究院領導有多不高興你知道嗎？國家能源司司長來視察工作，有多少科級幹部、甚至處級幹部搶破頭要臨時變成普通幹部去匯報項目，好在領導面前在電視上露臉。你不看多少人把和一個大小領導人合影的照片掛在牆上，像自己死去的爺

爺奶奶老爹老媽一樣供奉著，為的就是顯示自己有機會見到一個大小領導人，在中國和大小領導見面都是陞遷的資本，這就是中國的現實。哪次領導來視察工作接見的群眾不是下面的領導扮演的，怕的是普通幹部群眾沒有經歷過這個場面，說出了實情，說漏了嘴。但為什麼是你，難道那麼多科級幹部甚至處級幹部的匯報水平不如你？這點道理你都不懂，你可笑不？你今年四十了，你們處處長和書記同時退休了，為了讓你能趕上這最後一班車，你知道我爸爸背後給你使了多大勁？我爸爸早就退休了，這是個人走茶涼的時代，我爸爸腆著老臉替你去求人，甚至低三下四地去求人，可你穿著一件破棉襖去喫飯，像尊佛爺一樣呆坐到結束。你知道你們單位兩位新領導怎麼給我爸爸說的嗎？人家給我爸爸說你是不一直對領導都這個態度，怪不得一個名牌大學的研究生這麼多年了沒有被提拔。平時我爸爸替你做得事那就更多了，逢年過節你一次也沒有去過你們領導的家裡，我爸爸去給人家送禮請人家喫飯有多少次，你知道嗎？這一切難道不是為了你？我爸爸替你做了那麼多非但沒有落下一點好，在你嘴裡反而成了干涉你的工作，監視你了。我爸爸為什麼不干涉張三李四的工作，監視別人呢？偏偏干涉你的工作呢？監視你呢？你是一次沒有給我爸爸說過你的工作，但我爸爸還是腆著老臉替你去求人了，為了給你謀得一官半職。我主動追求你是我犯賤！我爸爸暗中為你的工作使勁在你眼裡很賤是嗎？我們一家人在你眼裡都很賤是嗎？你工作十七年了，連這點都不明白，你不但不近人情，而且還很幼稚可笑，幼稚可笑到了極點！」張秀莉像一頭被激怒的母夜叉一樣，站在姬遠峰面前像倒豆子一樣倒了出來，滿眼的淚水。

聽了張秀莉的話，姬遠峰的頭低下了，「我明白了，我明白了！」姬遠峰囁嚅地說著，好像在自言自語，又好像在跟張秀莉說話。

「你明白什麼了？什麼你明白了？」看到姬遠峰如此的囁嚅和平靜，讓張秀莉很是吃驚，張秀莉疑惑地問道。

「假的！假的！一切都是假的！」姬遠峰突然提高了嗓門吼道。

「什麼是假的？」張秀莉睜大了眼睛驚疑地問道。

　　姬遠峰神情黯淡地像死人一般，他臉色鐵青，也沒有了剛纔的怒氣，他平靜地說道，「一切都是假的！一切都是假的！」邊說邊去穿外套和鞋子。

　　姬遠峰的平靜讓張秀莉大吃一驚，她驚異地看著姬遠峰，「小峰，小峰，外邊下著雨呢，這麼晚了你出門要幹什麼去？」張秀莉堵住了門口。

　　「我出去走走，別攔著我！」姬遠峰又突然暴怒了，一把推開了張秀莉，張秀莉跌坐在了地上。看到自己竟然將張秀莉推倒在了地上，姬遠峰猶豫了一下是否要把張秀莉拉起來，但猶豫了一下還是出了門。張秀莉一臉驚愕的表情看著姬遠峰的背影，接著，姬遠峰身後傳來張秀莉哭泣的聲音。

七

　　和張秀莉發生激烈的吵架後姬遠峰又搬到自己的書房睡覺了，已經將近一個月了，姬遠峰和張秀莉說話越來越少了，張秀莉每次和姬遠峰說話，姬遠峰都不正眼看張秀莉一眼，他懶得開口，只是嗯啊回應。姬遠峰的睡眠越來越差，每晚總是遲遲難以入睡，任何細微的聲音總會進入他的耳朵，讓他煩躁不安。他感覺到自己最近情緒越來越低落，對什麼事情都提不起興趣。

　　姬遠峰睡不著，他起身開了燈，他看到了自己的書，他突然意識到自己已經有一個月沒有翻開一本自己的書了，放在枕頭邊上經常翻閱的書也沒有碰過了，塵土落在書的封面上，姬遠峰有點心疼，這些書中有些他是輾轉從臺灣購買的。為了買這些書，自己辦理了信用卡，自己原來堅持不用信用卡，不願意過著寅喫卯糧的日子，但為了從臺灣購書，自己辦理了信用卡。為了從臺灣買書，自己專門去銀行兌換美金，銀行美金只兌換給最小面值十美金的，為了湊單又去費力地挑選了幾本自己並不大喜歡的書，現在都像待售的垃圾堆放在地上。這堆書上放著《大

清一統輿圖》（乾隆），這是自己買的最貴的單本書之一，花了他六百圓人民幣，是四開本的，太大了，書櫃裡沒法放進去，姬遠峰用手指抹了一下，一道塵土印出現在書上。看到《大清一統輿圖》（乾隆），姬遠峰也想起來了自己完成大半的《清代驛站考釋》已經好久沒有增加一個字了。

姬遠峰也意識到自己也有一個月的時間沒有摸過照相機了，以前他隔三差五睡覺前總會拿出自己喜愛的膠片相機，撥動上片扳手，聽上片的絲絲聲，摁下快門，聽機械快門的咔嚓聲，聽反光鏡翻轉的聲音，感覺那比音樂還悅耳。姬遠峰拉開櫃門，他看到並排放著自己曾與張秀莉鬥嘴花費了兩萬圓買的古董膠片相機。鳳凰205，這是最經典的國產旁軸相機，他曾拿著這臺相機給女兒拍出了幾張效果極佳的人像照。海鷗DF-1，這是一臺國產的單反相機，使自己第一次聽到了膠片相機機械快門和反光鏡翻轉的美妙聲音。FED-3，這是俄國產的仿德國經典徠卡的相機，他怕俄國產的相機出故障，買回來還沒有拍過照片。蔡司伊康的Icarex35cs相機，這臺德國相機配套了一隻俗稱「凹玉」的高品質標準鏡頭，拍出的相片色彩極佳。福倫達VitomaticII，這是一臺德國產的旁軸相機，做工精美，沉甸甸的不鏽鋼機身至今閃閃發亮，拍出的照片發藍，拍湖光山色散發著深邃的幽幽藍光，漂亮極了。這些相機靜靜地躺在自己的櫃子裡已經有段時間了，自己再也沒有摸過了。

姬遠峰也看到了自己的運動腕錶，那是一款臺芬蘭產的運動腕錶，是當時最新的款式，自己海淘買的，省了二千圓，好像自己沒有花錢得到了一件心愛的物品還附帶掙了二千圓錢似的高興。自己曾激動地戴著它騎行太遠，以至於返回時累的差點騎不回來了。他拿起來看了看，手錶長時間沒有充電，已經關機了，他意識到自己也有一個多月時間沒有騎車鍛煉了。

已經一個禮拜了，姬遠峰計算著每天晚上睡覺的時間，每天晚上甚至不足三個小時。姬遠峰看著自己的手錶，夜裡兩點鐘還沒有睡著，早晨不到五點就已經醒過來了。醒來後感覺腦袋昏沉沉的，身體越來越疲

乏，清晨的鳥鳴聲讓他煩躁，早晨的陽光讓他感覺刺眼，姬遠峰的情緒越來越低落。他越來越懼怕夜晚的到來，每當躺在自己書房的單人床上時，潛意識總會告訴自己今晚又會睡不著，各種紛亂的情景總會無序地在腦海浮現，老家院子中的蘋果樹，自己上大學第一次出門路過彬縣的棗樹林，公路邊賣水果的攤販，松花江邊的渡輪，單位院子裡的柳樹，這些怎麼也連不成一個連續的畫面而稍有頭緒。電腦鼠標的小燈讓他感覺刺眼，客廳掛鐘指針的跳動聲、自己手錶指針的跳動聲、衛生間水龍頭的滴水聲、張秀莉在隔壁的呼嚕聲、姑娘熟睡翻身床板吱吱聲總能傳入他的耳朵，這一切都令他煩躁不安。

姬遠峰又看了一眼手錶，又凌晨兩點了，今晚自己又躺在床上三個小時了還沒能入睡。姬遠峰起身去了客廳，他摘下自己的手錶放到茶几上，去了衛生間關緊滴水的水龍頭，回到書房關上書房的房門，拉緊窗簾的縫隙，繼續躺在床上，閉上眼睛，他感覺書房的四壁在向自己壓來，書櫃也在向他倒下，成堆的書向他壓來。這一切讓姬遠峰感到窒息，他睜開眼睛，黑魆魆的房間什麼也看不見，他感覺極度的不舒服，恐懼？空寂？茫然？他自己也說不清。姬遠峰起身摸黑走出自己的書房，張秀莉還在輕輕的打呼嚕，姑娘在夢囈，他輕輕關上張秀莉和姑娘的臥室房門，穿上外套和鞋，下了樓。小區院子安靜極了，連前半夜發情發出令人驚悸叫聲的野貓也熟睡了，沒有一棟樓上一盞燈發出燈光，只有小區院子裡的路燈發出幽黃的燈光，一個月前還在路燈燈光中飛舞的夜蚵也不見了蹤影，或許已經死亡殆盡了。

走出小區，街道上的路燈如小區裡的路燈一樣幽黃，冬夜的寒風吹過凋零木落的幾片樹葉，發出鬼魅般的聲響。姬遠峰意識到了，現在是一個死亡的季節，姬遠峰也感覺到了死亡的氣息好像離自己越來越近了。街道上沒有一個行人，只有偶爾夜行的一輛汽車從身邊疾馳而過，不知載著客人去向何方。姬遠峰知道抑鬱症第二次找到了自己，自己該怎麼辦呢？自己如何纔能睡著呢？每天靠安眠藥入睡？或許喝酒讓自己一醉不醒？或者就這樣吧，死亡是最好的解脫，自己為什麼還要活著而

不是死去呢？姬遠峰思索著……
父母深恩昊天罔極，
妻女情深眷註殷殷。
自然冥冥覆天載地，
天道明明歸路默默。
有生有死無死無生，
非空非色非色非空。
生生色色八達四通，
思思索索晦黯不明。
姬遠峰思索著……

這篇小說是為一位早逝的女生而寫的，請讓這些粗糙的文字帶去我對妳深深的哀思吧！思念妳！

西元二零二一年二月七日夜完稿於自陋齋

國家圖書館出版品預行編目	
沿江村.綠衣 / 空同著. -- 臺北市：獵海人， 2021.10 面；　公分 ISBN 978-626-95130-0-0(上冊). -- ISBN 978-626-95130-1-7(下冊). -- ISBN 978-626-95130-2-4(全套)	
857.7	110016484

沿江村 ・ 綠衣（下）

作　　者／空同

出版策劃／獵海人

製作銷售／秀威資訊科技股份有限公司

　　　　　114 台北市內湖區瑞光路76巷69號2樓

　　　　　電話：+886-2-2796-3638

　　　　　傳真：+886-2-2796-1377

網路訂購／秀威書店：https://store.showwe.tw

　　　　　博客來網路書店：https://www.books.com.tw

　　　　　三民網路書店：https://www.sanmin.com.tw

　　　　　讀冊生活：https://www.taaze.tw

出版日期／2021年10月

套書定價／1280元